Elia Barceló
Töchter des Schweigens

PIPER

Zu diesem Buch

Freundschaft verbindet – und kann zur tödlichen Bedrängnis werden. Margarita, Ana, Magdalena, Teresa, Carmen, Candela und Soledad: Sie haben in einer spanischen Kleinstadt ihre Kindheit zusammen verbracht, gemeinsam die Liebe entdeckt, Pläne geschmiedet und sich vertraut. Und sie teilen ein Geheimnis: ein schreckliches Erlebnis in der Vergangenheit. Etwas, das während ihrer letzten Klassenfahrt in einer mallorquinischen Nacht geschah, sie alle zu Schuldigen macht und von da an ihr Leben bestimmt. Als sie sich nach vielen Jahren in ihrem spanischen Heimatort wiedersehen, scheint die Zeit stehen geblieben zu sein, werden alte Gefühle neu entfacht. Bis eine von ihnen unter rätselhaften Umständen ihr Leben verliert. Und auf einmal wird das, was einst geschah, zur gefährlichen Bedrohung.

Elia Barceló, in Elda bei Alicante geboren, lebt seit vielen Jahren in Innsbruck, wo sie an der Universität spanische Literatur unterrichtet. Sie ist mit einem Österreicher verheiratet und hat zwei Kinder. Bereits ihrem ersten auf Deutsch erschienenen Roman »Das Geheimnis des Goldschmieds« bescheinigte die Frankfurter Allgemeine Zeitung einen »unwiderstehlichen Sog«, den die Autorin mit ihrem Bestseller »Das Rätsel der Masken« noch steigern konnte und mit ihrem neuen Roman »Töchter des Schweigens« perfektioniert.

Elia Barceló

Töchter des Schweigens

Roman

Aus dem Spanischen von
Petra Zickmann

Piper München Zürich

Mehr über unsere Autoren und Bücher:
www.piper.de

Von Elia Barceló liegen bei Piper vor:
Das Geheimnis des Goldschmieds
Das Rätsel der Masken
Die Stimmen der Vergangenheit
Das schwarze Brautkleid
Töchter des Schweigens

MIX
Papier aus verantwortungsvollen Quellen
FSC® C083411
FSC www.fsc.org

Ungekürzte Taschenbuchausgabe
Oktober 2012

Titel der spanischen Originalausgabe:
»Las largas sombras«, Ediciones Ámbar, S. L.,
Barcelona 2009

erschienen im Verlagsprogramm Pendo
Umschlaggestaltung: semper smile, München,
nach einem Entwurf von HildenDesign, München
Umschlagfoto: Yolande de Kort/Trevillion Images
Satz: Satz für Satz. Barbara Reischmann, Leutkirch
Gesetzt aus der Stempel Garamond
Papier: Munken Print von Arctic Paper Munkedals AB,
Schweden
Druck und Bindung: CPI – Clausen & Bosse, Leck
Printed in Germany ISBN 978-3-492-27471-5

Meiner Schwester Concha
für die vielen gemeinsamen Erinnerungen

Die Clique vom 28sten

Margarita Montero Juan (1974 Marga, 2007 Rita)
Magdalena Santos López (1974 Magda, 2007 Lena)
María Teresa Soler Rey (1974 Tere, 2007 Teresa)
Soledad Ortiz Rosell (1974 Sole, 2007 Marisol/Sole)
Candelaria Alcántara de Frías (Candela)
María del Carmen Navarro Martínez (Carmen)
Ana María Rodríguez Pozo (Ana)

Alle Figuren und Umstände dieses Romans sind meine Erfindung. Eventuelle Ähnlichkeiten mit lebenden oder verstorbenen Personen sind rein zufällig, obwohl dem Teil der Geschichte, der 1973/74 spielt, natürlich einige persönliche Erfahrungen zugrunde liegen. Was Bars, Diskotheken et cetera in meiner Heimatstadt Elda oder auf Mallorca angeht, habe ich mir die Freiheit genommen, echte und erdachte Namen zu mischen. Auch habe ich den Fahrplan der Fähre geändert, die 1974 zwischen Alicante und Palma de Mallorca verkehrte, um ihn bestimmten Erfordernissen der Erzählung anzupassen.

Ich möchte all denen danken, die mich durch eine prägende Lebensphase, meine Gymnasialzeit, begleitet haben, meinen Klassenkameraden und -kameradinnen ebenso wie Lehrern und Lehrerinnen, die, manche im positiven, manche im negativen Sinn, Einfluss auf meine Entwicklung genommen haben, indem sie mir Beispiele für nachahmenswerte oder verwerfliche Verhaltensweisen lieferten. Viele von ihnen habe ich seither nie wieder gesehen, widme ihnen aber mit diesen Seiten meine Erinnerungen an eine längst vergangene Zeit und wünsche ihnen, dass die Zukunft, von der wir damals träumten und die heute unsere Gegenwart ist, ihnen wenigstens einen guten Teil dessen beschert hat, was sie sich erhofften. E. B.

Old sins cast long shadows.
Alte Sünden werfen lange Schatten.

Englisches Sprichwort

Was ich getan habe, was ich tun werde, ist nicht mehr von Bedeutung: Im Leben, im Traum, in schlaflosen Nächten bin ich nichts weiter als die nagende Erinnerung an diese Taten.

Adolfo Bioy Casares
El perjurio de la nieve

Aus den Aufzeichnungen von Candela Alcántara

Stell dir deine Geburt folgendermaßen vor:

Du wirst nicht geboren, wenn man dich dem Mutterleib entreißt. Was da geboren wird, ist ein Potenzial, ein winziges Wesen, das zu nichts weiter imstande ist, als nach Nahrung, Wärme und Zuneigung zu verlangen. Von den Erwachsenen um dich herum lernst du nach und nach, wer du bist, wo du lebst, wie deine Welt ist.

Und die Welt ist wie ein gewaltiges Schloss, voller Reize, voller Gefahren, ein verwunschener Ort, wo alles fremd und geheimnisvoll ist. Aber sie sind da, um dir zu zeigen, wo du spielen kannst, was du meiden musst, was dir zuträglich ist und was nicht.

Du stellst nichts infrage, ziehst keine Vergleiche, die Dinge sind, wie sie sind, du greifst zu und genießt sie, wenn du Glück hast. Wenn du Pech hast, selbst wenn du das noch gar nicht weißt, erduldest du sie, nimmst sie hin und forschst weiter.

Eine nach der anderen öffnen sich dir die Türen zu Räumen, deren Zweck dir kaum begreiflich ist, und, geführt von den Erwachsenen, durchwanderst du zuerst das Erdgeschoss, steigst dann, höher, immer höher, die steile Treppe hinauf, riesige Stufen aus Ebenholz und Elfenbein wie die Tasten eines Klaviers, das deine anfangs zaghaften und, je größer du wirst, immer festeren Schritte zum Klingen bringen.

Irgendwann kennst du das Schloss, oder zumindest glaubst du das. Du kennst die Anordnung der Zimmer, findest dich mühelos in den gewundenen Gängen zurecht, weißt, was sich hinter jeder geschlossenen Tür verbirgt. Die Geräusche des Hauses sind dir vertraut und seine Düfte und sein Gestank.

Und eines schönen Tages nehmen die Menschen, die dich am meisten lieben, die dich bis zu diesem Augenblick begleitet haben, plötzlich deine Hand und sagen dir in diesem geheimnisvollen Flüsterton, auf den du seit Langem sehnlich gewartet hast, dass es nun so weit ist, dass der Moment gekommen ist, das Labyrinth kennenzulernen.

Du hast immer gewusst, dass es im Schloss ein Labyrinth gibt. Du hast die Großen davon reden hören, wenn du dich bei ihren endlosen Alte-Leute-Gesprächen gelangweilt hast. Du hast sie jammern, fluchen, weinen und sinnlose Mutmaßungen darüber anstellen hören, wie der Weg hätte verlaufen können. Und immer hast du gewusst, dass du es schaffen wirst, dass für dich kein Labyrinth zu schwierig ist, weil du anders bist, besser als sie alle, weil du jung bist und niemals zurückblicken wirst.

Zuweilen befindet sich das Labyrinth im Keller des Schlosses, zuweilen unter dem Dach, immer weit weg, außerhalb deiner Reichweite, sodass du es bequem vergessen kannst, während du wartest, bis die Reihe an dir ist. Doch jetzt ist es da, vor deinen Augen, und es ist immer das Gleiche: ein einladend geöffnetes Tor, ein kleiner hell erleuchteter Vorraum mit mehreren geschlossenen Türen. Manchmal sind es nur zwei, manchmal so viele wie in einem Hotelflur, und du rührst dich lange nicht von der Stelle, siehst dir alles genau an, versuchst, dich zu entscheiden, deinen Weg zu wählen.

Dann verschwinden die Erwachsenen und lassen dich vor dem Labyrinth allein. Hinter dir geht das Licht aus, und du weißt, dass es kein Zurück gibt, dass du ihnen wiederbegegnen wirst, wenn du die richtigen Türen wählst, aber dass es nie mehr dasselbe sein wird, denn das Schloss wird sich verändern, während du im Labyrinth bist, und die Menschen werden sich verändern, auch wenn du sie immer wiedererkennen wirst. Was du nicht weißt, ist, dass auch du dich verändern wirst. Sie haben es dir gesagt, aber du hast es nicht verstehen wollen. Sie haben dir gesagt, dass du wachsen, reifen und eines Tages so sein wirst wie sie. Und du hast ihnen nicht glauben wollen.

Dennoch weißt du jetzt, dass es so ist, und mit einem Mal hast du Angst, solche Angst, dass du am liebsten kehrtmachen und dich zurück in das Schloss flüchten möchtest, in dem du dich auskennst, obwohl das hieße, dich nicht im Labyrinth zu beweisen, niemals die

Kammer im Zentrum zu erreichen, die den Besten vorbehalten ist, diese Kammer, die zugleich ein Garten ist, dessen Bäume Früchte aus Edelsteinen tragen.

Plötzlich schreckt dich der Gedanke, dass du – selbst wenn du die Kammer findest – danach noch den Ausgang auf der anderen Seite suchen musst und dass jenseits davon das große Unbekannte liegt, das dir noch nie jemand in Begriffen geschildert hat, die du hättest verstehen können.

Du blickst zurück, und das Schloss mit seinen behaglichen Zimmern, die im Lauf der Jahre immer kleiner und vertrauter geworden waren, ist verschwunden, verschluckt von der Finsternis, und dir bleiben nur das Licht, das dir entgegenleuchtet, die geschlossenen Türen und der Weg nach vorn.

Irgendwann öffnest du eine der Türen, und sobald sie sich hinter dir schließt, weißt du, dass du zum letzten Mal hindurchgegangen bist, dass du eine Entscheidung getroffen hast, dass der Raum, den du vor dir siehst, jetzt die Realität ist, die du erobern, durchqueren musst, um zum nächsten Saal, zur nächsten Treppe, in den nächsten Garten zu gelangen, wo sich die Pfade gabeln und, sobald du dich für einen entschieden hast, die anderen im Dunst verschwinden werden.

Schon bist du im Labyrinth und weißt, dass du lebend nicht wieder herauskommst.

Juni 2007

La mejor distancia es la mayor.
Die beste Entfernung ist die größte.

Joaquín Sabina, *Con lo que eso duele*

Obwohl sie eigentlich vorgehabt hatte, das Auto ein Stück weiter oben stehen zu lassen und zu Fuß hinunterzugehen, parkte Rita fast vor Lenas Haustür, stellte den Motor ab und blieb einige Minuten so sitzen, absurderweise auf der linken Seite, rechts den Hebel der Gangschaltung, die Hände am Lenkrad und den Blick verträumt auf die scheußliche Franziskus-Kirche gerichtet – weiß, modern in den Sechzigerjahren, äußerlich wie ein Fabrikgebäude –, die so gute Erinnerungen in ihr weckte.

Allmählich dachte sie, dass es ein Fehler gewesen war, Ingrid allein nach Andalusien fahren zu lassen, aber nach den letzten zwei Wochen hatte sie es für eine gute Idee gehalten, eine Weile in ihrem Heimatdorf auszuspannen, mit all den Dingen wieder in Berührung zu kommen, Menschen zu treffen und Beziehungen aufleben zu lassen, die sie für immer verloren geglaubt hatte.

Sie schaute auf die Uhr und seufzte. Fünf vor acht. Ihr blieben noch fünf Minuten, ehe sie klingeln und in Lenas Universum eintauchen würde. Lena war allem Anschein nach die Einzige von ihnen, die den Vorlieben ihrer Jugend treu geblieben war. Mechanisch, ohne zu überlegen, ob sie wirklich Lust darauf hatte, zündete Rita sich eine Zigarette an. Von Vorlieben, an denen sich seit der Jugend nichts geändert hat, musst gerade du reden!, sagte sie sich. Mit der freien Hand strich sie sich übers Haar und warf einen Blick auf den Rücksitz, auf die Flasche Rioja und das Sträußchen Wiesenblumen, die sie gekauft hatte. Ob es heutzutage in Spanien wohl üblich war, einer Freundin, die dich zum Abendessen eingeladen hatte, Wein und Blumen mitzubringen? Zu ihrer Zeit war es das nicht. Sie erinnerte sich nicht, dass ihre Eltern jemals etwas mitgenommen hätten, wenn sie gelegentlich bei befreundeten Paaren zu Gast gewesen waren. Allenfalls einen Teller Gebäck oder eine Eistorte zum Nachtisch. Aber in diesem Fall wäre das Unsinn gewesen; sie waren nur zu zweit, und in ihrem Alter sollten sie es mit Süßigkeiten nicht übertreiben. Mit Alkohol und Tabak war das etwas anderes. Allerdings war Rita überzeugt, dass Lena ihr einen Tee und eine dieser teuflisch stinkenden Heilkräuterzigaretten anbieten würde, die einem den Spaß am Rauchen verdarben.

Sie schmunzelte, stieg aus dem Wagen, nahm die Geschenke und betrachtete versonnen die Haustür, während ihr eine Flut von Bildern durch den Kopf schoss. Wie oft war sie zwischen ihrem fünfzehnten und ihrem achtzehnten Lebensjahr durch diese Tür gegangen! Und danach … nichts. Die englische Episode. Ihr Leben. Die letzten drei Jahrzehnte.

Sie hatte den Knopf der Gegensprechanlage noch nicht gedrückt, als ein Nachbar aus dem Haus trat, ihr die Tür aufhielt und ihr somit Gelegenheit gab, noch einen Moment im Treppenhaus zu verweilen, bevor Lena erfuhr, dass sie da war. Alles war gleich geblieben, außer dem Fahrstuhl, der früher von einem Metallgitter umgeben war und in den man heute nicht mehr hineinsehen konnte. Es roch sogar wie in ihrer Erinnerung: nach Reinigungsmitteln, aber mit einer undefinierbaren Beimischung von etwas anderem, Hunderten von *sofritos* vielleicht – gebratenen Zwiebeln, Knoblauch und Tomaten –, nach mediterranem Leben, das sie früher als normal empfunden hatte und das ihr jetzt so anders als ihr Alltag erschien, als etwas schmerzlich Entbehrtes, Schönes.

Ein dunkler Fleck auf einer der Stufen jagte ihr einen solchen Schreck ein, dass sie sich sogar bückte, um sich zu vergewissern, dass es nicht das war, was sie befürchtet hatte. Wahrscheinlich hatte ein Nachbar einen Müllsack heruntergetragen, der zu lange auf dem Balkon in der Sonne gestanden hatte und schon tropfte.

Sie fuhr sich mit der Hand über den Nacken und stellte fest, dass er feucht war. Die Hitze, vermutete sie. Und noch etwas. Die Erinnerung an jenen sechsten September. Sie wusste, dass es der sechste September war, denn als Lena, die damals noch Magda hieß, bei ihr anrief, hatte sie geduscht und wollte gerade anfangen, sich zurechtzumachen, um mit den Mädels etwas trinken zu gehen und sich das Feuerwerk anzusehen, mit dem das Stadtfest eröffnet wurde.

Als sie die Wohnung ihrer Freundin erreichte, mit nassen Haaren, in Jeans und T-Shirt, fand sie die Tür offen und eine Blutspur auf ebendieser Treppe. Magda war hinuntergelaufen, um ihr die Haustür zu öffnen, wobei sie sich die Handgelenke hielt, die sie sich mit einer Rasierklinge aufgeschlitzt hatte, und saß schluchzend auf dem Absatz vor ihrer Wohnung.

Nie hatte sie dieses Bild vergessen können. Magda, weinend, weiß wie die Wand, an der sie lehnte, in einem geblümten Nachthemd, das schon ziemlich alt gewesen sein musste, weil die Blümchen schon verblasst waren, und überall Blut. Rot in ihrem Schoß, dunkler um sie herum.

Vage erinnerte Rita sich an alles andere, das Telefon, den Rettungswagen, die Musik verschiedener Kapellen, die sie hörten, während sie mit Vollgas durch den Ort brausten, ohne durch die Milchglasscheiben irgendetwas zu sehen.

Sie hatte es nie jemandem erzählt. Magda hatte sie unter Tränen angefleht, es keinem zu sagen, und Rita hatte sich eine plausible Erklärung einfallen lassen, wie so oft. Im Erfinden glaubhafter Lügen war sie schon immer gut gewesen.

Sie schüttelte den Kopf, als wären diese Bilder lästige Moskitos. Das alles lag fast dreiunddreißig Jahre zurück. Vor zwei Wochen, als sie ihre Jugendfreundin Lena zum ersten Mal wiedergesehen hatte – dachte sie und schmunzelte, weil sie zufällig beide beschlossen hatten, ihren Namen zu ändern und künftig nur noch die zweite Hälfte zu verwenden: Magda-Lena, Marga-Rita –, hatte sie an ihren Handgelenken die Narben von damals gesucht und kaum eine feine perlmuttfarbene Linie entdecken können, die von allem Möglichen herrühren mochte. Lena hatte ihren Blick jedoch bemerkt, gelächelt und sich abgewandt.

Was wollte Lena ihr nun sagen? Wollte sie ihr tatsächlich erzählen, wie bei ihrer Einladung angedeutet, was sie über jene Nacht auf dem Schiff wusste? Und sie selbst? Wollte sie es nach all der Zeit überhaupt noch wissen?

Einen Moment lang fühlte sie sich versucht umzukehren, Lena anzurufen und zu sagen, ihr sei etwas Unvorhergesehenes dazwischengekommen und sie könne ihre Verabredung nicht einhalten, aber sie wusste, dass das feige und dumm wäre. Also stieg sie in den ersten Stock hinauf, denn mittlerweile war es sieben Minuten nach acht, spät genug, dachte sie, um nicht mit ihrer britischen Pünktlichkeit aufgezogen zu werden, wie es ihr sogar in London ständig erging.

Es war die linke Tür. Hinter der rechten hatte vor vielen Jahren Ritas längst verstorbene Großmutter gewohnt, die damals eine leutselige, lebhafte Frau gewesen war.

Als sie auf die Klingel drücken wollte, stellte sie fest, dass die Tür nur angelehnt war. Anscheinend war Lenas Vertrauen in die Nachbarschaft so groß, dass sie die Tür offen ließ, wenn sie Besuch erwartete.

Trotzdem klopfte Rita an und rief dazu mit lauter Stimme: »Lena! Ich bin's, Rita. Entschuldige die Verspätung.«

Lena gab keine Antwort, und plötzlich krampfte sich Ritas Magen zu einem pulsierenden Klumpen zusammen.

Sicher ist sie in der Küche beschäftigt und hört mich nicht, sagte sie sich. Sie nahm die Flasche und die Blumen in die linke Hand und drückte behutsam gegen die Tür. Vom Ende des Flurs, wo früher das Wohnzimmer gewesen war, drangen sanfte Saxophonklänge. Die ganze Wohnung war vom rötlichen Schein der untergehenden Sonne erleuchtet, und die Schatten von Möbeln und Gegenständen, die Rita nicht sehen konnte, zeichneten sich an der weißen Wand zu ihrer Rechten ab und lagen auf Bildern und Büchern, die fast die gesamte Fläche einnahmen.

Irgendwo war ein hartnäckiger Tropfen zu hören, der aus einem nicht ganz zugedrehten Hahn in ein Spülbecken oder eine Badewanne voll Wasser fiel.

»Lena?«

Stille. Die Musik, der Tropfen und Stille.

Sie ging den rot erleuchteten Flur entlang, wobei sie das unsinnige

Gefühl hatte, auf dem Weg zum Wohnzimmer von einer Kamera verfolgt zu werden. Die Türen auf der linken Seite standen alle offen: ein kleines Gästezimmer, Lenas Schlafzimmer mit einem großen weißen Bett und vielen Kissen, eine winzige Kammer voller Bücher mit einem Glastisch für den Computer, der mit der Rückseite zur Tür stand, das Wohnzimmer, größer, als sie es in Erinnerung hatte, denn jetzt standen dort wesentlich weniger Möbel als zur Zeit von Lenas Eltern: eine riesige Eckcouch, ebenfalls weiß, ein Tisch für vier Personen, eine Stereoanlage und ein alter Fernseher, Pflanzen, die fast bis zur Decke reichten, und eine getigerte Katze, die sich bei Ritas Eintreten faul räkelte und vom Sofa sprang.

Nichts an der Einrichtung erinnerte an Lenas Hippie-Vergangenheit, ihre häufigen Indientrips. Alles war sauber, hell, beinahe unpersönlich. Wie ihre eigene Wohnung.

Sie ließ die Flasche und die Blumen auf dem Tisch zurück und ging in die Küche, die ebenfalls verändert war. Die alten Resopalmöbel waren durch Schränke aus weißem Holz mit goldfarbenen Beschlägen und einer Arbeitsplatte aus hellem Stein ersetzt worden. Auf dem Tisch stand eine abgedeckte Schüssel mit etwas, das nach Gazpacho aussah, doch davon abgesehen deutete nichts darauf hin, dass Lena ein Abendessen für sie beide zubereitet hätte.

Jetzt blieb nur noch das Bad, aber aus irgendeinem Grund, den Rita nicht einmal sich selbst eingestehen mochte, wagte sie nicht, die Tür zu öffnen und nachzusehen, ob Lena darin war. Vielleicht war sie noch einmal einkaufen gegangen, weil sie etwas vergessen hatte, das sie für das Abendessen brauchte, und hatte sich nicht die Mühe gemacht, ihr eine Nachricht zu hinterlassen, weil sie davon ausgegangen war, dass Rita, wie bei den Mädels üblich, eine halbe Stunde später kommen würde. Aber hätte sie dann die Wohnungstür offen gelassen? Hätte sie sie nicht auf dem Handy angerufen und ihr Bescheid gesagt?

Sie klopfte mit den Fingerknöcheln an die Badezimmertür, fühlte sich dumm und fehl am Platz, wäre am liebsten aus der Wohnung gerannt und sehnte sich nach ihrem eigenen Zuhause, in ihre eigene Stadt, Tausende von Kilometern entfernt. Die Katze strich ihr um die Knöchel und begann, leise zu maunzen.

Das Licht des Sonnenuntergangs, immer glühender rot, malte Ritas Silhouette auf die weiße Tür, und immerzu fiel der Tropfen, unbeirrbar, auf der anderen Seite der Tür.

Vermutlich hat sie gebadet und ist in der Wanne eingeschlafen, dachte sie. Lena war seit jeher dafür bekannt, in den unmöglichsten Momenten einzuschlafen, mitten in einer Prüfung, kaum dass sie in einen Bus gestiegen war, wo sie ging und stand.

Rita drückte so vorsichtig die Klinke herunter, als fürchtete sie, Shane aufzuwecken, als wollte sie sich vergewissern, dass die Kinder schliefen, bevor sie sich mit Ingrid einen nicht jugendfreien Film ansah.

Das Bad, weiß und blau, hatte etwas von einem Boot, ein beunruhigend maritimes Flair.

Sie musste den Blick zweimal über den Körper ihrer Freundin gleiten lassen, um zu begreifen, dass sie beim ersten Mal richtig gesehen hatte. Der Wasserhahn ließ mit der Regelmäßigkeit eines Metronoms Tropfen ins Wasser fallen, das schon tiefrot gefärbt war. Lenas langes Haar umschwebte ihr Gesicht wie eine Seeanemone. Ihre Augen waren offen, ihre Pulsadern ebenfalls.

Rita spürte, wie die Beine unter ihr nachgaben, und musste sich am Waschbecken festhalten. Ein Brechreiz krümmte sie zusammen, und als sie flüchtig ihrem Spiegelbild begegnete, glaubte sie ein Gespenst aus vergangenen Zeiten zu sehen, ein achtzehnjähriges Mädchen mit schweißverklebtem Haar und irrem Blick.

Mit zitternder Hand zog sie das Handy heraus und wählte Anas Nummer.

»Ana, bitte«, sagte sie, und ihre eigene Stimme klang ihr fremd, »ich bin in Lenas Wohnung. Ruf einen Krankenwagen, ich weiß die Notrufnummer nicht. Und sag deinem Mann, er soll sofort herkommen. Lena hat sich umgebracht.«

Als die Polizei eintraf – David mit zwei uniformierten Kollegen –, saß Rita noch immer neben der Badewanne, betrachtete Lena und passte auf sie auf wie seinerzeit im Krankenhaus während des Stadtfestes.

Ana und Rita saßen auf der Terrasse der Bar neben Lenas Haus, blickten sich in die Augen und hielten auf dem Tisch einander fest an den Händen. David hatte sie gebeten, eine Weile hinauszugehen, damit seine Leute in Ruhe arbeiten konnten, und sie hatten widerspruchslos gehorcht, dankbar, sich von diesem Ort entfernen zu dürfen, ohne das Gefühl, ihre Freundin im Stich zu lassen. Doch jetzt, an der frischen Luft, unter einem Himmel, der sich allmählich violett färbte, kam ihnen das, was sich vor einer knappen Stunde zugetragen hatte, in seiner ganzen grotesken Realität zum Bewusstsein, und sie fühlten sich schuldig, ohne dass sie hätten sagen können, warum.

Rita entzog Ana ihre Hand und zündete sich eine Zigarette an.

»Hast du Teresa schon angerufen?«, fragte Ana.

»Teresa? Wieso?«

Mit einem leichten Schulterzucken kramte Ana in der Tasche und suchte ihr Handy.

»Ich weiß nicht. In solchen Fällen ruft man doch immer Teresa an.«

»In welchen Fällen? Immer wenn eine Freundin Selbstmord begeht?«

»Immer wenn etwas Außergewöhnliches passiert, Rita.« Ana überhörte den Sarkasmus. »Das war schon immer so. Weißt du denn nicht mehr? Zuerst Tere und dann Marga. Dich. Tere ist das Hirn. Du bist das Herz.«

»Du redest, als wären wir ein Organismus.«

»Das waren wir auch, Rita, das waren wir. Und manche Dinge ändern sich nie. Hast du das nicht bemerkt, neulich abends auf der Party?« Sie unterbrach sich, als sie die Stimme im Telefon hörte. »Teresa! Du musst sofort kommen. Wir sind im *Los Laureles*. Rita und ich. Nein, nicht um einen zu trinken. Lena hat sich umgebracht. Beeil dich.«

»Hast du eine Ahnung, warum sie das getan hat?«, fragte Rita, als Ana das Handy wieder einsteckte.

Ana schüttelte langsam den Kopf.

»Sie hatte keinen Grund, soweit ich weiß. Erinnerst du dich, dass sie uns vor ein paar Tagen erzählt hat, wie froh sie ist, endlich unabhängig zu sein, nicht auf der Suche nach einem Partner, zu akzeptieren, dass sie eine freie, selbstbewusste Frau von fünfzig Jahren ist? Und ihrem Sohn geht es gut. Erst vor Kurzem hat sie mir gesagt, dass sie vielleicht bald Oma würde. Darauf hat sie sich sehr gefreut.«

»Was dann?«

Ana biss sich auf die Lippen und spielte mit der Zigarettenschachtel, die Rita auf den Tisch gelegt hatte.

»Womöglich wegen der Sache auf der Party …«

»Meinst du?«

»Sieh mal, Rita, Lena hat zwar nie etwas gesagt, aber ich hatte immer das Gefühl, dass sie über den Vorfall damals etwas wusste, was sie keiner von uns jemals verraten hat. Wir hatten seit einer Ewigkeit nicht mehr davon gesprochen, bis du aufgetaucht bist.« Es sollte nicht nach Vorwurf klingen, trotzdem hatte Ana, wie sie sich eingestehen musste, mit diesen Worten Rita durchaus vor Augen führen wollen, dass ihre Ankunft der Auslöser für die Tragödie gewesen war.

»Auch ich habe niemals davon gesprochen. Meinetwegen hätten wir das Thema gern ruhen lassen können.«

»Ja, schon. Aber Ingrid …«

»Jetzt ist auf einmal Ingrid schuld.« Rita wurde immer gereizter.

»Na ja, erst fängt sie an, Fragen zu stellen, und dann findet sie auch noch …«

»Ich weiß, was sie gefunden hat, verdammt noch mal.«

»Und Lena … du hast sie ja gesehen. Sie war fix und fertig, als sie ging.«

»Lena hatte mich für heute zu sich eingeladen, weil sie mir erzählen wollte, was sie wusste«, sagte Rita fast ärgerlich. »Ich hatte Angst davor, aber ich bin hingegangen.«

»Weil du es wissen wolltest …«

»Ich weiß nicht. Ich glaube nicht.« Der Ärger in Ritas Stimme war einer großen Müdigkeit gewichen. »Weil Lena reden wollte, und weil ich es satt habe, mir von etwas, das dreiunddreißig Jahre her ist, das Leben vergällen zu lassen. Und weil alle Welt darauf besteht, mir Dinge zu erzählen, die ich gar nicht wissen will.« Rita fuhr sich mit der Hand durchs Haar und sah Ana herausfordernd an.

»Du konntest immer gut zuhören. Und schweigen. Was noch viel wichtiger ist.«

»Und vergessen, Ana. Das ist es, was die Leute nicht ahnen. Ich vergesse, was sie mir erzählen, es sei denn, es geht mir sehr nah.«

»Davon handelt dein Film, stimmt's?«

Rita nickte und starrte in den Aschenbecher. Nach einer Weile antwortete sie stockend, als wählte sie jedes Wort mit Bedacht: »Ich habe mich immer gefragt, wie es einem Menschen, der die Geheimnisse und Bekenntnisse anderer zwar hört, aber wieder vergisst, wohl ergehen mag, wenn einer seiner früheren Gesprächspartner eines Tages beispielsweise eine hohe politische Position erreicht und fürchtet, erpressbar zu sein, weil ja ein anderer sein Geheimnis kennt. Könnte man so jemanden davon überzeugen, dass man nichts weiß, dass man das, was für ihn so beschämend oder so entscheidend war, schlicht und einfach vergessen hat?«

»Nein. Ich glaube nicht.«

»Ich auch nicht. Darum habe ich den Film gemacht.«

Sie saßen stumm da, den Blick gedankenverloren in die rötlichen Wolken gerichtet, die sich im Westen über dem Berg Bolón türmten. Nach und nach füllte sich das Lokal mit Gästen, die zum Aperitif kamen, scherzten und lachten, ohne die zwei Frauen zu beachten, die jetzt beinahe flüsternd ein für sie beide höchst brisantes Thema besprachen.

»Wir alle haben dir irgendwann einmal unsere Geheimnisse anvertraut, nicht wahr?«

Rita zuckte mit den Schultern und steckte sich eine weitere Zigarette an.

»Vermutlich, aber ich erinnere mich nicht mehr daran. Das waren die Geheimnisse fünfzehnjähriger Mädchen, die haben längst keine Bedeutung mehr.«

»Ich habe dir erzählt, dass meine Mutter einen Liebhaber hatte, weißt du noch?«

»Ja. Jetzt, da du es sagst, weiß ich es wieder, aber ich habe in den letzten dreißig Jahren nicht daran gedacht.«

»Aber ich weiß, dass du es weißt, und das verbindet uns. Wie das andere auch.«

»Hör auf, Ana, um Gottes willen. Ich kann nicht mehr. Es macht mich krank zu denken, dass Lena sich deshalb umgebracht haben könnte.«

»Ich bin der Meinung, dass man die Dinge aussprechen muss, einmal und immer wieder, bis sie ihre zerstörerische Macht über uns verloren haben. Es war ein Fehler zu schweigen.«

»Hast du es David erzählt? Weiß er, was in jenem Sommer geschehen ist?« Anas Antwort gewiss, sah Rita ihr provozierend in die Augen. Erwartungsgemäß senkte Ana den Blick.

»Nein. Nie. Keinem Menschen.«

»Siehst du? Genau wie ich. Wie alle anderen. Ingrid wusste bis zum letzten Samstag auch nichts. Und selbst jetzt weiß sie nicht einmal die Hälfte.«

»Aber David ist Polizist.«

In diesem Moment trat Teresa an ihren Tisch, und beide standen auf, um sie zu umarmen und ihr zu berichten, was geschehen war. Daraufhin saßen die drei da wie kleine Mädchen und sahen sich an, mit Tränen in den Augen und dem verängstigten Gesichtsausdruck von Kindern, die darauf warten, dass ein Erwachsener kommt und das Problem löst.

»Lena war immer die labilste«, fasste Teresa mit gewohnter Selbstverständlichkeit die Lage zusammen. »Sie war lange in Therapie, und ich war sicher, dass sie es überwunden hatte. Offenbar kennt man niemanden je wirklich. Habt ihr denn nichts zu trinken bestellt?«

Ana und Rita sahen sich verblüfft an. Es war ihnen gar nicht aufgefallen, dass sich kein Kellner ihrem Tisch genähert hatte.

»Ich brauche Wasser. Was wollt ihr?«

Wie beruhigend es ist, Teresa zu haben, dachte Rita. Ana hat recht, Teresa ist das Hirn der Clique.

»Soll ich Carmen und Candela anrufen?«, fragte Ana, während Teresa Ausschau nach dem Kellner hielt.

»Nein. Noch nicht. Wozu? Carmen wird ausrasten und uns für alles verantwortlich machen, was ihr in den Sinn kommt, und Candela wird miese Witze reißen, damit man ihr die Ergriffenheit nicht anmerkt und wir bloß nicht denken, sie sei auch nur aus Fleisch und

Blut. Wir rufen sie morgen an, wenn wir mehr wissen. Ist David noch in Lenas Wohnung?«

Ana nickte.

»Er hat uns gebeten, hier zu warten. Er kommt her, sobald sie fertig sind.«

»Na ja, die Sache dürfte einfach sein. Sobald der Richter die Leiche freigibt und sie uns sagen, ob eine Autopsie gemacht wird oder nicht, denken wir über die Beisetzung nach. Lena hatte keine Familie mehr, und ihr Sohn lebt in den Vereinigten Staaten. Man wird ihn benachrichtigen und schon mal einiges in die Wege leiten müssen, bis er kommen kann.«

»Der arme Junge«, sagte Ana. »Das wird furchtbar.«

Teresa legte den Kopf zur Seite und sah sie an.

»Wenn man bedenkt, dass er seine Mutter vor vier Jahren das letzte Mal besucht hat, obwohl er gut verdient, dann wird ihn Lenas Tod wohl kaum um den Schlaf bringen. Es kann gut sein, dass es zeitlich gerade nicht in seine Pläne passt und er mir sagt, wir sollen sie ohne ihn beerdigen, dass er kommt, sobald er es einrichten kann, um sich um die Erbschaft zu kümmern.«

»Du kannst den Knaben wohl nicht besonders gut leiden«, bemerkte Rita und goss drei Gläser Wasser ein.

»Der Knabe ist dreißig Jahre alt und hat seine Mutter immer wie einen Putzlappen behandelt, trotz allem, was sie für ihn getan hat. Lena hatte bis zuletzt drei Jobs, um ihm einen höheren Lebensstandard zu ermöglichen, als er sich selbst leisten könnte. Der Junge ist intelligent, das schon, er hatte Stipendien für die besten Universitäten, und vergangenes Jahr hat er am Massachusetts Institute of Technology seinen Doktor gemacht, aber Lena hat gearbeitet wie ein Tier, damit es ihm an nichts fehlte. Als sie mir vor Jahren sagte, dass sie trotz der vielen Bücher, die sie übersetzte, und der vielen Gutachten, die sie für die Verlage schrieb, nicht über die Runden komme, beschäftigte ich sie als Sprechstundenhilfe in meiner Praxis. Um acht ging sie nach Hause und übersetzte noch bis tief in die Nacht.«

»Rufst du ihn an?«, fragte Ana.

»Jeremy? Na klar. Er hat nicht viel für mich übrig, aber ich glaube, das sollte tatsächlich ich tun.«

»Wie ist sie nur auf den Namen Jeremy gekommen?«, wunderte sich Rita.

»Das ist eine lange Geschichte«, sagte Teresa und spähte über Anas Schulter. »Da kommt dein Mann.«

Rita und Ana wandten sich um und sahen David entgegen, der mit ausholenden Schritten die Allee überquerte und sie mit den Augen suchte. Als er ihren Tisch erreicht hatte, begrüßte er Teresa und bedeutete Rita mit einer Geste, sie möge ihm in die Bar folgen.

»Ich muss dir ein paar Fragen stellen, wenn es dir recht ist. Gehen wir hinein?«

Ana und Teresa wechselten einen besorgten Blick.

»Die berühmten Routinefragen?«, erkundigte sich Ana mit gezwungenem Lächeln.

»Mehr oder weniger. Wir sind gleich wieder da.«

David bestellte einen Kaffee, und sie setzten sich an die Theke.

»Also, Rita, korrigiere mich, wenn ich mich täusche. Ich fasse noch mal zusammen, was du mir vorhin gesagt hast: Du warst mit Lena um acht Uhr verabredet. Du warst ein paar Minuten zu früh und hast dir vor dem Haus noch ein wenig die Zeit vertrieben. Als ein Nachbar herauskam, bist du hineingegangen. Wir haben ihn noch nicht gefunden, werden ihn aber später überprüfen. Reine Formsache, du weißt schon. Die Wohnungstür war offen, du hast eine Flasche Wein und einen Blumenstrauß auf dem Wohnzimmertisch zurückgelassen, hast dich auf die Suche nach Lena begeben und sie verblutet in der Badewanne gefunden. Du hast sofort Ana angerufen und nichts angefasst oder verändert. Richtig?«

»Ja. Zumindest glaube ich das. Ich meine, ich weiß nicht genau, ob ich etwas angefasst habe, während ich Lena suchte, aber ich habe nichts verändert und sie nicht berührt. Es genügte, sie anzusehen. Ich bin mir nicht mehr sicher, was ich Ana gesagt habe, aber einen Arzt hat Lena nicht mehr gebraucht. Es war ganz offensichtlich nichts mehr zu machen. Ah, ich glaube, ich habe ein bisschen ins Waschbecken gekotzt. Nur Galle. Ich hatte seit Stunden nichts gegessen.«

»Warst du früher schon einmal in Lenas Wohnung?« David war höflich, aber in seinen Fragen lag eine Kälte, die Rita aus früheren Begegnungen nicht kannte.

»Nein. Das heißt, ja, aber das ist schon über dreißig Jahre her. In ihrer Wohnung, so wie sie heute ist, war ich noch nie. Ich bin erst seit knapp zwei Wochen hier.«

»Und was wolltest du bei ihr?«

»Zu Abend essen, das habe ich dir doch schon gesagt. Nach der Party am Samstag in eurem Haus hatte Lena mich für heute Abend eingeladen, weil sie wusste, dass Ingrid nach Andalusien fahren wollte und wir beide das Bedürfnis hatten, ein paar Stunden für uns zu haben, um uns gegenseitig aus unserem Leben zu erzählen.«

»Hast du Lenas Computer gesehen?«

Rita fand Davids Fragen immer seltsamer, war aber entschlossen, sich nicht einschüchtern zu lassen.

»Ja, von hinten. Die Tür zu ihrem Arbeitszimmer war offen. Ich weiß nicht einmal, ob er eingeschaltet war.« Plötzlich ging Rita ein Licht auf. »Hat sie einen Abschiedsbrief auf dem PC hinterlassen?«

»Sie hat tatsächlich etwas hinterlassen, aber ohne Unterschrift, wie du dir denken kannst. Seltsamerweise sind es Sätze aus deinen Filmen, wie mir scheint, insbesondere aus dem letzten.«

»Aus *Das Geheimnis*?«

»Ja. Das erste Wort ist *Geheimnis*, aber man versteht nicht recht, worum es in dem Text geht.«

»Wenn du ihn mir zeigst, kommt mir vielleicht eine Idee, was sie damit sagen wollte.«

»Danke. Wir werden sehen.« David sah Rita an, unschlüssig, ob sie etwas zu verbergen suchte, ob sie ihm etwas verschwieg, wobei er einerseits zu der Überzeugung neigte, dass sie mit diesem Todesfall nichts zu tun hatte, andererseits aber deutlich spürte, dass da noch etwas war, was sie ihm bislang vorenthielt. »Hör zu, Rita, ich will dir nicht auf die Nerven gehen«, setzte er schließlich an, »aber denk bitte nach, ob es nicht irgendetwas gibt, das du mir noch nicht gesagt hast und das helfen könnte nachzuvollziehen, was sich heute Abend in Lenas Wohnung abgespielt hat.«

»Was heißt nachvollziehen? Das ist doch ziemlich klar. Lena hatte einen Aussetzer, wie vor dreißig Jahren schon einmal, und hat sich in der Badewanne die Pulsadern aufgeschnitten. Nur dass sie es diesmal durchgezogen hat.«

Davids Augen wurden schmal.

»Sie hat schon einmal einen Selbstmordversuch unternommen?«

»Wie gesagt, vor dreiunddreißig Jahren, im September 1974, aber da hat sie mich rechtzeitig angerufen, sie kam ins Krankenhaus und konnte gerettet werden. Ich bin dann nach England gegangen. Ich weiß nicht, ob es einen weiteren Versuch gab. Da müsstest du Teresa fragen.«

David saß eine Weile stumm da, dann bezahlte er seinen Kaffee und sah Rita wieder an, als wollte er ihr eine Frage stellen, wüsste aber nicht recht, welche.

»David«, sagte sie, »du bist Polizist. Du musst solche Dinge doch schon hundertfach erlebt haben. Findest du es denn so verwunderlich, dass sich jemand das Leben nimmt?«

»Was ich verwunderlich finde«, sagte er und sammelte das Wechselgeld ein, »ist, dass jemand erst den Kühlschrank mit Lebensmitteln fürs Abendessen füllt, Gazpacho macht und sich anschließend umbringt. Und ich finde es auch verwunderlich, dass sich jemand die Pulsadern aufschneidet und weit und breit keine Klinge zu finden ist.« Er blickte ihr in die Augen. »Das finde ich sogar höchst verwunderlich, Rita. Gehen wir zurück zu den anderen?«

Als David die Tür erreicht hatte und sie aufhielt, um Rita den Vortritt zu lassen, saß diese immer noch erstarrt am Tresen, einen entsetzten Ausdruck im Gesicht, aus dem alle Farbe gewichen war.

David Cuevas zeichnete mit einem schwarzen Kugelschreiber Pfeile an den Rand seines Notizblocks. Seit er mit dem Rauchen aufgehört hatte, zeichnete er im Lauf des Tages Hunderte von Pfeilen, wann immer er sich konzentrieren musste. Doch er konnte noch immer an nichts anderes denken, obwohl er fest entschlossen war, nicht wieder anzufangen.

Es war ziemlich offenkundig, dass Lenas vermeintlicher Selbstmord ein Mord war, den jemand zu tarnen versucht hatte. Allerdings musste dieser Jemand ein bemerkenswerter Trottel sein, so stümperhaft, wie er vorgegangen war. Wer konnte so dämlich sein, die Klinge verschwinden zu lassen, mit der sie sich angeblich die Pulsadern aufgeschnitten hatte? Außerdem hatte derjenige nicht mit dem Forensiker gerechnet, dem sofort aufgefallen war, dass ihr ein starkes Beruhigungsmittel in einem Kräutertee verabreicht wurde, bevor man ihr in der Badewanne die Adern geöffnet hatte. Der Mörder hatte sich nicht einmal die Mühe gemacht, den Gazpacho in die Spüle oder ins Klo zu kippen. Natürlich hätten sie die Reste im Abwasserrohr gefunden, aber dieser Dilettant hatte es nicht einmal versucht. Wer in Lenas Umfeld konnte so bescheuert oder so unbedarft sein und sie zugleich genügend hassen, um sie zu töten? Wer hatte etwas von ihrem Tod?

Den Sohn konnte man streichen. Die simple Tatsache, dass er sich in den USA aufhielt, schloss ihn von vornherein aus. Nach allem, was David in Erfahrung gebracht hatte – abgesehen von seinen Informationen aus erster Hand –, war Lena eine Frau mit einem ruhigen, geregelten Leben gewesen. Sie arbeitete zu Hause an Romanübersetzungen aus dem Englischen, und nachmittags half sie Teresa als Sprechstundenhilfe in der Praxis. Sie hatte weder einen festen Freund noch Affären, und ihre Sozialkontakte beschränkten sich auf die kleine Gruppe von Schulfreundinnen, zu der auch Ana gehörte.

Zum Glück hatte Ana ein hieb- und stichfestes Alibi. Während Lena ermordet wurde, war Ana vollauf mit Rickys Geburtstagsfeier beschäftigt und im Garten ihres Hauses von Kindern umringt gewesen. Nicht dass er Ana für verdächtig gehalten hätte, ihre Freundin getötet zu haben, aber es wäre ihm unmöglich gewesen, seine eigene Frau zu befragen oder mit anzusehen, wie sie von einem Kollegen verhört wurde.

Letztendlich hatte er sich zu dem Entschluss durchgerungen, den Fall Machado zu übergeben, obwohl Ana darüber nicht sehr erfreut war. Doch ihm schien es weder objektiv noch professionell, eine Untersuchung zu leiten, von der auf die eine oder andere Weise sämtliche Freundinnen seiner Ehefrau betroffen waren, zumal er vor Jahren, kurz nach seiner Ankunft in Elda, mit einer dieser Freundinnen eine Zeit lang zusammen gewesen war.

Er strichelte ein weiteres Nest aus Pfeilen und dachte an Carmen. Nicht einmal in Gedanken hätte er sie als seine Freundin bezeichnet. Sie hatten Spaß miteinander gehabt, das schon. Carmen war großartig im Bett. Und fröhlich und unbefangen, und sie hatte ein gutes Herz. Sie war ein bisschen ordinär, aber ein nettes Mädchen, das ihm die Versetzung in diesen Ort erträglicher gemacht hatte.

Dennoch wusste er nie, wie er seine Beziehung zu ihr benennen sollte. Seine »Lebensgefährtin« war sie nie gewesen; »Geliebte« klang schwülstig und nach Sünde; »Freundin« traf es nicht im Entferntesten. Warum ist es so schwierig, eine Beziehung zu definieren?, fragte er sich. Selbst die allgemein gebräuchlichen Bezeichnungen, die jedermann zu verstehen glaubt, sind trügerisch. Vater und Sohn. Eine auf den ersten Blick einfache, klare Beziehung ohne Zweideutigkeiten. Und trotzdem: Wer weiß schon, wie diese Beziehung tatsächlich ist, wie viel Liebe oder Hass sich darin verbirgt? »Freund« klingt nach viel weniger; dennoch gibt es Freunde, die bereit sind, alles zu teilen und einander bis zur letzten Konsequenz zu helfen, während es Eltern gibt, die ihre Kinder quälen, Söhne, die ihre Väter erstechen, Ehepaare, die im Dauerkrieg liegen und schließlich ihre Partner umbringen. Was mochte es in Lenas Leben gegeben haben, das jemanden dazu treiben konnte, sie zu ermorden?

An diesem Morgen hatte er mit Ana darüber gesprochen, jedoch ohne einen Schritt vorangekommen zu sein. Lena war ruhig, schweigsam, optimistisch, stets bereit, anderen unter die Arme zu greifen, in jedem Menschen und allem, was ihr im Leben widerfuhr, immer nur das Beste zu sehen. Das sagten alle, und er dachte genauso. Immerhin hatte er sie seit fast zehn Jahren gekannt.

Er fuhr sich mit der Hand übers Gesicht und rieb sich energisch die Augen. Lief hier etwa noch so ein Verrückter frei herum und ermordete wahllos allein lebende Frauen? Der letzte, der ihnen im Frühjahr ins Netz gegangen war, ein Mann, der zu seinem puren Vergnügen zwei ihm unbekannte Frauen ermordet hatte, hatte allerdings ein Schlachtermesser dazu benutzt. Er hatte seinen Opfern fast ein halbes Dutzend Stiche versetzt, einfach so, weil er, wie er in seinem Geständnis sagte, plötzlich ein dringendes Bedürfnis danach verspürt hatte.

Lenas Mörder war ein anderer Typ, was den Gedanken nahelegte, dass er sie nicht zufällig ausgewählt, sondern ein konkretes Motiv gehabt hatte, sie zu töten; sie auf diese Weise zu töten, indem er sie in der Badewanne verbluten ließ, als wollte er jene frühere Szene nachstellen, die ihm Rita Montero geschildert hatte.

Auch aus dieser Frau wurde er nicht schlau. Sie war eigenartig. Ein wenig männlich, zu intellektuell für seinen Geschmack und außerdem zu berühmt. Berühmt auch noch ausgerechnet für Filme über Intrigen und Verbrechen. Doch ebendas widersprach einem Verdacht gegen sie, denn wenn Rita Montero einen Mord geplant hätte, dann bestimmt nicht so dilettantisch, dass ihnen bereits nach einer knappen halben Stunde Zweifel an der Echtheit des Selbstmordszenariums gekommen wären. Allerdings hatte er seit ihrem Gespräch in der Bar das Gefühl, dass sie ihm etwas verschwieg, etwas, das vielleicht auch ihre Freundinnen wussten und ihm nicht sagen wollten, entweder weil sie meinten, es hätte mit dieser Angelegenheit nichts zu tun, oder weil es sich um eines dieser Frauengeheimnisse handelte, die sie niemandem erzählen wollten und einem Polizisten schon gar nicht.

Er hoffte, dass keine von ihnen in die Sache verwickelt war. Ana wäre am Boden zerstört, wenn sich herausstellen sollte, dass eine ihrer Freundinnen eine Mörderin sein könnte.

Er blätterte die Protokolle der ersten Befragungen durch, um sich noch einmal zu vergegenwärtigen, was er bereits wusste: Teresa hatte außerhalb ihrer Sprechzeiten einen Termin mit einer Patientin gehabt, die sie bezüglich eines möglichen Kaiserschnitts beraten wollte, weil die Geburt zu lange auf sich warten ließ. Carmen war im Fitnessstudio gewesen, zusammen mit zwei Dutzend Frauen aller Altersklassen. Candela lebte in Alicante und war mit ihrem Freund einkaufen gewesen. Rita war kurz vor acht bei Lenas Haus angekommen, das hatte ein Nachbar bestätigt. Zwischen sechs und halb acht war sie in einem Blumenladen und in einem Supermarkt gesehen worden, wo sie den Wein gekauft hatte, den sie ihrer Freundin mitbringen wollte. Und Ana verfügte zum Glück über acht Kinder und mehrere Mütter und Väter, die bezeugen konnten, dass sie das Haus nicht verlassen hatte.

Es sah ganz so aus, als würde man den Mörder außerhalb von Lenas engstem Freundeskreis suchen müssen. Und was konnte dann das Motiv sein? Geld sicher nicht. Sie hatte lediglich ein paar Ersparnisse auf dem Konto und die Wohnung, die nun ihr Sohn erbte. Liebe? David war seit Jahren im Polizeidienst und hatte schon viel erlebt. Er war nicht so blauäugig zu glauben, dass man nicht aus Liebe zum Mörder werden konnte, aber in Lenas Fall gab es darauf gar keine Hinweise. Rache? Wofür? In ihrer Jugend, als sie noch Magda hieß, war sie viel gereist und hatte viele Bekannte gehabt, aber Ana zufolge tauschte sie zuletzt nur noch E-Mails mit fernen Freunden und bekam nie Besuch. Und dass jetzt auf einmal jemand aus ihrer Vergangenheit aufgetaucht war, um mit ihr abzurechnen, war allzu unwahrscheinlich

Auf alle Fälle brauchte er Einblick in ihre Korrespondenz, also notierte er, dass er seinen Kollegen Arias beauftragen musste, die Mails auf ihrem Rechner durchzugehen und nachzusehen, ob sie sich regelmäßig in irgendwelche Chats eingeloggt hatte oder im Netz auf Partnersuche gewesen war. Dank der weitgehenden Anonymität im Internet gerieten in letzter Zeit viele in dunkle Machenschaften, die zunächst völlig harmlos aussahen. Aber wenn Lena ein Problem gehabt hätte, wäre sie damit zu ihren Freundinnen gegangen. Teresa wüsste es, denn sie wusste alles, was die Mädels betraf. Vor ein paar Jahren hatte sich einer der schlimmsten Ehekräche, die er je mit Ana gehabt hatte, ebendaran entzündet, dass Ana Teresa etwas erzählt hatte, das ihm viel zu intim schien, um es mit irgendjemandem zu besprechen.

Als Machado Teresa befragt hatte, hatte sie allerdings ausgesagt, Lena habe keine Probleme gehabt, sie sei sogar besonders glücklich gewesen, weil ihr Sohn, nachdem er seine Dissertation fertiggestellt und einen unbefristeten Arbeitsvertrag unterschrieben hatte, nun auch verheiratet war, mit einer Chinesin, wie es schien, und Kinder haben wollte. Natürlich konnte es sein, dass sie log. Sie könnte den guten Ruf ihrer Freundin schützen wollen, weil sie wusste, dass diese sich auf eine unsaubere Sache eingelassen hatte. Aber was sollte das sein?

Es ergab überhaupt keinen Sinn.

Schloss man die Beteiligung eines Unbekannten aus, hatte, so wie die Dinge lagen, nur Rita die Möglichkeit zu dem Mord gehabt. Wenn sie sehr schnell gewesen wäre, hätte sie gegen sieben in Lenas

Wohnung sein können – nach dem Blumenladen und bevor sie den Wein kaufte –, um dann um kurz vor acht zurückzukommen und die Unschuldige zu mimen. Aber warum?

Er hatte das unbestimmte Gefühl, dass es einen Zusammenhang zwischen dem Mord an Lena und dem Eintreffen von Rita Montero geben musste. Ana und die anderen benahmen sich seltsam, seit diese Frau nach dreißigjähriger Abwesenheit wieder im Dorf aufgetaucht war; und wenngleich er anfangs darin nur die natürliche Aufgeregtheit gesehen hatte, einer Freundin aus der Schulzeit wiederzubegegnen, aus der obendrein eine berühmte Filmregisseurin geworden war, beschlich ihn allmählich das dumpfe Gefühl, dass durch Ritas Ankunft in ihnen allen etwas in Unruhe geraten war. Bloß was?

Wenn er nur wüsste, was genau sich in den letzten zwei Wochen abgespielt hatte ..., was zwischen den Frauen von Anas Clique Gesprächsthema gewesen war, dann hätte er wenigstens eine ungefähre Richtung für seine nächsten Schritte. Er musste herausfinden, warum Rita hergekommen war, worüber sie geredet hatten, auf welches Geheimnis die Notiz anspielte, die Lena oder wer auch immer auf ihrem Bildschirm hinterlassen hatte. Vielleicht brachte ihn das auch nicht weiter, aber mehr hatte er im Moment nicht.

Er stand auf, knüllte den Zettel mit den Pfeilen zusammen, sah, dass er soeben seine Notizen in den Papierkorb geworfen hatte, holte den Zettel wieder heraus, strich ihn glatt, verließ das Büro und machte sich auf die Suche nach Machado, damit der sämtliche Freundinnen Lenas noch einmal befragte.

Mai/Juni 1974 – Mai/Juni 2007

Nos tocaba crecer y crecimos, vaya si crecimos,
cada vez con más dudas, más viejos,
más sabios, más primos.

Wir mussten wachsen und wuchsen, und ob wir wuchsen,
mit immer mehr Zweifeln, immer älter, immer weiser,
immer angeschmierter.

Joaquín Sabina, *Resumiendo*

28. Mai 1974

»Die Gruppe ist ja doch sehr geschrumpft«, bemerkt Don Javier mit bedächtigem Nicken und sieht die wenigen Mädchen an, die während der Pause im Englischseminarraum zusammengekommen sind.

Sie erwidern erwartungsvoll seinen Blick. Das ganze Jahr haben sie Kinder gehütet, kleine Aufträge erledigt, die monatliche Schülerzeitung herausgebracht, Festivals organisiert und Eintritt kassiert, Freunden und Bekannten die Teilnahme an allen möglichen Gewinnspielen aufgeschwatzt, ganz zu schweigen von der Weihnachtslotterie, für die sie im Herbst von Haus zu Haus gezogen sind, um Lose zu verkaufen, mit dem einzigen Ziel, das Geld für die ersehnte Abiturfahrt zusammenzubekommen, und jetzt stellt sich heraus, dass von den zweiundzwanzig der Klasse nur die Clique der sieben Freundinnen, Reme und die drei aus Novelda übrig geblieben sind. Gerade mal die Hälfte.

Don Javier zieht die Liste hervor, fährt mit dem Finger langsam über die Namen und nickt wieder.

»Alles klar. Die Eltern von elf Schülerinnen haben mir geschrieben, dass ihre Töchter nicht mitkommen, demnach sind wir also vollzählig. Jetzt fehlt nur noch Doña Marisa, die jeden Moment hier sein muss.«

In diesem Augenblick geht die Tür auf, und die Englischlehrerin kommt herein, in der Hand ein belegtes Brötchen. Don Javier steht auf, überlässt ihr seinen Stuhl und holt sich einen anderen.

»Das wird super«, sagt sie lächelnd, nachdem sie die durchgestrichenen Namen auf Don Javiers Liste überflogen hat. »Da wir nur so wenige sind, genügt uns ein Kleinbus, und wenn ich mich nicht verrechnet habe, werden eure Eltern fast nichts drauflegen müssen.«

»Du hast doch nicht etwa vor, das ganze Geld für uns zu behalten, das gehört schließlich allen«, empört sich Don Javier.

Seine Kollegin sieht ihm ins Gesicht, schluckt den Bissen hinunter und erwidert lächelnd: »Aber klar doch. Das war von Anfang an so ausgemacht, weißt du nicht mehr? Was da ist, wird unter denen aufgeteilt, die mitfahren. Du und ich, wir behalten nichts davon, keine Angst, aber womöglich gibt uns die Schule ja einen kleinen Zuschuss. Telmo sagt, unsere Finanzlage sei dieses Jahr nicht schlecht, und wenn er und seine Frau die Jungengruppe begleiten …«

»Aber wir wohnen doch im selben Hotel, oder nicht?«, fällt ihr Carmen ins Wort.

Doña Marisa, eine Frau in den Dreißigern aus Extremadura mit einer so starken Dauerwelle, dass ihre schwarzen Löckchen aussehen wie Sprungfedern, lächelt wieder.

»Nein. Der Direktor und Doña Loles haben sich für ein Riesenhotel mitten in Palma entschieden, und wir gehen ins Paradies.« Sie legt das Brötchen beiseite und holt einige Prospekte aus ihrer Schreibtischschublade. Die Mädchen beugen sich eifrig darüber, zwinkern einander zu und können kaum das Kichern unterdrücken, das ihnen unwillkürlich in die Kehle steigt.

Auf dem Faltblatt, das Marisa über den Schreibtisch breitet, ist eine traumhafte Landschaft zu sehen: eine felsige Bucht, ein golden in der Sonne schimmernder Sandstrand, ein aus kleinen weißen Bungalows bestehender Hotelkomplex, ein Schwimmbad mit Sonnenschirmen aus Palmwedeln und ein blaues, blaues Meer, das mit dem Himmel zu verschmelzen scheint.

»Das Hotel hat einen Pool, wie ihr seht, einen Grillplatz im Freien, ein Restaurant und eine Diskothek. Es gibt einen Linienbus, der stündlich nach Palma fährt, und außerdem haben wir ja unseren Minibus.«

Bei dem Wort »Diskothek« brechen die Mädchen in aufgeregtes Geschrei aus und fallen einander in die Arme. Der Hinweis auf den

Bus geht im Geschnatter unter. Die beiden Lehrer wechseln einen halb genervten, halb nachsichtigen Blick.

»Aber glaubt ja nicht, dass wir jeden Abend dort verbringen werden. Ihr seid minderjährig, und das müssen wir erst einmal mit euren Eltern abklären«, sagt Don Javier und bemüht sich um einen strengen Tonfall. Doch die Mädchen bekommen gar nicht mit, was er sagt. Sie plappern wie Maschinengewehre, und er sieht ein, dass dies nicht der geeignete Moment ist, sich Gehör zu verschaffen.

Marisa gibt jeder ein vervielfältigtes Blatt.

»Sagt euren Eltern, sie sollen das Geld auf dieses Konto überweisen und den unteren Abschnitt unterschreiben. Den bringt ihr mir so bald wie möglich wieder. Wer ihn nicht abgibt, bleibt zu Hause, alles klar? Los, wenn ihr euch beeilt, habt ihr vor dem Unterricht noch Zeit zum Essen. Die Kantine dürfte schon so gut wie leer sein.«

Die Lehrerin scheucht sie aus dem Seminarraum wie Hühner und bleibt mit Javier allein zurück. Der steht am Fenster, die Hände auf den Rücken gelegt, und besieht sich das Treiben auf dem Schulhof und die Pinienkronen, die sich sanft in der Elf-Uhr-Sonne wiegen.

»Was für ein Zirkus«, bemerkt er. »Wie konnte ich mich nur breitschlagen lassen, mit euch zu fahren?«

»Weil eine männliche Begleitperson gebraucht wird, weil die Mädchen dich anbeten und die Eltern dir vertrauen. Und weil es immer gut ist, einen Priester dabeizuhaben. Und weil du ein lieber Kerl bist, Javi.«

»Aber jetzt sind es doch nur elf …, da bin ich vielleicht gar nicht mehr nötig. Ihr seid zu viele Frauen für mich, das musst du verstehen.«

»Dann stell dir doch einfach vor, wir wären alle von der Marianischen Kongregation.«

»Satansbraten seid ihr«, gibt er mit einem Auflachen zurück. »Sag mal, warum, glaubst du, macht der Gedanke an eine Diskothek sie so glücklich?«

Marisa wischt die Brotkrümel weg, die an ihrem Pullover hängen geblieben sind.

»Warst du schon mal in der Diskothek hier im Ort, in die unsere Schüler gehen?«

»Im Copacabana?«

Sie nickt.

»Nein, natürlich nicht.«

»Dann ist mir klar, warum du es nicht verstehst. Das Copacabana ist eine Art Garage ohne jeden Charme, fast wie die Tanzsäle von früher, nur mit weniger Licht. Tische entlang der Wände, in der Mitte ein Platz zum Tanzen, den man nicht mal als Tanzfläche bezeichnen kann, eine Kugel aus Spiegelchen, ein paar rote Scheinwerfer und eine Theke wie in der Kantine. Die einzige Dekoration sind ein paar Poster von Bands wie *Los Bravos*, *Los Mustang*, *Los Sirex* und solchen Leuten. Wenn sie an eine mallorquinische Diskothek denken, ist das für sie das Eldorado. Ganz abgesehen davon, wollen sie natürlich Ausländer kennenlernen.«

»Wozu denn?« Javiers Verblüffung ist echt.

»Um mit ihnen anzubändeln, Mann Gottes. Weil sie siebzehn, achtzehn Jahre alt sind und von den Jungs im Dorf die Nase voll haben. Sie möchten sich erwachsen fühlen, weltgewandt, verwegen. Ausprobieren, ob das Französisch und das Englisch, das wir ihnen beibringen, zu irgendetwas nütze ist. Bei ihrer Rückkehr etwas zu erzählen haben. Endlich einmal aus diesem verdammten Kaff rauskommen.«

Beim letzten Satz wird ihr Ton ein wenig heftig, und Javier begreift, dass sie nicht nur von ihren Schülerinnen spricht.

»Du sehnst dich auch danach, hier rauszukommen, stimmt's?«

Marisa zuckt mit den Schultern, als sei das nicht von Bedeutung.

»So schlimm ist es nun auch wieder nicht, Javi. Aber nachdem ich es endlich geschafft hatte, Trujillo zu verlassen, und fünf Jahre in Madrid studiert hatte, war es hart, hier zu landen, das musst du verstehen. Ich war froh, Arbeit zu haben, klar, aber man sagte mir, es sei nur für ein Jahr. Und jetzt bin ich schon vier Jahre hier. Sie wollen mich partout nicht versetzen. Ich habe es satt, mit Paca und Inés in einer halb leeren Wohnung zu leben, auf einer Pritsche zu schlafen und meine Bücher in ein Regal aus Brettern und Ziegelsteinen zu stellen. Das ist nicht, wovon ich als kleines Mädchen geträumt habe.«

»Wovon hast du denn geträumt?«

»Was weiß denn ich!«, sagt sie beinahe zornig, als die Klingel das Ende der Pause ankündigt. »Ich wollte nicht mit zwanzig heiraten und einen Stall voll Kinder bekommen. Ich wollte studieren, mein eigenes Leben führen, unabhängig sein, die Welt sehen.«

»Ja und?«, sagt Javier sanft, »das hast du doch alles.«

Marisa zieht die Schultern hoch, nimmt ihre Bücher und einen Stapel korrigierter Hefte und drückt sie gegen die Brust.

»Und so geht's jetzt weiter, bis ich sechzig bin, ja? Von Dorf zu Dorf, von einer Versetzung zur anderen, und immer neuen Kindern immer dasselbe beibringen?«

»Dann heirate doch Gregorio, dann hättest du wenigstens jemanden zum Streiten.«

Sie lacht, klopft dem Priester auf die Schulter, verlässt den Seminarraum und denkt, dass sie die Mädchen nur zu gut verstehen kann und alles tun wird, um ihnen eine Woche der Freiheit und Träume zu ermöglichen. Und wenn ihnen später nichts weiter bleibt, wenn sie in zehn Jahren enttäuschte Frauen von fast dreißig sein sollten, werden sie zumindest diese glorreichen Tage erlebt haben.

Die Klingel scheppert wie verrückt, und die Mädchen schlingen hastig die letzten Happen Thunfischpastete hinunter, bevor sie zurück ins Klassenzimmer gehen.

»Moment, einen Moment!« Marga überschreit den allgemeinen Tumult. »Wir müssen ein Foto machen.«

»Jetzt?«, fragt Candela ungeduldig. »Kein guter Moment, den du dir da ausgesucht hast …«

»Ja, jetzt. Weil es jetzt ernst wird mit der Klassenfahrt. Ein Foto für die Zukunft, Mädels.«

Die sechs Freundinnen lächeln und legen einander die Arme um die Schultern, hinter sich das massige weiße Schulgebäude, neben sich ein paar Bäume, die kaum größer sind als sie.

»Nein, warte«, sagt Ana. »Wir müssen alle sieben drauf. Gabriel! Knipst du uns mal?«

Ein schlaksiger Junge mit Pickelgesicht strahlt, als hätte er einen Preis gewonnen, wirft seine Zigarette weg und greift nach Margas Kamera.

»Schau«, sagt sie, »ich habe schon scharf gestellt. Du brauchst nur noch hier draufzudrücken.«

»Ich bin ja nicht blöd.«

»Natürlich nicht, entschuldige. Es ist halt noch eine manuelle …«

Marga stellt sich zu den Freundinnen, neben Candela, ohne Gabriel aus den Augen zu lassen, der mit der Kamera herumalbert, sich spielerisch dahinter verschanzt und die Mädchen zum Lächeln und Posieren auffordert.

»Los, los, wir kommen zu spät«, drängt Tere.

Marga schnappt sich ihre Kamera, spult den Film weiter, schraubt den Deckel auf die Linse, schaut mit zufriedenem Lächeln in den blauen Himmel, auf die jenseits der Mauer in der Sonne schimmernden Pinien und auf die Azorín-Büste, die verloren inmitten einer Fläche steht, aus der später einmal ein Garten werden soll, dann rennt sie hinter ihren Freundinnen her und verbeißt sich einen Jubelschrei.

Mai 2007

Es ist ein kleines Schwarzweißfoto von sehr schlechter Qualität. An den Rändern haben sich gelbe Flecken gebildet wie eine Hautkrankheit, die sich auszubreiten und die Konturen der jugendlichen Gesichter zu befallen droht.

Rita holt die quadratische Lupe heraus, die Tante Dora in der rechten oberen Schublade von Großvaters monströsem Schreibtisch aufbewahrte, und legt sie über das Foto. Die Gesichter werden größer, ohne ihr zeitloses, in dem dreiunddreißig Jahre alten Schnappschuss eingefrorenes Lächeln zu verlieren.

Das dunkle, stille Arbeitszimmer scheint sich zusammenzuziehen und zurückzuweichen, als Rita die Brille hochschiebt und nach der qualmenden Zigarette im Aschenbecher tastet. Sie dreht das Foto um und liest: »28. Mai 1974«. Wieder gleitet ihr Blick über die jungen Gesichter, sie spürt, wie ihr die Kehle eng wird, und weiß, dass das nicht von dem Rauch in ihren Lungen kommt.

Das war knapp einen Monat vor der Abschlussprüfung, denkt sie, einen Monat vor der Klassenfahrt, bevor unser Leben eine unwiderrufliche Wende nahm, die niemand vorausahnen konnte. Einen Monat vor der Tragödie.

Sie konzentriert sich auf die Reihe der Mädchen: im Zentrum, wie immer, Carmen, temperamentvoll, mit ihrer gewaltigen strohblond gefärbten Lockenmähne, die auf dem Foto grau aussieht; neben ihr Ana, süß und schelmisch, stets ein wenig im Schatten der anderen, die schon fraulicher und selbstbewusster waren, dafür aber aufgeweckter, kämpferischer als sie alle zusammen; auf der anderen Seite

Tere mit ihrer Ausstrahlung einer patenten jungen Frau, fleißig, ernsthaft, Klassensprecherin, jederzeit bereit zu helfen; dann Sole, sehr niedlich und sehr sorgfältig zurechtgemacht, die das Ende der Schulzeit herbeisehnte, um ihr Leben endlich selbst in die Hand zu nehmen; am einen Ende Magda, wunderschön mit ihrem glatten langen Haar und dem Stirnband, die Einzige von ihnen, die schon in London gewesen war und sich als Teil der Flower-Power-Bewegung fühlte, so weit entfernt diese von ihrem täglichen Leben auch sein mochte; am anderen Ende Candela mit ihrem ironischen Lächeln, ihrer kalten Arroganz, ihrem Profil einer byzantinischen Kaiserin; und daneben sie selbst kurz vor ihrem achtzehnten Geburtstag, Rita, die damals noch Marga hieß, lang und mager, mit ihrem störrischen Haar, das auf Betreiben ihrer Mutter stufig geschnitten war und immer zerzaust wirkte, mit ihrem neugierigen Blick, der mit den Jahren immer forschender geworden ist. Sieben Mädchen im letzten Schuljahr, dem Vorbereitungskurs für die Universität. Die Clique vom 28sten.

Im Hintergrund sieht man den weißen quadratischen Klotz des Gymnasiums und in einer Ecke, abseits der Gruppe und schon halb zerstört von dem gelben Fleck, der sich von der Oberkante über das Bild schiebt, Matis verschlagenes Gesicht, das zu den anderen hinüberstarrt, diese feindseligen Augen, die Rita, wie so vieles, völlig vergessen hatte.

Sacht streichen Ritas Finger über die Reihe lächelnder Mädchen. Sie blickt auf ihre lange knochige Hand mit den hervortretenden Adern und fühlt einen Stich. Sie weiß nicht, ob sie den Mut hat, den anderen wiederzubegegnen, sehen zu müssen, was nach all den Jahren aus ihnen geworden ist.

Sie steht auf, verlässt den kleinen Lichtkreis der Schreibtischlampe und geht durch den Flur zur Küche. Die Einrichtung der Wohnung ist dermaßen einfallslos, dermaßen dumm, dermaßen Tante Dora, dass sie fast irreal wirkt, wie eine Theaterkulisse, wie ein Filmset, wo alles echt aussieht, ohne es zu sein.

Die Tür des Gästezimmers zu ihrer Linken, wo Ingrid schläft, ist halb offen. Obwohl Ingrids Kinder schon groß sind und nachts nicht mehr nach ihr rufen, hat sie sich nie angewöhnen können, die Tür zu schließen. Rita bleibt auf der Schwelle stehen, lehnt sich an den Türrahmen, blickt ins Dunkel und lauscht eine Weile den langsamen Atemzügen ihrer Freundin. Dabei schnippt sie die Asche auf die gewachsten Fliesen, die trotz der feinen Staubschicht glänzen, als wären sie nass, und genießt es mit kindlicher Bosheit, die Wohnung ihrer Tante zu verschmutzen, wirft schließlich sogar die Kippe auf den Boden und tritt sie mit der Stiefelspitze platt.

Ein plötzlicher Lachanfall zwingt sie, sich den Mund zuzuhalten und in die Küche zu flüchten, um Ingrids leichten Schlaf nicht zu stören. Sie selbst kann nicht schlafen, trotz der ermüdenden Reise und der Aufregung, in eine Stadt zurückzukehren, in der sie seit über zwanzig Jahren nicht gewesen ist. *»My home town«*, murmelt sie und tritt auf den Balkon hinaus, während aus einem geparkten Auto, in dem ein Paar sich leidenschaftlich küsst, lautstarke Musik heraufdröhnt.

Als sie aufsieht, bleibt ihr Blick an den hohen Gebäuden hängen, die die zweistöckigen Einfamilienhäuser mit den roten Dächern und einer Palme im Hof fast vollständig verdrängt haben.

Wäre dies einer ihrer Filme, erklänge dazu wahrscheinlich *My home town* oder vielleicht auch *Glory days* in der Originalversion von Bruce Springsteen, aber was jetzt ertönt, ist etwas anderes, ein Hämmern, das an ihren Nerven zerrt, sodass sie wieder hineingehen und die Balkontür schließen muss.

Am liebsten hätte sie die Flucht ergriffen. Augenblicklich, mitten in der Nacht, ohne jemanden gesehen zu haben, ohne sich zu verabschieden. Aber Ingrid hat ihr klar vor Augen geführt, dass sie nicht länger davonlaufen darf, dass sie zurückkehren muss, um den Kreis zu schließen, die Wohnung ihrer Tante zu verkaufen, sich einer gegenwärtigen Realität zu stellen, die mit der ihrer Erinnerung nichts mehr gemein hat. Ingrid hat recht, trotzdem fürchtet sie sich davor.

Sie geht wieder ins Arbeitszimmer, zündet sich eine Zigarette an und schaut noch einmal auf das Foto, das sie an dem Platz gefunden hat, an dem es seit damals gelegen hat: in ihrem Taschenkalender von 1974, in der Kiste, die sie im September jenen Jahres zu Tante Dora gebracht hatte, weil sie zum Studieren nach London ging und ihre Eltern die Gelegenheit nutzen wollten, um ihre Wohnung zu renovieren.

Im Lauf der Jahre hat Rita oft an diese Kiste, an diesen Kalender gedacht. Sie hat sich vorgestellt, wie er in dem dunklen Schrank des kleinen Zimmers, das einmal für ein paar Wochen ihr Zimmer gewesen war, auf sie wartet; manchmal mit dem Wunsch, ihn dort zu finden, wenn sie eines Tages beschließen sollte, ihn zu holen, manchmal in der Hoffnung, dass Tante Dora sich durchringen möge, das ganze alte Gerümpel wegzuwerfen, und dass dabei auch die Kiste verschwinden würde, genau wie ihre Eltern verschwunden waren und das Haus und *El Campo* – das Grundstück auf dem Land, wo ihre Familie ein Ferienhäuschen hatte – und sogar ihr Bruder, der seit Jahrzehnten in Neuseeland lebt.

Das Foto scheint ihr boshaft zuzuzwinkern und zwingt sie, an Dinge zu denken, die sie glaubte, vergessen zu haben. Aber zu vergessen ist schlimmer als sich zu erinnern, das weiß sie. Sie hat einen Film darüber gemacht. Für diesen Film hat man ihr vor zwei Jahren einen Oscar verliehen.

In der Glastür des Arbeitszimmers spiegelt sich ihre Gestalt, unscharf und von der biegsamen Schreibtischlampe schwach beleuchtet. Bei jedem Zug glimmt am Ende ihrer Zigarette ein roter Punkt auf wie das Auge eines wilden Tieres in seinem Schlupfloch, funkelt einen Augenblick lang bedrohlich, um sofort wieder zu erlöschen. »Wo ist dieses lächelnde Mädchen geblieben?«, fragt sie sich und fährt sich über das kurze Haar, die knochigen Wangen, den hageren, immer noch festen, ein wenig männlichen Körper mit den kleinen Brüsten und den schmalen Hüften, eine Figur, wie sie in den Siebzigerjahren noch nicht in Mode war, es aber heute sein könnte, wie Ingrid meint, wenn Rita nicht so stur auf ihrem nachlässigen Kleidungsstil beharren würde.

Sie ist zufrieden mit ihrem Leben. Ihre Arbeit gefällt ihr. In London, der Stadt, die sie sich ausgesucht und in der sie über dreißig Jahre verbracht hat, fühlt sie sich wohl. Sie hat ein Haus, ein Auto, einen kleinen Freundeskreis, dem sie vertraut. Sie hat Ingrids Freundschaft, und diese Beziehung ist die beste Partnerschaft, die sie je im Leben gehabt hat. Sie hat Glynis und Shane, zwei Kinder, die sie als ihre eigenen empfindet, obwohl sie es nicht sind.

Und dennoch …

Dennoch ist da etwas, das sie nicht hat und nicht einmal definieren kann. Ihre Wurzeln vielleicht. Ihre Vergangenheit. Ihre Zugehörigkeit zu etwas, dessen sie sich kaum noch entsinnen kann.

Die Stille dehnt sich und dehnt sich, bis sie unerträglich wird. Die Clique vom 28sten, am Ende der Unschuld, lächelt weiter vom Tisch.

Sie drückt die Zigarette aus, löscht die Lampe, steigt aus den Stiefeln, vorsichtig, um keinen Lärm zu machen, zieht sich rasch aus, streift das Nachthemd über, und statt in ihr Zimmer zu gehen – Tante Doras Schlafzimmer –, legt sie sich in das große Gästebett neben Ingrid, die sich kaum regt und sofort wieder entspannt.

Rita atmet das Parfüm ihrer Freundin ein, die Handcreme mit dem Pfingstrosenduft, und sinkt langsam in den Schlaf.

Die Türklingel ließ sie hochfahren. Es musste schon ziemlich lange geläutet haben, denn in ihrem Traum hatte sie die Sirene eines Krankenwagens oder eines Polizeiwagens gehört, genau wusste sie es nicht mehr, erkannte aber jetzt, was es wirklich war: jemand, der schon seit geraumer Zeit vor der Tür stehen musste.

Sie taumelte aus dem Bett, setzte die Brille auf, fuhr sich mit den Fingern durchs Haar, das am Hinterkopf ganz zerdrückt war, wie sie zwischen den Stoffblumen, mit denen der Garderobenspiegel verziert war, erkennen konnte.

»Ich bin's. Ingrid«, sagte die Stimme in der Gegensprechanlage. »Ich habe uns was zum Frühstück gekauft.«

Während ihre Freundin die drei Stockwerke heraufkam, ging Rita in die Küche und öffnete die Schränke auf der Suche nach Tee oder Kaffee, bis ihr klar wurde, dass sie aus dem, was sich noch in Tante Doras Küche fand, keines von beidem würde zubereiten können. Die Tante war seit über einem Jahr tot, und sowohl der Tee als auch der Kaffee dürften längst das Aroma verloren haben. Also ging sie ins Arbeitszimmer, um sich eine Zigarette anzuzünden, und dann Ingrid entgegen, die strahlend hereinkam, in der Hand ein Konditoreipäckchen und eine Plastiktüte. Die Wohnung schien sich über Nacht gewandelt zu haben, und auch wenn die Einrichtung Rita immer noch Brechreiz verursachte, war sie mittlerweile nicht mehr unwirklich oder beängstigend. Es war einfach die Behausung einer alten Frau, vollgestopft mit Plunder, Nippes und Andenken, die von einem grausigen Geschmack zeugten.

»Du bist spät ins Bett gegangen, nehme ich an.«

»Gegen drei«, sagte Rita und sah nach, was Ingrid mitgebracht hatte.

»In mein Bett.«

»Was dagegen?«

»Aber nein, was soll ich dagegen haben? Aber es bedeutet …«

»Ja.«

»Albträume?«

»Denen habe ich erst gar keine Chance gegeben. Bin gleich zu dir ins Bett gekrochen.«

»Angst also.«

»Natürlich.«

Ingrid ergriff ihre Hände und setzte sich ihr gegenüber.

»Aber wovor denn, Liebes? Vor ein paar Jugendfreundinnen, die sich bestimmt riesig freuen, dich wiederzusehen?«

»Woher willst du wissen, dass sie sich freuen?«

Ingrid stieß einen tiefen Seufzer aus, begann die Tüten auszupacken und kochte Kaffee für Rita und Tee für sich.

»Es war Teresa, die dich benachrichtigt hat, als letztes Jahr deine Tante starb, und vor kaum zwei Monaten hat sie dich in London angerufen, und ihr habt ausgemacht, euch zu sehen, sobald du hier bist. Sie hat es übernommen, euer Treffen heute Nachmittag zu organisieren. Sie hat dir gesagt, sie würden darauf brennen, dich zu sehen.«

»Ja, sicher. Weil vergangenen Monat etwas über mich in der Kulturbeilage von *El País* gestanden hat, und dabei ist ihnen eingefallen, dass sie ja jetzt eine berühmte Freundin haben. Oder zumindest glauben sie das.«

»Dass du berühmt bist?« Ingrid starrte sie verdutzt an. »Aber das bist du doch.«

»Dass ich ihre Freundin bin«, sagte Rita düster und zerquetschte den Zigarettenstummel auf dem Tellerchen mit den gelben Rosen, das sie im Schrank gefunden hatte. »Wie können sie davon ausgehen, dass eine Frau, mit der sie dreiunddreißig Jahre lang keinerlei Kontakt hatten, noch immer die Freundin von damals ist? Ich heiße nicht einmal mehr so ...«

»Teresa heißt auch nicht mehr so wie früher. Und sie hat dir erzählt, dass Magda sich jetzt Lena nennt, und seit Sole den Diplomaten geheiratet hat, möchte sie lieber Marisol gerufen werden. So originell bist du gar nicht, Schätzchen.«

Der Kaffee duftete köstlich, und nach der ersten Tasse fühlte Rita sich langsam besser und hörte Ingrid zu, die schwatzte und bester Laune war, fast als hätte sie vergessen, dass ihre beiden Kinder zum ersten Mal zu Besuch bei ihrem Vater in Kuba waren.

»In der Konditorei gab's einfach alles. Ich habe eine Ewigkeit gebraucht, um mich zu entscheiden. Sieh dir nur diese Röllchen an! Und die Petit Fours, und diesen Biskuit, dem ich einfach nicht widerstehen konnte. Na los, greif zu, ich weiß ja, dass du eigentlich nicht frühstückst, aber wir sind doch im Urlaub ... Und die Leute sind so nett ..., sie haben mir gleich gesagt, wo ich Kaffee und Tee bekomme. Dann bin ich auf den Markt gegangen und habe ein bisschen Fisch und ein paar Meeresfrüchte gekauft. Was für Meeresfrüchte, Rita! Alles frisch aus dem Mittelmeer ...«

»Ich dachte, wir würden ausgehen zum Essen. Es ist doch Unsinn, die Küche dreckig zu machen und nachher wieder putzen zu müssen ...«

»Überlass das nur mir.«

»Meinst du, ich soll da hingehen, Ingrid?«

»Noch mal von vorn? Ja, natürlich.«

»Aber du kommst mit.«

»Ich habe da nichts zu suchen.«

»Keine Einwände. Ich brauche moralische Unterstützung.«

»Probier eins von diesen.«

»Das sind *pepitos*. Da ist Vanillecreme drin.« Sie lächelte, als sie Ingrids Blick sah. »Manche Dinge vergisst man anscheinend nie.«

»Du musst um elf beim Notar sein, und heute Nachmittag um vier hast du den Termin beim Makler, denkst du daran?«

»Ja, ja, ich denke daran. Ich dachte, wir seien im Urlaub.«

»Ich bin immer noch deine *P.A.*«

»Schon gut. Aber jetzt brauche ich dich als Freundin.«

Ingrid schloss sie einen Moment lang fest in die Arme, dann ließ sie sie los und verwuschelte ihr das Haar.

»Mach dich ein bisschen zurecht, und wenn wir noch Zeit haben, gehen wir ein Stück spazieren, und du fängst an, mir die Stadt zu zeigen.«

»Das Dorf«, korrigierte Rita sie.

»Aber es hat mehr als fünfzigtausend Einwohner und schon seit über einem Jahrhundert den Status einer Stadt. Das habe ich bei *Google* gefunden.«

»Für mich ist es immer noch das Dorf.«

»Mach schon, zieh dich an. Was Leichtes, es ist heiß draußen.«

Während Ingrid in der Küche hantierte, ging Rita ins Bad, wusch sich ein wenig – die Dusche war absolut vorsintflutlich – und nahm eine Sommerhose und ein kurzärmeliges T-Shirt aus dem Koffer.

Auf Tante Doras Toilettentisch blickten Dutzende von Fotos aus ihren staubigen Rahmen, Überreste eines Lebens, das es nicht mehr gab: sie, ihr Bruder und ihre Eltern in Alicante; Onkel Damián, der starb, als sie noch sehr klein war; ihre Tante und ihre Mutter auf einem Ball, beide in langen Kleidern und mit Perlenketten; Bilder von Hochzeiten, Kommunionfeiern und Seniorenreisen …, und auf allen wurde gelächelt, falsch gelächelt, mit gebleckten Zähnen. Oder vielleicht auch nicht, vielleicht war das Lächeln im Moment der Aufnahme echt gewesen, wie das der Clique vom 28sten, ein unschuldiges Lächeln, das nicht ahnte, was die Zukunft bringen würde.

Ihr schauderte bei dem Gedanken, dass die meisten der Gesichter, die Tante Doras Toilettentisch schmückten, längst als Totenschädel in Pinienholzsärgen in der Finsternis ihrer Gräber lagen. Sie war froh, dass ihre Eltern eingeäschert worden waren. Die Vorstellung, sie würden hinter der Mauer der Familiengruft langsam verwesen wie Tante Dora, war ihr zuwider.

»Bist du so weit?« Ingrids Stimme kam aus dem Flur.

Sie schnappte ihre Tasche, die Unterlagen für den Notar und ihre Sonnenbrille und eilte zu ihr hinaus.

3. Juni 1974

Es ist achtzehn Uhr, und alles ist bereit für die große Geburtstagsparty. Mama und Tante Dora backen in der Küche noch die letzten Tortillas, während Papa und Tony sich mit den Lichterketten abmühen, die sie unbedingt überall aufhängen will und die aufzutreiben sie ihre liebe Not gehabt hat, weil sie die Läden abklappern und in den hintersten Winkeln der Lagerräume nach Resten von Weihnachtsschmuck stöbern musste. Die Girlanden und Lampions waren leichter zu finden und hängen bereits zwischen den Bäumen, wo die Brise ihre Papierfransen rascheln lässt, ein sachtes, frisches Geräusch wie zur Ankündigung des Sommers, der in diesem Jahr schon Einzug hält, obwohl erst der 3. Juni ist.

El Campo ist herrlich, übersät von Rosen, Margariten und Gladiolen. Die Bougainvillea klettert über die halbe Gartenlaube und taucht alles in Rosa, überwuchert von Geißblatt und Jasmin, der seine Blüten abends öffnet, wenn die blaue Prunkwinde die ihren schließt.

Marga bleibt einen Moment in der Tür stehen, schlingt die Arme um den Körper und muss lächeln. Achtzehn Jahre. Sie ist achtzehn geworden, und das wird sie feiern mit Pauken und Trompeten und allen ihren Freundinnen, einigen Freunden, den Freunden ihres Bruders …, über zwanzig Gästen, die ab acht eintrudeln werden, sodass ihr noch genug Zeit bleibt, ein Bad zu nehmen, ihre Haare zu waschen, sich ein bisschen zu schminken und endlich zu entscheiden, was sie anziehen soll: das lange orangefarbene Kleid, das ihre Mutter ihr voller Vorfreude gekauft hat, oder den psychedelisch gemusterten Overall, den sie sich selbst ausgesucht hat und der für ihre Verhältnisse zwar ziemlich gewagt ist, aber zumindest lange Hosen hat und nur den Rücken fast vollständig freilässt.

Es war nicht leicht, ihre Familie zu überreden, aber sie hat es geschafft. Das letzte Fest hatte sie zu ihrem zehnten Geburtstag gefeiert, als ihre Schulkameradinnen noch in Faltenröcken und Bommelstrümpfen erschienen waren und die ganze Sause aus Coca-Cola und Omas Mandeltorte bestanden hatte. Heute wird das anders. Heute werden sie feiern wie die Großen: mit einem Abendessen, alkoholischen Getränken und Musik. Sie muss Tony noch sagen, dass er nach dem Plattenspieler sehen soll, um sicherzustellen, dass auch alles funktioniert und die Musik auf der improvisierten Tanzfläche unter dem Olivenbaum, wo früher die Schaukel gestanden hat, gut zu hören ist.

Sie geht durch die Küche Richtung Badezimmer, umarmt spontan ihre Mutter, die protestiert und sich wehrt, damit ihr die Tortilla nicht anbrennt. Dann fällt sie auch Tante Dora um den Hals und stellt alle ihre schon hundertmal gestellten Fragen noch einmal, sodass sich die beiden Frauen ein Schmunzeln nicht verkneifen können.

»Aber ihr verschwindet dann, nicht wahr?«

»Was habt ihr denn vor, dass ihr uns unbedingt loswerden wollt?«, erwidert die Tante mit gespielter Entrüstung. »Wir stören euch bestimmt nicht. Wir sind doch nur dein Vater, deine Mutter und ich. Hier ist Platz genug, und wenn wir im Haus bleiben, kommen wir euch doch gar nicht in die Quere …«

»Tante Dora! Wir haben ausgemacht …«

»Ja, mein Kind, ja«, mischt sich ihre Mutter ein. »Ich bleibe auf keinen Fall hier. Aber jetzt werden deine Tante und ich uns ein bisschen herrichten, warten, bis die Gäste da sind, sie begrüßen und uns verabschieden.«

»Aber du kennst sie doch alle.«

»Ich möchte aber sehen, wie sie sich in Schale geworfen haben und wie erwachsen sie geworden sind. Hör mal, du Göre, das ist nicht nur dein Geburtstag. Ich habe auch etwas zu feiern, weißt du? Heute vor achtzehn Jahren habe ich dich zur Welt gebracht. Und es war nicht leicht, das versichere ich dir.«

»Ist ja gut, ist ja gut, ich bin schon still.«

»Marga?«, fragt Tante Dora und nimmt die Schürze ab. »Hast du dich schon entschieden, ob Kleid oder Overall?«

»Also ...« Marga schielt zu ihrer Mutter hinüber, die weiterarbeitet, als interessierte sie das Gespräch nicht, aber Marga weiß, dass sie auf ihre Antwort lauert. »Ich glaube, ich ziehe den Overall an. Das Kleid ist zu schön« – sie hört ihre Mutter leise schnauben – »und ich denke, ich werde es mir für die Fiesta im September aufheben. So habe ich etwas Neues für den Ball im Club. Was meinst du, Mama?«

»Ich? Wie du willst. Es gehört dir.«

»Der Overall ist ..., ich weiß nicht ..., nicht so förmlich.«

»Na ja. Dann geh mal ins Bad, und mach dich hübsch. Manolo muss jeden Moment hier sein. Er hat mit Tony vereinbart, dass er früher kommt, falls wir noch Hilfe brauchen.«

»Wie nett von ihm!« Irgendwie passt es ihr nicht, dass ihre Mutter von Manolo spricht wie von einem Familienmitglied, obwohl sie erst seit November zusammen sind. »Davon hat er mir gar nichts gesagt.«

»Los, los!« Die Tante scheucht sie aus der Küche. »Zieh dich um. Du musst ja auch nicht immer alles wissen.«

Marga verzieht sich in das große Badezimmer und verbringt fast eine Stunde damit, sich aufzumotzen, wie ihr Bruder sagt. Sie hat sich noch nie schön gefunden, nicht einmal auf dem Silvesterball, obwohl sie da schon in männlicher Begleitung war und ihr alle gesagt haben, wie hübsch sie sei. Es gibt vieles an ihr, das ihr nicht gefällt: ihre Größe, ihre flachen Brüste, die eckige Figur, der kein Kleid steht, Hosen aber dafür umso besser, wie ihre Freundinnen sagen.

Ana vergleicht sie immer mit Katharine Hepburn, einer resoluten Frau mit einer starken Persönlichkeit, an der Rüschen, Schleifen und tiefe Dekolletés lächerlich aussähen, die in Hemd und Hose aber unübertrefflich ist. Sie würde lieber der anderen Hepburn ähneln, Audrey, aber man ist nun mal, wie man ist, sagt sie sich seufzend, während sie sich bemüht, irgendwie ihre Haare in Form zu bringen, die dank des verflixten Stufenschnitts in sämtliche Himmelsrichtungen stehen.

Plötzlich fasst sie den Entschluss, an diesem Abend auf die Brille zu verzichten. Es ist eine sehr schwache Brille, aber sie hat sich angewöhnt, sie zu tragen, quasi als Barriere zwischen sich und der Welt. Sie mag das Gewicht auf der Nase, sie schiebt sie hoch, nimmt sie ab, spielt damit. Wenn sie sich schon nicht sexy findet, fühlt sie sich so wenigstens intellektuell.

In ein Handtuch gewickelt, verlässt sie das Bad, erreicht ihr Zimmer, ohne jemandem zu begegnen, und sieht, dass ihre Mutter den Overall übers Bett gebreitet und den seltsamen Büstenhalter danebengelegt hat, der nur aus zwei selbstklebenden Halbmonden besteht, damit keine Träger zu sehen sind. Aus der Schublade holt sie den Slip, den ihr Magda letzten Sommer aus London mitgebracht hat und den sie noch nie getragen hat. Er ist schwarz, klein und seitlich mit einem fuchsiafarbenen Herz bestickt. Ihr Magen zieht sich zusammen, als sie sich vorstellt, wie Manolos Finger über das Herzchen streicht, und rasch weist sie den Gedanken von sich. Soll er ruhig leiden! Sie mag ihn, aber sie hat es nicht eilig damit, sich überall anfassen zu lassen, wie einige ihrer Freundinnen, Carmen zum Beispiel, die im Copacabana mit jedem knutscht, den sie zu fassen kriegt. Sie selbst ist eher wie Tere, ernsthafter, verantwortungsvoller.

Sie hört ihre Mutter rufen, Manolo sei schon da, und zieht hastig den langen Reißverschluss des Overalls zu. Den Knoten im Nacken kann sie nicht allein binden, wenn die Bänder anmutig über den Rücken fallen sollen.

»Mama!«, ruft sie. »Kannst du mal kommen?«

Sie hört sie in der Küche über irgendeinen Blödsinn lachen, den Manolo ihr erzählt. Ihre Mutter findet ihn hinreißend und hätte ihn nur zu gern zum Schwiegersohn. Er ist aus gutem Haus, absolviert auch gerade seinen Vorbereitungskurs auf die Universität, hat allerdings ein Jahr wiederholt. Sein Vater besitzt eine gutgehende Fabrik und ist reich geworden, weil die Amerikaner festgestellt haben, dass die spanischen Schuhe genauso gut sind wie die italienischen, nur viel billiger. Manolo wird natürlich BWL studieren und früher oder später die Fabrik übernehmen. Dann kommen die Hochzeit, das Haus mit Schwimmbad und Tennisplatz, zwei Kinder und ein sorgloses Leben. Das ist allen sonnenklar.

Aber daran will sie nicht denken. Jetzt kommt erst einmal ihre Party, dann die Abiturprüfung und danach die Mallorca-Reise. Hinterher der Sommerkurs in London – zu ärgerlich, dass sie ihre Eltern im vergangenen Jahr nicht hatte überreden können, sie mit Magda fahren zu lassen –, dann Valencia, die Universität, wo sie nach harten Kämpfen mit ihrer Familie schließlich Kunstgeschichte studieren wird. Insgeheim hat sie den Verdacht, dass ihre Eltern nur deshalb ihre Zustimmung zu einem Fach mit so schlechten Zukunftsaussichten gegeben haben, weil sie das Studium im Grunde für überflüssig halten und fest davon ausgehen, dass sie gleich nach dem Abschluss Manolo heiraten wird.

Die Mutter tritt ins Zimmer und betrachtet sie verblüfft. Marga wirft einen Blick in den Spiegel, um herauszufinden, worauf der Gesichtsausdruck ihrer Mutter zurückzuführen ist, denn sie hat ja lediglich die Brille abgesetzt und lange Ohrringe angelegt.

»Mein Kind!«, sagt sie schließlich. »Du bist wunderschön!«

Sie schließt Marga fest in die Arme und flüstert ihr ins Ohr: »Du bist entzückend, Marga, einfach entzückend.«

Als sie sich voneinander lösen, hat die Mutter feuchte Augen und einen ganz neuen Blick, als betrachte sie sie zum ersten Mal als ihresgleichen. Marga schaut wieder in den Spiegel und sieht sich, wie ihre Mutter sie sieht: eine schön zurechtgemachte junge Frau in einem knallbunten Overall, mit ein wenig Make-up auf Lidern und Lippen und frisch gewaschenem Haar. Es stimmt, sie ist hübsch. Doch obwohl sie stolz ist auf ihr Aussehen und Mamas Lob, empfindet sie tief im Inneren auch Traurigkeit, denn eigentlich hat die Reaktion ihrer Mutter ja nichts mit ihr selbst zu tun, sondern nur mit ihrer äußeren Schale, als hätte Mama lieber ein niedliches Püppchen anstelle einer mutigen und engagierten Tochter, Chefredakteurin der Schülerzeitung und Regisseurin des Theaterstücks, das sie Anfang Mai mit großem Erfolg aufgeführt hatten und damit ihrem Traum von der Fahrt nach Mallorca ein Stückchen näher gekommen waren.

Flüchtig denkt sie an César und fragt sich, was er wohl davon halten wird, sie als erwachsene Frau verkleidet zu sehen. Ihm macht es Spaß, sich zu verkleiden, aber davon abgesehen, sind sie in vielerlei

Beziehung beinahe Seelenverwandte. Seit sie mit Manolo zusammen ist, sehen sie sich nicht mehr so oft, doch ist César immer noch ihr bester Freund, und zum Glück arbeiten sie gemeinsam an der Zeitung, den Festivals und allem, was im weitesten Sinne mit künstlerischen Aktivitäten zu tun hat, denen Manolo nichts abgewinnen kann.

Als Marga und ihre Mutter in den Garten kommen, trinkt Manolo – der in seinem hellen Jackett und dem blauen Hemd blendend aussieht – mit ihrem Vater und ihrem Bruder ein Bier und stößt bei ihrem Anblick einen langen Pfiff aus.

»Ein Glück, dass du meine Braut bist, Marga. Sonst würde ich sterben vor Neid«, sagt er aufrichtig.

Es stinkt ihr, dass Manolo sie als seine »Braut« bezeichnet, sie findet es altmodisch und blöd, aber da es ihren Eltern zu gefallen scheint, erhebt sie keinen Einspruch, wenn sie dabei sind. Wenn nicht, neckt Manolo sie gern: »Wie soll ich dich denn bitte sonst nennen? Meine Partnerin? So einer bin ich nicht. Du bist nun mal meine Braut, auch wenn dir das Wort nicht gefällt.« Sie würde nie von ihrem »Bräutigam« reden, schließlich hat jeder einen Namen. Wenn sie ihn also vorstellen muss, sagt sie »Manolo«, weil »fester Freund« noch dämlicher klingt, und »Partner« …, tja, darin hat Manolo recht, ihr Partner könnte er niemals sein.

»Du hast dich gut gehalten für deine achtzig Jahre«, witzelt ihr Vater. »Oder waren es achtzehn?«

»Eins muss man dir lassen, wenn du dir Mühe gibst, machst du richtig was her«, bemerkt Tony. Wenn sie allein sind, ist er lieb und verständnisvoll, ganz der große Bruder, aber sobald andere dabei sind, muss er sie ständig aufziehen, damit bloß keiner denkt, er stehe unter ihrer Fuchtel.

»Das ist, wie wenn du dein Auto wäschst«, sagt sie schulterzuckend. »Das Modell und die Karosserie sind dieselben, aber es sieht auf jeden Fall besser aus.«

Beide lachen, und in diesem Moment treffen die ersten Freundinnen ein. Man hört sie schwatzen, bevor man sie sieht, und an der Tonlage des Gelächters erkennt man ohne Zweifel Carmen, Sole, Ana und Tere. Vermutlich hat Soles Vater sie hergefahren, weil der immer wissen will, wo sich seine Tochter aufhält, und weil er sich gerade einen neuen Dodge gekauft hat, den er überall herumzeigen muss. Candela hat schon den Führerschein; wahrscheinlich kommt sie mit dem Wagen ihrer Mutter und holt Magda ab, die den weitesten Weg hat.

Marga eilt ins Haus und erscheint sofort wieder mit ihrer Kamera. Sie hat sich immer eine Nikon mit automatischem Filmtransport gewünscht, um viele Fotos rasch hintereinander schießen zu können, doch weil die zu teuer ist, muss sie sich mit einer Kodak begnügen, die aber wenigstens manuell ist, nicht wie diese doofen vollautomatischen Kameras mit drei Standardeinstellungen, bei denen immer zu dunkle, überbelichtete oder unscharfe Bilder herauskommen.

Beim Anblick ihrer Freundinnen muss sie schmunzeln. Sie hat gut daran getan, Farbfilme zu besorgen. Die Mädchen sehen aus wie ein Regenbogen. Carmen in ihrer Lieblingsfarbe Rot; Ana in Blau; Sole natürlich in Weiß – die Braut bei der Hochzeit, der Säugling bei der Taufe, die Leiche beim Begräbnis –; und Tere in Beige mit orangefarbenen Akzenten. Magda wird bestimmt in einem indischen Modell aus London erscheinen, malvenfarben oder lila, und Candela in Gelb oder Schwarzweiß.

Marga knipst und knipst, während sie sie durch den Sucher auf sich zukommen sieht. Dann dreht sie sich um und fotografiert ihren Vater, ihren Bruder und Manolo, wie sie den Mädchen entgegensehen. Sie hofft, dass sie genügend Filme gekauft hat.

Eine halbe Stunde später erscheinen auch Magda – in Violett und bestickt mit Sternchen aus winzigen Spiegeln –, Candela – gelbe Rüschenbluse und weiter schwarzer Rock –, César – ganz in Schwarz mit hellem Sakko, originell und beeindruckend wie immer –, Javier, Paco, Chimo – todschick – und die beiden besten Freunde ihres Bruders Tony, Juanma und Tomás, die Marga kaum eines Blickes würdigt, weil sie schon über zwanzig und somit außerhalb ihrer Sphäre sind.

Auf dem Beistelltisch unter der Laube sind bunt verpackte Geschenke aufgebaut, und Marga macht zum Andenken ein Foto davon.

Ihre Eltern und ihre Tante plaudern und lachen mit den anderen und amüsieren sich offenbar königlich. Sie kennen sie alle schon seit der Grundschule, sie kennen ihre Eltern, sie fühlen sich verjüngt, umringt von diesen jungen Leuten, die bis vor Kurzem noch Kinder waren und nun bereits in die Welt der Erwachsenen eintreten. Sie hört sie von Militärdiensten, Rückstellungen, Studienfächern, Studentenwohnheimen, Fachhochschulen und Führerscheinen reden.

César kommt an den Tisch mit einem Päckchen, das eindeutig eine Schallplatte enthält, und als er es ablegt, sagt er, ohne Marga dabei anzusehen: »Auch das bist du, Rita.«

Er ist der Einzige, der sie Rita nennt, und nur, wenn niemand zuhört. Wegen Rita Hayworth, sagt er, weil es ein Name mit Kraft und Charakter ist. Wie sie, sagt er.

»Wer?«

»Diese Frau mit dem schrillen Overall und den Ohrgehängen. Das ist keine Maske. Es ist einer deiner Avatare.«

Der kryptische César und seine wunderliche Ausdrucksweise.

»Du und ich, wir sind anders, das weißt du«, setzt er hinzu. »Alles Gute!« Er nimmt sie sacht in die Arme und streift ihre Lippen mit den seinen.

Marga sieht aus dem Augenwinkel, dass dies Manolo nicht entgangen ist, und befreit sich eilig aus der Umarmung, womit sie sich einen spöttischen Blick von César einhandelt.

»Diese bescheuerten Machos …«, hört sie ihn noch murmeln, bevor sie sich wieder der Gruppe anschließt, die sich bereits mit Getränken versorgt.

Margas Vater räuspert sich lautstark. Nach und nach merken alle, dass er etwas sagen möchte, und es wird still.

»Kinder, da wir Marga versprechen mussten, dass wir uns verziehen, wenn alles bereit ist …« – Buhrufe und Gekicher –, »und das ist es ja jetzt, möchte ich mit euch auf Marga und ihre achtzehn Jahre anstoßen. Zuvor aber, liebe Tochter, haben deine Mutter, dein Bruder und ich ein Geschenk für dich.«

»Noch eins?«, entfährt es Marga. »Zusätzlich zur Party?«

»Noch eins«, ihr Vater nickt. »Deine Tante Dora hält es für unsinnig und hat dir deshalb etwas anderes gekauft, aber wir haben uns gedacht, du könntest es vielleicht gebrauchen. Es ist nicht genau das, was du dir gewünscht hast, aber so was Ähnliches, denke ich. Komm schon, mach's auf! Das quadratische dort in dem gestreiften Papier.«

Marga greift mit zitternden Fingern nach dem unerwarteten Geschenk, und als sie sieht, dass es mit der typischen Gewissenhaftigkeit ihres Vaters verpackt ist, verliert sie die Geduld und reißt mit beiden Händen das Papier ab.

Ihre Freunde sehen ihre Miene und halten den Atem an. Noch wissen sie nicht, was es ist, aber offensichtlich traut Marga ihren Augen nicht.

»Was ist es? Was ist es denn?«, fragt Carmen und hüpft von einem Bein aufs andere.

»Mach's nicht so spannend, Margarita«, sagt Candela im perfekten Fräulein-Rottenmeier-Ton. »Nimm die Hand von deinem Busen, und sag uns endlich, was drin ist.«

Marga dreht sich zu ihrer Familie um, die ihr lächelnd und voller Stolz zuschaut. Sie kann sie kaum erkennen, weil ihre Augen in Tränen schwimmen.

»Es ist eine Super-8-Kamera!«, sagt sie heiser. »Eine Filmkamera!«

»Wir haben gedacht, vielleicht solltest du lieber eine Filmkamera haben, um uns der Nachwelt zu erhalten, und hörst dann auf, uns wegen der Nikon zu nerven«, sagt ihre Mutter und eilt auf sie zu, um sie zu umarmen. »Gefällt sie dir?«

»Wahnsinnig, Mama, wahnsinnig! Das ist unglaublich! Ich werde gleich mal sehen, ob ich damit klarkomme und ein bisschen von dem Fest aufnehmen kann.«

»Und mit wem soll ich dann tanzen?«, erkundigt sich Manolo leicht gereizt. Er weiß, dass Marga durchaus imstande ist, sich während der gesamten Party mit ihrer Kamera zu beschäftigen, statt sich um die Gäste zu kümmern und bis in den frühen Morgen zu tanzen.

»Wenn du brav bist und manierlich bitte sagst, wird es dir an guten Partien nicht mangeln«, sagt Carmen kess.

Manolo wirft ihr einen wütenden Blick zu, Carmen grinst unverschämt zurück und hakt sich bei Chimo ein, der darüber hocherfreut ist.

Nach den Glückwünschen und einem letzten Glas brechen die Eltern auf, Tante Dora im Schlepptau, und für einen Augenblick fühlt sich Marga schäbig, weil sie ihnen die Teilnahme an einem Fest verweigert, das sie ihr ermöglicht haben, aber sie hat ihren Freundinnen seit Wochen versprochen, dass sie unter sich sein werden, dass sie alle im Häuschen übernachten können ohne erwachsene Aufpasser, und so beißt sie sich auf die Zunge, begleitet die Erwachsenen zum Auto und umarmt sie noch einmal.

»Benehmt euch anständig«, sagen Papa und Mama beinahe gleichzeitig.

»Ich finde, wir sollten bleiben«, fängt Tante Dora wieder an.

Und das wirkt wie ein Startschuss. Sie lassen den Seat 1500 an, fahren davon und winken aus den heruntergelassenen Seitenfenstern.

Als Rita zum Haus zurückkommt, wartet vor dem Eingang Manolo auf sie, die Hände in den Taschen und mit einer Miene, die er vermutlich für würdevoll hält.

»Ist was?«, fragt sie.

»Nein, aber wenn wir nicht in deinem Haus und obendrein die Gastgeber wären …« – Sie zieht eine Grimasse, als sie dieses »Wir« hört – »dann hätte ich diesem aufdringlichen Blödmann eine in die Fresse gehauen. Und du lässt es dir auch noch gefallen!«

»Was lasse ich mir gefallen?«

»Dass er dich vor aller Welt abknutscht.«

»César ist seit Jahren mein bester Freund, und das weißt du. Komm schon, Manolo, sei so gut, und verdirb mir nicht das Fest.«

»Das kommt ganz auf dich an.«

»Was soll ich tun?«

Manolo lächelt anzüglich und legt ihr die Hände auf die Hüften.

»Gib mir einen Kuss.«

»Jetzt? Hier?« Sie überlegt kurz und beschließt dann, sich von so einem Unsinn das Fest, das sie wochenlang vorbereitet hat, nicht vergällen zu lassen, also küsst sie ihn und windet sich los, als sie spürt, wie er sich an sie presst und versucht, ihr die Zunge in den Mund zu schieben. »Ist ja gut, nachher mehr.«

Manolo scheint sich zufriedenzugeben, legt ihr den Arm um die

Schultern und führt sie zurück in die Laube, wo die anderen schon mit dem Essen angefangen haben.

»Du bringst mich noch um den Verstand, Süße«, flüstert er ihr ins Ohr, dann schlüpft sie aus seinem Arm und läuft hinüber zu ihren Freundinnen, die gerade Tränen lachen über irgendeine Albernheit, die sie verpasst hat.

Später legt Tony Platten auf, und allmählich steigt die Stimmung. Einige fangen an, unter den Zweigen des Olivenbaums zu tanzen, während der Himmel dunkelblau wird und die ersten Sterne erscheinen.

Tere sitzt in einem Liegestuhl und unterhält sich mit Tomás, der in Granada Medizin studiert. Sie sieht Magda mit César zum Teich hinuntergehen und spürt einen neidvollen Stich, den sie sich nicht recht erklären kann. Carmen fleht lautstark nach einem langsamen Musikstück, weil sie vom vielen Herumspringen schon völlig erledigt ist. Sole ist wie immer umringt von Jungen, tanzt aber nicht; sie wiegt sich allenfalls leicht im Rhythmus der Musik, bewegt die Hände und lässt ihre vielen Armreifen klirren. Zu dem langsamen Stück, das jetzt erklingt, tanzt Ana mit Juanma und hat, soweit es sich von hinten erkennen lässt, ihre liebe Not, ihn sich vom Leib zu halten. Candela steht allein am Tisch mit den Getränken, als wollte sie sich einen Überblick über das Angebot verschaffen, ehe sie sich entscheidet. Ihre Blicke treffen sich, und Marga geht lächelnd auf sie zu.

»Soll ich dir einen Cuba Libre oder einen Wodka-Orange machen?«, fragt Candela.

»Letzteres.«

Ihre Hände sind lang, schmal, aristokratisch und alle ihre Gesten elegant.

»Ich weiß nicht, wie du dieses Arschloch aushältst«, bemerkt sie beiläufig.

»Manolo?«

Candela äfft sie mit Falsettstimme nach: »Manolo? Nein, den Yeti.«

Marga zuckt mit den Schultern.

»Er muss mich in einem schwachen Moment erwischt haben. Ich war die Einzige, die noch nie mit einem Jungen ausgegangen war.«

»Ich bin auch noch mit keinem ausgegangen, aber ich habe höhere Ansprüche.«

Sie trinken einen Moment schweigend und gehen dann in den von der Bougainvillea überrankten Winkel zu einer gefliesten Bank, die von der Tanzfläche aus nicht zu sehen ist. Sie setzen sich, blicken sich in die Augen, stoßen an.

»Herzlichen Glückwunsch zum Geburtstag«, sagt Candela. »Auf unsere Zukunft, Marga.«

»Glaubst du, es wird uns gut gehen, Candela? Dass wir glücklich werden?«

»Du und ich schon.«

»Die anderen nicht?«

»Tja, wer weiß? Offen gesagt, ist mir das ziemlich egal.«

»Du bist aber hart.«

»Ich bin ehrlich. Die Einzige, die mir etwas bedeutet, bist du, das weißt du doch.«

Candela stellt das Glas auf die Bank, legt ihr die Hände auf die Schultern und zwingt sie, ihr ins Gesicht zu sehen.

»Das weißt du, nicht wahr?«

Marga nickt, vor allem, weil ihr das erlaubt, den Kopf zu senken und Candelas Blick zu entgehen, der sie innerlich verbrennt, der ihr Dinge zuflüstert, die sie nicht wissen will. Sie erinnert sich an jenen Moment nach dem Sportunterricht vor knapp zwei Wochen. Sie waren noch eine Weile allein im Hof geblieben, weil Candela ihr ein paar Tricks beim Volleyball zeigen wollte, um die biestige Sportlehrerin Dolores, die Marga auf dem Kieker hat, versöhnlich zu stimmen, und als sie hinterher im Umkleideraum waren, hat Candela sie geküsst. Oder sie haben einander geküsst. Das weiß sie nicht mehr so genau und will es auch gar nicht wissen.

Sie fürchtet, Candela könnte es jetzt wieder tun, hier auf dieser Bank, auf ihrer Party, aber Candela streichelt ihr nur die Wange, so sanft und zärtlich, dass sie fast weinen muss. Dann greift Candela nach ihrer Hand, sieht ihr in die Augen und drückt ihr einen Kuss in die Handfläche. Und da nähert Marga, ohne nachzudenken, ihre Lippen denen ihrer Freundin und küsst sie von sich aus, einfach so, weil sie tief in ihrem Inneren weiß, dass es richtig ist, dass es so sein muss.

Plötzlich ertönt eine Stimme aus den Schatten beim Mandelbaum, eine laute weibliche Stimme, die sie beide erschaudern lässt, weil sie ihnen nur allzu vertraut ist.

»Alles Gute zum Geburtstag, Turteltäubchen!«

Candela springt wütend auf.

»Was hast du hier zu suchen?«

»Ich habe gedacht, Marga hat wohl vergessen, mich einzuladen, aber ich will nicht nachtragend sein, also bin ich trotzdem gekommen.«

»Und wirst sofort wieder verschwinden.« Candelas Augen sprühen Funken.

»Das muss sie mir schon selbst sagen. Es ist doch ihre Party, oder nicht?«

Marga versucht, Candela zurückzuhalten, die sich auf den ungebetenen Gast stürzen will.

»Hör auf, lass sie. Gehen wir tanzen.«

In diesem Augenblick erscheint Tony, in der Hand eine Flasche Bier.

»Hallo, Mädels. Was treibt ihr hier im Dunkeln? Liebeskummer? Und wer ist das?«, fragt er erstaunt, denn sie waren die Gästeliste zigmal durchgegangen, und er weiß genau, wer kommen sollte.

»Das ist Mati«, sagt Marga mit heiserer Stimme. »Eine Klassenkameradin. Sie ist hier, weil ...«

»Weil ich sie überraschen wollte«, beendet Mati ihren Satz. »Und das ist mir gelungen, was?«

28. Mai 2007

»Sieh mal, Ingrid«, sagte Rita und blieb an einer Straßenecke stehen. »Das ist die alte Nonnenschule. Hier bin ich zur Klavierstunde gegangen, dreimal pro Woche um sechs, immer mit der Angst, nicht genug geübt zu haben, beim Rondo mit dem Fingersatz durcheinanderzugeraten und es nur holpernd zu Ende zu bringen, um mich dann mit dem Schnurrbart von Schwester Armonía konfrontiert zu sehen. Sie hatte einen Schnurrbart, im Ernst, allerdings hast du den nur bemerkt, wenn du schlecht gespielt hast. Wenn sie lächelte, ist er nicht aufgefallen.«

»Ich wusste gar nicht, dass du Klavierunterricht hattest.« Ingrid ließ den Blick gleichmütig über das inzwischen verfallene Gebäude schweifen, aus dessen vergitterten Fensterhöhlen trockenes Gestrüpp wuchs.

»Ich kann mich kaum noch erinnern. Aber was ich nie vergessen werde, ist die Kälte in dem düsteren Raum, eine Kälte, die dir von den Fingerspitzen aufwärtskroch bis zum Ellbogen, bis du dir vorkamst wie die Puppe von Doktor Coppelius, wenn du allein im Halbdunkel mit dem Rücken zur Tür Bach-Variationen spieltest, umgeben von einer Stille, die dir das Gefühl gab, das einzige Lebewesen im Kloster zu sein, und dich in eine Art Trance versetzte, aus der dich dann mit einem Mal ein Schrei aus dem Nachbarzimmer riss, wo Schwester Armonía den Kleinen die Tonarten beibrachte: ›H!‹, ›Fis!‹, und fieberhaft suchten deine Augen in der Partitur nach deinem Fehler, während du hofftest, sie würde nicht hereinkommen und dir sagen, so könntest du es nie zu etwas bringen, du müsstest mehr üben, ob dir nicht klar wäre, wie viel Geld deine Eltern für deine Erziehung aufwendeten … Mit sechzehn habe ich es aufgegeben und es nie bereut. Komm, mal sehen, ob wir die Bar finden. Sie muss hier ganz in der Nähe sein. Komisch, in Romanen habe ich das häufig gelesen, aber jetzt merke ich, dass es wahr ist: Diese Straße war viel länger, viel schmaler. Nachts sah man kaum das Ende, und oftmals, wenn wir mit schwirrendem Kopf aus dem Musikunterricht kamen und den Mantelkragen hochklappten, kam sie uns vor wie die Straßen in dem Gedicht von Espronceda, *Der Student von Salamanca*, erinnerst du dich? Einfach großartig, dieser Rhythmus, dieser Klang, diese Bilder, der reinste Videoclip. Ich würde daraus gern einmal einen Film machen. Menschenskind, Ingrid, wieso sagst du denn gar nichts?«

Ingrid sah sie an, und in ihren tiefblauen, von blonden Wimpern umgebenen Augen blitzte es spöttisch.

»Ich komme doch überhaupt nicht zu Wort.«

Rita lachte. Dieses helle, klangvolle Lachen, das einen manchmal fast erschreckte, weil man es ihrem schmalen Körper gar nicht zugetraut hätte.

»Du hast recht. Entschuldige. Es stürmen nur so viele Erinnerungen auf mich ein, so viele Assoziationen …«

»Weil du nervös bist.«

Rita nickte wortlos. Den Blick auf ihre Schuhe gerichtet, lächelte sie ihr berühmtes »Karnickellächeln«, wie Ingrid es nannte, und zündete sich eine Zigarette an.

»Touchée.«

»Du hast sie seit dreißig Jahren nicht gesehen, das ist doch ganz normal.«

Sie bummelten weiter durch Straßen, die früher wohl einmal zur Altstadt gehört hatten und sich heute anscheinend nicht recht entscheiden konnten: Moderne mehrstöckige Gebäude erhoben sich neben stark verwitterten traditionellen Häuschen.

»Damals waren wir richtig gute Freundinnen. Und dann war es praktisch mit einem Schlag vorbei. Wir zerstreuten uns. Ich ging für ein Semester nach London und kam nie mehr hierher zurück, weil wir den Sommer immer in Galicien verbrachten, wo meine Eltern ein Haus gemietet hatten. Anfangs hielt mich meine Mutter über die anderen auf dem Laufenden, eine Zeit lang haben wir uns auch noch geschrieben, zu Weihnachten, zum Geburtstag ..., dann hat sich alles im Sand verlaufen, bis heute. Na also, ich glaube, wir haben es geschafft, das muss die Bar sein.«

»Was heißt, das muss sie sein?«

»Genau weiß ich es nicht, außerdem war ich nie allein hier.«

»Du weißt nicht, wie sie heißt?«

»Nein. Es war immer nur ›die Bar‹, seit wir sie mit ungefähr vierzehn entdeckt haben und hingegangen sind, um Tintenfischbrötchen zu essen und uns bis zehn Uhr abends erwachsen und mondän zu fühlen, denn um diese Zeit mussten wir zu Hause sein.«

»Also ...«, begann Ingrid und versuchte, ein handgemaltes Schild über der Tür zu entziffern. »Hier steht ...«

»Ich will es gar nicht wissen. So weit kommt's noch, dass ich nach dreißig Jahren erfahren muss, wie diese Spelunke heißt. Sie hat nie einen Namen gehabt. Belass es einfach dabei.«

Durch die Glastür wirkte das Lokal schmutzig und ein wenig abweisend, altertümlich, bedrohlich und stickig. Ein langer Tresen aus dunklem Holz, eine Wand mit Flaschenregalen und Kalenderfotos von Mädchen im Bikini, ein dicker, kahlköpfiger Mann, der mit verschränkten Armen und stierem Blick ein Fußballspiel im Fernsehen verfolgte.

»Was für ein Treffpunkt«, bemerkte Ingrid und hielt ihr die Tür auf.

»Die Tapas sind gut. Zumindest waren sie es.«

Sie gingen in den hinteren Teil des Lokals zu einem kleinen Raum auf der rechten Seite, den man von der Straße aus nicht sehen konnte. An dem einzigen großen Tisch blickten ihnen bei ihrem Eintreten drei Frauen entgegen. Eine von ihnen stand sofort auf und kam mit ausgebreiteten Armen lächelnd auf Rita zu. Die Frau war fast so groß wie sie, hatte dunkles, zu einem halblangen Bob geschnittenes Haar und trug einen naturfarbenen Leinenanzug.

»Tere? Teresa?« Es handelte sich ganz offensichtlich um Teresa, die allerdings zugenommen hatte und wie eine Dame mittleren Alters wirkte.

»Ja, klar, Marga … Rita, meine ich, entschuldige.«

Sie umarmten sich, und Ingrid sah ihnen lächelnd zu. Es sah nicht danach aus, als führten diese Frauen Böses gegen Rita im Schilde. Die beiden anderen hatten sich ebenfalls erhoben und warteten darauf, sie ihrerseits in die Arme zu schließen.

»Mein Gott, Magda … Lena, wollte ich sagen, bist du hübsch, du siehst ja immer noch aus wie ein Teenager! Und du, Carmen, umwerfend wie eh und je.«

»Ein paar Pfunde mehr, aber das Fett sitzt an den richtigen Stellen«, lachte Carmen und umfasste mit beiden Händen ihre Brüste. Sie trug ein rotes Top über einem Wonderbra und eine weiße Hose.

Rita stellte ihnen Ingrid vor, und nachdem sich die erste Aufregung gelegt hatte, ließen sie sich am Tisch nieder und bestellten beim Kellner einen Krug Bier, worauf Carmen, ohne zu fragen, ein paar Tapas für alle orderte.

»Viele Erinnerungen?« Lena fasste Rita, die sich neben sie gesetzt hatte, mit einem liebevollen Lächeln bei der Hand. Ihr Haar war immer noch lang, jetzt auf dem Rücken lose zum Zopf geflochten, und sie trug einen afrikanisch gemusterten Rock mit einer Bluse in erdigen Tönen.

»Kann man wohl sagen. Ich erkenne fast nichts wieder, aber ihr seid noch genau wie früher.«

»Ach ja«, seufzte Teresa, »schön wär's. Wir, die wir hier leben, sehen uns ja ab und zu, darum fällt es uns nicht so auf. Aber dir müssen wir doch steinalt vorkommen.«

Rita schüttelte den Kopf, denn in jeder Stimme und jedem Lächeln erkannte sie ihre Freundinnen wieder. Und sie log nicht, wenn sie sagte, sie hätten sich nicht verändert, weil das Bild, das sie sich von ihnen bewahrt hatte, im Nu verflogen war wie Alkohol aus einem Flakon und nur noch die Gegenwart zählte, die sie in diesem Augenblick umgab.

»Dich haben wir natürlich oft auf Fotos gesehen«, fuhr Teresa fort. »Vor zwei Jahren haben wir alle zusammen bei Lena die Oscar-Verleihung gesehen, falls dein Film gewinnt. Wir haben uns aufgeführt wie die Irren, als dein Name aufgerufen wurde, da war es mindestens drei Uhr morgens. Und als du nach vorn kamst, um den Preis in Empfang zu nehmen …«

»Warum hattest du Männersachen an?«, fiel ihr Carmen ins Wort, während sie das Bier einschenkte. »Das hat mich zehn Euro gekostet.«

»Wieso denn das?«, fragte Rita perplex.

»Ich hatte mit Candela gewettet, dass du zu einem solchen Anlass ein Abendkleid tragen würdest. Sie sagte, du würdest in Hosen gehen.«

»Das waren keine Männersachen«, sprang Ingrid für ihre Freundin in die Bresche. »Aber Rita hat in ihrem ganzen Leben noch kein Abendkleid getragen, und sie hatte Angst, sich mit hohen Hacken und einem langen Rock lächerlich zu machen, darum haben wir schließlich eine Art Frack gewählt und dazu ein sehr feminines halb transparentes Top mit Pailletten. Und ich habe sie überredet, die Brille wegzulassen und Kontaktlinsen zu tragen. Und Make-up. Sie sah traumhaft aus, nicht wahr?«

Alle nickten.

»Wir waren wahnsinnig stolz auf dich, Rita.« Lena sah sie wieder mit diesem Lächeln an, das Rita nie vergessen hatte, weil es wie ein inneres Leuchten war. »Du bist die Einzige von uns, die sich einen Namen gemacht hat.«

»Wir haben alle einen Namen, Lena«, gab Rita zurück, ebenfalls lächelnd, und ließ den Blick über die Frauengruppe gleiten, als wäre auch sie stolz auf die anderen.

»Du verstehst schon, was ich meine. Ich habe immer gewusst, dass du etwas Besonderes bist.«

»Was ist mit den anderen? Kommen die auch?«, wechselte Rita unvermittelt das Thema, das ihr allmählich unbehaglich wurde.

»Ana musste zu einer Entbindung, aber sie kommt, sobald sie fertig ist. Und Candela wird die Letzte sein, wie immer, denn große Auftritte sind nun einmal ihre Spezialität«, sagte Teresa. »Manche Dinge ändern sich eben nie.«

»Ja.« Carmen nickte. »In dieser Beziehung sind wir alle gleich geblieben. Teresa, die Vernünftige, Lena, die Verträumte, ich, die Ungehobelte. Erinnerst du dich noch, Tere, damals im Frühling?«

Teresa fing an zu lachen, ohne dass die anderen wussten, worum es ging.

»Erzähl, erzähl«, bat Ingrid, die sich unter diesen Unbekannten, die so ganz anders waren als ihre englischen Freundinnen, immer wohler fühlte.

Carmen nahm einen langen Schluck Bier, sah Teresa an und hätte beinahe losgeprustet, riss sich aber zusammen.

»Es war an einem Nachmittag im letzten Schuljahr, kurz nachdem der Frühling begonnen hatte, das weiß ich noch wie heute. Über Nacht waren die Bäume der Gran Avenida voller Knospen, die sich zu rosa Blüten öffneten, ähnlich wie Mandelblüten, aber dicker und protziger. Soweit ich mich erinnern konnte, war es das erste Mal, dass sie blühten. Tere und ich gingen in die Schule zum Nachmittagsunterricht – wahrscheinlich hatten wir Turnen oder Handarbeit oder sonst was Ödes, wie immer von vier bis sechs –, und mit einem Mal bleibt Tere stehen, betrachtet ganz entrückt die Bäume und sagt in diesem salbungsvollen Ton, der ihr so gut liegt: ›Ist dir eigentlich klar, Carmen, dass es nächstes Jahr um diese Zeit Frühling in Valencia sein wird?‹«

Teresa unterbrach sie, als führten sie ein hundertmal geprobtes Theaterstück auf: »Und dir, die du noch nie einen Hauch von Phantasie besessen hast, fällt darauf nichts Besseres ein, als zu sagen: ›Na klar, in Valencia und hier. Nächstes Jahr um diese Zeit wird auf der gesamten nördlichen Hemisphäre Frühling sein.‹ Nicht schlecht, oder? Klar, dass ich lachen musste!«

»Krummgelacht hast du dich! Bis zum Schultor hast du gewiehert, und ich hätte dir fast eine scheuern müssen, damit du dich wieder einkriegst.«

»Was ich damit sagen wollte, war nämlich, dass wir im folgenden Jahr achtzehn sein würden, Studentinnen wären und seit fast einem Jahr weit weg von zu Hause unser eigenes Leben führen, unser Geld selbst verwalten würden ...«

»Ins Bett gehen könnten, mit wem wir wollten«, ergänzte Carmen.

»Daran dachte ich damals nicht. Ich dachte an die Freiheit des Mündigseins.«

»Ich weiß. Du warst immer sehr ernsthaft. Darüber haben wir uns dann auf dem ganzen Heimweg unterhalten.«

»Ach ja? Daran erinnere ich mich gar nicht mehr.«

»Ich schon. Ich weiß noch, dass die ganze Straße rosa war von diesen Blüten und ich mich gefragt habe, ob es in Valencia wohl Blumen gäbe, und ob ich mich nach einem Jahr dort noch so glücklich und voller Leben fühlen würde wie an diesem Nachmittag.«

»Und wie hast du dich dort gefühlt?«, fragte Ingrid und neigte sich über den Tisch Carmen zu.

Carmen zuckte mit den Schultern, nahm eine Serviette und begann, sie sorgfältig zusammenzudrehen.

»Grauenhaft, natürlich! Ich habe nicht einmal bis zum Frühling durchgehalten, du weißt schon … Ich bin schwanger geworden und habe in aller Eile geheiratet, ehe man es mir allzu deutlich ansah. Im Mai darauf habe ich Vanessa bekommen. Die verflixten Bäume standen in voller Blüte, als ich aus der Klinik kam.«

Ingrid sah Rita an, als wartete sie auf eine Bestätigung dessen, was Carmen gerade erzählt hatte, doch Rita schien ebenso überrascht wie sie selbst.

»Weißt du das etwa auch nicht mehr, Rita? Ich habe Manolo geheiratet. Ich war achtzehn, er neunzehn.«

»Manolo?«

»Manolo Cortés, Menschenskind, bist du begriffsstutzig! Ihr wart das ganze Schuljahr über zusammen, bis wir aus Mallorca zurückkamen. Wir waren wohl eines der ersten Ehepaare, das die Scheidung einreichte, kaum dass das Gesetz in Kraft war. Tja, mit meinem goldenen Valencia-Traum war es jedenfalls aus.«

»Und du, Teresa?«, fragte Ingrid, um die plötzlich entstandene Spannung zu lockern.

»Gut. Nicht so toll, wie ich es mir ausgemalt hatte, aber gut. Ich schrieb gute Noten, war in fünf Jahren mit dem Medizinstudium fertig, mit Stipendium, klar, und lernte Jaime kennen, der auch Medizin studierte und gerade seinen Abschluss machte. 1982 haben wir geheiratet und sind immer noch zusammen. Er ist Zahnarzt, und ich bin Gynäkologin. Es war keine schlechte Zeit, aber, ehrlich gesagt, würde ich sie nicht noch einmal erleben wollen.«

»Ich schon.« Lena sagte das so schwärmerisch, dass es nach tiefer Wehmut klang.

»Aber du warst doch gar nicht auf der Uni«, sagte Teresa erstaunt.

»Ich meine nicht die Uni, sondern diese Zeit im Allgemeinen, als wir siebzehn, achtzehn waren.«

»Wozu?« In Carmens Ton lag eine unverhohlene Schärfe. Ohne zu merken, dass sie in die alten Rituale zurückfielen, tauschten Teresa und Rita einen besorgten Blick, wie früher. »Um dich wieder von diesem Pablo von der Fahrschule anmachen zu lassen? Du musst wissen, Ingrid, dass sich das goldene Zeitalter dieser Traumtüte auf die zwei Monate beschränkt, die sie mit dem Sohn des Fahrschulbesitzers liiert war, einem unausstehlichen Großmaul, der aus Jux und Tollerei auf die Bremse latschte, als sie mit achtzig über die Landstraße fuhr, sodass sie sich am Lenkrad den Unterkiefer brach.«

Lena schließt für einen Moment die Augen, als könnte sie, indem sie Carmens Bild ausblendet, auch ihre Worte abschalten. Daran hatte sie seit Jahren nicht gedacht. Es war ihr nicht einmal in den Sinn gekommen, dass die Geschichte mit Pablo auch in diese Zeit fiel. Wenn sie an ihr Leben mit siebzehn denkt, hat sie einen englischen Sommer vor Augen, den letzten vor dem Abitur, den Schatten der riesigen Bäume auf dem unbeschreiblich grünen Rasen der Parks, einem Rasen, den man betreten darf, auf dem man sich ausstrecken, den Wolken zusehen und das Gefühl genießen kann, dass es mit dem Schuljahr, den Zeugnissen und den obligatorischen Turnübungen ein Ende hat.

Es ist ein Julinachmittag in London, und sie hat gerade ihren neuen indischen Rock angezogen. Der Stoff streichelt ihre Knöchel oberhalb der Sandalenriemen, und die Glöckchen am Taillenbund begleiten jede ihrer Bewegungen. Sie betrachtet sich im Spiegel des Zimmers, das sie mit vier anderen Mädchen teilt, und während sie ihre lange glatte Mähne kämmt, gefällt sie sich, wie sie sich noch nie gefallen hat: der Glanz in ihren Augen, der schwarze Stern, den sie sich auf die Wange gemalt hat, das blaue, mit kleinen Spiegeln bestickte Band um die Stirn, das lila Hemdchen mit den Flatterärmeln, das sie heute zum ersten Mal ohne BH trägt, der Hippierock. Sie starrt in den Spiegel, als wolle sie sich ihr eigenes Bild für immer einprägen, ihr Bild im Abendlicht eines viktorianischen Hauses, das schon bessere Zeiten gesehen hat, im Goldrahmen des Spiegels, der es umschließt wie ein Porträt und wie ein Schutzwall ist, der sie vor Alter, Elend und Schmerz bewahren würde.

Das Licht, das durch das halb offene Fenster fällt, ist rötlich und verleiht dem Rahmen und ihrem von der Sommersonne gebleichten Haar einen matten Glanz. Sie beißt sich auf die Lippen und lächelt sich zu, kühn und verwegen. Es ist das erste Mal, dass sie mit einem Jungen, mit einem Mann, essen geht. Er ist sechsundzwanzig Jahre alt, heißt Mike und ist Busfahrer. Er ist groß. Blond. Ausländer.

Mikes verblasstes Bild wird überlagert von der gebieterischen Miene Candelas, die soeben das Lokal betreten hat.

Rita blickte ihr entgegen, wie sie energisch auf ihren Tisch zuschritt, und spürte, wie sich ihr unwillkürlich die Kehle zuschnürte. Candela war stark gealtert, doch mit den Falten und den weißen Strähnen sah sie erst recht aus wie eine russische Herzogin im Exil, aufrecht wie ein Pfosten, schlank und spitzzüngig.

»Na, Lena, starrst du mal wieder Löcher in die Luft? Mann, oh Mann, unser Promi ist da, Mädels, der Star höchstpersönlich!«

Rita hatte ihren Ton vergessen, ihre Bissigkeit, ihren Drang, überall im Mittelpunkt zu stehen. Rita sah zu Ingrid hinüber, sackte auf ihrem Holzstuhl ein wenig zusammen und wünschte sich erneut, weit weg zu sein.

»Also, Mädels, wer besorgt mir ein Glas Wein?« Ihr Blick traf Ingrid mit fast physischer Wucht. »Und wer ist das?«

Bevor Rita antworten konnte, war Teresa ihr zuvorgekommen.

»Das ist Ingrid, Ritas Freundin und auch ihre *P.A.*, stimmt doch, oder?«

»Sieh mal einer an, unsere liebe Marga mit Persönlicher Assistentin. Hast dich ja schwer gemacht, Kindchen! Ich bin Candela, bestimmt hast du schon Übles von mir gehört. Aber mal ehrlich, Mädels, wenn ich gewusst hätte, dass auch Außenstehende zugelassen sind, hätte ich Gonzalo mitgebracht und euch eifersüchtig gemacht. Er ist zum Anbeißen!«

»Unsere einzige Regel war immer: keine Männer!«, sagte Carmen, die in Candelas Gegenwart immer schnell ungehalten war, weil sie es nicht ertragen konnte, ihr Mundwerk auf den zweiten Platz verwiesen zu sehen.

»Was alten Jungfern und Geschiedenen ja nur recht sein kann.«

»Was du bis vor ein paar Tagen selbst noch warst.«

Teresa und Rita wechselten wieder einen Blick, um sich darüber zu verständigen, ob sie einschreiten sollten.

»Alte Jungfer oder geschieden?«

»Geschieden, du? Aber dich hat doch nie einer gewollt.«

»Als ich euch angerufen habe, um dieses Treffen zu vereinbaren, habe ich, ehrlich gesagt, nicht damit gerechnet, dass es schon gleich zu Anfang so ruppig würde.«

»Nimm's locker, Mutter Teresa. Carmen und mir hat es doch schon immer Spaß gemacht, uns gegenseitig anzugiften, stimmt's, Carmen? Ah, mein Wein. Auf euer Wohl, ihr Uhus!«

Lächelnd stießen sie an, und der Kellner stellte die Tapas auf den Tisch: scharfe Kartoffeln, sauer eingelegte Sardellen, Muscheln, Schnecken, Schinken- und Käseplatten, zwei Salate, frittierte Fischchen, Kartoffelomelett … genug für eine Schulspeisung.

Während sich das Gespräch allgemeineren Themen zuwandte, schaute Rita den anderen zu, als sähe sie einen Film, als gehörte sie nicht derselben Realität an. Unversehens waren aus den Mädchen, die sie in Erinnerung hatte, reife Frauen geworden, mit Ausnahme von Lena, die gänzlich alterslos wirkte, ein wenig verblichen vielleicht, mit ihrem langen Zopf und den Ethno-Ohrringen; eine Frau im Niemandsland, nicht mehr jung genug, um ein unbedarftes Mädchen zu sein, und noch nicht alt genug, um eine liebenswerte Oma zu sein. Hinter ihnen allen erahnte Rita schemenhaft ihre Männer, die aktuellen und die verflossenen, die erste Liebe, den Mann fürs Leben, den legitimen Gatten, den ersten Ex, den zweiten …

»Hat jemand etwas von Ana gehört?«, erkundigte sich Candela zwischen zwei Bissen.

»Sie ist im Krankenhaus«, erwiderte Teresa. »Ihr ist eine unerwartete Geburt dazwischengekommen. Wenn sie rechtzeitig fertig wird, kommt sie noch vorbei.«

»Ehrlich gesagt, habe ich immer gedacht, dass Ana sexuelle Probleme hat.«

Candela tat höchst erstaunt, als sie mit ihrer Bemerkung eine Lachsalve auslöste.

»Was denn für welche? Lass mal hören.«

»Was weiß ich? Ich bin eine der wenigen unserer Generation, die nicht Psychologie studiert haben. Frigidität, Lustlosigkeit … irgend so was.«

»Das sollte mich aber sehr wundern.« Teresa grinste spitzbübisch. »David ist nämlich echt süß.«

»Bis zum Jahresende sind die nicht mehr zusammen. Glaubt mir.«

Carmen richtete sich auf, und ihre Miene wurde hart, auch wenn das vorerst nur Ingrid auffiel.

»Sie sind seit zehn Jahren zusammen«, sagte sie, offensichtlich verärgert. »Hast du irgendwas gehört?«

»Weibliche Intuition, mein Schatz.«

»Du und deine Unkerei.« Auch Lena schien die Szene nicht zu gefallen. »Ana und David sind ein bezauberndes Paar, und wenn du neidisch auf sie bist, dann ist das dein Problem. Manche haben eben Glück gehabt und andere nicht, ganz einfach. Siehst du das nicht auch so, Carmen?«

Carmen starrte sie an, ihre Augen glänzten, und eine Sekunde lang sah sie aus, als wollte sie vom Tisch aufstehen, doch dann riss sie sich zusammen, lächelte wieder und ließ den Blick über die Reste auf den Platten schweifen, als überlegte sie, worauf sie noch Appetit hatte.

»Ich mag kein Glück in der Liebe haben, aber nächsten Monat mache ich mit Felipe eine Karibik-Kreuzfahrt«, sagte sie triumphierend.

»Mit Felipe?«, fragte Teresa schockiert.

»Eine Kreuzfahrt?« Ritas Tonfall war der gleiche wie Teresas, und alle mussten über die Punktgenauigkeit ihrer Fragen lachen.

»Ja, mit Felipe, der immer noch verheiratet ist, ich weiß, ich weiß, und der Mann meiner Träume ist er auch nicht, aber irgendeinen braucht man halt, und wenn sich etwas Besseres findet, werde ich ihn schon los. Und ja, eine Kreuzfahrt. Was ist daran so sonderbar? Das macht doch jeder.«

»Schiffe sind Rita nun mal ein Graus«, warf Ingrid ein. »Ich habe sie noch nie dazu bringen können, die Fähre von Frankreich nach England zu nehmen.«

»Keine von uns mag Schiffe.« Lena sprach sehr leise und blickte auf die rotweiß karierte, von Krümeln übersäte Wachstuchdecke.

»Immer noch wegen der Mallorca-Geschichte?« Carmen hatte sich den Mund mit der Serviette abgetupft und kramte in ihrer Handtasche nach dem Lippenstift. »Nicht zu fassen, Mädels, was ihr für Mimöschen seid. Das ist über dreißig Jahre her, und so schlimm war es nun auch wieder nicht.«

»Rita hat es mir nie so richtig erzählt.« Ingrids Ton klang beiläufig, sollte jedoch durchaus ihr Interesse an einem Ereignis bekunden, über das Rita nicht gern sprach.

»Wir hatten sehr schlechtes Wetter. Ein Gewitter«, sagte Candela nach einem kurzen, angespannten Schweigen. »Es gab einen Unfall. Wir fühlten uns alle ziemlich elend, und keine von uns hat mehr Lust, ein Schiff zu besteigen. Außer dieser dämlichen Kuh, die alles glaubt, was sie im Fernsehen sieht, und es fertigbringt, sich mit einem grässlichen Typen einzulassen, der obendrein verheiratet ist, damit sie sich einbilden kann, immer noch jung und begehrenswert zu sein.«

Wieder entstand ein Schweigen, und niemand schien sich zu wundern, dass Carmen nicht zum Gegenangriff überging. Ingrid starrte sie an, und Rita, wie zuvor Lena, schloss die Augen.

Wie hätte man Ingrid erklären sollen, wer sie damals waren, als die Zukunft noch vor ihnen lag wie die Allee zu einem verwunschenen Palast, wie die mit rotem Teppich belegte und von Wachen flankierte Treppe, die Aschenputtel hinaufgeht zum Ballsaal, wo der Prinz wartet?

Denn um den Prinzen drehte sich alles. Oder um den Abenteurer mit dem guten Herzen oder den Gauner in weißen Handschuhen oder den ehrbaren Polizisten oder den unverstandenen Millionär. Am Ende eines jeden Traums wartete immer ein Mann, Der Mann Deines Lebens, der alle deine Wünsche erfüllen würde, dein Prinz. Doch im Gegensatz zum Märchen warst der Frosch immer du. Er machte aus dir, was er wollte: eine Frau, eine Dame, eine Dirne. Du warst nichts weiter als der Lehm, aus dem er die Frau seines Lebens formte, die Mutter seiner Kinder, für die du lediglich das Gefäß sein würdest. Lehm gab einfach immer ein gutes Sinnbild ab, wenn es um Männer und Frauen ging.

Für sie stellte die Hochzeit längst kein unmittelbares Ziel mehr dar, sie war eine Wunschvorstellung ihrer Mütter. Ihnen dagegen stand der Sinn eher nach Dem Mann Deines Lebens, dem Abenteuer, der Leidenschaft. Sie wollten einen Partner und Verbündeten haben, mit ihm zusammenziehen, verliebt sein, eine freche, romantische, hochkultivierte Beziehung leben, in einem goldglitzernden Rahmen, auch wenn das Paar auf dem Foto Jeans, braune Pullover und Kapuzenjacken anhatte. Rollkragen und Dufflecoats gehörten zur älteren Generation und waren ebenso verpönt wie Petticoats und Trevira-Hosen.

Ingrid stieß ihr den Ellbogen in die Seite und holte sie schlagartig aus ihren Erinnerungen und Grübeleien. Das machte Ingrid schon seit Jahren so, immer im unvorhergesehensten Augenblick.

»Wie läuft's denn bei dir so, Künstlerin? Erzähl uns doch mal ein bisschen aus deinem Leben!« Candela bemühte sich, die Stille zu überbrücken, die nach dem Gespräch über das Schiff zwischen ihnen entstanden war, und Rita, eben weil auch sie dazu beitragen wollte, das Thema zu vergessen, begann zu reden, ohne recht zu wissen, worauf sie hinauswollte, während sie irgendwo in ihrem Kopf die stummen Kommentare derer zu hören glaubte, die einmal ihre besten Freundinnen gewesen waren.

»Na ja, was soll ich erzählen. Ihr wisst schon. Ich lebe in London – *Wie nobel! Wir anderen sind natürlich alle Landeier, ist ja klar* –; am Anfang ist es mir schwergefallen, Fuß zu fassen, aber jetzt kann ich mich nicht beklagen, es geht mir gut, ich habe kein Problem mit der Finanzierung, wenn ich einen neuen Film plane – *Sie ist hübscher, man merkt ihr an, dass sie etwas Besseres ist* –, seit dem Oscar für den besten ausländischen Film, ihr wisst schon – *Die gibt ja schwer an!* –; durch meine Arbeit bin ich viel auf Reisen – *Bestimmt schön, ständig unterwegs zu sein, auf den Festivals in Venedig und Cannes, in Hollywood … Verglichen damit ist unser Leben wirklich armselig!* –; ich bin nicht verheiratet, habe keine Kinder – *Was für ein tristes, einsames, egoistisches Leben!* –; aber da ich mit Ingrid zusammenwohne und ihre Kinder fast noch Babys waren, als sie bei mir einzog, empfinde ich die beiden praktisch als meine eigenen …«

»Hast du nie daran gedacht, ein eigenes Kind zu haben?« Lena neigte sich ihr zu, als wollte sie ihr die Antwort erleichtern.

»Es war nie der richtige Moment. Und ich bin nie einem Mann begegnet, der mir gut genug gefallen hätte, und … ich weiß nicht, jetzt ist es zu spät. Bin ich die Einzige, die keine Kinder hat?«

»Candela hat auch keine.« Carmen schlug wieder ihren aggressiven Ton an, als wollte sie sich für das von vorhin rächen.

»Ich wollte nie welche. Ihr habt euch alle einreden lassen, eine Frau ohne Kinder wäre keine richtige Frau. Ich schon. Ich mache, was ich will, komme und gehe, wie es mir passt, bin niemandem Rechenschaft schuldig, schlafe, mit wem es mir beliebt. Kinder machen nur Ärger. Sie rauben dir deine Zeit, dein Geld und deine Energie. Mir geht es besser als euch, weil ich schlauer war.«

Die Runde verschwimmt um Candela, als diese einen Stich im Unterleib spürt und von einer plötzlichen Angstattacke erfasst wird, die sie durchschüttelt wie ein mächtiger Wellenschlag. Einen Moment lang sieht sie sich wieder in ihrem Krankenhausbett, hört die Stimme des Arztes, der sagt, sie hätten alles herausgeholt, es wäre höchste Zeit gewesen, und sie rechneten mit vollständiger Genesung. Das Gefühl, ein Hühnchen auf einer Marmortheke zu sein, offen, leer, eine behandschuhte Hand, die hineingreift und herausreißt, eine umgekehrte, makabre Geburt.

Und dann das andere, das Schlimmste, das sie sich nicht einmal selbst eingestehen will.

Als sie den Blick wieder vom Tischtuch hebt, sieht Teresa ihr direkt in die Augen, voller Mitgefühl, die Lippen zusammengepresst, wie um ihr zu signalisieren, dass sie den Mund halten wird, dass ihr Geheimnis bei ihr sicher ist und niemand erfahren soll, dass Candela Weihnachten nicht mehr erleben wird.

Da erscheint Ana, mit zerzaustem Haar und außer Atem.

»Ein Glück, dass ich euch noch antreffe, Mädels! So eine Frechheit, ihr habt alles aufgegessen! Marga! Was für eine Freude, dich zu sehen! Du hast dich überhaupt nicht verändert! Nein, was rede ich? Du siehst besser aus!«

»Und du bist fast so dürr wie ich, aber genauso hübsch wie früher.«

»Das liegt an dem Leben, das ich führe. Hebamme zu sein ist schrecklich. Aber wenn du gesehen hättest, was für ein wunderschönes kleines Geschöpf ich eben entbunden habe ...«

»Wenn ihr jetzt anfangt, vom Gebären zu reden, haue ich ab.« Candela scheint sich wieder erholt zu haben und steht abrupt auf. »Nicht doch, euch kann man aber auch alles weismachen! Ich gehe nur was für Ana bestellen. Was willst du? Deinen unvermeidlichen Toast mit eingelegten Sardellen?«

Als Candela an den Tisch zurückkommt, dreht sich die Unterhaltung bereits um die in zehn Tagen beginnende *Moros-y-Cristianos-Fiesta* – das große Fest zum Gedenken an die Reconquista, zu dem sich die Bewohner als Mauren oder Christen verkleiden, Umzüge veranstalten und Schlachten nachstellen – und die Pläne der Freundinnen für die Festtage.

»Wenn ihr Lust habt, lade ich euch zu einem Mädelsessen ein. Meine beiden Männer bleiben über die Feiertage im Ort, weil sie bei den Mauren mitmachen, aber mir ist der Tumult zu groß. Oder habt ihr schon was vor?«, fragt Ana.

Alle verneinen lachend, als fänden sie inzwischen absurd, worüber sie sich früher monatelang die Köpfe zerbrochen haben: das Festprogramm, ihre Garde, das Kostüm, das jährlich ausgeliehen werden musste, ein eindrucksvolles, originelles Make-up, die Umzüge, die Nächte im *cuartelillo*, dem Treffpunkt und Generalquartier ihrer Truppe ... Heute bleiben die einen wegen der Kinder zu Hause; die anderen, deren Kinder schon groß sind, verziehen sich ins Appartement am Strand, ins Wochenendhaus, wohin auch immer ... Und außer Ingrid, die eine Reise durch Andalusien geplant hat, nehmen alle Anas Einladung an.

Sie verlassen die Bar leicht beschwipst vom Bier, vom Rotwein und von dem Apfellikör, den Carmen unbedingt noch bestellen musste, und umarmen sich zum Abschied, während Ingrid sich von allen die Telefonnummern aufschreibt, um bis dahin in Kontakt zu bleiben.

Ohne ein Wort tritt Candela auf Rita zu und schließt sie fest in die Arme. Bevor sie ihr zwei Küsse auf die Wangen drückt, wispert sie ihr ins Ohr: »Ich habe dich all die Jahre vermisst, dummes Ding. Ruf mich an.«

Dann geht sie allein die schlecht beleuchtete Gasse zum Rathaus hinunter, und Rita sieht sie in der Ferne immer kleiner werden, während sie einer vagen Erinnerung nachhängt, die nicht recht Gestalt annehmen will.

Mai 2007

Rita schlug die Augen auf und wusste einen Moment lang nicht, wo sie war. Von rechts schien die Sonne herein, und an der Zimmerdecke, zu der sie aufsah, war in einer Ecke der Putz abgeblättert. Zudem roch es eigenartig, nach einem unbekannten Waschmittel, doch hatte sie so viele Nächte ihres Lebens in so vielen Hotels verbracht und wusste aus Erfahrung, dass sie nur die Augen noch einmal schließen musste, damit ihr Gehirn endgültig in Gang kam und ihr die notwendigen Informationen lieferte; also machte sie sie wieder zu, streckte ein Bein aus – niemand, sie lag allein im Bett – und fand die Antwort: Tante Doras Wohnung, Tante Doras breites Bett, der Tag nach dem Wiedersehen mit den Mädels. Sie entspannte sich noch kurz, stand dann aber sofort auf und begann, Pläne zu schmieden. Wie so oft hatte sie von *El Campo* geträumt, und jetzt, da sie Gelegenheit hatte, mit eigenen Augen zu sehen, was daraus geworden war, wollte sie diese auch unbedingt nutzen. Allerdings war das etwas, das sie allein tun wollte, ohne Ingrid. Darum zog sie sich leise an, hinterließ eine Nachricht auf dem Küchentisch und stahl sich aus dem Haus. Es war schon fast zehn. Sie würde unterwegs in irgendeiner Bar rasch einen Kaffee trinken und zu jenem Ort fahren, der für sie das Paradies ihrer Kindheit symbolisierte. Ingrid wollte ein Reisebüro aufsuchen, um ihre Rundreise durch Andalusien zu organisieren, und wenn ihr noch Zeit blieb, würde sie sich gewiss in der Wohnung umschauen und überlegen, was aufbewahrt werden und wovon man sich trennen sollte. Ingrid hatte einen Sinn fürs Praktische, der die perfekte Ergänzung zu ihrer kreativen und leicht chaotischen Art war.

Rita stieg in den Mietwagen, zündete sich die erste Zigarette des Tages an, nahm, ohne an den Kaffee zu denken, die Landstraße und bog zehn Minuten später in den kleinen Weg ein, der zu *El Campo* führte. Allerdings war dieser mittlerweile asphaltiert und von Straßenlaternen und Reihenhäuschen gesäumt, die wie Pilze nach dem Regen aus dem Boden geschossen waren.

Das Haus stand noch, obwohl es sichtlich verfiel. Wo einst ein herrlicher mediterraner Garten gewesen war, erstreckte sich nun ein aufgewühltes Stück Land, bewachsen von hohem, kräftig grünem Unkraut, das im Sommer gelb und verdorrt sein würde. Der Efeu, der früher den gesamten Zaun überrankt und sie vor den Blicken der wenigen Nachbarn geschützt hatte, war herausgerissen, sodass die ganze Verwahrlosung jetzt auf eine Weise offen lag, die ihr unanständig und würdelos erschien. Am Gitter des Eingangstors, von dem die Witterung im Lauf der Zeit alle Farbe geschält hatte, hing ein Schild: CORTESSA CONSTRUCCIONES.

Wahrscheinlich wartete die Baufirma darauf, dass die Grundstückspreise hochgingen, um auf dem Boden ihrer Kindheit noch mehr Reihenhäuser zu bauen.

Sie fühlte, wie ihr die Tränen kamen, und ein Schluchzen stieg ihr in die Kehle. Sie verfluchte Tante Dora und diesen Joaquín, den Schwachkopf, den sie geheiratet hatte, als sie schon über fünfzig war, und von dem sie sich hatte überreden lassen, *El Campo* zu verkaufen.

Der Olivenbaum war jedenfalls noch da. Sehr mitgenommen, nicht mehr so üppig, wie sie ihn in Erinnerung hatte, aber stark und imposant, stolz auf seine mehr als dreihundert Jahre.

Sie warf einen Blick über die Schulter und kletterte kurz entschlossen über das Eisentor, wobei sie sich insgeheim wunderte, wie genau sie noch wusste, wohin sie die Füße setzen und mit den Händen greifen musste, ging dann durch das hohe Gesträuch und lehnte eine Minute später die Stirn an den Stamm des alten Olivenbaums, durchströmt von dem Gefühl, heimgekehrt zu sein.

Das Licht und die Schatten waren noch genau wie in ihrer Erinnerung, und wenn sie dem Haus den Rücken zuwandte und sich ganz still verhielt, schien die Zeit stehen geblieben zu sein.

In fünf Tagen war der 3. Juni. Vor dreiunddreißig Jahren waren es auch nur noch fünf Tage bis zu ihrer Party gewesen, dieser wundervollen Party, der letzten ihres Lebens, denn seither hatte sie nie wieder ihren Geburtstag gefeiert. Jetzt waren es nicht mehr achtzehn, jetzt waren es einundfünfzig Jahre. Ihre Eltern waren gestorben, ihr Bruder lebte in Neuseeland, Tante Dora lag seit einem Jahr unter der Erde, und *El Campo* würde bald ebenso verloren sein, sobald die Baumaschinen kamen, die Erde plattwalzten und unter ihren Rädern und Schaufeln alle Andenken an ihre Kindheit und Jugend zermalmten, die wenigen Wurzeln, die ihr noch geblieben waren.

»Wie konntest du mir das antun, Tante Dora? Wie konntest du mir das Einzige nehmen, das mir etwas bedeutet hat?«

Ihr Handy klingelte. Sie riss sich zusammen, vermutete, die Anruferin wäre Ingrid, und blickte aufs Display. Dort stand jedoch Carmens Name.

»Rita Montero«, sagte sie gewohnheitsmäßig.

»Hey, du klingst aber förmlich! Als würde man bei einer Bank anrufen. Was machst du gerade?«

»Nichts Bestimmtes«, log sie.

»Wollen wir zusammen etwas trinken gehen? Ich komme eben vom Sport und hab mir gedacht, ich ruf dich mal an und frag dich, ob du Lust auf einen Daiquiri hast.«

»Morgens um Viertel nach elf?«

»Du kannst auch ein Mineralwasser bestellen.«

»Gut. Wo treffen wir uns?«

»Im *Cotton Club*. Eigentlich ist da noch zu, aber Chema, der Barkeeper, ist ein Freund von mir.«

»Wo ist das?«

»Weißt du noch, wo die Großmutter von Manolo gewohnt hat?«

»Ja. Calle Dávila.«

Carmen lachte auf.

»Du hinkst ja schwer hinterher, meine Liebe. Die Straße heißt natürlich schon lange nicht mehr Dávila, der war schließlich ein franquistischer General, aber stimmt, genau da. Im Nachbarhaus. Mach's gut, ich warte auf dich.«

Rita beendete die Verbindung mit einem geistesabwesenden Lächeln und warf noch einen Blick auf das alte Schwimmbecken mit den rissigen Mauern, das mit schlammigem, grünem Wasser gefüllt war, übersät von ockerfarbenen Schaumflecken, auf denen sich mit unbegreiflichem Eifer Hunderte von Insekten tummelten.

Sie fand den *Cotton Club* auf Anhieb. Tatsächlich hatte Manolos Großmutter direkt nebenan gewohnt, doch war ihr Haus – wie die meisten Häuser der Straße – durch ein siebenstöckiges Gebäude ersetzt worden.

Das Rollgitter des Lokals war noch geschlossen, aber als sie darauf zuging, kam ihr von drinnen ein junger Mann entgegen, schob es mit einem Lächeln hoch und ließ es hinter ihr wieder herab. Carmen saß schon an einem Tisch in der Nähe der Bühne, beleuchtet von einem rosa Scheinwerfer. Ihr weißes Polohemd schien kurz davor, von ihrem Wonderbra gesprengt zu werden.

»Chema, Schätzchen«, sagte sie, noch bevor sie Rita begrüßte, »du kannst schon mal anfangen zu zaubern. Wo hast du Ingrid gelassen?«

»Sie musste ins Reisebüro. Wir sehen uns nachher zum Essen, nehme ich an.«

»Dann stimmt es also, dass du lesbisch bist?« sagte Carmen bemüht beiläufig.

»Weil ich mit Ingrid esse?« Rita lächelte.

»Mir ist das ja völlig schnurz. Aber findest du es nicht ekelhaft, mit einer Frau zu schlafen?«

»Du findest es doch auch nicht ekelhaft, mit Felipe zu schlafen.«

Carmen lachte laut.

»Na ja, manchmal ein bisschen, das geb ich zu. Aber ich hab halt keinen anderen. Einem geschenkten Gaul guckt man nicht ins Maul.«

»Abgesehen davon, Carmen, schlafe ich nicht mit Ingrid.«

Chema brachte zwei eiskalte Daiquiris und stellte sie auf zwei schwarzblaue Untersetzer mit dem Logo des Clubs.

»Sie sind Rita Montero, nicht wahr?«, fragte er.

Sie nickte.

»Ich habe alle Ihre Filme gesehen. Ich finde sie großartig. Man nennt Sie ja den neuen Alfred Hitchcock, aber das stimmt nicht. Sie sind noch viel besser.«

»Oh, vielen Dank.«

»Das meine ich ernst. Die Getränke gehen aufs Haus. Kommen Sie, wann immer Sie wollen. Abends haben wir hier gute Musik, manchmal live. Im Moment läuft nur das Radio, aber wenn Sie etwas Bestimmtes hören wollen, brauchen Sie es mir nur zu sagen.«

Er zog sich lächelnd zurück, und Carmen, ihren Daiquiri in der Hand, beugte sich gespannt vor.

»Was soll das heißen, du schläfst nicht mit Ingrid?«

»Herrje, du bist aber indiskret! Das kann dir doch egal sein.«

»Candela versucht uns schon seit Jahren einzureden, du seist lesbisch und sie habe es schon immer gewusst. Und da ich dich jetzt in Reichweite habe, will ich es aus erster Hand wissen. Das verstehst du doch, oder nicht? Na los, verrat's mir, komm schon.«

Rita holte tief Luft, nahm einen Schluck aus ihrem Glas, steckte sich eine Zigarette an und sah Carmen fest in die Augen, bis sie beide lachen mussten.

»Na gut, ich bekenne. Segne mich, Vater, denn ich habe gesündigt.«

Beide kannten die Formel, die sie vor einer Ewigkeit im Katechismus-Unterricht hersagen mussten.

»Als ich nach London kam, wusste ich selbst nicht einmal, ob ich mich mehr für Männer oder für Frauen interessierte. Meine einzige Erfahrung war seinerzeit Manolo …«

»Aber zwischen Manolo und dir ist doch nie etwas passiert«, fiel ihr Carmen ins Wort. »Entschuldige. Aber er hat mir halt erzählt, dass du ihn nie rangelassen hast.«

»Dann wird es wohl so sein. Ich weiß es nicht mehr. Tatsache ist, dass London damals das Paradies der ›freien Liebe‹ war, erinnerst du dich noch an diesen Begriff? Ein paar Jahre lang habe ich ziemlich viel herumprobiert. Ich habe eine Weile in einer Art Kommune gelebt, dann war ich mit einem Mädchen zusammen, später hatte ich fast ein Jahr lang eine Beziehung mit einem Mann, einem Professor der Filmhochschule, der wesentlich älter war als ich …«

Carmen nippte an ihrem Daiquiri und hing gebannt an Ritas Lippen.

»Aber auch ich wurde älter, und irgendwann kam der Moment, in dem ich erkannte, dass ich einer dieser raren Menschen bin, die gut auf Sex verzichten können. Ich brauche Freundschaft, Gesellschaft, Zärtlichkeit, Vertrauen, Sicherheit … aber eine sexuelle Beziehung vermisse ich nicht.«

»Du bist schon ein seltsamer Vogel!«

»Und dann habe ich Ingrid kennengelernt. Sie war mit ihrem zweiten Kind schwanger, das Mädchen hatte sie schon, und ihr Mann, ein schlichtweg unerträglicher Kubaner, hatte sie gerade wegen einer anderen verlassen. Sie brauchte Arbeit, Unterstützung und ein Dach über dem Kopf, also habe ich sie als Sekretärin engagiert und ihr angeboten, erst einmal bei mir zu wohnen, bis sie sich darüber klar wäre, was sie machen wollte. Das war vor zwölf Jahren. Shane kam zu Hause zur Welt, ich war bei der Geburt dabei. Glynis und Shane sind fast ebenso sehr meine Kinder wie Ingrids. Ich habe alles durchgemacht, was eine Mutter durchmacht, mit Ausnahme der Schwangerschaft und der Geburtsschmerzen. Als mein Vater starb, zog meine Mutter zu uns, so hatten die Kinder eine Oma. Und obwohl sie nie genau wusste, in welcher Beziehung wir zueinander standen, behandelte sie Ingrid wie eine Schwiegertochter, sie liebte sie wirklich und verbrachte mehr Zeit mit ihr als mit mir.«

»Und sie? Hat sie auch keine Liebhaber?«

»Wer? Ingrid?«

Carmen nickte.

»Gelegentlich. Einmal sah es sogar ganz danach aus, als wollte sie zu diesem Taugenichts Guillermo zurückkehren, aber ich konnte es ihr ausreden. Wir sind ein gutes Team; wir arbeiten zusammen, haben die beiden Kinder, bewohnen ein großes Haus und lieben uns von Herzen. Für dich mag es schwierig sein, dir eine solche Familie vorzustellen, aber für uns ist es normaler Alltag.«

»Und wie nennen dich die Kinder?«

»*Aunt-mum*. Tante-Mama. Oder mittlerweile auch Rita, seit sie größer sind. Na? Hast du mich jetzt genug ausgehorcht?«

Carmen zuckte leicht mit den Schultern, lächelte ihr artigstes Kleinmädchenlächeln, als bäte sie um Verzeihung, ohne jedoch zu bereuen. Aus dem Lautsprecher klang *Do you think I'm sexy* von Rod Stewart.

»Dieses Lied fand ich immer toll«, sagte Rita, den Blick träumerisch zur schwarzen Decke des Lokals gerichtet. »Wie oft habe ich dazu getanzt! Du nicht?«

»Als das in Mode war, war meine Diskozeit schon vorbei. Ich war mit Manolo verheiratet, wir hatten ein kleines Kind und niemanden, der uns geholfen hätte, denn jetzt sollten wir die Konsequenzen für unser Handeln tragen. Abgesehen davon, konnte mich Manolos Familie nie leiden, außer der Großmutter; vermutlich, um die anderen zu ärgern. Ich war nie gut genug für ihren Jungen.«

»Wie kamst du bloß auf die Idee, dich mit Manolo einzulassen?«

Für einen Moment hatte Rita den Eindruck, Carmen würde ihr darauf keine Antwort geben, weil sie die Frage unverschämt fand, aber dann überlegte sie es sich, zuckte wieder mit den Schultern und gab fast trotzig zurück: »Weil er am Boden zerstört war, als du ihn nach der Mallorca-Reise verlassen hast, und weil er mir schon immer gefallen hat. Natürlich hätte ich nie gedacht, dass es so weit kommen würde. Außerdem habe ich dann sehr schnell gemerkt, dass er ein echtes Arschloch ist, genau wie der Rest der Familie. Aber da war es schon passiert. Später ließen wir uns scheiden, ich heiratete Julio, wir bekamen eine Tochter, er verließ mich wegen einer anderen – seiner Sekretärin, stell dir nur vor, wie originell –, ich ließ mich wieder scheiden, habe die Kleine, das Auto und das Haus behalten und einen Deko-Laden aufgemacht, der sehr gut läuft. Ein paar Jahre darauf lernte ich David kennen und verliebte mich in ihn wie eine Irre. Wir hatten ein paar wunderschöne Monate, dann stellte ich ihm Ana vor, er begann eine Affäre mit ihr, und jetzt sind sie seit zehn Jahren verheiratet und haben einen Sohn. Tja. Mein Leben in fünf Minuten. Chema, mach uns noch zwei!«

»Gar nicht schlecht, Carmen. Zumindest war dir nicht langweilig.«

Carmen brach in schallendes Gelächter aus, wie damals im Gymnasium. Nach und nach beruhigte sie sich wieder, griff nach ihrem zweiten Daiquiri und saugte heftig am Strohhalm.

»Du bist immer noch in David verliebt, wenn ich das richtig sehe.«

»Ich hab dir ja gesagt, wie eine Irre. Aber ich weiß natürlich, dass da nichts zu machen ist, also begnüge ich mich mit Felipe und versuche, mein Leben zu genießen, bevor ich zu alt dafür bin. Auf dich.«

»Auf uns.« Sie stießen an, tranken und blieben einen Moment lang stumm.

»Ich war dir immer dankbar, dass du mir Mati vom Hals geschafft hast, weißt du? Ich glaube, das habe ich dir nie gesagt.« Carmens eigentümlicher Gesichtsausdruck wollte zu ihren Worten nicht recht passen.

»Ich habe dir Mati vom Hals geschafft? Wann denn?«

»Anscheinend wirst du tatsächlich senil. Vor deiner Geburtstagsparty, vor der Mallorca-Reise, erinnerst du dich nicht mehr?«

»An Mati schon.«

»Sie war ein Dreckstück, das hast du doch sicher nicht vergessen. Sie hatte mich beim Stadtfest in einem *cuartelillo* beim Knutschen erwischt und gedroht, es meinem Vater zu sagen, damit er mich nicht nach Mallorca fahren ließ. Das habe ich dir erzählt, und daraufhin hast du mit meinen Eltern gesprochen und ihnen erklärt, eine aus unserer Klasse, die mich nicht leiden könne, wolle meiner Familie Lügen auftischen, damit ich für etwas bestraft würde, was ich gar nicht getan hätte. Und sie haben dir geglaubt. Dir haben immer alle geglaubt. Du warst so besonnen, so brav ..., eine so vorbildliche Tochter. Du hast mir das Leben gerettet.« Mit einer Hand, die von dem Daiquiri-Glas eiskalt war, fasste Carmen nach Ritas Hand und drückte sie.

»Jetzt übertreibst du aber!«

»Ich übertreibe kein bisschen. Oder erinnerst du dich auch nicht mehr an die legendären Prügel meines Vaters?«

»Dein Vater hat dich verprügelt?«, fragte Rita automatisch, als ihr schlagartig wieder einfiel, was Carmen ihr eines Nachmittags vor vielen Jahren erzählt hatte.

»Mich, meine Schwester und meine Mutter. Natürlich immer nur zu unserem Besten.« Sie verzog die Lippen zu einer Grimasse, die wenig mit einem Lächeln zu tun hatte. »Du warst die Einzige, die davon wusste. Deshalb hast du das mit Mati auch so ernst genommen und bist damit zu meinen Eltern gegangen. Als ich schwanger wurde, war mein größter Horror, dass mein Vater mich totschlagen könnte, und du warst nicht da, um es zu verhindern.« Mit den Wassertropfen, die von ihrem Glas rannen, zeichnete Carmen feuchte Kreise auf den Tisch. »Deshalb haben wir es zuerst Manolos Eltern gesagt und sind dann alle zusammen zu meinen Eltern gegangen, um die Hochzeit zu organisieren. Am Abend haben meine Schwester und ich uns in unserem Zimmer eingeschlossen und gehört, wie unser Vater unsere Mutter verprügelte. Es war grauenhaft.«

Carmen starrt auf die Wasserkringel, die sie auf den Tisch gemalt hat, und sieht im Geist zwei verängstigte junge Mädchen, die sich im Bett aneinanderklammern und auf die gedämpften Schreie horchen, die durch die geschlossene Zimmertür dringen, auf das Krachen umgestoßener Gegenstände, auf die Flüche ihres Vaters, der zuschlägt und beleidigt, immer wieder zuschlägt und beleidigt, das heftige Zuknallen der Wohnungstür und dann die lange, lange Stille, durchsetzt von einem Wimmern wie von einem verschreckten kleinen Tier, bis sie genügend Mut gefasst haben, um auf Zehenspitzen aus dem Zimmer und ins elterliche Schlafzimmer zu schleichen, wo ihre Mutter in einer Ecke kauert und sich ein Auge hält, aus dem rot glänzendes Blut fließt und zwischen ihren Fingern hervorrinnt. »Ich bin gestolpert und gegen die Nachttischkante gefallen«, stammelt die Gestalt im Nachthemd und beeilt sich, die Ärmel herunterzuziehen, damit man ihre von blauen Flecken übersäten Arme nicht sieht. »Ich werde immer tollpatschiger. Papa ist schnell zur Nachtapotheke gegangen. Geht wieder ins Bett, Kinder, es ist schon spät.«

Die Mädchen wechseln stumm einen Blick, und stumm gehen sie zur Tür. »Wie konntest du Papa nur solchen Kummer machen, Carmen?«, hören sie sie aus der Ecke sagen. »Wie konntest du uns das antun?«

»Wie geht es deiner Mutter?« Die Frage kam von weit her, und es dauerte eine Sekunde, bis Carmen begriff, dass Rita mit ihr sprach, dass sie im *Cotton Club* waren und sie ihren Daiquiri schon wieder ausgetrunken hatte.

»Gut. Ausgezeichnet. Seit sie Witwe ist, geht es ihr prächtig. Sie geht mit ihren Freundinnen aus, verreist … sie ist endlich frei. Die Enkelinnen brauchen sie auch nicht mehr – stell dir vor, die eine ist schon Anfang dreißig, die andere über zwanzig –, und so lebt sie jetzt ihr eigenes Leben. Ich kriege sie fast nie zu Gesicht.«

»Und ihr redet nie darüber?«

»Worüber? Über Papa? Nein. Wozu? Es gibt Dinge, die man besser vergisst. Dinge, die tot und begraben sind und auf die man, um weitermachen zu können, viel Erde werfen muss. Sehr viel. Du weißt, wovon ich rede, nicht wahr?«

»Ich?«

»In jedem Leben gibt es solche Dinge, Rita. Manchen von uns gelingt es, sie zu vergessen, anderen nicht. Aber wenn man nicht davon spricht, sind sie früher oder später verschwunden. Darum ist es wichtig, darüber zu schweigen.«

»Ich weiß nicht, Carmen.«

»Aber ich. Glaub mir.« Damit schien für Carmen eine Angelegenheit erledigt zu sein, die Rita nicht ganz verstanden hatte, und mit einem Mal wirkte sie viel gelöster. »Chema! Los, Süßer, mach uns noch einen Letzten.«

»Sollen wir vor dem Essen wirklich noch einen Daiquiri trinken?« Rita grinste, wie immer, wenn sie auf nüchternen Magen Alkohol trank.

»Das Mittagessen fällt bei mir flach. Ich muss an meine Figur denken, Kindchen. Du natürlich nicht, du warst immer dünn. Will Ingrid wirklich wegfahren und *Moros y Cristianos* verpassen? Sie könnte wenigstens noch einen Tag bleiben und sich den ersten Umzug ansehen. Als Ausländerin gefällt ihr das bestimmt.«

»Sie ist nicht wirklich Ausländerin. Ihre Mutter war Spanierin, aus Malaga, hat aber einen Engländer geheiratet, und Ingrid ist in London geboren. Ihr Vater war Kameramann, ein sehr guter, deshalb haben sie sie Ingrid getauft, nach Ingrid Bergman. Ich weiß nicht, an das Fest habe ich gar nicht gedacht, aber du hast recht, vielleicht würde es ihr Spaß machen.«

»Dann kann sie auch zu dem Mädelsessen kommen. Ich glaube, es wäre besser, sie dabeizuhaben.«

»Besser?« Rita war nicht klar, was Carmen damit meinte. Offenbar gab es da etwas, das Carmen nicht aussprechen mochte, wobei sie aber davon ausging, dass Rita auch so verstand, worauf sie hinauswollte.

»Wenn eine Außenstehende dabei ist, reden wir nicht den ganzen Abend über vergangene Zeiten.«

»Und was ist so schlimm daran, über vergangene Zeiten zu reden? Wir haben Jahrzehnte nachzuholen. Ich zumindest, die ich seit einer Ewigkeit nichts von euch weiß.«

»Da gibt es nicht viel nachzuholen. Du siehst ja, ich habe dir in fünf Minuten mein Leben erzählt und weniger als drei Daiquiris gebraucht, um eine Menge über dich zu erfahren. Wenn du das hochrechnest auf die übrigen vier, bist du in zwanzig Minuten auf dem Laufenden, und wir können anfangen, uns zu amüsieren.«

Chema servierte die Daiquiris, räumte die leeren Gläser und den schmutzigen Aschenbecher ab und stellte einen sauberen und ein Schälchen Erdnüsse hin.

»Wenn ich euch nicht was zum Knabbern bringe, werde ich euch noch nach Hause tragen müssen«, sagte er wie zur Entschuldigung. Carmen lächelte ihm gedankenverloren zu und scheuchte ihn mit einer Handbewegung weg, als verjagte sie eine Fliege.

»Wisst ihr etwas von Sole?«, fragte Rita.

»Marisol. Sie heißt jetzt Marisol wie die Sängerin in unserer Kindheit. Erinnerst du dich noch an die Filme?« Rita nickte, eine Zigarette zwischen den Zähnen. »Mit was für einem Mist man uns zugeschüttet hat! Wenn wir die amerikanischen Filme nicht gehabt hätten …«

»Von denen es auch solche und solche gab …«

»Ja, aber besser waren sie schon, das musst du zugeben. Wie auch immer … Sole. Sie hat in Madrid Jura studiert, frag mich nicht, warum. Dann hat sie sich einen andalusischen Großgrundbesitzer aus Sevilla geangelt, ebenfalls Rechtsanwalt, einen Diplomaten. Sie haben in der Kathedrale von Sevilla geheiratet, mit allem Pipapo, das weiß ich, weil sie mich eingeladen hatten, und Manolo war das ganze Wochenende mies gelaunt, weil er sich immer für reich gehalten hatte, bis er diese Prasserei mitansehen musste. Danach haben sie wer weiß wo gelebt, erst in Afrika, glaube ich, danach in Asien …

alles sehr exotisch. Sie haben drei Kinder. Sole war nie in ihrem Beruf tätig, sondern immer nur Diplomatengattin. Und manchmal schlägt er sie. Wahrscheinlich entspannt ihn das, weil er doch so viel Verantwortung zu tragen hat.« Sie verzog das Gesicht, als fände sie ihren Scherz selbst nicht sehr gelungen.

»Und woher weißt du das?«

»Von meiner Mutter. Sie ist mit Soles Mutter befreundet, die ihrer Tochter rät, der Familie zuliebe durchzuhalten, damit keine Geschiedene aus ihr wird, damit die Kinder nicht ohne Vater aufwachsen müssen, dieser ganze Quatsch, du weißt schon.«

»Aber gesehen habt ihr sie nicht mehr ...«

»Nein. Sole kommt nie her. Ihre Mutter reist hin, um sie zu besuchen. Zurzeit sind sie in Peru oder Chile. Weißt du noch, dass Sole Feministin war?«

»Damals waren wir alle Feministinnen.«

»Ich nicht. Ich habe nur versucht zurechtzukommen, so gut es ging. Ich wusste schon immer, dass die Männer fast alle Scheißkerle sind, man aber nicht ohne sie leben kann. Bei mir war das weniger theoretisch.«

Ritas Handy begann lautstark zu klingeln, und der Ton hallte in dem leeren Lokal wider.

»Wenn es Ingrid ist, kannst du ihr ja sagen, sie soll vorbeikommen, und wir trinken noch einen.«

Rita schüttelte den Kopf und bedeutete ihr mit abwehrenden Gesten, dass sie genug getrunken hatte.

»Du kannst mitessen, wenn du Lust hast«, sagte sie zu Carmen, wobei sie die Sprechmuschel zuhielt. »Ingrid hat einen Fisch im Ofen, der reicht für drei.«

»Nein, Süße. Ich gehe jetzt nach Hause, lege mich ein Weilchen aufs Ohr – *beauty sleep* nennt sich das –, dann sehe ich im Laden mal nach dem Rechten, und heute Abend treffe ich mich mit Felipe, um die Einzelheiten der Reise zu besprechen. Ich bin sehr beschäftigt, wie du siehst.«

»Na gut«, sagte Rita und nahm die Hand vom Telefon. »Ich bin in fünf Minuten da, Ingrid. Nein, Carmen kommt nicht mit, sie hat zu tun.«

»Hau ab, hau schon ab.« Carmen wedelte mit der Hand in Richtung Tür, als wollte sie sie loswerden. »Ich bleibe noch ein bisschen. Wir sehen uns ja schon bald wieder.«

Rita neigte sich über ihre Freundin, die sitzen geblieben war, gab ihr zwei Küsse, winkte Chema zu und verließ den *Cotton Club* mit dem Gedanken, dass es in diesem Gespräch, das schon jetzt nur noch Erinnerung war, viele dunkle Punkte gegeben hatte, die sie vielleicht besser klären sollte.

Juni 1974

Die Hitze ist etwas Greifbares, das schwer auf der feuchten Haut lastet, das Haar klebt ihnen am Nacken und sie spüren die schweißgetränkten Kleider, während sie die Examensarbeit unterschreiben und in fieberhafter Eile letzte Fehler korrigieren, ehe Don Luis die Blätter einsammelt, die aus blauem, fast transparentem Papier sind und den Stempel des Gymnasiums tragen, um auszuschließen, dass die Prüflinge schummeln und fertig beantwortete Fragen von zu Hause mitbringen. Jeder weiß, dass das unsinnig ist, dass unmöglich jemand eine vorbereitete Lateinübersetzung mitbringen kann, weil nie vorher bekannt ist, auf welche Textauswahl Don Luis verfallen wird, aber die Vorschriften sind nun mal die Vorschriften, und es handelt sich um das Abschlussexamen für die Hochschulreife.

Marga und Tere geben fast gleichzeitig ab und gehen mit einem mitleidigen Blick auf ihre Freundinnen, die weiter über den Bögen brüten, hinaus auf den Flur, bemüht, leise zu sein und schnellstens den Schulhof zu erreichen, um vor Erleichterung Luftsprünge zu machen und in Jubelgeschrei auszubrechen. Das ist ihre letzte Prüfung im Gymnasium gewesen. Ab sofort werden alle künftigen Prüfungen in Valencia stattfinden, an der Universität.

Draußen angekommen, stößt Marga, statt zu hüpfen und zu kreischen, jedoch nur einen tiefen Seufzer aus, zieht ein Päckchen filterlose *Bisontes* heraus, bietet ihrer Freundin eine an und gibt ihr Feuer. Der Rauch kribbelt in ihren Lungen, und sie lächeln, erschöpft, aber glücklich.

»Wie ist es bei dir gelaufen?«, fragt Marga.

»Gut. Glaube ich. Ich verabscheue Sallust, aber ich habe zwei Wochen lang Angst gehabt, er könnte uns eins der Epigramme von Martial vorsetzen, die wir nicht durchgenommen haben. Ich glaube nicht, dass es eine Eins wird, aber auch eine Zwei würde fürs Stipendium dicke reichen. Und bei dir?«

Beide wissen, dass Tere dieses Stipendium unbedingt braucht, da es für sie den einzigen Weg in die ersehnte Zukunft darstellt, denn ihre Eltern können für ein studierendes Kind nicht aufkommen und für eine studierende Tochter schon gar nicht.

»Auch eine Zwei, nehme ich an, falls ich nicht zu viele Flüchtigkeitsfehler gemacht habe. Entscheidend ist, dass wir es hinter uns haben. Morgen gehen wir alle zusammen ins Schwimmbad, und dann denken wir nur noch an Mallorca!«

Tere schüttelt den Kopf.

»Nein, Marga, morgen kann ich nicht.«

»Hast du schon wieder Hausarrest?«

Tere verzieht den Mund zu einem Lächeln, das in einem älteren Gesicht bitter gewirkt hätte, in ihrem aber nur ein wenig schief sitzt, ein wenig deplatziert. Einen Moment lang ist sie versucht, Marga die Wahrheit zu sagen, ihr zu erzählen, was wirklich mit ihr los ist, entscheidet sich aber dann doch zu schweigen. Alle kommen mit ihren Problemen zu Marga, die allmählich zum seelischen Mülleimer der Clique wird. Vielleicht würde sie mit ihr sprechen, wenn sie etwas für sie tun könnte, aber niemand kann ihr helfen, und darum antwortet sie ihr mit einem Teil der Wahrheit.

»Nein, diesmal nicht. Ich muss meiner Mutter zu Hause helfen. Du weißt doch, dass mein Vater es nicht ausstehen kann, wenn jemand nichts zu tun hat, und da ich ja jetzt mit der Prüfung fertig bin …«

Marga legt ihr den Arm um die Schultern.

»Soll ich mal mit deinen Eltern reden?«

»Nein, schon gut. Lassen wir uns bloß nicht die Mallorca-Reise vermasseln.«

Schweigend schlendern sie auf die Kantine zu und halten sich im Schatten, während sie warten, dass auch die anderen fertig werden und herauskommen, um mit ihnen die Lateinarbeit zu besprechen, gemeinsam über das haarsträubende Zeug zu lachen, das Carmen geschrieben hat, und über die Risiken, unter denen Ana ihr geholfen hat, dennoch zu bestehen.

»Mir hängt das alles zum Hals raus! Ich will endlich hier weg, Marga, das alles hinter mir lassen, mein eigenes Leben leben, mein eigenes Geld verdienen und machen, was ich will! Weißt du, was es heißt, sein ganzes Leben in einer Kaserne zu verbringen, wo jeder weiß, wer was gesagt hat, wer kommt und geht und wann und mit wem? Weißt du, wie es ist, in einer militärischen Hierarchie zu leben? Wenn ich nach Valencia komme, werde ich mir sofort irgendwas suchen, Kinder hüten, Treppen putzen, was auch immer.«

»Wo wirst du denn wohnen? Haben sie sich inzwischen entschieden?«

»Erst mal in einem Nonnenstift, aber sobald ich kann, will ich mir zusammen mit anderen Mädchen eine Wohnung suchen. Würdest du dabei mitmachen?«

»Liebend gern. Aber meine Eltern wollen, dass ich das erste Jahr in einem Studentenwohnheim verbringe, um mich einzugewöhnen und so. Sie haben wohl nicht allzu viel Vertrauen zu uns. Da sie selbst nie auf einer Universität waren, stellen sie sich weiß Gott was darunter vor. Ununterbrochene Orgien oder so was.«

»Carmen denkt das auch.«

Die Kantine ist um diese nachmittägliche Stunde leer. Cayetano wischt mit einem Lappen den Tresen ab und nickt ihnen zerstreut zu, während sie sich in einer Ecke niederlassen, nachdem sie für die, die noch fehlen, Stühle herangerückt haben.

»Ich glaube, ich werde das alles vermissen«, stellt Marga fest und lässt den Blick durch den heruntergekommenen Saal schweifen, über die verschrammten Resopaltische, die mit Reißzwecken befestigten Bekanntmachungen, Anzeigen und Plakate an den Wänden, alles uralt.

»Ich nicht. Nicht eine Sekunde.« Teres Ton ist rebellisch, aggressiv. »Ich werde die Vergangenheit vergessen, sobald ich aus diesem Dorf raus bin, und anfangen, nur noch an mich und meine Zukunft zu denken.«

»Na, vielen Dank, gut zu wissen.«

Tere lacht, klopft ihr auf die Schulter und steht auf.

»Aber nein! Du bist ein Teil von mir und meiner Zukunft, wie alle diese Bekloppten, die jeden Augenblick hier sein dürften. Los, wenn du eine Pesete drauflegst, lade ich dich zu einer Cola ein, für zwei reicht es sonst nicht.«

Marga nickt lächelnd, holt die Pesete heraus und betrachtet den Rücken ihrer Freundin an der Theke, während sich die Stimmen der anderen nähern. Und mit einem Mal überkommt sie eine heftige Wehmut, das Bedürfnis, sich zusammenzukauern, sich ganz klein zu machen und im Bett zu verkriechen, um nicht die Schule verlassen zu müssen, um nicht hinaus in die Welt ziehen und sich auf eigene Faust durchschlagen zu müssen, bis sie eine erwachsene Frau wäre. Es fühlt sich an, als rollte eine riesige Welle über sie hinweg und ließe sie durchnässt, frierend und orientierungslos zurück. Doch da kommt Tere mit den beiden Coca-Cola, und als Margas Hand die Rundung der Flasche umschließt und ihre Augen denen ihrer Freundin begegnen, legt sich die Angst, sie stoßen die Flaschen aneinander, und sie hört Tere sagen: »Auf unsere Zukunft, Marga.«

Dann treffen die anderen ein, der Raum füllt sich mit Gelächter, Geschrei, verschwitzten Körpern, und der schreckliche Moment geht vorbei und ist vergessen.

Juni 2007

Sie parkten gegenüber der Anlegestelle für die Ausflugsboote, die zur Insel Tabarca fuhren, und bummelten hinüber zum Fischmarkt auf der Suche nach der Bar, wo sie mit Jaime und Teresa verabredet waren. Das Meer glänzte blau und glatt in der Mittagssonne, und trotz der vielen Renovierungs- und Umbaumaßnahmen, die der Hafen über sich ergehen lassen musste, seit Rita das letzte Mal dort gewesen war, bewahrte das Fischerdörfchen Santa Pola noch etwas von dem alten Charme, über den es in ihrer Kindheit verfügt hatte. Die Touristen, die es im Juli und August stürmten und die Bevölkerung der Gemeinde von zwanzigtausend auf zweihunderttausend anschwellen ließen, waren noch nicht eingetroffen, und man atmete eine Atmosphäre südländischer Ruhe. Die Palmen zeichneten sich gegen den blauen Himmel ab, die Blumen leuchteten in ihren Beeten, und die Masten der kleinen Boote im Yachthafen wiegten sich sanft in der Brise.

»Hübsch hier«, bemerkte Ingrid, während sie den Wellen zusah, die sich am Strand brachen.

»Ja. Wenn ich als Kind hierherkam, war es wunderschön. Die Sonnenuntergänge am Hafen nach der Fischversteigerung sind das Beste, was ich je im Leben gesehen habe. Aber du weißt ja, dass ich mich mit dem Meer nicht so richtig anfreunden kann. Komm, wir warten drinnen auf sie.«

»Ich habe noch nie verstanden, wie ein Mensch das Meer nicht mögen kann.«

»Jeder hat seine Marotten.«

Rita steckte sich eine Zigarette an, schirmte sie mit der Hand ab und blieb noch einen Moment stehen, den Blick auf die ruhige Wassermasse gerichtet, die am Ufer schaumig wurde und am Horizont mit dem Himmel verschmolz, während sich die Umrisse Tabarcas braun und scharf gegen das Blau abhoben. Seit dreißig Jahren bemühte sie sich, den Anblick des Meeres von den Erinnerungen an den Sommer 1974 zu trennen. Sie war es müde, sich Gefühlen erwehren zu müssen, die sich ihr aufdrängten, ohne dass sie Bilder gehabt hätte, die sie zerpflücken, analysieren und schließlich beherrschen konnte. Das war das Schlimmste von allem: Es gab keine Bilder, denn aller Anstrengung zum Trotz fanden sich in ihrem Gedächtnis nur dunkle, verschwommene Fotogramme von Szenen jener Nacht, die alles verändert hatte. Und das Gefühl, das ihr noch heute die Hände zittern ließ. Dieses Gefühl des Grauens, der Ungewissheit, der Schuld, der brennenden Angst.

Und der Erleichterung. Fast das Schlimmste von allem. Erleichterung.

»Wirst du es mir irgendwann erzählen, Rita?« Ingrid legte ihr die Hand auf die Schulter und suchte ihren Blick mit so liebevollen, mitfühlenden Augen, dass Rita am liebsten aufgeheult und ihre Freundin mit Gewalt abgeschüttelt hätte. Aber sie befreite sich sanft, ging schweigend zum Tresen und fragte von dort aus: »Was willst du trinken?«

Ingrid zuckte mit den Schultern. Es war klar, dass Rita das Thema wechseln wollte, wie immer, und es hätte keinen Sinn gehabt, sie unter Druck zu setzen, also bestellte Ingrid Bier und hörte sich resigniert die Kindheitserinnerungen ihrer Freundin an, die nichts mit dem zu tun hatten, was sie eigentlich wissen wollte.

»Es ist erstaunlich, wie wenig sich die Mädels verändert haben«, sagte Rita, als sie am Tisch saßen. »Ich meine, sie haben sich natürlich verändert, aber die Konstellationen sind immer noch dieselben. Carmen und Candela sind immer noch wie Hund und Katze, Teresa ist vernünftig hoch drei, Lena ist ein bisschen versponnen wie eh und je, und Ana … nun ja, Ana ist offenbar wirklich anders geworden.«

»Inwiefern?«

»Ich weiß nicht, wie ich es beschreiben soll. In der Schule war

Ana ein Wirbelwind. In Bezug auf Jungs vielleicht ein bisschen schüchtern, aber sie war entschlossen, die Welt zu erobern und es weit zu bringen. Sie war die politisch Interessierteste, die, die im Unterricht am meisten über Politik und Religion diskutierte, überzeugte Feministin. Sie wollte immer Jura studieren, weil sie die einzige Chance für eine Veränderung der Welt darin sah, das Gesetz zu kennen und mit legalen Mitteln für das zu kämpfen, was sie für gerecht hielt. Schon witzig, dass die Anwältin in der Gruppe jetzt Candela ist und Ana eine Hebamme. Das passt absolut nicht zu ihr. Es ist, als wäre sie kleiner geworden, statt zu wachsen.«

»Manchmal führen die Umstände zu einer Wende im Leben. Du kannst sie ja bei dem Mädelsessen fragen.«

»Ja, ich würde es tatsächlich gern wissen. Und ich bin auch neugierig auf ihren Mann.«

»Weil der so süß sein soll?« Ingrid grinste maliziös.

Rita grinste zurück.

»Weil, wie du ja weißt, eine meiner Theorien besagt, dass man eine Person erst wirklich kennt, wenn man ihren Partner kennt. Ich bin gespannt zu erfahren, warum sie sich einen Polizisten ausgesucht hat.«

»Polizisten sind auch Menschen.«

Rita lachte. Was auch immer gerade noch in ihr vorgegangen sein mochte, langsam schien sie sich davon zu erholen. Ingrid war an diese Launenhaftigkeit gewöhnt.

»Manche schon, wie in jedem Beruf. Aber dass Ana sich in einen Polizisten verliebt hat, ist schon eigenartig, und wenn er noch so toll aussieht. Sie konnte die Polizei nie leiden. Na ja, weder sie noch sonst jemand, der in Spanien unter Franco aufgewachsen ist.«

»Auch Teresa nicht? Ich habe den Eindruck, sie legt Wert auf Zucht und Ordnung.«

»Teresa am allerwenigsten. Ihr Vater war Guardia Civil, und sie hat ihre Kindheit in der Kaserne verbracht, mit einer schweigsamen und unterwürfigen Mutter und einem Vater, der sie alle wie Rekruten behandelte. Zum Glück entwickelte sie einen starken Charakter, aber sie wurde andauernd bestraft, damit sie ›Disziplin‹ lernt.« Ritas Finger zeichneten imaginäre Gänsefüßchen in die Luft.

»Reden wir von etwas anderem. Da kommen sie.«

Jaime und Teresa schlenderten an den um diese Zeit geschlossenen Fischständen vorüber auf das Lokal zu. Sie gingen lächelnd Hand in Hand wie zwei Teenager. Jaime war groß, schon ziemlich kahl und mit dem typischen Wanst ausgestattet, zu dem Männer jenseits der fünfzig neigen, die sich mit ihrem Bierbauch abgefunden haben und sogar meinen, dass er ihnen ein gewisses Charisma verleiht. Er hatte blaue Augen und ein Lächeln voller perfekter Zähne.

»Wir haben in Guardamar für halb drei einen Tisch reserviert«, verkündete Teresa, nachdem Rita und Jaime einander vorgestellt waren. »Wenn ihr wollt, können wir mit unserem Auto fahren und nachher zurückkommen und eures holen.«

Sie bestellten mehr Bier und setzten sich zu den beiden Frauen an den Tisch, Rita und Teresa mit dem Rücken zum Meer, Ingrid und Jaime gegenüber.

»Wann geht die Reise los?«, fragte Teresa, an Ingrid gewandt.

»Ich fahre nun doch erst nächsten Sonntag, weil Rita mich überredet hat, zu bleiben und mir einen der berühmten Aufmärsche zu *Moros y Cristianos* anzusehen. Ich habe schon eine Karte. Anschließend komme ich noch mit zu eurer Party bei Ana, und am nächsten Tag mache ich mich auf den Weg nach Granada.«

»Wir werden es uns richtig gut gehen lassen. Ana ist eine hervorragende Köchin und das Häuschen wunderschön, ihr werdet ja sehen. Das wird fast wie deine legendäre Geburtstagsfete, Rita, weißt du noch?«

Rita nickte wortlos. Sie hatte keine Lust, darüber zu reden, aber Teresa schien es nicht zu bemerken und fuhr fort: »Was ist eigentlich aus eurem Haus auf dem Land geworden? Hast du es geerbt?«

Rita brauchte einige Sekunden, ehe sie antworten konnte, denn dieses Thema war noch immer zu schmerzlich.

»Nein. Meine Mutter und meine Tante haben es schon vor Jahren verkauft.«

»Und du wolltest es nicht kaufen?«

»Ich konnte nicht. Ich musste mein Haus in London abbezahlen und war außerdem Koproduzentin eines Films, von dem ich mir viel versprach. Ich bat meine Tante, den Verkauf aufzuschieben, bis ich es mir leisten könnte, aber ihr Mann drängte sie, und so haben sie es schließlich verhökert. Meine Mutter hatte nicht das Herz, sich ihrer Schwester zu widersetzen, die das Geld dann plötzlich sofort haben wollte, und unterschrieb. Anscheinend hatte sie es ihr versprochen oder so, und meine Mutter war einer der seltenen Menschen, die noch Wort halten.«

»Und dir tut es immer noch weh, stimmt's?«, fragte Teresa sanft.

»Ja. Ehrlich gesagt, ja. Dort waren meine Wurzeln. Das Einzige, was mir von meiner Kindheit geblieben war.«

Jaime, der das Gespräch schweigend verfolgte, wunderte sich, mit einer weltbekannten Filmregisseurin in einer Hafenbar zu sitzen und sie über so private und alltägliche Dinge plaudern zu hören. Teresa hatte ihm zwar gesagt, Rita sei eine ganz normale Frau, aber er hatte das nicht recht glauben wollen. Immerhin waren sich die beiden seit dreißig Jahren nicht begegnet, und in dreißig Jahren konnte sich alles radikal ändern. Auf jeden Fall hatte er erwartet, dass sie über Filme sprechen würden und Rita Anekdoten und Klatsch über Hollywood-Stars zum Besten gab, mit denen sie persönlich Kontakt hatte. Seine Frau dagegen schien sich weniger für Glanz und Gloria der Filmindustrie zu interessieren, als vielmehr für die kleinen Dinge im Leben ihrer Freundin. Aber vielleicht kam das, was ihn interessierte, ja später beim Essen noch zur Sprache.

»Und dein Elternhaus? Das im Ort?«, wollte Teresa wissen.

»Das hat meine Mutter verkauft, als es ihr nicht mehr so gut ging und mein Vater schon gestorben war, um sich eine kleine Wohnung in einem Haus mit Fahrstuhl zu kaufen. Später ist sie dann zu uns nach London gezogen. Wie dem auch sei, sprechen wir von etwas anderem, wenn ihr nichts dagegen habt.«

»Mach dir nichts draus, Rita«, sagte Jaime freundlich, »jede Familie hat ihre Geschichten. Das Dumme ist nur, dass wir es in unserem Alter noch nicht geschafft haben, uns davon frei zu machen, und die Vergangenheit uns bis heute Schmerzen zufügt.«

»Die Vergangenheit beeinflusst immer die Gegenwart, Jaime. Das ist nicht zu ändern. Was wir heute sind, ist eine Folge dessen, was wir waren, was wir getan haben, was uns widerfahren ist.« Rita war sehr ernst geworden, dabei hatte Jaime sie nur aufmuntern wollen, doch offenbar war ihr dieses Thema sehr wichtig. Man brauchte nur ihre Filme anzusehen.

»Im Englischen gibt es ein Sprichwort«, mischte sich Ingrid ein. »Alte Sünden werfen lange Schatten.«

Teresa und Rita tauschten einen Blick, den die anderen beiden nicht zu deuten wussten.

»Wohl wahr«, sagte Jaime.

»Aber weil es bei uns ja keine alten Sünden gibt«, Teresas Stimme klang fröhlich, »wird unser Leben auch immer sonnig bleiben, ohne Schatten, vor denen wir erschrecken müssten. So ist es doch, nicht wahr, meine Lieben? Geh, Jaime, bezahl die Rechnung, dann können wir noch einen Spaziergang am Strand von Guardamar machen, bis es Zeit für die Paella ist.«

Juni 2007

Rita stand auf der Plaza de los Luceros, blickte zu den Palmen auf, die sich leicht in der vom Meer herüberwehenden Brise bewegten, und hatte das Gefühl, dass es für sie schon zu spät war, weil sie das alles bereits mit den Augen einer Touristin betrachtete, staunend über die angenehme Temperatur, die gut gekleideten Menschen, die massige Burg von Santa Bárbara vor dem makellos blauen, mediterranen, fremdländischen Himmel. Selbstmitleid überkam sie, weil sie die innere Verbindung zu diesem Land verloren hatte, das ihre Heimat war, das bis zu ihrem achtzehnten Lebensjahr ihre Heimat gewesen war und sich jetzt kaum noch so anfühlte.

Irgendwo hatte sie einmal gelesen, dass das Heimweh von Exilierten und Emigranten einer Zeit gilt, nicht einem Ort, darum ist dieses Heimweh unheilbar: weil sie in ihre Geburtsstadt zurückkehren können, aber nicht in die Stadt ihrer Jugend mit ihrer Atmosphäre, ihren Läden, ihren Cafés, den Menschen, aus denen ihre Welt einst bestand.

Glücklicherweise verband sie keine besonderen Erinnerungen mit diesem Platz. Die wenigen Male, die man ihnen erlaubt hatte, zusammen nach Alicante zu fahren und einen Nachmittag dort zu verbringen, hatten sie sich immer im Bereich der Explanada oder auf den Ramblas und der Calle Mayor aufgehalten und Schaufenster betrachtet, wie man es früher tat, bevor die jungen Leute Shopping als Sport entdeckten. Wenn zu ihrer Zeit ein Mädchen eine schwarze Hose brauchte, klapperte es auf der Suche nach erschwinglichen schwarzen Hosen zwei oder drei Geschäfte ab, und wenn es eine gefunden hatte, ging es tags darauf mit seiner Mutter hin, damit die ihre Zustimmung gab und, falls nötig, mit der Ladenbesitzerin feilschte.

Als sie nach London ging, gab es in Alicante nicht einmal ein Kaufhaus, wie El Corte Inglés, nur in Murcia. Und für viele Frauen war es ein heiß ersehnter Samstagsausflug, zu dem sie ihre Männer monatelang überreden mussten.

Es wunderte sie ein wenig, dass Candela sich mit ihr in einem Café verabredet hatte, statt sie zu sich nach Hause einzuladen. Neulich beim Verlassen der Kneipe hatte sie das Gefühl gehabt, dass Candela sich unbedingt einmal mit ihr allein unterhalten und ihre alte Freundschaft nach Möglichkeit wiederbeleben wollte. Dennoch öffnete sie ihr jetzt nicht die Tür zu ihrem Heim, sondern bestellte sie in ein öffentliches Lokal, ohne um ihre Verabredung viel Aufhebens zu machen.

»Wurde auch Zeit, dass du dich bequemst, mal anzurufen«, hatte sie mit ihrer gewohnten Bissigkeit gesagt, die die anderen lachend als ihren »natürlichen Charme« bezeichneten, Rita aber immer innerlich zusammenzucken ließ. »Pass auf, ich mache um sechs Schluss. Was hältst du von halb sieben im *Sausalito* an der Plaza de los Luceros? Und untersteh dich, deine P.A. mitzubringen!«

Im ersten Moment hatte Rita befürchtet, es könnte unangenehm werden, Ingrid zu sagen, dass Candela sie nicht dabeihaben wollte, aber dann war alles ganz einfach, weil Ingrid angefangen hatte, die Schränke zu durchforsten, und sichtlich froh war, ein paar Stunden für sich zu sein, um auszusortieren, was sich aufzuheben lohnte und was nicht. Somit war Rita allein nach Alicante gefahren und saß zehn Minuten vor der verabredeten Zeit auf der Terrasse des *Sausalito*.

Sie sah Candela kommen, in weißes Leinen gekleidet, mit einer riesigen Sonnenbrille und einem Aktenkoffer, und stand auf, um sie zu begrüßen.

»Du bist ja der reinste Touri!«, war das Erste, was ihre Freundin sagte. »Wie kannst du nur in der prallen Sonne sitzen? Los, gehen wir rein. Da gibt es eine Klimaanlage.«

Gehorsam nahm Rita ihr Bier, und sie gingen hinein. Das Lokal war kalt in jeder Hinsicht. Viel Metall und Glas, neutrale Farben, hellgrau gepolsterte Stühle und Sofas und dunkelrot gestrichene Wände, die dennoch keinerlei Behaglichkeit aufkommen ließen.

»Ich schaue hier für gewöhnlich nach der Arbeit vorbei«, sagte Candela und warf ihren Koffer auf einen Sessel. »Zum *Chillen*, wie man das heute nennt. Bei uns hieß das früher: ›Feierabend. Die Arbeit kann mich mal.‹«

»Die Maloche«, korrigierte Rita sie und steckte sich eine Zigarette an.

»Nein, Schlaubergerin. Das kam später. Früher hieß Arbeit einfach Arbeit. Und war obendrein eine Nationaltugend. Erinnerst du dich nicht an dieses ›Arbeit adelt‹? ›Maloche‹ haben nur Proleten gesagt, für uns schickte sich das nicht.«

Beide lachten, Candela bestellte ein Mineralwasser mit Kohlensäure und Zitronenschnitz und schaute Rita erwartungsvoll an. Da diese sich anscheinend nicht zum Sprechen entschließen konnte, begann sie selbst: »Also gut, Marga, warum hast du mich angerufen? Nachdem du mir in dreißig Jahren nicht mal eine Postkarte geschrieben hast, willst du mir doch nicht weismachen, du hättest plötzlich Sehnsucht nach mir.«

Rita war wie vor den Kopf geschlagen und stotterte fast.

»Du hast doch gesagt, du hättest mich vermisst …, und ich soll dich anrufen …«

Candela brach in schallendes Gelächter aus.

»Ja. Du hast recht. Ich für meinen Teil habe dich sehr wohl vermisst, aber man gewöhnt sich an alles.«

Das darauffolgende Schweigen zog sich für Rita endlos in die Länge, trotz der Ablenkung durch den Kellner, der das Wasser und ein Tellerchen geröstete Mandeln servierte.

»Wir haben es verschissen, das ist dir doch klar.« Candela sprach in lockerem, neckischem Ton, der in einem harten Gegensatz zu ihren Worten stand. »Wir hatten so große Pläne, so viele Träume … Weder du noch ich sind, was wir einmal werden wollten.«

»Ich schon.«

»Hör doch auf. Kunstgeschichte wolltest du studieren, weißt du nicht mehr? Und in Museen arbeiten, die Welt sehen und dich von keinem Mann schikanieren lassen.«

»Das ist mir gelungen«, sagte Rita, schon in Abwehrhaltung. »Mich von keinem Mann schikanieren zu lassen.«

»Was du nicht sagst. Dafür lässt du dich jetzt von einer Frau schikanieren. Wenn du das besser findest …«

Candela hatte sich im Sessel zurückgelehnt und hielt ihr Glas in einer tief gebräunten Hand, die von hervorstehenden Adern überzogen und mit zwei dicken Ringen aus Silber und Edelsteinen geschmückt war. Sie war so mager, dass ihr Gesicht wirkte wie eine spöttische Ledermaske. Nur ihre Augen waren noch dieselben, schimmernd, strahlend.

»Ingrid ist nur eine Freundin und meine Assistentin.« Allmählich hatte sie es satt, immerzu Erklärungen über ihr Liebesleben abgeben zu müssen, aber verstanden und akzeptiert zu werden war ihr schon immer ein Anliegen gewesen.

»Zumindest warst du mutig genug, dich für eine Frau zu entscheiden.«

»Herrje, Candela, nein! Jetzt geh mir nicht auf den Wecker, verdammt noch mal!«

Candela lehnte sich über den Tisch und durchbohrte sie mit ihren grauen, von dichten getuschten Wimpern umrahmten Augen, die über die Jahre tatsächlich nichts von ihrem Glanz eingebüßt hatten.

»Weißt du denn nicht mehr, dass wir zusammen sein wollten? Dass du mit mir zusammen sein wolltest? Sommer 74. Kannst du dich noch schwach erinnern?«

Rita drückte die Zigarette aus, zerquetschte die Glut, bis in dem Glasschälchen nur noch Asche war, und steckte sich die nächste an.

»Das ist über dreißig Jahre her, Candela.«

»Dreiunddreißig. Aber die Vergangenheit ist nicht zu ändern, da kann man sich noch so sehr bemühen, sie noch so sehr verleugnen, sich ihrer noch so sehr schämen.«

»Warum hast du mich nicht zu dir nach Hause eingeladen?«, fragte Rita plötzlich geradeheraus, womit sie unbewusst versuchte, sich dafür zu rächen, dass Candela ihr wehtat.

»Damit du nicht denkst, ich wollte dich in Bedrängnis bringen, dich in meinen Bau locken oder so. Aber ich sehe schon, ich war viel zu rücksichtsvoll. Oder zu optimistisch. Ich weiß nicht. Ich hätte halt nie damit gerechnet, dass du es schlicht vergessen haben könntest.«

»Du stehst also immer noch auf Frauen?«

»Nein, Marga. Ich steh immer noch auf dich.« Sie trank ihr Glas in einem Zug aus. »Candela und ihre unverblümte Art, da hast du's mal wieder.«

»Und Gonzalo?«

Candela verzog die Lippen zu einem Lächeln, das Rita boshaft schien.

»Ein Freund. Mein Kompagnon. Wie Ingrid eben.«

Rita nahm ein paar Mandeln und begann, sie gründlich durchzukauen. Sie hatte keinen Hunger, aber das Bedürfnis nach etwas Hartem zwischen den Zähnen.

»Warum isst du diese Scheißmandeln? Das war schon immer dein Problem, Marga, dass du dazu erzogen wurdest, alles in dich hineinzufressen, was man dir vorsetzt, in jeder Beziehung, und du hast es nie geschafft, dich dagegen aufzulehnen.«

»Aber, verflucht noch mal, was weißt du denn von mir? Für wen hältst du dich eigentlich?« Ritas Stimme klang zunehmend schrill. »Wer gibt dir das Recht, über mich zu urteilen, dich in mein Leben einzumischen, dir einzubilden, dass du mich kennst, bloß weil wir vor über dreißig Jahren zusammen in die Schule gegangen sind?«

»Ich habe über dreißig Jahre meines Lebens nicht aufgehört, an dich zu denken, du dämliche Kuh. Mich gefragt, wie alles hätte sein können, warum du mich nicht anrufst, warum du mir nicht schreibst … Und gehofft, du würdest dich überwinden und endlich einsehen …« Rita sah, wie Candelas Augen sich mit Tränen füllten und sie versuchte, sich nichts anmerken zu lassen, bis sie den Blick schließlich auf die Tischplatte senkte. »Sogar Jura habe ich studiert«, schloss sie mit rauer Stimme, als handelte es sich dabei um das größte Opfer, das sie jemals bringen konnte.

»Was hat das eine mit dem anderen zu tun?« Alle Wut, die Rita einen Moment zuvor noch empfunden hatte, war wie weggeblasen und einem Gefühl größter Verwirrung gewichen.

»Lassen wir das, Rita. Ich sehe schon, du erinnerst dich nicht oder willst dich nicht erinnern, was noch schlimmer ist. Tun wir, als wäre nichts geschehen, als wäre nie etwas geschehen, als wären wir einfach zwei Schulfreundinnen, die sich nach hundert Jahren wiedertreffen und sich erzählen, wie gut es ihnen geht und was sie noch alles vorhaben. Erzähl mir von deinen Plänen, los! Entschuldige, die Sonne scheint in die Windschutzscheibe dieses Autos und blendet mich«, sagte sie, wobei sie ihre Sonnenbrille wieder aufsetzte.

Rita verspürte nicht die geringste Lust, Candela von ihren Plänen zu erzählen, aber die Wende, die das Gespräch damit nahm, ermöglichte ihr, sich aus der Gefahrenzone zu entfernen, indem sie von alltäglichen, oberflächlichen, unbedeutenden Dingen reden konnte.

»Nun ja ... als Erstes will ich Tante Doras Wohnung ausräumen, sie zum Verkauf anbieten, ein wenig den Sommer genießen, ein Drehbuch fertig schreiben und dann, 2008, mit den Dreharbeiten für einen Film anfangen, den ich schon vorbereitet habe. Das Übliche eben. Und du?«

»Ich habe einen Haufen Fälle in Arbeit. Unsere Kapazitäten sind ausgeschöpft bis zum Frühling.« In den wenigen Sekunden, die Rita gebraucht hatte, ihre nächsten Projekte zu umreißen, schien Candela sich wieder gefasst zu haben, denn sie schlug jetzt einen leichten Plauderton an. »Danach, vielleicht im Mai, werde ich Urlaub machen. Ich nehme mir schon seit einer Ewigkeit keine Zeit mehr für mich. Ich habe an die Karibik gedacht, eventuell Kuba. Ich war noch nie in Kuba. Aber wenn Carmen, diese Gans, jetzt eine Kreuzfahrt in dieselbe Gegend macht, fahre ich vermutlich woanders hin. Die Vorstellung, dass sie schon da gewesen sein und alles fotografiert haben könnte, würde mir den Spaß verderben. Übrigens, warum hast du eigentlich sie zuerst angerufen?«

Rita musste sich schwer beherrschen, um nicht die Geduld zu verlieren, und holte tief Luft, bevor sie erwiderte: »Sie hat mich angerufen, gleich am Tag nach unserem Treffen in der Kneipe.«

»Sie ist eine Klatschtante.«

»Ja. Den Eindruck hatte ich auch. Aber es geht ihr nicht gut, Candela. Sie trinkt ungeheuer viel.«

»Ihr Vater war Alkoholiker. Das vererbt sich. Es ist etwas Genetisches.«

»Das ist es nicht allein. Ich glaube, sie ist unglücklich.«

»Wer ist schon glücklich?« Candela sah sie befremdet an.

»Ich, zum Beispiel. Ich bin glücklich. Und Tere, glaube ich. Und Ana und Lena.«

»Ja, mag sein, dass du glücklich bist. Und Teresa auch, die ist ein Felsblock. Sie ist eine von denen, die mit Gewalt glücklich sind, mit zusammengebissenen Zähnen, die auf Leben und Tod um ihr Krümelchen Glück kämpfen. Fast so wie ich. Lena ist nie älter als zwanzig geworden, und ich glaube, sie hat längst das Handtuch geworfen und meint, das Leben hätte ihr sowieso nichts Lohnendes mehr zu bieten. Wie ein Zombie, der macht und tut, ohne zu wissen, warum, weil man halt machen und tun muss, weil es sonst nichts gibt. Das bringt mich zur Weißglut. Lenas Schicksalsergebenheit hat mich schon immer zur Weißglut gebracht. Und Ana …? Tja, sie behauptet, sie mag ihre Arbeit, sie liebt ihren Mann, findet ihren Sohn entzückend und ist begeistert von ihrem Haus, aber das ist nicht Ana. Sie ist nie mehr die Alte gewesen. Erinnerst du dich noch, wie Ana war? Sie war diejenige, die Rechtsanwältin werden und ihr Leben dem Kampf für die Rechte der Frauen, der Armen, des ganzen Universums widmen wollte. Mein Gott, sie war Kommunistin! Sie war Kommunistin mit Parteibuch, als das noch verboten war und man dafür in den Knast kam.«

»Woher weißt du das?«

»Ich habe davon erfahren, als sie legalisiert wurden. Als sie uns zur Roten Party eingeladen hat. Aber zu dieser Zeit hatte sie schon keinen Biss mehr, da war sie schon beinahe das, was sie jetzt ist.«

»Und was ist sie deiner Meinung nach jetzt?«

»Eine arme kastrierte Frau, die sich durchs Leben schleppt, als ob sie sich bei allen und jedem für alles und jedes entschuldigen müsste, als ob sie es nicht verdiente zu leben, als ob sie es ungerecht fände zu haben, was sie hat.«

»Einem echten Kommunisten kann es durchaus peinlich sein, seine Ideale verraten zu haben«, wandte Rita ein, »ein eigenes Haus und ein Auto und ein festes Einkommen zu besitzen …«

»Nein. Du weißt, dass es nicht das ist. Oder du weißt es nicht, das spielt gar keine Rolle. Du willst überhaupt nichts mehr wissen. Du hast dich in deinen Seidenkokon eingesponnen und führst darin ein geborgenes, glückliches Leben.« Sie brach ab, und ihre Miene veränderte sich. »Hast du Lust, mit mir in Urlaub zu fahren?« Die Frage klang wie eine Herausforderung, wie eine Provokation.

»In die Karibik?«, fragte Rita, um Zeit zu gewinnen.

»Irgendwohin, ganz egal. Wir könnten uns neu kennenlernen. Hör zu, wenn du dich dazu entschließen könntest und das mit der Wohnung erledigt hast, lasse ich alles stehen und liegen, und wir verschwinden. Sofort.«

Rita schüttelte sacht den Kopf.

»Warum nicht, Marga?« Candela ergriff ihre Hand und drückte sie fest, dann immer sanfter und streichelte sie schließlich zwischen ihren Händen. Dann drehte sie sie um und küsste ihre Handfläche, wie sie es vor vielen Jahren schon einmal getan hatte.

»Weil Wunder sich nicht wiederholen, Candela«, stieß Rita mit erstickter Stimme hervor.

Ihre Freundin gab ihre Hand frei, winkte mit herrischer Geste den Kellner heran und zog die Brieftasche.

»Einen Versuch war's wert«, sagte sie, als wäre es so wichtig nun auch wieder nicht, und stand auf. »Wir sehen uns am Samstag bei Ana.«

»Gehen wir nicht zusammen essen?«

»Tut mir leid. Ich habe noch eine Verabredung und muss mich umziehen.« Das war gelogen, und sie wusste, dass Rita es wusste. »Wenn du die mexikanische Küche magst, in der *Cactus Cantina* kann man gut essen, und wenn du lieber heimfahren willst, bist du in spätestens zwanzig Minuten da. Wie du bemerkt haben wirst, ist die Straße mittlerweile erheblich besser ausgebaut.«

Sie umarmten sich nicht und küssten sich nicht auf die Wangen. Rita blickte Candela nach, bis diese die Glastür erreicht hatte. Ihre weiße Silhouette gegen das rote Abendlicht. Mit einem Mal befiel Rita große Trauer, fast körperlich spürte sie einen Riss, der sie aufschreien ließ.

»Candela!«

Diese wandte sich halb um, die Augen von der großen dunklen Brille verdeckt, und Rita setzte sich wieder, weil sie nicht wusste, was sie tun sollte. Es war nur ein Impuls gewesen, und jetzt fiel ihr nichts ein, was sie ihr hätte sagen können.

»Wir sehen uns am Samstag! Pass auf dich auf!«

Mit einem knappen Kopfnicken, steifer denn je, verlor sich Candela im Getümmel auf der Plaza de los Luceros.

Während der ganzen Rückfahrt nach Elda dachte Rita an das Gespräch im *Sausalito* und versuchte sich zu entsinnen, ob Candela schon immer so war oder ob erst das Alter, die Enttäuschungen, vielleicht sogar die Wechseljahre sie so verbittert und harsch gemacht hatten. Aber wie es ihr mit so vielem erging, was in jene Zeit gehörte, verschwamm alles, wie manchmal im Traum, wenn man nach etwas greifen will, das vor der ausgestreckten Hand immer wieder zurückweicht. Wie schlüpfrig die Erinnerung ist!, dachte sie. Und wie hinterhältig! Du glaubst, dich an eine Zeit zu erinnern, und wenn du sie dir vergegenwärtigen willst, stellst du fest, dass du lediglich ein paar Skizzen hast, ein paar unscharfe Dias, die Monate, Jahre deines Lebens umfassen. Und die einzigen Momente, die als Fadenende taugen würden, an dem du ziehen und das Knäuel entwirren könntest, sind eben die, die du am sorgsamsten unter dem Sofa zwischen Flusen und toten Insekten versteckt hältst.

Als sie an *Fontcalent* vorbeifuhr, entdeckte sie aufs Neue die Felsenformation, die ihr als kleines Mädchen vorgekommen war wie eine schlafende, von den Riesen ihres Hofstaats bewachte Prinzessin, und stellte mit einem Mal fest, dass diese ihr glich, dass auch sie sich – freiwillig – in eine schlafende Frau verwandelt hatte, die schöne, stimmige Geschichten träumte, beschützt von ihrem Gefolge aus Produzenten, Kameraleuten, Schauspielern, Spezialisten; eine Frau aus Stein.

Im letzten Abendrot, nachdem sich die Sonne bereits hinter dem Horizont versteckt hatte, war die Luft von der Farbe reifer Pfirsiche, und Schatten legten sich über die Felsen, die das Haar der Schlafenden bildeten. »Schlaf weiter«, flüsterte sie, »schlaf, Prinzessin, und wach niemals auf.«

Sie schaltete die Autoscheinwerfer ein und versuchte, sich auf die Straße zu konzentrieren, ohne an etwas zu denken, und sich nur mit der unmittelbaren Zukunft zu beschäftigen. Würde Ingrid zu Hause sein? Und wenn nicht? Hatte sie Lust, jemanden anzurufen, oder würde sie lieber allein irgendwo essen gehen? Denn ganz bestimmt hatte sie nicht vor, in Tante Doras finsterer, ausgestorbener Wohnung Schränke und Schubladen zu durchwühlen.

Sie stellte das Auto ein paar Ecken weiter ab, um nicht am nächsten Morgen in aller Frühe aufstehen und einen Parkschein ziehen zu müssen, und bummelte durch die Straßen, wo sie vielen Jugendlichen begegnete, die auf dem Weg zu Privatstunden, Sportstudios, Bars, Läden waren oder von dort kamen ..., alle munter schwatzend, alle in Pärchen oder Gruppen, mit Ausnahme einiger Mädchen, die allein unterwegs waren, die Arme um eine Mappe geschlungen und in Gedanken versunken, wie sie selbst vor langer Zeit. Sie fragte sich, was das Leben für diese jungen Leute wohl bereithalten mochte, welche Überraschungen sie hinter den Kurven der Zeit erwarteten.

Als das Haus in Sichtweite war, schaute sie nach oben und stellte fest, dass alle Fenster dunkel waren. Ingrid hatte Hummeln im Hintern und für heute vermutlich genug Staub geschluckt. Wie sie sie kannte, saß sie auf der Terrasse irgendeines Lokals und unterhielt sich angeregt mit dem Erstbesten, um sich zugehörig zu fühlen. Es würde ihr nichts anderes übrig bleiben, als sie anzurufen und nach ihren Plänen zu fragen. Sie selbst hatte im Moment keine Idee.

Das Handy schon gezückt, fiel ihr ein Mann auf, der vor Tante Doras Haus stand und auch nach oben blickte. Sie kannte ihn nicht, und er sah auch nicht aus wie ein Galan, der auf das Mädchen wartete, mit dem er verabredet war. Er war stämmig und muskulös, mit vorgewölbtem Bauch, fortgeschrittenem Haarausfall und hellem Bart.

Der Mann starrte sie auf eine Weise an, die ihr dreist erschien, und plötzlich erstrahlte sein Gesicht in einem immer breiteren Lächeln.

»Marga! Du bist es tatsächlich!«

Offenbar kannten sie sich. Und zwar von früher. Kein Mensch nannte sie mehr Marga außer Candela, die damit klarzustellen versuchte, dass sie an ihre alte Beziehung anknüpfen und diese bewahren und wiederbeleben wollte.

»Hallo!«, gab sie dennoch so keck wie möglich zurück, um nicht zugeben zu müssen, dass sie nicht wusste, wer er war.

»Du erinnerst dich doch an mich, oder nicht? Manolo. Manolo Cortés.«

Es klang so sehr nach »Bond. James Bond«, dass sie losprustete und ihr Auflachen als Hustenanfall tarnen musste. Aber es stimmte. Es war Manolo. Um dreißig Jahre älter. Um dreißig Jahre fetter und glatzköpfiger und um mindestens fünfzig Jahre geschmackloser. Als sie zusammen waren, war er ein ziemlich attraktiver Junge gewesen. Jetzt war er ein Mann, der seinem eigenen Vater ähnelte, allerdings hätte Manolos Vater seine Wampe niemals in dieses rosa Polohemd gepresst und dazu einen italienischen Markengürtel getragen.

»Klar, Mann, natürlich erinnere ich mich an dich. Es ist nur der Bart …«

Sie gaben sich zwei Wangenküsse, und als sie ihm in die Augen sah, glaubte Rita im selben Moment, unter der braunen Haut und dem ergrauenden Bart ihren jungen Verehrer wiederzuerkennen.

»Was machst du hier?«, fragte sie, um sich seinen Armen so schnell wie möglich zu entwinden.

»Ich wohne hier. Nicht wie manche andere …«

»Hier? In diesem Haus?«

»Ach was.« Das sagte er, als wäre es undenkbar, dass ein Mann seines Kalibers in diesem uralten Gemäuer leben könnte. »Hier im Ort. Aber meine Tochter Vanessa wohnt hier nebenan. Ich wollte sie zum Essen einladen, wenn sie Zeit hat. Kommst du mit?«

Rita schüttelte den Kopf und hörte sich gekünstelt und ein wenig überkandidelt lachen.

»Nein, danke, heute kann ich nicht. Ich bin schon verabredet.«

»Wie schade! Wenn wir uns schon mal über den Weg laufen … Hör zu, gib mir deine Nummer, und ich rufe dich gleich nach dem Fest an. Dann werde ich dich in ein Restaurant führen, von dem ihr in London nur träumen könnt.«

Lächelnd diktierten sie einander ihre Telefonnummern, vertippten und korrigierten sich, und während Rita Manolos Nummer speicherte, musterte er sie von oben bis unten, als müsste er ein Gutachten über ihren Konservierungszustand erstellen.

»Ich finde, du siehst sehr gut aus, Marga, wirklich ausgesprochen gut.«

»Danke.«

»Bist du verheiratet?«

»Nein. Ich führe ein so verrücktes Leben, das hält kein Ehemann aus.«

»Du hast völlig recht. So lebt es sich am besten. Seit ich wieder frei bin, stelle ich fest, dass ich mich so am wohlsten fühle. Tja, ich war zweimal verheiratet, für nichts und wieder nichts. Allerdings haben mich beide gehörig geschröpft. Und sind noch lange nicht fertig damit … Aber Geld habe ich genug, also will ich nicht jammern.«

»Läuft deine Fabrik gut?«

»Welche Fabrik? Ich bin schon seit über zwanzig Jahren Bauunternehmer. Wenn du dich im Dorf umschaust, wirst du feststellen, dass alles, was etwas taugt, von mir ist. CORTESSA CONSTRUCCIONES, kommt dir das nicht bekannt vor?«

Doch, es kam ihr bekannt vor, aber sie wusste nicht, wo sie es gelesen hatte, und zog es deshalb vor, den Kopf zu schütteln.

»Klar, du lebst ja nicht mehr hier. Aber du wirst diesen Namen noch öfter hören. Zurzeit ist das Geschäft ein bisschen zurückgegangen, aber wir hatten ein paar großartige Jahre. Und es wird wieder anziehen. Lass dir das gesagt sein, es wird wieder anziehen.«

»Na gut, Manolo, verzeih, aber ich muss gehen, sonst schaffe ich es nicht mehr rechtzeitig.«

»Wie gesagt, ich rufe dich an, sobald der *Moros-y-Cristianos*-Trubel vorbei ist, und führe dich ein bisschen aus, damit du mal siehst, dass wir hier auch nicht hinterm Mond sind.«

Sie gaben einander noch zwei Küsschen, und Rita entfernte sich mit dem Gefühl, dass Manolos Blick ihr Löcher in den Rücken bohrte.

Ingrids Stimme klang frisch und gut gelaunt.

»Rita, schön, dass du anrufst! Ich sitze mit Lena, Ana und David in einem Restaurant auf der Plaza Mayor. Noch haben wir nichts zu essen bestellt. Kommst du?«

Sie sagte zu, versprach, später zu erklären, warum sie den Abend frei hatte, und machte sich auf den Weg zu der genannten Plaza, einem Platz, der zu ihrer Zeit noch nicht existiert hatte, doch waren sie früher häufig in dieser Gegend gewesen, weil es dort zwei Kinos gab: das Coliseo und das Alcázar. In diesen Kinos – und den zehn anderen, die es in dem Städtchen gegeben hatte, die aber anscheinend verschwunden waren – hatte sie sehr viel Zeit verbracht. Schon in ihrer Kindheit war das Kino ihre Zuflucht gewesen, ihr Fenster zur Welt, einer Welt, die wirklicher und voller war als die dumme, platte, vorhersehbare, die sie umgab. Zwischen ihrem vierten und ihrem achtzehnten Lebensjahr hatte sie Hunderte, Tausende von Filmen gesehen in diesen wunderbaren kontinuierlichen Doppelprogrammen, in die man jederzeit hineingehen konnte, auch wenn der Film bereits angefangen hatte und man Mühe hatte zu verstehen, was sich auf der Leinwand abspielte. Später, wenn der Streifen nach dem Einschub eines zweiten Films wieder von vorn anfing, überprüfte sie, ob das, was sie sich dazugedacht hatte, mit der vom Drehbuchautor geschaffenen Realität übereinstimmte. Sie war schon immer der Meinung gewesen, dass das ihre Generation schöpferischer gemacht hatte, das und die Filmforen ihrer Jugend, wo sie sich donnerstags abends anspruchsvolle und gewagte Autorenfilme angesehen und manchmal bis Mitternacht darüber diskutiert hatten, weil sie nicht verstanden, warum alle Figuren blau gekleidet waren oder was der Regisseur damit ausdrücken wollte, dass er eine Katze eine Blutlache aufschlecken ließ. Heutzutage sprachen nur noch Leute, die sich selbst für intellektuell hielten, eine Weile über den Film, aus dem sie gerade kamen. Die meisten gingen ins Kino, um sich zwei Stunden unterhalten zu lassen, Popcorn zu essen und sich wieder ihren Angelegenheiten zuzuwenden, kaum dass sie draußen waren. Für die Jugend war das Kino zu einem Ersatz für die Vergnügungsparks geworden, und sie wollten nichts weiter als Explosionen, Action, Blut, stereotype Verhaltensweisen und etwas Sex. Schnellen, animalischen Sex, der nicht von Herzen, sondern aus dem Unterleib kam.

Und trotzdem beharrte sie darauf, hintergründige Filme zu machen, reich an Dialogen, Nuancen und Gefühlen, und Fährten zu legen, damit intelligente Zuschauer ihnen nachspüren konnten.

Es war eine laue, fast warme Nacht, und das schöne Wetter schien den halben Ort aus dem Haus gelockt zu haben, um einen Spaziergang zu machen, im Restaurant zu Abend zu essen oder einfach von einer Tapas-Bar zur nächsten zu ziehen und von dem bevorstehenden *Moros-y-Cristianos*-Fest zu reden, mit dem die Gedanken der Leute offenbar vollauf beschäftigt waren, wie sie den im Vorübergehen aufgeschnappten Gesprächsfetzen entnehmen konnte. Alle Hauptstraßen waren bereits mit Lichterketten geschmückt, und auf den Bürgersteigen wurden Tribünen aufgestellt, um Sitzplätze für das Publikum der verschiedenen Aufmärsche zu schaffen.

In der Luft lag eine Euphorie, die mit einem gewöhnlichen Dienstag unvereinbar schien. Alle diese Menschen, die sich in den Straßen tummelten, mussten am nächsten Tag arbeiten, machten aber ganz und gar nicht den Eindruck, als wollten sie zeitig zu Bett gehen.

Wieder einmal ertappte sie sich dabei, dass sie wie eine Touristin dachte, wie eine Ausländerin, und verfluchte sich dafür. Als ob sie nicht haargenau wüsste, wie sich die Einwohner von Elda knapp drei Tage vor Beginn des großen Festes fühlten!

Doch das Gespräch mit Candela und die Begegnung mit Manolo hatten sie aufgewühlt, und die Aussicht, schon gleich wieder mit anderen zusammen sein zu müssen, behagte ihr nicht besonders. Wie kam Ingrid in diese Runde? Unter welchem Vorwand? Schließlich kannte sie die Clique doch überhaupt nicht, aber Schüchternheit war noch nie Ingrids Problem gewesen. Deshalb war sie auch eine so gute Assistentin. Was immer zu bewerkstelligen war, Ingrid bewerkstelligte es.

Die Plaza Mayor wimmelte von Menschen. Alle Tische waren besetzt, und überall standen scharenweise die Leute mit Gläsern in den Händen, schwatzend und lachend, während die kleinen Kinder ausgelassen zwischen den Beinen der Erwachsenen umherflitzten, ohne dass man ihnen große Beachtung schenkte.

Schon wollte sie Ingrid wieder anrufen, damit sie ihr den Weg wies, als sie das Grüppchen an einem Tisch im hinteren Bereich der Plaza erspähte. Alle standen auf, um sie zu begrüßen, und Ana stellte ihr ihren Mann vor: David Cuevas, den berühmten Polizisten. Er war wirklich ein gut aussehender Mann. Anfang vierzig, groß, kräftig, mit hellem Haar. An seiner Seite wirkte Ana noch kleiner und schmächtiger, und jedes Mal, wenn er sich bewegte, etwa als er sich auf die Suche nach der Kellnerin machte, um Rita ein Getränk zu bestellen, folgte sie ihm verzückt mit den Augen, als könnte sie nach zehn Jahren Ehe noch immer das Glück nicht fassen, ihn gefunden zu haben.

»Wie kommt es, dass du schon wieder da bist?«, fragte Ingrid.

»Candela hatte eine Verabredung zum Abendessen. Wir haben nur etwas zusammen getrunken, und dann habe ich mich entschieden zurückzufahren. Ich hatte keine Lust, allein in Alicante herumzuhängen.«

»Candela ist ganz schön dreist!«, sagte Ana. »Erst lässt sie dich nach Alicante kommen, und dann schickt sie dich weg wie Gräfin Rotz.«

Rita zuckte mit den Schultern.

»Sie hat halt immer sehr viel Arbeit«, nahm Lena Candela in Schutz. »Sie haben eine Unmenge Mandanten. Wir können froh sein, dass sie am Samstag bei unserem Essen dabei ist. Normalerweise kann sie nie, wenn wir sie wegen irgendetwas anrufen.«

»Weiß jemand, warum sie Juristin geworden ist?«, fragte Rita.

Ana und Lena sahen sie verständnislos an.

»Ich meine, ich kann mich gar nicht erinnern, dass sie das vorgehabt hätte, als wir noch auf dem Gymnasium waren. Ich habe immer geglaubt, du wolltest Rechtsanwältin werden, Ana, genau weiß ich es aber nicht mehr. Und heute hat sie von ihrem Jurastudium gesprochen wie von einem Opfer, als ob es ihr auferlegt worden wäre.«

Ana überlegte einen Augenblick, schaute sich kurz nach David um, der sich in einiger Entfernung mit zwei Männern unterhielt, und erwiderte dann nachdenklich: »Ursprünglich wollte Candela Journalistin werden. Journalistin und Schriftstellerin, wie sie sagte. Darum studierte sie in Madrid. Bis wir erfuhren, dass sie umgesattelt hatte, war sie schon mindestens im zweiten Semester. Uns hat sie immer gesagt, als sie in Madrid angekommen wäre und gesehen hätte, wie es bei den Zeitungen zuging, hätte sie beschlossen, zu den Rechtswissenschaften zu wechseln. Das Schreiben hat sie nie mehr erwähnt.«

»Nein, Ana«, widersprach Lena. »Ich weiß, dass sie lange an einem Roman gearbeitet hat, jahrelang. Einmal hat sie sogar angekündigt, uns ein Stück daraus vorzulesen, aber später sagte sie dann etwas Sonderbares …«

»Was denn?« Ingrid beugte sich vor, um Lena zum Weitersprechen zu animieren.

»Ich weiß nicht, warum, aber es hat sich mir eingeprägt. Wir sprachen über irgendeinen Roman, der gerade sehr angesagt war, und da meinte Candela, sie wüsste jetzt, dass sie es als Schriftstellerin nie zu etwas bringen würde, weil sie ihre Fantasie verloren hätte, weil sie ihr Leben lang nur eine einzige Geschichte schreiben könnte, und die hätte sie schon geschrieben. Und als Verfasser eines einzigen Romans wäre man kein Schriftsteller.«

»Und wovon handelt der Roman?«, wollte Ingrid wissen.

Lena zuckte mit den Schultern.

»Sie wird ihre Lebensgeschichte aufgeschrieben haben«, vermutete Ana und streckte David, der Bier besorgt hatte und damit auf sie zukam, die Hand entgegen.

»Das tun wir im Grunde doch alle«, sagte Rita und lächelte David an, um ihm für das Bier zu danken.

»Was für einen Eindruck hat sie auf dich gemacht?«, fragte Lena.

»Candela? Einen guten. Sie war atemberaubend wie immer.« Sie hatte nicht vor, ihren Freundinnen zu erzählen, worüber sie und Candela in Wahrheit gesprochen hatten. Vorerst nicht einmal Ingrid. »Sehr geschminkt, sehr schmal.«

»Sie hat stark abgenommen. Ich finde es, ehrlich gesagt, ein bisschen beängstigend. Den ganzen Winter über hatte sie eine Infektion nach der anderen, nichts Ernstes, aber wenn es keine Mittelohrentzündung war, war es eine leichte Bronchitis oder sonst irgendwas. Und ich glaube, das liegt daran, dass sie kaum etwas isst. In unserem Alter ist es nicht gut, so dünn zu sein, es sei denn, man ist so veranlagt.«

Ana und Rita wechselten einen Blick und fingen an zu lachen.

»Ihr wart schon immer so. Und ich bin nur deshalb nicht fett, weil ich beinahe vegetarisch und obendrein allein lebe. Nur für sich selbst zu kochen ist todlangweilig, also mache ich mir einen Salat und esse vor dem Computer.«

»Du arbeitest Tag und Nacht, Lena«, sagte David. »Du solltest dich mehr amüsieren. Ich weiß nicht. Ausgehen, dir einen Mann suchen.«

»Was Männer angeht, bin ich bedient, danke. Zwischen siebzehn und siebenundzwanzig hatte ich genügend, um zu kapieren, was es damit auf sich hat.«

»Du scheinst ja keine sehr hohe Meinung von Männern zu haben«, hakte er nach.

»Das ist nicht wahr. Ich finde Männer völlig in Ordnung, solange sie sich nicht in meiner Wohnung oder in meinem Bett aufhalten.«

Alle brachen in Gelächter aus.

»Das meine ich ernst, verdammt noch mal! Ich habe viele männliche Freunde. Nur sind das fast alles Freundschaften aus der Ferne und übers Internet. Vor ein paar Tagen ist es mir sogar gelungen, Kontakt zu einem Dänen aufzunehmen, den ich vor mindestens fünfundzwanzig Jahren aus den Augen verloren hatte. Da sich aber herausgestellt hat, dass er Musiker ist, habe ich ihn über seine Homepage ausfindig gemacht.«

»Und von Nick? Immer noch keine Spur?«, fragte Ana.

Lena schüttelte den Kopf. Ihr Lächeln verschwand schlagartig.

»Ich versuche es nun schon, seitdem ich Internet habe, aber da gibt es nichts. In der amerikanischen Botschaft will man schon seit Jahren nichts mehr von mir wissen, vermutlich halten sie mich für verrückt. Aber was ist so ungewöhnlich daran, wenn eine Frau den Vater ihres Kindes sucht, zumal dieses mittlerweile dreißig ist und niemand mehr Unterhalt oder Alimente verlangen wird.«

»Nick ist der Vater deines Sohnes?«, fragte Ingrid.

Lena nickte.

»Weißt du seinen Nachnamen?« Schon hatte sie ihr elektronisches Notizbuch gezückt.

»Nick Devine. Oder zumindest nannte er sich so, und so stand es auch in seinem Pass, aber auf diese Kleinigkeiten habe ich nie geachtet, Ingrid. Damals, ich rede von der Zeit um 1977, waren Nick und ich ein glückseliges Hippiepärchen und scherten uns nicht um

Ausweisdokumente, Visa und solchen Quatsch. Wir waren in Indien. Dort haben wir uns zum letzten Mal gesehen, in Neu Delhi, als ich niederkam und wir Zuflucht in der amerikanischen Botschaft suchten. Er lieferte mich an der Tür ab, sagte den Wachleuten, ich sei seine Frau, meine Fruchtblase sei geplatzt, und er komme gleich wieder, und seither habe ich ihn nicht mehr gesehen. Nie wieder.«

Lena schließt die Augen, denn obwohl so viel Zeit vergangen ist, kommen ihr die Tränen, und wie immer schlagen ihr auch plötzlich Schwaden durchdringender Gerüche entgegen, die Gerüche Indiens, und sie sieht sich selbst rennen, an Nicks Hand geklammert, um nicht von der Menge mitgerissen zu werden, die durch die nassen Straßen von Neu Delhi tobt. Vor der britischen Botschaft findet eine Demonstration gegen irgendetwas statt, und die aufgebrachten Gesichter der Entgegenkommenden sind wie Masken, hinter denen sich die spürbar brodelnde Gewalt nur mit Mühe verbirgt.

Die Wehen kommen alle paar Minuten, und sie muss stehen bleiben, sich hechelnd an eine Mauer lehnen, während Nicks Arm ihre Taille umfasst und sein Mund ihr dicht an ihrem Ohr flüsternd Mut zuspricht.

Sie haben auf eine natürliche, komplikationslose Entbindung gehofft und gedacht, sie könnten ihr Kind gemeinsam zur Welt bringen, umgeben von ihren Freunden und der indischen Hebamme, die zugesagt hatte, ihr beizustehen, doch vor ein paar Stunden hat ihnen die zweifelnde Miene der Frau deutlicher noch als ihre Worte zu verstehen gegeben, dass sie sich nicht sicher war, die Sache zu einem guten Ende zu bringen, und Nick hat spontan beschlossen, die Botschaft seines Landes um Hilfe zu bitten.

Sie haben bei allen ihren Freunden Geld für ein Taxi gesammelt, doch nachdem sie eine Weile in der Menschenflut festgesteckt hatten, die ihnen entgegenströmte, sich vor dem Wagen teilte und dahinter wieder schloss, haben sie entschieden, die eineinhalb Kilometer zum Domizil der Amerikaner zu Fuß zu gehen.

Lena, zusammengekrümmt, geschüttelt von immer heftigeren Wehen, die es dennoch nicht schaffen, den Uterus zu öffnen, damit das Baby endlich herauskann, beobachtet aus dem Augenwinkel Nicks zunehmend düstere Miene.

Er hat Angst, seine Botschaft zu betreten, das weiß sie. Er hat die Vereinigten Staaten vor knapp fünf Jahren verlassen, um nicht nach Vietnam geschickt zu werden, und gilt seitdem als fahnenflüchtig. Der Krieg ist jetzt zwar vorbei, aber keiner von beiden weiß, ob die Anklage gegen ihn noch Bestand hat, ob man sie nicht trennt, kaum dass sie sich auf amerikanischem Hoheitsgebiet befinden, und ihn für Jahre ins Gefängnis sperrt.

An dem Eisengitter angelangt, vor dem man die Wache um mehrere Männer verstärkt hat, bekommt Lena weiche Knie, und die Soldaten richten ihre Waffen auf sie, als fürchteten sie einen Trick.

»I'm American!«, schreit Nick. *»We need help! My wife is in labour!«*

Es ist das erste Mal, dass sie Nick »meine Frau« sagen hört, und trotz ihrer Schmerzen zaubert das Wort ein glückliches Lächeln auf ihr Gesicht.

Die Soldaten sehen sich unschlüssig an, und als hätte Lenas Körper den Moment genau abgepasst, bricht zwischen ihren Beinen ein Wasserschwall hervor und spritzt sie beide nass.

»She's broken water!«, brüllt Nick, was völlig unnötig ist, denn die Wachen haben es auch bemerkt, nur sind sie alle noch so jung, dass sie nicht wirklich begreifen, was los ist. *»Please, please, help her!«*

Einer der Soldaten spricht in sein Walkie-Talkie, während ein anderer ins Gebäude läuft.

Lena schlottern dermaßen die Knie, dass sie sich kaum auf den Beinen halten kann. Sie hat Angst, ihr ist schwindelig, verzweifelt klammert sie sich an Nick. Das nasse Pflaster, die Scheiben der Autos und Häuser flirren im Licht der Straßenlaternen, der Geruch verursacht ihr Brechreiz, die Geräusche bohren sich wie Glassplitter in ihren Schädel. Die nächste Wehe lässt sie für einen Moment erblinden, und sie hört ein lang gezogenes, herzzerreißendes Heulen, als würde irgendwo ein Tier gequält. Als der Schmerz nachlässt, begreift sie, dass das Heulen aus ihrer eigenen Kehle gekommen ist, und Scham überfällt sie. Gebären ist ein natürlicher Vorgang, alle Frauen tun es, alle Tiere bringen ihre Jungen ohne Hilfe zur Welt. Das haben sie sich monatelang immer wieder gesagt, seit sie wissen, dass sie ein Kind bekommen werden, dass sie eingebunden sind in den ewigen Kreislauf des Lebens, aber das nützt jetzt nichts, jetzt gibt es mit einem Mal nur noch Schmerz und Angst.

Ein Mann kommt aus dem Haus gerannt, gefolgt von zwei Soldaten mit einer Trage, das hohe Gitter öffnet sich, der Mann schiebt Nick sanft beiseite und hilft ihr, sich hinzulegen. Sie streckt die Arme nach Nick aus, der plötzlich rückwärtsgeht und ihr dabei in die Augen sieht.

»Geh nicht weg«, flüstert sie. »Lass mich nicht allein.«

»I'll be back«, erwidert er und hält ihren Blick fest. *»Take care!«*

Die Trage hebt sich, schwankt sekundenlang sacht hin und her, und dann wird Lena wieder von einer Wehe zerrissen, sie krümmt sich, schließt die Augen, und als sie sie wieder öffnet, ist Nick in der Nacht von Neu Delhi verschwunden, untergetaucht in einem Strom wütender Menschen.

»Haben dir die Amerikaner nicht geholfen, ihn zu finden?«, fragte Ingrid. Ana und David waren aufgestanden und plauderten mit Freunden am Nachbartisch.

»In ihren Archiven gab es ihn nicht. Jedenfalls nicht unter diesem Namen. Keine Spur von einem Nick Devine, der etwa so alt gewesen wäre wie meiner. In Omaha, der Stadt, aus der er stammte, gab es drei, aber zwei waren alt und einer gerade erst geboren.«

»Und mehr weißt du nicht von ihm? Den Mädchennamen seiner Mutter oder wo er zur Schule ging oder ob er Geschwister hatte.«

Lena lächelte matt.

»Ich habe dreißig Jahre damit zugebracht, alle Daten zusammenzutragen, die er mir im Lauf unserer gemeinsamen Zeit gegeben hatte. Ich habe mir sogar ein paar Hypnosesitzungen in Barcelona geleistet, weil ich versuchen wollte, mich an mehr zu erinnern, als er mir erzählt hat. Nichts passt zusammen. Nick Devine war wohl eine falsche Identität, ein erfundener Name, um zu vergessen, wer er wirklich war. Womöglich hatte er den Pass sogar geklaut, was weiß ich? Damals war es mir egal, ich fand es eher romantisch. Wir zwei, bedrängt, verfolgt, allein gegen die Welt. Wie im Film. Entschuldige, Rita, das meine ich nicht abfällig.«

Rita schüttelte den Kopf.

»Es hat lange gedauert, bis ich eingesehen habe, dass er mich verlassen hatte, uns verlassen hatte. Jahrelang habe ich gedacht, er könnte bei dieser Demonstration getötet worden sein. Es waren mehrere Leute aus dem Westen und viele Inder dabei ums Leben gekommen, doch obwohl Nicks Name nirgends gelistet war, hielt ich es immer noch für ausgeschlossen, dass er sich einfach so davongemacht hatte. Wir liebten uns wirklich, und er hatte sich wahnsinnig auf das Baby gefreut. Wie ihr seht«, schloss sie und wischte sich mit dem Taschentuch über die Augen, »bin ich noch immer nicht darüber hinweg.«

»Was hast du deinem Sohn gesagt?«, fragte Rita.

»Zuerst, dass sein Vater bei dieser Demonstration umgekommen wäre und ich, als ich aus der Klinik entlassen wurde, seinen Leichnam abgeholt und in Indien begraben hätte. Das habe ich auch meinen Eltern und meiner Großmutter erzählt, obwohl sie es vermutlich nie recht geglaubt haben. Später, als ich Jeremy für alt genug hielt, ihn an meinen Zweifeln teilhaben zu lassen, sagte ich ihm das Gleiche wie euch jetzt. Er bekam einen Wutanfall. Er beschimpfte mich. Wir redeten tagelang kein Wort miteinander. Irgendwann vertrugen wir uns wieder, aber es wurde nie mehr wie früher. Kurz darauf fing er an zu studieren und bekam dann bald ein Stipendium für die USA. Er ist Amerikaner, weil er auf amerikanischem Boden geboren wurde. Jetzt lebt er dort und kommt mich fast nie besuchen. Seine Frau ist aus Shanghai, aber ich kenne sie nur von Fotos.«

»Er hat geheiratet, ohne es dir zu sagen?«

»Ja. Er rief mich an, um mir mitzuteilen, dass sie geheiratet hätten, es wäre alles sehr schnell gegangen und sie hätten den Kreis sehr eng gehalten. Er meinte sogar, ich, gerade ich, müsste doch Verständnis dafür haben, dass sie die Familie nicht dabeihaben wollten.«

»Warum?«, fragte Ingrid.

»Weil ich auch mit achtzehn von zu Hause fort bin, zuerst nach Ibiza, dann nach London und später nach Indien. Weil meine Eltern jahrelang nicht wussten, wo ich war …, vermutlich hatte er nicht unrecht.«

»Dann waren wir ja etwa zur selben Zeit in London«, sagte Rita, während sie mit halb geschlossenen Augen nachrechnete. »Das müsste 76 gewesen sein, stimmt's?«

»Ja. Ich kam kurz nach diesem brutal heißen Sommer, über den damals alle Welt sprach, in London an. Ich versuchte, über deine Eltern zu erfahren, wie ich Kontakt zu dir aufnehmen könnte, aber am Telefon vertrösteten sie mich zwei- oder dreimal, und ich hatte kein Geld, es weiter zu probieren. Diese Ferngespräche kosteten ein Vermögen.«

»Davon haben sie mir nie etwas gesagt.« Rita wirkte plötzlich niedergeschlagen.

»Anscheinend hast du dich auch nicht oft gemeldet.« Lena lächelte ihr versöhnlich zu. »Mach dir nichts draus, Rita, ich verstand dich sehr gut, aber ich hätte dich halt gern gesehen. Ich war sehr einsam in jenem Herbst, sehr verloren, bis ich Nick kennenlernte.«

Für ein paar Sekunden verfängt sich Rita im Netz ihrer damaligen Welt, den Vorlesungen an der Filmhochschule, Jims Wohnung in Kensington, den Bäumen im Park, von denen die Blätter fallen und einen dicken bunten Teppich bilden, den sie vom Schlafzimmerfenster aus betrachtet, während sie darüber nachdenkt, ob das Leben dort, mit ihm, wirklich das ist, was sie will.

»Also, Mädels«, sagte David und setzte sich wieder hin. »Habt ihr Hunger? Weil wir nämlich für zehn Uhr einen Tisch reserviert haben und langsam reingehen sollten.«

»Was habt ihr mit dem Kleinen gemacht?«, fragte Ingrid, während sie das Notizbuch einsteckte.

»Er schläft bei einem Freund. Eine geniale Lösung, die es mir gestattet, mit vier Frauen essen zu gehen.«

Auf dem Weg zum Speisesaal warf Rita Ingrid einen raschen Seitenblick zu und bemerkte, dass sie ihr Raubvogelgesicht aufgesetzt hatte, wie immer, wenn sie auf der Jagd war. Offenkundig hatte sie sich vorgenommen, Nick Devine aufzustöbern.

Juni 1974

Es ist drei Uhr morgens. Marga und Manolo schlendern in der Mitte der Calle Martínez Anido zwischen den beidseitig aufgereihten leeren Holzstühlen hindurch, die noch vor wenigen Stunden von jubelnden Zuschauern besetzt waren, jetzt auf den nächsten Festumzug warten und nur noch vereinzelten Betrunkenen, die ihnen mit blödem Grinsen, verlaufener Schminke und einer Flasche in der Hand nachstieren, als Rettungsanker dienen.

Auch sie sind beschwipst, stützen sich gegenseitig und versuchen, im Gleichschritt zu gehen wie beim Aufmarsch. Marga ist als Maurin kostümiert, Manolo als Student, doch haben sie schon vor einer Weile einen kurzen Abstecher nach Hause gemacht, um die unbequemsten Teile loszuwerden – sie den federgeschmückten Turban, den schweren Gurt mit dem Krummsäbel und den langen Mantel, er den bebänderten Umhang und den Riesenbleistift –, und tragen nur noch das Nötigste, das ihnen trotzdem am Körper klebt, denn auch nach Einbruch der Dunkelheit hat die Schwüle kaum nachgelassen.

Sie gehen in zufriedenem Schweigen, er hat seinen Arm um ihre Schultern gelegt, sie ihren um seine Hüften, und sie genießen ihre Müdigkeit, die Musik, die bruchstückhaft von überallher auf sie eindringt, die Sommernacht, das Gefühl, *Moros y Cristianos* zu feiern, was bedeutet, dass es bis zum Ende des Schuljahres nicht mehr lange hin ist und sie bald den Ort hinter sich lassen und Studenten sein werden.

»Um wie viel Uhr bist du mit Schminken dran?«, erkundigt sich Manolo.

»Um halb fünf.«

»Dann lohnt es nicht mehr, sich schlafen zu legen. Gehen wir beim *cuartelillo* vorbei und schauen mal, wer da ist?«

Sie machen kehrt und wandern dieselbe Straße wieder hinunter, Richtung Santa-Ana-Kirche, erwidern das Lächeln und die Grußworte anderer Umzugsteilnehmer, die auch ein wenig torkeln und eine Auffrischung der Schminke gebrauchen könnten. Man hört grölende Stimmen: »Wir machen durch bis morgen früh und singen bumsfallera, bumsfallera«. Einer im Schmugglerkostüm kotzt vor eine Garage, während seine beiden Freunde, die als Piraten verkleidet sind, warten, bis er fertig ist, um weiterzuzechen.

In der Nähe des Clubs hören sie Musik und wechseln einen fragenden Blick, beschließen aber weiterzugehen. Jenseits der Calle Nueva wird die Nacht still, es begegnen ihnen kaum noch Menschen. Ihr *cuartelillo* ist in einer Seitenstraße nahe der Kirche, und als sie dort eintreffen, scheint niemand mehr da zu sein, obwohl im Hinterzimmer noch Licht brennt und leise Musik erklingt: *Black Magic Woman*. Vermutlich macht irgendein Freund ein Nickerchen auf einem der wackligen Sofas, die sie mit vereinten Kräften hergeschafft haben.

»Was möchtest du trinken?«, fragt Manolo.

»Ich weiß nicht. Gar nichts. Ich glaube, wir haben genug getrunken.«

»Ach, komm schon, ich mache dir einen Cuba Libre oder einen Wodka-Lemon oder so. Es ist doch *Moros y Cristianos*.«

»Na gut, irgendwas.«

Manolo verschwindet in den dunklen Tiefen des Lokals, und Marga bleibt im ersten Raum zurück, dem einzigen, der zur Straße geht, und wiegt sich träge im Rhythmus der Musik vor einem Plakat mit einem lebensgroßen Frankenstein, den manche der Mädchen furchterregend finden. Am Boden glimmen zwei sehr schwache, mit roten Tüchern abgedeckte Glühbirnen. Marga zündet sich eine Zigarette an und genießt, in ihren eigenen Dunst gehüllt, den Augenblick, die Einsamkeit, die köstliche Mattigkeit nach dem Festumzug. Sie ist müde, aber sie kann ja ein Weilchen schlafen, während sie geschminkt wird.

Manolo kommt mit zwei Gläsern zurück.

»Es gibt kein Eis«, sagt er, »aber zum Glück funktioniert der Kühlschrank. José ist noch hinten, ziemlich blau, aber solange er sich aufrecht hält, wird er weiter Musik auflegen.«

Sie stoßen an und trinken, lächeln sich an. Er fasst sie um die Hüfte, und sie legt die Hand, in der sie die Zigarette hält, auf seine Schulter. Eng beieinander stehend bewegen sie sich langsam mit geschlossenen Augen zu *Samba pa ti*.

Für Marga ist es ein perfekter Moment: die Musik, das rötliche Dämmerlicht, der Rauch, die Kälte des Glases in der Hand, der Geschmack des Wodka-Orange auf der Zunge, die Müdigkeit, ihr entspannter Körper, der sich an Manolo lehnt, selbstverständlich, kameradschaftlich. Sie öffnet die Augen, schließt sie wieder und seufzt.

Da presst er sie mit einem Mal an sich, umschlingt sie wie eine Boa ihre Beute. Er drängt sein Gesicht in ihre Halsbeuge, drückt die Lippen auf ihren Hals und beginnt zu saugen wie ein Vampir, während seine freie Hand über ihre Taille abwärtsgleitet und sie auf eine Art befummelt, die ihr unangenehm ist.

»Was soll das?«, fragt sie und versucht ihn wegzuschieben. »Du tust mir weh am Hals.«

»Ich brandmarke dich«, raunt er. »Damit alle Welt weiß, dass du mir gehörst.«

»Ich gehöre dir aber nicht«, sagt sie, zunehmend verstimmt. »Ich gehöre niemandem. Lass mich in Ruhe!«

Manolo wirft sein Glas auf den Boden, um beide Hände frei zu haben. Marga umklammert ihres wie eine Waffe oder eine Planke im Meer. Manolos Samtanzug ist so schwarz wie die Finsternis hinter ihm, und sekundenlang scheint er keinen Körper zu haben, ist nur ein schwebender Kopf, der sie aus funkelnden Raubtieraugen anstarrt. Sein Gesicht ist bleich und verzerrt, das Haar klebt ihm an der Stirn.

»Hör auf mit dem blöden Getue, Marga«, zischt er in einem Ton, den sie als bedrohlich empfindet. »Du weißt ganz genau, wozu wir hergekommen sind, tu nicht so unschuldig.«

Sie schüttelt wortlos den Kopf. Es verschlägt ihr die Sprache. Sie spürt eine rohe Kraft, die von ihm auszugehen scheint wie die Wärme von einer Heizung. Sie will sich umdrehen und weglaufen, kann aber ihre Beine nicht bewegen, die angefangen haben zu zittern. Die Zigarette fällt mit einem kleinen Funkenregen zu Boden, und Manolo zertritt sie.

Er nimmt ihr das Glas aus der Hand, schleudert es in die Ecke, packt sie an den Schultern und führt sie nach hinten ins dunkelste Zimmer, wo zu allseits bekannten Zwecken ein paar Sofas stehen.

»Lass mich los«, bringt sie schließlich heraus. »Lass mich, du Grobian, ich will nicht, hast du gehört? Ich will nicht. Du bist betrunken.«

»Ja«, sagt er. »Ich bin betrunken. Und neulich auf deinem Geburtstag waren deine Freundinnen da, und wir konnten nicht allein sein. Und letzte Woche hattest du Kopfschmerzen. Und vor zwei Wochen musstest du für die Lateinarbeit pauken und warst nicht mal vor der Tür. Wir sind doch ein Paar, verflucht noch mal. Ich habe ein Recht darauf.«

Sie stehen in dem Raum, der in einer normalen Wohnung das Esszimmer wäre. Zur Haustür und zum Hinterzimmer ist es gleich weit. Sie fühlt, wie eine Art elektrischer Strom ihre Muskeln durchzuckt, sich etwas in ihrem Inneren angewidert zusammenzieht und in ihrem Magen verknotet wie eine Schlange. Im Halbdunkel hat sich Manolos Gesicht in eine Maske verwandelt. Schweiß glänzt auf seiner Oberlippe, das Haar klebt ihm an Stirn und Schläfen, seine weißen Zähne blitzen in der Dunkelheit, und mit einem Schlag weiß Marga, dass sie sich nie, nie, nie von ihm anfassen lassen wird, dass sie ihm die Augen auskratzen wird, falls er es versuchen sollte, und in diesem Moment scheint sich Manolo der Gefahr bewusst zu werden und gibt nach. Sein Körper entspannt sich, die animalische Kraft verschwindet, als hätte es sie niemals gegeben.

Die Musik hat schon vor einer Weile aufgehört. Jetzt nehmen sie das Quietschen der Nadel in der Schallplattenrille wahr.

»José ist vermutlich eingepennt«, bemerkt Manolo, bemüht, wieder zur Normalität zurückzufinden.

»Ich muss gehen.« Marga kämpft gegen das Beben in ihrer Stimme an, dennoch kommt aus ihrem Mund nur ein Krächzen.

»Ich bringe dich nach Hause.«

»Nein, lass nur, ist schon gut. Bleib hier bei José und schlaf ein bisschen.«

»Kommt überhaupt nicht infrage. Ich werde doch mein Mädchen um diese Uhrzeit nicht allein gehen lassen, wenn so viele Besoffene unterwegs sind.«

Marga wäre um ein Haar in hysterisches Gelächter ausgebrochen. Es macht ihr viel weniger Angst, einem unbekannten Betrunkenen zu begegnen, als mit Manolo in diesem Haus zu bleiben, und das Wichtigste ist jetzt erst einmal, hinaus auf die Straße zu kommen. Wenn sie Zeit hätte, würde sie am liebsten nach Hause gehen, duschen und vor dem Morgenumzug noch ein paar Stunden schlafen, aber es ist schon fast vier, und sie darf ihren Schminktermin nicht verpassen.

Auf der Höhe der Calle Nueva greift Manolo, der den Mund nicht aufgemacht hat, seit sie das *cuartelillo* verlassen haben, nach ihrer Hand und lächelt sie an.

»Im Grunde bin ich sehr stolz auf dich, Marga. Es stinkt mir natürlich ein bisschen, aber es freut mich auch. Du bist das, was man ein anständiges Mädchen nennt. Jetzt bin ich sicher, dass du noch Jungfrau bist.«

Juni 2007

»Verzeih, dass ich so früh bin, Ana, aber später wäre das Taxi nicht durchgekommen wegen der Umzüge und Straßensperren. Und ich wollte Ingrid das Auto dalassen, damit sie später nachkommen kann. Ich habe dir auch gar nichts mitgebracht, alle Geschäfte waren geschlossen.«

Ana steht in der Tür und hört sich belustigt ihre Entschuldigungen an.

»Schon gut, rein mit dir, und spar dir deine Vorträge. Das ist doch kein Höflichkeitsbesuch. Außerdem bin ich froh, dass du früher bist, so haben wir noch ein Weilchen für uns, bis die anderen da sind, und können auf der Terrasse in aller Ruhe ein Bier trinken.«

Sie durchquerten das Wohnzimmer und traten in den Garten hinaus, wo Ana bereits einen großen Tisch unter einem riesigen weißen Sonnenschirm gedeckt hatte.

»Du bist ja ein richtiges Hausmütterchen, Ana«, sagte Rita mit einem Blick über die Blumenrabatten, die Schaukel, den Tisch mit den zueinander passenden Tellern, Gläsern und Servietten in warmen Farbtönen. »Wer hätte das vor dreißig Jahren geahnt?«

»Erstaunlich, was? Sogar mir kommt es manchmal komisch vor, als würde ich Mama und Papa spielen, aber seit Ricky auf der Welt ist und wir hierhergezogen sind, macht es mir Spaß zu putzen, zu kochen, den Haushalt zu versorgen und all das. Es ist wohl das Alter …«

»Ich weiß nicht, meine Liebe. Mich hat das Alter nicht hausfraulicher gemacht.«

»Aber du hast andere Dinge zu tun.«

»Du doch auch. Und obendrein irrwitzige Arbeitszeiten, nehme ich an.«

»Ja, unsere Arbeitszeiten sind wirklich ein Kreuz. David mit seinen Bereitschaftsdiensten und was sonst noch so dazwischenkommt, und ich mit meinen Entbindungen ... Ein Glück, dass ich meine Mutter habe, die immer bereit ist einzuspringen, wenn es nottut.«

»Aber es geht dir gut, nicht wahr?«

Ana seufzte, machte zwei Bier auf und setzte sich ihrer Freundin gegenüber.

»Ja. Es geht mir gut. Aber es ist ... ich weiß nicht ... als ob das Ganze eine Blase wäre, die jeden Augenblick zerplatzen kann. Ich kann es kaum fassen und bin unbewusst ständig damit beschäftigt, das Leben mit aller Macht zu genießen, alles auszukosten, mir alles einzuprägen ... für später, wenn es vorbei ist.«

»Warum sollte es vorbeigehen? Du bist doch nicht krank oder so?«

Ana schüttelte den Kopf.

»Nein. Ich lasse mich jedes Jahr untersuchen und bin anscheinend frisch wie eine Rose. Wir sind alle gesund.«

»Warum also?«

»Keine Ahnung. Es ist eigenartig. So ein vages Angstgefühl. Als ... als hätte ich mich ohne Einladung zu einem Festbankett geschlichen und könnte jeden Moment ertappt werden.«

Rita lachte.

»Mach dich nicht verrückt. Das geht mir auch manchmal so. Zum Beispiel, als mein Produzent und ich vor zwei Jahren zum Empfang bei der Königin geladen waren und, flankiert von der königlichen Garde, die Freitreppe hinaufstiegen, da dachte ich bei jeder Kontrolle: Jetzt werden sie mir gleich sagen, dass es ein Irrtum war, und mich wegjagen. Aber in deinem Fall ... Es ist doch das Normalste von der Welt, eine Familie zu haben und ein Haus, in dem man wohnt, und eine Arbeit, die man gern tut oder zumindest nicht allzu ungern. Das ist doch nicht zu viel verlangt.«

»Mag ja sein.«

»Übrigens, wie bist du eigentlich darauf gekommen, Geburtshelferin zu werden?«

»Hebamme.«

»Na gut, Hebamme. Nur stelle ich mir darunter immer eine ältere Frau vor, eine Art römische Patrizierin.«

»Ich bin fünfzig, Rita.«

»Na und? Ich bin einundfünfzig.«

»Das heißt, ich bin eine ältere Frau«, sagte Ana mit Betonung auf »bin«. »Und warum ich Hebamme geworden bin ... keine Ahnung. Nach der Schule habe ich eine Menge gemacht, viele kleine Jobs hier und da. Ich habe erst ein paar Jahre in Barcelona gelebt, dann in Madrid und eines Tages ... Du wirst es nicht glauben, weil es total nach Filmstory klingt: Ich war in Madrid in einem Taxi unterwegs, und als wir an einem leeren Taxistand vorbeifahren, sehen wir plötzlich eine hochschwangere Frau, die uns völlig hysterisch heranwinkt. Der Taxifahrer hält an und fragt, was los ist, und ehe die Frau eine Antwort gibt, setzt sie sich neben mich ins Auto und sagt dann, er müsse sie in eine Klinik bringen, das Fruchtwasser sei schon abgegangen, und die Wehen kämen alle zwei Minuten. Der Mann fährt los, zu Tode erschrocken, und ich versuche, sie zu beruhigen. Wir geraten in einen Stau, die Frau fängt an zu schreien, und ich will schon aussteigen und mich aus dem Staub machen, da packt sie meine Hand und jammert: ›Helfen Sie mir, bitte, helfen Sie mir.‹ Ich hatte natürlich keinen blassen Schimmer, was ich tun sollte. Der Taxifahrer funkte unentwegt seine Zentrale an, damit die einen Krankenwagen schickte, und das arme Ding war drauf und dran, in diesem Taxi ihr Kind zu gebären. Kurzum, ich half ihr, so gut ich konnte, und als der Krankenwagen die Gran Vía erreichte, hielt ich bereits ein mit Blut und Schleim verschmiertes kleines Mädchen in den Armen. Ich begleitete María ins Krankenhaus, dort wurde die Kleine versorgt, die auf Wunsch der Mutter Ana heißen sollte, wie ich, und als ich wieder auf der Straße stand, habe ich den Entschluss gefasst, eine Ausbildung zur Hebamme zu machen, um Frauen in diesem kritischen Moment zu helfen und dazu beizutragen, dass es eine positive Erfahrung für sie wird und ihre Würde in jedem Augenblick gewahrt bleibt. Das war vor sechsundzwanzig Jahren. Und es gefällt mir immer noch. Ich habe nach wie vor das Gefühl, etwas Nützliches zu tun, gewissermaßen Wiedergutmachung zu leisten für die vielen Menschen dieser Welt, die ungerechterweise ihr Leben verlieren. Das verstehst du doch, nicht wahr?«

Rita nahm einen langen Schluck Bier, die Augen blicklos auf das Pinienwäldchen beim Bungalow gegenüber gerichtet. Es passte zu Ana. Sie war von jeher bereit gewesen zu helfen, Hand anzulegen, sich für das, woran sie glaubte, stark zu machen. Was spielte es also für eine Rolle, dass sie keine Anwältin geworden war und stattdessen Kindern auf die Welt half, zumal sie es als Privileg empfand? Ana schien ihr keineswegs eine »kastrierte Frau« zu sein, wie Candela meinte, nur weil sie nicht Jura studiert hatte und nicht mehr politisch aktiv war. Wie viele Erwachsene werden tatsächlich das, wovon sie als Schüler geträumt haben? Die meisten entscheiden sich am Ende doch für etwas anderes, wie sie selbst, wie ja auch Candela, die sich dennoch das Recht herausnahm, Ana wegen etwas zu kritisieren, das sie sich selbst zugestand.

»Ich habe lange versucht, die Sache zu rechtfertigen, dann habe ich versucht, sie zu vergessen. Aber erst nachdem ich zum ersten Mal ein Kind entbunden hatte, fing ich an, mich besser zu fühlen, und stellte fest, dass es eine Art Wiedergutmachung war. Das verstehst du doch, nicht wahr?«, fragte sie wieder.

Rita sah sie geistesabwesend an. Immer häufiger verlor sie sich mitten im Gespräch in ihren eigenen Gedanken, und dann fiel es ihr schwer, den Faden wieder aufzunehmen. In einem Roman war alles ganz einfach: Die Figuren redeten, und der Leser konnte nicht nur ihren Worten folgen, sondern auch den Gedanken, die den Worten zugrunde lagen und diesen nicht immer entsprachen; im wahren Leben dagegen fand man nie wirklich Zugang zu den Gedanken der anderen. Deshalb war ihr das Kino lieber als Bücher: weil es lebensnäher war. Sowohl in der Realität als auch im Film kann man lediglich Vermutungen über die Gedanken und Gefühle seines Gegenübers anstellen, soweit sie sich aus dessen Blick, Mimik und Körpersprache ableiten lassen.

Ana beugte sich jetzt nach vorn, beide Hände um ihr Glas geklammert, als wartete sie auf ein Zeichen, dass Rita verstanden hatte, worum es ihr ging, als hoffte sie auf Bestätigung, und Rita nickte, ohne genau zu wissen, was sie damit eigentlich bestätigte.

»Natürlich verstehe ich dich, Ana«, sagte sie schließlich, und ihre Freundin lehnte sich mit einem kleinen Lächeln, das Rita an früher erinnerte, wieder in ihren Sessel zurück. »Hör auf, dir den Kopf zu zerbrechen. Lass es gut sein.«

»Meinst du?«

Jetzt sah sie aus wie ein kleines Mädchen mit ihrem weißen Hemdchen und dem kleinen, funkelnden Brillanten am Hals.

»Was vorbei ist, ist vorbei, Ana. Man muss nach vorn schauen. Wir haben es bis hierher geschafft und uns für unser Alter ganz gut gehalten.«

Ana nickte, und als sie Rita nach einer Zigarette greifen sah, stand sie auf, um einen Aschenbecher zu holen.

»Neulich«, sagte Rita mit leicht erhobener Stimme, damit ihre Freundin sie in der Küche hören konnte, »als wir uns zum Essen getroffen haben, am Dienstag, was meinst du wohl, wer mir da kurz vorher über den Weg gelaufen ist? Manolo«, fuhr sie fort, ohne eine Antwort abzuwarten. »Ich habe ihn erst gar nicht erkannt, weißt du? Er ist fett, prollig, ich weiß nicht, einfach grauenhaft.«

»Schade um den Jungen!«, sagte Ana und stellte Rita einen großen geschliffenen Kristallaschenbecher hin. »Früher war er ganz passabel, rein äußerlich zumindest. Ansonsten war er … na, dir brauche ich ja wohl nichts zu erzählen. Sagen wir mal, ich fand ihn schon immer leicht unterbelichtet. Aber jetzt ist er gar nicht mehr zu ertragen. Er hat sich mit dem Bau von Wohnblocks eine goldene Nase verdient und hält sich für Gott-weiß-wen. Er schaut auf uns alle herab, als wären wir ihm plötzlich nicht mehr gut genug. Mir kann das egal sein, wir waren nie richtig befreundet. Und als er anfing, Carmen zu misshandeln, habe ich kein Wort mehr mit ihm gesprochen, auch nach der Scheidung nicht.«

»Hat er Carmen geschlagen?«

»Ein paarmal, es ist schon ewig her. Bis wir sie alle gemeinsam überredet haben, ihn zu verlassen. Zu der Zeit konnte man sich schon scheiden lassen, und Candela war schon Anwältin. Sie hat ihm abgeluchst, so viel sie konnte, deshalb sind sie sich spinnefeind.«

»Unglaublich, wie viel ich nicht weiß.«

»Na, so unglaublich nun auch wieder nicht. Du hattest seit Jahren keinerlei Kontakt mit uns. Aber es ist sicher befremdlich für dich, dass es so viele Geheimnisse gibt, die du nicht kennst. Früher warst du immer diejenige, die alles wusste.«

»Schon wieder! Das ist ja ein echter Tick von euch!«

Ana zuckte mit den Schultern, als lohnte es sich nicht, darüber zu diskutieren.

»Hör mal, wenn wir schon dabei sind …«

»Wirst du mich jetzt auch fragen, ob ich mit Ingrid schlafe?«, fragte Rita ein wenig ungehalten.

»Aber nein, das ist deine Sache, und, ehrlich gesagt, ist es mir völlig schnuppe, im Ernst. Wonach ich dich fragen wollte, ist etwas Uraltes. Unsere Literaturlehrerin, Doña Bárbara, hatte die einen Liebhaber?«

Rita war einen Augenblick verdutzt und brach dann in schallendes Gelächter aus.

»Ich weiß, im Grunde ist es unwichtig und auch schon über dreißig Jahre her, aber vor einiger Zeit habe ich etwas läuten hören, und offen gestanden platze ich vor Neugierde, weil sie doch so seriös war, so tugendhaft und so eng mit der Staatskundelehrerin befreundet …, erinnerst du dich? Und weil du dich immer so gut mit ihr verstanden hast und manchmal mit ihr im Theater warst …«

Rita steckte sich noch eine Zigarette an und schmunzelte.

»Ja.«

»Was ja?«

»Ja, wir waren zusammen im Theater, und ja, sie hatte einen Liebhaber, obwohl ich den logischerweise nie zu Gesicht bekommen habe.«

»Erzähl schon!«

»Sie kaufte die Eintrittskarten für die Vorstellung und sagte ihrem Mann, sie würde einige ihrer Schülerinnen ins Theater begleiten. Wir gingen miteinander hinein, und nach zehn Minuten stand sie diskret auf, als müsste sie aufs Klo, und ließ mich dort sitzen. Manchmal kam sie gerade rechtzeitig, um mich am Ende abzuholen, und manchmal wartete ich in der Konditorei gegenüber von Santa Ana, bis die zumachte, und ging dann nach Hause. Am nächsten Tag in der Pause berichtete ich ihr von der Aufführung. Sie hat mir nie Einzelheiten erzählt, aber sie war anscheinend wirklich verliebt, obwohl sie nicht wagte, sich von ihrem Ehemann zu trennen, weil sie das ihre Stelle gekostet hätte. Sie schämte sich sehr, mich auf diese Weise zu benutzen, darum schenkte sie mir einerseits Bücher und stauchte mich andererseits im Unterricht zusammen, wenn ich etwas nicht wusste. Nach dem Abitur habe ich sie aus den Augen verloren, ich weiß nicht, ob sie sich letztlich hat scheiden lassen.«

Ana schüttelte den Kopf.

»Nein. Zwar ging jeder seiner Wege, soviel ich weiß, blieben sie aber verheiratet, bis sie an Gebärmutterkrebs starb.«

»Verdammt, die Ärmste! Na, wenigstens hat sie diese schöne Zeit erlebt.«

»Und wie bist du da hineingeraten?«

Rita zuckte mit den Schultern, und ihr Blick verlor sich im dunkler werdenden Himmel.

»Durch Zufall, wie immer, und weil ich nicht Nein sagen kann. Wie viele Dummheiten ich in meinem Leben gemacht habe, Ana, bloß weil ich mich nicht getraut habe, Nein zu sagen! Ich habe sie eines Abends im Theater getroffen. Ich war mit meiner Mutter dort, wir begegneten uns im Foyer, plauderten ein bisschen, und am nächsten Tag in der Schule fragte sie mich, ob mir das Werk gefallen habe. Sie hörte mir sehr aufmerksam zu und gestand mir zum Schluss, dass sie eingeschlafen wäre und darum nichts mitbekommen hätte. Daraufhin begann sie, mich nach und nach in alle möglichen Theaterstücke einzuladen, sogar ins Kino. Mir war es lieb, dass sie mir den Eintritt bezahlte, und ihr war es lieb, dass ich nicht fragte, wo sie gewesen war. So ergab eines das andere, und ehe ich mich versah, konnte ich nicht mehr Nein sagen. Oder ich glaubte, es nicht mehr zu können. Aber egal, so schlimm war es nun auch wieder nicht.«

»Das heißt«, sagte Ana, »auch du hattest deine Geheimnisse. Davon haben wir nie etwas bemerkt.«

»Das war ja der Witz dabei. Wenn ihr es erfahren hättet, wäre es mit dem Geheimnis aus gewesen. Abgesehen davon war es nicht mein Geheimnis, das ich euch hätte verraten können. Es war Doña Bárbaras Geheimnis. Sie hätte ihre Autorität vor der Klasse verloren, sie wäre erpressbar geworden.«

Ana rieb sich fröstelnd die Arme.

»Ja, das ist etwas Furchtbares. Erpressung war für mich schon immer das übelste aller Verbrechen. Mit der Angst der Leute spielen, um sie zu etwas zu zwingen.«

»Zum Zahlen, für gewöhnlich.«

»Nicht nur.«

Gerade als Rita fragen wollte, was sie damit meinte und ob David ihr etwas Interessantes erzählt hatte, das sie in einem Drehbuch verwenden könnte, ertönte vor dem Haus ein wildes Hupen, und Ana stand mit breitem Lächeln auf.

»Carmen, unauffällig wie immer«, bemerkte sie, schon auf dem Weg zur Tür.

Kurz darauf sah Rita die beiden schwatzend und lachend auf sich zukommen und erhob sich, um Carmen zu umarmen, die geschminkt war wie zu einer Party, in winzigen Shorts und hochhackigen, mit Schmucksteinchen besetzten Sandalen.

»Na, ihr alten Nervensägen, gebt zu, dass ihr von früher geredet habt!« Beide lächelten zerknirscht. »Na schön, wenn ihr euch schon gegenseitig auf den neuesten Stand gebracht habt, gebt ihr mir jetzt was Gutes zu trinken, und ich sorge mit meiner Kreuzfahrt dafür, dass ihr blass werdet vor Neid. Wir haben nämlich jetzt die Route festgelegt: achtzehn Tage durch die Karibik, Mädels!«

»Mit Felipe«, sagte Ana in der klaren Absicht, sie zu piesacken.

»Besser den Spatz in der Hand ...«, entgegnete Carmen ungerührt. »Wie wär's mit einer Margarita zum Aufwärmen?«

In diesem Moment schrillte die Türklingel, und Ana entschuldigte sich mit einer Handbewegung.

»Mix du sie, Rita, tu mir den Gefallen.«

»Ich kenne mich mit diesem Tuntengesöff nicht aus.«

Rita stand neben dem Tisch mit den Getränken und studierte die Flaschen.

»Gib her, Künstlerin, ich mach ihn mir selbst. Kannst ja schon mal die Limetten auspressen. Wie gut Ana mich doch kennt. Sie hat sogar Limetten für mich gekauft!«

»Trinkst du nicht zu viel, Carmen? Du übertreibst es ziemlich damit, oder?«

»Ich würde es lieber mit anderen Sachen übertreiben, das geb ich zu …, aber wenigstens kann man es mit dem Trinken übertreiben, ohne dass man jemanden dazu braucht. Und wenn wir schon einmal dabei sind: Du rauchst wie ein Schlot.«

Rita betrachtete die qualmende Zigarette in ihrer linken Hand, versuchte sich zu erinnern, wann sie sie angesteckt hatte, und ihr schien, dass Carmen recht hatte, also sagte sie nichts und nahm sich noch ein eiskaltes Bier.

Teresa brachte ein riesiges Tablett mit, das mit Alufolie abgedeckt war.

»Ich habe Tiramisu gemacht, Mädels. Einmal ist keinmal. Heute habe ich sogar vor, Alkohol zu trinken, damit ihr's nur wisst.«

»Magst du eine Margarita?«

»Einverstanden! Ich glaube, so was habe ich in meinem ganzen Leben noch nicht getrunken, aber heute bin ich zu allem bereit.«

Lena hatte einen Umweg durch die Küche gemacht, um dort einen Korb frische Austern abzustellen.

»Lena, sag, was ich dir einschenken soll!« Carmen hatte sich zum Barkeeper der Gruppe aufgeschwungen.

»Erinnerst du dich an den Alaska, den wir immer auf Feten getrunken haben, wenn wir uns snobistisch geben wollten?«

»Dieses eklige Zeug?«

»Ich mochte es.«

»Aber das war doch nur Coca-Cola mit süßer Kondensmilch und viel Eis.«

»Na ja, manchmal haben wir einen Schuss Cognac reingetan.«

»So eine Sauerei bekommst du von mir nicht. Außerdem glaube ich nicht, dass Ana Kondensmilch hat.«

Lena überlegte.

»Na gut, gib mir einen Martini. Was soll's …«

Als sie Carmen nach der Ginflasche greifen sah, schrie sie auf.

»Bloß nicht! Einen süßen.«

»Ich frage mich, womit ich solche Freundinnen verdient habe! Mein Gott, was für eine Bande von Klosterschülerinnen … Süßer Martini, Bierchen … und die da, die in ihrem Leben noch keine Margarita probiert hat … Verflucht noch mal!«

»Mir kannst du einen Bourbon auf Eis geben«, ließ sich mit einem Mal Candela vernehmen, die von hinten durchs Gartentörchen und ums Haus herum gekommen war, ohne zu läuten. »Einen doppelten, wenn's geht.«

»Das ist ein Weibsbild nach meinem Geschmack. Du bist die Einzige, die etwas vom Trinken versteht.«

»Seht ihr?«, sagte Lena und blickte zufrieden in die Runde. »Jetzt fehlt nur noch Sole. Wenn sie auch hier wäre, wäre die Clique vom 28sten vollzählig.«

»Wenn man bedenkt, dass sie sich seit fast dreißig Jahren nicht hat blicken lassen, können wir ruhig so tun, als wären wir vollzählig«, bemerkte Candela. »Für Sole waren wir immer nur eine Notlösung, während sie darauf gewartet hat, dass ihr Leben begann. War eine von euch wirklich Soles Freundin?«

»Wir waren doch alle Soles Freundinnen«, sagte Ana in fragendem Ton.

»Kommt drauf an, was du unter Freundin verstehst.«

»Das Übliche, denke ich.«

»Üblich ist, gemeinsam etwas zu unternehmen, einander an Freuden und Leiden teilhaben zu lassen, Pläne zu schmieden, Glücksmomente zu teilen, Dinge voneinander zu wissen, die sonst niemand weiß. Hat eine von euch diese Art von Beziehung zu Sole gehabt?«

Alle sahen sich an, als wartete jede auf die Antwort der anderen.

»Seht ihr? Sole ist überflüssig«, schloss Candela. »Wir sind komplett.«

Rita hatte den Eindruck, dass Lena noch etwas sagen wollte, doch in diesem Moment stand Ana auf, und Lena tat es ihr schweigend nach.

»Na, dann helft mir mal«, sagte Ana und steuerte auf die Küche zu, »und lasst uns all die Köstlichkeiten herschaffen, die dort drinnen herumstehen. Heute ist unser Abend, Mädels. Ohne Männer, ohne Kinder, ohne zu einer bestimmten Zeit daheim sein zu müssen und ohne jemandem Rechenschaft zu schulden. Diese Nacht gehört uns, und wir werden sie in vollen Zügen genießen.«

Um halb zwei standen überall Gläser herum, ABBA dröhnte in voller Lautstärke durch den Garten, und die Hälfte der Frauen tanzte wie besessen um den Pool, während die andere Hälfte im Wasser planschte wie Fünfzehnjährige. Sie hatten die meisten Lampen gelöscht, und in allen Ecken flackerten massenweise Kerzen und erzeugten weiche, geheimnisvolle Schatten. Es roch nach Blumen, Schwimmbadchlor, Bienenwachs, nach Sommer und Freiheit.

»Pause, Mädels, ich muss mich verschnaufen«, japste Lena, ging zur Stereoanlage und tauschte die ABBA-Rhythmen gegen *Samba pa ti*.

»So ein erotisches Lied«, sagte Carmen lachend und wischte sich den Schweiß ab, der ihr von den Schläfen rann, »und nicht mal ein armseliger Felipe zum Ankuscheln.«

»Schnapp dir Rita, etwas Männerähnliches haben wir gerade nicht«, sagte Candela vom Wasser aus mit einem breiten Grinsen.

»Komm nur her«, gab Rita zurück, »es wäre nicht das erste Mal, dass wir Mädels miteinander tanzen.«

Carmen setzte ein Vamp-Gesicht auf und ließ sich von der Freundin umarmen, während die anderen Beifall klatschten, sich eilig abtrockneten und ebenfalls zu Paaren zusammenfanden. Kichernd hielten die »Mädchen« ihre Arme wie Schilde vor den Körper, und die, die die Männerrolle spielten, versuchten, sie an sich zu drücken, ließen die Hände am Rücken ihrer Partnerin abwärtsgleiten und tasteten nach deren Hintern. Carmen tanzte mit Rita, Lena mit Ana, Candela mit Teresa.

»Partnerwechsel, Partnerwechsel!«, verkündete Carmen am Ende des Liedes.

Teresa mit Ana, Lena mit Carmen, Rita mit Candela.

»Komm«, flüsterte Candela Rita ins Ohr. »Gehen wir dort hinten eine Zigarette rauchen.« Und sie zog sie an der Hand hinter sich her ins Dunkle, während die anderen weiter lachten und sich immer mehr in die althergebrachten Rollen hineinsteigerten.

»Aber du rauchst doch gar nicht.«

»Ab und zu schon. Gib mir eine, los.«

Sie nahmen ihre Gläser vom Getränketisch, gingen ums Haus herum, wo es fast finster war, und lehnten sich dort mit dem Rücken an die Mauer, die noch warm war von der Abendsonne. Sie zündeten zwei Zigaretten an und blieben still nebeneinander stehen, schauten zu den Sternen am Sommerhimmel hinauf und fühlten, wie die Feuchtigkeit auf ihrer Haut verdunstete.

»Ich möchte mich für neulich entschuldigen«, sagte Candela leise, ohne Rita anzusehen. »Das war idiotisch.«

»Schon gut. Du warst schlecht drauf, und es war halt kein sehr gelungener Auftakt. Vergiss es.«

Candela kicherte so unvermittelt los, dass Rita den Kopf wandte.

»Hab ich was Lustiges gesagt?«

»Ja. Dieses ›Vergiss es‹. Abgesehen davon, dass es klingt wie aus einem amerikanischen Film, muss ich lachen, weil du ja anscheinend tatsächlich dazu imstande bist. Wenn dir etwas nicht gefällt, vergisst du es einfach. Hast du ein Glück! Ich konnte das noch nie.«

Es war klar, dass Candela auf die Frage wartete, was sie denn nicht vergessen konnte, aber Rita hatte keine Lust, sich den Abend zu verderben, die Freude über das Zusammensein, die sie seit ein paar Stunden empfand, den Genuss, mit den anderen zu lachen, an nichts zu denken, sich zum ersten Mal seit ihrer Rückkehr in das Dorf ihrer Kindheit wohlzufühlen.

»Erinnerst du dich noch an deine Geburtstagsparty?«. Candela ließ nicht locker. Sie brauchte nicht dazuzusagen, welchen Geburtstag sie meinte; in ihrer beider Leben hatte es keinen anderen gegeben.

»Es gibt Dinge, die man nicht vergisst«, erwiderte Rita, starrte ins Dunkel und fixierte die Lichtpunkte der Kerzen, die zu Füßen der Bäume blinkten wie Glühwürmchen.

»Das freut mich.«

Candelas Hand, lang und knochig, legte sich auf Ritas Schulter, und Rita fühlte, wie von dieser Hand ein elektrischer Strom ausging und durch ihren ganzen Körper fuhr. Sie wandte Candela das Gesicht zu und sah im Halbdunkel ihre schimmernden, hungrigen, flehenden Augen.

Sie küssten sich einige Sekunden lang und staunten, wie genau ihr Körper sich an die Haut, den Geruch, die Bewegungen der anderen erinnerte. Ein wenig atemlos trennten sie sich, und Candela streichelte Ritas Haar, das noch ebenso kräftig, ebenso weich, wenn auch viel kürzer war als damals.

Der Körper ist unschuldig, dachte Rita. Er braucht nicht zu denken, er braucht nur einen Anstoß, um in die alten Gewohnheiten zurückzufallen, in weicher Willenlosigkeit zu versinken. Im Dämmerlicht des Gartens sah Candela wieder aus wie mit achtzehn. Ihre Haut war kühl und roch nach Schwimmbad und Sommernacht, ihr Mund schmeckte nach Gin und Zitrone. Was spielte es für eine Rolle, dass seit jener Nacht im Hotel auf Mallorca ein halbes Leben vergangen war? Die Zeit hatte gewendet wie ein Schwimmer, sie war annulliert und zum Anfang zurückgekehrt.

»Hier seid ihr!«, ertönte in unmittelbarer Nähe eine Stimme. Rita schämte sich dafür, dass ihr erster Gedanke war: Zum Glück kommt Ingrid aus dem Licht und kann uns beide deshalb kaum sehen und auch nicht erkennen, was wir tun.

Candela erstarrte in Ritas Armen und ließ sie los.

»Gib mir noch eine Zigarette«, sagte sie mit rauer Stimme. »Ich wollte nicht, dass die anderen mich rauchen sehen«, erklärte sie. »Ich habe es schon vor Jahren aufgegeben.«

Ingrid schien nichts bemerkt zu haben. Sie wartete an der Ecke auf sie, teilweise angestrahlt von dem Licht, das soeben im Wohnzimmer angegangen war, und lächelte wie ein kleines Mädchen, das gleich ein Geschenk auspacken darf.

»Kommt, kommt, ich habe eine Überraschung für euch. Die anderen warten schon.«

Rita strich sich über den Nacken, ließ die angestaute Luft aus den Lungen entweichen und fühlte sich wie eine ertappte Göre, wie eine Jugendliche, die vor der Haustür mit ihrem Freund knutscht und sich plötzlich ihrem Vater gegenübersieht, aber Ingrid hatte schon kehrtgemacht und ging ihnen voran auf das Haus zu.

Die anderen waren auf der Terrasse und blickten verdutzt drein. Anscheinend hatte Ingrids Auftauchen auf alle den gleichen Effekt gehabt und sie trotz ihres Alkoholpegels in eine Art Niemandsland verschlagen, wo sie nun darauf warteten, dass sich etwas ereignete.

»Ich habe euch eine Überraschung mitgebracht«, verkündete Ingrid, immerzu lächelnd und ohne zu ahnen, dass sie gerade etwas sehr Kostbares ruiniert hatte. »Ihr könnt jetzt ins Wohnzimmer gehen.«

»Und du? Wie bist du hereingekommen?«, fragte Teresa.

»Durch die Tür. David hat mir vor ein paar Tagen den Schlüssel gegeben, damit ich alles vorbereiten konnte, ohne dass ihr es mitbekommt. Ich bin gespannt, ob es euch gefällt.«

Niemand wagte, ihr zu sagen, dass ihnen die Party so gefiel, wie sie war, dass sie nichts weiter brauchten und erst recht keine Außenstehende, die ihnen irgendwelche Überraschungen bescherte.

»Kommt, macht es euch bequem. Und du, Ana, könntest du bitte das Licht ausschalten?«

»Und jetzt«, sagte Carmen mit schleppender Stimme, »kommt die Riesentorte, der ein Boy in silbernen Unterhosen entsteigt.«

Vereinzeltes Gelächter.

»Mehr oder weniger«, erwiderte Ingrid in heller Vorfreude auf das, was sie sich ausgedacht hatte. »Tusch und Vorhang auf!«

Mitten in Anas Wohnzimmer hatte Ingrid einen alten Diaprojektor und eine faltbare Leinwand aufgebaut, auf der in diesem Moment ein Schnappschuss erschien, der sie alle vor dreißig Jahren zeigte.

»Rita, deine Geburtstagsparty!«, sagte Lena. »Das ist ja irre! Die Bilder habe ich nie gesehen. Wo hast du die her, Ingrid?«

Ingrid lächelte und klemmte die Lippen zwischen die Zähne.

»Beim Schränkeräumen in Tante Doras Wohnung gefunden. Ihr werdet schon sehen: Sie sind zu schön!«

Rita blieb zwei Meter hinter Ingrid stehen und wäre am liebsten davongerannt. Sie wollte diese Fotos nicht sehen, sie wollte nicht zurück in die Vergangenheit, sie wollte nicht lachen und sich erinnern und all diese jungen Gesichter anschauen müssen, die bereits aus ihrem Gedächtnis getilgt und durch die aktuellen ersetzt worden waren.

Candela näherte sich ihr und drückte ihr ein Glas Wodka-Orange in die Hand.

»Halt dich tapfer«, flüsterte sie, bevor sie sich wieder entfernte.

Die Frauen amüsierten sich bereits über die Mode, die die jungen Leute auf der Leinwand trugen. Rita hörte ihre Kommentare, als redeten sie in einer ihr völlig unbekannten Sprache.

»… diese Hemdkragen, du lieber Himmel … du warst bezaubernd, Lena … herrje, guckt euch bloß Manolo an, wie schlank der mal war! … und was für ein hübscher Kerl César war, was aus dem wohl geworden ist? … Rita, deine Eltern waren blutjung … ach, Sole, erinnert ihr euch noch an ihre Armreifen? … aber wie konnten wir nur so jung und uns dessen so wenig bewusst sein? … Carmen, sexy wie immer …«

Noch lachen sie, schreien fröhlich durcheinander, klopfen sich gegenseitig auf Schultern und Arme, wechseln feixende Blicke, doch Rita weiß, dass es nicht mehr lange dauern wird, bis die Stimmung sinkt und die Gedanken zu kreisen beginnen, in steten Runden zu kreisen wie Aasgeier über den Resten einer untergegangenen Welt, und sie würde am liebsten losbrüllen, das Kabel herausreißen, damit die Dunkelheit alles verschlingt und sie ungesehen flüchten kann. Dennoch bleibt sie still an Ort und Stelle, dreht das Glas, das sich in ihrer Hand allmählich erwärmt, raucht eine Zigarette nach der anderen, während auf der Leinwand die Bilder jenes Tages vorüberziehen und die Erinnerungen zurückkehren wie schwärmende Insekten, die sie wegschlagen möchte, damit sie ihr nicht in die Nase und in die Ohren kriechen, dort brüten und sie innerlich vergiften.

»Also, ich finde uns heute besser, Mädels«, sagt Carmen, nimmt sich Eiswürfel und gießt Gin dazu, während sie über die Schulter einen Blick auf ein Foto wirft, das sie und Manolo beim Tanzen zeigt, und keine der anderen bemerkt, wie sich ihr vor Wut der Magen zusammenkrampft. Es ist ihr peinlich, daran erinnert zu werden – und dass die anderen sich erinnern –, dass sie von diesem Deppen eine Tochter hat, dass sie mehrere Jahre mit ihm gelebt hat, dass von ebendiesem Moment an ihr ganzes Leben schiefgelaufen war. Am liebsten hätte sie sich ein Maschinengewehr geschnappt, wie in den Actionfilmen, auf die sie so steht, und drauflosgeballert, bis nichts mehr übrig wäre, aber wie immer richtet sie ihre Aggressionen gegen sich selbst, stürzt den Gin in einem Zug hinunter und hofft, der Alkohol werde ihre Gedanken in Watte packen.

Das letzte Dia ist ein Gruppenbild, über zwanzig lächelnde und schon leicht angeheiterte Jugendliche. Nur Tony fehlt, weil er die Kamera bedient. Auf der linken Seite steht, abseits wie immer, das glatte Haar über den Augen, Mati, die Einzige, die nicht eingeladen war.

Die Mädels haben sie offenbar bemerkt, denn alle verstummen, und die plötzliche Stille hat etwas Angespanntes, Unnatürliches. Ingrid ist mit irgendetwas beschäftigt, die anderen jedoch stieren auf die Leinwand, kratzen über die Armlehnen der Stühle, beißen sich auf die Lippen, vermeiden es, einander anzusehen, und hoffen, dass bald das Licht ausgehen und dieses Gesicht für immer erlöschen möge, damit es aufhört, sie wie ein hungriger Geist zu verfolgen.

»Und jetzt«, ruft Ingrid triumphierend, »haltet euch gut fest, denn das ist das Kronjuwel. Damit rechnet ihr ganz bestimmt nicht.«

Sie hat einen weiteren Projektor aufgebaut, und kaum dass Rita das Geräusch des Ventilators vernimmt, verwandelt sie sich wieder in Marga und weiß, es muss ein Super-8-Projektor sein, und Ingrid wird ihnen jetzt einen Film zeigen, keine Abfolge statischer Bilder. In einer Sekunde wird sie sehen, wie sie sich bewegen und sprechen, sie wird sich selbst sehen, als sie noch eine andere war, und ihre Hände krallen sich in die Lehne des Sofas vor ihr, als mit einem Mal Candela an ihrer Seite ist und ihr einen mageren Arm um die Schultern legt, wofür sie dankbar ist, obwohl sie sich nicht rührt und Candela nicht einmal ansieht.

Sie fragt sich, was Ingrid sich dabei gedacht hat, sie so zu überfallen, und macht insgeheim Carmen dafür verantwortlich, weil die Ingrid überredet hat, noch zu bleiben und an diesem Fest teilzunehmen, das ja eigentlich nur für die Clique bestimmt war. Und gleichzeitig freut sie sich, dass der Schuss nach hinten losgegangen ist, weil Carmen ja gemeint hat, Ingrid dabeizuhaben würde helfen, die Vergangenheit auszuklammern, und nun ist ausgerechnet sie es, die die Vergangenheit über sie alle ergießt wie eine Sintflut aus Schlamm.

Denn der Film, das weiß sie jetzt, obwohl sie erst wenige Sekunden gesehen hat, ist der, den sie auf der Mallorca-Reise gedreht hatte und vor ihrer Abreise nach England vernichtet zu haben glaubte.

Die Frauen starren auf die Leinwand, gebannt wie Mäuse vor einer Kobra, die wissen, dass alles zu spät ist, dass es kein Entrinnen mehr gibt. Aus den Abgründen der Zeit scheint das Gelächter dieser Mädchen, die sie einmal waren, zu ihnen zu dringen. Sie sehen sich mit großspurigem Gehabe die Gangway hinaufgehen, zu ihren Eltern hinabwinken, die sie zum Hafen von Alicante gebracht haben, an riesigen Koffern zerren – fast alle in elegantem Weiß –, die noch keine Rollen haben. Beinah können sie das brackige Meerwasser riechen, den Teer, das Salz. Das Licht ist intensiv, obwohl es erst acht Uhr morgens ist und die Schatten noch lang sind, von links nach rechts. Es ist bereits heiß, und entgegen dem Rat ihrer Mütter entledigen sie sich ihrer Jacken und Strickjacken und zeigen den Bauch in Schlaghosen und kurzen ärmellosen Rollkragenpullis, wie es die Mode verlangt. Sie tragen große farbige Sonnenbrillen aus Kunststoff in Rosa, Blau oder Weiß. Sie sind strahlender Laune und so jung, dass es schmerzt.

Don Javier und Doña Marisa kommen ins Bild. Sie trägt ein gelbes Minikleid, hohe Plateauschuhe und eine schwarze Handtasche, die in der Sonne glänzt. Don Javier ist priesterlich in einen hellgrauen Anzug und sein Kollar gekleidet.

Nie war ihnen aufgefallen, dass er ein junger Mann war; doch jetzt wird ihnen klar, dass er noch keine fünfunddreißig gewesen sein konnte. Doña Marisa ist sogar noch jünger, und sie lacht mit ihnen, während sie an Deck Stellung beziehen und sich, auf die Reling gestützt, von ihren Familien verabschieden, die ihnen von unten eine gute Reise wünschen.

Das Schiff ist groß, weiß, herrlich, wie ein riesiger fliegender Teppich, der sie ins Land ihrer Träume bringen wird.

Dann kommen auch die Jungen der Parallelklasse in Begleitung von Doña Loles und Don Telmo, dem Direktor, der mit einem Mal gleichfalls ein junger und erstaunlich attraktiver Mann ist. Jetzt lächelt er Tere zu, und Tere wendet sich pikiert ab, als könne der Blick des Direktors ihr den Sommermorgen, den Abschied und die Zukunft verderben, die sich vor ihr ausbreitet. An der Schulter eines Jungen, dessen Namen ihr nicht mehr einfällt, hängt ein tragbarer Plattenspieler, und unwillkürlich meint Rita, *Venus* von Shocking Blue zu hören, obwohl sie weiß, dass dieses Lied 1974 schon länger nicht mehr aktuell war.

Die Bilder ziehen vorüber, umgeben von einem zähen, immer dichter werdenden Schweigen, aus dem alle Kommentare verschwunden sind, die zuvor die Diaschau begleitet hatten. Ingrid beginnt zu ahnen, dass etwas nicht stimmt.

Ana und Lena sitzen dicht zusammen, fast aneinandergeschmiegt kauern sie auf dem Sofa, die Augen starr auf die Leinwand gerichtet. Neben ihnen klammert sich Teresa steif und ernst an ihr Glas, als stellte dieses die Schnittstelle zwischen den beiden Welten dar. Carmen sitzt schräg auf der breiten Armlehne desselben Sofas und hat einen glasigen Blick, was aber am Alkohol liegen kann. Rita und Candela stehen, immer noch umarmt, hinter Ingrid, die sich kurz zu ihnen umwendet und sie fragend ansieht, aber die beiden sind weit weg von Anas Wohnzimmer, von diesem Haus, wo sie noch kurz zuvor getanzt und gekreischt haben wie Teenager, und keiner fällt auf, dass Ingrid jemanden braucht, der ihr sagt, was sie falsch gemacht hat.

Sie sehen sich an Deck des Schiffes tanzen, sich gegenseitig eincremen, neue Bikinis einweihen, die sie extra für diesen Anlass gekauft hatten. Dann wechselt das Bild, und man sieht die Aussicht vom Hotel, aufgenommen von der Terrasse eines Zimmers: einen Garten mit Rasen, Schwimmbad und weißen Sonnenschirmen, das leuchtend blaue Meer, einen Felsvorsprung mit schroffen, steil bis in die weiß schäumende Brandung abfallenden Kanten.

Lena schnappt nach Luft und presst die Hände auf den Mund. Ana streichelt ihr Haar. Danach sieht man wieder die Mädchen in demselben Garten, doch ist jetzt Nachmittag, am zweiten Tag, am dritten? Alle haben glattes, glänzendes, frisch gewaschenes Haar und sind geschminkt. Sie schnattern in einer Tour und lächeln ununterbrochen, während sie zu einer Gruppe blonder, sonnenverbrannter Jungen hinüberschielen, die weiter hinten Bier trinken und einander Püffe versetzen, um sich zu einem Vorstoß zu ermutigen.

Die Kamera kommt den Gesichtern der jungen Ausländer immer näher; Marga probiert ihren Zoom aus. Der Film hat keinen Ton, aber allen ist, als hörten sie, was sie sagen. Carmens Stimme: »Den da, den mit dem roten Hemd, hol den mal ran, mach schon, damit ich ihn mir später zu Hause genau ansehen kann.« Soles Stimme – wie lange haben sie Soles Stimme nicht gehört, doch wie deutlich erklingt sie beim Anblick dieser Bilder in ihren Köpfen: »Den Langen auch, den ganz in Weiß.« Margas verständnisinniges Lachen: »Schon gut, schon gut, ich nehme sie alle auf, ihr seid echt mannstoll.«

Die Ausländer fassen sich schließlich ein Herz und kommen um den Pool herum auf sie zu.

»Die Schweden«, sagt Lena in die Stille des Wohnzimmers, und es klingt wie »die Aliens, erste Kontaktaufnahme mit einer außerirdischen Intelligenz«.

Sie stellen sich eine männliche Stimme vor: *»Do you speak English?«* und viel Gekicher seitens der Mädchen. »Los, Lena, übersetz mal.«

Schnitt, und in der nächsten Szene sieht man eine große Gruppe, Schüler und Schülerinnen der Abschlussklasse, am Aussichtspunkt von Formentor aus einem Bus steigen und sich gegenseitig vor dem blauen Meer fotografieren. Offensichtlich sind sie schon seit mehreren Tagen auf der Insel, denn alle tragen T-Shirts, wie es sie in Elda noch nicht zu kaufen gibt, T-Shirts in allen Farben, etliche schwarze, mit dem Bild von Penelope Pitstop, mit psychodelischen Zeichnungen, Porträts von Queen und Che Guevara mit seiner Baskenmütze und Frank Zappa und Bob Dylan und Flower-Power-Symbolen und *Make love not war*.

Die Kamera schwenkt in einer langen Einstellung über verschiedene Gruppen: die Lehrer, die untereinander tuscheln und mit der Hand wedeln, damit Marga endlich aufhört, sie zu filmen, ein paar Grimassen schneidende Jungs, César, rittlings auf einem Geländer, der sich wie ein Filmstar oder Intellektueller in Pose wirft, die Clique zusammen mit Reme und denen aus Novelda.

»Meine Güte!«, sagt Teresa. »Das ist Reme!«

Sie hat seit Jahren nicht an Reme gedacht, sich nicht einmal gefragt, was wohl aus ihr geworden sein mag, doch jetzt fällt ihr wieder ein, dass ihr jemand erzählt hat, Reme habe Psychologie studiert und arbeite im Gefängnis von Fontcalent.

Alle nicken. Reme ist ein pummeliges Mädchen mit großem Busen, und obwohl sie nie zu ihrer Clique gehört hat, haben sie sich doch gut mit ihr verstanden, auch wenn sie sie dumm und ein bisschen ordinär fanden und sie für ein einfältiges Ding hielten, das sich leicht beschwatzen ließ.

»Und Mati«, sagt Carmen wie zu sich selbst. »Immer klebt Mati an uns wie Hundekacke am Schuh.«

Ingrid wird hellhörig, aber offenbar hat niemand Lust, ihr irgendetwas zu erklären.

»Noch eine Freundin von euch?«, fragt sie.

Carmen dreht sich lächelnd zu ihr um und macht große Augen.

»Freundin? Ganz bestimmt nicht!«

Rita zündet sich eine Zigarette an und knüllt die leere Schachtel zusammen. Sie wünscht sich, der Film möge bald zu Ende sein. Sie nimmt an, alle wünschen sich das, nur dass sich keine aufraffen kann, es klar zu sagen. Und sie bringt es nicht fertig, Ingrid das anzutun.

Andere Szenen folgen, alle fröhlich, alle bei Tag. Rita erinnert sich an ihre Versuche, auch nachts zu filmen, aber nie reichte das Licht aus. Trotzdem weiß sie nicht, was am Ende dabei herausgekommen ist, denn sie hat sich das Ergebnis ja nie angesehen. Sie lässt den Blick über die mit Bildern geschmückten Wände schweifen, über das Bücherregal, und wundert sich, dass das alles real ist, jetzt, da sie mit einem Mal den Sog der entschwundenen Welt spürt und weiß, dass die Verbindung wiederhergestellt ist, als hätte man unwissentlich einem Vampir Zutritt zum Haus gewährt, sodass dieser fortan ein- und ausgehen kann, ohne um Erlaubnis zu fragen.

Wieder sind die Mädchen zu sehen, diesmal in der Abenddämmerung, sehr schick, bildhübsch.

»Das war der letzte Tag«, sagt Ana. Sie steht auf und holt sich etwas zu trinken.

»Woran siehst du das?«, will Carmen wissen.

»An meinem Kleid. Meine Mutter hatte mir dieses weiße Kleid genäht und darauf bestanden, dass ich es mitnehme. Mir war es zu fein, zu brav für eine mallorquinische Diskothek, aber schließlich habe ich es angezogen, als wir mit diesen Finnen verabredet waren. Dann habe ich es irgendwie verloren. Als ich zu Hause meine Klamotten ausgepackt habe, war es weg, und ich musste mir schnell eine Notlüge ausdenken, falls meine Mutter mich danach fragte.«

»Was denn für eine?«, erkundigt sich Teresa.

»Das weiß ich nicht mehr. Es war unnötig. Niemand hat mich

gefragt.« Ana zuckt mit den Schultern und kuschelt sich wieder aufs Sofa.

Sie erinnert sich an ihren Vater, der sie im Hafen von Alicante erwartet, an die Stille im Auto, die sie zu füllen versucht, indem sie redet und redet wie ein Wasserfall, um ihn nicht zu Wort kommen zu lassen, um nicht hören zu müssen, was er ihr sagen wird, was sie schon seit Monaten weiß und während der letzten Woche beinahe hat vergessen können. Doch als sie Elda erreichen, sagt ihr Vater, ihre Mutter sei endgültig ausgezogen, und er überlege, ob er sie nicht wegen Ehebruchs und böswilligen Verlassens der Familie anzeigen sollte. Ana gefriert das Blut in den Adern. Eine Ehebruchsklage ist kein Pappenstiel; darauf stehen mehrere Jahre Haft. Ihre Schwester ist in Teruel im Zeltlager, und sie verbringt den ganzen Abend weinend, ohne jemanden zu haben, der sie getröstet hätte, bis sie endlich einschläft. Als sie erwacht, ist ein neuer Tag, und das Leben geht weiter.

In der nächsten Szene ist es fast Nacht, und man kann nicht viel erkennen. Es sieht aus, als zitterten Marga die Hände, denn die Bilder sind ständig in ruckhafter Bewegung, und man kann die Gestalten der Mädchen kaum ausmachen, die stolpernd, als seien sie todmüde oder betrunken, ein Schiff besteigen.

»Am letzten Abend habt ihr wohl ganz schön getankt«, bemerkt Ingrid. Längst lacht niemand mehr.

»Wir haben kaum geschlafen«, sagt Candela. Es ist das Erste, was sie sagt, und ihre Stimme klingt gepresst, als bereite ihr das Sprechen Mühe. »Wir sind erst im Morgengrauen ins Bett gekommen, mussten noch packen und vor zwölf das Hotelzimmer räumen, und bevor wir aufs Schiff gingen, das am Nachmittag auslief, wenn ich mich recht erinnere, wollten uns die Lehrer unbedingt noch zum Schloss Bellver schleppen. Wir waren wie eine Truppe von Zombies, aber Doña Marisa nötigte Marga, den Ausflug bis zum Schluss zu dokumentieren. Deshalb wackelt sie so mit der Kamera.«

Rita drückt leicht Candelas Arm, der um ihre Taille liegt.

»Und dann kamt ihr in den Sturm«, ergänzt Ingrid.

»Welchen Sturm?«, fragt Teresa, ohne sich umzuwenden, ganz auf die letzten Bilder konzentriert, die ihre Gesichter zeigen, verzerrt und bleich vor einem immer dunkleren Hintergrund.

»Gab es nicht einen Sturm in dieser Nacht? Einen Unfall?«, beharrt Ingrid.

Die Frauen sehen einander an. Sekundenlang, während sich die Spule weiter und weiter dreht und das herausgerutschte Ende des Streifens durch die Luft peitscht, sagt keine ein Wort.

»Ja«, erwidert Rita schließlich. »In dieser Nacht fiel Mati ins Meer. Ihre Leiche wurde nie gefunden.«

Ingrid fährt herum, die Augen weit aufgerissen, die Hand vor den Mund geschlagen, und für einen Moment muss Rita ein Auflachen unterdrücken. Ingrids übertriebene Mimik wirkt wie aus einem Stummfilm, doch Rita weiß, dass ihre Bestürzung echt ist, dass sie mit einer solchen Nachricht nicht gerechnet hat.

»Ingrid, stell um Himmels willen diesen Apparat ab«, sagt Ana. »Er macht mich wahnsinnig.«

Rita befreit sich aus Candelas Arm und schaltet den Projektor aus, während Ana im Wohnzimmer die Lampen wieder anknipst.

»Was für eine Hitze!« Carmen steht vom Sofa auf und geht mit schwankenden Schritten auf die Terrasse hinaus, gefolgt von Lena und Teresa. Nach kurzem Zögern schließt sich auch Candela an.

»Ja«, sagt Ana, »gehen wir nach draußen. Nächstes Jahr wollen wir eine Klimaanlage einbauen. Kühlen wir uns ein wenig ab.«

»Tut mir leid, Rita«, sagt Ingrid. »Ich konnte ja nicht ahnen …, es tut mir wirklich leid. Es sollte eine schöne Überraschung sein.«

»Du weißt, dass ich Überraschungen nicht mag.« Rita hätte ihre Freundin gern über die erlittene Enttäuschung hinweggetröstet, doch die angestaute Wut hindert sie daran. Bevor Ingrid kam, war sie glücklich gewesen, hatte einen Teil der Vergangenheit wieder aufleben lassen, den schönen Teil der Vergangenheit: die Kameradschaft, das Lachen, die Leichtigkeit der Jugend … Und jetzt … blickt sie sich um und meint einen Trümmerhaufen zu sehen wie nach einem Krieg.

»Es tut mir leid«, murmelt Ingrid noch einmal mit gesenktem Kopf. »Ich hätte nicht kommen dürfen. Ich bin ein Störenfried, das ist nichts für Außenstehende, das sehe ich jetzt ein. Ein Glück, dass ich morgen fahre.«

»Morgen schon?«

Dieses »Schon« zaubert wieder ein kleines Lächeln auf Ingrids Gesicht und lässt sie vergessen, dass Rita keine Anstalten gemacht hat, zu widersprechen und ihr zu sagen, sie sei kein Störenfried, alle hätten sie akzeptiert.

»Na klar. Morgen ist Sonntag. Nun ja, eigentlich ist jetzt schon Sonntag. Es ist drei Uhr, und das Taxi kommt mich um acht abholen. Um Viertel nach zehn geht mein Flieger.«

»Dann wirst du nicht viel schlafen, aber wenn du gleich gehst, kannst du dir noch zwei Stunden gönnen.«

»Kommst du nicht mit nach Hause?«

Rita wirft einen Blick auf die Terrasse, wo sich die anderen wieder an den Tisch gesetzt haben und wie schlaffe Marionetten in den Korbstühlen hängen.

»Ich glaube, ich sollte noch ein bisschen bleiben.«

»Natürlich. Das verstehe ich. Ihr wollt noch reden.«

Sie stehen einander gegenüber wie Fremde, die in höflichem Ton einen Streit austragen. Dann macht Rita den von Ingrid erhofften ersten Schritt, geht auf sie zu und schließt sie in die Arme.

»Nach Reden ist mir im Moment am allerwenigsten. In Wahrheit war mir, glaube ich, noch nie danach. Ich habe seit damals nicht mehr über diese Sache gesprochen.«

»Dann bist du also deswegen hier weg.«

»Ja, da ist sicher was dran. Es war eine Flucht.«

»Was bist du doch für ein Dummerchen!« Ingrid streichelt ihr über den Kopf, als wäre Rita plötzlich so klein wie ihr Sohn Shane. Rita lässt sie gewähren, und allmählich fällt die Spannung von ihr ab. Ingrid versteht gar nichts. Eine so intelligente, tüchtige Frau …, und sie versteht gar nichts, aber Rita hat keine Lust, es ihr zu erklären. Sie ist müde, einfach nur müde.

»Na los, nun geh schon«, drängt sie. »Ich nehme ein Taxi, oder eine der anderen bringt mich nach Hause.«

»Wenn du nicht willst, dass ich fahre …, wenn du mich brauchst …«

»Nein, nein. Du hast dir diese Reise verdient. Genieße sie und ruf mich ganz oft an, einverstanden?«

Sie küssen sich auf die Lippen, und über Ingrids Schulter hinweg sieht Rita, dass Candela sie durch die Glasscheibe, die das Wohnzimmer von der Terrasse trennt, starren Blickes beobachtet. Ihr Gesicht hebt sich als weißlicher Fleck von der Dunkelheit des Gartens ab.

»Grüß die anderen von mir«, sagt Ingrid.

»Warte!«, ertönt Lenas Stimme von draußen. »Nimmst du mich mit? Ich bin vollkommen erledigt und habe mein Auto nicht dabei ...«

»Klar.«

Ingrid wartet, während Lena, die im Lauf der letzten Stunde geschrumpft zu sein scheint, von den anderen zum Abschied umarmt wird. Als die Reihe an Rita ist, sagt Lena leise zu ihr: »Komm am Mittwoch zum Abendessen zu mir, ja? Es gibt da etwas, das ich dir erzählen möchte. Ich habe es all die Jahre für mich behalten, aber jetzt kann ich nicht mehr.«

Obwohl sie im Flüsterton gesprochen hat, sieht Rita am Blickwechsel der anderen, dass alle die Einladung gehört haben. Sie nickt, dann begleiten sie und Candela Ingrid und Lena zur Tür. Als die beiden ins Auto steigen, vergewissert sich Lena noch einmal: »Du kommst doch?«

»Natürlich«, erwidert Rita und ringt sich ein Lächeln ab. Dann beantwortet sie Ingrids unausgesprochene Frage, indem sie hinzufügt: »Lena will nicht, dass ich mich einsam fühle, und hat mich zum Essen eingeladen. Sie hält von meinen Kochkünsten offenbar ebenso viel wie du.«

Der Wagen entfernt sich über den Feldweg, der sich talwärts schlängelt, und in der letzten Kurve verschwinden die roten Rücklichter hinter den Pinien.

»Deine P.A. ist wirklich saudumm«, sagt Candela, die Hände in den Taschen, ohne Rita anzusehen.

»Findest du?«

»Ich wette, sie hat dich nicht gefragt, wer Mati umgebracht hat.«

»Candela, um Gottes willen ...«

»Das ist die große Frage, meine Liebe. Die Frage, die wir uns seit dreiunddreißig Jahren stellen. Denn wir wissen schließlich alle, dass das mit Mati kein Unfall war. Und wenn ich mich nicht irre, dann hat es eine aus der Clique vom 28sten getan.«

Juni 2007 /
Letztes Schuljahr 1973–1974

He had it coming
He had it coming
He only had himself to blame
If you'd have been there
If you'd have heard it
I betcha you would
Have done the same!
(…)
They had it coming
They had it coming
They had it coming all along
I didn't do it
But if I'd done it
How could you tell me that I was wrong?

»Cell block Tango« (*Chicago*. Das Musical)

Gerardo Machado war ein massiger Mann von etwa fünfzig Jahren mit vorzeitig ergrautem Haar und tief liegenden Augen, die Rita an die eines friedlichen, sturen Hundes erinnerten.

Lena war seit zwei Tagen tot, und sie waren alle von Machado, der Davids Funktion bei den Ermittlungen übernommen hatte, zu einer neuerlichen Vernehmung einbestellt worden.

Rita schilderte noch einmal jeden ihrer Schritte von dem Moment an, in dem sie ihre Wohnung verlassen hatte, um der Einladung ihrer Freundin zu folgen, und wartete auf weitere Fragen.

Machado fuhr sich mit der Hand über den Nacken, schaute in seine Notizen, und nachdem er das Gehörte kurz zusammengefasst hatte, stellte er seine Fragen.

»Sie haben also in Lenas Wohnung nichts gegessen oder getrunken?«

»Nein, natürlich nicht. Dazu blieb mir gar keine Zeit.« Sie fand es äußerst seltsam, dass er ihr eine so unsinnige Frage stellte, hütete sich aber, dies zu zeigen.

»Und geraucht? Soviel ich weiß, sind Sie Kettenraucherin.«

Sie lächelte.

»Ja, so könnte man es nennen. Aber nein. Auch nicht. Ich glaube, ich habe nicht einmal daran gedacht. Wie gesagt, hatte ich schon gleich bei meiner Ankunft ein ungutes Gefühl, als ich die halb offene Tür sah.«

»Ist es denn nicht naheliegend, sich in einer solchen Stresssituation eine Zigarette anzuzünden?«

Rita zuckte mit den Schultern.

»Fragen Sie David oder die Beamten, die bei ihm waren. Wenn ich mir eine Zigarette angesteckt hätte, hätten sie es gerochen.«

»Nicht unbedingt. Alle Fenster waren offen, denn in der Wohnung herrschten zweiunddreißig Grad.«

»Was ist denn daran so wichtig, ob ich in Lenas Wohnung geraucht habe oder nicht, wenn ich fragen darf?«

»Wir versuchen nur, zwei und zwei zusammenzuzählen.«

»Ach.«

»Sagen Sie mir, wie Sie die Zeit von Sonntagmorgen, nachdem Sie Anas und Davids Haus verlassen haben, bis zu Ihrer Verabredung mit dem Opfer am Mittwochabend verbracht haben.«

»Dann ist also erwiesen, dass es Mord war?«

Machado gestattete einem kleinen Lächeln, seine Lippen zu kräuseln.

»Beantworten Sie meine Frage, bitte.«

Rita atmete tief durch. Der Mann war nicht unangenehm, aber es war klar, dass es sich nicht um eine freundschaftliche Unterhaltung handelte.

»Ich bin am Sonntag gegen Mittag heimgekommen, und da ich nichts vorhatte und mich auch niemand erwartete, weil meine Sekretärin frühmorgens abgereist war, bin ich ins Bett gegangen und habe bis abends geschlafen. Dann habe ich in Pacos Bar in der Calle Jardines ein belegtes Brötchen gegessen, bin wieder nach Hause gegangen, habe noch eine Weile am Computer gearbeitet und mich anschließend wieder hingelegt bis zum Montagvormittag. Mittags habe ich auch außer Haus gegessen – ich koche nicht gern und schon gar nicht für mich allein –, habe den ganzen Nachmittag gearbeitet und gegen neun einen Spaziergang gemacht. Am Dienstag hat mich eine Freundin angerufen, Candela Alcántara, und wir haben uns für den Abend zum Essen bei ihr in Alicante verabredet. Ich bin ziemlich spät zurückgekommen und sofort schlafen gegangen. Am Mittwoch bin ich auch spät aufgestanden, habe ein wenig gearbeitet, Blumen und Wein für Lena gekauft und mich auf den Weg zu ihr gemacht. Alles Übrige habe ich Ihnen ja vorhin schon erzählt.«

Während des Verhörs lief ein Aufnahmegerät, und außerdem

machte sich Machado in einer kleinen sauberen Handschrift ab und zu Notizen.

»Haben Sie sich zwischen dem Fest am Samstag und Mittwochabend mit irgendjemandem getroffen?«

»Mit Candela, wie schon gesagt.«

»Mit sonst niemandem?«

Sie dachte einen Moment nach.

»Doch. Mit einem alten Bekannten, Manolo Cortés. Aber das war nicht verabredet. Wir sind uns am Montagabend über den Weg gelaufen, als ich einen Happen essen gehen wollte.«

»Und wo waren Sie mit ihm?«

»Wir sind ein Stück durch den Ort gegangen und haben uns an die alten Zeiten erinnert. Hinterher wollte er mich noch zum Essen einladen, aber das habe ich abgelehnt.«

»Warum?«

»Weil ich keine Lust hatte. Manolo und ich haben nicht mehr viel gemeinsam, und ich arbeite an einem Drehbuch, das ich wesentlich interessanter finde als ein Gespräch mit ihm.«

»Das klingt, als hätten Sie sich gestritten.«

»Gestritten? Warum sollte ich mich mit jemandem streiten, den ich seit dreiunddreißig Jahren nicht gesehen habe? Außerdem habe ich Ihnen doch schon gesagt, dass wir einen Spaziergang gemacht und in einer Bar auf der Plaza Mayor ein Bier getrunken haben.«

»Das haben Sie nicht gesagt.«

»Aber so war es. Irgendjemand wird mich sicherlich erkannt haben, nehme ich an.«

»Und an dem Abend, an dem Sie zum Essen bei Candela Alcántara in Alicante waren, am Dienstag, nicht wahr?« Rita nickte. »Worüber haben Sie da gesprochen?«

Sie sah ihn verblüfft an.

»Wie soll ich das jetzt noch wissen, Inspektor? Nun ja … keine Ahnung … über alles Mögliche. Über mein Leben, über ihr Leben, die Vergangenheit, Erinnerungen aus der Schulzeit, gemeinsame Freundinnen …«

»Das heißt, es war ein netter, ruhiger Abend ohne Streit?«

»Na, mit dem Streiten haben Sie es aber! Ich habe mich noch nie mit jemandem gestritten, das liegt mir nicht. Wenn ich mich in einer Situation unwohl fühle und keine Lust habe, mit jemandem zu reden, dann gehe ich einfach.«

»Um welche Zeit sind Sie gegangen?«

»Keine Ahnung. Gegen drei vielleicht. Vielleicht war es auch später. Fragen Sie doch Candela.«

»Warum haben Sie nicht bei ihr in Alicante übernachtet, wenn es schon so spät war?«

»Weil ich lieber in meinen eigenen vier Wänden aufwache, mir einen Kaffee koche und eine Weile arbeite, solange mein Gehirn gut funktioniert. Etwas dagegen einzuwenden?«

»Ganz und gar nicht, Señora Montero. Das ist Ihre Sache.« Er stand auf, erklärte die Unterredung für beendet, reichte ihr aber nicht die Hand. »Vielen Dank, dass Sie gekommen sind. Wenn Sie dann bitte heute Nachmittag noch einmal hereinschauen und Ihre Aussage unterzeichnen würden.«

Sie war kurz davor, ihn zu fragen, wann sie Lena begraben könnten, beschloss dann aber, es Teresa zu überlassen. Das fiel eindeutig in Teresas Zuständigkeit, und Rita hatte den Eindruck, dass dieser Polizist ihr aus unerfindlichen Gründen zutiefst misstraute, also nickte sie ihm nur zu und verließ das Zimmer mit dem deutlichen Gefühl, dass dies erst der Anfang gewesen war.

Dezember 1973

Als Carlos Montero nach Hause kommt, wartet Ana, die Freundin seiner Tochter, im Treppenhaus auf Marga. Er hat dieses Mädchen immer gemocht, das jetzt schon fast eine Frau ist und bezaubernd aussieht mit den dunklen Locken, die sich unter der roten Wollmütze hervorringeln, und dem überlangen Schal in der gleichen Farbe.

»Na, Mädels? Auf Männerfang?«

»Ach, Papa!« Marga, die die Treppe heruntergerannt kommt, wobei sie wie immer zwei Stufen auf einmal nimmt, ist ernst. »Ana und ich und César und Magda gehen auf die Demonstration.«

Der Vater schluckt.

»Was für eine Demonstration?«

»Du kriegst aber auch gar nichts mit. Die Demonstration gegen die Todesstrafe für Puig Antich, den Studenten, der angeblich den Guardia Civil ermordet hat.«

»Das ist illegal.«

»Natürlich ist das illegal! Aber es ist auch illegal, ihn für etwas hinzurichten, das er nicht getan hat.«

»Was weißt denn du, ob er es getan hat oder nicht?«

»Das spielt doch keine Rolle. Niemand hat das Recht, einen anderen Menschen zu töten.«

»Und der Staat am allerwenigsten«, bekräftigt Ana.

»Kommt überhaupt nicht infrage. Du wirst das Haus nicht verlassen, Marga.«

»Das kannst du mir nicht verbieten.«

»Selbstverständlich kann ich es dir verbieten. Ich bin dein Vater, und du bist minderjährig. Wenn ihr schon so gut Bescheid wisst, dann werdet ihr auch darüber informiert sein, was in den Großstädten passiert. Die Polizei hat Anweisung, die Demonstranten zu stoppen. Habt ihr denn keine Angst vor den ›Grauen‹? Angeblich hat man welche von außerhalb geholt, weil die hier die Leute nicht kennen und niemanden schonen.«

»Natürlich haben wir Angst vor ihnen«, sagt Ana. »Deshalb schicken sie sie ja los, damit die Leute Schiss bekommen und nicht teilnehmen, aber es ist unsere moralische Pflicht.«

»Sprüche, Sprüche! Ihr immer mit euren großen Sprüchen, aber die ›Grauen‹ schlagen erst zu und fragen dann. Ihr habt das ganze Leben noch vor euch. Wartet mit dem Protestieren, bis es wirklich etwas bringt. Was hat dieser junge Mann oder sonst jemand davon, wenn sie euch mit einem Knüppel den Schädel einschlagen?«

»Man muss einen Rechtsstaat fordern. Wenn wir viele sind und laut schreien, müssen sie uns anhören.«

Carlos verzieht das Gesicht.

»Was seid ihr für Kindsköpfe. Los! Rauf mit euch, da könnt ihr fernsehen oder Schallplatten hören!«

»Es ist uns ernst, Papa. Unsere Freunde warten auf uns.«

»Freunde? Welche Freunde? Sole macht da bestimmt nicht mit und Candela und Tere auch nicht.«

»Nein, natürlich nicht«, sagt Ana und bemüht sich um einen sachlichen Tonfall. »Tere ist die Tochter eines Guardia Civil, und die beiden anderen stammen aus Familien von Rechten. Sie haben noch kein politisches Bewusstsein. Aber Magda kommt sehr wohl mit.«

»Weil sie eine Rote ist«, entfährt es Carlos, der zwar stolz auf seine republikanischen Eltern ist, aber nicht zulassen will, dass seine Tochter sich in Gefahr begibt.

»Ja«, sagt Ana, »wie ich.«

»Was um alles in der Welt weißt du denn schon von Roten und Blauen? Wann bist du geboren, 1957, 58?

»56, genau wie Marga. Ich werde achtzehn. Ich bin alt genug, eigene Entscheidungen zu treffen und mein Möglichstes dazu beizutragen, dass es in diesem Land wieder anständig zugeht.«

Carlos schnaubt.

»Über dich kann ich natürlich nicht bestimmen, aber über meine Tochter schon. Los, geh nach oben!«

Marga sieht ihren Vater fest an, und er begreift, dass sie nicht ohne Weiteres nachgeben wird.

»Du kannst ja mitkommen, wenn du willst«, sagt seine Tochter herausfordernd.

»Ich will aber nicht.«

»Als Carrero Blanco, Francos rechte Hand, umgebracht wurde, hast du Freudentänze aufgeführt. Allerdings nur daheim im Kreis der Familie, schon klar. Meinst du nicht, es ist an der Zeit, auf die Straße zu gehen und etwas zu unternehmen?«

Carlos möchte diese Dinge in Anas Gegenwart nicht diskutieren, also beschränkt er sich darauf, den Kopf zu schütteln.

»Ich frage mich, woher du das hast, Marga.«

»Auch unsere Familie war immer rot, oder etwa nicht? Wir sind immer stolz darauf gewesen, gegen Franco zu sein. Jetzt haben wir Gelegenheit, es zu beweisen.«

Carlos setzt sich auf die zweite Treppenstufe und blickt von unten zu ihnen auf: zwei mutige Mädchen, blutjung, naiv, die keine Ahnung haben, was ihnen alles blühen kann.

»Ist euch denn nicht klar, dass es nicht nur Prügel setzt, wenn ihr beim Demonstrieren erwischt werdet, sondern dass ihr damit auch polizeilich registriert seid? Womöglich lässt euch die Universität dann gar nicht mehr rein.«

»Franco lebt nicht ewig«, sagt Ana sehr ernst.

»Da bin ich mir manchmal nicht so sicher.« Carlos fährt sich mit der Hand über die Stirn. Er fühlt sich plötzlich erschöpft. Einerseits befriedigt es ihn, seine Tochter zu einem so unerschrockenen Mädchen erzogen zu haben, andererseits hat er Angst um sie. Seine Erinnerungen, die eigenen und die seiner Eltern, sind ihm noch sehr gegenwärtig.

Man hört beschwingte Schritte die Treppe herunterkommen, und Tony steht vor ihnen; er trägt Turnschuhe und zieht den Reißverschluss seines Anoraks hoch.

»Geht ihr auch hin?« Offenbar hat er seinen Vater nicht bemerkt.

»Los, wir kommen zu spät! Hallo, Papa!« Auf seinem Gesicht erscheint ein breites Lächeln, als sei er angenehm überrascht, ihn dort zu sehen. »Kommst du mit?«

Carlos erhebt sich schwerfällig, und sein Körper fühlt sich mit einem Mal an wie aus Blei.

»Pass auf sie auf, mein Sohn. Kommt nicht so spät zurück.«

Er wendet sich ab und steigt die Treppe hinauf, ohne sich umzusehen.

»Feigling!«, faucht Marga leise.

»Mit seinem Gewissen muss jeder selbst klarkommen«, sagt Ana und öffnet die Haustür. »Ganz abgesehen davon ist das sowieso eine Generation von Duckmäusern, Marga, sie können nichts dafür, die Angst steckt ihnen in den Knochen. Denk nicht mehr dran.«

»Habt ihr Schuhe an, in denen ihr rennen könnt?«, fragt Tony. »Wenn wir getrennt werden, treffen wir uns nachher in Arturos Bar.«

Die Nacht ist kalt, dennoch hat die Atmosphäre etwas Aufgeheiztes. Es ist, als spränge jedes Mal ein elektrischer Funke über, wenn ihre Blicke sich mit denen anderer junger Leute kreuzen, die in dieselbe Richtung gehen, zur Plaza Castelar, wo sich alle bei der Statue des früheren Politikers treffen.

Auf der Treppe am Eingang des kleinen Parks warten César, Magda und zwei weitere Schulkameraden auf sie. Alle tragen Mützen bis über die Augenbrauen, und einige Demonstranten haben sogar die Kapuzen übers Gesicht gezogen, damit man sie nicht gleich erkennt, wenn die Polizei kreuz und quer in die Menge fotografiert.

Untergehakt marschieren sie inmitten anderer Gruppen, die in immer geschlosseneren Reihen zum Denkmal strömen. Dort gibt es weder Reden noch Kundgebungen; sie wollen nichts weiter, als sich dort versammeln, Transparente hochhalten, auf denen sie Amnestie für Puig Antich fordern, und geordnet zum Rathaus ziehen oder zumindest so weit, wie die Polizei es ihnen gestattet. Alle wissen, dass die Regierung mit gewohnter Brutalität einschreiten wird, damit niemand glaubt, sie sei am Ende, und deshalb ist es ihnen wichtig, ihren Unmut zum Ausdruck zu bringen, ihre Ablehnung staatlicher Gewalttätigkeit.

Kaum einer der Anwesenden hat schon einmal an einer öffentlichen Demonstration teilgenommen, obschon viele der Gymnasiasten Sitzstreiks veranstaltet haben, mit denen nie viel erreicht wurde. Und das Wissen, unter polizeilicher Beobachtung zu stehen, während die Beamten in ihren gepanzerten Autos auf was auch immer warten, ist zwar einschüchternd, löst aber auch eine angenehme Erregung aus, eine kribbelnde Angst, die ihnen das Gefühl gibt, Teil von etwas zu sein, für das sie nicht einmal einen Namen haben, etwas, das sich manchmal in den schlichten Begriff »Freiheit« fassen lässt.

»Falls wir uns aus den Augen verlieren, in Arturos Bar«, flüstert Ana ihren Gefährten zu.

Plötzlich steigt ein Mann auf den Sockel des Castelar-Denkmals und umreißt in wenigen Sätzen das Begehren der Demonstranten: Amnestie für Salvador Puig Antich zu verlangen und deutlich zu machen, dass das Volk nicht länger bereit ist, die kriminellen Übergriffe einer veralteten Regierung widerspruchslos hinzunehmen.

Hier und da erhebt sich eine Stimme über den Applaus, Rufe nach »Amnestie und Freiheit«, in die der Chor nach und nach einfällt, bis die beiden Worte zu einem einzigen Brüllen angeschwollen sind.

Ana, Marga und Magda gehen Arm in Arm und schauen sich ab und zu an, um ihre eigene Freude auch in den Augen der anderen zu erkennen, die Freude, auf einem öffentlichen Platz herauszuschreien, was sie bisher immer nur leise im Familienkreis oder in ihrem Zimmer ausgesprochen haben, wenn sie den Liedern von Joan Baez und Violeta Parra lauschten.

Der Park ist voller Menschen, nicht nur junge, auch viele ältere sind da, die die schreckliche Nachkriegszeit und die Unterdrückung durch die Franco-Diktatur am eigenen Leib erfahren haben und jetzt, umringt von der neuen Generation, wieder den Mut finden, für ihre Überzeugungen einzutreten.

Es ist ein magischer Moment, in dem sich alle, ihre Freundinnen und Schulkameraden und sogar die Unbekannten um sie herum, mit einem Mal verbunden fühlen, solidarisch, Teil eines so großen und starken Ganzen, dass es ihnen den Atem raubt und zugleich Flügel verleiht.

Dann schlägt die Polizei los.

Unversehens sind sie alle verstreut, laufen kopflos durch die kreischende Menge, versuchen, den Knüppeln auszuweichen, die von überallher auf sie niederregnen, springen über Demonstranten hinweg, die in die Blumenrabatten und auf die Treppen gestürzt sind, suchen einen Ausweg aus diesem Park, der ihnen allen seit ihrer Kindheit vertraut ist, wo sie auf den Steinbänken gesessen und tonnenweise Sonnenblumenkerne verspeist haben, und der jetzt zu einer Mausefalle geworden ist.

Beschimpfungen, Drohungen, Schmerzensschreie ertönen, und alle hasten, stolpern und rempeln, ohne einander zu erkennen. Marga versteckt sich für einen Moment hinter dem Stamm einer Pinie, um sich einen Überblick zu verschaffen, in welcher Richtung die Fluchtchancen am größten sind, oder zumindest ihren Bruder oder einen ihrer Freunde zu entdecken, aber überall sind nur Anoraks und Kapuzen und tief in die Stirn gezogene Mützen und graue Uniformen und Helme und Knüppel, als gäbe es in diesem Getümmel keine menschlichen Wesen mehr, sondern nur noch die Uniformen der einen und der anderen Seite.

Sie sieht eine Flut von Menschen die Straße hinauflaufen, hofft, in der Masse Schutz zu finden, schließt sich ihnen an und rennt verzweifelt weiter, während sie insgeheim dankbar ist, in einem Ort zu leben, dessen Park nicht von einem Eisengitter, sondern lediglich von einem kaum kniehohen Mäuerchen umgeben ist. Statt also weiter zu dem Tor zu fliehen, das hinaus zur Calle Martínez Anido führt, schlüpft sie hinter ein paar Büsche und hastet bergan auf die Inmaculada-Kirche zu.

Von der anderen Straßenseite aus beobachtet sie ein Polizist, und ihr scheint, als zögere er einen Augenblick und überlege, ob er sie verfolgen soll oder nicht, aber sie hetzt weiter, ohne sich umzublicken, und eine Minute später hat sie das Getöse hinter sich gelassen und hört nur noch das Geräusch ihrer Schuhe auf dem Pflaster. Die Straße ist verwaist, trotzdem biegt sie noch um mehrere Ecken, um eventuelle Verfolger abzuschütteln, obwohl sie weiß, dass sie allein ist, dass der Polizist es nicht für nötig gehalten hat, sich zu verausgaben, indem er einem Schulmädchen nachläuft.

Sie drückt sich in einen Hauseingang, um zu verschnaufen, weil sie vor lauter Seitenstechen kaum noch Luft bekommt. Dann reckt sie vorsichtig den Kopf, vergewissert sich, dass die Straße immer noch leer ist, stopft ihre Mütze in die Tasche und macht sich langsam auf den Weg zu Arturos Bar, die wie ein orangefarbener Stern am Ende der Straße leuchtet.

Wenige Minuten später sind sie alle dort, schweißgebadet, erschöpft von dem Wettlauf, glücklich. Niemand hat Blutergüsse, niemand ist festgenommen worden. Sie umarmen sich, den Tränen nahe, lächelnd, und spüren die Kraft, die von ihren verschwitzten Körpern ausgeht.

Im hinteren Teil des Lokals, unter dem Schwarzweißfoto einer brasilianischen Stadt, sitzt Mati neben Nieves, die auch aus Novelda ist, und blickt ihnen mit ihrem schiefen Grinsen entgegen. Sie hat einen Kugelschreiber in der Hand und führt auf ihrem Spiralblock eine Liste, unentwegt lächelnd und ohne einen Hehl daraus zu machen, was sie notiert: die Namen all derer, die sich an der Demonstration beteiligt haben.

Juni 2007

Teresa blickte sich in dem Büroraum um, in dem man sie gebeten hatte zu warten, und lächelte in sich hinein, weil sie sich vorstellte, was wohl ihr Vater sagen würde, wenn er sähe, unter welchen Bedingungen die Polizei heute arbeitete: in Büros, die mit Klimaanlage, Computern und funktionellem, aber intaktem Mobiliar ausgestattet und mit Zimmerpflanzen, Familienfotos und Reiseandenken aus exotischen Ländern dekoriert waren. Sie erinnerte sich noch lebhaft an die Kälte in dem Amtsstübchen, wo ihr Vater gearbeitet hatte, die Fenster, durch die eisige Luft hereinzog, die grässlichen grauen Aktenschränke mit den vergilbten Ordnern, die wurmstichigen Mammutschreibtische, die Tintenfässer und das rosa Löschpapier, die schwarzen Schreibmaschinen, bei denen jeder Buchstabe ein Schlag war. Für ihren Vater wäre diese ganze moderne Ausstattung »was für Weicheier«, das sich für seriöse, gewissenhafte Männer wie ihn nicht ziemte.

In diesem Moment kam Gerardo Machado herein, und Teresa stand auf, um ihn rechts und links auf die Wangen zu küssen. Sie kannten sich seit über zwanzig Jahren; seine Frau Lucía war ihre Patientin und zudem ihr erster Kaiserschnitt gewesen, weshalb sie sich auch sofort nach Samuel erkundigte, der mittlerweile an der Universität studierte.

»Gut, gut, wir können uns nicht beklagen«, antwortete Gerardo und setzte sich hinter seinen Schreibtisch. »Er wird keine Eins kriegen, aber voraussichtlich glatt bestehen, und Architektur ist ja nicht einfach.«

»Das freut mich, Gerardo. Heutzutage muss man wirklich drei Kreuze schlagen, wenn einem die Kinder keine Probleme machen.«

»Das kannst du laut sagen. Na los, nur ein paar Fragen, bringen wir's schnell hinter uns.«

»Ich bin ganz Ohr.«

»Erzähl mir etwas über Rita Montero.«

Teresa lachte.

»Ihr Männer seid vielleicht klatschsüchtig! Dabei wird uns das doch immer nachgesagt.«

»Bitte, Teresa, sei ernst, ich werde es aufnehmen.«

»Gut. Was willst du wissen?«

»Leg einfach los. Wie sie früher war, wie sie heute ist, was dir so einfällt.«

Teresa schloss einen Moment die Augen, um sich Rita zu vergegenwärtigen, als sie noch Marga war.

»Rita war immer das, was man ein vernünftiges Mädchen nennt. Fleißig, mit Durchblick, wie wir damals sagten, sehr engagiert in allem.«

»Auch politisch?«

»Ja, ich glaube schon. Nicht so sehr wie Ana, aber auch.«

»Wenn sie an Demonstrationen und Sitzstreiks beteiligt war, sollten wir noch irgendwo die Berichte haben.«

»Habt ihr diesen Müll noch immer nicht weggeschmissen?«

Gerardo zuckte schmunzelnd mit den Schultern.

»Sie war Schulsprecherin, eine große Ehre und viel Arbeit, Redakteurin der Schülerzeitung, Organisatorin von Veranstaltungen …, alles Mögliche. Ein sehr kompetentes, sehr artiges Mädchen.«

»Und heute?«

»Woher soll ich das wissen? Ich habe sie eine Ewigkeit nicht gesehen, aber ich würde sagen, sie ist noch genauso, wenn auch …, ich weiß nicht …, stiller, gleichmütiger, nachdenklicher.«

»Ich glaube, das kapiere ich nicht.«

»Ich weiß nicht, wie ich es erklären soll. Früher war sie wie Quecksilber, gab nie Ruhe, mischte sich überall ein, diskutierte jedes Thema mit Leidenschaft …, und jetzt spricht sie wenig, hört viel zu, lässt dich ausreden und versucht nicht, dich zu überzeugen, dass du falschliegst. Klar, damals war sie siebzehn, achtzehn, und heute ist sie fünfzig. Wie es scheint, hat das Leben sie viel gelehrt.«

»Ehrlich gesagt, habe ich mir eine solche Berühmtheit ganz anders vorgestellt.«

»Ja, man meint immer, der Erfolg müsse ihr zu Kopf gestiegen sein, aber nein. Manchmal hat man fast den Eindruck, sie entschuldige sich dafür, es im Filmgeschäft so weit gebracht zu haben.«

»Hältst du sie für fähig, jemanden umzubringen?«

Teresa starrte ihn an.

»Rita? Jemanden umbringen? Wen denn? Etwa Lena, diesen Goldschatz?«

»Zum Beispiel.«

»Nein. Niemals. Abgesehen davon, warum zum Teufel hätte sie sie umbringen sollen?«

»Wenn ich das wüsste, wäre ich ein gutes Stück weiter.« Er machte eine Pause. »Sag mal, Teresa, wer wusste eigentlich, dass Rita am Mittwoch bei Lena essen wollte?«

»Ich. Alle, glaube ich. Lena hat sie im Weggehen eingeladen, als sie sich auf der Party voneinander verabschiedet haben. Leise zwar, aber wir waren alle dabei.«

»Herrje, das hilft mir auch nicht viel.«

Teresa zuckte mit den Schultern.

»Warum ist sie vor euch gegangen?«

»Lena? Weil sie müde war. Sie hatte schon immer Probleme mit dem Eisengehalt im Blut und hielt nie lange durch.«

»Und auf dem Fest ist nichts vorgefallen, das sie irgendwie deprimiert haben könnte?«

Teresas Antwort ließ einige Sekunden auf sich warten. Sie konnte Gerardo, so nett und gutmütig er auch sein mochte, ja schlecht erzählen, was wirklich passiert war, von Ingrids fatalem Einfall mit dem Film und der Lawine von Erinnerungen, die diese Bilder ausgelöst hatten. Sie entschied sich für das Neutralste, für etwas, das Gerardo sofort nachprüfen konnte, sobald er mit David sprach, der wusste, dass Lena wie besessen auf der Suche nach Nick war.

»Keine Ahnung. Kann schon sein. Wir haben uns ziemlich lange über den Vater ihres Sohnes unterhalten«, log sie. »David wird dir sicher erzählt haben, dass sie seit Jahren nach ihm fahndet und ihn bis heute nicht gefunden hat.«

»Ja, er hat mir so was gesagt. Meinst du, das könnte ein Grund für einen Selbstmord gewesen sein?«

»Also habt ihr diese Möglichkeit doch noch nicht ganz ausgeschlossen.«

»Noch ermitteln wir in alle Richtungen. Was meinst du?«

»Nein, ehrlich gesagt, glaube ich das nicht. Vor fünfundzwanzig Jahren wäre ich mir da nicht so sicher gewesen, aber jetzt …, man kann halt nie wissen. Mancher hält sich eine Ewigkeit lang tapfer, bis irgendeine Bagatelle dann das Fass zum Überlaufen bringt.«

Gerardo bückte sich und nahm ein Blatt Papier aus der Schublade zu seiner Rechten.

»Lies dir das mal durch, und sag mir, was dir dazu einfällt.«

Es waren wenige gedruckte Zeilen, ohne Überschrift, ohne Unterschrift.

Geheimnisse zerstören den, der sie bewahrt, aber erst recht den, der sie vergisst, denn dann bleiben sie am Leben und verschlingen einen stumm in der Dunkelheit.

Glaubst du, ich könnte vergessen, nur weil ich es mir wünsche? Die Erinnerung ist die Strafe für den Verlust der Unschuld.

Was ich getan habe, was ich tun werde, ist nicht mehr von Bedeutung: Im Leben, im Traum, in schlaflosen Nächten bin ich nichts weiter als die nagende Erinnerung an diese Taten.

»Was ist das?«, fragte Teresa und rieb sich die Arme, nachdem sie das Blatt auf den Schreibtisch gelegt hatte.

»Das war auf Lenas Computerbildschirm. Kommt es dir irgendwie bekannt vor?«

Teresa schüttelte den Kopf.

»Der Ärmsten ging es anscheinend sehr viel schlechter, als ich dachte«, bemerkte sie nach einer Weile.

»Warum sagst du das?«

»Weil es so fanatisch klingt und ich angenommen hatte, sie wäre darüber hinweg.«

»Über das mit dem Vater ihres Sohnes?«

Sie nickte.

»Und darüber, dass sie sich jahrelang nicht um ihre Eltern gekümmert hatte, die dann bei einem Autounfall ums Leben kamen, bevor sie sich mit ihnen versöhnen konnte, und dass ihr Sohn ausgewandert war und sie nicht einmal zu seiner Hochzeit eingeladen hatte … Vieles, unter dem sie lange gelitten hatte, aber dann riet ich ihr zu einer Therapie, und die schien ihr auch zu helfen. Wenn ich allerdings jetzt diese Notiz lese … weiß ich nicht, was ich davon halten soll.«

»Ist das ihr Stil? Die Notiz, meine ich.«

»Woher soll ich das wissen? Wir haben uns jeden Tag gesehen, Gerardo, wir haben uns nicht geschrieben.«

»Klar.«

»Von Texten versteht Rita am meisten. Frag die.«

»Ich werde es mir überlegen.« Er stand auf, kam um den Schreibtisch herum und gab Teresa zwei Küsschen. »Danke, dass du so schnell gekommen bist. Ich rufe dich an, wenn ich noch etwas wissen muss.«

»Jederzeit. Übrigens, was ist jetzt mit Lena? Wann können wir sie abholen?«

»Sobald der Forensiker grünes Licht gibt, in spätestens zwei Tagen. Übernimmst du alles Weitere?«

»Natürlich. Sie hatte ja niemanden mehr außer ihrem Sohn, aber der hat mir gesagt, das käme ihm gerade alles sehr ungelegen, weil er mitten im Examen steckt.«

»Undank ist der Welt Lohn«, sagte Gerardo. »Keine Sorge, ich gebe dir Bescheid …«

Kaum war Teresa gegangen, als man ihm mitteilte, Rita Montero sei da, um ihre Aussage zu unterschreiben, und so trat er ihr auf dem Flur entgegen, das Blatt in der Hand.

»Haben Sie eine Minute?«

»Selbstverständlich, Inspektor, was gibt es?«

Die Montero verhielt sich genau wie am Morgen, freundlich, ruhig, verschlossen wie eine Auster. Er hielt ihr das Papier hin, und während sie es las, beobachtete er scharf ihre Reaktion.

»Können Sie damit etwas anfangen?«

»Die ersten beiden Sätze sind fast wörtlich aus meinem letzten Film *Das Geheimnis.*«

»Aha. Und der dritte? Ich verstehe nicht viel davon, aber ich finde ihn sehr gut formuliert.«

Die Montero lächelte.

»Er ist wirklich gut formuliert, Inspektor, viel besser als meine. Er stammt von Bioy Casares.«

»Von wem?«

»Von Adolfo Bioy Casares, einem argentinischen Schriftsteller, der schon gestorben ist, einem guten Freund von Borges.«

»Sie müssen ja mächtig gebildet sein, wenn Sie einen einzelnen Satz auf Anhieb erkennen!«

»Keine voreiligen Schlüsse, Inspektor. Ich kenne ihn, weil er aus einer sehr berühmten Kriminalgeschichte stammt: *El perjurio de la nieve*. Ich habe sie mehrfach gelesen, während ich am Drehbuch für *Das Geheimnis* saß.«

»Wissen Sie denn auch, was es bedeutet?«

»Wie meinen Sie das?«

»Diese Notizen haben wir auf Magdalena Santos' Computerbildschirm gefunden. Fällt Ihnen dazu etwas ein?«

»Ich verstehe es so, dass Lenas Gedanken hartnäckig um ein längst vergangenes Ereignis kreisten, an dem sie nichts mehr ändern konnte. Mehr fällt mir dazu nicht ein.«

»Sie scheinen nicht sehr überrascht.«

»Ich bin nicht überrascht. David sagte mir schon kurz nach dem Auffinden von Lenas Leiche, dass auf ihrem Bildschirm Zitate aus meinem Film standen. Den anderen hat er vermutlich nicht erkannt. Kann ich jetzt gehen?«

»Sobald Sie unterschrieben haben, selbstverständlich, wann Sie wollen. Aber ich wäre Ihnen dankbar, wenn Sie Elda vorerst nicht verlassen würden, ohne mich zu informieren, wo ich Sie finde.« Ohne eine Antwort abzuwarten, zog Inspektor Machado sich wieder in sein Büro zurück.

Rita verließ die Polizeidienststelle mit einem Gefühl der Irrealität, wie sie es schon lange nicht mehr empfunden hatte, als wäre sie selbst eine Figur in einem Film, dessen Drehbuch sie nicht verfasst hatte. Sie ging die Calle Padre Manjón hinauf, an der Gemeindebücherei vorbei und weiter bergan über die Gran Avenida, wo alle Bäume dem Bau einer Tiefgarage zum Opfer gefallen waren, und wie vor dreißig Jahren hielt sie unwillkürlich Ausschau nach Arturos Bar, die längst nicht mehr existierte, in der Hoffnung, jemanden aus ihrem damaligen Freundeskreis dort anzutreffen, einen Menschen, der der Welt und den Dingen ihre reale Dimension zurückgeben würde.

Sie hätte zehn Jahre ihres Lebens dafür gegeben, César zu begegnen und sich ihre Frustration und Beklommenheit von der Seele zu reden, bis er sie mit seinen kryptischen Bemerkungen und seiner aristokratischen Schönheit wieder zum Lachen bringen und ihr erklären würde, dass sie beide ganz besondere Wesen seien und somit über der kleinen alltäglichen Misere stünden. Doch die Bar war verschwunden, und César nichts als eine ferne Erinnerung, sodass sie allmählich zu glauben begann, sie hätte ihn nur erfunden, um zu überleben.

Sie betrat eine andere fast leere Bar, bestellte einen Kaffee mit Eiswürfeln und zündete sich mechanisch eine Zigarette an. Es hatte sie große Selbstbeherrschung gekostet, dem Polizisten nichts Näheres von dem Gespräch mit Manolo und dem Abend mit Candela zu erzählen. Sie hatte das Gefühl, nicht noch mehr verheimlichen zu können, als müsste jede zusätzliche Kleinigkeit, so banal sie auch sein mochte, den Rahmen sprengen und alles hervorbrechen, das Gute und das Böse.

Ich hätte niemals zurückkommen sollen, sagte sie sich zum x-ten Mal. Ich hätte mich nicht von Ingrid dazu überreden lassen dürfen.

Sie erinnert sich an Montagabend, an Manolo, der vor Tante Doras Haustür regelrecht Wache steht, nachdem er mehrmals versucht hat, sie auf dem Handy zu erreichen, und sie die Anrufe ignoriert hat, wenn auf dem Display sein Name erschien, seine schlecht gespielte Überraschung, als er sie aus dem Haus kommen sieht. »Komm, Marga, ich lade dich zum Abendessen ein.« Ihre Ablehnung, ihre

Einwände, »ich stecke mitten in der Arbeit an einem Drehbuch, ich wollte nur ein bisschen frische Luft schnappen und ein Sandwich essen, aber ich muss mich ranhalten und habe noch viel zu tun.« »Dann morgen.« »Tut mir leid, Manolo, da bin ich mit Candela verabredet.« »Übermorgen.« »Esse ich bei Lena.« »Wenn du schon keine Lust zum Essen hast, leiste ich dir wenigstens ein Weilchen Gesellschaft. Nein, nein, keine Widerrede, ein Bier wirst du mir ja wohl nicht abschlagen.«

Er trägt ein sehr teures Leinensakko, das an einer anderen Figur, an einem anderen Mann, elegant gewirkt hätte, und redet wie ein Wasserfall, zählt seine Erfolge auf, berichtet von seinen nächsten Bauvorhaben, von der Wohnsiedlung bei Altea, erstklassige Lage, das Beste vom Besten für Leute, die es sich leisten können. »Na komm, du willst ja wohl nicht behaupten, dass du nicht auch gern ein Häuschen direkt am Meer hättest, und sag bloß nicht, du könntest dir das jetzt nicht erlauben.« Jeder hält sie für reich, und niemand bedenkt, dass alles, was sie verdient, in neue Projekte, in ihre Produktionsfirma, in den nächsten Film fließt. Aus unerfindlichen Gründen sagt sie ihm, sie wäre froh gewesen, wenn sie sich *El Campo* damals hätte kaufen können, doch er schwärmt bereits von der Sache in Altea und scheint es überhört zu haben. Gemächlich spazieren sie durchs Dorf zur Calle Nueva, weil er ihr den Club zeigen will, der wie neu ist, schöner als neu, erst kürzlich umgestaltet und renoviert, und sie lässt sich von ihm hinführen, doch dann geht er einfach daran vorbei, zwinkert ihr zu und bittet sie um Geduld.

Sie lassen die Santa-Ana-Kirche hinter sich, und Manolo biegt in eine Gasse ein, die vage Erinnerungen in ihr weckt. Er zieht einen Schlüssel aus der Tasche und öffnet die Tür zu einer Erdgeschosswohnung, in der es stark nach Schimmel riecht. »Warte«, sagt er, »irgendwo muss es Licht geben.« Im hinteren Raum geht eine Zwanzig-Watt-Birne an, und Manolo steht voller Besitzerstolz, die Hände in den Taschen, mitten im größten Zimmer. »Weißt du nicht mehr?«, fragt er. »Na hör mal, unser *cuartelillo*! Ich habe es vor Jahren gekauft, mich aber noch nicht durchringen können, das Haus abzureißen. Diese Gegend war lange wie tot, alle Welt wollte ein Reihenhaus außerhalb der Stadt, aber jetzt kommen sie langsam zurück, und bald stelle ich hier einen Wohnblock hin. Man wird mir die Wohnungen aus der Hand reißen, du wirst schon sehen. Hier, in diesem Raum hing das Poster von Frankenstein.«

Nach und nach kehren verschwommen die Erinnerungen zurück. Sie versteht nicht, warum Manolo so strahlt; sie verbindet mit diesem Raum nichts Besonderes, er offenbar schon.

»Hier haben wir zu den langsamen Stücken getanzt, weißt du noch?«

Sie schenkt ihm ein schwaches, unverbindliches Lächeln und zündet sich eine Zigarette an, um das Schweigen zu überbrücken.

»Ich habe immer gedacht, hier würden wir endlich miteinander schlafen«, sagt er mit dunkler, schmeichelnder Stimme, die Rita jedoch nur kalte Schauder über den Rücken jagt. »Jedenfalls ist es so was wie unser noch ausstehendes Abiturfach, meinst du nicht?«

Rita lacht, obwohl sie es nicht lustig findet.

»Nein, Manolo, zwischen dir und mir steht nichts mehr aus.«

»Wir waren einmal ein Paar«, sagt er, legt ihr eine Hand in den Nacken und streichelt ihr Ohrläppchen.

»Wir sind eine Zeit lang miteinander ausgegangen«, präzisiert sie und entzieht sich ihm. »Und das ist dreiunddreißig Jahre her, um genau zu sein.«

»Mir gefällst du immer noch, obwohl so viel dummes Zeug über dich erzählt wird.«

»Was denn für dummes Zeug?« Sie will es gar nicht wissen, aber sie will ihn ablenken, indem sie ihn zum Reden bringt.

»Dass du auf Frauen stehst, du weißt schon.«

»Das ist wahr, Manolo. Ich bin lesbisch.«

»Ach, hör doch auf! Das liegt nur daran, dass du nie einen Mann gefunden hast, der es wert gewesen wäre. Einen echten Mann.«

Rita fängt an zu lachen, denn merkwürdigerweise hat Manolo recht. Sie ist nie einem Mann begegnet, der sie körperlich angezogen hätte, doch ist damit, genau genommen, das Gegenteil bewiesen. Sie war mehrmals kurz verliebt gewesen, immer in eine Frau.

Er nähert sich ihr wieder.

»Zu Ehren der alten Zeiten«, murmelt er und versucht, sie an sich zu ziehen.

»Manolo, sei so gut, und mach dich nicht lächerlich, wir sind erwachsene Menschen.« Noch fürchtet sie sich nicht, aber sie will so schnell wie möglich dieses Haus verlassen. »Gehen wir ein Bier trinken.«

»Du hast recht, Marga, wir sind erwachsene Leute.« Sie seufzt erleichtert auf. »Ich schlage dir einen Deal vor. Du gibst mir, was ich will, und du bekommst das Landhaus deiner Familie zu einem Freundschaftspreis zurück, einverstanden?«

Rita erstarrt zur Salzsäule. In dem fast völlig dunklen Raum sieht sie ihm direkt in die Augen, und er deutet ihren Blick falsch.

»Na ja, ich werde es dir nicht einfach schenken, aber ich gebe es dir günstig, versprochen.«

»Du hast es gekauft?«

»Ich wollte dieses Stückchen Land zu gern haben, deshalb habe ich mit der Parzelle auch noch nichts unternommen. Alles ist genau wie am Tag deiner Geburtstagsparty. Ich bin halt sentimental, auch wenn ich nicht so aussehe. Was sagst du?«

Rita wendet sich ab und verlässt das alte *cuartelillo*, ohne sich umzusehen, mit Tränen in den Augen und dem unbändigen Wunsch, ihm die Nase einzuschlagen. Fast auf der Höhe der Plaza Mayor holt Manolo sie ein und schleift sie unter Entschuldigungen bis zur Theke einer Tapas-Bar. Die Leute dort sehen sie an, viele erkennen Rita und prosten ihr lächelnd zu.

»Na, Manolo?«, sagt ein etwa gleichaltriger Mann, der mit seiner Frau an einem Tisch neben dem Tresen sitzt und Schnecken isst. »Versuchst du schon, unserem Weltstar was zu verkaufen?«

Allgemeines Gelächter ertönt, sie lacht mit, und später steht sie irgendwann allein vor ihrer Haustür und spürt die angesammelte Galle im Magen. Sie übergibt sich, schluckt eine Schlaftablette, legt sich ins Bett, ohne den Wecker zu stellen, und hofft einmal mehr, die Nacht möge ihr Vergessen bringen.

»Noch einen Kaffee mit Eis?« Wie aus dem Boden gewachsen stand der Kellner neben ihrem Tisch, und Rita fiel wieder ein, dass

Freitag war, dass sie soeben vom Polizeirevier kam und Lena seit zwei Tagen tot war.

»Ja, bitte«, antwortete sie, damit er wegging, damit er etwas zu tun hatte.

Sie nahm ein Heft aus ihrer Schultertasche und begann, darin zu blättern, um den Eindruck zu erwecken, als konzentrierte sie sich. Sie wollte allein sein, aber der Gedanke an die leere Wohnung, ohne Ingrid, ohne die Kinder, war ihr unerträglich.

»Möchten Sie etwas essen?«

»Nein, danke, der Kaffee reicht.«

Das Bild der ausgebluteten Lena in der Badewanne geht ihr nicht aus dem Sinn, das wie eine Seeanemone um den Kopf schwebende Haar, die Abendsonne, die alles in rotes Licht taucht. Sie weiß, dass sie eines Tages einen Film machen muss, in dem diese Szene vorkommt; es ist für sie das einzige Mittel, Erinnerungen auszutreiben wie böse Geister. Einmal wird an einem Filmset eine langhaarige Schauspielerin in eine Wanne mit rötlichem Wasser steigen, und die Maskenbildner werden sich um sie scharen, um sicherzustellen, dass sie wie eine Leiche aussieht, während jemand die Belichtung misst und sie selbst alles auf dem Bildschirm verfolgt und Fehler korrigiert. Doch noch ist es nicht so weit, noch ist Lena brennende Wirklichkeit. Wie Candela.

Candela, die sie in ihrer Wohnung empfängt – »Siehst du? Diesmal habe ich dich zu mir nach Hause eingeladen« –, einer schicken Wohnung mit guten Möbeln, exquisiten Stoffen, modernen und afrikanischen Skulpturen zu gleichen Teilen, großen abstrakten Bildern und einer prachtvollen Aussicht auf den Hafen und das Schloss, mit brennenden Kerzen, ausschließlich weißen, und Jazzmusik.

Ihr Handy piept zweimal. Rita blinzelt, und Candelas Wohnung versinkt wieder in der Erinnerung. Es ist eine SMS von Ingrid: *Wish you were here. Granada is beautiful! The kids are all right. They miss you too. Love.*

Sie hat Ingrid nichts von Lenas Tod gesagt. Sie will ihr nicht die Ferien verderben, aber sie fehlt ihr so sehr, dass es fast schmerzt. Seit zwölf Jahren teilt sie alles mit ihr, und jetzt fühlt sie sich zum ersten

Mal allein, verloren, ohne einen Menschen, dem sie vertrauen kann. Einen Augenblick lang ist sie versucht, Ingrid anzurufen und es ihr zu sagen, oder sie anzurufen, ohne ihr etwas davon zu sagen, sie einfach nur von der Schönheit Andalusiens schwärmen zu hören, doch sie fürchtet, die Stimme könnte ihr versagen, und so tippt sie rasch: *Miss you, too, dear* und drückt auf die Sendetaste. Nach kurzem Zögern ruft sie dann Teresa an und lädt sich bei ihr zum Essen ein.

1974

Während die Schüler im Hof sind, entfalten Don Javier und Don Alonso Uribe – der Priester, der als Gastlehrer den letzten Einkehrtag der Abschlussklasse leitet – die anonymen Zettelchen mit den Ergebnissen der Aufgabe, die Don Alonso ihnen vor der Pause gestellt hat und die darin besteht, sich fünf Minuten Gedanken zu machen, ihr Gewissen zu prüfen und aufzuschreiben, was das Wichtigste in ihrem Leben ist, ihr höchstes Ziel, das zentrale Anliegen ihres ganzen Seins.

Die beiden Geistlichen haben den Eindruck, dass es den Mädchen damit sehr viel ernster gewesen ist als den Jungen, die das Erstbeste hingekritzelt haben, was ihnen in den Kopf gekommen ist, und losgelaufen sind, um sich in der Kantine ein Brötchen zu kaufen.

Don Javier sitzt an dem Podiumstisch in der großen Aula vor den leeren Stuhlreihen, überträgt die Antworten in ein Heft, wobei er hinter die, die wiederholt vorkommen, senkrechte Striche setzt:

Liebe. Vier Striche. Eine dieser Antworten ist von Carmen, dessen ist er sich sicher, auch wenn ihm nicht ganz klar ist, was sie unter Liebe versteht. Gedacht hat sie wahrscheinlich »Jungs«, vermutet er schmunzelnd, sich aber nicht getraut, das auch hinzuschreiben. Deshalb hat sie LIEBE geschrieben, in Großbuchstaben, damit es nach Höherem klingt.

Freiheit. Drei Striche. Bestimmt einer von Magdalena. Er kennt sie gut aus den Debatten im Unterricht. Die anderen können von jeder Beliebigen sein. In letzter Zeit ist »Freiheit« das Wort, das man am häufigsten hört, überall und in jedem Zusammenhang. Jedenfalls ist es eine Antwort mutiger Mädchen, denn immerhin wissen sie ja, dass ihre Zettelchen von zwei Priestern gelesen werden, von denen einer schon sehr alt ist.

Unabhängigkeit. Eine einzige Nennung. Von wem die wohl stammt? Von Candela. Nur Candela ist klug und reif genug, um nicht wie die anderen einen so vagen Begriff wie »Freiheit« zu nehmen, sondern sich für »Unabhängigkeit« zu entscheiden, etwas wesentlich Konkreteres, Bescheideneres und Umsetzbareres.

Gerechtigkeit. Auch nur eine Nennung, die von Ana sein muss, der Streitbaren mit dem hellen Geist und dem großen Herzen. Bisher die Einzige, die nach etwas strebt, das nicht sie allein betrifft.

Familie. Sechs Striche. Man kann sagen, was man will, trotz der langen Diskussionen um Scheidung, voreheliche Beziehungen und wilde Ehe sehen, Gott sei Dank, viele in der Familie noch immer einen Wert, den es zu erhalten gilt. Welches seiner Mädchen – insgeheim empfindet Don Javier das Freundinnengrüppchen immer als »seine Mädchen«, obwohl ihm natürlich bewusst ist, dass er keine Unterschiede zwischen seinen Schülerinnen machen dürfte – mag wohl »Familie« gewählt haben? Margarita vermutlich. Und vielleicht auch Teresa, die zwar einen autoritären Vater und viele Geschwister hat, aber dennoch glücklich zu sein scheint im Schoß ihrer Familie.

Sicherheit. Einmal. Auch das könnte von Tere sein, einem bodenständigen, ausgeglichenen, klar denkenden Mädchen, das weiß, was es will, und älter wirkt, als es ist.

Erfolg. Im Geist hat er sofort Soledad vor Augen, umgeben von einem Heiligenschein aus künstlichem Licht. Wer, wenn nicht sie? Nur wer alles andere bereits besitzt – Familie, Vermögen, Schönheit –, aber nicht intelligent, großmütig oder neugierig genug ist, sich gründlich mit der Welt auseinanderzusetzen, wie Ana, ist imstande, den Erfolg ganz obenan zu stellen.

Weisheit. Wer ist denn auf die Idee gekommen? Reme vielleicht, die alle für eine Streberin halten? Seiner Meinung nach ist Reme keine Streberin. Sie ist einfach eine der wenigen wirklich Wissensdurstigen, sitzt stundenlang in der Bibliothek, wenn ihr Vater sie nicht in der Bar braucht, und weiß, dass Bildung ein Privileg ist, insbesondere für sie, deren Eltern gerade mal so lange zur Schule gehen konnten, um unterschreiben und die Grundrechenarten zu lernen.

Don Javier fährt sich mit dem Zeigefinger unter dem Kollar hindurch, um es ein wenig zu lockern und den Juckreiz zu lindern. Er will endlich diese Liste beenden und für ein paar Minuten hinaus ins Freie. In dieser Aula ist es wie in einer Krypta, kein Tageslicht, keine frische Luft.

Mein Vaterland. Du lieber Himmel!, denkt er. Da haben all die Jahre in der *Sección Femenina*, die vielen Sommerlager und die zahllosen Unterrichtsstunden in *Formación del Espíritu Nacional,* zur Festigung des Nationalbewusstseins, ja tatsächlich einmal gefruchtet. Nicht dass er etwas gegen Patriotismus einzuwenden hätte, wenn allerdings eine Siebzehnjährige unter so vielen Möglichkeiten ausgerechnet das Vaterland zum Mittelpunkt ihres Lebens erwählt, macht ihn das stutzig. Wer konnte das sein? Julia? Es kommt, wie nicht anders zu erwarten, nur ein einziges Mal vor.

Er faltet den nächsten Zettel auf; es sind nur noch zwei übrig.

GOTT, in Großbuchstaben, und darunter »meine Religion«. Welche seiner Schülerinnen ist so fromm? Oder versucht diejenige nur, sich anzubiedern, ihm und Monsignore Uribe um den Bart zu gehen, weil sie meint, das wollten sie hören? Es könnte von Nieves sein, wenn die Antwort ehrlich ist. Oder von Mati, wenn es darum geht, sich lieb Kind zu machen. Das ist ein Vorurteil, für das er sich schuldig fühlt, aber er mag Mati nicht. Er mag ihren Blick nicht, immer schräg von der Seite, ihr hinterhältiges Grinsen, das hyänenhafte Gelächter, in das sie unweigerlich ausbricht, sobald jemand in ihrer Gegenwart gedemütigt wird oder sonst etwas erleidet.

Macht. In Druckschrift. Doppelt unterstrichen. *Das* ist Mati, die beschlossen hat, diesmal die Wahrheit zu sagen, weil die Zettel anonym sind! Ihm graust vor diesem Mädchen. Aber er hat ja keine Gewissheit, ob das wirklich von ihr stammt. Mati ist schlau, eine solche Antwort würde ihr nichts einbringen, und sie tut nur Dinge, von denen sie sich einen Gewinn verspricht. Er will sich von dieser fixen Idee nicht aus dem Konzept bringen lassen und überlegt, den Zettel vielleicht am nächsten Tag Marisa zu zeigen, denn sie kennt die

Handschriften sämtlicher Schülerinnen, während er nur Noten für die mündliche Mitarbeit im Unterricht vergibt.

Er zählt die Antworten durch, um sicherzugehen, dass es zweiundzwanzig sind, und äugt zu Don Alonso hinüber, der nickend und murmelnd ebenfalls dabei ist, die neunzehn Zettel der Jungenklasse zusammenzuzählen.

»Offen gestanden, Pater Hildalgo«, sagt dieser dann, »scheint Ihr Unterricht keinen großen Eindruck hinterlassen zu haben. Bei diesen Knaben dreht sich alles nur ums Geldverdienen, um die Liebe, beziehungsweise um das, was sie unter Liebe verstehen, wobei Sie und ich wissen, was das mit siebzehn ist, und für den einen oder anderen um die Familie. Ah, und um die famose Freiheit natürlich, womit sie vermutlich eher Zügellosigkeit meinen, bloß wollen sie das so direkt nicht hinschreiben …«

Javier senkt den Blick und zuckt unmerklich mit den Schultern. Don Alonso fährt fort.

»Lassen Sie uns die Ergebnisse der Mädchen danebenlegen. Mal sehen, ob wir mit den Frauen von morgen mehr Glück haben. Was wird am häufigsten genannt?«

»An erster Stelle die Familie.« Don Alonsos Miene verzieht sich zu einem kleinen befriedigten Lächeln. »Doch an zweiter Stelle kommt ebenfalls die Liebe und an dritter die Freiheit.«

»Und die Religion und Gott und Spanien?« Don Alonsos Stimme steigt bei jedem der geheiligten Worte einen Ton höher, und er lächelt nicht mehr.

»Jeweils einmal. Nun ja, Gott und Religion in ein und derselben Antwort, um genau zu sein.«

»Das heißt, insgesamt zweimal. Zwei von einundzwanzig Mädchen und keiner der Jungen. Heute Nachmittag wird was los sein, Pater. Mir bleibt nämlich nichts anderes übrig, als deutlich zu sagen, dass Sie äußerst schlechte Arbeit geleistet haben.« Javier lässt den Kopf sinken und ermahnt sich im Stillen, dass er gegenüber diesem Monsignore, einem direkten Gesandten des Bischofs von Orihuela, zu Gehorsam und Respekt verpflichtet ist. »Worüber reden Sie im Unterricht, wenn ich fragen darf?«

»Wir halten uns an den Lehrplan, Monsignore. Aber ich kann

nicht umhin, mit ihnen über die Themen zu sprechen, die sie interessieren, über Drogen, voreheliche Beziehungen, die Dinge, die sie in Filmen sehen, internationale Politik …«

»Internationale Politik? In der Religionsstunde?« Don Alonso fährt erschrocken auf.

Javier weiß, dass er die Politik nicht hätte erwähnen dürfen, aber jetzt ist es zu spät, und er muss weitersprechen.

»Über moralische Fragen: den Konflikt im Mittleren Osten, den Vietnamkrieg, den Tod Salvador Allendes …«

»Ich bin fassungslos. Und von den Sakramenten haben Sie ihnen nichts erzählt? Vom hohen Wert der Unbeflecktheit? Vom Opfer? Vom Laienapostolat? Von der glorreichen Auferstehung Unseres Herrn?«

»Auch, auch, selbstverständlich …, aber sie lassen sich dazu auf kein Gespräch ein. Die Vorlautesten sagen mir höchstens, das habe nichts mit ihrem Leben zu tun.«

»Ach nein? Es hat also nichts mit dem Leben eines Christen zu tun …«

»Ich tue, was ich kann, Monsignore, das versichere ich Ihnen. Aber wenn sie uns nicht entgleiten sollen, müssen wir uns um Antworten auf die Fragen bemühen, die sie uns stellen. Wir können ihnen nicht die Fragen und gleichzeitig die Antworten präsentieren.«

»Nein? Und was bitte tun dann die Mathematiklehrer, die Literaturlehrer und alle anderen? Sie wollen doch wohl nicht behaupten, dass sich einer dieser Jugendlichen jemals ernsthaft gefragt hat, warum Garcilaso Sonette geschrieben hat oder wozu der Aorist im Griechischen dient oder wie viele Möglichkeiten es gibt, in einer Gleichung eine von drei Unbekannten zu bestimmen. Man bringt es ihnen bei und basta!« Er rafft die Zettel zusammen und stopft sie in eine graue Mappe. »Ich bin sehr enttäuscht von Ihrer Arbeit, Pater Hildalgo.«

»Es ist nicht leicht, glauben Sie mir, Monsignore.«

»Wenn es leicht wäre, wäre es keine Arbeit für einen Diener Christi.« Er erhebt sich mit majestätischer, beleidigter Geste. Automatisch steht Javier auch auf. »Hören Sie mir heute in der Nachmittagsveranstaltung gut zu, und lassen Sie sich nicht von den neuen Stürmen der Freiheit, Toleranz und ähnlichem Unsinn ins Bockshorn jagen. Die katholische Kirche hat fast zweitausend Jahre Widerstand, Ketzerei und Kampf überlebt ... Weder diese Jugendlichen noch ihre Kinder und Kindeskinder werden zerstören, was über Jahrhunderte aufgebaut wurde. Aber wir müssen achtgeben, Javier. Und ich glaube, Sie lassen sich von Ihren Schülern zu stark beeinflussen, vielleicht weil Sie selbst noch so jung sind. Ich werde Sie für einen Fortbildungskurs in diesem Sommer vormerken lassen, eine lange Auszeit, während der Sie über diese Art von Problemen nachdenken können. Und nach dem Sommer wäre es dann vielleicht besser, wenn Sie zur Gemeindearbeit zurückkehren würden, zum persönlichen Kontakt mit den Gläubigen eines kleinen ruhigen Dorfes, wo Sie mit weniger Jugend in Berührung kommen. Ich werde das mit Seiner Exzellenz besprechen, sobald ich zurück in Orihuela bin.« Don Alonso legt ihm väterlich die Hand auf die Schulter. »Keine Sorge, mein Junge. Gott schickt jedem nur so viel, wie er tragen kann, und wir, die Älteren, sind hier, um Sie zu unterstützen.« Sein Blick schweift hinüber zur großen Saaluhr. »Oje! Es ist schon ein bisschen spät. Ich drehe noch eine Runde durch den Hof, denn in zwanzig Minuten müssen wir weitermachen.«

Javier sieht den Alten selbstzufrieden aus der Aula gehen. Don Alonso ist überzeugt, dass er das Richtige getan hat – auch wenn er Javi jetzt das einzige Leben wegnimmt, das ihm gefällt: den Kontakt zu den jungen Leuten, den direkten Draht zu den täglichen Ereignissen, die Gespräche mit Menschen seines Niveaus. Ungläubig und beklommen schüttelt Javier den Kopf und stellt sich für einen Moment vor, er würde diese Soutane ausziehen, die er für heute anlegen musste, endgültig diesen Saal verlassen, nach Paris gehen und Psychologie studieren. Doch er weiß, er wird es nicht tun, er wird das Schuljahr zu Ende bringen und alles auskosten, was es noch bringen mag, denn voraussichtlich ist es sein letztes, weil man ihm nicht mehr gestatten wird, an einem Gymnasium zu unterrichten. Und dann, wenn das Versetzungsschreiben eintrifft, wird er den Atlas hervorholen, nachsehen, wo sich sein neuer Bestimmungsort befindet, und ziehen, wohin auch immer man ihn schickt, um Betschwestern die

Beichte abzunehmen, greisen Bauern die Letzte Ölung zu erteilen und an den Festtafeln zu Hochzeiten, Taufen und Erstkommunionen das Präsidium zu übernehmen, wobei er seine Soutane tragen wird, um keinen Unmut zu erregen. Und später, gegen Abend, wird er einen Spaziergang durchs Dorf machen, diesen und jenen begrüßen, »Guten Abend, Atilio«, »Guten Abend, Pater, Gott mit Ihnen!«, bis er heim ins Pfarrhaus gehen wird, wo eine brave Frau ihm das Essen bereitgestellt hat, das er allein vor dem Fernseher einnehmen wird, falls er einen hat, oder bei der Lektüre einer zwei Monate alten Zeitschrift. Allein. Immer allein. Für den Rest seines Lebens.

2007

Ana brachte ein Tablett mit zwei Gläsern Bier und ein paar Erdnüssen zum Gartentischchen, an dem David, der gerade von der Arbeit gekommen war, es sich bereits bequem gemacht hatte. Es war fast schon ein Ritual, das sie sich angewöhnt hatten, seit sie in diesem Haus wohnten, und das ihnen beiden unentbehrlich geworden war, um nach den Ereignissen des Tages abzuschalten: Sie plauderten eine Weile, erzählten einander die kleinen Dinge ihrer täglichen Arbeit, tranken langsam ihr Bier, schauten auf das glitzernde Wasser des Schwimmbeckens, und nach und nach fielen Ärger und Verdruss von ihnen ab, bis sie nur noch still lächelten, glücklich, zusammen zu sein, ein schönes Haus und einen wundervollen Sohn zu haben, der ihnen keine Probleme bereitete, und einen Beruf, der ihnen trotz allem genug Freude machte, um sich keinen anderen zu wünschen.

David war heute besonders angespannt. Ana sah es an seinen steifen Schultern und seinem Blick, der sich in den Baumkronen des gegenüberliegenden Gartens verlor. Auch ihr ging es seit der Party nicht so gut, aber sie wollte es sich nicht anmerken lassen. Also servierte sie ihm das eiskalte Bier und streichelte ihm übers Haar.

»Na? Einen schlechten Tag gehabt?«

David zuckte mit den Schultern.

»Wir sind kein Stück weitergekommen. In der Sache mit Lena, meine ich. Selbstmord war es nicht, so viel steht fest. Und die wenigen Spuren, die wir haben ...« Mit einem Mal verstummte er.

»Was ist? Besinnst du dich nach all den Jahren plötzlich darauf, dass das, was im Kommissariat geschieht, vertraulich ist, sogar deiner Frau gegenüber?«

Wieder zuckte er mit den Schultern und nahm einen langen Schluck.

»Immerhin warst du eine Freundin des Opfers und kennst alle, die als Verdächtige infrage kommen.«

»Verdächtige? Aber sie haben doch alle ein Alibi ... Sag schon, was für Spuren habt ihr? Du hast immer behauptet, mit mir zu reden hilft dir beim Denken.«

David stand auf und trat nachdenklich an den Rand des Schwimmbeckens. Ana wartete schweigend, und eine Minute später platzte es aus ihm heraus: »Es ergibt einfach keinen Sinn! Wir haben eine Zigarettenkippe im Mülleimer gefunden, der ansonsten vollkommen sauber war.«

»Lena hat nicht mehr geraucht.«

»Ich weiß. Es ist eine Rothmans. Keine sehr gängige Marke. Und weißt du, wer diese Marke raucht?« Er machte eine Pause von kaum einer halben Sekunde und beantwortete seine Frage selbst, bevor seine Frau es tat. »Rita Montero.«

»Und ein paar Millionen andere, vermutlich. Soweit ich weiß, wird sie in jedem Tabakladen verkauft, oder nicht?«

»Siehst du? Schon fängst du an, deine Freundin zu verteidigen.«

»Ich verteidige sie nicht, ich benutze nur mein Hirn. Glaubst du etwa, Rita würde einen Zigarettenstummel in einen sauberen Abfalleimer werfen, nachdem sie Lena ermordet hat? Rita ist einer der intelligentesten Menschen, die mir je begegnet sind.«

»Das weiß ich doch selbst, zum Teufel! Man muss total bescheuert sein, um so etwas zu tun. Und die Klinge mitzunehmen, wenn es nach Selbstmord aussehen soll. Und den Gazpacho nicht wegzuschütten, den Lena zubereitet hatte. Verstehst du jetzt, warum ich sage, die Sache hat weder Hand noch Fuß?«

Ana zog schweigend den Finger über die feuchte Tischplatte, als zeichnete sie ein unsichtbares Muster.

»Und wenn es jemand war, der den Verdacht auf Rita lenken will?«

»Daran haben wir auch schon gedacht. Aber wer? Und warum?«

Ana sah ihn ausdruckslos an. Eine konkrete Antwort hatte sie darauf auch nicht, und wenn sie die vielen Spekulationen in Worte fassen wollte, die ihr aufgrund der Ereignisse bei der Party durch den Kopf gingen, könnten Dinge zur Sprache kommen, zu denen sie sich lieber nicht äußern wollte; Dinge, die tief in ihrem Gedächtnis vergraben waren und die nie wieder zu erwähnen sie sich geschworen hatte.

»Na los! Schau mich nicht so an. Hast du eine Idee?«

»Manolo Cortés?«, sagte sie fast flüsternd, obwohl sie wusste, dass das Unsinn war, doch lenkte dieser Unsinn ein wenig von der Clique ihrer Freundinnen ab.

»Welcher Manolo Cortés? Der Bauunternehmer?« Ana nickte. »Was hat der denn damit zu tun?«

»Er war vor ewigen Zeiten einmal Ritas Freund. Mit Carmen hat er sich nur aus Frust eingelassen. Die wurde dann schwanger und sie heirateten, wie du ja weißt. Carmen meint, Manolo hätte es nie verwunden, dass Rita sich von ihm getrennt hat, und wann immer ihr Name fällt, muss er über sie herziehen. Gestern habe ich seine Tochter Vanessa getroffen, die sagt, ihr Vater werde allmählich senil, denn nachdem er sich vor sämtlichen alten Freundinnen, die ihm über den Weg gelaufen sind, zum Affen gemacht hat, sei er jetzt hinter Rita her, der angeblich einzigen Frau, die sich ihm je verweigert hat. Vanessa hat sich schiefgelacht bei der Vorstellung, dass Manolo den Casanova mimt, und das ausgerechnet bei einer, von der alle Welt weiß, dass sie lesbisch ist.«

»Ach ja? Das habe ich nicht gewusst.«

»Nun ja, sie selbst sagt es ja nicht. In den Illustrierten heißt es, Rita sei eine dieser sogenannten ›Schranklesben‹. Sie sitzt noch im Schrank, aber jeder weiß, dass sie da drin ist, auch wenn sie es noch nicht öffentlich gemacht hat.«

»Und du meinst, jetzt, nach über dreißig Jahren, beschließt dieser Manolo, Nägel mit Köpfen zu machen, und ermordet die arme Lena, um Rita die Schuld zuzuschieben. Das kann nicht dein Ernst sein.«

»Nein, mir scheint das auch abwegig … Aber etwas anderes fällt mir nicht ein.«

»Wir werden Rita um eine DNA-Probe bitten müssen, um zu überprüfen, ob die Kippe von ihr ist«, murmelte David vor sich hin. »Und einen Medienskandal können wir ganz und gar nicht gebrauchen. Die Bürgermeisterin wird nicht sehr erfreut sein, die prominenteste Tochter der Stadt in einen Mord verwickelt zu sehen.«

»Und wenn die Kippe tatsächlich von Rita ist?«

»Dann wissen wir, dass sie zumindest in diesem Punkt gelogen hat.«

»Und dann nehmt ihr sie unter Mordverdacht fest?«

David zuckte wieder mit den Schultern. In diesem Moment klingelte es an der Tür.

»Das wird Ricky sein. Ich mache ihm auf und schaffe ihn schnurstracks ins Bad. Er ist bestimmt verdreckt, wie immer. Ach, Ana, und bitte kein Wort über das hier. Ich hätte es dir nicht erzählen dürfen, das weißt du.«

Kaum war David verschwunden, griff Ana zum Handy und wählte Teresas Nummer.

»Ich kann jetzt nicht reden«, sagte sie hastig, als ihre Freundin sich meldete. »Setz dich mit Rita in Verbindung und sag ihr, sie wird bald einen Anwalt brauchen. Sie soll Candela ansprechen, die wird wissen, was zu tun ist. Nein, ich kann Rita nicht von meinem Handy aus anrufen. Ich erklär's dir später. Küsschen.«

Sole lag im Schatten am Pool ihres Hauses in Havanna und war beunruhigt. Seit Tagen hatte sie keine E-Mail von Lena erhalten, und obwohl sie daran noch vor wenigen Monaten keinen Gedanken verschwendet hätte, machte es sie jetzt nervös. Sie hatte sich daran gewöhnt, ihrer ehemaligen Schulkameradin zu schreiben und sofort Antwort zu bekommen, viel schneller als »postwendend«, wie das früher hieß. Ohne recht zu wissen, warum, und obwohl Lenas Zeilen sie oft um den Schlaf gebracht hatten, vermisste sie ihre Worte, ihre Erinnerungen, alles, was sie Stück für Stück wieder mit einem Leben verknüpfte, das sie manchmal gar nicht mehr als ihr eigenes erkannte; als wäre alles, was jene jungen Mädchen erlebt hatten, die sie einmal gewesen waren, den Protagonisten einer Fernsehserie widerfahren, die man über Jahre verfolgt, bis die Figuren zu vertrauten Wesen werden und man mit ihnen lacht und weint.

Die Augen gegen die Mittagssonne geschlossen, tastete sie über den Rasen nach dem Kübel, in dem Juana ihr eine Flasche Mineralwasser bereitgestellt hatte und dessen Eis längst geschmolzen sein dürfte. Sie hasste es, auf etwas warten zu müssen, von etwas abhängig zu sein, das nicht in ihrer Hand lag. Sie hasste dieses Gefühl abgrundtief, obwohl sie ihr Leben lang nichts anderes getan hatte als zu warten, abhängig zu sein, ohne jemals eine wirklich eigene Entscheidung getroffen zu haben. Aber diesmal war es noch weit schlimmer, denn seit die Kinder aus dem Haus waren und Pedro sie links liegen ließ, stellte Lena eine Art Ventil für sie dar, ohne etwas dafür zu verlangen, einen Ausweg, der ihr ermöglichte, sich allmählich etwas zurückzuerobern, das die Pedanten, von denen sie nun schon so lange umgeben war, vermutlich Identität genannt hätten, und für das sie selbst, zumindest im Moment, noch gar keinen Begriff hatte. Dabei war ihr bewusst, dass mit ihrem damaligen Namen – Sole – auch alles andere wieder hochkam, das Gute und bedauerlicherweise auch das Schlechte, all jene Erinnerungen, die aus ihrem Gedächtnis zu löschen sie sich so angestrengt bemüht hatte, indem sie ein Fach studierte, das sie überhaupt nicht interessierte, einen Mann heiratete, mit dem sie immer weit weg von Spanien leben musste, und einen Namen annahm, mit dem sie sich nie hatte identifizieren können.

Und jetzt antwortete Lena ihr nicht. Das Letzte, was sie wusste, war, dass die Mädels eine Wiedersehensparty gefeiert hatten, bei der etwas vorgefallen sein musste, das Lena so erschüttert hatte, dass sie ihr nicht mehr schrieb, obwohl sie versprochen hatte, ihr alles zu erzählen. Ob sie sich schließlich mit Marga, die heute Rita hieß, getroffen hatte? Was hatte sie ihr wohl erzählen wollen? Was glaubte sie über die wahren Vorgänge in jener Nacht auf dem Schiff zu wissen? Hatte Lena etwa schon immer gewusst, wer Mati über die Reling gestoßen hatte? Und hatte dieses Geheimnis dreiunddreißig Jahre lang gehütet, weil es eine ihrer Freundinnen betraf, ein Mädchen aus der Clique vom 28sten? Mord verjährt nicht. Das wussten sie alle; und ohne es je ausgesprochen zu haben, wussten sie auch, dass sie alle sicherer waren – wie viel jede Einzelne auch wissen oder sogar gesehen haben mochte –, wenn keine von ihnen es jemals erwähnte. So hatten sie es seit 1974 gehalten. Und auf einmal, aus irgendeinem Grund, den sich Sole weder vorstellen konnte noch wollte, hatte Lena beschlossen, mit Marga zu sprechen und ihr … was zu erzählen?

»Rita, ist etwas passiert?«

Teresa hatte ihrer Freundin die Tür geöffnet und sah sie mit besorgter Miene an, während sie sie einließ und ins Wohnzimmer führte, wo bereits der Tisch gedeckt war. Irgendwo plärrte ein Fernseher in voller Lautstärke.

»Die Kinder bringen mich noch um den Verstand«, murmelte Teresa und schloss die Schiebetüren. »Diese jungen Leute sind alle taub. Sag, was ist los?«

Rita ließ sich auf eines der Sofas fallen und machte für einen Moment die Augen zu.

»Nichts, Tere, ich weiß nicht. Ich kann nicht mehr. Am liebsten würde ich von hier verschwinden, aber die Polizei hat es mir verboten. Ich weiß nicht, was sie gegen mich in der Hand haben, aber sie behandeln mich, als glaubten sie, dass ich Lena umgebracht habe. Ich wusste nicht, wohin, deshalb habe ich dich angerufen, weil ich mit jemandem reden muss. Kann sein, dass ich einen Anwalt brauche.«

»Ja, das denke ich auch.«

Rita sah sie konsterniert an.

»Ich weiß auch nicht, was sie glauben, gegen dich in der Hand zu haben, aber Ana hat mich gerade angerufen und gemeint, wir sollten uns an Candela wenden. Anscheinend haben sie tatsächlich vor, dich festzunehmen.«

»Das ist doch idiotisch«, sagte Rita kopfschüttelnd. »Warum ich, die ich eben erst hier angekommen bin und Lena seit dreiunddreißig Jahren nicht gesehen habe?«

»Lass uns Candela anrufen.« Teresa hatte das Telefon schon in der Hand.

»Nein. Warte, bitte, warte noch. Ich brauche einen Moment zum Nachdenken.«

»Mamaaa!« Eine Stimme überschrie den Fernseher. »Es riecht angebrannt!«

»Entschuldige, Rita, ich sehe mal nach, bin gleich wieder da.«

Rita blieb, wo sie war, den Kopf an die Sofalehne gelegt, die Augen geschlossen. Sie fühlte sich in die Enge getrieben, hilflos, lächerlich, wie in einem Albtraum, der Wirklichkeit geworden war, auch wenn diese Wirklichkeit mit ihrem täglichen Leben nichts zu tun hatte. Zwar hatte sie immer gedacht, dass man nicht in die Vergangenheit zurückkehren kann, und dennoch war ihr jetzt, als hätten diese dreiunddreißig Jahre nie existiert, als setzte sich das, was damals auf der Heimreise von Mallorca geschehen war, von dem Augenblick an fort, in dem es seinerzeit unterbrochen worden war, als wäre ihre Flucht, ihrer aller Flucht, nur ein Aufschub gewesen, und sie müssten jetzt alles das durchmachen, was sie glaubten, hinter sich gelassen zu haben.

Sie selbst hatte keine Kontrolle mehr über ihre Erinnerungen. Erst vorgestern Abend bei Candela hatte sie das Thema zur Sprache gebracht, weil ihr eine innere Stimme sagte, dass es notwendig war, zu reden, die Dinge zu klären, einen Reinigungsprozess in Gang zu setzen, der vielleicht schon gar nicht mehr möglich war.

Auf Candelas Terrasse mit Blick auf den Hafen und das erleuchtete Schloss, einen Gin-Tonic in der Hand, stellt sie die Frage selbst: »Was du da neulich auf der Party gesagt hast …, dass es eine von uns gewesen sein muss, die Mati ins Wasser geworfen hat …, weißt du das genau?«

Die Worte kommen nur mit Mühe aus ihrem Mund, als spräche sie in einer kürzlich erlernten Fremdsprache. Sie heftet den Blick auf die Schlossmauer, um nicht die Augen ihrer Freundin sehen zu müssen und vor allem nicht das zynische Lächeln, das zweifellos ihre feinen Lippen oberhalb des Glasrandes verzieht.

»Was meinst du mit ›genau‹? Ob ich es gesehen habe? Ob ich es war?« Jetzt bleibt ihr nichts anderes übrig, als Candela anzusehen. »Nein. Ich habe es weder gesehen, noch war ich es, obwohl ich manchmal gern den Mut gehabt hätte, es zu tun. Ich glaube, ich bin die Einzige, die damit hätte leben können. Warte, ich werde dir etwas zeigen, damit du mich verstehst.«

Candela verschwindet im Inneren der Wohnung, und Rita bleibt auf der Terrasse und streichelt blind die Geranien, die bei der Berührung so stark duften, dass ihr fast schwindlig wird. Vielleicht hat Candela ja recht. Vielleicht ist sie die Stärkste der sieben. Sie ist auch die Einzige, die sich eine Wohnung am Meer gekauft hat, die Einzige außer Carmen, die das Meer anscheinend nicht als Matis Grab betrachtet. Aber Carmen ist eben ein Spatzenhirn.

Jetzt kommt Candela zurück und hält Rita ein schwarzes Ringbuch hin, das undeutliche Erinnerungen in ihr wachruft. Mit ihrer weißen Tunika und der ausgestreckten Hand sieht Candela aus wie eine Zauberin aus einem Fantasy-Film, eine möglicherweise böse Zauberin, die ein vergiftetes Geschenk überreicht.

Unwillkürlich steckt Rita die freie Hand in die Tasche, statt es entgegenzunehmen.

»Was ist das?«

Candela lacht. Ein kurzes, trockenes Auflachen, wie ein Bellen.

»Matis berühmtes Heft. Erinnerst du dich nicht mehr, dass sie uns immerzu aus dem Augenwinkel beobachtete und Notizen in ein schwarzes Büchlein schrieb? Das ist es.«

»Und wie kommst du dazu?«

Candela knallt das Buch auf den Tisch, greift wieder nach ihrem Glas und lässt sich im Schaukelstuhl nieder.

»Das Leben ist voller Überraschungen. Aber ich dachte eigentlich, diese Geschichte sei tabu, meine Liebe. Ich bin davon ausgegangen, dass wir uns einen netten Abend machen, über uns reden und auf die alten Zeiten trinken wollen. Fragst du, weil du morgen Abend mit Lena essen wirst und gewappnet sein willst für das, was sie dir offenbaren könnte?«

Rita nickt stumm. Ihr war nicht bewusst, worauf sie hinauswollte, doch nachdem Candela es jetzt ausgesprochen hat, wird ihr klar, dass genau das der Grund ist.

»Nimm einmal an«, fährt Candela fort, »die gute Lena sagt dir morgen, sie habe mit eigenen Augen gesehen, wie eine von uns Mati ins Wasser geworfen oder ihr ein Messer in den Leib gerammt oder sie erdrosselt hat …«

Rita hat das Gefühl, neben sich zu stehen, und bemerkt, dass ihre Hand zittert, weil die Eiswürfel in ihrem Glas angefangen haben zu klirren.

»In Wahrheit weiß niemand, wie Mati gestorben ist. Wir wissen lediglich, dass sie bei der Ankunft im Hafen nicht auf dem Schiff war und nie gefunden wurde.« Candela spricht in so neutralem Ton, dass es Rita die Kehle zuschnürt, weil niemand in dieser Form über ein siebzehnjähriges Mädchen sprechen sollte, das von seinen Mitschülerinnen ermordet wurde. »Stell dir vor, Lena hat es gesehen und das Geheimnis ihr Leben lang bewahrt, hält es aber jetzt plötzlich nicht mehr aus und sagt es dir. Dir. Der heiligen Margarita, Schutzpatronin der Geheimnisse.

Was willst du dann tun? Die Schuldige anzeigen?«

Rita wendet sich ab und schaut übers Meer, tiefschwarz jenseits des Hafens und der Lichter, die bunte Streifen aufs Wasser malen.

»Ich habe es nie wissen wollen, Candela«, sagt sie, ohne sich umzudrehen. »Im Gegensatz zu Mati, die alles wusste und über alles Buch führte, wollte ich immer nur vergessen, was man mir erzählte. Weil man mir nie etwas Gutes erzählt hat. Und wer sich seinen Kummer von der Seele geredet hatte, bereute es hinterher und schämte sich furchtbar, weil ich ja nun wusste, was niemand wissen sollte.«

»Aber wenn du wüsstest, wer von uns es getan hat, was würdest du dann tun? Würdest du diejenige nach dreiunddreißig Jahren der Justiz ausliefern?«

Rita, noch immer mit dem Rücken zu Candela, schüttelt den Kopf.

»Nein. Ich glaube nicht. Aber dann wäre nichts mehr wie früher. Ich könnte diejenige nicht mehr anschauen und das Mädchen aus meiner Schule sehen, die Freundin, die in jener Zeit so wichtig für mich war. Ich glaube, ich würde durchdrehen. Ein paarmal war ich schon nah dran. Ich habe mehr Depressionen gehabt als die meisten Leute, die ich kenne.«

»Dann geh doch nicht hin. Denn höchstwahrscheinlich weiß sie gar nichts, jedenfalls nicht mehr als du oder ich, allerdings könnte sie sich aus den Bruchstücken jener Nacht im Lauf der Jahre eine eigene Geschichte zusammengereimt und schließlich selbst daran geglaubt haben. Du kannst nicht wissen, ob es so war oder nicht, aber es wird dich verbittern.«

»Und wenn wir alle zusammen darüber reden würden?« Jetzt dreht sie sich um und sieht Candela erwartungsvoll ins Gesicht.

»Gruppentherapie?« Candelas abfälliges Grinsen ist so kalt wie das Eis in ihrem Glas. »Nach all der Zeit? ›Ich heiße Rita und bin eine Mörderin‹ oder so?«

»Nie haben wir uns an einen Tisch gesetzt und einmal alles zusammengetragen, was jede Einzelne von uns weiß. Das könnte Klarheit bringen.«

»Sieh mal, Rita, das ist kein Roman von Agatha Christie, das ist die Realität.« Candela steht auf, nimmt das Ringbuch vom Tisch und geht auf Rita zu, die sich ein wenig duckt. »Hier steht alles drin. Alle hatten wir gewichtige Gründe, sie loszuwerden. Alle fühlten wir uns erleichtert nach ihrem Tod. Das ist eine Tatsache, daran gibt es nichts zu rütteln. Wem ist damit gedient, wenn wir jetzt anfangen, den Schlamm wieder aufzuwühlen? Das Leben ist kurz, wir sind keine Kinder mehr, viel Zeit bleibt uns nicht, und die sollten wir genießen.«

»Was wusste Mati von dir?«, fragt Rita mit bebenden Lippen.

»Außer dass ich auf Mädchen stand und in dich verliebt war? Und dass damit der Ruf meiner Familie ruiniert gewesen wäre? Du erinnerst dich doch an meine Familie, oder nicht? Witwen und alte Jungfern. Betschwestern. Kirche, *Sección Femenina* und Trauerkleidung. Alles, was sie besaßen, war ihr Leumund, die Achtung der Dorfbewohner.« Sie senkt den Blick. »Schau dir das an.« Diesmal hält Candela ihr einen Ausweis der Stadtbücherei von Alicante hin, alt und vergilbt, mit einem Schwarzweißfoto in der rechten Ecke. Aus der zweidimensionalen Fläche blickt ihnen mit biestiger Miene Mati entgegen. »Achte auf den Namen.«

Rita nimmt den Ausweis mit spitzen Fingern, als wäre er verseucht, nähert ihn einer dicken weißen Kerze und liest »Candelaria Alcántara de Frías«. Die Karte fällt auf den Tisch und bleibt umgedreht liegen.

»Sie gab sich für mich aus, wann immer sie konnte. Ich habe erst sehr viel später davon erfahren. Zu Hause sprach sie unablässig von uns, vor allem von mir. Sie behauptete, ich wäre ihre beste Freundin und wir stünden uns so nah, dass wir manchmal sogar zum Spaß unsere Identität tauschten. Sie redete von unseren Plänen für die Universität, sagte, wir wollten das Gleiche studieren und zusammenwohnen. Ihre Familie war natürlich begeistert. Sie waren Bauern aus Novelda, und ich war die einzige Tochter einer der einflussreichsten und vermögendsten Familien von Elda. Sie stahl mir kleine Dinge und zog sich möglichst ähnlich an. Oder zumindest glaubte sie das.« Wieder das bellende Auflachen. »Ich bin erst vor etwa fünfzehn Jahren durch einen Zufall dahintergekommen.«

Candela wendet sich einer Gartenanrichte zu und entfernt die Alufolie von einem Tablett, das schon die ganze Zeit dort gestanden hat: ein Sortiment von Kanapees, hübsch wie Schmuckstücke.

»Komm, setz dich hin und iss etwas, während ich dir die Geschichte erzähle.«

Rita fällt auf den Stuhl, als hinge sie an den Fäden eines Puppenspielers. Candela zögert einen Moment und schiebt sich ein Kanapee in den Mund, dann nimmt sie eine Flasche Cava aus dem Sektkühler, öffnet sie mit zwei präzisen Handgriffen und füllt die Gläser.

»Wenn ich sehr kühl klinge, liegt das daran, dass ich fünfzehn Jahre Zeit gehabt habe, es zu verdauen. Es berührt mich nicht mehr. Auf uns!«

Sie stoßen an, trinken, und Candela erzählt weiter.

»Eine ungefähr vierzigjährige Frau suchte mich wegen einer ganz ordinären Scheidungssache in der Kanzlei auf. Sie hieß – na ja, ich nehme an, sie heißt immer noch – Isabel Ortega Navarro. Der Name kam mir natürlich bekannt vor, doch fiel mir die Verbindung nicht sofort ein. Sie schilderte mir ihren Fall, und dann sagte sie, sie habe meine Kanzlei gewählt, weil sie noch nie einen Anwalt gebraucht habe, und als sie jetzt einen suchte, auf meinen Namen gestoßen sei. Sie wüsste, dass ihre jüngere Schwester und ich im Gymnasium Busenfreundinnen gewesen seien. Mir blieb die Spucke weg, das kannst du dir ja denken. Man konnte Mati ja als alles Mögliche bezeichnen, aber niemals als meine Busenfreundin. Dann zeigte mir die Frau diesen Ausweis, und während sie die eine oder andere Träne verdrückte, erzählte sie mir, was Mati über uns gesagt hatte, über unsere Zukunftspläne und das alles. Und dann gab sie mir das hier.« Candela wies mit angewiderter Geste auf das Ringbuch. »Sie sagte, sie hätten Matis Sachen längst weggeworfen, aber dieses Heft hätte sie aufgehoben wegen seines sentimentalen Werts. Stell dir vor: sentimental! Und da sie mich jetzt kennengelernt habe, halte sie es für richtig, dass ihre beste Freundin es haben sollte, weil Mati darin Dinge aus unserer gemeinsamen Zeit festgehalten habe. Sie selbst sei nie mutig oder neugierig genug gewesen, es zu lesen. Ich weiß nicht. Vielleicht stimmt das sogar, denn wenn sie es gelesen hätte, wäre ihr aufgegangen, dass ihr süßes Schwesterchen eine Erpresserin war, und dann hätte sie es mir nie ausgehändigt.«

»Hast du es gelesen?«, fragt Rita.

»Ja. Viele Male. Es ist pure Scheiße, typisch Mati.«

»Was steht drin?«

»Ich will dir die Überraschung nicht vermasseln. Aber wie gesagt, es geht klar daraus hervor, dass es jede von uns getan haben könnte. Selbst du, Rita. Oder hättest du damals etwa gewollt, dass herauskommt, was wir miteinander hatten? Du bist ja bis heute nicht imstande, es zuzugeben …«

Wütend springt Rita auf. Die Gläser schwanken auf dem Tisch.

»Du weißt, dass es das nicht war! Du weißt nur zu gut, dass ich dich damals …!«, schreit sie, und dann versagt ihr die Stimme.

»Was, Rita? Dass du mich damals was?« Candela ist aufgestanden, geht zu ihr, fasst sie mit hartem Griff an den Schultern und sucht ihren Blick.

»Ich habe dich geliebt, Candela«, sagt Rita endlich, sehr leise, ohne die Augen abzuwenden. »Ich habe dich geliebt, weißt du nicht mehr? Ich war verliebt in dich. Erinnerst du dich nicht mehr an die Nacht auf Mallorca?«

Candela umarmt sie fest, und noch ehe sie wissen, was sie tun, küssen sie sich bereits ungestüm, als wäre die Zeit stehen geblieben, als wären sie wieder achtzehn und auf Klassenfahrt.

»Entschuldige, Rita.« Teresa, die eine Küchenschürze umgebunden hatte, war wieder ins Wohnzimmer gekommen. »Wenn ich nicht aufpasse, haben wir kein Abendessen. Um ein Haar wäre es mir angebrannt. Soll ich Candela anrufen und fragen, was wir jetzt am besten machen?«

Rita starrte sie aus weit aufgerissenen Augen an und wusste weder, wovon Teresa sprach, noch, wo sie war.

»Wenn du einen Anwalt brauchst, wird Candela dich beraten können. Du hast sie doch kürzlich gesehen, oder nicht?«

»Vorgestern.«

»Und was für einen Eindruck hat sie auf dich gemacht?«

»Einen guten. Es geht ihr gut.« Die Unterhaltung kommt Rita allmählich absurd vor. Sie will Teresa nicht erzählen, was sich in Candelas Wohnung abgespielt hat. Teresa weiß nichts von Matis Notizbuch und auch nicht, dass Candela und sie vor dreißig Jahren von einer gemeinsamen Zukunft geträumt haben, und auch nicht, dass sie sich eingestehen muss, Candela noch immer zu lieben, obschon nichts mehr so ist wie früher. Sie will ihr nicht erzählen, dass sie sich vor kaum zwei Tagen spät in der Nacht von Candela verabschiedet und ihr gesagt hat, sie könnten sich nicht wiedersehen, sie sei nicht bereit, ihr ganzes Leben, das sie sich so hart erarbeitet hat, um eines Jugendtraums willen über den Haufen zu werfen, und diese Nacht sei alles, was sie ihr zu geben hätte. Sie will Teresa nicht Candelas zuerst verzweifelten, dann leeren Blick beschreiben müssen; ihre eigene Feigheit; den Ekel beim Anblick von Matis Heft, obwohl sie es nicht gelesen hat; die irrsinnige Lust, wieder mit Candela zu schlafen, trotz allem, was sie ihr gesagt hat. »Candela war wie immer«, schließt sie mit erstickter Stimme, »es geht ihr gut.«

»Solltest du nicht lieber nach Hause gehen und dich ins Bett legen, Rita? Du siehst sehr schlecht aus. Ich erledige das mit Candela. Sie ruft dich morgen an, und ihr besprecht alles in Ruhe.«

Rita steht auf wie ein Roboter und lässt sich zur Tür führen.

»Soll ich dir etwas zu essen in einer Tupperdose mitgeben, falls du später Hunger bekommst?«

Rita schüttelt den Kopf.

»Soll Jaime dich nach Hause bringen?«

Wieder schüttelt sie den Kopf.

»Danke, Tere. Ich muss nur ein bisschen schlafen. Ich ruf dich morgen an.«

Als sie auf die Straße tritt, spürt sie die Blicke der Vorübergehenden und hat plötzlich das Gefühl, in einen Horrorfilm geraten zu sein, in dem niemand ist, was er scheint, und alle dasselbe wollen: dein Blut.

Juni 1974

Sie sind im Hotel angekommen. Im Hafen von Palma haben sie sich von der Jungengruppe, Don Telmo und Doña Loles verabschiedet und sich für den folgenden Tag zu einem gemeinsamen Ausflug zu den Cuevas del Drach, den berühmten Tropfsteinhöhlen, verabredet.

Während die Lehrer zur Rezeption gehen, um mit der Verteilung der Zimmer zu beginnen, lassen die Mädchen ihre Koffer in der Eingangshalle stehen, eilen zu den Fenstern und bestaunen hingerissen die Aussicht auf den Garten: makelloser Rasen, weiße Liegestühle, Sonnenschirme aus Palmblättern, ein märchenhafter Pool und das leuchtend blaue, im Abendlicht rosig schimmernde Meer. Ein Wirklichkeit gewordenes Werbefoto.

Sie fallen sich kreischend und jubelnd in die Arme, weil sie außer in den James-Bond-Filmen noch nie etwas so Herrliches gesehen haben, weil sie sieben Tage Zeit haben werden, es zu genießen, weil sie endlich dem Heimatort entronnen sind, ihrem langweiligen Schulmädchenleben, der Gewöhnlichkeit.

Im Garten ist fast niemand mehr, nur zwei ältere Ehepaare in Badekleidung sitzen noch an einem der Tischchen neben dem Pool und spielen Karten.

»Wenn die hier alle so alt sind …«, bemerkt Carmen mit einem schrägen Blick auf die zweifellos ausländischen Rentner.

»Bestimmt nicht«, sagt Magda, die schon einmal in England war und sich mit den europäischen Sitten besser auskennt als die anderen. »Das ist doch ein Touristenhotel, die machen sich gerade alle schick fürs Abendessen.«

»Abendessen? Um sieben?«

»Zwischen sieben und acht. Und das auch nur, weil sie im Urlaub sind. Normalerweise essen sie gegen sechs zu Abend.«

»Wenn ich um sechs zu Abend esse, habe ich, bis ich ins Bett gehe, wieder einen Bärenhunger.«

»Los, Mädels«, sagt Sole, »auf die Zimmer, eine Dusche, ein bisschen Lippenstift, frische Klamotten und hinein ins Vergnügen!«

»Ich habe gestern erst geduscht«, sagt Tere sehr ernst.

»Dann duschst du eben noch mal.«

»Wozu? Rieche ich so schlecht? Ich bade schon zeitlebens einmal in der Woche, wie alle, die keine Dusche zu Hause haben.«

Wie immer, wenn Klassenunterschiede angesprochen werden, zieht Sole einen Flunsch und wendet sich ab.

Schließlich ist es nicht ihre Schuld, wenn ihre Familie mehr Geld hat als die der anderen, ausgenommen die von Candela vielleicht, und sie kann auch nichts dafür, dass Tere ihr Leben lang in Kasernen gehaust hat.

»Doña Marisa hat recht«, stellt Marga mit verzücktem Lächeln fest. »Das ist das Paradies, Mädels.«

»Kommt, Don Javier winkt uns zu sich.« Ana schiebt die anderen in Richtung Rezeption.

Marga lässt sich mitziehen, erfasst von einem Gefühl der Schwerelosigkeit, als schwebte sie zwischen den anderen dahin. Endlich ist ihr Traum wahr geworden, nachdem sie monatelang dafür gearbeitet, Geld gesammelt, die einen zu diesem und die anderen zu jenem überredet haben. Sie sind auf Mallorca! Alle ihre Freundinnen. Und Candela.

Und obendrein ist Manolo in einem anderen Hotel untergebracht. Das Paradies.

Doña Marisa verliest die Liste der Zimmer: »Ich habe mir alle Mühe gegeben, euch so unterzubringen, wie ihr es euch gewünscht habt. Mal sehen, ob ihr einverstanden seid. Marga und Candela, Zimmer 22. Tere und Ana, Zimmer 23. Carmen und Magda, Zimmer 24. Sole und Reme, Zimmer 28. Julia und Nieves, Zimmer 29. Und du, Mati, kannst dir aussuchen, ob du das Zimmer mit zwei anderen teilen oder ein Einzelzimmer haben willst.«

Mati scheint sich nicht zu wundern, dass sie auf den Zetteln, die ihre Klassenkameradinnen Doña Marisa gegeben haben, von keiner als bevorzugte Zimmergenossin genannt wird. Nach ihrem Lächeln zu urteilen, ist sie darüber fast froh.

»Dann möchte ich lieber in ein Dreierzimmer mit Candela und Marga.«

»Kommt überhaupt nicht infrage!« Candelas Ton ist so entschieden, dass selbst Doña Marisa zusammenzuckt. »Wenn du in ein Dreierzimmer willst, geh zu Julia und Nieves, die sind aus deinem Dorf.«

»Falls das hilft«, mischt sich Reme ein, »würde es mir nichts ausmachen, allein zu sein.«

»Dann könnte Mati ja zu Sole ins Zimmer«, sagt Doña Marisa versöhnlich.

Alle wissen, dass Sole es nicht wagen wird, Nein zu sagen. Sole ist es gewohnt, dass man alles für sie regelt, ohne dass sie einen Finger krümmen muss, dennoch tut sie ihnen leid, weil sie ihr Zimmer ausgerechnet mit Mati teilen soll.

»Komm du doch zu uns«, sagt Tere, nachdem sie einen Blick mit Ana gewechselt hat. Sole strahlt sie an und nickt hocherfreut.

»Dann bleiben also noch Mati und Reme, gut so?«

»Könnten wir nicht zwei Einzelzimmer bekommen«, fragt Reme und setzt ihre treuherzigste Miene auf. »Ich schnarche.«

»Ich dachte, zu zweit hättet ihr mehr Spaß, aber meinetwegen … Wenn wir für Tere, Ana und Sole ein Dreibettzimmer nehmen, wird es vermutlich kein Problem sein, zwei Einzelzimmer zu bekommen. Verstehen kann ich das nicht, ehrlich gesagt.«

Reme schaut zu Boden, als sei es ihr peinlich, das mit ihrem Schnarchen gestanden zu haben. Mati lächelt noch immer so eigenartig, dass sich sogar Doña Marisa irritiert fühlt und ahnt, warum keine sie in ihrer Nähe haben will.

»Na gut, dann bleibt es dabei, notfalls können wir ja nach der ersten Nacht noch mal tauschen. Also los! Geht jetzt auf eure Zimmer, und um neun treffen wir uns im Speisesaal. Heute verlassen wir das Hotel nicht mehr. Außerdem haben wir Halbpension gebucht, das sollten wir nutzen.«

»Sind wir alle auf derselben Etage?«, fragt Carmen.

»Es sind Bungalows im Garten. In jedem Bungalow gibt es vier Zimmer, zwei unten, zwei oben. Wenn ihr tauschen wollt, einigt euch untereinander. Mir reicht's jetzt«, stöhnt Doña Marisa.

Don Javier hat sich aus der Diskussion herausgehalten und sieht jetzt mit Erleichterung, wie die Mädchen zu ihren Koffern greifen und durch den Garten davongehen.

»Was für ein zickiges Alter!«, stellt er fest. »Ich habe mein ganzes Leben in Internaten und Seminaren verbracht, in Schlafsälen mit zwanzig Betten, und da war nichts dabei.«

»Da hast du aber Glück gehabt, Javi.«

»Glück?«

»Dass dir nichts passiert ist«, versetzt Doña Marisa augenzwinkernd. Er bekommt einen roten Kopf.

»Nur nicht so kess, Kollegin!«

»Ich war schließlich auch im Internat, in einer Nonnenschule, und wenn ich dir erzählen wollte, was da alles passiert ist, mein Junge ... Na komm, machen wir uns ein bisschen frisch. Ich muss mich ja nicht groß aufbrezeln, und wenn du willst, lade ich dich zu einem Bier ein, bevor die Mänaden aufkreuzen und wir wieder ernst sein müssen.«

»Die Mänaden?«

»Das ist der Text, den Telmo sie für die Griechischprüfung hat übersetzen lassen, soviel ich gehört habe. Der kennt wirklich keine Gnade!«

»Die Mänaden, waren das nicht diese Priesterinnen in der Antike, die bei ihren Opferritualen Menschen zerstückelt haben?«

»Ja. Mänaden, Bacchantinnen, etwas in der Art. Und zum Schluss haben sie sie aufgegessen«, setzt sie lächelnd hinzu. »Deshalb sage ich ja, der Kerl ist gnadenlos. Aber Telmo hatte schon immer ein Faible für das Pikante in den Klassikern. Letztes Jahr hat er sie *Lysistrate* übersetzen lassen, stell dir mal vor, all diese Kraftausdrücke und Obszönitäten, und dann mussten sie ihre Übersetzung auch noch laut vorlesen. Die Mädchen haben schwer gelitten, aber da er nun mal der Direktor ist und Aristophanes ein Klassiker...«

Auf der Suche nach ihrem Bungalow schlendern sie durch den Garten, schauen sich überall um und sind genauso begeistert wie ihre Schülerinnen, nur maßvoller.

»Eine sehr gute Wahl, Marisa! Ich bin zum ersten Mal in meinem Leben an einem so eleganten Ort.«

Ihr ist nicht entgangen, dass Javier das Thema langsam lästig wird und er versucht, die Unterhaltung in eine andere Richtung zu lenken, aber da sie nun einmal davon angefangen hat, muss sie noch etwas loswerden, das sie schon seit Monaten beschäftigt, einfach um seine Reaktion zu sehen.

»Ist dir schon mal aufgefallen, wie Telmo einige der Mädchen ansieht, Javi?«

Er bleibt vor dem Bungalow mit der Nummer stehen, die sie gesucht haben.

»Wie sieht er sie denn deiner Meinung nach an?«

»Wie ein Erwachsener, Ehemann, Lehrer und Schulleiter ein Mädchen nicht ansehen dürfte.« Marisa schaut Javier forschend in die Augen.

»Er ist kein Priester wie ich, Marisa«, erwidert er schließlich und wählt seine Worte mit Bedacht. »Die Mädchen sind zwar noch nicht volljährig, aber trotzdem schon Frauen. Und sie kleiden sich wie Frauen. Und sie sind bezaubernd, das kannst du nicht abstreiten. Ein Blick ist doch nichts Schlimmes.«

»Schon gut, lass mal. Vielleicht ist das nur eine Macke von mir. Aber du wirst zugeben, dass wir in getrennten Hotels mehr Ruhe haben werden. Wenn keine Jungs da sind, brauchen wir nicht einmal nachts die Zimmer zu bewachen.«

»Das mit den zwei Hotels hast du also mit Absicht gemacht?«

»Was denkst du eigentlich von mir? Loles wollte lieber in der Stadt wohnen, und ich hatte Lust auf diese Bungalows und den Meerblick. Es ist doch fantastisch, oder nicht? Und die in den Zimmern drüben bei der Klippe sehen von ihrer Terrasse aus das ganze Meer vor sich. Wir hätten für uns auch dort welche nehmen sollen.«

»Wir sind hier besser aufgehoben. So haben wir es näher zur Bar«, entgegnet er, bevor er in sein Zimmer geht. »Um halb neun. Und du wirst mir armem Priester einen ausgeben.«

Marisa steigt die Treppe zu ihrem Zimmer hoch und denkt, Priester hin oder her, wenn es um Frauen geht, besonders um junge und hübsche, sind alle Männer gleich, und keine Krähe hackt der anderen ein Auge aus, wie das Sprichwort schon sagt.

Im Dreibettzimmer sind die Atemzüge der Mädchen kaum zu hören. Sie schlafen zwar nicht, aber nachdem sie noch eine Weile gelacht und sich über das Abendessen und die jungen Ausländer im Speisesaal ausgelassen hatten, fanden sie es an der Zeit – fand Tere es an der Zeit –, das Licht zu löschen und ein paar Stunden zu schlafen, denn am nächsten Tag werden sie für ihren Ausflug zeitig aufstehen müssen.

Sole wälzt sich im Bett hin und her; das feuchte Haar stört sie, denn unter dem Gelächter und Gespött ihrer Zimmergenossinnen hat sie vor dem Schlafengehen noch schnell geduscht, und trotz der Plastikhaube, die sie von zu Hause mitgebracht hat, sind ihre Haare an den Spitzen und im Nacken nass geworden. Alle ziehen sie wegen ihrer Waschgewohnheiten auf. Dabei weiß sie selbst, dass es eher ein Tick als echte Notwendigkeit ist, aber sie kann sich nicht ins Bett legen, ohne sich vollkommen sauber zu fühlen und nach Seife zu riechen. Nur so kann sie sich von den Ereignissen des Tages lösen, als befreite sie sich beim Waschen nicht nur von toten Hautschuppen, sondern auch von dem anderen Schmutz, den mentalen Schuppen, die sie daran hindern, klar zu denken, sich die schon greifbar nahe Zukunft auszumalen, wenn sie erst einmal auf die Universität gehen und Mutter, Vater, die Großeltern und Onkel Ismael – vor allem Onkel Ismael – nicht mehr sehen wird. Auch wenn es in den letzten Jahren, seit er im Bistum Orihuela arbeitet, viel besser geworden ist, sodass sie manchmal zweifelt, ob all das, woran sie sich zu erinnern glaubt, nicht einfach nur ein böser Traum war, jene Zeit, in der Onkel Ismael Pfarrer in einer kleinen Gemeinde in der Nähe von Elda war, einmal pro Woche seine Schwester besuchte und bei dieser Gelegenheit ihr, seiner damals zehnjährigen Nichte, Deutschunterricht gab, weil er in Tübingen Theologie studiert hatte und »eine moderne junge Dame mit einem gewissen Bildungsgrad Fremdsprachen beherrschen muss«, wie der Großvater ihr eingeschärft hatte.

Sole presst sich bäuchlings gegen die Matratze und beißt ins Kissen, wie damals. Sie erinnert sich sehr gut an das kleine Musikzimmer, wo der Unterricht stattfand; einen Raum, der nie benutzt wurde, denn die Einzige in der Familie, die Klavier spielen konnte, war Tante Mercedes, und die war schon seit Jahren tot; die Heiligenbilder an den Wänden, das olivgrüne Satinsofa mit den gestreiften Kissen, das Kamintischchen, an dem sie vor dem Buch voll unverständlicher Worte saß; Onkel Ismaels Stimme, die bei diesen kehligen Lauten tiefer und feierlicher klang, fast wie seine Predigerstimme; Onkel Ismaels Hand, die immerzu ihren Kopf streichelte, während sie sich abmühte, die unbekannten Worte zu wiederholen; diese behaarte Hand, die wieder und wieder durch ihr blondes, seidiges Haar strich, sich in den Strähnen verhedderte, bis sie verzweifelt den Kopf schüttelte und er ihr mit einem Lächeln – wie verhasst ihr dieses Lächeln schließlich war – die Hand aufs Knie legte – seine riesige Hand, halb auf den Rock der Schuluniform, halb auf die nackte Haut – und anfing, ihren Schenkel zu streicheln, ohne dass seine Stimme gezittert hätte, ohne dass er aufgehört hätte, ihre Aussprache zu korrigieren: »Ich möchte, dass du es perfekt machst, Prinzessin.«

Zu jener Zeit wusch sich Sole nur samstags, wenn Lola, das Hausmädchen, die Wanne füllte und sie nach Lust und Laune darin spielen ließ, bis ihre Finger und Zehen verschrumpelt waren.

Eines Tages sagte ihre Mutter zu ihr, sie sei jetzt ein junges Mädchen und müsse etwas mehr auf ihr Äußeres achten, sich öfter waschen, ein wenig Kölnisch Wasser benutzen. Onkel Ismael sei den Umgang mit wichtigen Persönlichkeiten gewohnt, und wenn er ihnen schon den Gefallen tat, ihr Deutsch beizubringen, wo er doch so viel zu tun hatte, könnte sie sich vor der Stunde wenigstens ein bisschen zurechtmachen.

Anfangs dachte sie, wenn sie sich seltener wusch, hätte Onkel Ismael irgendwann genug und würde den Unterricht aufgeben, aber es nützte nichts, denn kaum betrat sie das Musikzimmer, besprühte der Onkel sie mit einem widerlichen Parfüm, von dem ihr schlecht wurde, was sie sich wiederum nicht anmerken lassen durfte.

»Die deutschen Frauen sind die fortschrittlichsten, Prinzessin, die elegantesten«, hatte er einmal gesagt und ihr einen feuerroten Lippenstift überreicht. »Wenn du den für die Deutschstunde aufträgst, wirst du dich wie eine richtige emanzipierte Frau fühlen. Bevor du nachher rausgehst, wischst du es wieder weg. Das bleibt unser Geheimnis.«

Das war der Beginn der Geheimnisse und ihrer immer häufigeren abendlichen Duschen, wenn Onkel Ismael sie gehen ließ, damit sie sich vor dem freitäglichen Abendessen im Familienkreis wieder herrichten konnte, während er sich die Hände wusch, sie von diesem Augenblick an keines Blickes mehr würdigte und das Zentrum der Tafel einnahm, die an beiden Enden von Vater und Großvater präsidiert wurde.

»Wenn du schon einen solchen Gefallen am Duschen gefunden hast«, sagte ihre Mutter, »wäre es dann nicht angebrachter, es vor der Deutschstunde zu tun, statt uns alle am Tisch warten zu lassen?« Und sie schüttelte den Kopf, ohne es ihr erklären zu wollen, ohne es erklären zu können, weil nicht einmal sie selbst recht wusste, was vorging. »Kannst du deinem Onkel nicht einen Gefallen tun und vorher duschen?« Es war eine gängige Formulierung, die jedermann für die unterschiedlichsten Dinge verwendete, aber dieses »einen Gefallen tun« war seither in ihr Gedächtnis eingebrannt, denn ihre Mutter konnte ja nicht wissen … und dennoch … manchmal war da etwas in ihrer Stimme und in der Art, wie sie ihrem Blick auswich, wenn die Rede vom Onkel war, dass ihr der Gedanke kam, sie könnte womöglich … auf keinen Fall, niemals; hätte ihre Mutter gewusst, was sich in dem dunklen Raum unter den entrückten Blicken der Heiligen abspielte, wäre sie vor Scham gestorben, sie hätte sich in den Brunnen ihres Landhauses gestürzt, der so tief war, dass es mehrere Sekunden dauerte, bis man den Aufprall des Schöpfeimers auf der Wasseroberfläche hörte.

Und eines Tages war Onkel Ismael erschienen, um ihnen mit stolzgeschwellter Brust mitzuteilen, »das Bistum benötige seine Dienste«, weshalb er den Deutschunterricht für die Kleine bedauerlicherweise nur noch bei gelegentlichen Besuchen fortsetzen könne. Zu dieser Zeit war sie schon dreizehn, ihre Brüste hatten sich entwickelt, und ihre Regelblutung hatte eingesetzt; sie war inzwischen offiziell »eine Frau«.

Seitdem hat Onkel Ismael sie nicht mehr angerührt. Die höchst sporadischen Deutschstunden, die sie noch immer beinahe so sehr hasst wie zuvor, finden jetzt im Winter im Esszimmer statt oder, wenn man draußen sein kann, in der Gartenlaube. Jeder Vorübergehende kann sie sehen, wie sie dort einander gegenübersitzen; sie liest laut vor oder übersetzt das Gelesene; er nippt an seiner heißen Schokolade oder Limonade, je nach Jahreszeit, nickt ihr zu oder verbessert ihre Fehler. Als ob nie etwas geschehen wäre, als ob diese Gorillahände nie über ihren Kinderkörper gefahren wären, im Musikzimmer auf dem olivgrünen Satinsofa.

Bei der Erinnerung an das Sofa wird ihr speiübel, und sie versucht den Gedanken abzuschütteln, indem sie sich stattdessen eine leuchtend helle Zukunft vorstellt, die bald beginnen wird, die eigentlich schon in diesem Augenblick und in ebendiesem Hotelzimmer beginnt, denn jetzt haben sie die Schule hinter sich, und im September werden sie in Valencia sein.

Auch Tere denkt an Valencia, allerdings hat sie andere Bilder vor Augen als Sole im Nachbarbett. Denn Tere ist in Panik, auch wenn das niemand weiß. Tere hat solche Angst, dass sie sich manchmal im Bad einschließen und minutenlang stumme Schreie ausstoßen muss, bis sie ihre Fassung zurückgewonnen hat und mit der heiteren Miene, die alle an ihr kennen, wieder hinaus zu den anderen gehen kann.

Sie liegt auf dem Rücken, starrt mit offenen Augen ins Halbdunkel, legt die Hände auf ihren flachen, warmen Bauch und versucht zu spüren, was darin heranwächst und bald verschwinden wird, wenn alles nach Plan läuft. Sobald sie nach dieser Ferienwoche nach Hause kommt, wird sie von Tante Práxedes erwartet, einer alten Hebamme und guten Freundin von Tante Angustias, der Heilerin, zu der ihre Mutter mit allen Beschwerden geht, seit sie in Elda wohnen, einer klugen und liebevollen Frau, die durch Handauflegen und mit Kräutern heilt und sofort erkannt hat, was mit ihr los ist, aber so rücksichtsvoll war, sie beiseitezunehmen, um sie zu fragen, was sie jetzt tun wolle.

»Dieses Mädchen ist sehr schnell gewachsen«, sagte sie zu ihrer Mutter, »und sie arbeitet zu viel. Darf ich sie mir mal anschauen?«

Als sie allein waren – Tante Angustias sprach immer allein mit den Kranken –, sah sie sie an und sagte: »Wenn du es bekommen willst, hast du meinen Segen. Wenn nicht, müssen wir uns beeilen.« Tere brach in Tränen aus. Vor Erleichterung. Einfach, weil es eine Alternative gab.

»Ich kann es nicht bekommen, Tante Angustias. Ich will in Valencia studieren. Wenn ich es bekomme, kann ich nicht auf die Universität und werde mein Leben lang eine ledige Mutter bleiben. Es wäre ein uneheliches Kind. Und aus mir würde nie eine Ärztin.«

»Will er nicht heiraten?«

Sie schüttelte den Kopf, ohne sich weiter dazu zu äußern.

»Dann rufe ich Práxedes an. Es wird wehtun, aber du bist noch sehr jung. Ich glaube nicht, dass es lebensgefährlich sein wird. Für alle Fälle gebe ich dir ein paar Kräuter, die du jetzt schon einnehmen solltest. Sie entspannen die Gebärmutter, und vielleicht geht es sogar von allein ab.«

Aber es war nicht von allein abgegangen, auch wenn sie ein paarmal leichte Blutungen hatte, und so wird sie gleich nach ihrer Rückkehr nach Elda zu Tante Práxedes gehen, sich auf ihren Küchentisch legen, die Beine spreizen und sich Dinge gefallen lassen müssen, an die sie lieber nicht denken will.

Niemand weiß davon, außer ihm, der zwar versprochen hat, ihr das Geld zu geben, aber seit über einer Woche nicht mit ihr redet, nicht einmal in der Öffentlichkeit.

Sie hatte ihn vor zwei Tagen angerufen und das Telefonkabel so lang wie möglich gezogen, um sich in die Flurecke verkriechen zu können, damit niemand das Gespräch mitanhörte; aber mit der Mutter in der Küche, nur ein paar Schritte entfernt, dem Vater im Wohnzimmer und den vier Geschwistern, die ständig zwischen dem Bad und ihren Zimmern hin und her liefen, hatte sie kaum fünf Minuten telefonieren können und sämtliche Umschreibungen angewandt, die ihr einfielen. Und ihm musste es ähnlich ergangen sein, weil er so einsilbig antwortete, dass sie förmlich sehen konnte, wie er immer erst einen Blick über die Schulter warf, ehe er den Mund aufmachte. Doch sie hatte ihn nicht überzeugen können, sich mit ihr zu treffen, um alles in Ruhe zu besprechen. »Im Moment passt es mir ganz schlecht«, hatte er gesagt. Im Moment. Als ob es für das, was ihr passierte, einen passenden Moment geben könnte.

»Tere, bist du wach?«, flüstert Ana von dem Extrabett aus, in dem sie beschlossen haben, abwechselnd zu schlafen, weil sie wissen, dass Sole ein Bett für sich allein braucht und nicht in Bettwäsche schlafen kann, die jemand anderes benutzt hat.

»Nein«, gibt Tere zurück. »Los! Schlaf!«

Ana schweigt und schmunzelt im Dunkeln über den Kasernenhofton, den Tere manchmal anschlägt, aber sie selbst kann vor lauter Glück nicht einschlafen. Sie freut sich, dass die Ferien begonnen haben, über das Zusammensein mit ihren besten Freundinnen, dass die Schule ausgestanden und abgehakt ist, und über die Aussicht, von zu Hause wegzukommen und fünf wunderbare Jahre ganz nach ihrer eigenen Fasson zu leben. Ihr ist unbegreiflich, wieso den anderen das Herz nicht genauso hüpft wie ihr.

Ihr angeborener Optimismus lässt sie annehmen, dass zwischen ihren Eltern, die ja nun Gelegenheit haben werden, eine Zeit lang für sich zu sein – ihre jüngere Schwester ist im Ferienlager –, wie durch Zauberei wieder alles im Lot sein würde, bis sie nach Hause kommt. Sie möchte glauben, die beiden könnten eng umschlungen am Hafen stehen, um sie abzuholen, so, wie sie sie in Erinnerung hat, als sie und ihre Schwester noch klein waren, bevor José Luis, dieser Idiot, in ihr Leben trat und es zerstörte; bevor ihre Mutter sich in eine Fremde verwandelte, die es immer eilig hat und nie zu Hause ist, wenn sie aus der Schule kommen; bevor die Streitereien anfingen, das Geschrei und die Drohungen ihres Vaters, die ihr Angst machen, obwohl es dafür keinen Grund gibt, weil ihr Vater gar nicht imstande wäre, solche Dinge zu tun. Die Untreue der Ehefrau ist ein Verbrechen, das man anzeigen kann, und man braucht dazu nur zwei Zeugen: zwei geschwätzige Nachbarinnen, zwei Arbeitskollegen, zwei Personen, die gesehen haben, wie ihre Mutter José Luis geküsst hat oder abends in seine Wohnung gegangen ist.

Aber sie will weder an die Vergangenheit noch an die Zukunft denken. »Du lebst jetzt«, ermahnt sie sich. Jetzt. Sie ist fast erwachsen, sie hat eigene Pläne; sie ist nicht verantwortlich für das, was ihre Eltern aus ihrem Leben gemacht haben. Und während sie sich das einredet, schlummert sie langsam ein.

Juni 2007

Carmen lag im Bett, obwohl nicht einmal Siesta-Zeit war. Sie war nicht im Sportstudio gewesen und hatte etwas getan, was sie nie und nimmer tun wollte: Sie war mit einer Flasche Gin ins Schlafzimmer gegangen, und die wartete jetzt, schon halb leer, auf dem Nachttisch.

Seit Lenas Tod fand sie nicht mehr in ihr normales Leben zurück, sie war nicht im Laden gewesen, hatte mit niemandem gesprochen, nicht einmal mit ihren Töchtern und schon gar nicht mit den Freundinnen. Sie wusste selbst nicht, warum es sie so mitnahm, denn sie war mit Lena nie sehr eng befreundet gewesen. Trotzdem hatte sie, jetzt da Lena weg war, das Gefühl, als hätte man ein gewaltiges Stück aus ihrem Leben gerissen, und ferne Bilder kamen ihr in den Sinn, Sätze, die sie im Lauf der Zeit zueinander gesagt hatten, Erinnerungen ans Gymnasium, an Platten voller Kuchen, den sie mit fünfzehn gemeinsam verschlungen hatten, als sich noch keine von beiden um die Figur sorgte.

Sie konnte sich nicht damit abfinden, dass jemand Lena ermordet haben sollte, ausgerechnet Lena, die Sanfteste, Passivste, Geduldigste unter ihnen, die Einzige, über die kein Mensch jemals etwas Schlechtes sagte. Nur ein Irrer konnte das getan haben, eine dieser seltsamen Gestalten, die sich auf der Suche nach Mitgefühl an Lena herangemacht und immer eine besondere Anziehungskraft auf sie ausgeübt hatten. Auf jeden Fall ein Mann. Ihrer Erfahrung nach zerstören nur Männer, was sie nicht verstehen, weil damit das Problem aus der Welt geschafft ist.

Ihr Mund war trocken, und in ihren Schläfen hämmerte es mit dumpfem, stetem Schlag, was nicht am Gin liegen konnte; so viel hatte sie nun auch wieder nicht getrunken, nicht mal eine halbe Flasche, und sie war das Trinken gewohnt.

Sie stand auf, schwankte, stieß gegen die Möbel und holte das Fotoalbum aus dem Wohnzimmer. Das Haus schaukelte sanft, wie ein Boot auf ruhiger See.

Eines nach dem anderen riss sie die Fotos von den Seiten, ohne sie anzusehen. Sie hatte von Erinnerungen die Nase voll. Warum waren die Leute nur so versessen darauf, Bilder aus einer Zeit zu bewahren, die niemals wiederkehren würde? Was hatte sie mit diesen Säuglingen zu tun, die ihre Töchter einmal waren? Wozu sollte sie diese Fotos aus ihrer Jugend aufheben, von Ausflügen, an die sie sich längst nicht mehr erinnerte, von Reisen, auf denen sie nicht glücklich war, von Männern, die ihr Leben gestreift hatten, ohne eine Spur zu hinterlassen?

Am liebsten wäre sie aus dem Haus gegangen und hätte die Tür hinter sich geschlossen, für immer, um nie mehr wiederzukommen. Alles niederbrennen. Vergessen. Von vorn anfangen.

Sie hob den Kopf, und der große goldgerahmte Spiegel zeigte ihr das Bild einer Frau mit wächserner Haut und ungepflegtem Haar in abgetragenen Trainingshosen und einem Trägerhemd von undefinierbarer Farbe. Das Bild einer alten Frau. Einer alten Schnapsdrossel, korrigierte sie sich. Das bist du jetzt, Carmen, mach dir nichts vor; du bist eine alte Schnapsdrossel geworden, und es wird immer schlimmer. Du weißt, dass es immer schlimmer wird. Von vorn anfangen! Weggehen! Hör doch auf! Wo willst du denn hin in deinem Alter und so, wie du aussiehst? Wohin, du dämliche Kuh? Das hier ist alles, was du hast: dieses Haus, der Laden, der dich ernährt, die paar Freundinnen, die dir noch geblieben sind, deine Töchter, die ihr eigenes Leben leben, der Trottel Felipe. Wenn du das alles aufgibst, was dann? Du hast nicht einmal eine Ausbildung, nicht das armseligste Diplom, keinerlei Berufserfahrung und nicht genug Geld, um auf alles andere verzichten zu können.

Könnte es das sein, was Lena passiert war? Ob sie auch gemerkt hatte, dass sie am Ende ihrer Träume angelangt war?

Sie nahm das Handy und wählte Felipes Nummer. Der Anruf wurde sofort weggedrückt. Wahrscheinlich hatte sie ihn in einem Moment erwischt, in dem er nicht ans Telefon gehen konnte, aber sie war es leid, dass immer er entschied, wann sie miteinander reden konnten, und so versuchte sie es wieder und wieder, bis sie seine Stimme hörte.

»Ach, hallo, Carlos!«, hörte sie ihn sagen, damit seine Kollegen nicht mitbekamen, dass sie es war. »Warte einen Moment, ich kann dich schlecht verstehen. Einen Moment, ich gehe vor die Tür, vielleicht ist die Verbindung da besser.«

Es vergingen einige Sekunden, bis sie ihn wieder hörte.

»Hast du sie noch alle, Carmen? Habe ich dir nicht gesagt, du sollst mich nicht in der Bank anrufen?«

»Ich rufe dich auf dem Handy an.«

»Ja, aber während der Arbeitszeit. Hier ist alles voller Kunden, Kollegen … meine Frau arbeitet am Nebentisch, Herrgott, als ob du das nicht wüsstest … Also, was willst du?«

Carmen schluckte.

»Nichts. Mit dir reden.«

Sie hörte ein gereiztes Schnauben.

»Lass uns ein andermal reden. Jetzt geht es beim besten Willen nicht. Warum machst du dich nicht schön, das kannst du doch so gut, und schaust zur Abwechslung mal im Laden vorbei? Wenn du mehr zu tun hättest, müsstest du mich nicht um diese Zeit anrufen.«

Carmen unterbrach die Verbindung, ohne sich zu verabschieden, streckte ihrem Spiegelbild die Zunge heraus, schlenderte den Flur entlang und strich im Vorübergehen wahllos über einzelne Gegenstände: ein Gobelin-Bildchen, das ihr ihre Mutter geschenkt hatte, eine riesige Karaffe aus Muranoglas, in die sie sich auf einem Jahrmarkt verliebt hatte, eine Holzgiraffe, fast so groß wie sie selbst, ein mexikanisches Gemälde auf Amate-Papier, eine Stahlskulptur, die ihr nie gefallen hatte, die sie aber auch nie wegwerfen mochte, nicht einmal, nachdem der Schöpfer aus ihrem Leben verschwunden war …, Sachen, Sachen, Sachen, da hortet man ein Leben lang Sachen für schlechte Zeiten, wie die Eichhörnchen Nüsse für den Winter. Und am Ende sind die Sachen völlig nutzlos, weder füllen sie die Leere, noch lösen sie die Beklemmung.

Im Bad war alles sauber und ordentlich. Gladys, das Mädchen aus Ecuador, war eine Perle und wusste, wie sie es haben wollte.

Die monumentale elfenbeinfarbene Wanne hatte eine Ablage aus Teakholz mit vielen Kerzen unterschiedlicher Größe und einem Sortiment von duftenden Badesalzen: Rose, Jasmin, Sandel, Mimose, Bitterorange. In der Schublade lagen das Nackenpolster und die Gelmaske. Im Schrank die Cremes, Parfüms und Handtücher.

Sie stellte sich die Badewanne voll mit lauwarmem, nach Mimosen riechendem Wasser vor, ihren Kopf auf dem Polster, die Augen bedeckt von der Gelmaske, die offenen Pulsadern, aus denen es sprudelte, sanft, ohne Eile, während alles um sie versank.

Sie setzte sich auf den Rand und drehte die Hähne auf. Dann zog sie sich aus, las ihre Kleider auf und stopfte sie in den Wäschekorb, nahm eine Rasierklinge aus dem Schrank und betrachtete sie, geblendet vom Glanz des Stahls, von seiner Kälte, bis ihre Hand zu zittern begann.

Sie ließ die Klinge fallen, verließ das Badezimmer, griff zum Handy und wählte eine Nummer.

»Hallo, Lina, hier ist Carmen. Ja, ich weiß schon, immer habe ich es eilig, aber es ist wirklich sehr dringend. Kann ich heute Nachmittag vorbeikommen? Es ist nicht viel. Ich wollte es erst selbst machen, aber ich habe mit dem Rasierer so wenig Übung, dass ich bestimmt ein Blutbad anrichte, und mit Wachs ist es mir sowieso lieber. Danke, Lina, du bist ein Schatz. Ich weiß nicht, was ich ohne dich täte.«

Dann wählte sie noch eine Nummer.

Eine halbe Stunde später verließ sie angezogen und geschminkt das Haus.

Nachdem sie eine Nacht geschlafen und mit Philip, ihrem Anwalt, gesprochen hatte, fühlte sich Rita besser. Sie kannte Philip seit ihrem ersten Film, und mittlerweile war er so etwas wie ein Freund geworden, obwohl ihm sein britisches Naturell verbot, wirklich offen zu sein oder Fragen zu stellen, die für das Problem, das sie gerade zu lösen hatten, nicht hundertprozentig relevant waren. Das konnte sie unter anderen Umständen zur Verzweiflung treiben, kam ihr aber jetzt durchaus gelegen, da sie nicht die Absicht hatte, ihm mehr zu erzählen, als absolut notwendig war.

Sie hatten vereinbart, dass er sich mit einigen Madrider Kollegen in Verbindung setzen würde, Spezialisten auf diesem Gebiet, und, wenn nötig, auch zu ihr nach Elda käme, um ihr zur Seite zu stehen, denn Rita hatte ihm klipp und klar gesagt, dass sie Ingrid nicht die Ferien verderben wollte und diese darum vorerst nichts erfahren sollte.

Doch nachdem das Wichtigste jetzt in die Wege geleitet war, würde sie sie anrufen müssen; also beschloss sie, es sich beim Frühstück in der Bar noch einmal durch den Kopf gehen zu lassen und ihr dann in knappen Worten das mit Lena zu erzählen, damit sie ihr später nicht vorwerfen konnte, sie bei etwas so Schwerwiegendem außen vor gelassen zu haben.

Beim dritten Ton brach das Klingelzeichen ab, und als sie es gerade noch einmal versuchen wollte, klingelte ihr Handy.

»Verzeih, dass ich dich weggedrückt habe, aber ich war gerade in der Moschee in Córdoba und konnte nicht sprechen. Jetzt bin ich draußen im Hof. Wie läuft's bei dir? Kommst du mit dem Ausmisten der Wohnung voran?«

Dass in der Wohnung etwas zu tun sein könnte, war Rita überhaupt nicht in den Sinn gekommen.

»Nein«, gestand sie. »Aber weißt du …, hör zu, Ingrid, es ist etwas geschehen.«

»Was denn?«

»Lena.«

»Lena, und weiter?«

»Sie ist tot.«

»Waaas?«

Rita schwieg einen Moment, um ihr Zeit zu geben, die Nachricht zu verdauen.

»Ein Unfall?«

»Selbstmord, vermutlich.«

»Oh, *dear*! Wann ist das passiert?«

»Vor zwei Tagen. Ich hatte es dir nicht gesagt, um dir den Urlaub nicht zu vermiesen, aber schließlich dachte ich, du solltest es wissen.«

»Willst du, dass ich komme?«

»Nein, Ingrid. Wozu?«

»Ja, ich habe schon gemerkt, dass ich überflüssig bin.«

Rita verzog grimmig das Gesicht vor dem Spiegel der Bar.

»Das ist es nicht. Es würde wirklich nicht helfen, wenn du herkämst. Wir wissen nicht einmal, wann sie beerdigt wird, weil sie eine Obduktion machen müssen und Gott weiß was noch alles. Ich gebe dir Bescheid, wenn ich etwas weiß.«

Ein Schweigen entstand, in dem Rita fernes Geläut vernahm, den tiefen, feierlichen Klang von Glocken in Córdoba.

»Gestern habe ich mit den Kindern gesprochen«, sagte Ingrid nach vielen Glockenschlägen, die Rita wie eine Ewigkeit vorkamen. »Es geht ihnen gut, aber sie vermissen uns, uns beide. Ich dachte schon, wir könnten vielleicht nach Kuba fliegen, eine Woche dort bleiben und dann alle zusammen nach Elda zurückkommen, aber du kannst jetzt natürlich nicht.«

»Das geht im Moment nicht, nein, aber du kannst ruhig fahren, Ingrid, im Ernst.«

»Dann wäre ich am anderen Ende der Welt, falls du mich brauchst.«

»Wenn ich dich unbedingt brauche, ist es eine Reise von zehn oder zwölf Stunden. Wir leben ja nicht mehr im Zeitalter von Marco Polo.«

»Aber du rufst mich an, wenn ich etwas tun kann.«

»Das verspreche ich dir. Du weißt, dass ich mich noch nie gescheut habe, dir zu sagen, wenn ich dich brauche.«

»Ja. Ich weiß.« Rita sah Ingrids Lächeln fast vor sich.

»Aber jetzt brauchen dich Shane und Glynis mehr als ich.«

»Bist du sicher?«

»Ganz sicher. Wir telefonieren wieder. Ich küsse dich.«

»Ich küsse dich auch, Rita. Sei lieb zu dir, versprichst du mir das?«

»Klar doch.«

Als das Gespräch beendet war, fühlte sie sich maßlos erleichtert, schaltete das Handy aus und bestellte noch einen Milchkaffee, ehe sie sich, wie immer, daranmachte, ihr Gefühl zu analysieren. Sie pflegte diese Angewohnheit vor sich selbst zu rechtfertigen, indem sie sich sagte, sie müsse ja schließlich begreifen, was in ihrem eigenen Inneren vorging, weil sie sonst niemals lebensechte Filmfiguren schaffen könne. Aber sie wusste auch, dass dies nicht die ganze Wahrheit war. Sie verspürte einfach einen übermächtigen Drang, ihre Reaktionen zu verstehen, und war seit über zwanzig Jahren bestrebt, sich stets rational zu verhalten, ihre Entscheidungen mehr mit dem Kopf zu fällen als mit dem Herzen oder dem Bauch. Doch gelang ihr das allenfalls, wenn es wirklich etwas zu entscheiden gab, und auch dann nicht immer. Ihre spontanen Reaktionen und Gefühle zu kontrollieren stand oft nicht in ihrer Macht.

Deshalb hatte sie Candela gesagt, sie sähe sich außerstande, einer überschwänglichen Laune zuliebe ihr Leben zu ändern. Deshalb war sie so erleichtert gewesen, Ingrid weit weg zu wissen, in einer anderen Welt, in der sie besser aufgehoben war, weit weg von diesem Ort, von den Mädels, von den schmerzlichen Erinnerungen, die sie nur mit der Clique und mit niemandem sonst teilte. In beiden Fällen war es die richtige Entscheidung gewesen, die vernünftigste, die einzige, die sie vor sich selbst vertreten konnte, vor diesem denkenden Menschen, der zu sein sie mit Stolz erfüllte.

Obwohl das mit Candela … Warum war sie so rigoros gewesen, so grausam? Wollte sie vor sich selbst leugnen, dass sie sie geliebt hatte, dass sie sie immer noch liebte, dass sie sie begehrte, wie sie nie einen Menschen begehrt hatte? Candela hatte ihr vorgehalten, ihre Homosexualität nicht akzeptieren zu wollen, aber sie, Rita Montero, fühlte sich nicht homosexuell, darum konnte sie es nicht akzeptieren. Sie liebte, oder begehrte zumindest, zufällig einen Menschen ihres eigenen Geschlechts. Und das war nicht das Gleiche wie homosexuell zu sein. Sie hatte nie ernsthafte Geschichten mit anderen Frauen gehabt, und von allen Männern, mit denen sie sich eingelassen hatte, war sie bald enttäuscht worden. Ihr Sexualtrieb war seit Jahren eingeschlafen oder sogar tot, wie sie manchmal dachte. Und jetzt kam Candela, und sie musste erkennen, dass er sich lediglich im Hintergrund gehalten hatte, während er auf den passenden Geruch, den Blick, die Haut wartete, nach der die ihre unbewusst suchte. Aber was sollte sie machen? Zwei fünfzigjährige Frauen mit einem geregelten Leben konnten doch nicht einfach von vorn anfangen wie zwei Mädchen ohne Vergangenheit, die die ganze Zukunft noch vor sich haben. Sie brauchte Stabilität, um weiterarbeiten zu können; sie musste Ingrid um sich haben, die Kinder, ihr Team, ihren kleinen Freundeskreis. Ihr Leben war in London und spielte sich auf Englisch ab; sie war hier zu einer Touristin geworden, die zwischen sechs und sieben zu Abend aß, nie jemanden besuchte, ohne vorher anzurufen, keine persönlichen Fragen stellte und nicht mehr gewohnt war, welche beantworten zu müssen. Für sie war Candela ein Wesen von einem anderen Stern, und vielleicht machte sie das in ihren Augen so attraktiv. Oder die gemeinsame Vergangenheit. Die Geheimnisse. Die Schuld.

Sie fragte sich, wie schon tausendmal zuvor, ob sich die Jungen ihrer Parallelklasse in der gleichen Situation ähnlich gefühlt hätten wie sie und ihre Freundinnen, ob sie sich genauso verhalten hätten, ob ihre Zukunft davon auf dieselbe Weise geprägt worden wäre. Oder hing das alles damit zusammen, dass sie – in Francos Spanien und in der katholischen Moral erzogene Frauen – sich nie ganz von der großen allgegenwärtigen Schuld hatten befreien können: der Schuld, weiblich und somit durch und durch böse zu sein. Der Schuld, die Sünde in die Welt gebracht zu haben.

Ihr Handy gab zwei kurze Pieptöne von sich, mit denen es sie auf eine SMS oder einen Anruf in Abwesenheit hinwies, und automatisch wählte sie die Nummer ihrer Mailbox.

»Rita, hier ist Carmen.« Die Stimme klang undeutlich vom Alkohol, flehend. »Mir fällt die Decke auf den Kopf. Ich muss mit jemandem reden, und da bist du mir eingefallen, ist ja nichts Neues. Im Ernst, Rita …« – es folgte ein Augenblick des Zögerns – »es geht mir schlecht. Bitte. Ruf mich an, sobald du das hier hörst.« Lange Pause. »Bitte, Marga, bitte.«

»Aber Teresita, was ist denn los?« Jaime hatte seine Frau zusammengekauert auf dem Sofa vorgefunden, ein Kissen in den Armen und tränenüberströmt.

Er setzte sich neben sie, legte ihr den Arm um die Schultern und zog sie an sich. Sie barg den Kopf an seiner Schulter und begann heftig zu weinen, während er ihr Haar streichelte.

»Sie fehlt mir so!«, stieß sie schluchzend hervor. »Es tut mir so weh! Arme Lena! Ausgerechnet jetzt, wo sie sich doch gerade ein bisschen gefangen hatte …«

Jaime ließ sie weinen, ohne etwas dagegen zu unternehmen, spendete ihr nur den Trost seiner Gegenwart, seiner Umarmung, bis ihr Atem sich wieder beruhigte.

Alle hielten Jaime für ein wenig beschränkt, oberflächlich, einen sympathischen Pantoffelhelden, der seiner Frau nach der Pfeife tanzte. Was niemand wusste, war, dass er für Teresa die perfekte Ergänzung darstellte: ein ruhiger Mann mit einer enormen Gelassenheit in kritischen Momenten, eine Festung, wenn es nottat, eine starke Mauer zum Anlehnen, auch wenn nach außen hin sie die Standhaftere zu sein schien und jeder dachte, Teresa wäre ein Felsblock. Bei Jaime durfte sie den Panzer ablegen und sich ohne Angst von ihrer schwächsten und verzagtesten Seite zeigen, denn sie wusste, dass er ihre Zerbrechlichkeit niemals ausnutzen würde.

Sie hob den Kopf und küsste ihn, dankbar für seine Liebe und seine Anwesenheit.

»Gibt es etwas Neues?«, fragte er in der Hoffnung, es würde seiner Frau helfen, die Fassung wiederzugewinnen, wenn sie über praktische Dinge sprach.

»Die Polizei hat mich angerufen, wir können sie abholen. Ich habe für Montag einen Termin mit dem Krematorium gemacht. Es hat keinen Sinn, noch länger zu warten. Meinetwegen hätte es gleich morgen sein können, aber morgen ist Samstag …«

»Für eine Todesanzeige in der Zeitung ist es jedenfalls zu spät.«

Sie schüttelte den Kopf.

»Das muss auch nicht sein. Es ist ja kein Volksfest. Ihre Freunde werden da sein und basta.«

»Mit Messe oder ohne?«

»Ohne natürlich. Das bereitet mir noch etwas Kopfzerbrechen, Jaime. Eine Messe wäre Heuchelei und völlig daneben. Lena fühlte sich nicht katholisch. Sie hat ein wenig mit dem Buddhismus geliebäugelt

äugelt, ohne dass sie deshalb Buddhistin geworden wäre. Jedenfalls können wir sie nicht einfach so begraben, ohne jedes Ritual, ohne eine besondere Geste, als würden wir eine leere Dose in den Papierkorb werfen, verstehst du?«

Er nickte mit sehr ernster Miene. Dann stand er auf, ging in die Küche und kam mit zwei Gläsern und einer Flasche gekühltem Weißwein zurück.

»Und was schlägst du vor?«, fragte er und setzte sich wieder.

»Ich habe mir gedacht, jede von uns könnte ein paar Worte sagen, eine persönliche Erinnerung an Lena erzählen, aber ich weiß, dass ich das von einigen nicht verlangen kann. Ana und Carmen würden heulen wie die Schlosshunde, uns alle anstecken und bekämen, abgesehen davon, sowieso keinen Ton heraus. Candela würde versuchen, witzig zu sein, irgendeinen zynischen Kommentar abgeben und uns alle in Verlegenheit bringen. Ich weiß nicht recht. Wahrscheinlich werde ich Rita darum bitten.«

»Und wenn du allein sprichst? Du bist diejenige, die sie am besten gekannt hat.«

Teresas Lippen begannen zu zittern, wieder kämpfte sie mit den Tränen.

»Warum fragst du nicht Ingrid, vielleicht fällt ihr etwas ein?«

»Ingrid? Aber wir kennen sie doch kaum, außerdem ist sie verreist.«

»Sie ist in Andalusien, und es gibt Telefon. Sie hat Übung im Organisieren und Improvisieren. Na los, ruf sie an, fragen kostet nichts.«

Teresa schien unschlüssig.

»Ich weiß nicht, Jaime …, es ist etwas, das nur uns angeht, und Fremde mit hineinzuziehen …?«

»Überleg's dir. Hast du etwas von Candela gehört? Hat sie Rita angerufen?«

»Sie hat mir versprochen, es heute zu tun, aber sie ist eigenartig. Als ob sie wütend und traurig wäre und gleichzeitig froh, Rita helfen zu können.«

»Sie hat es wahrlich nicht leicht, die Arme. Und sie ist sehr einsam …«, er trank einen langen Schluck. »Wie kommt sie damit klar?«

»Candela schweigt wie ein Grab, das weißt du doch. Uff, tut mir leid! Was für ein makabrer Scherz!«

»Sie weiß Bescheid, nicht wahr? Sie weiß, dass sie nicht mehr lange hat.«

»Ihr Onkologe hat es ihr gesagt, und ich habe es ihr auch gesagt. Einen bis drei Monate. Wenn sie Glück hat, etwas mehr. Oder auch weniger, du weißt, wie es mit diesen Lymphomen ist. Aber soweit ich weiß, hat sie es niemandem erzählt. So ist sie. Sie erträgt es nicht, bemitleidet zu werden. Sie erträgt es ja kaum, geliebt zu werden ...«, fügte Teresa fast tonlos hinzu. Sie stand auf und begann, das Glas in der Hand, im Zimmer umherzugehen. »Wenigstens wird sie nicht leiden. Dafür werde ich sorgen, wenn es so weit ist. Es ist das Einzige, was ich für sie tun kann, verdammt noch mal! Wie kann es sein, dass mir mit fünfzig die Freundinnen wegsterben, Jaime? Wie ist das möglich? Jetzt Lena. Bald Candela. Sole, die fast ebenso gut tot sein könnte. Rita, wenn sie angeklagt wird und die zwei lächerlichen Indizien einen Richter überzeugen, für den Rest ihres Lebens hinter Gittern. Das ist nicht gerecht, verflucht, das ist nicht gerecht! Und uns geht es so gut ...«

»Das haben wir uns hart erkämpft.«

»Jeder kämpft für sein Glück, Jaime, da sind wir nicht die Einzigen. Jeder tut, was er kann, aber nicht alle schaffen es. Wenn du am Computer Solitär spielst, hängt auch alles eher davon ab, wie die Karten gemischt sind, als davon, wie clever du bist. Es ist Glücksache.«

»Kaum zu glauben, dass gerade du das sagst.« Jaime füllte die Gläser auf. »Teresa Soler, die zehn Jahre im Voraus plant, die einen Fuß vor den anderen setzt, bis sie ihr selbstgestecktes Ziel erreicht hat, die alles sorgfältig berechnet, selbst die Empfängnis unserer Kinder, damit die in den Ferien zur Welt kommen, die sich seit Jahren auf das Klimakterium vorbereitet ... An das Glück hast du doch noch nie geglaubt.«

Teresa lachte auf.

»Man tut halt, was man kann, aber du weißt ja: ›Der Mensch denkt, Gott lenkt‹ und ›Hilf dir selbst, so hilft dir Gott‹. Weil man sich auf das Glück eben nicht verlassen kann und jeder sein Teil dazu beitragen muss, um böse Überraschungen zu vermeiden.«

»Gehen wir essen, wenn wir zwei schon mal allein sind?«

»Gute Idee. Ich habe nicht einmal eingekauft bei dem ganzen Hin und Her mit dem Friedhof. Ich checke nur sicherheitshalber noch rasch die E-Mails, ziehe mich um, und dann gehen wir irgendwohin.«

Teresa verzog sich in das kleinste Zimmer des Hauses, fast eine Abstellkammer, wo der Rechner stand, Jaime stellte die Weinflasche zurück in den Kühlschrank und ging sich rasieren. Als er sich im Spiegel betrachtete, fand er, dass er immer noch gut aussah, obwohl man ihn allmählich ohne Übertreibung als Glatzkopf bezeichnen konnte, allerdings durfte man jenseits der fünfzig auch nicht viel mehr erwarten. Schließlich war er kein Filmheld, sondern ein schlichter Zahnarzt, der großes Glück im Leben gehabt hatte, vor allem das unermessliche Glück, eine gute, tapfere, patente Frau gefunden zu haben, die ihn immer noch liebte.

»Jaimeee!« Teresas Stimme hatte einen so überraschten und drängenden Tonfall, dass er sofort zu ihr eilte, das Gesicht voller Rasierschaum.

»Ich habe gerade eine unglaubliche E-Mail erhalten. Von Sole! Sie macht sich Sorgen um Lena, weil sie ihr seit Tagen nicht antwortet. Ich wusste nicht einmal, dass die beiden Kontakt miteinander hatten. Was soll ich machen? Soll ich ihr schreiben und es ihr erzählen …?«

»Sag ihr auch gleich, wann die Beerdigung ist. Vielleicht will sie ja kommen …«

»Aus Kuba?«

»Diplomaten reisen umsonst, und deinen Erzählungen nach hat es Sole nie an Geld gemangelt. Wenn sie mit Lena korrespondiert hat, kränkt es sie womöglich, wenn ihr sie nicht benachrichtigt.«

»Wahrscheinlich hast du recht. Los, rasier dich fertig, und in der Zwischenzeit schreibe ich ihr. Nachdem wir so viele Jahre nichts voneinander gehört haben, ist es kein Vergnügen, ihr aus einem solchen Grund zu schreiben.«

Da es dazu nichts weiter zu sagen gab, sagte er nichts und verschwand wieder im Bad.

1974

Um zwei Uhr morgens herrscht endlich Ruhe in allen Zimmern, alle Mädchen haben das Licht ausgemacht und hängen ihren Gedanken nach, während sie im Halbdunkel auf den Schlaf warten. Einige schmieden Zukunftspläne, andere beschäftigen sich mit der jüngeren oder ferneren Vergangenheit, und sie alle spüren ein Flattern in der Magengrube, eine zitternde Vorfreude auf das, was das Leben in den nächsten Tagen, in den nächsten Monaten für sie bereithalten mag.

Magda, die für gewöhnlich und sehr zum Leidwesen ihrer Freundinnen jederzeit und überall binnen Sekunden einschlafen kann, liegt immer noch wach, doch im Moment beunruhigt sie das nicht. Sie kuschelt sich gemütlich unter der Decke zusammen und lauscht auf Carmens Atemzüge. Die Nacht ist angenehm kühl, und nachdem sie die Prüfungen nun endlich hinter sich hat, fühlt sie sich entspannt, bereit für die Welt, glücklich.

Der Anblick einer Gruppe bunt gekleideter Hippies mit langen Lockenmähnen und Ledersandalen, die sie heute im Hafen von Palma gesehen hat, geht ihr nicht aus dem Sinn. Sie weiß, dass ihre Eltern das niemals gutheißen würden, aber wenn sie an ihr künftiges Leben denkt und ihren Gedanken freien Lauf lässt, wie jetzt, dann stellt sie es sich so vor: eine Folge von sonnigen Tagen ohne feste Zeiten, ohne Verpflichtungen, ohne Pläne, ohne zweckdienliche Projekte oder Ziele, die es zu erreichen gilt. Sie sieht sich in einem dieser Schwärme von Zugvögeln durch die Welt reisen, in den Tag hineinleben, den Sinn des Daseins in der kosmischen Harmonie suchen, in der freien Liebe und im Ausprobieren von allem, was ihr in den siebzehn Jahren ihres Leben versagt geblieben ist, weil es entweder gegen das Gesetz oder Sünde oder unvernünftig ist. Sie hat das Gefühl, aus einer finsteren Höhle zu kommen, bereit, sich vom Licht der offenen Welt blenden zu lassen, und spürt, dass alles da ist und sie nur die Hand auszustrecken braucht. Das Leben ist ein Fest, zu dem sie eingeladen ist. Sie muss sich nur ein Herz fassen und eintreten. Und eben darin besteht das Problem. Sie weiß, welchen Schmerz sie ihren Eltern damit zufügen würde, die sich etwas Besseres für ihre Tochter erhoffen, und fühlt sich nicht imstande, sie so schwer zu enttäuschen. Also wird sie sich mit einem Sommerkurs in England begnügen müssen, einem Monat der Freiheit, um sich auszuleben, und anschließend weiterlernen, auf die Universität gehen, einen Abschluss machen, der ihr erlaubt, ihren Lebensunterhalt zu bestreiten und einen Platz in der bürgerlichen Gesellschaft einzunehmen, einen netten jungen Mann kennenlernen und heiraten, vorzugsweise ganz in Weiß und in Anwesenheit beider Familien, und nach ein paar Tagen Hochzeitsreise ein geregeltes Leben beginnen, mit einer komplett eingerichteten Wohnung und zwei Kindern, einem Jungen und einem Mädchen. Sie weiß, dass ihre Träume von der Freiheit, vom Kommunenleben, von der freien Liebe als einer dieser sogenannten *drifters*, wie sie in den Zeitschriften heißen, eben das bleiben werden: Träume. Aber jetzt ist jetzt, und sie sind auf Mallorca, und die Zukunft breitet sich strahlend hell vor ihr aus. Irgendwo gibt es einen Jungen, der auf sie wartet, den Mann ihres Lebens, und während sie versucht, sich diesen Jungen vorzustellen, der irgendwo auf sie wartet, gleitet sie dahin wie auf einer riesigen Rutschbahn und schlummert lächelnd ein.

Auch Carmen im Nachbarbett schläft schon fast. Sie hat eine Weile gewartet, weil sie noch masturbieren wollte und weiß, dass Magda in Sekundenschnelle im Tiefschlaf liegt. Doch diesmal hat ihre Hoffnung sie getrogen. Ihre Freundin hat sich im Bett hin und her gewälzt, gelegentlich einen Seufzer ausgestoßen, und als sie endlich Ruhe gibt, ist auch Carmens Lust verflogen, und sie überlässt sich der Erschöpfung nach der Reise und den Aufregungen des Tages.

Sie hat es den anderen gegenüber nie erwähnt, vermutet aber, dass sie als Einzige das Gefühl entdeckt hat, das man auslösen kann, indem man sich selbst zwischen den Beinen streichelt. Sie würde gern mit einer ihrer Freundinnen darüber sprechen, aber eine innere Stimme sagt ihr, damit würde sie praktisch zugeben, anders zu sein als die anderen, liederlich zu sein. Erst vor Kurzem haben sie sich in Arturos Bar über einige Mädchen unterhalten, die in einem von Nonnen geführten Internat Abitur gemacht haben, und keine hat verstanden, warum man die Schülerinnen dort zwingt, nachts beide Hände auf die Decke zu legen, und sie bestraft, wenn die Nachtwache bemerkt, dass sie sie daruntergesteckt haben. Keine der anderen hat sich diese absurde Maßnahme erklären können, nur sie allein schien zu wissen, was die Nonnen damit verhindern wollen.

Ein Teil ihres Geistes weiß, dass es nichts Schlimmes sein kann, weil es niemandem wehtut und man hinterher ruhig und entspannt ist, aber ein anderer Teil besteht hartnäckig darauf, dass nur ein verdorbenes, abartiges Weibsstück in so etwas Befriedigung findet. Frauen sind von Natur aus gehorsam, demütig und keusch, das hat man ihr von jeher gepredigt, in der Schule, in der Religionsstunde, im nationalpolitischen Unterricht. Und alle, die nicht so sind, sind leichte Mädchen, Flittchen, Abschaum.

Carmen ist weder gehorsam noch demütig, doch bis vor Kurzem zumindest keusch gewesen, und sie ist noch Jungfrau, obwohl die Jungfräulichkeit allmählich auf ihr lastet wie eine nasse Wolldecke, weil sie Männer mag, auch wenn viele von ihnen echte Schweine sind. Sie mag es, wenn Männer sie anschauen, mit ihr scherzen und dabei so glänzende Augen bekommen, dass man ihnen deutlich ansieht, was sie denken, was sie am liebsten tun würden, wenn sie dürften. Sie trägt gern Miniröcke und steigt die Treppe in der Schule hoch, ohne mit beiden Händen den Saum zusammenzuhalten, wie ihre Mutter es ihr gezeigt hat, weil sie den Jungs eine kleine Freude machen will, wenn diese von unten heraufstarren und glauben, zwischen ihren Schenkeln das Weiß der Unterwäsche blitzen zu sehen.

Oft hat sie Blutergüsse an den Beinen, weil sich ihr Vater, wenn er in Rage gerät, dort weniger zurückhält. Aber das ist nicht weiter schlimm, schließlich spielt sie in der Handballmannschaft, deren Mitglieder meistens überall blaue Flecken haben, weshalb niemand auf die Idee käme, die ihren könnten nicht nur vom Sport stammen. Wenigstens schlägt er weder ihre Schwester noch sie jemals ins Gesicht. Bei ihrer Mutter ist das etwas anderes, aber das geht sie nichts an. Und jetzt wird sie eine Woche lang von niemandem Prügel beziehen. Sie wird nicht aufpassen müssen, was sie sagt, was sie tut, was sie anzieht, wie viel Lidschatten sie sich erlauben kann. Morgen treffen sie sich mit den Jungs zu einem gemeinsamen Ausflug über die Insel, und abends werden sie in eine richtige Diskothek gehen, voller Leute aus aller Herren Länder, mit der besten englischen Musik und blonden, hochgewachsenen Ausländern wie denen, die sie heute im Speisesaal gesehen hat.

Carmen streckt sich im Bett aus, rollt sich auf die Seite, umfasst mit der rechten Hand ihre linke Brust und schläft ein.

Marga und Candela im oberen Zimmer schlafen bereits. Sie haben noch eine Weile auf der Terrasse verbracht, ein paar Zigaretten geraucht und den Schein des zunehmenden Mondes auf dem Meer betrachtet. Fast trunken vor Glück, weil sie zusammen sind, weil sie in einem traumhaften Zimmer mit eigener Terrasse miteinander allein sein können, haben sie dem Raunen der Palmen und dem Plätschern der Wellen gegen den Felsvorsprung zu ihrer Linken gelauscht. Sie haben sich erwachsen, mondän, frei gefühlt, als ob sie jetzt, nachdem sie viele Jahre lang nur Töchter und Enkelinnen waren, endlich sie selbst sein dürften, in einer ihrer neuen Eigenständigkeit angemessenen Umgebung.

Candela hat Marga den Arm um die Taille gelegt und es gewagt, ihren Hals, ihren Nacken sanft zu küssen, während Marga wohlige Schauder überrieselten. Doch Candela ist vorsichtig und zärtlich gewesen; sie hat nichts überstürzt, denn sie weiß, dass sie noch viele Tage vor sich haben und Marga Zeit braucht.

Also haben sie sich die Zähne geputzt, kichernd die Nachthemden übergestreift, das Licht gelöscht, gute Nacht gesagt und, jede von ihrem Bett aus, den bebenden weichen Schatten an der Zimmerdecke zugesehen.

Reme, allein in ihrem Zimmer, ist sofort eingeschlafen, so glücklich wie noch nie in ihrem Leben. Nie hat sie eine wirklich gute Freundin gehabt oder einer festen Clique angehört wie die anderen, aber sie ist nicht neidisch auf das Lachen und Lärmen aus den umliegenden Zimmern, denn sie hat bekommen, was sie wollte: ein eigenes Zimmer, nachdem sie ihres ein Leben lang mit ihren drei Schwestern hat teilen müssen. Jetzt ist sie achtzehn, und da weder sicher ist, ob man ihr das Stipendium gewährt, noch, ob ihre Eltern sie in Valencia studieren lassen, muss sie diese Woche der Unabhängigkeit nutzen, um zu erreichen, wovon sie schon so lange träumt: endlich ihre verdammte Unschuld zu verlieren. Das plant sie schon, seitdem die Abiturfahrt im Gespräch ist, und jetzt, da sie ein Einzelzimmer ergattert hat, gedenkt sie die Gelegenheit beim Schopf zu fassen, sobald sie einen Jungen findet, der ihr attraktiv erscheint, älter ist als sie und Ausländer. Letzteres ist wichtig, weil sie sich vorerst noch nicht binden will. Es erscheint ihr albern, mit dem Sex zu warten, bis sie sich verliebt. Sie ist schon lange der Überzeugung, dass Sex nicht unbedingt mit Liebe zu tun hat, trotz allem, was Don Javier und sämtliche Priester sagen mögen, die ihm als Religionslehrer vorangegangen sind. Im Lauf der Jahre hat man ihnen beigebracht, Gleichungen zu lösen, perspektivisch zu zeichnen, Griechisch und Latein zu übersetzen, tausend Dinge, die für das Leben vollkommen nutzlos sind. Man hat sie sogar Reliefstickerei gelehrt, wie man nahrhafte und preisgünstige Menüs für eine achtköpfige Familie zusammenstellt, wie man einen Säugling abstillt – bescheuert, die Prüfung im Abstillen und in der Zubereitung von Babybrei –, wie man die Gotik vom Barock unterscheidet …, aber niemals irgendetwas, das damit zu tun gehabt hätte, wie man ein befriedigendes Sexualleben führt, Schwangerschaften verhütet, selbstständige Entscheidungen in so fundamentalen Angelegenheiten wie Sex und Liebe trifft. Wie kann man nur so blöd sein und heiraten, ohne die geringste Erfahrung zu haben? Nachdem sie jahrelang zur Schule gegangen sind und sich immer wieder anhören mussten, wie wichtig Bildung ist, wenn man ein vollwertiger und eigenständiger Mensch sein will, wie kann man ihnen dann noch weismachen wollen, die Jungfräulichkeit sei der kostbarste Besitz einer Frau? Schließlich bedeutet Jungfräulichkeit doch nichts weiter als Ahnungslosigkeit und Unerfahrenheit.

Aus diesem Grund hat sie beschlossen, dass es damit ein Ende haben muss, und zwar sofort, in dieser Woche auf Mallorca. Dann wird man weitersehen.

Sie ist sicher, dass die anderen sie trotz ihres Einserdurchschnitts für ein bisschen doof halten; viel Beachtung haben sie ihr nie geschenkt. Zwar gehen sie ihr nicht aus dem Weg wie denen aus Novelda, aber sie nehmen sie auch nicht in ihre Clique auf. Sie ist nichts Besonderes; ihr Vater betreibt eine Bar, ihre Mutter ist Friseuse und steht in der Küche, sobald sie aus dem Salon kommt, also muss Reme zwangsläufig doof sein, ein Mädchen aus der Unterschicht, das in beengten Verhältnissen lebt, in einer Wohnung ohne Bücher, ohne Zeitschriften, ohne Schallplatten. Bei ihr zu Hause haben sie kein Geld für Französischstunden oder Tennis oder sonst irgendetwas, also muss sie in die Stadtbücherei gehen und sich anstrengen, um gute Noten zu haben, denn nur, wenn sie es schafft, das Stipendium zu bekommen, wird sie studieren können. Alle halten sie für eine Streberin und meinen, ihre Noten seien nicht ihrer Intelligenz, sondern ihrer Büffelei zu verdanken, aber das schert sie nicht. Sie hat längst eingesehen, dass sie von den Leuten, die sie seit Jahren umgeben, nicht viel erwarten kann, und somit setzt sie alle Hoffnung auf die Zukunft, auf die Universität, auf den Zeitpunkt, zu dem sie den Ort verlassen wird, wo jeder weiß, aus was für einer Familie sie stammt. Doch bevor sie frei sein kann, muss sie sich selbst beweisen, dass sie dazu auch fähig ist, dass sie imstande ist, eine weitreichende Entscheidung zu fällen, ohne diese mit irgendjemandem besprochen zu haben. Und genau das hat sie vor.

Die Einzige, die noch nicht im Bett liegt, ist Mati. Um zwei Uhr morgens hat sie ihren Kontrollgang beendet, wie sie es schmunzelnd nennt, sitzt verborgen im Schatten auf einem Plastikstuhl in dem kleinen Garten vor ihrem Zimmer und raucht eine filterlose *Celtas*. Stünde jemand an dem Geländer über der Steilküste, die dort senkrecht zu der felsigen Bucht abfällt, sähe er höchstens das Aufblinken der Glut, wenn sie an der Zigarette zieht.

Mati raucht stillvergnügt, während ihre Linke das Heft streichelt, ihren wertvollsten Besitz. Nicht dass sie es als Gedächtnisstütze gebraucht hätte, vielmehr hält sie mit diesem Heft eine Waffe in der Hand, von der alle, die es sehen und wiedererkennen, in Angst und Schrecken versetzt werden. Es ist wie das Brevier eines mittelalterlichen Alchemisten: Nicht alle Rezepturen darin sind gefährlich, manche sind wirkungslos oder nicht einmal erprobt, dennoch weiß jeder, dass es voller Formeln ist, die wirken *könnten* und in diesem Fall großen Schaden anrichten würden.

Sie liebt dieses furchtsame Flackern in den Augen ihrer Mitschülerinnen. Es gibt ihr ein Gefühl der Überlegenheit, das sie gegen nichts auf der Welt eintauschen würde.

Schon allein der Gedanke, dass sie Dinge in dieses Heft schreibt, mit denen sie andere bloßstellen könnte, lässt sie alle mehr oder weniger vor ihr kuschen. Wie viele Prüfungen sie bestanden hat, weil sie bei der einen oder anderen abschreiben durfte! Wie oft sie den Unterricht geschwänzt hat, in der Gewissheit, dass jemand für sie lügen und behaupten würde, sie fühle sich nicht wohl oder müsse zum Arzt oder zu einer Beerdigung! Wie viele kleine Geschenke sie angehäuft hat, nur indem sie beiläufig bemerkte, dieser Kugelschreiber oder jener Schal gefalle ihr! Aber jetzt, da sie das Abitur gepackt hat, erscheint ihr das alles nichtig im Vergleich zu dem, was vor ihr liegt. Sie will nach Valencia. Sie muss nach Valencia. Sie kann sich nicht vorstellen, in ihrem Dorf zu bleiben oder in Alicante im Fotostudio ihres Onkels zu arbeiten oder sich eine Stelle als Bürokraft zu suchen, womit sie niemals reich würde, während alle anderen studieren und zu bedeutenden Frauen mit einem Beruf, einem Diplom und einem guten Gehalt würden.

Jahrelang wollten ihre Eltern von einem Universitätsstudium nichts wissen, aber mittlerweile hat sie sie schon halb überredet, indem sie angekündigt hat, sie würde sich in Valencia Arbeit suchen, um das Studium zu finanzieren, und Candela, die Geld hat, würde ihr bei der Anschaffung von Büchern und Kleinigkeiten, die sie sonst noch benötigt, unter die Arme greifen.

Aber Candela ist schwierig. Kämpferisch wie sie selbst, dickköpfig, gelegentlich sogar aufbrausend. Aber eben darum gefällt sie ihr, weil sie beinhart ist und Widerstand bietet und es sich herrlich anfühlt, wenn es ihr gelingt, sie zu besiegen. Und jetzt verliebt sich die dumme Ziege in das Musterkind Marga.

Natürlich wird genau das nun ihr Schwachpunkt sein, und diesen gedenkt Mati weidlich auszunutzen. »Wenn du nicht erreichen kannst, dass dein Volk dich liebt, sorge dafür, dass es dich fürchtet.«

Das ist das Einzige, was sie aus dem Geschichtsunterricht behalten hat. Machiavelli. *Der Fürst.* Wie recht Machiavelli hatte! Furcht ist viel mächtiger als Liebe, diese idiotische Empfindung, die die Menschen weich macht. Aber zum Glück nicht nur weich, sondern auch leicht beherrschbar, und sie hält viele Fäden in der Hand; nicht alle, aber viele. Und wenn sie es bisher nicht geschafft hat, innerhalb der Clique Unfrieden zu stiften, weil die sich täglich sehen und ständig zusammenhängen, wird bestimmt alles besser, sobald sie in Valencia sind: Sie werden an unterschiedlichen Fakultäten studieren, neue Freunde und Kommilitonen haben, sich nicht mehr jeden Tag sehen; dann wird es wesentlich leichter sein, sie zu manipulieren, ihnen etwas einzuflüstern, sich einzuschmeicheln …, Zwietracht zu säen, wie ihre Mutter sagt.

Nach und nach werden sie sich voneinander entfernen; *sie* wird sie voneinander entfernen und aus jeder Einzelnen ein wenig herausholen, genug, um davon zu leben, sich den einen oder anderen Schnickschnack zu gönnen und zu spüren, wie ihre Macht wächst. Sie wird Psychologie studieren und wissenschaftliche Methoden erlernen, um ihr angeborenes Talent zu entfalten. Die Zukunft lässt sich gut an, wenn sie ihre Trümpfe richtig ausspielt, doch dafür ist es unerlässlich, viel zu wissen, viel vom Leben der anderen zu wissen, von den banalsten Dingen bis zu den peinlichsten. Man muss immer hellwach sein, viele Gespräche belauschen, in die Fenster spähen, die Opfer beschatten, sich im rechten Moment verstecken und später hervortreten. »Wissen ist Macht.« »Gebt mir einen festen Punkt, und ich werde die Welt aus den Angeln heben.«

Nur war es manchmal schwer, diesen Punkt zu finden. Bei Candela war er klar: Ihre Familie durfte keinesfalls erfahren, dass sie eine Lesbe war. Bei Marga würde er, wenn sich ihre Vermutungen bestätigten, auch sehr bald klar sein. Carmens Vater war ein Säufer, was er ziemlich gut überspielte, und prügelte seine Frau und seine Töchter, auch wenn das bisher noch niemandem aufgefallen war. Ana war eine Rote, wahrscheinlich Kommunistin, sie hatte beobachtet, wie sie spätabends in eine Fabrik ging, wo sich ihre Gesinnungsgenossen versammelten, und ihre Mutter hatte einen Liebhaber, mit dem sie sich in einer Wohnung in Petrel traf, genau wie Doña Bárbara. So war sie zu ihrer Eins in Literatur gekommen, ohne eine Abschlussarbeit abliefern zu müssen. Gegen Magda hatte sie noch nichts in der Hand, allerdings hatte sie einmal Zigarettenpapier in ihrer Handtasche gesehen und nahm an, dass sie nicht nur Tabak rauchte. Tere war ihr ein Rätsel. Sie war seltsam, sehr seltsam, aber noch hatte sie nicht herausgefunden, warum, und das ärgerte sie, denn ihrer Erfahrung nach hatte jeder Mensch ein Geheimnis, dessen er sich schämte, selbst wenn es so schlimm gar nicht war. Jetzt musste sie sich auf Tere konzentrieren – ohne jedoch die anderen aus den Augen zu verlieren –, um spitzzukriegen, was sie bekümmerte. Anfangs hatte sie gedacht, Tere hätte vielleicht etwas mit Don Javier, weil sie die beiden nach sechs Uhr abends aus dem Religionsseminar kommen sah, als schon längst niemand mehr in der Schule war, aber sie hatte die beiden ein paarmal verfolgt und einsehen müssen, dass von dieser Seite nichts zu holen war. Solange sie nicht herausfand, was Tere zu verbergen hatte, würde sie nicht ruhig schlafen können, aber wenigstens schlief sie allein und konnte in Ruhe nachdenken.

Und Sole …

Mati streckt die Arme über den Kopf, lächelt dem Mond zu, der noch zwischen den Palmen hervorlugt und gleich hinter dem Horizont verschwunden sein wird. Mit Sole hat sie das große Los gezogen, wenngleich sie sich noch nicht ganz im Klaren ist, wann und wie sie es angehen wird, um ihr nicht nur zu sagen, was sie über sie weiß, sondern ihr auch gleich den schlagenden Beweis dafür zu liefern.

Sorgsam drückt sie die Zigarettenkippe aus, lächelt wieder und legt sich ins Bett, sicher, dass alle anderen schlafen und sie im Augenblick nichts verpassen wird. Wenn die Mädels den ganzen Tag zusammenstecken und sich unbeaufsichtigt fühlen, wird es in den nächsten Tagen gewiss eine Menge zu notieren geben.

2007

Sole, im Flugzeug nach Madrid, döste ein, schrak wieder hoch, wurde sich bewusst, wo sie war und dass sie sich auf dem Weg nach Spanien befand, weinte eine Weile und versank wieder in einem leichten Dämmerschlaf, der sie in einem Schwebezustand hielt, einer Art dunstigem Limbus, als wäre die Zeit aufgehoben und sie ein Geist, ein fast unsichtbares Wesen, alterslos, körperlos, so gut wie nicht vorhanden.

Sofort nachdem Teres E-Mail eingetroffen war, hatte sie Pedro eine Nachricht hinterlassen, war zum Flughafen gefahren und ins erstbeste Flugzeug gestiegen, das nach Spanien ging. Sie hatte nur eine kleine Reisetasche bei sich, Lenas Briefe und eine Modezeitschrift, die sie aus purer Gewohnheit gekauft hatte, während sie auf den Abflug wartete.

Sie hatte ihre Mutter angerufen, um ihr Bescheid zu geben, dass sie es gerade noch rechtzeitig zur Beerdigung ihrer Freundin schaffen würde, und nach kurzem Hin und Her hatte ihre Mutter darauf bestanden, sie zu begleiten.

Pedros Sekretärin hatte ihr einen Mietwagen reserviert, den sie am Flughafen von Alicante in Empfang nehmen würde, dann würde sie schnurstracks ihre Mutter abholen und zur Beisetzung fahren. Darüber hinaus hatte sie keinen Plan. Nach dreiunddreißig Jahren würde sie die Mädels wiedersehen, oder was noch von ihnen übrig war, und sie mochte gar nicht daran denken, was geschehen könnte. Aber sie musste Abschied nehmen von Lena, das war das Mindeste, was sie tun konnte.

Sie war müde. Sie hatte erst vier Stunden Flug hinter sich und war schon müde. Vom Weinen um Lena, vom Selbstmitleid und von der Angst vor der Rückkehr in den Ort ihrer Kindheit.

Durch den Nebel ihrer Müdigkeit und der Tablette, die sie eingenommen hatte, um während des Fluges schlafen zu können, drängten sich beharrlich die Erinnerungen, und obwohl sie sich nach Kräften wehrte, nahmen sie selbst bei offenen Augen Gestalt an: Lena, damals noch Magda, wie sie sich mit aufgeregt blitzenden Augen in Mallorca die lange Mähne bürstete; der Großvater, wie er mit seiner gewohnten Leichenbittermiene zu ihrer Mutter sagte, er wisse zwar, dass die Entscheidung, Sole diese Klassenfahrt mitmachen zu lassen, nicht bei ihm liege, aber er sei entschieden dagegen; der nachsichtige, verständnisinnige Blick ihres Vaters, der ausnahmsweise einmal gegen den Rest der Familie Partei für sie ergriff; Onkel Ismael, der sie mit seinem Wieselgrinsen die Farben auf Deutsch lehrte, das »Schlüpfer-und-Zepter-Spiel«, die unüberwindliche Übelkeit, die sich ihrer im Alter von zehn Jahren für immer bemächtigt hatte; das abstoßende Gesicht des Fotografen in Alicante, der auf »künstlerische Fotos« spezialisiert war, seine weichen schweißfeuchten Hände, die ihr Gesicht und die nackten Schultern zurechtbogen, ihr langes blondes Haar drapierten, seine Schlangenzunge, die andauernd über die dünnen, blassen Lippen leckte, während er sie aus kalten Echsenaugen anstarrte.

Die schönen Erinnerungen – Lenas Lächeln, die Volleyballspiele, die Tanzveranstaltungen im Club – führten fast immer zu den anderen, den schrecklichsten und düstersten, die sie schon ihr Leben lang zu begraben suchte. Sie wollte nicht daran denken, sie wollte diese Bilder nicht mehr sehen, die sie seit Jahren aus ihrem Gedächtnis gestrichen und im hintersten Winkel der Erinnerung verborgen hatte. Doch in letzter Zeit gehorchte ihr Gehirn den verzweifelten Befehlen nicht mehr, und sobald ihre Wachsamkeit nachließ, sah sie sich erneut mit der Schmach konfrontiert, unfähig, ihr Einhalt zu gebieten, als säße sie geknebelt und gefesselt in einem Kino, in dem ununterbrochen derselbe Horrorfilm lief. Onkel Ismael, der ihr im Musikzimmer hinter verschlossenen Türen ein Päckchen überreichte. »Geh hinter das Sofa, zieh aus, was du unter deinem Rock anhast, und zieh davon eins an, Prinzessin, ohne es anzusehen, und frag nicht, warum, denn das ist ein Spiel.« Ihre Verlegenheit, als sie entdeckte, dass das Päckchen voller durchsichtiger, verschiedenfarbiger Höschen war, wie sie sie noch nie gesehen hatte, wie sie 1967 in Spanien noch nie jemand gesehen hatte. »Welchen Schlüpfer hast du an? Antworte mir! Schnell! Nicht gucken!« Eine Pause, um ihr Zeit zu geben, die auf Deutsch gestellte Frage zu verstehen. »Du sollst mir sagen, welche Farbe das Höschen hat, das du trägst.« Ihre schüchterne, verängstigte, unschlüssige Kinderstimme: »Blau?« »Sehen wir mal nach, ob du richtig geraten hast.« Die riesigen Hände, die den Rock ihrer Schuluniform hochhoben; die Augen, glühend wie Kohlen in dem dunklen Raum, in den nur die Tischlampe einen hellen Kreis malte. »Falsch, Prinzessin. Dein Schlüpfer ist rot. Meine Lieblingsfarbe.« Und wenn sie sich irrte, bestand die Strafe darin, dass er ihr den Schlüpfer herunterzog, sie übers Knie legte und ihr ein paar Klapse gab. »Nur zum Spaß, Dummerchen, es ist nur ein Spiel, damit du die Farben nie mehr vergisst. Das sind moderne Lehrmethoden, weißt du? Europäische Methoden.«

Bis heute dreht sich ihr der Magen um bis zum Erbrechen, wenn sie in irgendeinem Zusammenhang von »europäischen Methoden« hört. Auf die gleiche Weise hat sie immer die Königshäuser verabscheut, seit Onkel Ismael im darauffolgenden Jahr alle anderen modernen pädagogischen Methoden satt hatte und mit dem Zepterspiel anfing.

Im Lauf ihres Lebens als Diplomatengattin hat sie bei zahlreichen Gelegenheiten Ihre Majestäten begrüßen müssen und jedes Mal hinterher diese grauenhaften Kopfschmerzen gehabt, wie damals, als Onkel Ismael ihr erklärte, dass aus jeder Prinzessin einmal eine Königin würde und jede Königin in der einen Hand ein Zepter und in der anderen einen Reichsapfel hielte, wie die Königin Elisabeth von England. Immer und immer wieder musste sie unter der Decke des Kamintischchens dieses Zepter in die Hand nehmen, während sie Gedichte von Schiller, Goethe, Hölderlin vorlas, ohne zu verstehen, was sie sagte. Und dann musste sie es küssen, weil das Zepter ein geheiligtes Symbol war, und dann folgte dieses »Eine Königin muss das Symbol ihrer Macht über die Menschen tief in sich spüren, aber sie muss auch bis zur Ehe jungfräulich bleiben, denn das wird der König, der ihr gebührt, von ihr erwarten«.

Der Schmerz, die Scham, die Dusche, die deutschen Wörter, so viele Wörter …

Sie erinnert sich an ihren Vater, wie er sich das Halstuch umbindet, das sie ihm zum Geburtstag geschenkt hat und das der Großvater lächerlich findet, um mit seinen Freunden im *Club de Campo* Kaffee zu trinken und eine Partie zu spielen, bevor er in die Fabrik geht, und wie sie mit ihren elf Jahren fragt: »Papa, ist das wahr, dass alle Königinnen ein Zepter haben und dass das ein geheiligtes Symbol ist?« Ihr Vater, mit wohlwollendem Lächeln: »Wer sagt das, die Nonnen in der Schule?« »Onkel Ismael.« »Ja, mein Schatz, das stimmt. Dein Onkel hat völlig recht.« In ihrer Familie widersprach keiner dem anderen. Und kurz darauf, schon an der Tür, hört sie ihn beim Abschied höhnisch zu ihrer Mutter sagen: »Ich wusste gar nicht, dass dein Bruder Monarchist ist, wer hätte das gedacht? Ich bin immer davon ausgegangen, dass alle Priester Franco-Anhänger sind, und jetzt kommt er Sole auf einmal mit Geschichten von Königinnen und Zeptern.« »Na ja, besser, er erzählt ihr so was als von Deutschland, einem Land ohne König und ohne Gott.«

In ihren Schläfen beginnt es zu pochen, und sie presst die Lider zusammen. Nach Ansicht ihres letzten Therapeuten ist es notwendig, sich zu erinnern; es tut weh, aber es reinigt, und so heilen die alten Wunden allmählich zu, bis von dem, was einmal heftige Schmerzen verursacht hat, nur noch kleine Narben bleiben.

Bei dem Gedanken, dass Onkel Ismael tot ist, begraben und von den Würmern aufgefressen, überkommt sie eine wilde Freude. Sie hofft, dass es für Männer wie ihn im Jenseits eine Hölle gibt, an die sie schon lange nicht mehr glaubt, wie es sie im Diesseits für Frauen wie sie gibt, für das kleine Mädchen, das sie einmal war und jedes Mal wieder ist, wenn die Erinnerungen sie überfallen.

Sie holt Lenas E-Mails heraus und liest noch einmal die, die ihr am besten gefallen: die über den Kuchen, über Margas Landhaus, über das *Moros-y-Cristianos*-Fest …, alle, in denen es um die Zeit nach Onkel Ismael und vor Mallorca geht. Dann knipst sie das Leselämpchen aus, schließt wieder die Augen und verspürt den unbestimmten Wunsch, tot zu sein wie Lena, endlich Ruhe zu finden.

1974

Auf dem Rückweg von den Tropfsteinhöhlen haben sie an einer großen Tankstelle Rast gemacht, wo es auch eine Cafeteria, einen Andenkenladen und einen Kinderspielplatz gibt. Die Lehrer sind hineingegangen, um einen Kaffee zu trinken, und die Schüler haben sich ein Eis gekauft und sich dann verstreut, teils auf die Schaukeln und Rutschbahnen, wo sie johlend und lachend herumalbern, teils auf den Laden, in dem man neben typischen Produkten aus Mallorca wie *sobrasada* – Paprikawurst – und *ensaimadas* – Hefeschnecken – auch T-Shirts, Sonnenbrillen, Halsketten aus Olivenholz und grässlichen Kitsch kaufen kann, bemalte Serviettenspender, Rückenkratzer in Form einer Hand an einem langen Stiel, Zahnstocherhalter mit einem grellbunten Pärchen darauf, die einige der Mädchen ihren Großmüttern mitbringen wollen.

Das Eis, ein cremiger, spiralförmiger Kegel aus einer Maschine, wie man sie in Elda damals noch nicht kennt, hat eine sonderbare Farbe. »Guck mal, grünes Eis. Aus was das wohl ist?« »Hier steht Pistazie.« Lachen und Mutmaßungen. »Und was, zum Kuckuck, ist Pistazie?« Aber es schmeckt gut, und es ist etwas, das sie noch nie gekostet haben, wie so vieles auf Mallorca.

Als plötzlich vom Parkplatz die Schreie einer weiblichen Stimme kommen, horchen sie auf, wechseln unentschlossene Blicke und eilen aus dem Laden, getrieben vor allem von ihrer Neugierde und auch von einem vagen Bedürfnis zu helfen.

Neben einem gelben Dodge ohrfeigt ein Mann mit einer dicken Goldkette und schwarzem, bis zum Nabel aufgeknöpftem Hemd eine Frau mit Sonnenbrille in Sandalen mit schwindelerregenden Absätzen und einem weißen Baumwollhemdchen ohne Büstenhalter. Ihre großen Brüste schwingen bei jedem Schlag des Mannes, und ihr knallrot geschminkter Mund beginnt zu bluten.

Ein paar Jungen aus ihrer Gruppe sind vom Spielplatz herübergekommen und starren wie hypnotisiert auf die Szene, vergraben die Hände in den Taschen ihrer Jeans und lecken sich die Lippen.

Während der Mann auf sie einschlägt, beschimpft er die Frau in einer Sprache, die sie nicht verstehen. Die Frau schreit, verteidigt sich aber lediglich, indem sie die Unterarme hebt, um zu verhindern, dass seine Hände ihr Gesicht treffen. Mit einem Mal, als habe er genug von dem Spiel, stößt er sie von sich und wendet sich zum Auto, wirbelt jedoch im nächsten Moment wieder herum und versetzt ihr einen Fausthieb in den Magen, dass sie sich vor Schmerzen krümmt und vor ihm auf die Knie fällt. Eine ihrer Sandalen bleibt am Bordstein hängen, das Riemchen reißt, und der Absatz fliegt mehrere Meter durch die Luft.

Daraufhin beginnt der Mann, auf die am Boden liegende Frau einzutreten, und mit einem Mal, ohne dass jemand hätte sagen können, wie es dazu kam, stürzen sich Carmen, Ana und Magda auf das Paar, versuchen, die Frau wegzuziehen und traktieren den Mann mit den Fingernägeln. Carmen brüllt: »Lassen Sie sie in Ruhe, lassen Sie sie in Ruhe, hören Sie auf!« Als der Ausländer sich von seiner Verblüffung erholt hat, begreifen die Jungen, dass sie etwas unternehmen müssen, also gehen drei von ihnen ebenfalls dazwischen, um ihren Kameradinnen beizustehen, und der Mann sieht ein, dass er gegen sechs Jugendliche keine Chance hat, also packt er die Frau und schiebt sie gewaltsam ins Auto. Mit quietschenden Reifen braust er los und die Straße hinunter, die in der Mittagshitze zu flirren scheint.

In diesem Augenblick kommen die Lehrer aus der Cafeteria, und der Direktor fährt seine Schüler an.

»Darf ich fragen, was ihr hier treibt?«

»Er hat sie verprügelt!«, entgegnet Ana aufgebracht.

»Wenn wir nicht eingegriffen hätten, hätte er sie umgebracht«, fügt Carmen hinzu. Die Jungen nicken mit ernster Miene.

»Das geht euch überhaupt nichts an.«

»Don Telmo.« Magda reißt erschrocken die Augen auf. Zum ersten Mal hat sie außerhalb des Kinos gesehen, wie jemand verprügelt wird. »Dieses Schwein hat eine Frau geschlagen.«

»Das ist nicht eure Angelegenheit. Ich kann nicht zulassen, dass ihr euch in Schlägereien einmischt.«

»Das Mädchen hat geblutet«, sagt Juanma, »und der Kerl wollte nicht aufhören.«

»Wenn sich eine Situation zuspitzt, ruft man die Polizei, aber ohne sich selbst reinzuhängen.«

»Und bis die kommt, ist das Mädchen tot«, bemerkt Chimo leise.

»Jetzt mach mal halblang! Außerdem war das eine Hure, oder habt ihr keine Augen im Kopf?« Allmählich wird Don Telmo ernstlich böse. Alle können sehen, wie ihm die Zornesader schwillt, als er feststellt, dass sie ihm widersprechen.

»Und was tut das zur Sache, Don Telmo?« Ana wird auch langsam wütend, und Magda stellt sich neben sie, Schulter an Schulter, damit der Direktor merkt, dass sie mit Ana einer Meinung ist. Carmen, aschfahl, bezieht hinter den beiden Stellung und vervollständigt den Block. »Oder finden Sie es etwa in Ordnung, eine Frau zu schlagen, weil sie eine Prostituierte ist?«

»Die weiß ganz genau, worauf sie sich eingelassen hat.« Don Telmo schreit fast. »Einer anständigen Frau würde so etwas nicht passieren. Und ihr seid ein paar Kindsköpfe, kaum flügge, und schon wollt ihr alles besser wissen. Los! Ab in den Bus!«

Die jungen Leute sehen einander an und spüren einen Strom der Solidarität, der ihnen recht gibt und sie dem Direktor mit einem Schlag überlegen macht, während der sich mit einem Taschentuch den Schweiß von der Stirn wischt und aussieht, als sei er einem Herzinfarkt nahe.

»Verflucht, Javi!«, schnauzt Telmo den Priester an. »Erklär du es ihnen!«

Javier schaut den Direktor an, dann die Jugendlichen und hebt leicht die Schultern.

»Don Telmo ist euren Eltern gegenüber für eure Sicherheit verantwortlich. Es geht nicht an, dass ihr euch in Gefahr bringt. Wenn dieser Typ bewaffnet gewesen wäre …«

Keinem der Jugendlichen ist diese Möglichkeit in den Sinn gekommen, so etwas gibt es nur im Film.

»Aber, Hochwürden« – Ana redet Don Javier nie mit »Hochwürden« an, und der Nachdruck, mit dem sie das Wort ausspricht, fühlt sich für ihn an wie ein Hieb in die Magengrube, »man hat uns doch ein Leben lang gepredigt, dass wir Christen denen helfen müssen, die Beistand brauchen, ohne Rücksicht auf unser eigenes Risiko ..., dass wir sogar jederzeit bereit sein müssen, uns zu opfern, ist es nicht so? Und das Wort Christi ›Was ihr einem meiner geringsten Brüder getan habt, das habt ihr mir getan‹, hat das keine Gültigkeit mehr, wenn es sich um eine Hure handelt? Dabei hat Jesus höchstpersönlich Magdalena verteidigt ...!«

»Du bist nicht Jesus!«, brüllt Don Telmo. »Schluss jetzt! Wir fahren sofort weiter! Kein Wort mehr! Wenn ihr theologische Fragen habt, könnt ihr die im Hotel mit Don Javier erörtern, wenn ich nicht in der Nähe bin. Ihr habt es tatsächlich geschafft, mich auf die Palme zu bringen. So eine gottverdammte Rotznase!« Der Direktor scheint drauf und dran, einen Schlaganfall zu erleiden; nie haben sie erlebt, dass er so außer sich geraten wäre oder einen Fluch über die Lippen gebracht hätte.

Mit mahnend hochgezogenen Augenbrauen gibt Don Javier ihnen zu verstehen, dass sie die Sache erst einmal auf sich beruhen lassen und gehorchen sollten. Doña Marisa setzt sich an die Spitze der Mädchengruppe und führt sie zum Bus, und als sie weit genug vom Direktor und seiner Gattin entfernt sind, flüstert sie ihnen zu: »Gut gemacht, Mädels! Telmo ist ein Macho, wie er im Buch steht, aber ihr wart sehr mutig. Ich bin sehr stolz auf euch!«

Hinter ihnen fasst Doña Loles ihren Mann beim Arm und versucht, ihn zu beschwichtigen: »Du lieber Himmel, Telmo, was für ein Auftritt! Was ist denn los mit dir? Die Kinder wollten doch nur helfen. Sie hätten sich nicht einmischen dürfen, das stimmt schon, aber ...«

»Würdest du bitte den Mund halten?«, schneidet er ihr knurrend das Wort ab.

Ana, Magda und Carmen nehmen die hintersten Plätze im Bus ein, um nebeneinander sitzen und den Vorfall besprechen zu können. Die anderen, die nichts davon mitbekommen haben, weil sie auf dem Spielplatz waren, flachsen über Remes neuerdings so entrückte Miene und stellen Spekulationen darüber an, was ihr widerfahren sein könnte, nachdem einige von ihnen schon erfolglos versucht haben, sie auszufragen.

»Es ist, als ob ihr die Jungfrau erschienen wäre«, bemerkt Sole.

»Ja, ja ... die Jungfrau ... mit Bart«, sagt Mati, die auf der Suche nach einem freien Platz in diesem Moment vorbeigeht. »Manchmal bist du wirklich schwer von Kapee, Sole.«

Sole packt Candela beim Arm, die sich dann zu ihr setzt, um sie zu beruhigen und ihr zu versichern, dass niemand sie für schwer von Kapee hält außer Mati, dieser Giftspritze, die keine Gelegenheit auslässt, die Luft zu verpesten.

Marga lässt sich neben Reme nieder, die ihre Sonnenbrille aufgesetzt hat und wie in Trance zum Fenster hinausblickt, ein verklärtes Lächeln um die Lippen. Marga spielt an der Kamera herum, entschlossen, ihren letzten Geheimnissen auf die Spur zu kommen und einen schönen Film von der Reise zu machen, und ist froh, dass Reme keine Lust zum Schwatzen hat und sie in Frieden lässt. Doch nach einer Weile, als der Bus bereits Richtung Norden fährt und die meisten Insassen eingenickt sind, wendet sich Reme ihr zu.

»Weißt du eigentlich, dass du die Einzige bist, die mich noch nicht gefragt hat, was mit mir los ist?«

Marga, die ahnt, dass sie gleich eines dieser vertraulichen Geständnisse zu hören bekommt, die anscheinend jeder auf Lager hat, sieht sie schweigend an. Wenn sie ihr etwas erzählen will, wird sie es ihr ohnehin erzählen, doch will sie sie nicht auch noch dazu ermuntern.

»Dir kann ich es ja sagen, Marga, du wirst es für dich behalten, das weiß ich. Außerdem brauche ich deine Hilfe.«

»Meine Hilfe? Wozu?« In diesem Fall lässt sich die Rückfrage nicht umgehen.

»Du weißt doch, dass ich gestern in der Diskothek den ganzen Abend mit einem Schweden getanzt habe.«

»Nein, darauf habe ich, ehrlich gesagt, gar nicht geachtet.« Auch sie und die anderen hatten mit sämtlichen Schweden und Finnen des

Hotels getanzt, sich im Englischen geübt und sich schiefgelacht, und gegen zwei Uhr morgens hatten Candela und sie beschlossen, aufs Zimmer zu gehen, ihre Terrasse noch ein wenig zu genießen und ihren Gin-Tonic dort auszutrinken.

»Er sieht unglaublich gut aus, Marga. Er ist siebenundzwanzig, Ingenieur und spielt E-Gitarre in einer Band. Ich weiß schon, er ist ziemlich alt, aber dafür ein gestandener Mann, verstehst du? Nicht so ein Bübchen wie all die anderen, die ich bis jetzt kennengelernt habe.« Sie senkt die Stimme und nähert sich Margas Ohr. »Ich bin in ihn verliebt, Marga, wie wahnsinnig.«

Reme beißt sich auf die Lippen, weil sie danach lechzt, jemandem zu erzählen, was sich in der Nacht zuvor abgespielt hat. Am liebsten hätte sie laut herausgeschrien, dass sie keine Jungfrau mehr ist, dass sie endlich weiß, was es heißt, mit einem Mann zu schlafen, und dass sie den ganzen Schmus mit der Verliebtheit nur deshalb von sich gibt, weil man das halt so sagt, damit die anderen einen verstehen. Außerdem weiß sie ja gar nicht, ob sie nicht vielleicht wirklich verliebt ist; sie kann es nicht wissen, weil sie noch nie verliebt war. Vielleicht ist das ja Liebe, was sie jetzt fühlt, diese Enge in der Brust, dieses warme Kribbeln zwischen den Beinen, dieses Feuchtwerden beim Gedanken an ihn und an das, was sie die ganze Nacht getrieben haben, begünstigt durch den Umstand, dass sie zum ersten Mal in ihrem Leben ein Zimmer für sich hat. Aber sie kann sich nicht entschließen; so gut kennt sie Marga nun auch wieder nicht, um sicher zu sein, dass sie über ein Geheimnis von solcher Tragweite Stillschweigen bewahren würde, sie weiß ja nicht einmal, ob Marga es gutheißen oder sie, wie die meisten anderen, für eine Nutte halten würde.

Marga wartet ab, denn ihr ist klar, dass Reme noch nicht alles gesagt hat, was sie sagen will, sie selbst also noch nichts zu sagen braucht.

»Doña Marisa hat angekündigt, dass wir heute Abend in eine Diskothek in Palma gehen, aber ich will nicht mit, verstehst du? Ich muss im Hotel bleiben, weil ich nach dem Abendessen mit ihm in der Disko verabredet bin.«

Reme sieht sie flehend an.

»Dann bleibst du eben. Es wird dich sicherlich niemand zwingen mitzukommen. Wenn du sagst, dass du keine Lust hast, nach Palma zu fahren … Wir sind doch alt genug, oder?«

»Wenn ich sage, dass ich hierbleibe, werden mich alle fragen, was los ist, oder eine Freiwillige suchen, die bei mir bleibt, damit ich nicht allein bin, verstehst du? Ich brauche aber niemanden, der bei mir bleibt, weil ich mit ihm allein sein will. Wir haben uns so viel zu erzählen …, und da mein Englisch ja nicht so gut ist, dauert es immer irrsinnig lange, bis ich ihm erklärt habe, was ich meine. Sag mal, wie könnte ich das deichseln?«

Marga spürt, wie ihr die Wut bis in die Augen steigt, und muss sie schließen, damit Reme es nicht bemerkt. Immer soll sie für die anderen Ausreden erfinden, nach Lösungen suchen.

»Ich weiß nicht. Fang an zu jammern, du hättest furchtbare Kopfschmerzen, damit die anderen glauben, du hättest dich den ganzen Tag zusammengerissen, um ihnen den Ausflug nicht zu vermiesen. Sobald wir im Hotel sind, legst du dich ins Bett, ich komme später, um dich abzuholen, und dann sage ich Don Javier und Doña Marisa, das Beste wäre, du würdest liegen bleiben und dich ausschlafen, um morgen wieder fit zu sein.«

»Und wenn du dann auch hierbleiben musst, damit ich nicht allein bin?«

Zum ersten Mal lächelt Marga. Gerade ist ihr ein großartiger Gedanke gekommen: Wenn sie wegen einer erkrankten Klassenkameradin im Hotel bleibt, erspart ihr das den Diskoabend mit Manolo, der sich schon den ganzen Tag beschwert, sie kümmere sich nicht genug um ihn, und ihr ständig ins Ohr flüstert, was er am Abend alles mit ihr vorhat.

»Dann bleibe ich halt. Schließlich gibt es in unserem Hotel ja auch eine Diskothek. Kann sein, dass Candela ebenfalls hierbleiben will, dann bin auch ich nicht allein, wenn du mit deinem Schweden in den Garten gehst.«

»In den Garten?« Reme stutzt.

»Irgendwo müsst ihr euch doch unterhalten, nicht wahr? Denn in der Diskothek versteht man kaum sein eigenes Wort. Und du wirst ja wohl nicht mit ihm auf sein Zimmer gehen wollen.«

Jetzt ist Reme heilfroh, Marga nicht alles erzählt zu haben. Ganz offensichtlich würde sie es nicht verstehen. Marga käme nie auf die Idee, dass Reme das, was sie mit dem Schweden tun will, nicht im Garten vor aller Augen tun kann.

»Nein, nein, natürlich nicht«, erwidert sie hastig. »Ich habe an einen Strandspaziergang gedacht.«

Sie tauschen ein verschwörerisches Lächeln, weil sie wissen, dass ihnen in diesem Augenblick die gleichen Bilder aus unzähligen Liebesfilmen durch den Kopf gehen.

»Hilfst du mir, Marga?«

»Verlass dich auf mich.«

2007

Um zehn Uhr morgens stand David vom Schreibtisch auf und ging zu Gerardo ins Büro, um ihm Bescheid zu sagen, dass er jetzt zu Lenas Beisetzung fährt.

»Ah! Du gehst hin?« Gerardo klang überrascht.

»Klar, Mann, sie war eine Freundin von uns. Na ja, mehr Anas als meine, aber ich möchte gern hin. Und wer weiß, vielleicht bekomme ich ja noch etwas heraus.«

»Ja. Man kann nie wissen, obwohl ich, offen gestanden, langsam bezweifle, dass wir noch irgendetwas Stichhaltiges finden werden. Wer es auch getan hat, der- oder diejenige war so freundlich klarzustellen, dass es kein Selbstmord war, und so niederträchtig, ein paar idiotische Fährten zu legen, die zwar auf die Montero hinweisen, aber gleichzeitig auch deutlich machen, dass die es nicht gewesen sein kann. Es sieht fast nach einer Abrechnung innerhalb dieser Frauengruppe aus, deren Grund wir nie erfahren werden; wahrscheinlich eine Lappalie, die im Lauf der Jahre gigantische Ausmaße angenommen hat.«

»Ich weiß nicht, was du meinst, Gerardo. An welche Art von Lappalie denkst du?«

»Was weiß denn ich? Dass eine der anderen vor Ewigkeiten einmal den Freund ausgespannt hat, zum Beispiel.«

»Ach was! Und soweit ich weiß, hat Lena nie etwas mit Freunden oder Ehemännern der anderen gehabt.«

»Ja, es wäre logischer, wenn zum Beispiel Carmen Ana umgebracht hätte«, sagte Gerardo schmunzelnd.

»Das finde ich nicht witzig. Wenn die Leute anfangen wollten, sämtliche Verflossenen ihrer aktuellen Partner umzulegen, wären wir ganz schön überfordert.«

»In letzter Zeit kommt das aber ziemlich oft vor, meinst du nicht?«

»Aber im Augenblick der Trennung. Wenn eine Frau ihrem Mann sagt, dass sie ihn wegen eines anderen verlässt. Niemand wartet zwanzig Jahre und tarnt es dann als Selbstmord.«

»Mach schon, hau endlich ab! Ich werde alles so weit fertig machen, dass wir den Fall vorerst zu den Akten legen können. Ganz schließen will ich ihn noch nicht, aber es gibt eiligere Dinge. Mit dem, was wir haben, auch wenn die DNA-Analyse wie erwartet positiv war, kommen wir keinen Schritt weiter. Jeder Richter würde uns sagen: ›Wissen Sie eigentlich, wie leicht es ist, einen Zigarettenstummel aus irgendeinem Aschenbecher zu nehmen und ihn im Haus eines Mordopfers zu deponieren?‹ Und wenn es sich obendrein um eine prominente Persönlichkeit wie die Montero handelt, die nicht einmal unbezahlte Strafzettel hat, brauchen wir etwas Bombensicheres.«

»Dann sage ich ihr also, dass sie sich wieder frei bewegen kann?«

»Nein. Noch nicht. Sollen sie ruhig glauben, wir seien noch dran. Vielleicht haben wir Glück, und jemand bekommt kalte Füße. Du kannst ja mal ganz nebenbei die Rothmans-Kippe erwähnen und dass wir sie eindeutig zuordnen können, mal sehen, was passiert.«

»Mach ich. Sofort nach der Beerdigung komme ich wieder.«

Um zwanzig nach zehn läutete Sole zum ersten Mal seit über zwölf Jahren wieder an der Tür ihres Elternhauses und spürte so etwas wie einen elektrischen Schlag im ganzen Körper.

»Ich komme nicht rauf, Mama«, sagte sie durch die Gegensprechanlage. »Wenn du dich nicht beeilst, schaffen wir es nicht mehr rechtzeitig.«

»Immer diese Hetze, immer diese Hetze«, hörte sie ihre Mutter maulen, ehe sie den Hörer einhängte.

Sie lehnte sich gegen das Gartentor und ließ den Blick über die neuen Gebäude schweifen, die rund um das Häuschen entstanden waren, sodass sich dieses dank einer Laune der Stadtplaner nun praktisch mitten im Ort befand. Zum Glück weckte nichts davon Erinnerungen in ihr.

Sie zündete eine Zigarette an und fand sich damit ab, dass sie auf ihre Mutter warten musste, die schon immer der Meinung gewesen war, dass Eile sich für eine Dame nicht schickte, aus keinem noch so wichtigen Anlass.

»Du rauchst ja immer noch«, sagte ihre Mutter zur Begrüßung, noch bevor sie ihr einen Kuss gab. »Weißt du denn nicht, dass man daran stirbt?«

»Am Nichtrauchen auch«, gab sie mechanisch zurück. »Oder glaubst du, du wirst ewig leben, bloß weil du nicht rauchst?«

»Aber ich werde nicht an Lungenkrebs sterben.«

»Dann eben an etwas anderem. Na los, steig ein, wir kommen zu spät.«

»Hier sind die Entfernungen kurz. Wir haben reichlich Zeit. Wir könnten unterwegs sogar noch einen Kaffee trinken, denn in diesem Leichenschauhaus trinke ich nicht mal einen Schluck Wasser. Ich finde es irgendwie gruselig, dass es dort drinnen eine Bar gibt, bei all den aufgebahrten Toten. Wo fährst du denn hin?«

»Geht es nicht hier lang?«

»Aber nein. Bieg die nächste rechts ab, und fahr dann geradeaus, bis ich dir Bescheid sage. Wenn du öfter hier wärst …«

»Wenn ich öfter hier wäre, kämst du weniger raus. Wer hätte vor dreißig Jahren geglaubt, dass du mal nach Singapur und Manila und Peking reisen würdest?«

»Was ist mir denn übrig geblieben? Wenn ich nicht zu dir gekommen wäre …, du hierher? Nicht im Traum.«

Sole zuckte mit den Schultern. Es hatte keinen Sinn, mit der gleichen Geschichte immer wieder von vorn anzufangen.

»Willst du etwa so zur Beerdigung? In Weiß und ohne Ärmel?« Die Mutter musterte sie tadelnd und verglich ihr dunkelblaues Kostüm und die getupfte cremefarbene Seidenbluse mit dem schlichten naturweißen Leinenkleid ihrer Tochter.

»Wir haben fünfunddreißig Grad, Mama. Und ich habe ein schwarzes Jäckchen dabei, falls es eine Klimaanlage gibt.«

»Wieso hast du dich aufgerafft, zu Magdas Beerdigung zu kommen, nachdem du seit dem Tod deines Vaters, möge er in Frieden ruhen, keinen Fuß in diesen Ort gesetzt hast, und das ist bald zwölf Jahre her?«

»Sie war eine meiner besten Jugendfreundinnen, Mama, das weißt du doch.«

»Onkel Ismael war dein leiblicher Onkel. Und bei seiner Beerdigung warst du nicht da.«

»Nein. War ich nicht.«

Sole umklammert das Lenkrad, bis ihre Knöchel weiß werden. Als sie an einer roten Ampel halten muss, steckt sie sich eine weitere Zigarette an, obwohl sie für gewöhnlich höchstens sechs oder sieben am Tag raucht.

»Alle haben nach dir gefragt, weißt du? Und ich stand dumm da und musste Erklärungen abgeben, an die ich selbst nicht glaubte. Das hat mich sehr gekränkt, Marisol«, sagt die Mutter schmollend. »Mein einziger Bruder.«

»Tja.«

»Drei Tage vor seinem dreiundachtzigsten Geburtstag. Ein Gottesmann. Ein Heiliger. Du hättest die Beisetzung in Orihuela erleben sollen, eine Messe, zelebriert vom Bischof persönlich und zehn Priestern, der Chor, die reinsten Engelsstimmen, alles voller Blumen. Eine wahre Pracht.« Sie bekreuzigt sich und zieht ein Tüchlein aus der Tasche. »Gott hab ihn selig.«

»Ja, Mama, hab ihn Gott, wie er es verdient«, faucht Sole, und auch wenn diese Worte an sich nichts Böses bedeuten, nimmt ihre Mutter den Hass darin wahr und sieht sie erstaunt an.

»Wie redest du von deinem Onkel? Ich dulde nicht, dass du es meinem Bruder gegenüber an Respekt fehlen lässt, hast du mich verstanden, Marisol?«

»Tu mir den Gefallen, und nenn mich nicht so, Mama. Es geht mir auf die Nerven.«

»Über die Brücke und dann geradeaus den Berg hoch. Antworte mir.«

Einige Sekunden lang überlegt Sole, ob es sich lohnt, endlich Klartext zu reden, ob dies der Moment ist, sich dem auszusetzen. Sie weiß, dass es nicht der ideale Zeitpunkt ist, und ahnt zugleich, dass sie, wenn sie es nicht jetzt tut, da eine konkrete Frage im Raum steht, unverrichteter Dinge wieder abreisen und es ihr Lebtag bereuen wird. Denn ihre Mutter ist nicht mehr jung, und wenn sie stirbt, ehe sie mit ihr darüber gesprochen hat, wird es bis zum Ende ihres Lebens in ihr weiterfaulen.

»Ich rede so von ihm, weil ich Onkel Ismael aus tiefster Seele hasse, Mama«, sagt sie schließlich, wobei sie sich um einen maßvollen Tonfall bemüht. »Und das hast du immer gewusst. Ich bin mir nur nicht ganz sicher, ob du auch weißt, warum.« Eine weitere rote Ampel hält sie auf und gibt Sole Gelegenheit, ihrer Mutter ins Gesicht zu sehen, die sofort den Blick abwendet und die Lippen zusammenpresst. »Du weißt es, stimmt's?«, hakt sie nach, während sie versucht, aus dem unsteten Blick ihrer Mutter klug zu werden.

Damit ist die Frage, die sie schon ihr halbes Leben lang stellen möchte, endlich ausgesprochen. Ein Teil von ihr krallt sich verzweifelt an die schwache Hoffnung, ihre Mutter möge Nein sagen, sie hätte nichts gewusst, selbst wenn es gelogen wäre. Dass sie ihr sagen möge, sie hätte sich so etwas niemals vorstellen können, sie bemitleiden und trösten würde. Ein anderer Teil will, dass sie gesteht, will sie leiden sehen, will Gerechtigkeit, Rache. Das Gesicht der Mutter verkrampft sich, und sie schaut zur Seite, während ihre Hände das mit ihrem Monogramm bestickte Tüchlein wringen.

»Du hast es immer gewusst«, sagt Sole. Jetzt ist es keine Frage mehr, kein Verdacht; es ist eine Gewissheit, die sie innerlich versengt.

»Das waren unschuldige Spielchen, damit du Deutsch lernst«, murmelt ihre Mutter endlich mit abgewandtem Blick.

»Unschuldig?« Es ist fast ein Aufschrei, ohne dass sie sich dessen bewusst ist. Die Ampel wechselt zu Grün, und die Autos hinter ihnen beginnen, wild zu hupen.

»Außerdem kommt man über alles hinweg. Ich kann mich kaum noch erinnern«, sagt die Mutter nach einigen Sekunden des Schweigens.

»Wie sollst du dich erinnern? Du warst doch nicht dabei, du hast uns doch in diesem vermaledeiten Musikzimmer allein gelassen, obwohl du gewusst hast, was dort drinnen geschehen würde!«

»Nein … ich … ich meinte, ich habe schon fast vergessen, was …«

Sie kommen am Bahnhof vorbei, wo Sole kurz entschlossen auf den um diese Uhrzeit leer stehenden Parkplatz fährt und bremst, um ihre Mutter ansehen zu können.

»Was?«

Die Mutter starrt unverwandt auf die Silhouette des Berges Bolón, als wäre dort die Antwort zu lesen, sodass ihr erspart bliebe, sie auszusprechen.

»Was er mit mir gemacht hat.«

Sole braucht einen Moment, um zu begreifen, was ihre Mutter gerade gesagt hat.

»Hat er dich etwa auch vergewaltigt?« Ihre Stimme klingt tonlos, verblüfft. Die Mutter verzieht schmerzlich das Gesicht, als träfe sie das Wort, das Sole benutzt hat, wie ein Schlag in den Unterleib.

»Ich war noch sehr klein«, beginnt sie, macht lange Pausen zwischen den Sätzen, als könnte ihr Zögern verhindern, dass sie zum Ende gelangt. »Er war fünfzehn Jahre älter als ich, wie du ja weißt. Er war im Priesterseminar. Wenn er kam …, spielte er mit mir. Mit seiner Prinzessin, wie er sagte.«

»Das Zepterspiel.« Jetzt sieht Sole ihre Mutter nicht an, sondern schaut lieber auf die Bahngleise, die sich am Horizont vereinen.

»Ja«, sagt die Mutter sehr leise. »Schon möglich …, ich hab's vergessen …«

»Wie konntest du das zulassen?«, schreit Sole. »Du hast gewusst, wie er war, wie konntest du ihn mit mir allein lassen?«

»Dein Vater und der Großvater waren einverstanden, dass er dir Deutschunterricht gibt.«

»Aber die wussten doch nicht …«

»Nein. Natürlich nicht. Und ich auch nicht, Marisol …«, sie sieht den Zorn im Blick ihrer Tochter und korrigiert sich, »… Sole. Ich dachte, in seinem Alter … da war er ja schon um die fünfzig … Ich weiß, dass er gern deine Haare angefasst hat, deine schöne, blonde Mähne …, und habe gedacht, es wäre nichts dabei, er hätte sich geändert.«

Plötzlich schlägt sie die Hände vors Gesicht und beginnt, verzweifelt zu weinen.

Sole weiß, dass sie auf ein Wort der Vergebung wartet, eine Geste, eine Liebkosung, aber sie ist unfähig, etwas für sie zu tun. Alles in ihr ist erstarrt, gefroren, tot.

Sie lässt den Wagen an und fährt weiter zum Friedhof, während ihre Mutter neben ihr heftig schluchzt und zusammenhanglose Worte stammelt, die verstehen zu wollen Sole sich weigert.

Schwungvoll parkt sie den Wagen und zieht den Zündschlüssel ab.

»Du kannst ja im Auto bleiben, bis du dich wieder gefasst hast. Ich geh schon mal rein. Es ist fast elf, und ich möchte die Mädels vorher noch begrüßen.«

Sole steigt aus, streicht ihr Kleid glatt, schlüpft in die Jacke, greift nach ihrer Handtasche und sieht dann endlich ihre Mutter an, die sich in der letzten Viertelstunde in eine alte Frau verwandelt hat, eine dumme, grausame, groteske alte Frau, für die sie nur noch Abscheu und Verachtung empfindet. Sie holt die Puderdose aus der Tasche und schaut in den kleinen Spiegel. Sie sieht aus wie immer. Sehr blass, aber ansonsten wie immer. Genau wie damals wird ihr niemand ansehen, was mit ihr los ist.

Unterdessen ist auch die Mutter aus dem Wagen gestiegen und blickt sich um, als wüsste sie nicht recht, wo sie ist und was sie dort zu suchen hat.

In diesem Moment erscheint eine Frau in der Tür der Trauerhalle, zündet sich eine Zigarette an und schaut mit einer gewissen Neugierde zu ihnen herüber. Sie ist groß, schlank, mit sehr kurzem Haar und einer kirschroten Brille mit eckigen Gläsern. Sie trägt schwarze Jeans und ein schwarzweißes T-Shirt mit einem Porträt von Lou Reed.

»Marga, bist du das?«, ruft Sole und läuft auf die Frau zu, die, als sie sie erkennt, die Zigarette aus dem Mund nimmt und ihr mit dem unverwechselbaren Lächeln ihrer Schulfreundin entgegensieht.

Eng umschlungen und erfüllt von einer seltsamen Mischung aus Freude und Trauer gehen sie in das Friedhofsgebäude. Soles Angst verflüchtigt sich, als Rita ihr den Arm um die Schultern legt und ihr eine Kraft und eine Sicherheit vermittelt, die sie längst verloren glaubte. Im Eingangsbereich treffen sie Tere, die den Saal verlassen hat, um zu telefonieren, als sie jedoch Sole sieht, steckt sie das Handy ein und schließt sie fest in die Arme.

»Süß siehst du aus, wie immer«, sagt sie ihr ins Ohr. »Und mit tausend Armreifen, wie immer.« Beide lachen. »Weißt du, dass ich immer an dich denken muss, wenn ich Armreifen klingeln höre?«

Sole steigen die Tränen in die Augen. Sie hätte nie damit gerechnet, dass Tere an sie denkt.

»Komm, sag den anderen Hallo. Sie sind alle drin bei Lena. Nach der Zeremonie bringen wir ihre Asche nach Caprala zu diesem Pinienwäldchen, das sie so geliebt hat, und ich habe in der Casa Mateo einen Tisch reserviert, damit wir noch eine Weile zusammen sein und uns in Ruhe unterhalten können. Du kommst doch mit, nicht wahr? Oder hast du es eilig?«

»Nein. Ich habe es nicht eilig. Natürlich komme ich mit euch.«

In dem Separee, in dem Lena aufgebahrt ist, sieht Sole auch die anderen wieder, und es gibt Umarmungen, die Sole aufrichtig scheinen, Blicke, die sich bemühen, nicht allzu indiskret zu sein, so herzlich lächelnde Gesichter, als wären seit dem letzten Mal keine dreißig Jahre vergangen.

Lena ist im Tod hübscher als im Leben. Ihr Gesicht wirkt wie aus Porzellan, weil die Falten auf der Stirn und um die Augen verschwunden sind und ihr Profil schärfer ist. Man hat sie in eine tiefblaue Seidentunika mit kleinen Silberornamenten gekleidet und ihr Haar offen gelassen. Alles ist voller Blumen, vorwiegend Tulpen und Narzissen, Lenas Lieblingsblumen, und ein Korb Veilchen, die Sole telefonisch bestellt hat, und die im Juni beschaffen zu können man ihr nicht versprechen mochte. Aber da sind sie, intensiv duftend, perfekt, wie die, die im Frühling um Margas Landhaus blühten. Hinter dem Sarg stehen sechs Bäumchen, als bewachten sie Lenas Kopf: ein Orangenbaum, ein Kirschbaum, ein Mandelbaum, ein Zitronenbaum, ein Apfelbaum und ein Granatapfelbaum.

Obwohl keine Zeit war, eine Anzeige in die Zeitung zu setzen, sind mehr Leute gekommen, als Teresa erwartet hat; im Ort spricht sich alles schnell herum, und Lena wurde offenbar sehr geschätzt. Viele der anwesenden Frauen sind Patientinnen von Teresa, auch die Mütter einiger Freundinnen sind gekommen und etliche Männer, die zu Lebzeiten nicht viel Kontakt zu Lena hatten, aber trotzdem Abschied von ihr nehmen wollen. Manolo ist da, sehr ernst, im dunklen Anzug; David, der sich in die letzte Reihe gesetzt hat, als wäre er auf dem Sprung; Chimo, der nicht nur ihr ehemaliger Schulkamerad, sondern seit Jahren ihr Steuerberater war; Jaime, ihr Zahnarzt und Freund.

Als alle Platz genommen haben, erhebt sich Teresa.

»Liebe Freundinnen und Freunde«, sagt sie und schaut voller Zuneigung in die Runde. »Wie fast immer, wenn es etwas zu organisieren gilt – und darüber möchte ich mich keineswegs beschweren –, ist mir die Aufgabe zugefallen, diese Trauerfeier auszurichten, den Abschied von unserer geliebten Lena. Ich wollte etwas machen, das ihr gefallen hätte, und da ich weiß, dass sie kein christliches Begräbnis wollte, aber doch an die Transzendenz der Seele glaubte, habe ich mir etwas einfallen lassen. Ritas Freundin Ingrid hat mich dabei ein wenig beraten. Ich hoffe, ihr seid nicht schockiert.«

Sie setzt sich wieder hin, und plötzlich dröhnt der Sound von Queen durch den Saal, *Bohemian Rapsody*. Nachdem sich die Gesellschaft vom ersten Schrecken erholt hat – vor allem die älteren Frauen wechseln verstörte Blicke –, schließen die meisten die Augen und geben sich der Musik hin. Danach steht Teresa wieder auf.

»Wir haben uns gedacht, dass jetzt ihre engsten Freundinnen sprechen und jede ihre schönste Erinnerung an unsere liebe Lena erzählen sollte und was sie am meisten an ihr mochte, aber ihr seht ja, ich muss schon weinen, also wird das nicht möglich sein. Ich werde euch nicht einmal die Texte vorlesen können, die ich ausgewählt habe, weil sie ihr so gut gefielen.« Ihre Stimme bebt so sehr, dass sie innehalten und sich die Nase putzen muss. Da steht Sole auf.

»Tere, wenn es dir nichts ausmacht, würde ich dann gern etwas vorlesen.«

Teresa nickt dankbar und setzt sich, während Sole unter dem Gemurmel der Trauergäste, die einander aufklären, wer die Frau in dem hellen Leinenkleid ist, nach vorn geht und sich neben den Sarg stellt.

»Was ich euch vorlesen möchte«, beginnt Sole mit fester Stimme, »ist ein Schreiben, das Lena mir vor etwa zwei Wochen zugemailt hat. Vor einigen Monaten haben wir angefangen, uns E-Mails zu schicken, und dadurch eine Freundschaft aufgefrischt, die wir schon verloren glaubten. Fast nie haben wir uns Ereignisse aus unserem täglichen Leben erzählt; vielmehr haben wir Erinnerungen ausgetauscht, als wären es Geschenke. Manche Dinge, an die sie sich noch deutlich erinnerte, hatte ich vergessen und umgekehrt. Ihr könnt euch nicht vorstellen, was mir dieser Kontakt bedeutet hat; es war, als kehrte ich zurück in meine Jugend, zurück ins Leben.«

Sole faltet die Papiere auseinander, die sie in der Hand hält, setzt die Brille auf, die an einer diamantenbesetzten Kette hängt, lässt den Blick über ihr Publikum schweifen, räuspert sich und beginnt zu lesen.

David richtet sich auf seinem Stuhl auf. Vor wenigen Tagen haben ihm die Kollegen der IT-Abteilung einige E-Mails weitergeleitet, die Lena auf ihrem Rechner gespeichert hatte, Briefe ihrer Freundin Sole, doch hob Lena anscheinend keine Kopien ihrer gesendeten Nachrichten auf, und somit kennt er dieses Schreiben nicht und ist gespannt, ob ihm irgendein Indiz zu entnehmen ist. Nach der Trauerfeier wird er Sole um den Text bitten und ihn mit dem vergleichen, was sie schon haben.

Die Mädels ballen die Fäuste, schlucken hart und werfen einander verstohlene Blicke zu, weil sie befürchten, dass Sole, die so lange keinen Kontakt zu ihnen gehabt hat, unbedarft etwas vorlesen könnte, das die anderen vor indiskreten Ohren lieber geschützt hätten. Teresa schaut besorgt zu Rita hinüber, die nur schicksalergeben die Schultern hebt.

Candela bekommt fast nichts mit. Seit sie die Trauerhalle betreten hat, schlottert sie am ganzen Leib, und es kostet sie übermenschliche Anstrengung und Konzentration, sich nicht anmerken zu lassen, dass sie vor Entsetzen nur noch wie eine weiche Gummimasse ist. Sie hält die Arme fest unter der Brust verschränkt und den Kopf gesenkt, im Bemühen, nach Trauer aussehen zu lassen, was sie stattdessen in Wahrheit fühlt: Angst. Eine grausige, lähmende Angst, die durch ihre Adern, entlang ihrer Nerven aufwärtskriecht und sich in ihrem ganzen kranken Körper ausbreitet, ihrem verräterischen Körper, der bald aufhören wird zu funktionieren, um das zu werden, was Lena jetzt ist: ein kalter Leichnam. Sie hat immer gewusst, dass sie sterben muss wie alle Menschen; aber bisher war das eine theoretische, intellektuelle Erkenntnis, fernab von ihrem Leben und ihrer eigenen Substanz. Selbst an diesem Morgen, als sie sich für die Beerdigung anzog, war der Tod draußen geblieben, auf der anderen Seite der Tür; doch jetzt, im Andachtsraum, umringt von den Freundinnen, die Lena beweinen, hat sich der Tod neben ihr, in ihr niedergelassen, grinst sie an mit seiner Schädelfratze und wartet. Candela weiß, dass die nächste Beerdigung ihre eigene sein wird, dass die Mädels schon bald, vielleicht noch in diesem Sommer, wieder hier zusammenkommen, womöglich in denselben Kleidern, und eine Weile um sie weinen werden. Und hinterher werden sie ihre Asche verteilen und in die Kneipe gehen, um sich auf ihr Wohl zu betrinken, mit der Kraft des Lebens die Gläser klingen lassen und schließlich wieder lachen, bevor sie ihrer Wege gehen, durch die dunklen Straßen wanken bis zu ihren Häusern, wo sie sich in die Arme ihrer Männer schmiegen und vielleicht sogar mit ihnen schlafen werden, wenn sie nicht schon zu betrunken sind. Und am nächsten Tag werden sie verkatert aufstehen, sagen »Für so was sind wir zu alt« und ihr Leben weiterleben, zehn, zwanzig, dreißig Jahre lang, während ihr nur noch ein paar Wochen bleiben, ein paar Monate, wenn sie Glück hat. Und dann wird sie, die alle jetzt für so hart, so mutig, so kämpferisch halten, sich in »die arme Candela« verwandelt haben.

Das verabscheut sie am meisten: für immer »die arme Candela« zu sein, wie Lena, eine Frau, die sich so stark von ihr unterschied wie keine andere, die ihr je im Leben begegnet ist, und der sie dennoch sehr bald gleichen wird, im Tod und in der Erinnerung der einzigen Menschen, die ihr etwas bedeuten.

Rita wird nach London zurückkehren in ihr gewohntes Leben, sie wird noch fünf oder sechs Filme machen, und irgendwann wird sie sie vergessen haben, ebenso wie sie sie nach der Mallorca-Reise dreißig Jahre lang vergessen hatte. Und dann wird die gesamte Existenz von Candela Alcántara sinnlos geworden sein.

Am liebsten hätte sie aufgeheult vor Verzweiflung, sich diesen Körper, der sie im Stich gelassen hat, heruntergerissen und wäre über das Meer zum Horizont geflogen. Sie beißt sich auf die Lippen, senkt den Kopf noch tiefer und versucht, sich auf Soles Worte und Ritas Hand zu konzentrieren, die sich zart wie ein warmer Schmetterling auf ihrem Schenkel niedergelassen hat. Wenn sie doch nur mehr Zeit hätte …

Wenn sie mehr Zeit hätte, könnte sie Rita zurückerobern. Denn Rita liebt sie, sie weiß, dass Rita sie jetzt wieder liebt, auch wenn sie sich fürchtet, auch wenn sie Angst hat, ihr ganzes Leben ändern zu müssen, damit sie zusammen sein können, wieder von vorn anfangen zu müssen, als hätten diese drei Jahrzehnte der Trennung nie existiert. Aber die Zeit läuft ab. Es ist Zeit zu sterben.

Sie nimmt Ritas Hand, drückt sie fest und hört Sole zu:

»Ich sollte vorausschicken«, sagt Sole soeben, »dass wir uns nie mit Anredeformalitäten aufgehalten, sondern einfach angefangen haben zu schreiben, sozusagen mittendrin, ich unterschlage euch also nichts, okay? Ah, und es ist ein langer Brief, ein sehr langer, aber ich glaube, es lohnt sich, denn es geht nur um uns, ihre Freundinnen. Das also sind Lenas Worte:

Trotz allem, Sole, trotz allem, was ich zeitweilig durchmachen musste, trotz allem, was anders kam, als ich es mir erträumt hatte – wir hatten ja alle unsere Träume damals in jenem lang zurückliegenden letzten Schuljahr –, und obwohl ich weiß, dass mein ganzes Leben, und vielleicht auch deines und das der anderen, im Sommer 1974 eine entscheidende Wende genommen hat, so weiß ich doch aus tiefstem Herzen, mit ganzer Seele, dass das Wichtigste in meinem Leben die Clique vom 28sten war; sie zu kennen und zu lieben hat meine Existenz am stärksten geprägt, es war das Beste, was mir je passiert ist. Ich möchte es um nichts in der Welt missen.

Ich weiß auch, dass ihr mich oft für beschränkt gehalten habt, einfältig bis zur Schmerzgrenze, dumm wie Bohnenstroh, ein naives Ding, das den ganzen Tag Maulaffen feilhält, wie Candela immer gesagt hat, wie sie noch heute sagt, wenn wir uns treffen und sie mich dabei erwischt, wie ich Löcher in die Luft starre, was zugegebenermaßen immer öfter vorkommt. Das stört mich nicht, ehrlich nicht. Ich bin von Natur aus verträumt und war nie wie ihr, so aktiv und unternehmungslustig. Dafür habe ich, auch wenn ich nicht weiß, ob ihr das je bemerkt habt, eine gute Beobachtungsgabe; und deshalb glaube ich, deine Frage, was aus der Clique vom 28sten geworden ist, beantworten zu können.

Ich muss ein paar Schritte zurückgehen, um ein schärferes Bild zu haben, wie Marga immer sagte.

Erinnerst du dich an unsere Pläne, als wir noch auf dem Gymnasium waren? Du wolltest Model werden. Na ja, zuerst, so mit fünfzehn, wolltest du Stewardess werden wie fast alle hübschen Mädchen mit ein paar Englisch- und Französischkenntnissen, bis dir aufging, dass eine Stewardess nicht viel mehr ist als eine Kellnerin, wenn auch in der Luft, und von da an wolltest du Mannequin werden, so hieß das damals. Du wusstest, dass deine Familie dich lieber tot gesehen hätte als auf einem Laufsteg, doch zu dieser Zeit war die Meinung der Familie schon nicht mehr so wichtig; die Welt wandelte sich, und wir konnten uns auflehnen, oder zumindest glaubten wir das, kindisch, wie wir waren.

Die Einzige, die immer wusste, was sie wollte, war Tere. Und sie hat es geschafft: Sie ist Ärztin geworden. Gynäkologin. Eine hervorragende Frauenärztin, die zudem seit fünfundzwanzig Jahren verheiratet ist und zwei großartige Kinder hat, die schon langsam erwachsen werden. Sie ist noch wie früher, vernünftig, gut organisiert, gelassen. Und großzügig, Sole, sehr großzügig. Als sie sah, dass ich auf keinen grünen Zweig kam und die Übersetzungen kaum ausreichten, meinen Lebensunterhalt zu bestreiten, gab sie mir eine Stelle in ihrer Praxis mit einem ordentlichen Gehalt, damit ich sorglos leben konnte. Und dabei habe ich lediglich Abitur, obwohl ich später ziemlich viel gelernt habe.

Ana, die immer Rechtsanwältin werden wollte, erinnerst du dich? Sie hat sich letztlich für etwas völlig anderes entschieden und ist Hebamme geworden; darum haben Teresa und ich mit ihr mehr Kontakt als mit den anderen. Sie hatte vor Jahren eine Phase der Wankelmütigkeit, bis sie sich gefangen hatte und schließlich ihre wahre Berufung fand, aber heute ist es eine Freude, sie anzusehen. Sie ist entzückend, zierlich wie immer, aber fröhlich, voller Energie, glücklich. Sie hat endlich den Mann ihres Lebens gefunden, einen sehr netten Kerl aus Asturien und – halt dich fest, Sole! – Polizist. Und das scheint alles geändert zu haben. Sie haben einen bezaubernden Jungen von zehn Jahren – gerade noch rechtzeitig –, und man sieht ihnen an, dass sie glücklich sind, eine richtige Familie. Ich hätte mir Ana nie unter Neugeborenen vorstellen können oder beim Kuchenbacken und Margaritenpflanzen, doch sie hat anscheinend ihren Lebensinhalt gefunden. Sie ist immer noch eine Linke – manche Dinge ändern sich zum Glück nie –, aber keine Politbestie mehr wie früher; von der Kommunistischen Partei war sie, nachdem die legalisiert war, anscheinend schwer enttäuscht, und so hat sie sich zur stillen Revolution entschlossen, von Angesicht zu Angesicht. Du solltest mal sehen, wie sie mit den Frauen umgeht, die sie betreut. So fürsorglich, humorvoll und sanft! Sie hat das alles hinter sich gelassen, Sole, alles. Sie braucht nicht einmal mehr Feministin zu sein, wo sie doch immer so streitlustig war.

Carmen ist noch genauso hübsch und munter. Sie kleidet sich wie eine Dreißigjährige, und es steht ihr. Wenn ich mich so anziehen würde, würden mich die Kinder auf der Straße mit Steinen bewerfen, aber zu Carmen passt es perfekt. Ihre beiden Töchter sind schon älter, und keine von ihnen hat bisher Kinder; somit ist sie nach all den Jahren gescheiterter Beziehungen endlich frei. Jetzt ist sie selbständig, hat einen Laden für Wohnaccessoires, der sehr gut läuft, sie reist viel und lacht viel, über sich selbst und die anderen. Manchmal denke ich, es belastet sie, keinen festen Partner zu haben; wie fast alle Frauen unserer Generation hat man sie dazu erzogen, zu heiraten und ihr Leben lang Ehefrau zu sein. Ich nehme an, dass sie es deshalb zweimal versucht hat, und es würde mich nicht wundern, wenn sie es noch einmal probiert, falls sie sich wieder verlieben sollte. Ich stelle sie mir mit einem wesentlich jüngeren, aktiven, lustigen, energiegeladenen Mann vor, aber sobald ich davon anfange, sagt sie, als »Kinderschänderin« wollte sie nun wahrlich nicht bezeichnet werden, zwar hätte sie sich schon Übleres anhören müssen, aber so was dann doch nicht. Ich nehme an, damit meint sie ihre Schwangerschaft kurz nach der Schule. Weißt du noch, wie damals über sie hergezogen wurde? Es war beinahe das Schlimmste, was einer Familie passieren konnte; denn das passierte nicht dir allein, sondern deiner gesamten Sippe, und in der Generation davor musste die Mutter des Mädchens noch Halbtrauer tragen und durfte die Augen nicht vom Boden he-

ben, wenn sie unter dem Getuschel der anderen Frauen auf dem Markt einkaufen ging. Damit ist es glücklicherweise vorbei. Auch wenn es nicht den Anschein hat, weil unsere Generation nicht einmal die Hälfte ihrer Ideale verwirklicht hat, dieser Flower-Power-Bewegung, die mein größtes Glück und mein größtes Unglück war; auch wenn es nicht den Anschein hat, so haben wir doch eine Revolution in Gang gesetzt; sieh dir nur an, wie sich die Welt verändert hat: Niemand zerreißt sich mehr das Maul, wenn man ein uneheliches Kind hat oder mehrere Kinder von verschiedenen Vätern oder zusammenlebt, mit wem man will, oder sich als homosexuell outet. Das ist viel wert, Sole, immens viel wert, und darüber ist sich kaum jemand im Klaren, als wäre es das Selbstverständlichste von der Welt. Und das ist es natürlich auch. Aber wenn es heute selbstverständlich geworden ist, dann, weil unsere Generation dafür gekämpft hat, wir haben gekämpft wie die Löwen, um zu erreichen, dass sich die Gesetze, die Sprache, die Mentalität der Leute nach und nach veränderten. Und jetzt stellt sich heraus, dass es immer noch Leute gibt, die nach ›Zucht und Ordnung‹ schreien, so hieß das früher, weißt du noch? Die sich nach dieser grauen und autoritären Vergangenheit zurücksehnen und sich wünschen, die Regierung würde wieder anfangen, alles zu verbieten, auf dass die alten Männer im Vatikan entscheiden, was wir mit unserem Körper und mit unserer Seele zu tun haben. Wie ist es möglich, dass es sogar junge Leute gibt, die es gutheißen, wenn man ihnen bestimmte Dinge »zu ihrem Besten« verbietet, ihre Freiheit beschneidet, ihr Verhalten, ihre Worte, ihre Gedanken, ihre Entscheidungen zensiert? Daran merkt man, dass sie die Franco-Zeit nicht miterlebt haben, dass sie keine Prüfung in Fächern wie ›Nationalbewusstsein‹ ablegen und Aufsätze zu Themen wie ›Spanien, Schicksalseinheit im Universalen‹ oder ›Spanien, die spirituelle Reserve des Westens‹ schreiben mussten. Wer seine Freiheit und seine individuelle Entscheidungskraft aufgibt, gibt alles auf, Sole, das weißt du, die du in Kuba lebst, nur zu gut. Das einzig Menschliche, was bleibt, wenn man sich einem Rechts- oder Linksextremismus verschrieben hat, ist der Überlebenswille, so viele Knüppel auch auf einen niedergehen mögen. Und das genügt nicht.

Aber du hast mich gebeten, dir von den Mädels zu berichten, und ich schreibe von was auch immer mir durch den Kopf geht. Entschuldige. Ich genieße es so sehr, dir diese Zeilen zu schreiben, dass ich nicht einmal merke, ob ich dich nicht vielleicht langweile, denn eigentlich willst du ja konkrete Dinge wissen. Also weiter.

Candela. Die große Dame unserer Clique. Erinnerst du dich, dass Candela immer eine Dame war, schon mit fünfzehn, als wir uns kennenlernten? Wir haben ihr deshalb nicht recht getraut; diese Selbstsicherheit, diese hochmütige Haltung, diese unglaublichen grauen Augen, die dich zu durchbohren schienen, dieser kalte, elegante Zynismus, der selbst den Lehrern die Sprache verschlug. Es dauerte, bis wir entdeckten, dass Candela unter ihrem polierten Stahlpanzer eine leidenschaftliche Frau war, fast explosiv, eine liebevolle Freundin, verlässlich wie kaum eine andere, ehrlich bis zur Brutalität, die einzige Frau unter uns, denn wir, auch wenn wir uns für etwas anderes hielten, waren nichts weiter als unreife junge Dinger.

Sie ist noch genauso, obwohl ihr Panzer mit der Zeit noch härter geworden ist und sie uns das, was darunter ist, nur sehr sporadisch sehen lässt. Sie ist eine exzellente Rechtsanwältin und verdient mehr Geld, als sie in hundert Jahren ausgeben kann, aber sie teilt es auch mit jedem, dem es daran fehlt. Als mein Sohn noch sehr jung war, finanzierte sie ihm mehrere Sommerkurse in den Vereinigten Staaten, was ihm die notwendigen fachlichen Grundlagen verschaffte, um ein Stipendium für das Massachusetts Institute of Technology *zu beantragen. ›Ich habe ja sowieso keine Zeit zum Geldausgeben‹, sagte sie zu mir. ›Jeremy kann es besser gebrauchen.‹ Sie bat mich, es niemandem zu erzählen, als schämte sie sich ihrer Großzügigkeit, aber ich finde, es sollte noch jemand wissen, falls einmal behauptet werden sollte, Candela wäre egoistisch.*

Das ist sie nicht, aber sie ist einsam, sehr einsam; vermutlich aus freien Stücken, wie ich. Sie hat nie einen Mann gefunden, der ihr das Wasser reichen könnte, der sie verdient hätte. Sie ist zu direkt, selbstgenügsam, intelligent, elegant; sie ist beängstigend, ich weiß nicht, ob ich mich verständlich ausdrücke. Auch du bist intelligent, elegant und schön, aber du hast so etwas Sanftes, Weibliches, das Bedürfnis, nett zu sein – wie ich, wie fast alle Frauen unserer Zeit –, das dich verleitet, dich auch in Verhältnisse zu fügen, die du eigentlich nicht willst, um niemanden zu kränken, um nicht Nein sagen zu müssen. Diesbezüglich ist Candela wie ein Mann im traditionellen Sinn: Sie respektiert keine Regel außer ihren eigenen und sieht nicht ein, warum eine Frau zu sein automatisch bedeuten muss, auch lieb und unterwürfig zu sein. Ich auch nicht, ehrlich gesagt, aber nur theoretisch, während Candela sich ja nie ausdrücklich zum Feminismus bekannt hat, sondern diesen einfach lebt, ohne sich darum zu scheren, was man von ihr denken könnte.

In letzter Zeit war sie oft krank und hat stark abgenommen, aber das steht ihr, sie hat einen guten Knochenbau, und wenn sie sich ein paar Tage Urlaub gönnt und den Stress ein bisschen reduziert, ist sie sicher bald wieder fit.

Und zu guter Letzt Marga, das verlorene Schaf, die jetzt als die große Filmregisseurin Rita Montero wieder aufgetaucht ist. Sie ist wohl diejenige, die sich von uns allen am meisten verändert hat. Vielleicht liegt das aber auch nur daran, dass ich sie dreißig Jahre nicht gesehen habe und mir die Veränderungen deshalb mehr auffallen. Früher war auch sie so, wie ich gerade die Frauen unserer Generation beschrieben habe: intelligent, aktiv, klar und ehrlich, aber lieb und gefügig, mit dieser Neigung zur Opferbereitschaft und Anpassung, die man uns von klein auf anerzogen hat. Erinnerst du dich noch an unser letztes Schuljahr, als sie die Seele des Gymnasiums war, nur Einsen schrieb, jede Wahl gewann, zu der sie antrat, und ungeheuer scharfsinnige Artikel für die Schülerzeitung verfasste, sich aber trotzdem von Manolo, ihrem damaligen Verehrer, herumkommandieren ließ, der bei jeder Gelegenheit mit seinen männlichen Vorrechten angab, sprich ›Der Mann ist das Oberhaupt der Familie wie Christus das Oberhaupt der Kirche ist‹ und dieser ganze Schwachsinn, den sie uns seinerzeit einzutrichtern versuchten.

Rita hat sich gut entwickelt. Sie ist noch genauso freundlich, liebevoll und fröhlich, hat sich aber inzwischen die Härte zugelegt, die ihr früher fehlte. Keinen äußerlichen, sichtbaren Stahlpanzer wie Candela, sondern eher so etwas wie eine Eisenfaust im Samthandschuh. Ich kann mir vorstellen, dass man nur auf diese Weise einen Job wie den ihren machen kann, hoch kreativ, Ausdruck ihrer eigenen In-

nenwelt, während man zugleich einen riesigen Stab von Spezialisten zu koordinieren hat, ebenfalls Kreative, die sich aber dennoch den Wünschen der Regisseurin unterordnen müssen.

Sie ist zurückhaltender, weniger gesprächig, als ich sie in Erinnerung habe, aber nach wie vor die beste Zuhörerin, die ich kenne; sie unterbricht nicht, stellt keine Vergleiche zu eigenen Anekdoten an, zieht keine voreiligen Schlüsse. Sie ist immer noch die ›Hüterin der Geheimnisse‹; weißt du noch, dass wir sie so nannten, weil wir alle gewohnt waren, ihr unsere Kümmernisse zu erzählen? Aber sie beharrt auf ihrer zunehmenden Gedächtnisschwäche und behauptet, alles zu vergessen, was nicht unmittelbar mit dem Drehbuch zu tun hat, an dem sie gerade schreibt. Das fand ich sehr witzig, obwohl ich es aus eigener Erfahrung kenne, weil man sich ja oft nur noch der Tatsache erinnert, dass jemand etwas erzählt hat, das für ihn oder sie immens wichtig oder sogar peinlich war, und man trotzdem nach einiger Zeit wieder vergessen hat, was es eigentlich war, weil es einen nicht direkt betrifft. Nach ihren Filmen zu urteilen, muss es ihr ständig so ergehen. Das Geheimnis *ist wirklich schön, nicht wahr? Ein großartiger Film! Bist du nicht auch stolz, dass unsere Marga so etwas geschaffen hat? Ich weiß noch, wie sie in Mallorca mit ihrer ersten Kamera herumlief, die sie zum Geburtstag bekommen hatte, und finde es sehr aufregend, dass sie es so weit gebracht hat und wir live dabei gewesen sind, als ihr die Kamera überreicht wurde, die ihr ganzes Leben prägen sollte. Erinnerst du dich an ihre Geburtstagsparty? Ich glaube, das war einer der schönsten Tage meines Lebens; dieser und einige auf Mallorca. Dann ging es lange nur bergab, bis es mir vor noch nicht allzu langer Zeit gelungen ist zu akzeptieren, dass ich nie wieder etwas von Nick hören werde, dass in jener Nacht in Neu Delhi alles aus dem Lot geraten ist und sich die Vergangenheit nicht mehr geraderücken lässt. Aber ich schweife schon wieder ab.*

Ich habe den Eindruck, dass Rita, obwohl das Leben sie nicht schlecht behandelt hat, viele emotionale Tiefschläge einstecken musste und sie sich deshalb nicht mehr so ohne Weiteres auf nähere Beziehungen einlässt. Der unerwartete Tod ihres Vaters, der keine sechzig Jahre alt geworden ist, hat sie anscheinend schwer getroffen und auch der Verlust des Häuschens auf dem Land, was für uns, die wir im Ort geblieben sind, nur schwer nachvollziehbar ist. Doch stellt El Campo, *dieses herrliche Stückchen Erde, wo wir jenen Geburtstag gefeiert haben, das Bindeglied zu einer Vergangenheit dar, zu der sie zurückkehren konnte, und nun den Verlust ihrer Wurzeln.*

Jetzt lebt sie mit Ingrid zusammen, einer Freundin, die zugleich ihre Privatsekretärin ist, und deren Kindern. Angeblich soll Rita lesbisch sein, das wirst du sicher in irgendeiner Zeitschrift oder im Internet gelesen haben, aber mir waren die sexuellen Neigungen anderer Leute eigentlich schon immer egal, und was Rita angeht, so möchte ich nur, dass sie glücklich ist mit einem Menschen ihrer Wahl. Aber, wie gesagt, sie wirkt heiter, voller Lebensfreude und Zukunftspläne und scheint sich keine Sorgen um Alter und Tod zu machen, was sehr angenehm ist, denn für Frauen unseres Alters ist das offenbar das Thema Nummer eins, das mit dem Älterwerden, meine ich. Vom Tod reden wir alle nicht, weil wir davon ausgehen, dass uns mit etwas Glück noch mehr als dreißig Jahre bleiben, um all das zu tun, was wir gern noch tun wollen.

Ich, zum Beispiel, habe mich entschlossen, wieder nach Indien zu gehen, nur eine Urlaubsreise, erschrick nicht, nichts mit religiöser Bekehrung oder mystischer Sinnsuche. Ich glaube, ich bin es mir selbst schuldig, noch einmal an die Orte zu fahren, wo ich mit Nick so glücklich war und den schlimmsten Schmerz meines Lebens erlitten habe. Ich denke, es könnte eine heilsame Reise werden, eine Befreiung von meinen Gespenstern.

Und vielleicht kann ich die Mädels, oder eine von ihnen, ja überreden, noch einmal mit mir nach Mallorca zu fahren, um zu spüren, dass das Leben weitergegangen ist, dass die Zeit nicht stehen geblieben ist in jenem Sommer, dass sich kein Mensch mehr daran erinnert oder dafür interessiert, was eine Gruppe von Mädchen, beinahe Frauen, dort während ihrer Abiturfahrt erlebt haben. Es ist Zeit zu vergessen, die Seite umzublättern, nach vorne zu schauen.

Wie du siehst, an Projekten fehlt es mir nicht, und jetzt, da Jeremy meine finanzielle Unterstützung nicht mehr braucht, kann ich nach Belieben über meine Einkünfte verfügen. Vielleicht kann ich ja Candela überreden, mit mir hinzufahren. Wir leben beide allein, und ich würde ihr gern etwas schenken, nicht zur Wiedergutmachung des-

sen, was sie für mich getan hat, sondern damit sie weiß, dass ich es nicht vergessen habe und es nie selbstverständlich fand.

Da fällt mir ein, wir könnten ja auch dich in Havanna besuchen. Bestimmt hast du ein schönes Haus mit einem Gästezimmer. Carmen wird bald in deiner Gegend sein, auf Kreuzfahrt. Ich werde ihr sagen, sie soll dich besuchen, wenn sie Zeit hat.

Nur du fehlst, damit wir vollzählig sind, Sole. Hättest du keine Lust auf einen Blitztrip? Wir könnten uns alle am 28. Juni in der Kneipe treffen. Ich würde es niemandem verraten, und plötzlich würdest du auftauchen wie aus dem Hut gezaubert. Denk mal darüber nach. Oder nein, denk nicht darüber nach. Setz dich ins Flugzeug und komm! Wir lieben dich, Sole.«

Als Sole verstummte, war es minutenlang so still, dass man eine Feder hätte fallen hören. Sole ging zu ihrem Platz zurück und schloss Teresa, die aufgestanden war, in die Arme. Beide weinten.

Dann traten vier Friedhofsangestellte ein, um den Sarg zur Einäscherung zu bringen, doch die anwesenden Männer, alle sichtlich erschüttert, hoben ihn selbst auf und trugen ihn zu dem Förderband, während aus den Lautsprechern *Halleluja* von Leonard Cohen ertönte, Lenas Lieblingssänger.

Die Freundinnen standen alle zusammen in der ersten Reihe, hielten einander unter Tränen in den Armen oder an den Händen und blickten auf den Sarg mit dem Leichnam ihrer Freundin, die gerade noch durch die von Sole gelesenen Worte zu ihnen gesprochen hatte.

Als kurz darauf ein dunkel gekleideter Angestellter Teresa die Urne übergab, gingen sie zurück in den Raum, in dem noch die Bäumchen standen, und jede der Freundinnen wählte eines aus, nahm etwas Asche und vergrub sie mit bloßen Händen zwischen den Wurzeln. Aus den Lautsprechern klang *Good Night, Ladies* von Lou Reed, ein Song, der denen, die Lena nicht so nahegestanden hatten, noch pietätloser vorkam als der von Queen am Anfang, sodass alle ruhigen Gewissens den Saal verlassen konnten.

Da keine Familienangehörigen der Verstorbenen da waren, wusste niemand, wem er Beileid aussprechen sollte, und schließlich verabschiedeten sich alle von Teresa, als wäre Lena ihre Schwester gewesen.

Soles Mutter näherte sich ihrer Tochter, zögerlich, weil sie fürchtete, Sole könnte sich in aller Öffentlichkeit von ihr abwenden.

»Ich gehe mit Carmens Mutter. Anas Mann fährt uns nach Hause. Kommst du zum Abendessen?«

»Nein, Mama, warte nicht auf mich. Ich bleibe jetzt bei meinen Freundinnen, und nachher sehen wir weiter. Ich rufe dich später an.«

Sie wusste nicht mehr, wie sie mit ihrer Mutter umgehen sollte. Darüber musste sie sich vor ihrer Rückkehr nach Kuba noch schlüssig werden, wollte jedoch in diesem Moment nicht an das denken, was auf der Hinfahrt im Auto vorgefallen war. Jetzt ging es um Lena und die Mädels. Alles andere konnte warten.

Rita wischte sich die Hände mit einem Papiertaschentuch ab und zündete sich in der Vorhalle eine Zigarette an. Sofort kam ein Angestellter auf sie zu und forderte sie auf, zum Rauchen nach draußen zu gehen, doch im selben Moment trat Anas Mutter zu ihr, um ein paar Worte mit ihr zu wechseln, und Rita betrachtete ihre qualmende Zigarette und wusste nicht, was sie damit machen sollte.

»Komm, gib her, du Tabakjunkie«, sagte Manolo. »Ich werfe die Kippe raus.«

Candelas Augen folgten ihm nachdenklich, während er zur Tür ging. David sprach mit Sole, und diese händigte ihm den Text aus, den sie eben vorgelesen hatte. Chimo plauderte mit Carmen. Jaime küsste alle, ehe er ging.

Die älteren Frauen bewegten ihre Fächer und tuschelten miteinander über die absonderliche Zeremonie. Teresa organisierte Fahrgemeinschaften, weil es unsinnig war, dass jede mit ihrem eigenen Auto fuhr.

»Hört mal einen Augenblick her. In meinem ist das Werkzeug, um die Bäume einzupflanzen. Ich kann noch drei oder vier mitnehmen.«

»Rita und ich fahren mit meinem«, sagte Candela in einem Ton, der keinen Widerspruch duldete, und Teresa begriff sofort. »Ich fahre euch nach. Ich weiß nicht, wie ich nach Caprala komme.«

»Gut. Dann fahren Ana, Carmen und Sole mit mir.«

Als sie mit den Bäumchen im Arm hinauskamen, stand Manolo an der Tür, die Hände in den Taschen und den Blick zum Horizont gerichtet.

»Geht ihr noch irgendwohin? Trinken wir etwas zusammen?«, fragte er hoffnungsvoll und sah Rita an.

Teresa, die Diplomatischste, kam ihr zuvor.

»Nimm es uns nicht übel, Manolo, aber wir haben noch einiges zu tun, und außerdem brauchen wir ein bisschen Zeit für uns, nur wir Mädels. Ich bin sicher, du verstehst das.«

Er nickte, auch wenn er nicht aussah, als verstünde er es.

»Wir können uns ja demnächst mal alle treffen, wenn du willst. Aber wie du siehst, kommen nicht einmal Jaime und David mit. Wir wollen unter uns sein.«

»Na gut, dann ein andermal. Wenn ich irgendetwas tun kann ..., sagt mir Bescheid.«

»Danke, Manolo.«

Als sie sich zum Gehen wandten, hielt er Rita noch einmal zurück.

»Marga ... ich meine, Rita ..., darf ich dich in den nächsten Tagen einmal anrufen? Ich will nicht, dass du denkst, das neulich im *cuartelillo* ... na ja, was soll ich sagen ..., wir sind doch Freunde, oder nicht?« Er senkte die Stimme, damit Candela nichts mitbekam. »Wie ich höre, ermittelt die Polizei gegen dich wegen Lena. Wenn du mich brauchst ..., in diesem Dorf bin ich wer, weißt du? Ich kenne jeden, man schuldet mir Gefälligkeiten ..., wenn du willst, dass ich mit jemandem spreche oder was auch immer ... Also, du kannst auf mich zählen.«

Rita nickte.

»Ich danke dir. Aber ich habe nichts zu verbergen.«

»Natürlich nicht. Ich wollte nur ... na ja, ich wollte es dir nur gesagt haben. Und du hast noch ein Abendessen gut. Ich rufe dich an.«

Rita gab ihm zwei Wangenküsse, damit er endlich den Mund hielt, und eilte zu Candela, die ungeduldig auf sie wartete.

Manolo sah sie in zwei Autos davonfahren, während die anderen auf dem Parkplatz vor dem Friedhof stehen blieben, und kaute an der Abfuhr, zumal ihm nicht aus dem Kopf gehen wollte, was Lena in ihrem Brief über ihn gesagt hatte. Manchmal wünschte er sich, diesen dämlichen Ziegen nie begegnet zu sein, die ihm das Leben verleideten, seit er achtzehn war. Neunmalkluge, Mannweiber, Feministinnen, Lesben. Und so ging das Land vor lauter Toleranz und Dialog den Bach runter, ohne eine starke Hand, die die Geschicke der Nation lenkte.

»Bis dann, Manolo!« Chimo ging an ihm vorbei, ohne innezuhalten.

»He, Mann, du bist ja noch da. Gehen wir ein Bier trinken?«

Chimo überlegte einen Moment. Er hatte keine große Lust, aber Manolo, dem nicht einmal eine Zigarette zum Vorwand diente, stand vor der Tür wie ein herrenloser Hund.

»Na los! Aber viel Zeit habe ich nicht. Ihr Reichen könnt Däumchen drehen, ich weiß, aber ich muss schuften.«

Manolo lachte dröhnend, klopfte Chimo auf die Schulter und ging mit ihm in die Cafeteria.

1974

Es ist sieben Uhr abends. Die Sonne, schon sehr tief und von glühendem Orange, fällt schräg durch die Badezimmerfenster des Hotels und taucht alles in ein wundervolles rötliches Licht. Die Mädchen stehen vor den Spiegeln, frisch geduscht und von der Sonne am Pool gebräunt, föhnen die langen Haare, schminken sich, überlegen, was sie anziehen sollen, probieren die Sachen ihrer Freundinnen, lachen überschwänglich über alles und jeden, üben die ausländischen Namen, die ihnen über die Zunge holpern wie magische Formeln: Sven, Björn, Aki, Markkus, Olaf, Erik … Endlich ist Schluss mit den Pepes, Pacos, Luises …, und keine hat an diesem Abend vor, mit ihren Schulkameraden zu tanzen, obwohl sie sie in Palma treffen werden, denn dazu haben sie das ganze Jahr über im Copacabana und in den *cuartelillos* Gelegenheit gehabt. Bestimmt waren auch die Jungen begierig, Brittas, Sviettas und Gudruns kennenzulernen, hochgewachsene, hellhäutige, blonde Mädchen mit großen Brüsten, die unter den T-Shirts wippten, mit langen Beinen und wenigen Hemmungen.

Trotzdem ist es gut zu wissen, dass die Jungs da sind, falls etwas passiert, falls irgendein Ausländer zudringlich werden und mehr verlangen sollte, als die Mädchen zu geben bereit sind. Und dann sind da ja auch noch Don Telmo, der, wie sie jetzt wissen, bei Bedarf äußerst unangenehm werden kann, und Don Javier, der zwar Priester, aber auch ein Mann ist, der ihnen beispringen würde.

Wie ein Schwarm Schmetterlinge flattern sie aus den Zimmern, nachdem sie einen letzten Blick in den Spiegel geworfen und sich gegenseitig versichert haben, was sie bereits wissen: Sie sehen traumhaft aus. Auch wenn sich einige zu dick und andere zu dünn und alle ihren Busen entweder zu groß oder zu klein finden oder meinen, nicht die vorteilhaftesten Sachen zu tragen oder dass eine andere im Vergleich zu den übrigen besonders beeindruckend ist, so wissen sie doch, dass sie ein aufsehenerregendes Grüppchen sind, während sie den in der Dämmerung bereits bläulichen Garten durchqueren und sich von der Meeresbrise und den Blicken der Rentner liebkosen lassen, die am Schwimmbad ihre Handtücher einpacken. Sie sind unschlagbar. Sie sind unsterblich.

»Kommt Reme doch nicht mit?«, fragt Doña Marisa, hübscher denn je in dem langen weißen Ibiza-Kleid, das sie sich gerade gekauft hat und das die Bräune ihrer ohnehin dunklen Haut vorteilhaft zur Geltung bringt.

»Sie hat immer noch schlimme Kopfschmerzen«, schwindelt Marga mit ihrer durch viele Notlügen geschulten Unverfrorenheit. »Ich habe gerade nach ihr gesehen, und sie liegt im Bett im abgedunkelten Zimmer. Sie sagt, sie hat nicht einmal Hunger und wir könnten ruhig gehen.«

»Ich weiß nicht. Ich würde sie ungern allein lassen.«

»Soll ich bei ihr bleiben?«

»Aber nein. Manolo spielt verrückt, wenn du nicht kommst!« Doña Marisa ist die einzige Lehrkraft, die unverblümt das Privatleben ihrer Schülerinnen kommentiert, wenngleich das gesamte Kollegium weiß, wer mit wem zusammen ist.

»Er wird schon eine Tanzpartnerin finden, keine Sorge.«

»Würdest du wirklich bleiben?«

»Ich leiste Marga Gesellschaft«, mischt sich Candela ein. »Hier gibt es auch eine Disko. Und Schweden …« Sie zwinkert Doña Marisa zu, die sie baff anstarrt, da solche Scherze sonst nicht Candelas Art sind. Diese Reise tut ihr ausgesprochen gut; fast scheint sie aus Fleisch und Blut zu sein, statt aus poliertem Stein.

»Ich weiß nicht …«

»Stell dich nicht so an, Marisa.« Don Javier treibt die Mädchen wie ein Hirte in den Speisesaal, wo das Abendessen serviert wird. »Sie sind alt genug, außerdem lässt du sie ja nicht ohne Wasser in der Wüste zurück.«

Eineinhalb Stunden später ist der Minibus mit allen anderen verschwunden, und Candela packt Marga bei den Schultern und wirbelt sie unter Freudengeschrei durch die Hotelhalle.

»Endlich frei! Endlich allein! Du bist genial, Margarita. Genial! Los, ich lade dich ein, zu was auch immer du willst.«

Sie bestellen zwei Wodka-Orange und sehen sich lächelnd an, fühlen sich souverän, erwachsen, todschick und selbstzufrieden in einem Strandhotel voller Ausländer, unbeaufsichtigt und ohne irgendjemandem Rechenschaft zu schulden.

Sie schwatzen mit ein paar Finnen, die mit ihnen anbändeln und sie in die Disko schleppen wollen, trinken noch zwei Gläser und versprechen, in einer Weile zum Tanzen hinunterzukommen, damit sie sie in Frieden lassen.

Candela lacht, bis ihr die Tränen übers Gesicht laufen.

»Mich auf dreiundzwanzig zu schätzen! Was für ein Kompliment! Seh ich etwa aus wie eine alte Frau?«

»Also, mich haben sie für einundzwanzig gehalten. Aber wie kommst du darauf zu behaupten, wir wären Vorstandssekretärinnen?«

Wieder prusten sie los.

»Was hätte ich denn sonst sagen sollen? Hebammen?«

Sie können nicht aufhören zu lachen, obwohl sie wissen, dass sie die älteren Ehepaare allmählich stören, die den gesamten Gastraum der Cafeteria füllen, Karten spielen, Cognac trinken und ihnen schräge Blicke zuwerfen.

»Komm, verschwinden wir. Das Altenheim wird nervös«, sagt Candela mit einem Blick über die Schulter. »Gehen wir in den Garten. Oder runter zum Strand. Hast du Lust?«

Im Hinausgehen bestellt Candela noch zwei Wodka-Orange, sie ziehen sich eine Packung Mentholzigaretten am Automaten und schlendern gemächlich zu dem verwaisten Pool hinüber.

»Wenn man so etwas haben kann, ohne Spanien zu verlassen«, sagt Candela, stellt das Glas auf einem Tisch ab und breitet die Arme aus wie eine Möwe ihre Flügel, »stell dir mal vor, was es dann alles in Europa geben muss. Wir müssen raus, Marga, Weltbürgerinnen werden und niemandem verraten, woher wir kommen.«

Marga lächelt.

»Genau das sagt César auch.«

Candela verzieht das Gesicht. Es missfällt ihr, dass Marga mit César anscheinend sehr vertraut ist, wenngleich sie zugeben muss, dass er unter den Jungs der einzig Annehmbare ist, der Einzige, der das Zeug hat, Teil der Welt zu sein, die sie sich vorstellt.

»Und ich gebe ihm recht, da siehst du mal.«

»Sehr großzügig von dir!«

Wieder lachen sie los, und plötzlich fasst Candela Marga bei der Hand und zieht sie zu dem palmengedeckten Häuschen, in dem die Duschen und Toiletten sind.

»Was machst du?«, fragt Marga erstaunt, als sie sieht, dass ihre Freundin das T-Shirt auszieht.

»Mich dem europäischen Standard anpassen.«

Sie sieht Candela den Büstenhalter ablegen, starrt sie einen Moment mit offenem Mund an, und ohne zu wissen, wie ihr geschieht, wird ihr beim Anblick von Candelas Brüsten der Hals eng: rund, voll, fest, die schönsten, die sie je im Leben gesehen hat.

»Jetzt du, komm schon!«

Candela hat das Hemd wieder übergestreift, jetzt ohne etwas darunter, und schaut sie im Halbdunkel des Toilettenhäuschens auffordernd an. Marga zögert, ringt sich dann durch und tut es ihr nach. Es ist ein eigentümlich erregendes Gefühl. Ihre Brustwarzen richten sich beim Kontakt mit dem Baumwollstoff sofort auf, und das T-Shirt schmiegt sich um ihren Körper wie eine trockene, warme Liebkosung.

Sie rollen die Büstenhalter zusammen, stopfen sie in die Handtasche und gehen wieder hinaus in den Garten, um ihre Getränke zu holen. Marga muss immer wieder Candelas Brüste ansehen, die sich im Rhythmus ihrer Schritte bewegen.

»Tolles Gefühl, was?«, sagt Candela glücklich.

Marga nickt ein wenig verschämt, aber auch ermutigt vom Alkohol, und langsam nähern sie sich der Klippe, von wo man über eine in den Stein gehauene Treppe die menschenleere Bucht erreicht.

Unten angekommen, gibt es nur das Meer vor ihnen und die Felswand in ihrem Rücken. Zu ihrer Linken brechen sich schäumend die

Wellen an den scharfen Felsen des Vorsprungs. Oben, hoch über ihren Köpfen, auf dem Aussichtsplatz, der sich fast neben ihrem Bungalow befindet, kauert eine Gestalt – aus der Entfernung lässt sich nicht sagen, ob Mann oder Frau –, die kurz darauf verschwindet.

»Wir sind allein! Los, ins Wasser!«

»Waaas? Um diese Zeit? Es ist schon fast dunkel ...«, widerspricht Marga.

»Na und? Das Meer ist dasselbe, mit oder ohne Licht. Außerdem geht gleich der Mond auf. Möchtest du nicht einmal in deinem Leben den Mond aufgehen sehen, während du im Wasser bist?«

»Wir haben keine Handtücher.«

»Spießerin!«

»Ich? Ich eine Spießerin? Das musst du gerade sagen!«

Immerzu lachend ziehen sie sich rasch aus, Candela streift ihr Höschen ab und treibt Marga mit Gesten zur Eile.

»Das Höschen auch?«

»Na klar, Dummerchen. Das ist doch der Witz dabei, nackt zu baden.«

»Wenn die im Dorf uns jetzt sehen könnten ...« Unter Lachkrämpfen zieht Marga den Fuß durch das Gummiband und spürt, wie ihr die Brise zwischen die Beine bläst.

Eine Minute später sind sie im Wasser, das lau ist von der Sonne, klar, gesprenkelt vom ersten Licht des Mondes, der sich genau vor ihnen über den Horizont erhebt.

»Sieh nur, Marga«, sagt Candela plötzlich feierlich, »sieh nur.« Sie streckt die Hände in den Mondstrahl, hebt sie dann über den Kopf und lässt das Wasser über ihre Arme und Brüste rieseln. »Das ist, als badete man in Silber.«

Jetzt befinden sie sich beide auf dieser glitzernden Bahn, die vor ihnen und um sie herum blinkt, als wiese sie ihnen den Weg in die Zukunft. Das Wasser reicht ihnen bis zur Taille, und die Wellen klatschen gegen ihren Körper, ehe sie im weißen Sand ausrollen.

»Für mich ist das das Schönste, was ich je erlebt habe«, flüstert Candela und greift nach Margas Hand.

»Für mich auch«, erwidert Marga fast tonlos.

Sie küssen sich. Zuerst langsam, vorsichtig, abwartend. Dann immer heftiger, hungriger, besitzergreifender. Die Berührung mit der Haut der anderen verursacht eine Art elektrischen Schlag, den sie abzumildern versuchen, indem sie einander streicheln, erforschen, entdecken. Am Himmel, der jetzt samtig wirkt, steigt der Mond höher und überstrahlt mit seinem Glanz die Sterne. Die ganze Welt ist zu einer mit flüssigem Silber gefüllten Schale geworden, das sie umspielt und einhüllt. Die Zeit ist stehen geblieben.

Zurück am Strand, wälzen sie sich eng umschlungen im Sand, ungeachtet der Algen und Muschelschalen, die an ihrer feuchten Haut kleben. Sie küssen sich, lecken sich, lassen die Hände über den Körper der anderen gleiten, überwältigt, weil sie ihn erkennen wie eine vergessene Erinnerung.

Hinterher baden sie noch einmal und steigen dann, noch nass, die endlose Treppe hinauf zum Hotelgarten. Sie wissen nicht, wie spät es ist, und wollen es auch gar nicht wissen. Oben angekommen, spähen sie durch die Oleanderbüsche, um sich zu vergewissern, dass niemand in der Nähe ist, dann rennen sie hinüber zu ihrem Bungalow, die Kleider gegen die Brust gedrückt, halbtot vor Lachen.

Ohne das Licht im Zimmer einzuschalten, schieben sie die beiden Betten zusammen und fallen, noch gieriger als zuvor, auf die Laken, verrückt nach dem Salzgeschmack ihrer Haut und dem feinen Duft nach Kokosöl, den Candela für immer mit der Glückseligkeit verbinden wird und Marga mit dem Wahnsinn.

Zwei Bungalows weiter unten probieren Reme und ihr Schwede, der Olaf Svensson heißt und Techniker in einer Schiffsmotorenfabrik ist, seit zwei Stunden alle denkbaren – und viele für Reme bis dahin undenkbaren – Stellungen aus.

Auf der Rückfahrt von ihrem Diskobesuch in Palma lästern die Mädchen über Manolo, der eine Stinkwut hatte, weil Marga nicht da war. Don Javier und Doña Marisa sitzen nebeneinander auf den vorderen Sitzen, hören das Gekicher und lächeln sich augenzwinkernd zu, weil sie sich zurückversetzt fühlen in ihre eigene Jugend. Magda hat die Stirn ans Fenster gelehnt und gibt sich der Erinnerung an Césars Küsse hin. Sie hat als Einzige nicht mit Ausländern getanzt, sondern war den ganzen Abend nur mit ihm zusammen gewesen. Er gefällt ihr schon lange, aber sie hat immer gedacht, dass er sich ausschließlich für Marga interessiert und nur sie für etwas Besonderes und seiner würdig hält. Und heute hat sich herausgestellt, dass sie sich getäuscht hat, dass Marga und César nur Freunde sind und in Wahrheit Magda diejenige ist, die ihm am besten gefällt. Er hat wortwörtlich gesagt: »Du bist eine wunderbare Frau, Magda. Die einzige Frau, die mich interessiert.« Sie presst beide Hände auf den Bauch und lächelt der Nacht zu, dem Mond, den Scheinwerferstrahlen, die dem Minibus vorauseilen.

»Jetzt verstehe ich, warum Telmo so komisch ist«, sagt Marisa leise, damit die Schülerinnen sie nicht hören, wobei das bei dem Gelächter und Gegröle sowieso schwierig wäre.

»Findest du etwa, die Schwangerschaft seiner Frau rechtfertigt seine Reizbarkeit?« Javier ist verblüfft. »Aber Loles hat doch gesagt, sie versuchen es schon seit Jahren, und sie hätte schon zwei Fehlgeburten gehabt … Eigentlich sollte er vor Freude Purzelbäume schlagen, oder nicht?«

Während die jungen Leute in der Diskothek tanzten, haben sich die Lehrer für eine Weile auf die Terrasse zurückgezogen und ein Eis gegessen, wobei Loles die Neuigkeit bekannt gegeben hat: Sie ist im vierten Monat.

»Tja. Manche Männer fühlen sich plötzlich gefangen, wenn sie erfahren, dass ein Kind unterwegs ist, als wären sie in eine Falle geraten, aus der sie nicht wieder herauskommen. Abgesehen davon, Javi, bin ich sicher, dass Telmo Loles nicht mehr liebt.« Marisa spricht jetzt so leise, dass Javier sich zu ihr hinüberbeugen muss, bis ihre Lippen fast sein Ohr streifen.

»Was du nicht sagst!«

»Siehst du nicht, wie er mit ihr umgeht? Immer kurz angebunden, als würde er im nächsten Augenblick wegen irgendeiner Kleinigkeit explodieren. Das geht schon seit Monaten so, und behaupte jetzt nicht, du hättest es nicht bemerkt. Er wollte nicht einmal, dass sie mit nach Mallorca fährt, angeblich wegen der Schwangerschaft und weil sie sich schonen soll …«

»Na, so was! Vielleicht bin ich blöd, aber das ist mir gar nicht aufgefallen.«

»Ich glaube, im letzten Jahr gab es sogar eine Zeit, in der er über eine Trennung nachgedacht hat. Da ich ja immer auf dem Laufenden bin, was Stellenausschreibungen angeht, hat er mich gefragt, ob ich wisse, wo Lehrer für klassische Philologie gesucht werden. Ich habe geantwortet, für klassische Philologie gebe es noch etwas, aber für Mathe nicht, und da hat er gesagt, das sei nicht schlimm, Loles könne ja noch zwei Jahre in Elda bleiben, und dann würden sie weitersehen. Ich war baff, kann ich dir sagen. Aber wenn sie jetzt ein Kind bekommen, ist daran natürlich nicht mehr zu denken. Er wird sie unter diesen Umständen nicht verlassen.«

»Und ohne Kinder würde er das tun? Bist du für die Ehescheidung?«

»Na klar, Mann Gottes, wie jeder vernünftige Mensch.«

»Ich bin ein vernünftiger Mensch, und ich bin dagegen.«

»Du bist ja auch Priester.«

»Das mag ein Grund sein, aber wenn man heiratet, heiratet man. Fürs ganze Leben.«

»Ach, hör doch auf! Selbst ihr Priester könnt doch alles hinschmeißen!«

»Und verhungern.«

»Das sind ökonomische Fragen, Javi, kapitalistische, die nichts mit Ethik oder Moral zu tun haben. Ich dachte, das sei unser Diskussionsthema.«

Javier schaut aus dem Fenster. Der Minibus ist in den Weg eingebogen, der zwischen Oleanderbüschen und Zypressen zum Hotel führt.

»Schicken wir diese Blagen ins Bett und unterhalten wir uns bei einem Absacker weiter, einverstanden?«, sagt er leichthin, um Marisa nicht merken zu lassen, wie wichtig dieses Thema für ihn ist, wie sehr es ihn bereits seit einigen Jahren beschäftigt, ohne dass er mit jemandem darüber sprechen kann, und dass er seit den verfluchten Exerzitien vor knapp drei Monaten das Gefühl nicht loswird, dass der Punkt erreicht ist, an dem eine endgültige Entscheidung unumgänglich geworden ist. Für oder gegen das Priesteramt, aber für immer.

»Du bezahlst«, sagt Marisa lächelnd.

»Abgemacht.«

Mati ist unruhig. Nach reiflicher Überlegung hat sie sich am Ende doch entschlossen, mit den anderen nach Palma zu fahren, weil sie sich schon denken kann, was Reme und der blonde Hüne mit der brutalen Visage treiben und wozu Candela und Marga die Zeit nutzen. Von dieser Seite gibt es nichts Neues, wogegen sie gehofft hat, bei dem Ausflug nach Palma ein wenig mehr über die anderen in Erfahrung zu bringen, aber viel ist nicht dabei herausgekommen: Magda hat mit César geknutscht, statt mit Ausländern zu flirten; Tere hat mit Hinz und Kunz getanzt, aber eher die schnellen als die langsamen Stücke – sie ist nach wie vor ein bisschen wunderlich, sagt aber nichts, dem sich entnehmen ließe, was sie hat –; Ana ist den ganzen Abend herumgehüpft und hat so viel gelächelt, dass sie jetzt Muskelkater im Gesicht haben muss, ansonsten aber nichts Besonderes angestellt.

Mati hat Sole verfolgt, um sie allein zu erwischen und ihr die Überraschung zu bescheren, die sie für sie bereithält, dann aber einsehen müssen, dass dies nicht der richtige Zeitpunkt war und sie lieber warten sollte, bis sie wieder im Hotel sind. Sie streichelt über ihre Handtasche, fühlt einen fast unbezwingbaren Drang, das Foto herauszuholen und noch einmal anzusehen, obwohl sie es in- und auswendig kennt, doch sie beherrscht sich und blickt hinaus in die Dunkelheit. Sie sind beinahe da.

Bevor sie zu Bett geht, würde sie noch einen Kontrollgang durch den Hotelgarten machen. Bei dieser Hitze lassen alle die Fenster offen oder halten sich noch eine Weile auf der Terrasse auf, und manchmal sieht oder hört man interessante Dinge zur Ergänzung der Einträge in ihrem Heft. Und wenn nicht, bleiben ja immer noch einige Tage. Jedenfalls hat sie sich geschworen, sie bis zu ihrer Rückkehr nach Hause alle in der Hand zu haben. Das ist ihre Fahrkahrte nach Valencia und in die Zukunft. Ihre einzige Chance.

2007

»Diese Zeremonie war also Ingrids Idee«, bemerkte Candela, während sie den Wagen anließ, und versuchte, unbefangen zu klingen, als hätte das schreckliche Gespräch in ihrer Wohnung in Alicante, bei dem Rita sie neuerlich abgewiesen hatte, nie stattgefunden.

»Ich wusste auch nichts davon. Teresa hatte mir nichts gesagt.« Ritas Tonfall war völlig natürlich. Entweder sie hatte es längst wieder vergessen, oder es war so klar für sie, dass sie nicht einmal auf die Idee kam, Candela könnte gekränkt sein. »Aber es war schön, findest du nicht? So etwas könnte mir auch gefallen, wenn ich an der Reihe bin.«

Candela knirschte mit den Zähnen. Wie leicht es ist, rein theoretisch darüber zu sprechen, wenn du glaubst, noch zwanzig oder dreißig Jahre vor dir zu haben!

»Wo ist sie?«

»Wer? Ingrid? Bis jetzt noch in Andalusien, aber anscheinend hat sie beschlossen, für ein paar Tage nach Kuba zu fliegen, um ihre Kinder abzuholen.«

»Und ihren Ex zu sehen.«

»Das glaube ich nicht. Sie hatte von Guillermo und seinen Künstlerallüren die Nase ziemlich voll.« Rita sah Candelas verständnislose Miene und erklärte: »Er ist Tänzer. Wie fast alle Kubaner …«, setzte sie mit ironischem Lächeln hinzu.

»Ja. Das wirkt offenbar sehr anziehend.« Sie schwiegen eine Weile, während Candela auf den Autobahnzubringer abbog. »Rita,

David hat erzählt, dass der DNA-Test, dem man dich wegen der Zigarettenkippe in Lenas Wohnung unterzogen hat, positiv war.«

»Das habe ich mir schon gedacht.«

»Ach ja?«

»Natürlich. Wer immer sich die Mühe gemacht hat, eine falsche Spur zu legen, müsste schon sehr bescheuert sein, eine Kippe zurückzulassen, die nicht von mir stammt. Nur dürfte auch der Polizei klar sein, dass man eine Kippe einfach aus einem Aschenbecher nehmen, sie in die Tasche stecken und an jeden beliebigen Platz legen kann. Das beweist keineswegs, dass ich dort war, bevor ich ihre Leiche fand. Glaubst du, sie können mir einen Mord anhängen, wenn das alles ist, was sie haben?«

»Nein. Damit würden sie sich lächerlich machen. Solange sie nicht wenigstens ein Tatmotiv finden …«

»Das ist es, was mir keine Ruhe lässt, Candela. Wer wollte Lena umbringen, die Sanfteste von uns allen? Nicht einmal in dem privaten Brief an Sole hat sie ein einziges böses Wort über irgendeine von uns geschrieben, denn da hätte sie ja wirklich Gelegenheit gehabt, über uns herzuziehen, und davon ausgehen können, dass wir es nie erfahren!«

»Ja. Um ehrlich zu sein, bleibt mir bei so viel Liebe und Güte die Spucke weg. Hätte ich so einen Brief geschrieben, ich hätte kein gutes Haar an euch gelassen. Na ja, an dir vermutlich schon. Aber an den anderen … Carmen ist Alkoholikerin und Nymphomanin, Tere ist ein Kavallerieoffizier, Ana ist eine Heuchlerin, Sole ist immer noch eine Zimperliese, und ich …«

»Und du?«

»Ich bin eine Lesbe, falls dir das noch nicht aufgefallen ist.«

»Hier hält man aber offenbar mich für die einzige Lesbe und dich für heterosexuell, falls dir das noch nicht aufgefallen ist …«, entgegnete Rita mit spöttischem Unterton. »Immer predigst du, dass man Klartext reden und für das eintreten muss, was man ist und was man denkt, … und trotzdem hast du dich nie dazu durchgerungen.«

»Ich hatte nichts zu gewinnen und viel zu verlieren. Und außerdem geht es keinen etwas an, was ich bin.«

»Aber wie ist es möglich, dass niemand in all den Jahren davon erfahren hat? Hattest du denn keine Freundinnen, Partnerinnen?«

Candela stieß ein kurzes, freudloses Lachen aus.

»Ich hatte durchaus die eine oder andere Affäre, klar. Nichts Ernstes. Nichts, wofür ich zu Umhang und Maske gegriffen und mich mit dem Schwert in der Hand der Welt zum Kampf gestellt hätte. Wie du vermutlich auch.«

Während des folgenden langen Schweigens versuchten beide abzuwägen, inwieweit sie der anderen vertrauen konnten und ob dies der geeignete Zeitpunkt für eine Aussprache war.

»Ich fühle mich nun einmal nicht lesbisch, Candela«, sagte Rita schließlich.

»Und was war das dann, was wir vor ein paar Tagen bei mir zu Hause gemacht haben? Gymnastikübungen? Wobei es für dich natürlich genau das gewesen sein könnte, und alles andere habe ich dazugedichtet. Das hast du mir, bevor du gegangen bist, ja recht deutlich zu verstehen gegeben.«

»Nein, Candela. Auch für mich war es nicht nur Sex, das schwöre ich dir. Ich habe das seit einer Ewigkeit nicht getan. Es war … ich weiß nicht … ich weiß nicht, wie ich es sagen soll …, aber Gymnastik war es nicht. Es ist nur … ich habe ja schon versucht, es dir zu erklären …, es macht mir Angst, ich habe mir mein Leben eingerichtet, und der Gedanke, es zu ändern, schreckt mich. Mit dir verliere ich mich und höre auf, ich selbst zu sein. Das ist es, was mich am meisten beunruhigt.«

»Und das in Mallorca …?« Candelas Stimme versagte.

Lawinenartig brachen die Erinnerungen über Rita herein, alte und frische. Sie legte die Hand auf Candelas Schenkel, blickte geradeaus auf die pinienbestandene Landschaft und atmete tief den Duft ein, der durch die offenen Seitenfenster hereinwehte.

»Ich sollte es dir nicht sagen, weil du dann unausstehlich sein wirst«, sagte sie endlich. »Aber das war Liebe, Candela. Meine erste Liebe … und vielleicht die letzte.«

Candelas Tränen tropften vom Rand ihrer Sonnenbrille, doch sie wischte sie nicht ab, sondern beschränkte sich darauf, mit schwimmenden Augen Teresas Wagen zu folgen, wie in Trance.

»Seit über dreißig Jahren sehne ich mich danach, dich das sagen zu hören.« Candela sprach erst wieder, als das andere Auto hundert Meter vor ihnen unter ein paar Pinien anhielt. Sie parkte auch im Schatten und wandte sich Rita zu, ohne die Brille abzunehmen. »Ich weiß schon, dass du dein Leben nicht ändern willst, das hast du mir ja neulich klipp und klar gesagt. Ich bitte dich um nichts Definitives, aber kommst du nachher mit mir nach Hause?«

Sie hätte alles gegeben, Rita jetzt küssen zu dürfen, all der Liebe und der Begierde, die seit 1974 in ihr schwelte, freien Lauf zu lassen, aber sie wusste, dass sie damit das Gegenteil bewirken würde, weil Rita nicht damit zurechtkäme, und nach so vielen Jahren der Heimlichkeit war ihr die Verstellung zur zweiten Natur geworden.

Rita nickte, dankbar für Candelas Selbstdisziplin, und drückte ihr fest die Hand, bevor sie ausstieg und den anderen mit den Bäumchen half.

Es herrscht ein trauriges, wohltuendes, liebevolles Schweigen, während sie die Bäume einpflanzen, Lenas Asche in den Wind streuen, einen Kreis bilden und einander gedankenverloren ansehen, bis Teresa, wie immer Teresa, sagt: »Adiós, Lena. Du wirst immer ein Teil von uns bleiben.« Und nach einer Pause: »Kommt, Mädels. Das Leben geht weiter, und wir müssen etwas essen.« Sie tauscht einen Blick mit Candela, um sich zu vergewissern, dass diese mit Rita die rechtlichen Fragen geklärt hat, und verteilt erneut die Plätze in den beiden Autos. »Jetzt fahren wir jeweils zu dritt, wenn es euch recht ist.«

Doch kaum haben sie alle ihre Plätze eingenommen, scheint keine das Bedürfnis nach Unterhaltung zu verspüren, und so legen sie die zehnminütige Strecke zur Casa Mateo stumm zurück.

Teresa hat einen kleinen Speiseraum reserviert, in dem sie unter sich sein können, obwohl Montag und das Lokal somit ohnehin fast leer ist, und sie lassen sich seufzend nieder.

»Lena kam sonntags gern hierher zum Essen. Vor allem, solange die Kinder noch klein waren«, erzählte Teresa, nachdem sie Mateo mitgeteilt hatte, was sie essen wollten, und an den Tisch zurückgekehrt war. »Ich habe uns eine Kaninchen-Paella bestellt und Schnecken und ein paar Häppchen als Appetitanreger. Und sagt jetzt bloß nicht, ihr hättet keinen Hunger. Wir brauchen einander nichts vorzumachen, das mit Lena hat uns alle erschüttert, wir müssen es nicht beweisen, indem wir fasten.«

Nicht zu fassen, wie pragmatisch Tere sein kann!, denkt Sole, und wie gut es tut, so jemanden in der Gruppe zu haben. Sie hat das Gefühl, alle sind erwachsen geworden außer ihr, die im Lauf der Jahre immer schwächer, immer hinfälliger geworden ist. Allerdings spürt sie nach dem Gespräch mit ihrer Mutter, wie die alte Haut, die sie am Wachsen und Atmen gehindert hat, erstmals Risse bekommt, um etwas Neuem Einlass zu gewähren.

Als Mateo die Vorspeisen serviert und den Raum wieder verlassen hatte, stand Rita auf, prüfte, ob die Tür zu war, und wandte sich an ihre Freundinnen.

»Ich habe euch etwas zu sagen, Mädels. Ich möchte niemanden beunruhigen, aber ich habe nachgedacht und muss mit euch darüber sprechen. Ihr alle wisst, was Lenas Tod bedeutet, und dass der Polizei nichts Besseres einfällt, als mich für ihre Mörderin zu halten. Mit den ›Beweisen‹, die sie haben« – ihre Finger zeichnen zwei Anführungszeichen in die Luft –, »werden sie nicht weit kommen, aber sie sind auf der Suche nach einem Motiv. Sie glauben, dass nur jemand, der Lena sehr nahestand, sie getötet haben kann, und da es so jemanden aktuell nicht gibt, muss es sich logischerweise um eine Person aus ihrer Vergangenheit handeln. Ist es nicht so, Tere?« Teresa nickt. »Wir alle wissen, dass es in unserer Vergangenheit etwas gibt, das nicht ans Licht kommen darf.« Jede der Frauen richtet den Blick auf irgendeinen Punkt: die Decke, den Tisch, ihre Schuhe … »Ich habe nie geredet, und ihr habt sicher auch alle den Mund gehalten. Hast du deinem Mann je davon erzählt, Ana?« Ana wehrt erschrocken ab. »Gut. Aber wenn sie mich weiter unter Druck setzen und vor allem, wenn sie mich anklagen sollten, wird mir früher oder später nichts anderes übrig bleiben, als ihnen zu erzählen …« – alle halten den Atem an –, »… was mit Mati passiert ist. Dieser Stachel steckt seit dreiunddreißig Jahren in uns. Wir haben alle geglaubt, wir hätten es hinter uns gelassen, aber ist es einer von euch gelungen, es wirklich zu vergessen?« Kopfschütteln,

Seufzer, Schulterzucken. »Wir sind alle erschöpft von dieser gemeinsamen Last und wissen doch ganz genau, dass es nur eine von uns getan haben kann. Und dass wir ihr seinerzeit dankbar waren, das lässt sich nicht leugnen. Aber was machen wir jetzt? Fasst sich diejenige ein Herz und gesteht, jetzt, da wir unter uns sind?«

»Mord verjährt nicht«, sagt Candela unwirsch.

»Ich weiß. Aber wenn es Lena war, kann sie niemand mehr bestrafen.«

Fünf ungläubige Augenpaare richten sich auf sie.

»Mir ist vollkommen klar, dass Lena die am wenigsten Verdächtige von uns ist, verdammt noch mal! Das ist eine Hypothese.«

»Das wäre perfekt, wenn Lena tatsächlich Selbstmord begangen hätte«, sagt Teresa. »Die über dreißig Jahre auf ihr lastende Schuld und so. In einem Film wäre das plausibel.«

Rita glaubt, aus diesen Worten einen Vorwurf herauszuhören, als sei Teresa der Meinung, Rita nähme die Sache zu spielerisch, wie eine simple, erfundene Drehbuchstory.

»Und wer sagt, dass Lena nicht tatsächlich Selbstmord begangen hat und anschließend jemand die Klinge entfernt und den Zigarettenstummel dort deponiert hat, um den Verdacht auf mich zu lenken? Lasst mich ausreden. Wenn Lena sich wirklich umgebracht hat – oder wir die Polizei davon überzeugen können –, dann besteht das einzige Verbrechen darin, eine Spur vertuscht und eine falsche gelegt zu haben, um mich zu belasten. Eine solche Anklage ist wesentlich besser als eine wegen Mordes, meint ihr nicht? Und außerdem würde ich die Person, die diese Dummheit gemacht hat, nicht anzeigen. Ganz gleich, wer es ist.«

Es vergehen einige Sekunden in absoluter Stille, während sie darüber nachdenken, was Rita ihnen gerade vorgeschlagen hat, Rita, die schon immer am besten lügen konnte, die die größte Erfindungsgabe besitzt.

»Und wem hängen wir das an?«, fragt Carmen, die entgegen ihrer guten Vorsätze schon beim dritten Bier ist.

»Manolo«, sagt Candela entschieden.

»Manolooo?«, entgegnen die anderen im Chor.

»Er ist der Einzige, der blöd genug ist, um so etwas wirklich zu tun. Ich versuche nicht, ihm den Mord in die Schuhe zu schieben. Stellt euch mal vor, dass er bei Lena war, kurz bevor Rita kam. Er wusste ja, dass sie an diesem Abend dort zum Essen sein würde, und wollte sich vielleicht selbst dazu einladen. Aber als er eintrifft, hat Lena sich umgebracht, Manolo bekommt es mit der Angst zu tun und beschließt, sich aus dem Staub zu machen, ohne jemandem etwas zu sagen, doch im letzten Moment greift er in die Tasche seines italienischen Jacketts, findet Ritas Zigarette, die er gelöscht und automatisch eingesteckt hat, als er keinen Mülleimer fand, und seinem bekanntermaßen genialen Hirn kommt die Idee, damit etwas Verwirrung zu stiften, Rita ein wenig leiden zu lassen, um ihr dann beizustehen und ihr seinen Schutz anzutragen wie ein fahrender Ritter. Oder hat er dir vorhin in der Leichenhalle etwa nicht gesagt, in diesem Dorf sei er wer und könne mit diesem und jenem reden, damit man dich aus der Sache heraushält?«

Rita nickt, die anderen sehen sie verdutzt an.

»Ich verstehe nicht viel von Polizeiarbeit«, mischt sich Teresa ein, »aber die müssen doch Fingerabdrücke genommen haben? Wie sollen sie eine solche Geschichte glauben, wenn sie keine Spur von Manolo in Lenas Wohnung gefunden haben?«

»Die werden sie aber finden«, erklärt Candela. »Manolo hat Lena erst vor Kurzem besucht, stimmt's, Ana?«

»Das hat mir seine Tochter Vanessa erzählt. Dass Manolo vor einiger Zeit, kurz bevor du kamst, Rita, auf einmal angefangen hat, Lena zu besuchen, und das arme Ding nicht wusste, wie sie ihn abwimmeln sollte.«

»Manolo ist ein Arschloch. Und ich weiß, wovon ich rede!« Carmen stürzt das Bier in einem Zug runter, als wäre sie am Verdursten. »Er hat schon fast jede Frau im Ort angebaggert.«

»Also, was meint ihr?«, beharrt Candela.

»Ich halte es für eine absolute Schweinerei«, sagt Sole, die sich bisher noch gar nicht geäußert hat, »zuerst Lena etwas zu unterstellen, was sie nicht getan hat, und dann auch noch Manolo einer Sache zu bezichtigen, die dermaßen an den Haaren herbeigezogen ist.«

»Es ist eine Schweinerei«, bekräftigt Ana mit Betonung auf dem »ist«. »Und obendrein ein weiteres schmutziges Geheimnis, das ich vor David hätte.«

»Aber es rettet uns allen den Arsch«, fasst Candela zusammen, was jede weiß, sich jedoch nicht eingestehen will. »Ich bin dafür. Wenn sie es schlucken …«

»Vor allem müssen wir uns einig sein, was wir sagen, und zusammenhalten.« Teresa scheint den Vorschlag akzeptiert zu haben, zumindest im Augenblick.

»Als wären wir das nicht gewohnt …« Candela langt nach Ritas Zigarettenpackung und bedient sich. Teresa wirft ihr einen tadelnden Blick zu, und sie zuckt mit den Schultern und lächelt, bis ihre Freundin sich geschlagen gibt und woanders hinsieht.

»Und wer hängt der Katze die Schelle um?«, fragt Ana.

»Du natürlich«, erwidert Carmen.

»Ich?«

»Schläft hier sonst noch jemand mit einem Polizisten?« Carmen lässt den Blick durch die Runde schweifen und tut, als suchte sie nach einer Alternative.

»Ich schlafe nicht mit einem Polizisten. Ich schlafe mit David, meinem Mann.«

»Verzeih, meine Liebe. Ich habe nicht bedacht, dass man bei dir jedes Wort auf die Goldwaage legen muss. Wenn du möchtest, versuche ich es …« Allmählich merkt man Carmen den Alkohol an, und die Frauen wechseln besorgte Blicke. »Vor ein paar Jahren hätte es geklappt. Aber wenn ich mich anstrenge …, vielleicht …«

»Ich übernehme das«, sagt Teresa kurz entschlossen. »Ich gehe zu Gerardo und sage ihm, ich hätte über die Sache nachgedacht, und dabei wäre mir diese Idee gekommen. Auf die ganz bescheidene Tour … Mal sehen, was er davon hält. Schließlich geht es darum, die Polizei abzulenken, oder nicht?«

»Wäre es nicht besser, wir würden alle zusammen hingehen und endlich alles beichten, was in jenem Sommer geschehen ist?«, fragt Sole, die eine Zeit lang in Schweigen versunken war. Alle sehen sie an, als sei sie übergeschnappt. »Reden hilft manchmal«, bekräftigt sie. »Ein Geständnis reinigt, meint mein Therapeut.«

»Du lieber Himmel, die heilige Marisol von Havanna!« Carmen bricht in schallendes Gelächter aus. »Nach dreißig Jahren als Diplomatengattin», sagt sie, vom Schluckauf geschüttelt, »erinnert sie sich mit einem Mal wieder an die Beichte, die Buße und die Vergebung der Sünden ... Haben sie uns das im Gymnasium nicht auch schon eingeredet? Bei diesen ... wie hieß das ... geistlichen Exerzitien? Spirituellen Auszeiten? Oder sagst du das nur, weil du sowieso Immunität genießt?«

Sole steigen Tränen in die Augen, ohne dass sie hätte sagen können, warum. So hat schon lange niemand mehr mit ihr gesprochen, und sie weiß sich nicht zu wehren.

»Nein, Sole«, sagt Rita und nimmt ihre Hand. »Ich halte das für keine gute Idee, obwohl wir uns möglicherweise kurzfristig ein wenig besser fühlen würden, als wäre eine Last von uns genommen. Aber denk an die Konsequenzen ... Mit dem Leben, das wir derzeit führen, wäre es vorbei. Unsere Pläne, unser guter Ruf ... die, die ihr Kinder habt ... was würdet ihr ihnen sagen?«

»Wir waren doch selbst noch Kinder«, sagt Sole sehr leise. »Es liegt mehr als dreißig Jahre zurück ... und wir hatten Gründe.«

»Der Grund, den wir dafür hatten, entlastet uns nicht«, fällt ihr Candela schneidend ins Wort.

»Wir wurden von Mati erpresst.«

»Und das andere? Oder hast du etwa vergessen, warum Mati sterben musste?«

»Das andere?« Sole ist kreidebleich geworden, und ihre Lippen zittern.

»Mädels!«, rief Mateo von der Tür. »Die Paella!«

Ein Blick von Teresa ließ sie verstummen und mehr oder weniger erfolgreich so tun, als hätten sie sich über nichts Wichtiges unterhalten. Zum Glück wusste Mateo, dass sie von einer Beerdigung kamen, und fand es darum nicht ungewöhnlich, dass einige seiner Gäste feuchte Augen hatten und eine sich geräuschvoll schnäuzte.

»Haut rein! Lasst es euch schmecken«, sagte er aufmunternd. »Mit vollem Magen sieht die Welt gleich viel besser aus! So ist das Leben, Mädels. Jeder von uns ist einmal fällig, und dann ist Schluss mit den Paellas!«

David und Gerardo beugten sich über den Tisch und studierten den E-Mail-Verkehr zwischen Lena und Sole, den sie nach Absendedatum geordnet hatten, mit Ausnahme des Schreibens, das Sole bei der Trauerfeier vorgelesen hatte, da dieses als gewöhnliche Textdatei gespeichert und nicht datiert war. Sole hatte David jedoch gesagt, Lena hätte es ihr am Tag nach dem Treffen in der Bar geschickt, bei dem Lena und Rita sich zum ersten Mal nach drei Jahrzehnten wiederbegegnet waren.

Bisher hatten die beiden Polizisten nur Soles Nachrichten aus Havanna gelesen, da Lena offenbar keine Kopien ihrer Sendungen abgelegt hatte, und fragten sich nun, ob Soles Ausdrucke tatsächlich vollständig waren, oder ob Teile der E-Mail-Korrespondenz zwischen den Freundinnen fehlten.

Sie hatten sie in chronologischer Reihenfolge gelesen, nach Hinweisen auf was auch immer gesucht und bis jetzt nichts gefunden.

»Meinst du, sie sind wirklich so unschuldig, wie es aussieht?«, fragte Machado seinen Kollegen.

»Entweder sie sind es wirklich, oder diese Frauen sind sehr viel gewiefter als du und ich, denn, ehrlich gesagt, kann ich beispielsweise in dieser Mail über Bonbons keinerlei verschlüsselte Botschaften entdecken.«

Lena an Sole:

Erinnerst du dich noch an die Sahnebonbons, die wir mit sieben immer gekauft haben? Sie waren ganz klein und in buntes Stanniolpapier eingewickelt, blau, rot, weiß, grün, man bekam zehn für eine Pesete, und die reichten fast für den ganzen Nachmittagsunterricht von vier bis sechs. Manchmal hoben wir uns einen auf, um ihn auf dem Weg von der Schule zur Katechismusstunde auszupacken. Der Mund füllte sich mit diesem süßen, weißen Geschmack, und wir hüpften in unseren Schuhen der Marke Gorila *von Platte zu Platte, wobei wir nicht auf Risse oder Fugen treten durften, weil das Unglück brachte. Auf Englisch gibt es kurioserweise das gleiche Spiel; die Kinder sagen:* Step on a crack, break your mother's back.

»Und guck dir die Antwort an … Das klingt, als hätten die zwei nicht mehr alle Tassen im Schrank …«, versetzte Gerardo und fuhr sich mit der Hand über die Glatze.

Sole an Lena:

Weißt du noch, als du zum ersten Mal einen Lolli gesehen hast? Wie später die Chupa-Chups, *aber flach und in knalligen Farben, die sich herrlich über die Zunge verteilten und sie bunt färbten. Eine Pesete. Eine Pesete haben die gekostet. »Und hast du tausend Peseten im Sack, kauf dir tausendmal Lolligeschmack.«*

»Ja, als hätten sie nicht alle Tassen im Schrank oder würden codierte Botschaften austauschen. Nur dass wir den Code nicht kennen.«

»Aber hier, sieh dir die beiden folgenden Schreiben an, darin ist die Rede von etwas, dem wir sehr wohl nachgehen könnten«, sagte Machado. »Lies sie dir noch einmal durch.«

Lena an Sole:

Als sie einmal in Madrid gewesen war, brachte mir meine Großmutter ein Körbchen mit Veilchenbonbons mit. So was Schönes hatte ich in meinem ganzen Leben noch nicht gesehen. Bonbons in Form von Veilchenblüten, veilchenfarben und mit Veilchengeschmack. Oder zumindest einem Geschmack, der dem Duft der Veilchen, die im Februar um Margas Landhaus blühten, sehr nahekam. Manchmal zogen wir zusammen los, um unsere Mütter mit einem Sträußchen zu überraschen.

Die Veilchen säumten die Wasserläufe und bildeten eine dunkelgrüne Borte, aus der die Blütchen ragten – winzig klein, exquisit –, und wir pflückten sie und hielten sie in der linken Hand zwischen Zeigefinger und Daumen fest, bis uns nach einer Weile die Finger wehtaten vom Zusammenpressen. Dann schnitten wir einige Blätter und arrangierten sie rund um das Sträußchen, um ein »Bukett« herzustellen, wie Solita vom Blumenladen das nannte; wir banden ein Stück Kordel darum und beeilten uns, nach Hause zu kommen, wobei wir das Sträußchen kopfüber hielten, damit die Veilchen unterwegs nicht welk wurden. Unsere Mütter stellten es dann in ein

Likörgläschen, das sie aus der Vitrine nahmen, platzierten es auf ihrem Nachttisch und waren sehr stolz auf ihre Töchter. Es war eine Nichtigkeit, aber es machte uns alle glücklich. Ob es bei Margas Landhaus wohl noch Veilchen gibt?

Sole an Lena:

Für mich steht Margas Landhaus nur für diese eine Geburtstagsfeier. Ich hatte nicht so viel Kontakt mit ihr, mit dir ja eigentlich auch nicht. Manchmal denke ich, dass ich im Grunde mit keiner von euch eine echte Freundschaft hatte, aber ich fand es gut, zur Clique zu gehören, weil ich mich mit den Mädchen, die, wenn es nach meinen Großeltern gegangen wäre, meine Schulkameradinnen hätten werden sollen, zu Tode langweilte: Enkelinnen ihrer Freunde, die aufs Jesús-y-María-Internat in Alicante gingen und nur jedes dritte Wochenende nach Hause kamen. Zum Glück ließ sich mein Vater von meinen Tränen erweichen, sodass wir uns schließlich auf eine Zwischenlösung einigten: Zunächst sollte ich bis zur Mittleren Reife die Nonnenschule in Elda besuchen, und danach würden wir weitersehen.

Später konnte ich sie überreden, mich das Abitur auf dem normalen Gymnasium machen zu lassen, obwohl mir mein Großvater diese Vulgarität nie verzieh, und dort bin ich euch begegnet.

Rückblickend glaube ich, dass es mir dadurch gelungen ist, mich ein wenig von dem zu lösen, was meiner Familie für mich vorschwebte, aber das hielt nicht lange an, nur bis zum Schulabschluss, bis zu jenem Sommer. Danach, obwohl ich fest vorhatte, mit euch allen nach Valencia zu gehen und Philologie zu studieren, floh ich zurück ins Vertraute, Sichere – back to mama, *wie sie in Amerika sagen – und landete schließlich in Madrid an der juristischen Fakultät, wo ich Pedro kennenlernte.*

Seither besteht mein Leben, wie du weißt, nur noch darin, ihm zu folgen wie ein Pilotfisch. An seinen Empfängen teilzunehmen, seine Kinder großzuziehen, seine Gäste zu unterhalten. Eine Dame zu sein. Die Frau Gemahlin. Hast du schon mal eine Einladung von einer Botschaft bekommen? Am Anfang fand ich die Formulierung sehr lustig: »Der Herr Botschafter und seine Frau Gemahlin haben die Ehre …«

Jetzt bin ich die »Frau Gemahlin« und finde die Einladungen gar nicht mehr lustig. Nicht einmal meinen Vornamen haben sie mir gelassen. Du bist die Einzige, die mich noch Sole nennt. Sogar meine Mutter nennt mich Marisol. Es ist lächerlich, mit fünfzig Marisol zu heißen, meinst du nicht auch? Bei dir ist es etwas anderes. Lena ist stärker als Magda; es ist kraftvoller, kosmopolitischer. Außerdem hast du dich selbst dafür entschieden.

Schreib mir weiterhin, bitte, Lena. Erzähle mir alles, woran ich mich kaum noch erinnere. Gib mir meine Wurzeln zurück.

»Wo siehst du etwas, dem wir nachgehen könnten?« David schaute Machado verwundert an.

»Dieses ›bis zum Schulabschluss, bis zu jenem Sommer‹.«

»Was ist damit?«

»Ich weiß nicht. Ich bin darüber gestolpert, weil es so klingt, als hätte sich in jenem Sommer etwas Wichtiges ereignet, etwas, das ihr Leben verändert oder sie in ihrer Entwicklung gehemmt hat oder so was …«

»Wenn du so viele Jahre mit ihnen verbracht hättest wie ich, dann wüsstest du, dass damit der Sommer 1974 gemeint ist, in dem sie die Hochschulreife erlangt haben. Sie haben damals eine Klassenfahrt nach Mallorca gemacht, immerhin eine ganze Woche, und plötzlich begriffen, dass die Welt größer war, als sie angenommen hatten. Eine ganze Woche lang haben sie mit Ausländern geflirtet, sich auf Englisch unterhalten – so gut es eben ging, natürlich – und sich frei und erwachsen gefühlt. Anschließend ging jede ihrer Wege, und für ein paar Jahre verloren sie sich aus den Augen, bis sie, schon gesetzter, eine nach der anderen in den Ort zurückkehrten und sich hier niederließen. Danach, nun ja, Arbeit, Familie …, das Übliche halt. Aber wenn sie von diesem Sommer sprechen, gibt es immer ein Vorher und ein Nachher. Und nicht nur bezogen auf sie selbst, sondern auch auf das Land im Allgemeinen. Man darf nicht vergessen, dass ein knappes Jahr später Franco starb und sich das Spanien, das wir kannten, fast schlagartig in etwas völlig anderes verwandelte. Schau dir die beiden folgenden Briefe an. Rufen sie nicht viele Erinnerungen an deine eigene Jugend in dir wach, an die Welt, wie sie früher war?«

Lena an Sole:

Am 12. Oktober war der »Tag der Rasse«, so hieß das damals, und es war ein Feiertag. Weißt du noch, dass wir immer auf der Plaza Castelar unter der Statue verabredet waren, um zur Messe zu gehen und dann bis zum Essen einen Spaziergang zu machen? Wenn wir uns etwas Neues gekauft hatten, schon mit langen Ärmeln, führten wir es an diesem Tag zum ersten Mal aus, und es war wie eine Modenschau, wenn nach und nach die Freundinnen einliefen. In einem Jahr hattest du eine malvenfarbene Hose und einen sehr langen Pullover an und dazu eine spektakuläre Kette, die dir dein Onkel aus Madrid mitgebracht hatte. Du warst wunderschön, Sole, wie immer, du warst immer wunderschön. Und auch wenn ich mich nie getraut hätte, solche Sachen zu tragen, machte es mir Freude, dich anzusehen und zu wissen, dass du meine Freundin warst und alle Jungs sich nach dir umdrehten. Ich weiß noch, wie Candela sich empörte, weil du in diesem Aufzug in die Kirche wolltest, und offen gestanden sah der schwarze Schleier, den wir in der Kirche noch tragen mussten, zu deinem Ensemble ziemlich komisch aus. Candela sagte immer, eine der ersten Regeln, die man ihr zu Hause beigebracht hätte, lautete: »Sein allein genügt nicht, man muss auch scheinen«, erinnerst du dich? Vermutlich war das der Grund, warum die Kinder aus roten Familien, wie ich, mit Feuereifer bei der Kollekte der Päpstlichen Missionswerke halfen, die Filmvorführungen der Gemeinde besuchten und sonntags einen Rock anzogen, um nicht der Versuchung zu erliegen, während der Messe die Beine übereinanderzuschlagen.

Du hattest das nicht nötig; alle Welt wusste, dass du »aus gutem Haus« stammtest, wie Candela, dass dein Großvater Bürgermeister gewesen war, dass die Deinen ehrenwerte Leute aus der Calle Nueva und Gründungsmitglieder des Clubs waren. Du konntest herumlaufen, wie du wolltest, und eine Kette bis zur Taille tragen und bliebst trotzdem ein braves Mädchen, dazu bestimmt, gut auszusehen und zu reisen, und musstest nicht einmal den Sozialdienst ableisten wie alle anderen, die den Führerschein machen oder einen Pass beantragen wollten.

Wenn ich es mir recht überlege, begreife ich bis heute nicht, wie wir so dicke Freundinnen sein konnten, wir sieben: Candela und du, so fein und so staatstreu; Ana, die kämpferische Rote; Teresa, die besonnene, fleißige Tochter eines Guardia Civil; Carmen, der Wildfang, die nie einen Finger rührte und auf Teufel komm raus abschrieb, um sich durchs Abitur zu mogeln; Marga, die Fotografin, die Bewahrerin der Geheimnisse. Und ich: Magda, einfach bloß ich, mit meinen Träumen vom Weltfrieden und von der universellen Liebe, mit meinem Nomadenherzen. Il cuore è uno zingaro, *erinnerst du dich an dieses Lied? Ich glaube, Nicola Di Bari hat es gesungen. Ich erinnere mich an kaum ein Lied, das nicht auf Englisch gewesen wäre, aber dieses mochte ich, und ich weiß nicht, warum ich ausgerechnet jetzt daran denke.*

Mitunter glaube ich, das Einzige, was uns von der Vergangenheit bleibt, ist der Soundtrack. Geht es dir auch manchmal so, dass du ein Lied hörst oder es dir einfach in den Sinn kommt, und mit einem Mal siehst du eine Menge Bilder vor dir? Als ob das Lied ein Sesam-öffne-dich wäre und den Felsblock der Zeit zur Seite geschoben hätte, damit du einen Blick in die Wunderhöhle werfen kannst.

Vor einer Minute, während der Rechner hochfuhr und ich wartete, dass das Teewasser kochte, lief im Radio Sacramento. *Kennst du das noch? Ich weiß nicht einmal mehr, wer es gesungen hat, aber kaum hatte ich die ersten Takte gehört, waren meine Küche, meine Katze und der Geruch meiner Teekräuter plötzlich verschwunden, und ich fühlte mich ins* Crazy Daisy *versetzt, die Diskothek auf Mallorca, in jene magische Nacht, in der César mich küsste. Wie oft habe ich seither an ihn gedacht! Was mag wohl aus ihm geworden sein?*

Dort lief Sacramento *etwa alle halbe Stunde, und jedes Mal kreischten wir vor Begeisterung und sprangen auf die Tanzfläche. Ich weiß nicht, wieso, aber von diesem Stück bekomme ich immer gute Laune und Lust herumzuspringen wie damals, als wäre ich für ein paar Minuten wieder so energiegeladen wie mit siebzehn. Dieses Gefühl lösen nur wenige Stücke in mir aus, deshalb wollte ich es auch nie aus dem Netz herunterladen oder mir die CD kaufen, aus Angst, es könnte dann seine verjüngende Wirkung einbüßen, die es für drei Minuten auf mich hat, wenn ich es zufällig höre, so wie eben.*

Denkst du auch an uns, wenn du es hörst? Was siehst du dabei? Welche Bilder kommen dir in den Sinn, wenn sich die Steinplatte von deinem Gedächtnis hebt?

Sole an Lena:

Wie grausam du manchmal sein kannst, Lena, ohne dir dessen bewusst zu sein! Erst sprichst du von diesen glorreichen Zeiten, und dann kommst du wieder auf Mallorca zurück. Du rufst mir in Erinnerung, was aus mir alles hätte werden können, und schon sind wir aufs Neue bei dem leidigen Thema.

Ich möchte an meine märchenhafte Kindheit denken, an meine Heimat, an süße, fröhliche Dinge, die ich schon vergessen hatte, und du setzt mir wieder einmal die Pistole auf die Brust: Entweder ich gestehe mir die Schuld ein und tröste mich mit dem Gedanken, dafür gebüßt zu haben, immer noch dafür zu büßen, oder ich bestreite sie und vergesse das Ganze. Aber dieses Vergessen umfasst alles, auch das Gute. Das habe ich all die Jahre getan. Darum bin ich fast nie nach Elda gekommen und habe euch nie angerufen, bis du mich im Internet ausfindig gemacht hast. Und du sollst wissen, dass ich dir unglaublich dankbar bin, dass du dich an mich erinnert hast und mir immer noch schreibst, auch wenn ich keine Spur von Nick habe finden können. Aber keine Sorge, ich versuche es weiter. Das Problem ist nur, dass wir ja jetzt in Kuba sind und ich fast keinen Zugriff auf amerikanische Quellen habe; aber das ist halb so wild, denn im Lauf der Jahre habe ich eine Menge Leute kennengelernt und verfüge über gute Kontakte. Wenn ich die Angelegenheit nicht öfter erwähne, dann nur, damit du dir nicht zu viele Hoffnungen machst.

Deine Briefe sind mir eine große Freude. Ich liebe es, morgens meinen PC einzuschalten und eine deiner typischen Mails vorzufinden, ohne Anrede, ohne Schluss, ohne höfliches Geplänkel. Es ist, als würdest du mir eine Blume schenken, die tagelang hält. Danke, Lena, danke. Eines der Dinge, die mich am meisten schmerzen, ist, dass wir in unserer Jugend nicht die Beziehung zueinander hatten, die wir heute haben.

»Was meint Sole wohl mit diesem ›Entweder ich gestehe mir die Schuld ein und tröste mich mit dem Gedanken, dafür gebüßt zu haben, immer noch dafür zu büßen, oder ich bestreite sie und vergesse das Ganze‹? Klingt das nicht so ähnlich wie Lenas letzte Botschaft, die wir auf dem Bildschirm vorgefunden haben?«

»Das lässt sich leicht klären. Wir können Sole ja fragen, ehe sie zurück nach Kuba fliegt.«

»Das bringt gar nichts! Was sie auch dazu sagt, wir müssten es ihr abnehmen. Oder ist dir noch nicht aufgefallen, dass diese Mädels, immer wenn ich sie nach der Vergangenheit frage, irgendwie … abstrakt werden und letztlich nichts Konkretes aus ihnen herauszubringen ist? Aber probieren kann man es ja … Von deiner Frau hast du nie etwas darüber gehört?«

David kratzte sich am Kopf und überlegte.

»Ich weiß nicht, Gerardo. Wenn sie von den alten Zeiten anfangen, suche ich für gewöhnlich das Weite. Ich weiß, dass einige von ihnen sich in dieser Woche auf Mallorca verliebt, entliebt und den Freund gewechselt haben … solche Sachen halt. Aber das ist mehr als drei Jahrzehnte her, das war Kinderkram, wenn du mich fragst. Ich habe dem nie viel Bedeutung beigemessen. Ich kann Ana ja noch mal ansprechen, vielleicht fällt ihr noch etwas dazu ein.«

»Na los, gehen wir den Rest durch, dann reicht es für heute.«

Lena an Sole:

Ich bin zu dem Schluss gekommen, dass das Erwachsenwerden voller Musik, Liedtexte, Stimmen und Aussprüche ist, die man fortan in sich trägt, während die Kindheit sich auf den Geschmacksinn und vielleicht, noch etwas früher, auf den Tastsinn beschränkt. Ich erinnere mich deutlich daran, wie weich sich der Flanellschlafanzug anfühlte, den ich mit etwa vier Jahren hatte. Weiß mit roten Tupfen, warm und kuschelig. Und an eine graue Strickjacke, die mein Vater überzog, wenn er von der Arbeit nach Hause kam. Wir setzten uns in den Schaukelstuhl im Wohnzimmer, während meine Mutter das Abendessen für sie beide richtete – ich hatte am Spätnachmittag ausgiebig gespeist –, er sang mir etwas vor, und ich klammerte mich wie ein Äffchen an seine Jacke und atmete den Geruch nach Staub und Bakelit und einem Hauch von Rasierwasser; Floyd *hieß die Marke.*

Aber in allen meinen Erinnerungen seit der Grundschule ist Geschmack das bestimmende Element: die Bonbons, von denen ich dir schon geschrieben habe, die Anisstäbchen, die Mürbeteigplätzchen mit Sirup, das Eis von Daniel, das er nur im Sommer verkaufte: Schokolade und Vanille, mehr Sorten gab es nicht. Erinnerst du dich noch an Daniels blauweißen Karren mit den beiden Eisbehältern unter silbernen Deckeln?

Der Geschmack der Süßholzstöckchen, die schwarze, zähe Lakritze, das Brausepulver mit Apfelsinenaroma, das auf der Zunge explodierte, die Schmalzbrötchen am Nachmittag, salzig und knusprig, die weichen, mit gegrilltem Fleisch belegten Milchbrötchen, das Quittengelee meiner Oma, die gefüllten Marzipanröllchen, die man »Knochen der Heiligen« nennt, im November, zum Tag der Unbefleckten Empfängnis die ersten eingelegten Oliven, noch grün und bitter, das süße Schmalzgebäck zu Weihnachten, die aufwändig verzierten Osterkuchen, die Mispeln und Kirschen im Juni, im Sommer die Tomaten mit dem gelben Staub und dem köstlichen Schwefelgeruch … jede Jahreszeit war begleitet von einem bestimmten Geschmack, auf den man sich monatelang freute. Und in unserer Kindheit waren ein paar Monate ein ganzes Leben.

Heutzutage gibt es alles zu jeder Zeit, und auch die Tomaten schmecken nicht mehr wie früher.

Kürzlich war ich zufällig in der Gegend, in der Remes Mutter vor dreißig Jahren ihren Friseursalon hatte; erinnerst du dich noch an Reme? Bei der Gelegenheit habe ich auch gleich nachgesehen, ob die Konditorei noch existiert, wo wir die Süßigkeiten für unsere kleinen Feste kauften, die wir mit etwa fünfzehn Jahren manchmal sonntags dort veranstalteten, im »Salon Petra, Spezialität Dauerwelle«. Mit einem Mal waren mir alle Arten von Backwaren, die es damals gab, wieder gegenwärtig: cremegefüllte Blätterteighörnchen, Liebesknochen, Halbmonde, likörgetränkte Kuchen … und das Wasser lief mir im Mund zusammen, als ich mir ihre Farben, Konsistenzen, Formen in Erinnerung rief. Ich hätte ein ganzes Blech voll allein aufessen können.

Aber das gibt es dort alles nicht mehr. Jetzt machen sie nur noch diese in allen Farben glasierten Miniaturkuchen, die sie Petit Fours nennen, und Design-Torten, die so schön sind, dass es einem leid tut, sie aufzuessen, und auf die ich längst nicht diesen Heißhunger verspüre wie auf die Hörnchen und Biskuits von damals.

Unsere Welt geht unter, Sole. Und es stimmt nicht, wie manche unserer Altersgenossen behaupten, dass unsere Zeit die ist, in der wir jetzt leben. Jedenfalls nicht für mich. Ich lebe in der Vergangenheit, wie du weißt. Dabei ist meine Gegenwart gar nicht so schlecht, ich kann mich über nichts beklagen, aber manchmal kommt mir das, was mich umgibt, verglichen mit meinen Erinnerungen farblos vor. Wahrscheinlich liegt das daran, dass ich viel allein bin und viel Zeit zum Nachdenken habe. Vielleicht werde ich auch einfach alt, obwohl ich einen Computer habe und mich über Musik und Film auf dem Laufenden halte, obwohl ich frisch erschienene Romane übersetze, ab und zu einen Schwatz mit den Mädels halte und wir uns immer noch an jedem achtundzwanzigsten Dezember in der alten Bar treffen, wie wir es vor mittlerweile dreiunddreißig Jahren ausgemacht haben. Die Clique vom 28sten. Weißt du noch? »Egal, was geschieht, ob wir weit weg leben, verheiratet sind und zehn Kinder haben, egal, was geschieht, an jedem achtundzwanzigsten Dezember sind wir alle sieben in der Kneipe.«

Rita hat sich nie wieder blicken lassen, du auch nicht. Ich habe in der Zeit, in der mir die Welt zu klein wurde, mehrere Jahre gefehlt. Carmen erzählte mir, einmal, vor Jahren, als ihre Tochter noch im Kinderwagen lag, habe sie sie warm eingepackt, da sie niemanden hatte, der auf sie aufpassen konnte, und sei in die Bar gegangen, weil sie danach lechzte, uns zu sehen und zu berichten, was ihr in diesem fürchterlichen Jahr widerfahren war, in dem sie sich plötzlich mit einem Kind, einem Ehemann, einer hastig mit alten Möbeln eingerichteten Wohnung wiederfand, ohne Studium, ohne Zukunft, ohne Hoffnung.

Und keine ist gekommen, Sole. Sie setzte sich an unseren angestammten Tisch und sagte dem Kellner, sie erwarte ein paar Freundinnen, nach einer Weile bestellte sie ein Bier und fing an zu weinen, bis sie ihre Tochter damit angesteckt hatte und das Lokal mit ihr wieder verließ.

Marga war in London, Candela in Madrid, Ana war mit ihren Eltern verreist, Teresa hatte Heiligabend mit ihrer Familie verbracht und war schon wieder in Valencia, ich lebte auf Ibiza in einer Kommune. Wo du warst, wusste niemand.

Carmen war als Einzige noch in Elda, und keine von uns rief sie an, um sich zu erkundigen, wie es ihr ging, um sie aufzumuntern, um ihr Bescheid zu sagen, dass sie nicht in die Bar zu gehen brauchte.

Jetzt sind wir zum ersten Mal nach so langer Zeit wieder einmal alle zusammen, außer dir. Ana hat uns in ihr Haus zu einem Mädelsessen eingeladen. Ich bin heilfroh, dass es wenigstens kein 28ster ist. Wir werden an dich denken.

Sole an Lena:

Ich habe versucht, mich zu entsinnen, wo ich Weihnachten 75 war, wir reden doch von 1975, stimmt's? 74 war ich allerdings auch schon nicht in der Bar, ich hatte zu große Angst, euch wiederzusehen. Ich nehme an, 74 war keine von uns dort, nicht einmal Carmen, die damals gerade schwanger gewesen sein muss.

Ich glaube, 75 war ich zu Weihnachten schon in Sevilla, auf dem Gut meiner Schwiegereltern, lernte reiten, beim Stierkampf nicht die Augen zu schließen, mich Marisol zu nennen und Hochzeitspläne zu schmieden, obwohl wir erst ein Jahr zusammen waren.

1977 habe ich geheiratet, und die Einzige, die zu meiner Hochzeit kam, war Carmen. Mit Manolo. Ich weiß nicht mehr, mit welchen Ausreden die anderen nicht erschienen sind. Vielleicht wissen sie es ja noch und sagen es dir, wenn ihr euch bei Ana trefft.

Ach, wie gern wäre ich auch dabei! Schick mir ein Foto, ich habe euch seit Urzeiten nicht gesehen und gar keine Vorstellung, wie ihr jetzt ausseht. Ich könnte behaupten, ich sähe noch genauso aus wie früher, aber das wäre gelogen. Ich habe mich für meine einundfünfzig Jahre gut gehalten, aber ich habe Tränensäcke, die ich mit den besten Kosmetikprodukten zu kaschieren versuche; ich habe mir ein Hand-Peeling machen lassen, um die Altersflecken zu entfernen, und auch schon eine Liposuktion und ein Lifting hinter mir (sag's bitte nicht weiter).

Mein Problem ist, wie eh und je, dieses Loch, das ich nun schon so lange in meinem Inneren spüre, dass ich mich nicht mehr daran erinnern kann, wie es war, als es noch nicht da war. Ich habe mehrere Therapien mit den unterschiedlichsten Ansätzen gemacht und muss gestehen, dass es mir nicht viel gebracht hat. Ich war nie besonders stark, das weiß ich schon mein ganzes Leben, und jetzt, als Frau Gemahlin, kann ich mich unbehelligt dem Nichtstun und meiner Schönheitspflege widmen, ohne dass es mir jemand vorhält. Pedro hat eine beeindruckende Karriere gemacht; er behandelt mich gut, wir sehen uns nicht sehr oft. Meine Kinder leben in gesicherten Verhältnissen, ich habe zwei Enkel und eine Enkelin, die ich kaum sehe. Ich mag Kuba, trotz der feuchten Luft. Wenigstens spricht man hier Spanisch. Ehrlich gesagt, hatte ich von Asien die Nase gestrichen voll.

Verlass mich nicht wieder, Lena, jetzt, da wir uns wiedergefunden haben.

»Sie hatte Angst, David. Sole schreibt, sie habe nach jenem Sommer monatelang Angst gehabt, ihre alten Freundinnen wiederzusehen. Vielleicht will es nichts heißen, aber da sollten wir mal nachhaken. Wovor sollte eine Achtzehnjährige Angst haben, wenn sie reich und hübsch ist und gerade ihr Abitur geschafft hat? David? Hörst du mir zu?«

»Entschuldige, ich war mit meinen Gedanken woanders.« Die Erwähnung von Carmen, dieser achtzehnjährigen Carmen, die er sich nicht richtig vorstellen kann, wie sie mit ihrer nur wenige Monate alten Tochter allein in der Kneipe sitzt, gab ihm einen unsagbar schmerzhaften Stich. Als er mit ihr zusammen war, hatte sie ihm von ihrer Schwangerschaft, der überstürzten Heirat mit Manolo und der Scheidung erzählt …, aber in einem so leichten, spaßigen Ton, dass er nie verstanden hatte, was das alles für sie bedeutet haben musste; auf was sie hatte verzichten müssen infolge dieser falschen Entscheidung oder dieses »Fehltritts«, wie es damals hieß.

»Die letzte Mail ist jedenfalls die rätselhafteste von allen.«

»Lass mal sehen, gib her.«

Lena an Sole:

Nur ein paar Zeilen, meine Liebe.

Auch wenn ich weiß, dass es dich bekümmern wird, muss ich dir leider sagen, dass ich gerade von Anas Fest komme und am Boden zerstört bin. Ich muss mit jemandem reden, und das wirst du sein, eben weil du nicht hier bist, eben weil du nicht dabei gewesen bist.

Alles war ein paar Stunden lang ganz wunderbar: essen, tanzen, lachen, baden … ganz, als wären wir in die Vergangenheit zurückgekehrt. Und dann brach die Vergangenheit plötzlich über uns herein. Margas Freundin, also Ritas Freundin, hatte eine Überraschung für uns: die Dias der Geburtstagsparty und den Mallorca-Film, den keine von uns je gesehen hatte. Kannst du dir das vorstellen? Sechs Frauen mittleren Alters, ziemlich betrunken, sehen diese Bilder in Gegenwart einer Fremden. Ich werde es dir genauer schildern, sobald ich mich beruhigt habe.

Wenn ich diese Nacht überstehe, werde ich wohl den Mut finden, das zu tun, was getan werden muss.

Ich bin für Mittwoch mit Rita verabredet. Wir fallen in die alten Gewohnheiten zurück. Ich werde mich bei ihr aussprechen. Ich werde ihr erzählen, was ich seit damals keinem Menschen erzählt habe, und dann sehen wir weiter.

Wünsch mir Glück!

»Das war die letzte Mail, die sie in ihrem Leben geschrieben hat«, sagte Gerardo und starrte auf das Blatt. *»Ich werde den Mut finden, das zu tun, was getan werden muss«*, wiederholte er leise. »Dort liegt der Hund begraben, davon bin ich überzeugt. Was hatte Lena vor, und wer hatte etwas dagegen, dass sie es tat?«

David nickte stumm und zuckte mit den Schultern.

»Ich werde alles daransetzen zu erfahren, was auf dieser vermaledeiten Party vorgefallen ist, das verspreche ich dir. Aber zuerst brauchen wir die Bilder und den Film.«

»Die liegen eventuell noch bei uns zu Hause. Ich frage Ana.«

»Gleich heute Abend.«

»Wenn sie da sind, hast du sie morgen.«

1974

Die Mädchen haben den ganzen Tag am Strand und am Pool verbracht, und auch wenn es dem Direktor nicht behagte, dass sie lieber im Hotel bleiben wollten, statt mit den anderen zusammen einen Ausflug zu machen, hat Doña Marisa ihn überzeugen können, dass sie doch dumm wären, sich die Gelegenheit zum Schwimmen und Sonnenbaden entgehen zu lassen, wenn sie nun schon einmal auf Mallorca und in einem solchen Hotelkomplex sind.

Jetzt warten die beiden Lehrer darauf, dass alle aus ihren Zimmern kommen, um in den Minibus zu steigen und nach Palma zu fahren, wo sie mit der Jungengruppe verabredet sind, um eine der großen Diskotheken zu besuchen.

»Eine gelungene Klassenfahrt, nicht wahr?« Marisa lässt die Eiswürfel in ihrer Coca-Cola klingeln und schenkt ihrem Kollegen ein prachtvolles Lächeln, das im Kontrast zu ihrem gebräunten Gesicht noch weißer leuchtet als gewöhnlich. Javier hat sie noch nie so hübsch und so strahlend gesehen.

»Ja. Offen gestanden, ist es ewig her, dass ich einen ganzen Tag faul herumgelegen habe ohne ein schlechtes Gewissen, weil ich nicht arbeite. Aber ich habe beschlossen, es zu genießen, so lange ich kann. Wer weiß, wohin sie mich nächsten Monat schicken!«

»Ist das mit deiner Versetzung denn sicher?«

»Es ist sicher, seit Monsignore Uribe festgestellt hat, dass mir der Umgang mit Jugendlichen nicht zuträglich ist.«

»Was heißt nicht zuträglich?«

»Seiner Meinung nach habe ich mich von ihrem Gerede über Freiheit und Freizügigkeit anstecken lassen … von allem, was er nicht für richtig hält.«

»Und du? Was hältst du davon?«

Javier zuckt mit den Schultern und lässt den Blick über Marisas Schulter hinweg durch den Garten schweifen. Er will jetzt weder an Don Alonso noch an die Versetzung noch an die wochenlangen Exerzitien denken, die ihn in den Pyrenäen unter vorsintflutlichen Priestern und stillen Nönnchen erwarten, aber sie will eine Antwort hören.

»Ich zähle nicht.«

»Das finde ich ungerecht.«

»Ich auch, aber ich habe Gehorsam gelobt, wie du weißt. Das ist wie beim Militär, nehme ich an. Einem Befehl kann man sich nicht widersetzen.«

Marisa legt ihre Hand auf Javiers Hand.

»Und wenn du es aufgibst, Javi?« Sie haben am Abend zuvor ganz theoretisch darüber gesprochen, aber was in den frühen Morgenstunden, als sie im Garten gesessen und aufs Meer geschaut haben, eine Option zu sein schien, ist jetzt im Licht der Sonne nichts weiter als der Traum einer Sommernacht.

»Und was mache ich dann, Marisa?«

»Du könntest weiter an Gymnasien arbeiten wie jetzt und beispielsweise Philosophie unterrichten.«

»Das würden sie niemals zulassen. Wer stellt schon einen abtrünnigen Geistlichen ein? Und ich kann sonst nichts. Komm, wechseln wir das Thema, sie sind da.«

»Aber nachher reden wir weiter.«

»Was soll das? Es macht dir wohl Freude, einen Priester auf Abwege zu bringen!« Er sagt es lächelnd und in scherzhaftem Ton, aber Marisa wird ernst.

»Es macht mir Freude, einen Freund zu ermutigen, sein Leben nicht zu vergeuden.« Sie erhebt sich, lässt die halb leere Cola stehen und geht ihren Schülerinnen entgegen, die lachend auf sie zukommen, schick angezogen und geschminkt, mit frisch gewaschenen Haaren und einem Glanz in den Augen, wie man ihn nur mit achtzehn hat.

Kurz darauf sitzen sie alle im Minibus, Marisa auf dem Platz neben dem Fahrer.

In Palma treffen sie auf die Jungen, und nachdem sie eine Viertelstunde Schlange gestanden haben, betreten sie eine Riesendiskothek, wo sie sich allmählich in Pärchen und kleine Gruppen aufteilen. Es herrscht eine feuchte Hitze, die zusammen mit den Rauchschwaden über den verschiedenen Tanzflächen fast den Atem raubt, die Musik dröhnt in voller Lautstärke, der Alkohol fließt in Strömen und benebelt ihnen langsam die Sinne, sodass sie aus dem Lachen gar nicht mehr herauskommen.

An einem etwas abseits stehenden Tisch, wo die Musik nicht ganz so laut ist, sitzen sich Don Telmo und Doña Loles gegenüber und streiten sich. Schon von Weitem sieht man, dass sie ein Gespräch führen, bei dem alle anderen überflüssig sind, und die Schüler machen vorsichtshalber einen Bogen um sie. Don Javier steht an der Theke und trinkt einen Cuba Libre. Er wirkt ein wenig verloren ohne Doña Marisa, die an seiner Seite zu sehen allen zur Gewohnheit geworden ist, also gehen Carmen und Ana zu ihm, um ihm Gesellschaft zu leisten, und versuchen, ihn mit auf die Tanzfläche zu schleppen, bis er sie wegscheucht und wieder allein bleibt, den Blick starr auf den Spiegel hinter dem Tresen gerichtet, der den ganzen im bunten Neonlicht flackernden Saal reflektiert. Er weiß, dass er Marisa ungewollt verletzt hat, was er bedauert, aber er fühlt sich bedrängt, wenn sie ihm immer wieder mit derselben Lösung kommt: »Gib es auf.« Wie sollte er seine Berufung, seine Bestimmung, seine einzige Sicherheit aufgeben? Wozu sind die vielen Jahre im Priesterseminar gut gewesen, die vielen Opfer, die er hat bringen müssen, wenn er jetzt alles über Bord wirft, bloß weil er sich nicht in ein abgelegenes Dorf schicken lassen will, um das zu tun, was er gelernt hat, was er sich selbst ausgesucht hat? Er weiß jedoch, dass es nicht nur darum geht, nicht nur um seine Angst vor Langeweile und Einsamkeit. Sein Hauptproblem, für das er keine Lösung sieht, besteht darin, dass er sich mit vielen Dingen, die er mit siebzehn Jahren für richtig, offensichtlich und notwendig erachtete, nicht mehr identifizieren kann; dass er nicht mehr versteht, warum die Botschaft Christi, so mutig, so revolutionär, zunehmend an das sechste Gebot gebunden sein muss, an etwas, das im Vergleich zu den wirklich wesentlichen Fragen im Grunde unbedeutend ist; dass es ihn stört, weder mit dem Herzen noch mit dem Kopf auf die vollkommen berechtigten Zweifel seiner Schülerinnen eingehen zu können, weil er sich auf die offizielle Version beschränken muss, an die er längst nicht mehr glaubt. Als Ana vor einigen Monaten wissen wollte, ob er es normal finde, dass der *Generalísimo* Franco bei Prozessionen unter einem Baldachin geht, was doch ein Zeichen der Anbetung und eigentlich nur der Heiligen Hostie vorbehalten sei, konnte er ihr nur stammelnd zur Antwort geben, dies sei eine besondere Ehre, die der Papst dem *Caudillo* für seine Verteidigung der katholischen Religion zugesprochen habe, und weder ein Dorfpfarrer noch eine Abiturientin hätten das Recht, dem Heiligen Vater in Rom zu widersprechen. Ana sagte daraufhin nichts mehr, aber er schämte sich vor sich selbst, denn auch er empfindet es als Skandal, hat sich aber nicht getraut, es auszusprechen.

Und in den Fällen, in denen er stolz auf sich und sein Verhalten war – beispielsweise als eine seiner Schülerinnen schwanger wurde und er mit ihren Eltern, ihrem Freund und dessen Eltern gesprochen hatte und sie alle überzeugen konnte, dass eine Ehe die beste Lösung war –, musste er sich auch vor dem Bistum verantworten, weil ihm der Bischof vorwarf, seinen Schülerinnen den Wert der Jungfräulichkeit und der sexuellen Abstinenz nicht vermittelt zu haben. Er kann machen, was er will, gut ist es nie. Man hat seine Gedanken, seine Gefühle und natürlich seine Worte geknebelt. Er fühlt sich wie gefesselt; als hätte man ihm einen Maulkorb und ein Halsband angelegt, damit seine Vorgesetzten ihn bequem an der Kette führen können, wohin er nicht will.

»Ach, Javi«, hört er Marisa sagen. »Sich allein zu besaufen ist das Traurigste von der Welt, und da wir hier außerdem die Anstandswauwaus sind, kannst du es dir nicht einmal leisten. Komm mit uns tanzen!«

Er schüttelt den Kopf und richtet den Blick auf seine Kollegin, die von Schülerinnen umringt ist.

»Ich? Aber nicht doch, wie soll ich denn tanzen?«

»Na, mit den beiden Füßen, die dir Gott gegeben hat, und weil wir ja schließlich in einer Diskothek sind. Auf geht's!«

Noch unter Protest, aber schon lächelnd, lässt er sich wegzerren, und als er in der Mitte der Tanzfläche unter den farbigen Lichtern angelangt ist, erklingt *Sacramento* von Middle of the Road, und die Mädchen fangen an zu kreischen und zu hüpfen und reißen ihn schließlich mit. Nach kurzer Zeit ist er schweißgebadet, fühlt sich aber so frei und glücklich wie in den letzten fünf Jahren nicht.

Dann verändert sich das Licht, ein langsames Lied beginnt, und widerwillig tritt er den Rückzug zum Tresen an. Marisas Hand hält ihn auf.

»Oh nein! Kommt nicht infrage. Wirst du mich denn nicht zum Tanzen auffordern wie ein Kavalier?«

Alle Mädchen haben sich mit hochgewachsenen, sonnenverbrannten Ausländern zu Paaren zusammengefunden. Marisas Haar ist feucht, und sie lächelt ihn an.

»Aber ich kann doch gar nicht tanzen …«, wehrt er sich schwach.

»Ich führe dich.«

Javier fasst sie um die Taille, und sie legt die Arme um seinen Hals, wobei sie ganz leise das Lied mitsingt: »*Nights in white satin.*«

Noch nie ist er einer Frau, die nicht zu seiner Familie gehört, so nah gewesen. Sie riecht leicht nach Kokosöl und auch nach etwas Frischem, Grünem, wahrscheinlich ihrem Parfüm, das ihm nie aufgefallen ist. Er bemüht sich, die Hände still zu halten und ein wenig Abstand zu wahren, damit sie seine Erektion nicht bemerkt. Er weiß, er sollte sie unter irgendeinem Vorwand loslassen und wieder an die Theke flüchten oder eine Weile hinausgehen, um frische Luft zu schöpfen, aber er weiß auch, wenn er jetzt wegläuft, wird er es monatelang, wenn nicht jahrelang bereuen, weil er dann in dem Kaff, in das sie ihn schicken werden, beim Zubettgehen nicht einmal die Erinnerung an diesen Moment haben wird. Also gibt er sich der Melodie hin, schließt die Augen und lässt zu, dass sie dichter an ihn heranrückt, bis er ihre Brüste an seinem Körper spürt und ihn ein Schauder überrieselt.

»Ich liebe dieses Lied«, raunt sie. Er sagt nichts, legt seine Hände aber so, dass sie nun den rückwärtigen Teil ihrer runden, festen Hüften umfassen. Er spürt das Gummiband ihrer Unterwäsche und muss sich zusammenreißen, um nicht auf Entdeckungsreise zu gehen und all die Wunder zu erforschen, die er in unmittelbarer Reichweite hat. Sie streichelt ihm kurz den Nacken und löst sich dann plötzlich von ihm.

»Komm, gehen wir einen Moment an die frische Luft«, sagt sie, nimmt ihn bei der Hand und zieht ihn hinter sich her.

»Aber … aber … die Mädchen …«

»Die werden schon nicht aufgefressen. Außerdem sind Telmo und Loles ja auch noch da. Los!«

Die Luft im Freien ist köstlich nach der Hitze und dem Qualm in der Diskothek. Sie gehen ein paar Schritte bis zum Geländer einer kleinen Grünanlage, die sich bis hinunter zum Strand zieht, steigen die Steinstufen hinab und biegen in einen Pfad aus weißem Kies ein, vorbei an Pärchen, die sich in dunklen Ecken küssen, und Jugendlichen, die sich in die Blumenbeete übergeben. Javier hätte sie gern bei der Hand genommen, aber er weiß, dass sich das nicht gehört, und wagt es nicht. Sie hat den Kopf in den Nacken gelegt und atmet beim Gehen tief durch, dann bleibt sie unter einem riesigen Gummibaum stehen, kramt in ihrer Handtasche, holt ein Päckchen Zigaretten heraus, zündet zwei auf einmal an und reicht ihm schweigend eine.

»Marisa«, sagt Javier sehr leise, obwohl niemand in ihrer Nähe ist, »habe ich etwas falsch gemacht? Was ist los?«

Sie blickt ihn an, und in ihren Augen glimmt ein belustigter Funke. Sie stellt sich auf die Zehenspitzen, umfasst sein Gesicht mit beiden Händen und gibt ihm einen festen Kuss auf die geschlossenen Lippen.

»Ach, Javi! Du gefällst mir wahnsinnig, das ist los. Du gefällst mir schon seit zwei Jahren, solange ich dich kenne. Warum, glaubst du wohl, wollte ich mich versetzen lassen? Elda ist nicht übel, es lebt sich ganz gut da, und es gibt alles. Ich kann mir durchaus vorstellen, dort zu bleiben, aber du bist Priester, und das macht die Sache ziemlich kompliziert, meinst du nicht?«

»Ich?«, stottert er. »Ich gefalle dir?«

»Junge, bist du begriffsstutzig! Natürlich gefällst du mir. Und wie! Und ich dir?«

Eine so schwierige Frage hat ihm noch nie jemand gestellt, nicht einmal Ana, denn die Antwort ist zwar leicht, aber er weiß nicht, ob er sie mit dem Herzen oder mit dem Kopf geben soll, und das lähmt ihn.

»Gefalle ich dir oder nicht? Denn wenn nicht, gibt es nichts weiter zu reden.«

Am Ende gibt er die Antwort weder mit dem Herzen noch mit dem Kopf. Es ist sein Körper, der sich das Machtvakuum zunutze macht und die Initiative ergreift, und unversehens küssen sie sich, diesmal richtig, wie Javier es nur aus Filmen kennt.

In der Diskothek tanzt Marga unter Hunderten von anderen schwitzenden, angetrunkenen Paaren mit Manolo, der sie wie eine Boa umschlingt und, da der Saal weitläufig und kein bekanntes Gesicht in der Nähe ist, mit der einen Hand ihren Busen betastet, während er an ihrem Ohr saugt und sich mit der anderen an ihrem BH-Verschluss zu schaffen macht.

»Hör auf, Manolo«, sagt sie und versucht, sich seinem Würgegriff zu entwinden. »Finger weg. Du bist betrunken, und ich mag das nicht.« Er lässt sich nicht beirren und überhört, was sie sagt. »Verflixt noch mal, du sollst mich loslassen! Ich hab keine Lust!« Mit aller Kraft stößt sie ihn von sich, und er taumelt ein wenig. »Ich gehe auf die Toilette.«

»Langsam habe ich genug von deinen Mätzchen! Komm sofort hierher, oder es ist aus zwischen uns.«

Darauf hat Marga nur gewartet, und bevor Manolo noch ein Wort sagen kann, erwidert sie, laut genug, um die Musik zu überschreien: »In Ordnung. Es ist aus. Wir haben Schluss gemacht, kapiert? Ende. Zieh Leine und such dir eine, die dich erträgt.«

Er verfolgt sie durch den Gang, der zu den Toiletten führt.

»Marga, bitte, lass uns kurz rausgehen, lass uns reden.«

»Es gibt nichts zu reden. Ich habe es satt.«

»Ach, komm schon, in zwei Monaten sind wir in Valencia. Ich verspreche dir, bis dahin zu warten, wenn du willst. Na los, sei doch nicht so …« Wieder umarmt er sie und nähert seinen Mund wie ein Vampir ihrem Hals, wo sie schon zwei ältere Knutschflecken hat.

»Spinnst du oder was? Es ist aus, habe ich gesagt.«

Mit beiden Händen schubst sie ihn weg und verschwindet nach einem schnellen Spurt in der Damentoilette.

Manolo steckt wütend die Hände in die Taschen und blickt um sich. Er ist fest entschlossen, an genau dieser Stelle auf Marga zu warten, und wenn sie die ganze Nacht braucht. So leicht gibt er sich nicht geschlagen. Er wird sich doch von so einer dämlichen Göre nicht vorschreiben lassen, ob er mit ihr geht oder nicht. So weit kommt's noch!

Unter wippenden Köpfen und schwitzenden Paaren glaubt er, Carmens üppige Lockenmähne zu erkennen. Das ist ein Vollblutweib! Sie knutscht mit einem blonden Kerl, der knapp zwei Meter groß sein dürfte, denn er hängt halb über ihr und ist trotzdem noch zu lang. Sole, hinreißend wie immer, aber mit dieser eisigen Ausstrahlung, die Manolo erbost, unterhält sich am Tresen mit einem Typen, der aussieht wie ein Manager auf Urlaub. Zu ihrer Linken, hinter einer Säule verborgen, streiten sich der Direktor und seine Frau noch immer und bekommen von dem, was sich um sie herum abspielt, nichts mit. Don Javier und Doña Marisa sind wahrscheinlich mit den übrigen Mädchen beim Tanzen.

Da geht Candela an ihm vorbei in Richtung Toilette. Manolo packt sie am Arm und nähert sich ihrem Ohr, um sich verständlich zu machen. Sie weicht zurück, angewidert von seinem Mundgeruch nach Rum und Ducados.

»Deine Freundin Marga ist seit einer Ewigkeit da drin. Sag ihr, wenn sie jetzt gleich rauskommt, verzeihe ich ihr, und alles ist vergessen.«

»Du verzeihst ihr? Du? Was hat sie dir denn getan?« Manolo verabscheut dieses hochnäsige Grinsen, das Candela so gut beherrscht, aber wenn sie ihm helfen soll, wird er sich ein wenig zusammennehmen müssen.

»Sie hat gesagt, sie will mit mir Schluss machen, aber ganz bestimmt meint sie es nicht so. Sie schmollt nur.«

»Marga ist erwachsener als du, Manolito. Sie liebt dich nun mal nicht, kapiert? Sie hat dich nie geliebt.«

»Und woher willst du das wissen?«

»Weil Freundinnen sich solche Dinge erzählen. Also, du weißt Bescheid … Mach dich vom Acker!«

Candela reißt sich heftig los und verschwindet ebenfalls in der Toilette. Schnaubend verlässt Manolo den Flur, schlängelt sich zwischen den Paaren hindurch und hält Ausschau nach jemandem, mit dem er einen Cuba Libre trinken könnte, während er bereits Rachepläne zu schmieden beginnt und, fast ohne es selbst zu merken, vor sich hin murmelt: »Das lasse ich mir nicht bieten, das lasse ich mir nicht bieten.«

Mati sieht ihn vorbeigehen und ahnt, was geschehen ist, denn obwohl sie nicht verstehen konnte, was Marga sagte, war die Situation aus der Gestik leicht zu erraten. Der Tollpatsch, mit dem sie tanzt, blond und rot wie eine gekochte Krabbe, zieht sie etwas fester an sich, und sie lässt ihn gewähren, während sie darüber nachdenkt, wie sie ihr Wissen nutzen könnte. Sie würde Manolo gern in ein kleines Gespräch verwickeln, vielleicht indem sie vorgibt, sich Sorgen um Marga zu machen, und dem armen Trottel stecken, dass seine Freundin auf Frauen steht. Sie ist sicher, dass ihm diese Idee noch nie gekommen ist, trotz der Pornohefte, die er gelegentlich kauft und heimlich in der Schultasche herumträgt, um sie seinen Freunden zu zeigen und mit seinen Kontakten zu prahlen.

Ein paar Meter weiter sieht sie Tere mit einem Jungen tanzen, dem Aussehen nach einem der wenigen Spanier in der Diskothek, abgesehen von ihren Schulkameraden. Sie reden die ganze Zeit, als wäre das Tanzen nur ein Vorwand, sich nah genug zu sein, um sich verständigen zu können. Ab und zu wirft sie einen Blick zu dem Seitentisch, wo sich der Direktor und seine Frau mittlerweile anbrüllen, und zieht eine Grimasse, als könne sie es nicht ertragen, dass sich zwei Lehrer benehmen wie ein gewöhnliches Ehepaar. Man kann sie nicht hören, aber sie sind ganz zweifellos drauf und dran, handgreiflich zu werden, was bedeutet, dass Don Telmo jeden Moment aufstehen und verkünden wird, es sei Zeit, ins Hotel zurückzufahren, und der Spaß habe jetzt ein Ende. Ursprünglich hat sie vorgehabt, Sole im Lauf des Abends beiseitezunehmen und ihr ihren Schatz zu zeigen, aber sie hat nicht damit gerechnet, dass sie zum Tanzen aufgefordert würde, und als der Schwede auf sie zukam, ist sie lieber mit ihm auf die Tanzfläche gegangen und hat alles andere auf später verschoben. Doch jetzt wird wohl nichts mehr daraus. Don Telmo hat den Tisch, an dem seine Frau das Gesicht in den Händen vergräbt, bereits verlassen und fängt an, seine Schützlinge einzusammeln.

2007

Ana saß in einem Café im Zentrum und wartete auf Teresa. Sie hatte sie früh am Morgen angerufen, sie aber trotzdem bereits auf der Straße erwischt, denn noch hatte Teresa keine Nachfolgerin für Lena gefunden und kam mit der Arbeit kaum nach.

»Ich kann es dir nicht am Telefon erzählen«, hatte Ana gesagt. »Wir müssen uns so schnell wie möglich sehen.«

Dennoch hatte Teresa, die nervös und besorgt wirkte, vor elf Uhr keine freie Minute gefunden.

Als sie endlich kam, hatte Ana schon zwei Dutzend Zahnstocher zerbröselt und rund um ihre Kaffeetasse aufgeschichtet.

»David hat die Dias und den Mallorca-Film mitgenommen«, sagte Ana, noch bevor Teresa ihr am hintersten Tisch des Lokals gegenübersaß. »Anscheinend haben sie ein paar E-Mails von Lena und Sole gefunden und meinen jetzt, dass etwas, das sich in jenem Sommer ereignet haben muss, der Schlüssel zu allem sein könnte.«

Teresa holte tief Luft und schloss einen Moment die Augen, um sich zu konzentrieren.

»Was hast du ihm erzählt?«

»Nichts«, sagte Ana und presste die Lippen zusammen, bis sie weiß waren.

»Komm schon! Als David dich gefragt hat, ob es auf dieser Reise einen besonderen Vorfall gegeben hat, hast du da wirklich Nein gesagt?«

»Ich habe ihm das gesagt«, sagte Ana und schluckte hart, »was wir für den Extremfall verabredet hatten. Was wir auch Ingrid gesagt haben, weißt du noch? Dass wir auf der Rückfahrt in einen Sturm geraten sind, dass wir alle in die Gänge gekotzt haben und irgendwann im Lauf der Nacht eine Schulkameradin ins Wasser gefallen sein muss, ohne dass es jemand bemerkt hat, denn als wir im Hafen ankamen, war sie nicht mehr da. Dass ihre Leiche nie gefunden wurde und wir alle deshalb jahrelang mit vagen Schuldgefühlen zu kämpfen hatten.«

»Gut.«

»Ja?«

»Natürlich. Was hättest du denn sonst machen sollen? Genau das habe ich eben auch Machado erzählt.« Ana starrt sie mit großen Augen an. »Die Polizei hat mich noch einmal angerufen. Gestern Abend bat Machado mich, heute noch einmal vorbeizukommen, sobald ich es mir einrichten könnte, also stand ich Punkt acht bei ihm auf der Matte, sonst schaffe ich mein Arbeitspensum heute nicht.«

»Was wollte er denn wissen?«

»Was auf der Reise passiert ist. Offenbar schreibt eine von beiden – oder beide, das weiß ich nicht – in ihren E-Mails, dieser Sommer habe unser aller Leben verändert, und das wirft jetzt Fragen auf. Da muss aber noch irgendetwas anderes sein, das sie mir nicht gesagt haben. Hast du eine Idee?«

»David hat von einer Mail gesprochen, die Lena nach unserem Mädelsessen am Abend von *Moros y Cristianos* an Sole geschickt hat, in der sie schreibt, sie sei fix und fertig gewesen, nachdem sie die Dias und den Film gesehen hatte, und habe sich mit Rita verabredet, um ihr etwas zu erzählen, was sie ihr Leben lang verschwiegen habe.«

Teresa schlug die Hände vors Gesicht.

»Du lieber Gott! Wie konnte sie nur so bescheuert sein und so etwas schreiben?«

»Ich glaube, dass sie immer wusste, wer es getan hat, Tere.« Ana sprach so leise, dass ihre Stimme kaum ein Wispern war. »Es kann sogar sein, dass sie es selbst war …«

»Lena?« Teresa schüttelte den Kopf.

»Warum nicht? Warum alle außer ihr?«, beharrte Ana.

»Weil sie kein Motiv hatte, Ana. Sie hatte nichts ausgefressen, ihre Eltern kamen gut miteinander aus, sie hatte kein Geheimnis.«

»Doch, das gleiche wie alle anderen auch.« Ana sah sie herausfordernd an, einen fiebrigen Glanz in den Augen. »Anscheinend bin ich die Einzige, die sich an den Abend vor der Überfahrt erinnert. Ihr anderen denkt an nichts anderes als an das mit Mati. Und aus ebendiesem Grund, eben weil Mati nichts hatte finden können, um Lena unter Druck zu setzen, und nie eines ihrer sogenannten ›vertraulichen Gespräche‹ mit ihr geführt hatte, könnte Lena in der Nacht auf dem Schiff die Nerven verloren haben, weil sie feststellen musste, dass sie jetzt wie alle anderen war und Mati sie für immer in der Hand haben würde. Und deshalb hat sie sie über Bord gestoßen. Hältst du das nicht für möglich?«

Sie unterbrach sich, weil der Kellner den Kaffee brachte, den Teresa am Tresen bestellt hatte, bevor sie sich an den Tisch setzte. Teresa nickte immer noch vor sich hin, doch schien sie Ana jetzt mehr Aufmerksamkeit zu schenken, während sie den Süßstoff in die Tasse rührte.

»Uns allen hat es das Leben verändert«, fuhr Ana fort. »Nun ja, fast allen, denn du hast den Weg weiterverfolgt, den du dir vorgenommen hattest. Ich glaube, du bist die Einzige.«

»Und Carmen, obwohl durch die Schwangerschaft dann auch bei ihr einiges falsch lief.«

»Ja, du hast recht, aber wir anderen haben uns danach innerlich zerfleischt. Und am schlimmsten erging es Lena, das wirst du nicht abstreiten. Sie brach mit allem. Mit allem, Tere. London, Ibiza, die griechischen Inseln, Indien. *Sex and drugs and rock and roll*, das volle Programm. Und als sie schließlich zurückkam, mit Jeremy und ohne Nick, ohne Ausbildung, ohne Job, ohne Zukunft, lebte sie nur noch auf Sparflamme, wurde immer sanfter, immer fügsamer, als wollte sie für die Sünden ihrer Jugend büßen. Sag nicht, dass das nicht denkbar wäre.«

Eine lange Pause entstand. Gäste betraten die Bar und verließen sie wieder, der Spielautomat gab gelegentlich Töne von sich, um Kunden anzulocken, der Barmann warf ab und zu einen Blick zu ihnen hinüber, falls sie noch etwas bestellen wollten.

»Was ich für denkbar halte, Ana, tut nicht viel zur Sache. Ich bin überzeugt, dein Mann und Machado kommen früher oder später zu der genialen Erkenntnis, dass das mit Mati kein Unfall war …«, begann Teresa mit Bedacht, als wäge sie jedes Wort ab, und Ana drückte sich die Hände auf den Mund. »Langsam, nicht erschrecken. Angenommen, wir würden damit herausrücken – es uns am besten Stück für Stück aus der Nase ziehen lassen –, dass Mati uns mit unseren kleinen Teenager-Geheimnissen erpresste, die heute zwar lachhaft erscheinen, aber für uns damals horrend wichtig waren …, dann könnten wir die Polizei auf den Gedanken bringen, dass Lena sie im Affekt umgebracht haben muss, wir aber nicht wissen, worum es dabei ging, wahrscheinlich um etwas, wofür ihre Eltern sie bestraft oder ihr verboten hätten, in London zu studieren, oder so was Ähnliches. Und als sie jetzt den Film aus jenem Sommer gesehen hat, ist sie unter der Schuld zusammengebrochen und hat sich die Pulsadern aufgeschnitten. Ich denke, das ist leicht zu akzeptieren. Bleibt die Frage, wer versucht hat, Rita hineinzuziehen, und warum.«

»Ich gehe davon aus, dass du ihnen nichts von der famosen ›Manolo-Variante‹ gesagt hast.«

»Nein. Ich hielt es unter den gegebenen Umständen nicht für angebracht. Vielleicht später … wenn sie selbst zu dem Schluss gekommen sind, dass Lena sich für etwas bestrafen wollte, was sie seinerzeit getan hat … möglicherweise können wir an dieser Stelle eine Andeutung machen, was das Eingreifen Manolos angeht. Letzten Endes hängen wir ihm damit keinen Mord an. Wir beschuldigen ihn lediglich, eine Dummheit begangen zu haben, eine Kinderei, wie sie für ihn ja durchaus typisch ist.«

»Das ist zumindest Irreführung der Justiz.«

»Mag sein. Aber es ist kein Mord.«

»Dich überzeugt das mit Lena nicht so ganz, stimmt's?«

Teresa zuckte mit den Schultern.

»Auf die Idee wäre ich nie gekommen. Ich muss noch ein bisschen darüber nachdenken.«

»Und was tun wir jetzt?«

»Sie werden uns alle vorladen und über die Klassenfahrt befragen. Entscheidend ist, dass wir alle das Gleiche sagen und keine etwas auf eigene Faust hinzufügen darf: Es gab ein Gewitter, und wir waren erschöpft von der letzten Diskonacht auf Mallorca, hatten kaum geschlafen, kotzten oder lagen in unseren Kojen, das kann sich jede aussuchen. Mati haben wir die ganze Nacht nicht gesehen, und als wir in Alicante ankamen, stellten wir fest, dass sie nicht mehr da war. Die Polizei verhörte uns alle im Hafen, und niemand wusste irgendetwas, was im Grunde die reine Wahrheit ist, Ana. Oder weißt du etwas?«

Ana schüttelte heftig den Kopf. Teresa fuhr fort.

»Wichtig ist, dass wir immer von der ganzen Gruppe reden, einschließlich der Jungen, um nicht den Eindruck zu erwecken, nur wir sieben hätten damit zu tun gehabt.«

»Und wenn sie uns fragen, wer mit wem die Kabine geteilt hat, wer mit Mati gesprochen hat? Ich weiß nicht, solche Sachen halt ...«

»Das wissen wir nicht mehr genau. Wie sollen wir uns nach dreiunddreißig Jahren noch erinnern, wer wo schlief?«

»Ich kann mich erinnern.«

»Nein, jetzt nicht mehr«, sagte Teresa scharf und sah ihr in die Augen. »Das hast du vergessen, ist das klar? Es gibt nichts Verdächtigeres als jemanden, der sich nach so langer Zeit an Nichtigkeiten erinnert. Das weiß ich von einer Patientin, die Richterin ist. Isabel Alcañiz.« Ana nickte. »Sie hat mir mal gesagt, wenn sich ein Zeuge in allen Einzelheiten an etwas erinnert, das in dem Moment, als es geschah, keine Bedeutung für ihn hatte, denkt ein Richter immer, er lügt. Das geht der Polizei sicher genauso.«

»Das verstehe ich nicht.«

»Wenn eine Frau, nur um ein Beispiel zu nennen, sich an unwesentliche Details des Tages erinnert, an dem ihr Sohn starb, dann ist das normal. Oder wenn du eine schwere Operation hattest oder ein superwichtiges Examen oder so, etwas, das sich dir ins Gedächtnis eingegraben hat, weil es für dich – und hör gut zu, ich sage ›für dich‹ – von entscheidender Bedeutung war. Aber es ist nicht normal, wenn du nach etwas gefragt wirst, das meinetwegen am sechsten Februar geschah, einem Tag wie jedem anderen, ohne jede Besonderheit für dich, und du dich haarklein erinnerst. Wenn du dich so genau erinnerst, dann nur, weil sich etwas äußerst Wichtiges ereignet hat. Und wir wollen ja nicht, dass sie denken, jene Nacht wäre aus irgendeinem Grund besonders wichtig für uns gewesen. Wenn du Einzelheiten schildern willst, beschreib den nächsten Tag, erzähl, wie wir von Matis Tod erfuhren. Dass sich dir das eingeprägt hat, ist begreiflich.«

»Das stimmt übrigens. Dieser Tag hat sich mir eingeprägt. Da habe ich erfahren, dass meine Mutter ausgezogen war und ich mich entscheiden musste, ob ich bei meinem Vater in unserem Haus bleiben oder mit ihr in eine Mietwohnung ziehen wollte, wo José Luis ein- und ausging, wann es ihm beliebte. Ich denke, das war wichtig genug, um mich bis heute daran zu erinnern.«

»Das wusste ich gar nicht.«

»Macht nichts. Ist schon lange her.«

»Immerhin ist es ja gut gegangen, nicht wahr?«

»Mit meiner Mutter und José Luis? Ja. Sie sind seitdem zusammen, und sie hat immer gesagt, er sei der Mann ihres Lebens.«

»Du scheinst darüber nicht gerade erfreut zu sein.«

Anas Blick wanderte auf die Straße hinaus, wo eine lange Autoschlange jemanden anhupte, der einzuparken versuchte.

»Es ist kein sehr angenehmer Gedanke, dass meine Schwester und ich im Grunde Irrtümer einer Frau waren, die den Mann ihres Lebens noch nicht gefunden hatte.«

»Kopf hoch, Mädel! Wenigstens sind deiner Mutter nur zwei Irrtümer unterlaufen. Meiner fünf. Und sie blieb bei meinem Vater bis zu ihrem Tod. Ich glaube, sie hat nie erfahren, wie es sich anfühlt, verliebt zu sein. Vom Bett ganz zu schweigen … Meine Mutter gehörte zu denen, die diese Welt wieder verlassen, ohne in ihrem ganzen Leben einen einzigen Orgasmus gehabt zu haben. Das hat sie mir natürlich nie gesagt. Wie dem auch sei, Süße, ich muss los. Soll ich mit den anderen telefonieren, oder übernimmst du einen Teil? Ich habe so furchtbar wenig Zeit …«

»Ruf du Candela an, die ist die Schwierigste, und ich übernehme die anderen drei. Ricky ist heute auf einem Schulausflug, und ich habe keinen Dienst.«

Sie umarmten sich, und Ana blieb in dem Café sitzen, um die Anrufe zu erledigen.

Gerardo Machado saß in seinem Büro und starrte auf das Blatt Papier vor sich, auf dem er alles aufgelistet hatte, was er in Lenas Fall einer näheren Überprüfung für wert befand, ergänzt durch die Informationen aus dem Polizeiarchiv.

Aus den Dias und dem Film, die David am Morgen mitgebracht hatte, ließen sich keine wesentlichen Erkenntnisse gewinnen; es waren nur die typischen Aufnahmen von Jugendlichen: Rita Monteros achtzehnter Geburtstag und der Super-8-Streifen von der Klassenfahrt, auf dem sie alle unglaublich jung und glücklich aussahen. Weiter nichts.

Es hatte ihn amüsiert, einige der fünfzigjährigen Männer, denen er heute in Banken, Büros und Restaurants begegnete, als Halbwüchsige mit langen Haaren und ausgestellten Hosen zu sehen, doch außer ihnen und Lenas Freundinnen hatte er niemanden erkannt, denn als er aufs Gymnasium ging, auch wenn es dieselbe Schule war, waren auch diese Lehrer entweder nicht mehr dort gewesen oder hatten seine Klasse nicht unterrichtet.

Was den Unfall dieses Mädchens namens Matilde Ortega Navarro betraf, so waren in den Polizeiberichten aus Alicante lediglich ihr Verschwinden und die sofort eingeleitete erfolglose Suche dokumentiert. Tatsache war, dass das Mädchen im Hafen von Palma de Mallorca zusammen mit ihren Schulkameraden die Fähre bestiegen hatte und bei der Ankunft in Alicante nicht mehr auf dem Schiff gewesen war. Ebenso war es eine unstrittige Tatsache, dass es in der Nacht ihrer Überfahrt ein Gewitter mit schwerem Seegang gegeben hatte. Wenn die Kleine so dumm gewesen war, an Deck zu gehen, als ihr übel wurde, statt sich in einem der Waschräume zu erbrechen, wäre es nicht verwunderlich, wenn sie von einer Welle über Bord gerissen worden wäre, ohne dass es jemand bemerkt hatte.

Teresa hatte ihm erzählt, alle seien in dieser Nacht seekrank gewesen und hätten sich übergeben, und dazu kam noch, dass sie völlig erschöpft waren, nachdem sie eine Woche lang bis in die frühen Morgenstunden gefeiert hatten und trotzdem für ihr Tagesprogramm früh aufstehen mussten. Es schien glaubhaft, dass Matildes Abwesenheit bis zur Ankunft niemandem aufgefallen war. Außerdem war sie offenbar nicht sehr beliebt gewesen und hatte keine enge Freundin, die sie vermisst hätte, als sie nicht in ihre Koje zurückkehrte.

Und dennoch …

Und dennoch musste sich in der Nacht etwas ereignet haben, sodass Lena dreiunddreißig Jahre später an ihre Freundin Sole schrieb, sie müsse loswerden, was sie so lange mit sich herumgetragen habe. *Ich glaube, ich werde den Mut finden, das zu tun, was getan werden muss*, hatte sie geschrieben. Was zu tun? Sich umzubringen für etwas, was sie damals getan hatte? Bestand die Möglichkeit, dass sie sich doch selbst umgebracht hatte, auch wenn gewisse Dinge nicht zu einem Suizidszenarium passten?

Er führte die Hypothese aus: Lena, die Rita Montero zum Abendessen eingeladen hat, um ihr etwas zu erzählen, das sie seit dreiunddreißig Jahren geheim hält, was immer es sein mag – vielleicht war sie ja diejenige, die Matilde in einem Wutanfall über Bord gestoßen und dann nichts zu ihrer Rettung unternommen hatte –, beschließt mit einem Mal, dass sie des Lebens überdrüssig ist und begeht Selbstmord, bevor ihr Gast eintrifft. Um dieses Geheimnis, das sie verzehrt, nicht in Worte fassen zu müssen? Seltsam, aber nicht ausgeschlossen. Also kocht sie sich einen Tee und löst darin eine Dosis Schlafmittel auf, die ein Pferd umgehauen hätte. Auch seltsam. Aber dann, nachdem sie die Tasse ausgetrunken hat, geht sie in die Küche, spült das Geschirr, das sie benutzt hat, trocknet es ab und räumt es weg, ehe sie heißes Wasser in die Badewanne laufen lässt und sich die Pulsadern öffnet. Höchst seltsam. Es sei denn, sie hat sich nicht nur umbringen, sondern auch den Verdacht auf ihre Freundin lenken wollen. Warum? Denn wenn sie laut ihrer E-Mail bereit war, Rita zu erzählen, was sie über die fragliche Nacht wusste, dann musste sie doch sicher sein, dass die Montero nichts mit der Sache zu tun hatte.

Und nachdem sie sich die Pulsadern aufgeschnitten hat, lässt sie die Klinge verschwinden. Wie? Mehr als seltsam. Unmöglich.

Es musste eine zweite Person geben. Und die konnte nicht die Montero sein, denn die hätte nur Nachteile daraus. Es musste jemand sein, der Rita hasste oder sie für etwas bestrafen wollte. Jemand, der unangemeldet bei Lena aufgetaucht war, die Leiche vorgefunden und die Gelegenheit genutzt hatte, um der Montero eins auszuwischen?

Jemand, der zufällig die Kippe einer von Rita gerauchten Zigarette dabeihatte und sie in den Abfalleimer fallen ließ, dessen saubere Mülltüte sonst nichts enthielt, nicht einmal das Beutelchen von dem Tee, den Lena vor ihrem Tod getrunken hatte? Unfug!

Rita Montero konnte er guten Gewissens nicht beschuldigen, weil er nichts Stichhaltiges gegen sie vorzuweisen hatte, und ansonsten fiel ihm niemand ein, der schuldig sein könnte. Der Gedanke verdross ihn, und allmählich fürchtete er, dass Lenas Fall einer von denen sein würde, die nie gelöst werden.

Jedenfalls würde er am folgenden Tag sämtliche Freundinnen des Opfers zu dem Verschwinden von Matilde Ortega Navarro im Sommer 1974 befragen. Wenn das keine Klarheit brachte, blieb ihm nichts weiter übrig, als sich anderen Dingen zuzuwenden, damit er zum geplanten Termin in den Urlaub fahren konnte.

In Teresas Praxis starrte Candela auf die über und über mit Urkunden und Diplomen tapezierte Wand in dem beinahe kindlichen Bemühen, dem Blick ihrer Freundin nicht zu begegnen. Dieser liebevolle, mitleidige Ausdruck, den Teresa ihr gegenüber offenbar nicht vermeiden konnte, war ihr unerträglich.

»Was sagst du dazu«, beharrte Teresa nach einigen Minuten der Stille, die ihr wie eine Ewigkeit vorgekommen waren, die sie Candela aber schuldig zu sein glaubte.

»Was soll ich dazu sagen? Dass ich ganz wild darauf bin, mich ins Krankenhaus zu legen, wenn ich weiß, dass ich lebend nicht wieder herauskomme? Ich sterbe lieber da, wo es mich erwischt. Am liebsten auf einem Flughafen auf der Rückreise aus diesem Urlaub, den ich mir schon seit Jahren gönnen will. Meinst du, ich kann noch mal wegfahren?«

Teresa schüttelte langsam den Kopf.

»Nein, Candela, das kannst du nicht. Sosehr ich es dir wünsche, aber das kannst du nicht mehr. Es sei denn, es ist dir wirklich egal, wo es dich erwischt, ohne deinen Freund, ohne den Beistand einer

Freundin, ohne einen Menschen, der für dich tut, was wir besprochen haben.«

»So schlecht schätzt du meinen Zustand ein?«, fragte sie wieder, fast flehend. »Ich fühle mich noch recht gut. Sehr müde, das schon, kraftlos, aber es tut kaum weh.«

»Das ist das einzige Glück im Unglück: dass es kaum wehtut. Aber es ist so, Candela, ich habe keine andere Wahl, als dir die Wahrheit zu sagen. Du wolltest doch immer die Wahrheit hören, nicht wahr? Ich muss dich sofort einweisen. Du hast eine Lungenentzündung.«

Candela wandte den Blick ab und schluckte.

»Das ist bloß eine Sommergrippe.«

»Es ist eine Lungenentzündung, und diesmal ist es ernst.«

»Gib mir eine Woche, sei so gut.«

Teresa stand auf und begann, in ihrem Sprechzimmer auf und ab zu gehen.

»Verflucht, Candela! Mach es mir nicht noch schwerer. ›Gib mir eine Woche!‹ Verflucht! Wenn es in meiner Hand läge, gäbe ich dir dreißig Jahre! Aber es liegt nicht in meiner Hand, kapiert? Hast du kapiert? Verzeih mir, Candela, verzeih mir. Verzeih mir.« Teresa kauerte sich vor ihre Freundin hin und nahm ihre Hände, die eiskalt waren.

»Zwei Tage. Gib mir zwei Tage, und du darfst mich einweisen. Ich bin fast fertig, habe aber noch ein paar Dinge zu erledigen.« Teresa schluckte und nickte wortlos. »Ich verspreche es dir. Zwei Tage«, versicherte Candela. »Und dann wirst du …«

»Das weißt du. Sobald du mich darum bittest.«

»Danke, Tere.«

Sie umarmten sich weinend, bis Candela sich losmachte, einen Spiegel aus der Tasche nahm und ihr Make-up in Ordnung brachte, ehe sie die Praxis verließ.

Sie standen schon in der Tür, als Teresa leise fragte: »Wirst du tun, was wir ausgemacht haben?«

Candela lächelte ihr berühmtes herablassendes Lächeln.

»Keine Sorge. Nachdem ich mein Leben lang Angst vor dem Gerede der Leute gehabt habe, kümmert es mich jetzt mit einem Mal überhaupt nicht mehr.«

»Danke, Candela.«

Mit einem Schulterzucken schritt sie aus der Praxis, hochmütig und elegant wie immer, mit ihrer großen Sonnenbrille und ihren bemalten Lippen, und probte schon einmal das Lächeln, das Rita überzeugen sollte, dass sie von einer Routineuntersuchung bei ihrer Gynäkologin kam.

Sie hatten noch zwei Tage. Das war Zeit genug, ihr die Wahrheit zu sagen.

»Na?«, fragt Rita, als Candela sich ihr gegenüber auf den Stuhl fallen lässt. »Wechseljahre?«

Candela bestellt ein Zitronensorbett und lächelt, ohne sich dazu zwingen zu müssen. Rita zu sehen, die Tatsache, dass sie auf sie gewartet hat und sie eine ganze Nacht vor sich haben, hebt ihre Laune.

»Ich war schon immer sehr geschwind, meine Liebe. Die habe ich längst hinter mir.«

»Geschwind! Wie gewählt du dich ausdrückst.«

»Wie man es uns beigebracht hat. In meinem Elternhaus wurde dieses Wort viel benutzt.«

»Was ist aus deinem Elternhaus geworden?«

»Ich habe es verkauft.«

Rita schaut sie überrascht an.

»Dieses Schmuckstück in der Calle Nueva?«

»Ich habe eine Menge Geld dafür bekommen, die Wohnung in Alicante gekauft und noch ein bisschen zum Anlegen übrig gehabt.«

»Und deine Wurzeln?«

»Wurzeln? Larifari! Von Wurzeln redet nur ihr, die ihr euch in der Weltgeschichte herumtreibt, weil euch die Vorstellung gefällt, dass die Vergangenheit still dort sitzen bleibt, wo sie ist, damit ihr sie einmal im Jahr für eine Woche besuchen könnt. Wenn man an dem Ort bleibt, wo man geboren ist, sehnt man sich nach Veränderung, Modernisierung, Parkplätzen und will sich nicht andauernd damit beschäftigen, das alte Zeug zu flicken.«

»Dieses Haus war ein Traum, Candela. Du hättest etwas Fantastisches daraus machen können.«

»Wozu? Für mich und wen sonst? Ich habe keine Kinder, über meine Zukunft bestimme ich allein.« Um ein Haar hätte sie gesagt, dass sie nicht einmal mehr eine Zukunft hatte, biss sich jedoch rechtzeitig auf die Zunge. »Ich ziehe eine Wohnung mit Terrasse und Fahrstuhl vor, zehn Minuten von meiner Kanzlei. Solange meine Mutter und meine Tanten noch lebten, bin ich gern hingegangen, aber nachdem sie alle gestorben waren, bin ich eines Tages durch das Riesenhaus gewandert, das allmählich verfiel, und da hat es mir so leid getan, dass ich beschlossen habe, es zu verkaufen. Ich habe es nicht bereut.«

»Ich dagegen werde meiner Tante nie verzeihen, dass sie *El Campo* verkauft hat, den Garten meiner Kindheit. Aber ihr zweiter Mann, Joaquín Alba, ich weiß nicht, ob du den kennst, hat ihr so lange zugesetzt, bis sie sich endlich hat breitschlagen lassen.«

»Joaquín Alba? Der Cousin von Manolo Cortés?«

Rita ist baff.

»Das wusste ich gar nicht. Jedenfalls hat Manolo es wohl gekauft.«

»Weil er dich nicht kriegen konnte, hat er sich das unter den Nagel gerissen, woran du am meisten hängst. Drecksack! Was wirst du tun? Willst du es ihm abkaufen?«

Rita zündet sich eine Zigarette an und erzählt Candela, wie sich Manolo in dem alten *cuartelillo* aufgeführt hat, und von seinem Angebot, ihr das Landhaus zu einem guten Preis zu verkaufen, wenn sie sich im Gegenzug auf das einlässt, was er ihr »ausstehendes Abiturfach« nennt.

»Und was hast du gesagt?«

»Dass ich lesbisch bin.«

Candela lacht, bis ihr die Tränen kommen.

»Gut, Margarita, sehr gut!« Sie greift über den Tisch nach ihrer Hand. »Weißt du, was ich jetzt gern tun würde?«

»Bestimmt was Verrücktes.«

Candela senkt die Stimme.

»Am liebsten würde ich jetzt mit dir in die Wohnung deiner Tante Dora gehen und die Zeit bis zum Abendessen in ihrem Bett verbringen.«

Rita kichert wie ein Schulmädchen und spürt, wie die Erregung in ihr aufsteigt, als sie sich die Gesichter ihrer beiden Familien vorstellt.

»Kein Problem. Ich habe den Schlüssel«, sagt sie verschwörerisch, als wären sie noch immer siebzehn Jahre alt und hätten tatsächlich vor, sich in Tante Doras Abwesenheit in ihre Wohnung zu schleichen.

Sie legen einen Geldschein auf den Cafétisch, fassen sich bei den Händen und machen sich lachend auf den Weg.

1974

Es ist der letzte Abend auf Mallorca. Der achtundzwanzigste Juni. Am nächsten Tag müssen sie vor zwölf Uhr die Zimmer räumen und bis zur Abfahrt des Schiffes um zwanzig Uhr dann noch stundenlang Kulturdenkmäler von Palma besichtigen, weshalb die Lehrer sie ermahnt haben, nicht zu spät schlafen zu gehen.

Aber jetzt, während sie im Hotel der Mädchen ausgelassen in der Diskothek herumtoben, ist das Aufstehen so weit weg, dass sie ihre guten Vorsätze längst vergessen haben. Sie wollen diese letzte Nacht unbedingt genießen, ihre Freiheit bis zum letzten Moment auskosten, bevor sie zu ihren Familien zurückkehren und wieder ernsthaft an all das denken müssen, was sie dort erwartet und was noch zu erledigen ist, bevor sie sich in Valencia niederlassen können: einen Studienplatz beantragen, ein Studentenwohnheim suchen und sich auf die Aufnahmeprüfung Anfang September vorbereiten.

Jetzt ist jetzt, und solange es Musik gibt und Ausländer zum Tanzen und Cuba Libre und Zigaretten und Palmen und Meer und Sommernacht, ist alles andere egal.

Soeben sind die Jungen hereingekommen, zusammen mit Don Telmo und Doña Loles, doch – mit Ausnahme von César, der sofort auf Magda zusteuert, und Manolo, der sich anschickt, Marga in den Garten zu entführen, weil er hofft, sie würde sich nach ihrem Zornausbruch, den er immer noch für einen kindischen Rappel hält, wieder mit ihm versöhnen – fordern sie alle Skandinavierinnen zum Tanzen auf, die eindeutig älter sind als sie, und haben für ihre Schulkameradinnen nur ein knappes Nicken, wenn sie sich auf der Tanzfläche begegnen.

Der Direktor und seine Frau betreten die Diskothek gar nicht erst, sondern holen sich an der Bar etwas zu trinken, nehmen die Gläser mit in den Garten und setzen sich an den Pool. Javier und Marisa nähern sich ihrem Tisch, merken aber sofort, dass die beiden keine Lust auf eine lockere Plauderei über allgemeine Themen haben, und unter dem Vorwand, ein Auge auf die Jugendlichen zu werfen, gehen sie wieder hinein.

In der Diskothek hat sich Manolo nach einem Gespräch von Mann zu Mann mit Chimo entschlossen, den Rat seines Freundes in die Tat umzusetzen – »Nichts stinkt einer Tussi mehr, als zu sehen, wie du dich vor ihrer Nase an eine andere ranmachst« –, und tanzt mit einer mageren, kessen Blonden, doch sieht es im Moment ganz so aus, als sei es Marga völlig schnurz, was er tut. Als er nach einer Weile den Kopf wieder vom Hals der Schwedin hebt, sind Marga und Candela vom Tisch verschwunden.

César und Magda tanzen eng umschlungen neben einer Säule, wo es ziemlich dunkel ist. Sie hat die Augen geschlossen und lächelt unaufhörlich, als sei sie im siebten Himmel.

Carmen, die mit einem großen, plumpen Kerl tanzt, sieht immer wieder Manolo an, als wolle sie ihn ermuntern, sich endlich zu entscheiden. Ana ist eine Weile mit Tere und Sole herumgesprungen, doch als die langsamen Stücke begonnen haben, ist sie hinausgegangen, um frische Luft zu schnappen. Tere tanzt jetzt mit einem hochgewachsenen, ernsten Jungen, und sie reden die ganze Zeit.

Über die Schulter der Schwedin sieht Manolo, wie Mati auf Sole zugeht, die schon mehrere Tänzer abgewiesen hat, und mit ihr den Saal verlässt. Er weiß nicht recht, wie er sich verhalten soll. Einerseits ist die Ausländerin überaus bereit, sich alles Mögliche gefallen zu lassen, das spürt er an der Art, wie sie sich an ihn schmiegt, ohne seinem Bein auszuweichen, das er ihr zwischen die Schenkel drängt, um zu prüfen, ob sie nachgeben. Allmählich ist er überzeugt, dass sie auf Anhieb Ja sagen wird, wenn er ihr vorschlägt, mit ihr aufs Zimmer zu gehen, und er weiß, dass er sich dann beeilen muss, nicht dass Don Telmo mittendrin zum Aufbruch bläst. Andererseits, vielleicht weil die Schwedin es ihm so leicht macht oder weil er, auch wenn er sich das nicht eingestehen will, ein bisschen Angst hat, ist er nicht sicher, ob er mit einer Unbekannten so weit gehen will. Und er muss wissen, was Marga macht, wo, mit wem.

Noch bevor er zu einer Entscheidung gelangt ist, fällt sein Blick auf eine Frau, die gerade die Diskothek betreten hat, und obwohl sie absolut nicht sein Typ ist, kann er den Blick nicht von ihr wenden. Sie ist sehr groß, hat eine Mannequinfigur und langes, glattes, schwarzes Haar. Sie ist stark geschminkt wie für einen Bühnenauftritt und trägt einen hautengen weißen Overall, unter dem sich ihre Brüste und sogar das Dreieck zwischen ihren Lenden abzeichnen. Die Hosenbeine des Overalls sind hoch geschlitzt und zeigen bei jedem Schritt ihre langen goldbraunen Beine. Sie ist die aufregendste Frau, die er außerhalb der Kinoleinwand je gesehen hat, und alle Männer im Saal drehen sich nach ihr um, während sie gleichmütig die Tanzfläche überquert, als sei sie ohne besonderen Eifer auf der Suche nach etwas.

César, der mit geschlossenen Augen tanzt, Magdas Körper spürt und den Pfirsichduft ihres Shampoos einatmet, öffnet plötzlich die Augen und begegnet dem Blick der Frau, die ihn auffordernd anlächelt. Ohne es sich zweimal zu überlegen, lässt er Magda los und tritt einen Schritt zurück zum Zeichen, dass er frei ist.

Magda, überrascht von seiner brüsken Geste, dreht sich verwirrt um und sieht, wie die beiden einander mit den Blicken messen.

»César«, sagt sie und fasst ihn bei der Hand, »was ist?«

Er schüttelt sie ab.

»Geh doch mal eine Runde drehen, Magda.«

»Eine Runde drehen? Aber warum denn?«

»Weil ich soeben gefunden habe, wonach ich schon mein ganzes Leben lang suche.« Er geht auf die Frau in Weiß zu, und ohne ein Wort zu wechseln, umarmen sie sich auf eine Weise, die keinen Zweifel daran lässt, dass alles um sie herum belanglos geworden ist.

Magda steht einen Moment wie betäubt da, ohne zu begreifen, was vorgeht. Ihr Blick sucht nach einer ihrer Freundinnen, doch ihre Augen schwimmen in Tränen, und sie kann die Gesichter nicht erkennen. Sie presst die Hände vor den Mund, um das Schluchzen zu unterdrücken, das ihr in die Kehle steigt, drängt sich durch die Tanzenden und stolpert aus der Diskothek.

In einem abgeschiedenen Winkel des Gartens schenkt Mati Sole ihr berüchtigtes schiefes Lächeln und tut, als suchte sie etwas in ihrer Tasche.

»Du wirst es nicht glauben, Sole, aber sieh nur, was ich gefunden habe.«

Sole will weg, zurück zu ihren Freundinnen, aber Mati hat gesagt, sie müsse ihr etwas zeigen, wovon Sole ganz sicher nicht wollte, dass es jemand anderes sähe. Sole hat keine Ahnung, was das sein könnte, aber sie kennt Mati gut genug, um zu wissen, dass es etwas Schreckliches sein muss, etwas, wovon sie tatsächlich nicht will, dass es die anderen erfahren.

»Zeig her«, sagt sie und versucht, desinteressiert zu klingen.

Mati hält ihr ein Foto hin, sie nimmt es entgegen und bemüht sich, das Zittern ihrer Hand zu verbergen. Angewidert, als wäre es ein giftiges Insekt, dreht sie es um und fühlt, wie ihr ganzer Körper trotz der Hitze schlagartig zu Eis erstarrt.

»Was für ein Zufall, dass der Fotograf mein Onkel war, was? Er starb vor einigen Monaten an einem Herzinfarkt. Meine Mutter und ich haben sein Studio aufgeräumt, und in einem gut getarnten Wandschrank habe ich eine Schachtel mit dieser und noch ein paar weiteren Aufnahmen gefunden. Samt den Negativen, natürlich. Tja, ich wusste gar nicht, dass mein Onkel solche Sachen gemacht hat. Und zuerst habe ich dich auch gar nicht erkannt. Du musst damals noch sehr klein gewesen sein, nicht wahr? So zehn oder elf. Aber das bist du, keine Frage.«

Sole kann den Blick nicht von dem Foto wenden: ihr nackter Kinderkörper auf einer granatroten Ottomane, sie weiß, dass sie granatrot ist, obwohl es sich um ein Schwarzweißfoto handelt; ihre Zungenspitze zwischen den geschminkten Lippen; eine Hand auf der Brustwarze ihrer noch flachen linken Brust, die andere zwischen den Beinen auf ihrer haarlosen Scham; der eigentümliche Blick, der immer schwer so hinzubekommen war, wie ihn die beiden Männer haben wollten: der Fotograf mit dem Wieselgesicht und ihr Onkel

Ismael, der einen Straßenanzug trug, damit man ihm nicht ansah, dass er Priester war.

»Ich hätte nie gedacht, dass du dich zu Kinderpornografie hergegeben hast, Sole, also mal ehrlich! Ich habe in deiner Familie ja vieles für möglich gehalten, aber das nicht. Wer hat dich in das Fotostudio gebracht? Dein Großvater?«

Sole gibt keine Antwort. Sie bebt wie ein Blatt und beißt sich unwillkürlich auf die Lippen.

»Dein Vater?«, beharrt Mati. »Ich habe von solchen Fällen gehört.« Matis Mund streift fast ihr Ohr. »Hat er dich auch gefickt?« Sole hält sich die Ohren zu, lässt das Foto fallen und rennt blind durch den Garten, gefolgt von Matis Stimme. »Das braucht niemand zu erfahren, Sole. Geheimnisse sind bei mir gut aufgehoben.«

Und dann ihr Gelächter, ihr gellendes anhaltendes Gelächter, das allmählich leiser wird, während Sole verzweifelt zum Hotel läuft und weiß, dass es kein Entrinnen gibt, dass alles, was sie begraben glaubte, im Begriff ist, ans Licht zu kommen.

Javier und Marisa gehen – jetzt, da sie weit genug weg sind, Hand in Hand – die Treppe zu dem zweiten Hotelstrand auf der Westseite hinunter, hören Mati wiehern und lächeln sich an.

»Sie haben einen solchen Spaß!«, sagt Marisa.

»Das ist die beste Klassenfahrt meines Lebens. Komm, lass uns zum großen Strand gehen. Hast du Lust auf einen Spaziergang dorthin?« Javier weist auf einen etwa zwei Kilometer entfernten Vorsprung am Ende des Strandes, wo alle drei Minuten ein kleiner Leuchtturm aufflammt.

»Ich weiß nicht, Javi. Telmo und Loles sind nicht in der Verfassung, Aufsicht zu führen. Und schließlich sind wir in unserem Hotel … also quasi die Gastgeber.«

»Ach komm, es ist unser letzter Abend. Den müssen wir doch ausnutzen, oder nicht?« Schüchtern legt er ihr den Arm um die Hüfte und zieht sie leicht an sich. Sie lächelt und küsst ihn.

»Wir gehen, wohin du willst.«

In der Diskothek hat Manolo die Partnerin gewechselt und tanzt jetzt mit Carmen, obwohl sie eigentlich nicht tanzen, sondern sich an die Wand lehnen und knutschen. Manolo drückt sich an sie und reibt seinen Körper gegen den ihren, der sich ihm so bereitwillig entgegenbiegt, wie Marga es nie getan hat. Er fühlt sich wie ein Luftballon: stramm, straff, zum Platzen gespannt, und aus dem Augenwinkel sieht er, dass sich auch die anderen mittlerweile in einem ähnlichen Zustand befinden. Auf den Sofas in den finstersten Winkeln liegen Paare und beschäftigen sich auf ähnliche Weise, nur in der Horizontalen. Kein Lehrer ist in Sicht.

Auch Tere hat lange genug das brave Mädchen gespielt und küsst den großen Dunkelhaarigen, mit dem sie den ganzen Abend verbracht hat. Ein ungewöhnliches Paar in einer Ecke erregt Manolos Aufmerksamkeit, und er löst sich für einen Moment von Carmen, weil er seinen Augen nicht traut. Marga und Candela sind eng umschlungen und in einer Weise zärtlich miteinander, die nicht normal sein kann. Er hat oft gesehen, dass eine Freundin die andere in die Arme nimmt, um sie zu trösten, wenn sie durch ein Examen gefallen ist oder mit ihrem Freund Schluss gemacht hat, aber noch nie hat er zwei Frauen tun sehen, was die beiden tun. Carmen streckt die Arme nach ihm aus, und die Art, mit der sie sich an ihn schmiegt, ist ihm plötzlich unangenehm.

»Gehen wir«, sagt er und zieht sie hinter sich her. »Nichts wie weg hier. Dagegen muss man etwas unternehmen. Das müssen wir Don Telmo sagen.«

»Was denn?«, fragt Carmen atemlos und zieht ihr Kleid zurecht.

»Was hier … was hier für Schweinereien laufen …«

»Manolo, Manolo, warte … wo willst du denn hin?«

Doch Manolo hört sie schon nicht mehr, will sie nicht mehr hören. Rempelnd bahnt er sich seinen Weg, schert sich nicht um zu Boden fallende Gläser oder Füße, auf die er tritt, während Carmen ihm ängstlich und verständnislos nacheilt.

Im Vorraum treffen sie auf den Direktor, der wutentbrannt hereinstürmt und Manolo kaum zu Wort kommen lässt.

»Kommen Sie schnell, Don Telmo! Ich weiß nicht, was ich machen soll.«

»Was ist denn hier los? Da draußen sind drei Mädchen völlig aus dem Häuschen, heulen wie die Schlosshunde und schimpfen wüst auf die Männer. Und ihr, was zum Teufel habt ihr?«

»Welche Mädchen?«, fragt Carmen mit trockenem Mund.

»Ana, Sole und Magda. Meine Frau ist bei ihnen. Los! Wir gehen! Ihr habt euch genug amüsiert.«

Carmen hastet hinaus in den Garten, und Manolo begleitet den Direktor, wobei er sich wichtig und rechtschaffen fühlt, wie ein Mann, der weiß, dass er sich korrekt verhält.

Als sie in die Diskothek kommen, tanzen Marga und Candela mit zwei Männern, Tere knutscht immer noch mit demselben, und die übrigen Jungen schmusen mit Ausländerinnen. Manolo sieht, dass der Moment verpasst ist, will aber nicht auf seine Rache verzichten.

»Sie haben sich befummelt, Don Telmo«, schreit er fast, um sich Gehör zu verschaffen.

»Das sehe ich«, sagt der Direktor, die Augen scharf auf Tere gerichtet.

»Nein. Marga und Candela.«

Don Telmo durchbohrt weiter seine Lieblingsschülerin mit dem Blick, und noch bevor sie ihn bemerkt hat, zetert er unvermittelt los.

»Huren! Ihr seid alle Huren! Raus hier! Alle raus hier, verdammt noch mal!«

Obwohl die Musik noch genauso laut ist, haben alle das Gefühl, als wäre es plötzlich still geworden. Nach und nach lassen die Jungen und Mädchen ihre Partnerinnen und Partner los und gehen aus dem Saal, vorbei an dem zornbebenden Don Telmo.

»Von dir hätte ich das niemals erwartet, Tere«, zischt der Direktor, als sie hinausgeht.

Tere sieht ihm in die Augen und schlendert seelenruhig weiter, ohne sich umzudrehen.

Sobald sie im Vorraum sind, schickt der Direktor die Jungen schnurstracks zum Bus und befiehlt seiner Frau, die soeben hinzukommt: »Hinterlasse Javier und Marisa eine Nachricht. Ich habe keine Lust, sie zu suchen. Wir sehen uns morgen um zwölf in unserem Hotel. Das werdet ihr mir büßen!«, brüllt er die Nachzügler an.

»Telmo, um Himmels willen, reiß dich zusammen!«

»Einen Teufel werde ich tun! Begreifst du denn nicht, du Rindvieh? Unsere Schülerinnen sind alle Nutten!«

»Die Jungs haben doch vermutlich das Gleiche getan«, entgegnet sie aufgebracht.

»Männer sind Männer, kapiert? Los! Zum Hotel! Und kein Wort mehr, sonst setzt es was!«

»Was denn?«

Telmo schlägt seiner Frau so hart ins Gesicht, dass sie zu Boden fällt. Als sie sich wieder aufgerappelt hat, blutet sie aus dem Mund.

»Das«, sagt er, bereits im Hinausgehen.

2007

In Tante Doras dämmrigem Schlafzimmer richtet Rita sich auf, lehnt sich an das hölzerne Kopfteil und zündet sich eine Zigarette an, die köstlich schmeckt, während der Schweiß auf ihrer Haut verdunstet und ein angenehm kühles Gefühl hinterlässt. Das Zimmer, das nach Westen geht und jetzt in pfirsichfarbenes Licht getaucht ist, ist ein Backofen, doch sie empfindet einen solchen inneren Frieden, dass die Hitze sie nicht stört, wie auch die starr lächelnden Fotografien auf dem Toilettentisch sie nicht stören oder die Trockenblumengestecke auf dem Tisch oder die Porzellanfigürchen zwischen den silbernen Pillendöschen, die ihre Tante ihr Leben lang gesammelt hat, oder der Staub, der über alldem liegt.

Quer auf dem Bett, einen Arm über den Augen und sanft atmend, liegt neben ihr Candela. Auch sie empfindet Frieden. Es würde ihr nichts ausmachen, in diesem Moment zu sterben, so, erfüllt, nach dem Liebesakt mit der einzigen Person auf der Welt, die sie liebt und endlich zurückgewonnen hat; sie spürt ihre Nähe, den Geruch ihrer Zigarette und ihrer verschwitzten Körper; sie fühlt sich, als schwebte sie im orangefarbenen Licht des verbotenen Zimmers, das vollgestopft ist mit Gerümpel aus anderen Zeiten, anderen Leben. Sie würde sich jetzt gern fallen lassen, die Augen schließen und in Margas Armen sterben, als hätte es zwischen diesem Moment und dem nächtlichen Bad auf Mallorca nichts gegeben. Und zugleich, wohl wissend, dass ihr nur noch wenige, sehr wenige solcher Augenblicke vergönnt sein werden, wünscht sie sich, es möge noch nicht zu Ende sein und weitere Liebkosungen geben, Blicke, Lächeln, unmögliche Pläne, Träume von einer Zukunft, die sie nicht mehr erleben wird.

Zumindest hat sie erreicht, wonach sie sich ihr Leben lang gesehnt hat. Und wenn sie aufpasst, wenn sie es jetzt nicht verdirbt, dann schafft sie es vielleicht auch, dass Marga sie bis zum letzten Atemzug begleitet, dass es Margas Hand ist, die die ihre hält, dass Margas Augen das Letzte sind, was sie sieht, bevor sie im ewigen Schlaf versinkt.

Träge kreist die entscheidende Frage in ihr: Soll sie es ihr sagen? Soll sie Marga sagen, dass es keine Zukunft gibt, dass diese paar Stunden alles sind, was sie noch hat, dass sie das größtmögliche Opfer bringen wird, damit Marga, wenigstens sie, für immer gerettet ist?

Unwillkürlich atmet sie schneller, hält die Augen fest geschlossen und schlägt sich den Gedanken aus dem Kopf. Alles wird seinen Gang gehen, sagt sie sich, alles soll seinen Gang gehen. Dies ist die Gegenwart: das Licht der Nachmittagssonne, die Sommerhitze, das blöde Summen der Fliege an der Fensterscheibe, der Geruch nach Tabakrauch … Alles hat sich gelohnt, um dieses Jetzt zu erlangen.

Rita sieht, wie sich Candelas Brust hebt und senkt, und eine Woge der Zärtlichkeit und Trauer um all die verlorene Zeit steigt in ihr auf. Das rosige Abendlicht beleuchtet Candelas nackten Körper, und für einen Augenblick kommt es Rita so vor, als wären diese dreißig Jahre nicht vergangen, als müssten sie gleich lachend aufspringen, sich hübsch machen und hinausgehen in die violette Nacht von Mallorca, deren Verheißungen sich dieses Mal erfüllen würden. Sie stellt sich vor, sie wären in einer fernen, sehr fernen Bucht, an einem Strand mit Kokospalmen und blättergedeckten Hütten vor einem strahlend blauen Meer, und würden wieder in Mondsilber baden, nur sie beide, nackt wie jetzt.

»Candela …«, flüstert Rita.

»Mmmm.«

»Könnten wir nicht irgendwohin in Urlaub fahren?«

»Halb Europa kommt hierher, um Urlaub zu machen«, erwidert Candela, ohne den Arm vom Gesicht zu nehmen.

»Hättest du keine Lust, irgendwo hinzufahren und im Meer zu

baden wie damals?« Rita streichelt mit der freien Hand das Haar ihrer Freundin.

»Es ist nur eine halbe Stunde bis zum Meer. Wir können nach Guardamar fahren, wenn du willst. Oder vielleicht lieber an den Nacktbadestrand in der Nähe von Alicante. In zwei Stunden ist dort kein Mensch mehr.«

»Willst du nicht mehr, dass wir zusammen wegfahren? Vor einer Woche hast du es selbst vorgeschlagen, weißt du noch?«

»Natürlich weiß ich das. Noch bin ich nicht senil. Gib mir eine Zigarette.«

Rita greift hinüber zum Nachttisch, zündet eine Zigarette an und reicht sie ihr.

»Und was ist mit Ingrid?«, fragt Candela zwischen zwei Zügen, ohne sie anzusehen.

»Nichts. Sie ist in Kuba. Außerdem habe ich dir schon tausendmal gesagt, wir sind nur befreundet, arbeiten zusammen, teilen die Wohnung.«

»Und was, meinst du, würde sie sagen, wenn sie uns jetzt hier sehen könnte?«

»Keine Ahnung«, lügt Rita, obwohl sie ganz genau weiß, was Ingrid sagen würde. Sie würde sich verraten fühlen, gekränkt, weil sie einer anderen Person so viel Intimität gewährt. Sie hätte das Gefühl, ihr Platz als beste Freundin, Seelenverwandte, Lebensgefährtin würde von einer Fremden eingenommen.

»Wärst du imstande, ihr zu sagen, was du mir vor einer Weile gesagt hast?«

»Was? Dass ich dich liebe? Dass ich mit dir zusammen sein will, auch wenn wir keine Teenager mehr sind und das Leben uns in verschiedene Länder verschlagen hat?«

»Genau das. Wirst du es ihr sagen?«

»Ich fürchte, früher oder später wird mir nichts anderes übrig bleiben.« Rita beugt sich über Candela und küsst sie auf den Mund.

»Und dann? Hast du darüber nachgedacht?«

»Ganz ehrlich? Nein. Ich habe nicht darüber nachgedacht und im Moment auch keine Lust dazu. Ich kenne einen Haufen Leute, die in verschiedenen Städten leben und trotzdem eine gute Beziehung haben. Manchmal komme ich her, und manchmal kommst du nach London. Das Haus ist groß, die Kinder sind super, mit der Zeit wirst du so eine Art Tante für sie sein, und die Stadt … nun, die kennst du ja schon, aber ich werde dir eine Menge Orte zeigen, die einen Besuch wert sind. Es wird dir bestimmt gefallen. Und ab und zu verreisen wir, nur wir beide. Wir haben über dreißig Jahre nachzuholen.«

»Ich mache mir immer noch Sorgen, was Ingrid angeht, Marga.«

Rita löscht die Zigarette und streckt sich neben Candela aus. Seit dreißig Jahren nennt sie niemand mehr Marga. Fast erkennt sie sich nicht in diesem Namen, doch wenn Candela ihn ausspricht, ist es wie eine Rückkehr nach Hause, in ihre Kindheit, in eine wundervolle Zeit ihres Lebens ohne Schuld und ohne Angst, eine Zeit, in der sie nach vorn geblickt hat und weit, sehr weit voraus. Wenn Candela »Marga« sagt, ist sie wieder Marga, nicht Rita Montero, die Filmregisseurin, die Meisterin der Spannung. Nur Marga.

Sie schiebt Candela den Arm unter die Schultern und lässt sie den Kopf in ihre Halsbeuge betten.

»Hör auf, dir Sorgen zu machen. Vermutlich wird es am Anfang ungewohnt für sie sein, aber Ingrid liebt mich wirklich. Ich bin sicher, sie wird sich freuen, mich glücklich zu sehen. Sie ist offener, als es den Anschein hat, du wirst schon sehen.«

»Aber nicht so offen, dass du ihr jemals erzählt hättest, was auf Mallorca passiert ist.«

»Kein Mensch ist offen genug für so etwas, Candela.«

»Aber fürchtest du nicht, du könntest sie verlieren, wenn sie es erfährt?«

»Ich weiß es nicht. Ich hoffe nicht. Ich denke, sie wird es letztlich verstehen. Das Problem ist vor allem, dass ich mich nie imstande gefühlt habe, es so zu erklären, dass man es versteht. Man muss es erlebt haben. Nur wir beide können eine Vorstellung davon haben, was es war. Die Mänaden, wie Tere sagte. Weißt du noch?«

»Vereint im Verbrechen«, sagt Candela, den Blick an die abblätternde Zimmerdecke gerichtet.

»Sisters in crime«, übersetzt Rita, und dabei entwischt ihr ein unfreiwilliges Kichern. »Gehen wir etwas essen?«

»Duschen wir und gehen dann etwas essen?«, korrigiert Candela sie. Sie liegen beide auf einen Ellbogen gestützt und sehen sich an.

»Du bist ja wie Sole! Weißt du noch, wie oft die geduscht hat?« Als ihnen wieder einfällt, wie oft sie über diese Marotte ihrer Freundin gelacht haben, prusten sie laut los. »Sobald du Tante Doras Badezimmer siehst, wirst du einiges verstehen. Aber wenn du darauf bestehst, und da wir ja zu zweit sind, kann ich dich mit der Handbrause abduschen und anschließend du mich.«

»Klingt interessant.«

Sie springen aus dem Bett, hinterlassen auf dem Weg zum Bad die Abdrücke bloßer Füße im Staub des Korridors und gickeln wie junge Mädchen.

1974

Reme, die zwei Stunden mit Olaf in der Diskothek getanzt hat, ist um Mitternacht gegangen, nachdem sie jedem, der es hören wollte, gesagt hat, sie sei sehr müde und müsse noch ihren Koffer packen. Sie weiß ganz genau, dass niemand sie vermissen wird, fand es jedoch wichtig, den Schein zu wahren. Mati war zum Glück damit beschäftigt, auf den geeigneten Moment für ein Gespräch mit Sole zu lauern, die sie den ganzen Abend nicht aus den Augen gelassen hat, ohne Reme auch nur eines Blickes zu würdigen, was bedeuten kann, dass Mati von ihren Zusammenkünften mit dem Schweden die ganze Woche über nichts mitbekommen hat. Oder aber, dass sie fettere Beute wittert.

Kurz darauf – in ihrem Zimmer, im Dunkeln, die Tür zum Garten weit offen, um die Meeresbrise hereinzulassen – macht ihr Herz einen Sprung, als sie Olafs leises Klopfen hört, das verabredete Zeichen, das sich Nacht für Nacht wiederholt hat.

Es ist wahr, dass sie müde ist, sie hat die ganze Woche lang fast nur im Bus geschlafen, aber beim Gedanken an das, was sie erwartet, bringt die Erregung ihr Blut in Wallung.

Er hat ihr für diese letzte Nacht ein ganz besonderes Spiel versprochen, etwas richtig Erwachsenes, ihr aber nichts Näheres verraten wollen. Möglicherweise konnte er es auch nur nicht auf Englisch erklären, wie es ihr so oft erging. Man hat sie so nützliche Dinge gelehrt wie *»my tailor is rich«*, aber kein Lehrer hat sich je die Mühe gemacht, ihnen einen Mindestwortschatz für die Verständigung im Bett beizubringen.

Leise, lächelnd, bepackt mit einer Reisetasche und einem Rucksack, kommt Olaf herein. Er ist schon an der Rezeption gewesen und hat die Rechnung beglichen, denn sein Flug nach Göteborg geht früh um sieben, und er will am Morgen nicht hetzen müssen.

Während ihre Schulkameraden in der Diskothek tanzen, Julia und Nieves ihre Sachen packen und zu Bett gehen, Mati Sole ein sieben Jahre altes Foto präsentiert, Javier und Marisa am Strand entlang zum Leuchtturm schlendern, César seine Traumfrau findet, Magda bitterlich an Anas Schulter weint, Manolo überlegt, ob er mit der Schwedin aufs Zimmer gehen oder sein Glück doch lieber bei Carmen versuchen soll, die ihm feurige Blicke zuwirft, Marga und Candela mit dem Wunsch ringen, sich zurückzuziehen, um die kürzlich entdeckten Gefühle noch einmal zu erleben, Tere sich einer Knutscherei hingibt, die ihr völlig einerlei ist und nur taugt, um zu vergessen, was sie bei ihrer Heimkehr erwartet, der Direktor und seine Frau sich an einem der Gartentische mit gegenseitigen Vorwürfen quälen, zieht Reme sich aus, legt sich mit ausgebreiteten Armen und gespreizten Beinen aufs Bett und lässt sich knebeln.

Olaf, der jetzt einen schwarzen Lederslip mit Ketten trägt, hockt neben dem Bett und sucht eine Stelle zum Festbinden der Schnüre, mit denen Remes Knöchel gefesselt sind. Dann legt er ihr Handschellen an, die er um die Pfosten am Kopfende des Bettes zuschnappen lässt, verbindet ihr mit einem beschwichtigenden Lächeln die Augen mit einem Seidentuch und raunt: *»It's just a game, honey, you're a big girl now, you'll love it.«*

2007

Sole stand so spät auf, wie sie es nie für möglich gehalten hätte, als sie aus der Küche Geschirrklappern hörte. Seit Jahren hatte sie nicht so gut geschlafen. Sie fühlte sich ausgeruht, erholt, leicht, fast wieder Kind.

Da sie wusste, dass Carmen allein lebte, ging sie aus dem Zimmer, wie sie war, im Nachthemd, ohne den Seidenkimono, der sie auf allen Reisen begleitete, und wanderte durch das Haus zur Küche, erstaunt über den guten Geschmack ihrer Freundin, die sie immer für ein wenig ordinär gehalten hatte.

Sie fand sie in dem kleinen Garten hinter dem Reihenhaus unter einem weißen Sonnenschirm, wo sie in einer Einrichtungszeitschrift blätterte und aus einem hohen Glas eine orangefarbene Flüssigkeit trank.

»Hast du Lust auf einen Grog?«, fragte Carmen, als Sole im Türrahmen erschien.

»Das ist ein Grog?«

»Mehr oder weniger. Mein eigenes Rezept. Frischer Orangensaft, Zucker, ein Eigelb und ein Schuss Rum, um die Kehle zu reinigen. Etwa siebentausend Kalorien, aber ich esse ja nichts dazu …«

»Ich möchte den Orangensaft lieber pur.«

»Ohne einen Schuss Rum?«

»Ich bin Alkoholikerin, Carmen.«

Ihre Freundin starrte sie entgeistert an.

»Aber gestern hast du doch nur Mineralwasser getrunken.«

»Eben. Weil ich Alkoholikerin bin.«

»Gewesen bist, meinst du.«

»Alkoholiker ist man nie gewesen. Wenn du es einmal bist, bist du es für immer. Aber ich trinke nicht mehr.«

Carmen rutschte unbehaglich auf ihrem Gartenstuhl hin und her. So eng war sie mit Sole doch nie befreundet gewesen, und jetzt rückte die nach dreißig Jahren plötzlich völlig unbefangen mit etwas so Persönlichem heraus. Sie hatte ihr angeboten, bei ihr zu schlafen, weil Sole nicht bei ihrer Mutter übernachten wollte und sie nach einem guten Hotel gefragt hatte.

»Das ist keine Schande«, fuhr Sole fort und nahm sich Orangensaft aus dem Krug. »Es ist, als hätte ich … was weiß ich … Brustkrebs gehabt.«

»Ist das lange her?«

»Bald fünf Jahre. Ich wäre beinahe gestorben, Carmen. Ich hatte jegliche Kontrolle verloren. Und meine Würde, mein Selbstwertgefühl und alles, was dir sonst noch einfällt.«

»Und jetzt geht es dir gut?«

»Was den Alkohol betrifft, ja. Im Übrigen …«

»Willst du es mir erzählen?«

»Nein. Ehrlich gesagt, möchte ich weder dir noch mir den Tag versauen. Ich habe geschlafen wie ein Baby und fühle mich wie seit Jahren nicht. Ich wusste schon gar nicht mehr, wie das ist, aufzuwachen und sich wohlzufühlen. Ohne Kopfschmerzen, ohne Beklemmungszustände, ohne diese Angst, als müsste jeden Augenblick eine Katastrophe hereinbrechen, ohne dieses Gefühl der Sinnlosigkeit … Ich habe mein Leben lang eine Depression nach der anderen gehabt, eine Therapie nach der anderen gemacht. Zwanzig Jahre war ich nicht in meinem Heimatort, außer zur Beerdigung meines Vaters, und jetzt bin ich hier, sehe euch wieder, habe in deinem Haus geschlafen und fühle mich schlagartig wie neu geboren. Ich kann es mir nicht erklären, aber eigentlich ist mir auch egal, woran es liegt.« Sie leerte das Glas in einem Zug und schenkte sich nach. »Ich hätte auch hierbleiben sollen, wie ihr alle.«

»Sag das nicht, Sole, das hier ist auch kein Zuckerlecken. Ich bin geblieben, und wie du siehst …«

»Du machst nicht den Eindruck, als ob es dir allzu schlecht ergangen wäre.«

»Meinst du deswegen?« Carmens Handbewegung umfasste das Haus, den Garten und die Garage. »Unwichtiges Zeug.« Mit dem Zeigefinger der Rechten zählte sie die Finger der Linken ab. »Zwei Scheidungen, zwei Töchter, die sich einen Dreck um mich scheren, eine Mutter, die nur an sich selbst denkt, außer wenn sie etwas von mir will, ein Laden, der zwar gut läuft, aber nicht das ist, was ich mir als junges Mädchen für meine späteren Jahre erträumt habe, ein verheirateter Liebhaber, das werden dir die anderen schon erzählt haben, der zum Glück nicht daran denkt, seine Frau zu verlassen, zwei Liter Alkohol am Tag ... was du sicher auch schon bemerkt hast. Keine Zukunftspläne, keine Hoffnungen, keine Träume. Punkt.«

Dabei war ihre Mimik so drollig, dass Sole trotz der Bitterkeit ihrer Worte lächeln musste.

»Ich habe dir voraus, dass ich trocken bin, und du hast mir den Liebhaber voraus. In allem anderen könnten wir Zwillingsschwestern sein.«

»Sag bloß!«

»Ich bin auch nicht das, was ich mit achtzehn werden wollte, meine Kinder kümmern sich auch nicht um mich, ebenso wenig wie meine Mutter und mein Mann. Er ist derjenige, der eine Affäre hat, und mir ist es vollkommen gleich. Ich habe ein wunderschönes Haus in Madrid, in dem ich mich nie aufhalte, einen Schrank voll Designerklamotten, zig Paar Markenschuhe, Handtaschen, um einen fliegenden Händler zehn Jahre lang zu versorgen, und eine immense Leere irgendwo in diesem von Hungerkuren, Massagen und Behandlungen ausgelaugten Körper. Aber weißt du was? Gestern Abend habe ich beschlossen, dass ich es leid bin und jetzt Schluss damit ist.«

»Filmreife Story, Schätzchen!« Carmen goss etwas Rum in ihr Glas und spülte die Orangenreste in einem Zug hinunter. »Sag mal, glaubst du wirklich, wir könnten in unserem Alter noch mal neu anfangen? Bist du immer noch so naiv?«

»Naiv« ist eines dieser Worte, die Sole immer durch und durch gehen. Ihr ganzes Leben bekommt sie es schon zu hören, es sei denn, es wird in Situationen besonderer Anspannung durch »schwachsinnig« ersetzt. Aber diesmal will sie nicht reagieren wie sonst. »Wenn du zu neuen Ergebnissen gelangen willst, darfst du nicht immer dasselbe machen«, wie Einstein sagte, also entscheidet sie sich für etwas Neues und fragt rundheraus: »Wie viel Geld hast du, Carmen?«

»Und was geht dich das an?«

»Hunderttausend Euro?«

»Ja. Und mehr. Warum?«

»Weil du dir dann einen vollständigen Entzug leisten kannst, das wäre das Erste. Und hinterher könntest du für eine Weile zu mir nach Kuba kommen, und später könnten wir beide zusammen irgendwo ein Unternehmen gründen.«

»Ein Unternehmen? Was denn für eines?«

»Das überlasse ich dir.«

Carmen fängt an zu lachen und schaut ihre neu aufgelebte Freundin aus schmalen Augen an.

»Meinst du das im Ernst?«

»Absolut.«

Zu schön, um wahr zu sein, denkt Carmen. Abhauen, mit allem brechen, neu beginnen. Wieder lacht sie auf, aber diesmal ist es ein verheißungsvolles Lachen.

»Das wäre Wahnsinn«, sagt sie nach ein paar Minuten.

»Mag sein«, gibt Sole zu, den Mund voll Zwieback mit Marmelade. »Aber wenn wir es nicht jetzt tun, wann dann?« Sie kaut, schluckt, schiebt den Teller weg und sagt mit einer Leidenschaft, wie sie Carmen von der jungen Sole gar nicht in Erinnerung hat: »Weißt du, uns haben sie noch dazu erzogen, etwas aus unserem Leben zu machen, Träume zu haben und dafür zu kämpfen, wirklich zu kämpfen, Schritt für Schritt, Tag für Tag. Nicht wie unsere Kinder, die bereits in einer Gesellschaft aufgewachsen sind, die ihnen nur zwei widersprüchliche Lügen weismacht: Entweder kannst du alles erreichen, was du willst, so abgedreht es auch sein mag, wenn du es dir nur fest genug wünschst. Oder aber du gehörst der Generation ohne Zukunft an und wirst, was immer du tust, niemals aus dem Loch herauskommen, aus den ausbeuterischen Arbeitsverträgen, aus der Wohnung deiner Eltern. Uns hat man noch gelehrt, dass es Träume gibt, die sich nicht verwirklichen lassen, aber wenn du etwas unbedingt willst und bereit bist, alles dafür zu tun, mit all deiner Kraft, dann hast du eine Chance. Das Problem ist, dass sie heute alles schnell und ohne Anstrengung haben wollen. Wenn du Sängerin werden willst, musst du nicht singen können, du brauchst lediglich Glück und Beziehungen. Und wenn du es in zwei Jahren nicht geschafft hast, bist du ein Loser, und das war's dann.«

»Na ja, dafür, dass wir zu einer anderen Generation gehören, haben wir uns ja auch nicht gerade hervorgetan.«

»Weil wir vor dreiunddreißig Jahren einen Fehler gemacht haben. Weil wir uns selbst die Flügel gestutzt und gedacht haben, wir könnten, statt unseren eigenen Weg zu gehen, leben wie unsere Mütter, abhängig von einem Mann, den wir für alles um Erlaubnis fragen.«

»Ich habe nie für etwas um Erlaubnis gefragt.«

»Deshalb bin ich ja auch noch verheiratet und du zweimal geschieden, aber im Grunde ist es das Gleiche. Keine von uns hat nach jenem Sommer den Mut aufgebracht, das zu tun, was sie wirklich tun wollte.«

Carmen steht auf, fast zornig.

»Es hängt mir zum Hals raus, dass an jedem Scheitern immer der Sommer 74 schuld sein soll. Es reicht langsam, verflucht, es reicht!« Sie nähert sich wieder dem Tisch und streckt Sole die Hand hin. »Schlag ein! Besser spät als nie! Abgemacht, Partnerin?«

Sole drückt ihr feierlich die Hand und wirkt mit ihrem spitzbübischen Lächeln plötzlich viel jünger.

»Ich möchte bitte zu Manolo Cortés«, sagte Candela am Empfang der Baufirma in ihrem gewohnten herrischen Ton, dem auch die höfliche Formulierung nichts von seiner Schärfe nahm.

Doch bevor die Empfangsdame Manolo anrufen konnte, öffnete sich eine Tür, und er trat heraus, einen Helm am Arm und in der Hand einen klimpernden Schlüsselbund.

»Mensch, Candela! Was führt denn dich hierher? Hast du dich endlich entschieden, mir eine Wohnung abzukaufen? Wir bauen gerade ein paar Häuschen in Altea, da werden dir die Augen übergehen … Vom Allerfeinsten.«

Candela schenkte ihm ihr berühmtes kaltes Lächeln.

»Schon möglich. Hast du eine Minute Zeit?«

»Aber klar doch, selbstverständlich, was gibt's?«

»Und ein Büro hast du doch sicher auch«, sagte Candela mit einem Blick auf die Empfangsdame.

»Ja, natürlich, komm rein. Mäuschen! Dass uns niemand stört, verstanden? Und keine Anrufe durchstellen.«

»Wie Sie wünschen, Don Manuel.«

»Schieß los.« Manolo ließ sich hinter seinem Schreibtisch nieder wie ein König auf seinem Thron.

»Ich vermute mal«, begann Candela in vollkommen neutralem Ton, »du bist fest davon überzeugt, niemand weiß, dass du an dem Abend, an dem Lena starb, in ihrer Wohnung warst. Stimmt's?«

Manolo presste die Lippen zusammen.

»Quatsch!«

»Das hätte ich an deiner Stelle auch gesagt, mach dir nichts draus. Allerdings weiß ich, dass du dort warst, so gegen Viertel nach sieben, und das heißt, dass Lena bei deinem Eintreffen bereits tot war. Lass mich ausreden«, schnitt sie Manolo das Wort ab, als er zu einem Einspruch ansetzen wollte. »Du bist in ihre Wohnung gegangen, hast sie in der Badewanne gefunden, und statt die Polizei zu alarmieren, hast du die Flucht ergriffen, ohne irgendjemandem etwas zu sagen. Zuvor aber hattest du noch die Eingebung, ein kleines Andenken an deinen Besuch zu hinterlassen: einen Zigarettenstummel der Marke, die Rita raucht. Und dann hast du im Vorbeigehen auch noch die Rasierklinge mitgenommen, die du im Bad gefunden hast.«

Manolo stieß ein gekünsteltes Lachen aus.

»Du hast wirklich eine blühende Fantasie! Warum sollte ich so was Blödes tun?«

»Das weiß ich nicht, und es interessiert mich auch nicht, aber fantasieren wir doch noch ein bisschen weiter: Vielleicht dachtest du ja, du könntest Rita auf diese Weise dazu bewegen, bei dir Schutz zu suchen. Erst sorgst du dafür, dass die Polizei ihr einen gehörigen Schrecken einjagt und sie verdächtigt, ihre Freundin umgebracht zu haben, und dann trittst du auf den Plan und rettest sie mit Hilfe deiner Beziehungen aus dem Schlamassel. Und damit schuldet sie dir einen Gefallen. Oder es war reine Bosheit, nur um sie in Schwierigkeiten zu bringen. Oder einer deiner typischen geschmacklosen Scherze. Aber wie gesagt, ich weiß es nicht und muss es auch nicht wissen.«

»Du bist nicht ganz dicht, Candela. Du hast nichts in der Hand.«

»Die Polizei hat alle möglichen Fingerabdrücke gefunden, ist aber bisher noch nicht auf die Idee gekommen, sie mit deinen zu vergleichen. Das lässt sich natürlich nachholen. Außerdem bin ich Augenzeugin. Was bedeutet, falls du es noch nicht kapiert hast, dass ich gesehen habe, wie du um vierzehn Minuten nach sieben Lenas Haus betreten hast.«

»Das heißt, du warst also auch dort. Hast du das der Polizei gesagt?« Manolo hatte sich wieder etwas entspannt und lächelte höhnisch.

»Noch nicht. Aber ich werde es tun, sobald ich dieses Büro verlassen habe.«

»Du bluffst.«

»Schon möglich. Aber um sicherzugehen, wirst du die Partie zu Ende spielen müssen. Und kannst auch verlieren, logisch.«

Manolo begann, mit den Fingerspitzen auf die Tischplatte zu trommeln, als könnte er bei dem Rhythmus besser nachdenken.

»Candela, Candela ... mach keinen Scheiß. Das hat doch weder Hand noch Fuß. Willst du mich etwa beschuldigen, Lena getötet zu haben?«

»Ganz und gar nicht. Ich bin davon überzeugt, dass sie bei deiner Ankunft schon tot war. Und du hast bestimmt einiges angefasst. Ich nehme nicht an, dass du Handschuhe dabeihattest, oder? Schließlich war es ja nicht geplant. Aber die Polizei weiß nicht, dass du vor Rita in der Wohnung warst, und ich werde es ihr sagen.«

»Warum?«

Candelas theatralische Miene drückte übertriebenes Erstaunen aus.

»Weil ich eine gute Staatsbürgerin bin und obendrein Rechtsanwältin.« Sie beugte sich zu Manolo hinüber, der noch immer hinter seinem Schreibtisch verschanzt war, und fuhr in verändertem Ton fort: »Und weil es mir maßlos stinkt, dass du versucht hast, Marga einen Mord in die Schuhe zu schieben.«

»Die werden dir kein Wort glauben.»

»Die Möglichkeit besteht durchaus. Aber David war persönlich mit Lena befreundet, Gerardo ist ein guter Bekannter von Teresa, und wir alle wollen endlich Klarheit. Je mehr Informationen sie also zu dem Fall haben, desto schneller können sie ihn abschließen.«

Manolo sah Candela nachdenklich an. Er kannte sie schon seit seiner Kindheit, und wenn er auch nie viel mit ihr zu tun gehabt hatte, so wusste er doch, dass sie ein harter Knochen war und keine leeren Drohungen ausstieß. Er war in erster Linie Kaufmann. Er hatte sich immer für einen ausgezeichneten Verkäufer gehalten und war in seinem ganzen Leben noch nie in eine Situation geraten, aus der es nicht einen Ausweg gegeben hätte, wenn der Preis stimmte.

»Hören wir auf mit den dummen Spielchen. Sag, worauf du hinauswillst.«

»Langsam verstehen wir uns.« Candela lächelte. »Kommen wir zum Geschäft.«

In den folgenden zehn Minuten lauschte Manolo aufmerksam Candelas Vorschlag, dachte weitere fünf Minuten darüber nach, und dann stand er auf, griff wieder nach seinem Helm und den Schlüsseln, hielt ihr die Tür auf und verließ mit ihr das Büro.

1974

Der lange weiße Strand liegt fast menschenleer unter dem abnehmenden Mond, nur im Bereich des Hotels sitzen hier und da Grüppchen junger Leute um ein Lagerfeuer und spielen Gitarre. Es riecht nach Meer, nach Sommernacht, nach weit offener Zukunft.

Javier und Marisa wandern barfuß, schweigend, Hand in Hand am Ufer entlang, lächeln dem Himmel und den Wellen zu, fixieren das Licht des Leuchtturms, während sie sich immer mehr dem Vorsprung nähern.

Schließlich erreichen sie die ersten Felsen, setzen sich in den Sand, das Gesicht dem Meer und dem aufsteigenden Mond zugewandt, der die Sterne am Himmel verdrängt wie ein durch stilles Wasser gleitendes Boot.

»Ich wünschte, diese Nacht ginge nie zu Ende, Marisa«, flüstert Javier und legt ihr behutsam den Arm um die Schultern, als fürchte er, abgewiesen zu werden. Sie bettet den Kopf an seine Brust.

»Es wird noch viele geben, wenn du willst, Javi.«

»Schon bei diesem Gedanken wird mir schwindlig.«

Sie lacht, hebt die Hand, streichelt seine Wange und küsst ihn.

»Ich kann es auch kaum glauben, aber du siehst ja, hier sind wir. Endlich! Wie oft ich darum gebetet habe, dass es irgendwann so weit sein möge.«

»Na hör mal, darum zu beten, dass sich ein Priester in dich verliebt!«

»Gott ist Liebe, oder nicht?«

»Ja, schon, aber nicht in dieser Form.«

»Und warum nicht? Hältst du es für böse?«

»Aber nein, wie sollte ich? Nur war es mir immer verboten. Und jetzt ... das.«

Wieder küsst sie ihn, nimmt seine Hand und legt sie auf ihre Brust. Javier erstarrt.

»Du kommst sowieso schon in die Hölle ...«, wispert ihm Marisa ins Ohr.

Theologengedanken kommen ihm, tausendfach gehörte Sätze über die legendäre Niedertracht weiblicher Wesen, Jezabel, Lilith, Teufelinnen, erschaffen, um die Männer auf die Probe zu stellen und sie ins Verderben zu stürzen. Aber Marisas Brust ist so fest, so warm ... Wie oft hat er versucht sich vorzustellen, wie sich die Brüste einer Frau anfühlen! Jetzt weiß er es, und es ist wunderbar.

Marisas Hand schiebt sich in Javiers Schoß, streichelt seinen Penis durch den Stoff der Sommerhose, und er stöhnt unwillkürlich auf.

»Nein, um Gottes willen, Marisa, lass das, hör bitte auf, bitte ...«

Aber sie hört nicht auf, und einen Augenblick später hat Javier das Gefühl, nicht mehr innehalten zu können, ein Limit überschritten zu haben, ab dem es kein Zurück mehr gibt, er wirft sich auf sie wie ein durstiger Pilger, während Marisa mit flinken Fingern seinen Gürtel löst und er auf ihrem im Sand ausgestreckten Körper nach Atem ringt.

»Marisa ...«, murmelt er heiser, »Marisa ... ich ... ich habe das noch nie gemacht ... ich weiß nicht ... ist das nicht gefährlich ... gefährlich für dich?«

»Keine Sorge, Javi«, sagt sie und streichelt seinen Nacken, seinen Rücken, seine Hüften. »Ich nehme die Pille.«

Erschrocken stemmt er sich hoch, um ihr im dämmrigen Mondschein ins Gesicht zu sehen.

»Mein Gott! Im Ernst?« Sie nickt, immer noch lächelnd, und blickt ihm in die Augen, die sie im Dunkeln kaum erkennen kann. »Warum? Du bist doch gar nicht verheiratet ...«

»Wenn ich verheiratet wäre, wären wir jetzt nicht hier, habe ich recht?«

Javier schüttelt verwirrt den Kopf. Einerseits ist es beruhigend, keine Folgen befürchten zu müssen. Andererseits ist eine ledige

Frau, die die Pille nimmt, doch unweigerlich eine …, nein, Marisa nicht. Marisa ist ein anständiges Mädchen …, was ihre Hand da allerdings gerade tut …

»Javi«, raunt sie, weil sie seinen Konflikt spürt, »ich liebe dich, verstehst du? Ich versuche nicht, dich zu verführen, es ist kein Zeitvertreib. Ich liebe dich wirklich. Für immer, wenn du willst. Um dich zu heiraten, wenn du bereit bist.«

Marisas Hände streicheln ihn auf eine Weise, die ihn durcheinanderbringt und am Denken hindert. Er hört das Blut in ihren Adern, das Pochen ihres Herzens, das Rauschen der Wellen, fühlt Marisas Haut auf seinem Bauch, vergräbt seinen Kopf wieder in ihren Locken und lässt sich fortreißen von einem Wirbelsturm, so unbändig, frei und wild wie die Natur selbst. Flüchtig denkt er noch, dass Gott es so gewollt hat, dass Gott selbst sie als Mann und Weib erschaffen hat, mit allen ihren Körperteilen, verschieden und einander ergänzend, dass nicht Sünde sein kann, was dich Ihm so nah bringt, was Gefühle auslöst, wie er sie noch nie gefühlt hat, nicht bei den Exerzitien, nicht während der langen Gebetsstunden im Priesterseminar und nicht in den ausgedehntesten Fastenzeiten seiner Jugend. Zum ersten Mal spürt er, dass Gott Liebe ist, dass Gott überall ist, in dir und außerhalb von dir, im Mond, im Meer, im Sand, im biegsamen, warmen Körper dieser Frau, die sich ihm öffnet im Namen der Liebe und des Göttlichen Plans. Und mit einem Mal hört Javier auf zu kämpfen, ergibt sich, vergeht in Marisas Armen, bis er nach einer Weile, in der er jegliches Zeitgefühl verloren hatte, einer Weile, in der seine Individualität aufgehoben war, um eins zu werden mit ihr, ein Fleisch, wie er es bei so vielen Trauungen gesagt hat, entspannt auf den Körper der Frau sinkt und murmelt: »Ich liebe dich, Marisa, möge Gott mir verzeihen, ich liebe dich«, und erschüttert und glücklich begreift, dass sich nun sein ganzes Leben ändern muss.

2007

Rita erreichte die Klinik mit einem beklemmenden Gefühl in der Brust, als erinnerten sich ihre Lungen plötzlich der Tausende von Zigaretten, die sie im Lauf ihres Lebens geraucht hatte, und bekämen keine Luft mehr. Teresa hatte sie angerufen und gesagt, sie würde ihr alles erklären, sobald sie da wäre. Candela ging nicht ans Handy.

Sie fand es befremdlich, beleidigend gewissermaßen, dass Menschen mitten in den Sommerferien im Krankenhaus liegen mussten, wenn die Schulen geschlossen sind, die jungen Leute im Schwimmbad liegen, die Familien an den Strand fahren und die Tage lang, warm und voller Licht sind. Es musste etwas Akutes sein, lästig, aber leicht zu kurieren, eine Blinddarmentzündung oder so. Candela hätte ihr gesagt, wenn sie ernstlich krank wäre. Es musste sich um eine unerwartete Kleinigkeit handeln.

Die Klimaanlage im Inneren des Gebäudes ließ sie schlottern. Das Personal trug lange Ärmel, und einige Krankenschwestern hatten sogar eine leichte Strickjacke übergezogen.

Sie bat, Teresa Bescheid zu geben, und während sie in der Halle stand, überkam sie, wie immer in Krankenhäusern, der starke Impuls davonzulaufen. Doch sie musste nicht lange warten. Nach wenigen Minuten sah sie Tere kommen, in einem weißen Kittel, in dem Rita sie noch nie gesehen hatte, und mit einem Blick, aus dem klar hervorging, dass es sich mitnichten um ein harmloses Unwohlsein handelte. Hatte Candela womöglich einen Verkehrsunfall gehabt? Oder war es so etwas wie … wie das mit Lena? Sie schob den Gedanken mit beinahe körperlicher Anstrengung beiseite und ließ sich von ihrer Freundin in die Arme nehmen.

»Komm, Rita, lass uns einen Moment nach draußen gehen, du frierst ja. Nachher leihe ich dir einen Pullover.«

Vom Parkplatz aus überblickte man einen Großteil des Tales von Elda, grellgelb im Licht der Mittagssonne. Die winzigen Schatten der Bäume sahen aus wie Tintenkleckse. Die Hitze war wie eine Flüssigkeit, die beim Atmen die Lungen blähte.

»Was ist mit Candela?«, fragte Rita, als sie eine schattige Stelle erreicht hatten. »Nichts Schlimmes, hoffe ich.«

Teresa fuhr sich mit der Hand über die Stirn, strich den Pony nach hinten und ließ ihn wieder zurückfallen.

»Sie liegt im Sterben, Rita.«

»Was?«

»Es ist nichts zu machen. Lymphdrüsenkrebs.«

»Weiß sie es?«

»Seit Monaten.«

»Sie hat mir nichts davon gesagt.«

»Das habe ich mir gedacht. So ist sie.«

Sie schwiegen einige Minuten, während Rita versuchte, die Nachricht zu verdauen, zu begreifen, dass sich alle ihre Pläne, ihre Projekte, die Zukunft, die sie sich ausgemalt hatte, obwohl sie sich bewusst war, welche Schwierigkeiten sie erwarteten, hoffnungslos in Luft auflösten.

»Was können wir tun?«, fragte sie schließlich mit erstickter Stimme.

Teresa zuckte mit den Schultern und legte ihr eine Hand auf den Arm.

»Nichts, Rita. Ihr beim Sterben helfen. Sie bis zum Ende begleiten. Kannst du noch ein paar Tage bleiben?«

»So lange wie nötig.«

»Du bist eine gute Freundin.« Rita hätte um ein Haar aufgelacht, doch fiel ihr noch rechtzeitig ein, dass Teresa nicht wissen konnte, dass sie schon seit jeher viel mehr als Freundinnen waren. »Candela braucht uns jetzt, auch wenn sie es abstreitet.«

»Kann ich zu ihr?«

»Natürlich. Sie möchte dich sehen. Dich allein, hat sie mir gesagt.«

»Wie viel … wie viel Zeit bleibt ihr noch?«

Teresa zuckte wieder mit den Schultern.

»Tage. Vielleicht eine Woche … das ist schwer zu sagen. Auf jeden Fall, bis sie sich entschließt. Wir haben das schon vor längerer Zeit vereinbart.«

»Bringst du dich damit nicht in Schwierigkeiten?«

»Ich glaube nicht. Aber es ist mir egal. Ich schulde es ihr nach einer lebenslangen Freundschaft. Mach dir keine Gedanken, Rita, das ist meine Sache. Kümmere du dich um sie, hilf ihr. Den Rest übernehme ich.«

Stumm gingen sie zurück in die Klinik, Teresa gab ihr einen Pullover, und sie fuhren in die dritte Etage. Candela war allein in einem Zweibettzimmer, von dem man einen Blick auf El Cid hatte, den höchsten Berg der Gegend, mit seinen Katzenöhrchen und der dunklen Höhle am Seitenhang.

»Na?«, begrüßte sie die beiden. »Genug getratscht?«

Rita gab keine Antwort. Sie trat zum Bett und küsste Candela auf den Mund.

»Keine Küsse, bitte«, sagte Teresa mit besorgter Miene. »Es ist ansteckend.«

»Der Krebs?«, fragte Candela und bemühte sich, witzig zu klingen.

»Die Lungenentzündung, Scherzkeks.«

»Das ist mir völlig schnurz«, sagte Rita, setzte sich aufs Bett und nahm Candelas Hand.

»Wenn ihr nun schon mal beide hier seid und da ich ja nicht mehr viel Zeit zu verlieren habe, wollte ich euch bitten, für mich keinesfalls so ein New-Age-Begräbnis zu veranstalten wie für Lena. Ich stehe nicht auf diesen Firlefanz. Ich will eine anständige Messe und alles so normal wie möglich.«

»Bist du gläubig?«, fragte Rita überrascht.

»Was hat das denn damit zu tun? Ich bin Candela Alcántara de Frías, und alle meine Vorfahren werden sich im Grab umdrehen, wenn man mich nicht beerdigt, wie es sich gehört: Messe in der

Santa-Ana-Kirche, Einäscherung, Urne in die Familiengruft. Du darfst eine Handvoll Asche behalten, wenn dir daran liegt«, sagte sie zu Rita, als ginge es darum, ein Restaurant fürs Abendessen auszusuchen.

Die Freundinnen schluckten hart und wussten nicht, was sie sagen sollten.

»Wie du willst«, sagte Teresa schließlich.

»Würdest du uns bitte einen Moment allein lassen? Ich muss mit Marga ein paar Dinge besprechen. Später kommst du wieder, und wir treffen eine Entscheidung, in Ordnung?«

Als Teresa gegangen war, fragte Rita sofort: »Was für eine Entscheidung?«

»Alles zu seiner Zeit. Los, hol dir einen Stuhl und setz dich. Ich will dir ins Gesicht sehen.«

»Hast du keine Angst?«, fragte Rita, nachdem sie ihrer Aufforderung gefolgt war.

Candela stieß ein trockenes Lachen aus, worauf sie husten musste und ins Taschentuch spuckte.

»Panische Angst, aber ich nehme an, das ist, wie wenn man vom höchsten Sprungbrett in eiskaltes Wasser springt. Sobald du abspringst, ist die Angst weg. Und jetzt muss ich erst einmal an andere Dinge denken.«

»An was, zum Beispiel?«

»Ich werde dir etwas vorschlagen, das mir sehr peinlich ist und wovor ich mich sehr fürchte, fast noch mehr als davor, zu sterben und dich nicht mehr zu sehen.« Rita senkte den Kopf und schloss fest die Augen, um die Tränen zurückzuhalten. »Ich weiß, dass ich dir hiermit einen bösen Streich spiele, aber ich schwöre dir, ich sterbe gegen meinen Willen.« Durch den Tränenschleier lächelten sie sich an. »Ich weiß, dass ich es dir wahrscheinlich früher hätte sagen müssen, damit du dir keine Hoffnungen machst, aber ich habe diese Hoffnungen gebraucht, verstehst du? Obwohl ich wusste, dass sie falsch waren, dass sie sich nicht verwirklichen lassen, ich habe diese Träume gebraucht, nachdem ich so viele Jahre vergebens geträumt hatte.« Rita nickte. »Und jetzt möchte ich dir etwas vorschlagen, aber du sollst mir nicht sofort antworten, sondern erst heute Abend, nachdem … na ja, das wirst du noch sehen. Im Augenblick ist nur wichtig, was ich dir sagen will und dass du mir jetzt noch nicht antwortest. Die Antwort, um die es mir geht, gibst du mir heute Abend, einverstanden?« Wieder nickte Rita. »Du weißt, ich habe nie jemandem gesagt, dass ich lesbisch bin und mein Leben lang in dich verliebt war wie die dümmliche Heldin eines Groschenromans. Das möchte ich vorausschicken, damit du die Bedeutung des Schrittes abschätzen kannst, den ich jetzt tun werde.« Sie machte eine Pause, trank einen Schluck Wasser und sank wieder in die Kissen, als koste sie schon der Griff zum Glas übermenschliche Anstrengung. »Ich habe keine Angehörigen mehr, sie sind mir alle weggestorben, ich habe keine Kinder, bin nicht verheiratet, mit meinem Partner Gonzalo habe ich alles geregelt, aber ich besitze etwas Geld und einiges an Land, und das soll sich der Staat nicht einfach so unter den Nagel reißen. Immerhin habe ich mein Lebtag Steuern dafür bezahlt, und das reicht. Bevor du wieder aufgetaucht bist, hatte ich vor, alles, mit Ausnahme von ein paar Andenken für die Mädels, einer gemeinnützigen Organisation zu hinterlassen, aber jetzt bist du bei mir, und damit sieht die Sache anders aus. Ich möchte alles, was ich habe, dir vermachen. Und so, wie die Dinge hierzulande liegen, wirst du nach Abzug der Erbschaftssteuer von dem Rest nicht einmal mehr ins Kino gehen können.« Sie lachte schwach über ihren eigenen Witz. »Es sei denn …«

»Es sein denn … was? Hör auf, um den heißen Brei herumzureden, und sag mir, was ich tun soll. Das kann so schwierig doch nicht sein.«

»Es sei denn, du heiratest mich.«

Rita war baff. Während sie Candela zuhörte, war ihr alles Mögliche durch den Kopf gegangen, doch das war das Einzige, womit sie nicht gerechnet hatte. »Wie gesagt, ich will deine Antwort nicht sofort. Und nicht nur, weil ich dir Zeit geben will, darüber nachzudenken. So großzügig bin ich nicht. Heute Nachmittag wird etwas geschehen, das du berücksichtigen solltest, ehe du dich entscheidest, im Moment möchte ich lediglich, dass du es weißt. Wenn wir heiraten, auch wenn es praktisch *in articulo mortis* ist, wirst du meine Witwe und direkte Erbin sein. Nein! Sag jetzt noch nichts, Marga, bitte!«, fuhr sie auf, als sie merkte, dass Rita zu einer Erwiderung ansetzte. »Ich würde es nicht ertragen, wenn du aus purem Mitleid jetzt Ja sagst und es heute Abend bereust. Warte noch ein wenig. Ein paar Stunden.«

Rita stand auf, verstört und bestürzt, und ging zum Fenster. Sie brauchte eine Zigarette, sie hielt diese Kälte, diese Nachricht, diese bald fällige Entscheidung nicht aus ohne eine Zigarette.

»Mach schon, geh eine rauchen«, vernahm sie Candelas Stimme vom Bett. »Sag Teresa, sie soll einen Moment reinkommen, und dann lasst mich bitte eine Weile schlafen. Ich bin erledigt.«

Rita trat ans Bett, streichelte ihr über den Kopf und küsste sie auf die Wange, langsam, genießerisch. Candela strich ihr übers Gesicht und legte ihr einen Finger auf die Lippen.

»Pssst, sag nichts, Marga.«

»Ich wollte dir nur sagen, dass ich dich liebe. Darf ich?« Candela schloss die Augen, und ihr eingefallenes Gesicht öffnete sich zu einem Lächeln wie eine Blüte. »Ich liebe dich«, wiederholte Rita sehr leise, bevor sie das Zimmer verließ.

1974

Im Bus, der sie nach Palma zurückbringt, lehnt Loles die Stirn gegen die Fensterscheibe und bemüht sich, nicht vor den fünfzehn Abiturienten zu weinen, deren hilflose, verzagte Blicke ihr das Herz brechen. Es sind gute Jungs, sie mögen sie, obwohl sie Mathematiklehrerin ist und sie sie schon seit drei Jahren ertragen müssen. Sie weiß, sie würden ihr gern etwas sagen, sie trösten, weil ihr Mann sie so gedemütigt hat, doch keiner wagt mehr, als ihr ein kleines aufmunterndes Lächeln zu schenken. Und das ist auch besser so. Mit Telmo ist derzeit nicht gut Kirschen essen, und letztlich ist niemandem damit gedient, wenn man sich in einen Ehestreit einmischt, einem Schüler schon gar nicht. Sie sehnt sich danach, im Hotel anzukommen, sich ins Bett zu legen und in der Dunkelheit ungestört darüber nachzudenken, was mit ihm los sein könnte. Er wird in der Hotelbar bleiben, bis er annimmt, dass sie eingeschlafen ist, wie jeden Abend, aber das ist besser, als sich wieder anzubrüllen.

Sie legt die Hand auf ihren Bauch und versucht, Trost daraus zu schöpfen, dass sie den dritten Monat fast erreicht hat, aber noch regt sich das Baby nicht, und es ist beinahe eine Frage des Gottvertrauens zu glauben, dass sie endlich ein Kind haben werden. Ein Kind, das Telmo schon nicht mehr will.

Nicht dass er ihr das ausdrücklich gesagt hätte, aber Loles weiß, dass Telmo aufgehört hat, sie zu lieben. Schon seit vor Weihnachten ist er nicht mehr derselbe. Er erfindet Ausreden, wenn er spät heimkommt, geht zu ungewöhnlichen Zeiten aus dem Haus, sitzt die ganze Zeit stumpfsinnig vor dem Fernseher, ohne wahrzunehmen, was auf dem Bildschirm geschieht, stellt unwirsch fest, sie hätten viel zu früh geheiratet, weil es keine andere Möglichkeit gab, zusammen zu sein, sagt sogar, er erwäge eine Versetzung, selbst wenn sie dann nicht an derselben Schule arbeiten könnten. Andauernd spricht er vom Umbruch in Spanien, dass sich alles von Grund auf ändern werde, sobald das biologische Ereignis eingetreten sei, auf das die Mehrheit im Land hofft, und dass man bereit sein müsse für den Wandel. Er redet ständig von Veränderung, und das kann nur bedeuten, dass er sie verlassen will, aber nicht weiß, wie, weil sie ausgerechnet jetzt schwanger geworden ist.

Zuerst dachte sie, er hätte eine Geliebte, aber sie hat nie etwas in seinen Taschen oder unter seinen Papieren gefunden und auch bei ihren diskreten Befragungen befreundeter Kolleginnen nichts erfahren. Telmo ist einige Male nach dem Abendessen ausgegangen, aber immer mit anderen Lehrern der Schule, immer in die üblichen Lokale, und immer zeitig zurückgekommen.

Paca, Marisas Mitbewohnerin, die Physik unterrichtet und für Loles in Elda das ist, was einer Freundin am nächsten kommt, meint, er stecke höchstwahrscheinlich gerade in einer Krise, wie sie viele Männer Mitte dreißig durchmachen: das Gefühl, nicht mehr jung zu sein, allmählich die mittleren Jahre zu erreichen, ohne jemals die Chance gehabt zu haben, etwas Verrücktes zu tun. Vielleicht fürchte er sich vor der Verantwortung, die ein Kind mit sich bringt, der Einsicht, dass es jetzt kein Zurück mehr gibt, oder er ziehe seine Lebensbilanz, und plötzlich sei es ihm zu wenig, die nächsten dreißig Jahre bis zu seiner Pensionierung Direktor eines Provinzgymnasiums zu bleiben.

Loles hat versucht, das nachzuvollziehen, in Friedenszeiten mit ihm zu sprechen und ihm deutlich zu machen, dass sie Verständnis für ihn hat, bereit ist, ihm mehr Freiheit zu geben, mehr Zeit für sich selbst …, aber es hat nichts genützt. Entweder liegt Paca mit ihrer Vermutung völlig falsch, und das ist gar nicht sein Problem, oder Telmo hat tatsächlich genug von seiner Ehe, seiner Arbeit und ihr und denkt ernsthaft an eine Trennung.

Er ist schon immer etwas ungeduldig gewesen, reizbar manchmal, »ein unruhiger Geist«, wie seine Mutter es nennt, doch niemals, nicht ein einziges Mal in den zehn Jahren, die sie zusammen sind, hat er die Hand gegen sie erhoben. Bis heute. Und dann auch noch praktisch in aller Öffentlichkeit, in Anwesenheit der Schüler.

Loles' Gesicht glüht vor Scham. Telmo hat eine schwangere Frau geschlagen. Seine eigene Frau. Und warum? Weil ein paar achtzehnjährige Schülerinnen in einer Diskothek mit Jungen ihres Alters geknutscht haben. Was ist los mit ihrem Mann?, fragt sie sich unentwegt. Ist er neidisch auf die jungen Leute? Wäre er lieber dabei gewesen, anstatt mit den Kollegen auf der Terrasse Eis zu essen? Und wo haben sich die lieben Kollegen den ganzen Abend lang verkrochen? Klar, dass es Javier und Marisa unangebracht schien, Zeugen eines Ehekrachs zu werden, aber danach waren sie vollends verschwunden. Was andererseits auch wieder den Vorteil hatte, dass zumindest sie Loles' Demütigung nicht miterleben mussten.

Sie weiß, dass sie sehr bald eine Entscheidung treffen muss. Telmo hat ihr gesagt, er würde in diesem Sommer gern nach Griechenland fahren und sich die antiken Stätten ansehen, die er noch nicht kennt; aber mit einer schwangeren Frau kann er nicht so reisen, wie er will, mit dem Zelt und aufs Geratewohl. Und für gute Hotels reicht ihr Budget nicht.

Sie weiß und will nicht wahrhaben, dass Telmo ihr entgleitet. Wie aber soll sie ihn halten? Mit dem Baby? Damit er endgültig zu diesem verdrossenen, keifenden Fremden wird, der er in letzter Zeit ist?

Was aber soll sie tun, wenn sie sich trennen? Wie soll sie arbeiten mit einem Neugeborenen, ohne Mann, ohne Familie, ohne Hilfe? Ohne Telmo. Ihr graust bei dem Gedanken an ein Leben ohne Telmo, und darum zwingt sie sich mit aller Macht, daran vorerst nicht zu denken. Das wird schon wieder. Vielleicht ist er besserer Stimmung, wenn er aus Griechenland zurückkommt und Zeit gehabt hat, sich zu entspannen und zu besinnen. Er arbeitet zu viel. Sie arbeiten beide zu viel. Sie wird ihm sagen, dass er ruhig für zwei Wochen allein verreisen kann. Sie wird zu ihrer Mutter und ihren Schwestern aufs Dorf fahren, und wenn er wiederkommt, werden sie alles in Ruhe besprechen. Ja. Das ist die beste Lösung. Männer sind kompliziert, aber unentbehrlich; und einer Frau bleibt nichts anderes übrig, als sich zu fügen, wenn sie ihr Lebensprojekt nicht aufs Spiel setzen will: einen Gatten, ein paar Kinder, einen festen Job, eine eigene Wohnung. Feminismus ist schön und gut, solange man nicht persönlich betroffen ist, aber in ihrem Fall ist es sowieso zu spät. Sie hat sich längst entschieden.

Die Mädchen im Hotelgarten unterhalten sich auch über Männer, sind jedoch nicht bereit, sich zu fügen, jetzt nicht und überhaupt nie. Ana beschimpft die anderen lautstark als Memmen – »immer am Heulen um einen Kerl«, »immer davon abhängig, ob er mich beachtet oder links liegen lässt«, »seid ihr bescheuert, oder was?«, »sie behandeln uns Frauen wie Putzlappen, und wir lassen es uns gefallen« – und hat sie schon so weit, dass sie jeden greifbaren Mann mit den Krallen zerfetzt hätten, aber der Garten liegt verwaist im Mondschein, die Palmen wiegen sich sacht in der Brise, und der Pool, dessen Beleuchtung schon ausgeschaltet ist, schimmert wie Quecksilber.

»Er hat sie geschlagen«, sagt Carmen, noch immer tief beeindruckt von der Ohrfeige, die der Direktor seiner Frau gegeben hat. Sie hat das zu Hause zwar schon oft erlebt, aber ebendarum ist es etwas anderes; denn bisher war sie stets beteiligt und hat es, mit Ausnahme des Vorfalls an der Tankstelle vor zwei Tagen, noch nie als Außenstehende mitangesehen, ist nie Zuschauerin gewesen. Es ist das Entwürdigendste, das sie je erlebt hat, und sie bebt vor Zorn. »Dieser elende Drecksack hat vor meiner Nase seine Frau geschlagen, und ich habe nichts unternommen.«

»Nicht vor deiner Nase«, sagt Candela. »Eben hast du mir doch erzählt, du hättest es von der Gartentür aus gesehen, als du zurück ins Haus wolltest.«

»Aber ich habe es gesehen. Ich habe gesehen, wie Doña Loles hingefallen ist und wieder aufstehen musste, ohne dass er ihr geholfen hätte.«

»Wer hat Doña Loles geschlagen?«, fragt Tere kreidebleich und dreht sich zu ihnen um.

»Ihr Mann. Der Direktor.«

»Männer sind Arschlöcher«, sagt Candela. »Ich habe noch nie verstanden, warum einige von euch so hinter ihnen her sind.«

»Nicht alle sind so«, sagt Magda mit verquollenen, rot geweinten Augen.

»Das bezieht sich jetzt wohl hoffentlich nicht auf das Schwein César, oder?« Carmen ist wirklich wütend.

»Was weißt du denn schon?«

»Ich war direkt neben dir, als er dich losgelassen hat wie eine heiße Kartoffel und angefangen hat, mit diesem Vamp zu knutschen.«

Magda bedeckt das Gesicht mit den Händen und beginnt wieder zu weinen. Sole legt ihr den Arm um die Schultern, macht aber einen so geistesabwesenden Eindruck, als gefröre sie allmählich zu einer Eisstatue.

»Gehen wir schlafen!«, sagt Marga nach einer Weile. »Wir haben noch nicht gepackt, es ist fast zwei, und um neun sollen wir zum Frühstück erscheinen. Es ändert nichts, sich jetzt weiter über die Mannsbilder aufzuregen.«

»Aber wir können doch nicht einfach schlafen gehen, als ob nichts geschehen wäre! Ich werde kein Auge zutun!« Carmen ist so außer sich, dass sie das Gefühl hat, unter Strom zu stehen.

»Nein«, sagt Tere, beherrscht wie immer, aber sehr angespannt, »ich glaube auch nicht, dass ich viel schlafen werde.«

»Wegen dem, was der Direktor zu dir gesagt hat?«, fragt Marga.

»Hure hat mich noch keiner genannt.« Es ist das erste Mal, dass sie Tere ein böses Wort sagen hören, und aus ihrem Mund klingt es wie eine Detonation. »Ich bin keine Hure!«, wiederholt sie niedergeschlagen.

»Aber natürlich nicht! Weder du noch sonst eine von uns. Anscheinend sind bei Don Telmo heute die Sicherungen durchgebrannt, aus welchem Grund auch immer«, versetzt Candela, die Gelassenste von allen.

»Ja. Heute. Und vorgestern an der Tankstelle auch.« Ana steht ebenfalls kurz davor, aus der Haut zu fahren. »Aber was bildet sich dieser Idiot eigentlich ein? In jedem anderen Land wären wir schon volljährig. Würden wir in einem zivilisierten Land leben, müssten wir für nichts mehr um Erlaubnis bitten und es uns auch nicht bieten lassen, dass uns so ein altes Schwein ungestraft beleidigt.«

Während die Mädchen an der Brüstung über der Klippe weiterdiskutieren, beobachtet Mati sie von ihrem Bungalow aus, verborgen in der Dunkelheit. Sie sprechen so laut, dass sie fast jedes Wort versteht, und die anderen Hotelgäste müssen wohl betrunken ins Bett gefallen sein, da sich bisher keiner beschwert hat und niemand die Schreie und Seufzer zu hören scheint, die aus dem Zimmer im Erdgeschoss dringen, wo Reme sonderbare Dinge mit ihrem Schweden treibt.

Vor etwa einer Stunde hat Mati auf dem Weg zu ihrem Zimmer durch die Terrassentür gelugt, die die beiden offen gelassen haben, und Reme gesehen, die mit Händen und Füßen ans Bett gefesselt war und eine Art Kapuze über dem Kopf trug, während dieser schwedische Widerling ihr die Möse leckte. Und den Geräuschen nach zu urteilen, fangen sie gerade von Neuem an. Reme grunzt wie ein Schwein, und ihre Stimme klingt unnatürlich, als habe der Kerl sie geknebelt.

Die Mädchen schimpfen weiter über die Männer, über alle Männer, belegen sie mit jeder Schmähung, die ihnen in den Sinn kommt, und werden immer ausfallender in ihrer Ausdrucksweise, je mehr sie sich gegenseitig anstacheln.

In diesem Moment hat Mati den Geistesblitz. Es ist eine so lustige, originelle Idee und, wenn es klappt, von so durchschlagender Wirkung, dass Mati vor Begeisterung minutenlang wie erstarrt ist.

Die sieben Freundinnen schäumen vor Wut, hassen die Männer und haben das dringende Bedürfnis, sich Luft zu machen. Flüchtig geht ihr der Text der Griechischprüfung durch den Kopf und verleiht ihrer Idee eine klassische, tragische Dimension. Die Mänaden.

Wird sie es wagen?

Rasch überschlägt sie die verschiedenen Möglichkeiten. Wenn es hinhaut, hat sie sie für immer in der Hand. Wenn nicht …, was könnte ihr passieren, wenn es schiefgeht? Im Prinzip gar nichts. Es sei denn, der Zorn der Gruppe würde sich gegen sie richten. Doch das lässt sich vermeiden, indem sie in sicherer Entfernung bleibt. Wenn du nicht da bist, brauchst du dich nicht zu verteidigen. Alles hängt von der richtigen Zeitplanung ab, und es bedarf einer gewissen Übung, den Stein ins Rollen zu bringen und rechtzeitig in Deckung zu gehen. Die hat sie. Viele, viele Jahre Übung. Sie wird behaupten, sie würde Don Javier und Doña Marisa holen, obwohl sie nur zu gut weiß, dass die beiden nicht auf ihren Zimmern sind, aber die Mädels werden ihr glauben. Oder, wenn sie Glück hat, nicht einmal hören, was sie sagt.

Das gibt den Ausschlag.

Sie erhebt sich aus ihrem Plastiksessel. Lächelt. Holt tief Luft. Stimmt sich langsam ein, indem sie ihre Miene verändert und ein schockiertes, besorgtes, verängstigtes Gesicht aufsetzt. Sie strafft sich, rennt auf die Mädchen zu und ruft schon von Weitem: »Hilfe! Hilfe! Kommt! Kommt schnell! Reme wird vergewaltigt!«

2007

Teresa wartete unten in der Empfangshalle der Klinik auf die Polizei, und wenngleich sie wusste, was jetzt kam, weil sie es selbst vorgeschlagen hatte, war sie so nervös wie noch nie in ihrem Leben und spürte sogar ein unangenehmes Rumoren in den Eingeweiden.

Sie seufzte mit einer gewissen Erleichterung, als sie sah, dass sich ihre Hoffnung bestätigte und Machado David mitbrachte. Sie begrüßte die beiden mit zwei Wangenküssen und klärte sie im Aufzug kurz über Candelas Gesundheitszustand auf.

»Deshalb konnte sie nicht selbst zu euch kommen«, endete sie, als sich die Türen öffneten. »Aber es muss wichtig sein, wenn sie mich gebeten hat, euch zu benachrichtigen.«

»Du weißt nicht, was sie uns sagen will?«, fragte Machado und sah ihr forschend ins Gesicht.

»Nein, Gerardo. Sie hat mir nur gesagt, sie möchte ein paar Dinge klarstellen und in Frieden sterben.«

Rita stand völlig perplex auf, als die Polizisten das Zimmer betraten. Candela hatte ihr angekündigt, dass heute Nachmittag etwas geschehen würde, und darum noch keine Antwort von ihr gewollt, aber Rita hätte nie damit gerechnet, dass dieser erzwungene Aufschub etwas mit der Polizei zu tun haben könnte.

Sie begrüßten sich steif, die beiden Beamten zogen sich Stühle ans Bett, und dann holte David ein Aufnahmegerät heraus und sprach das Datum und den Namen der aussagenden Person auf das Band.

»Ich möchte, dass meine Freundinnen anwesend sind«, sagte Candela mit einer Stimme, die den beiden Männern angesichts ihrer Gebrechlichkeit erstaunlich fest erschien.

Die Polizisten sahen sich an und erklärten sich schulterzuckend einverstanden.

»Ich werde mich so kurz wie möglich fassen, weil ich sehr müde bin und unseren Ordnungskräften nicht die Zeit stehlen will«, begann sie mit ihrem gewohnten Sarkasmus, »aber ich fürchte, es wird dennoch eine längere Geschichte. Ich habe Sie hergebeten, weil ich unter Zeugen den Mord an Magdalena Santos gestehen will.«

Rita schaut Candela bestürzt an. Die drückt ihr die Hand.

»Verzeih, Marga. Jetzt wirst du alles erfahren. Es tut mir leid, dass ich es dir nicht früher gesagt habe.«

»Sprechen Sie weiter, Candela, bitte«, drängte Machado.

»Ich möchte mich, wie gesagt, kurzfassen, aber ich muss Ihnen einiges aus der Vergangenheit erzählen, damit Sie mein Motiv begreifen.« Sie nahm einen tiefen Atemzug aus der Sauerstoffmaske, ehe sie fortfuhr. »Ich muss zurückgreifen auf das Schuljahr 1973/74, also dreiunddreißig Jahre. Wir alle, Teresa, Rita, Ana, Carmen, Sole und Lena, die damals noch Magda hieß, waren Klassenkameradinnen und auch außerhalb der Schule eng befreundet, obwohl unsere Eltern verschiedenen sozialen Schichten angehörten, was damals durchaus ins Gewicht fiel, und sich auch in ihrer politischen Gesinnung stark unterschieden. Wir waren Töchter linker oder franquistischer Familien, was in jener Zeit viel heißen wollte, denn Sie müssen bedenken, dass es bis zu Francos Tod noch zwei Jahre hin war. Trotzdem verstanden wir uns gut. Wir hatten gerade unser Abitur gemacht und eine Menge Pläne für die Zukunft: Wir wollten alle in Valencia studieren und für immer Freundinnen bleiben. In unserer Klasse war auch ein Mädchen, das wir alle verabscheuten, und wenn ich sage alle, dann meine ich nicht nur uns sieben, sondern wirklich alle, einschließlich der Lehrer. Mati – Matilde Ortega Navarro – war das schändlichste Wesen auf der Welt, das sage ich einfach so, wie ich es empfinde.«

Verblüfft sahen die Polizeibeamten Teresa und Rita stumm nicken.

»Sie war rundum widerwärtig, ihre Stimme, ihr hinterhältiges Grinsen, ihr Blick, ihr Äußeres …, aber das Schlimmste war, dass sie eine Erpresserin war, eine Erpresserin ersten Ranges. Sie war ständig damit beschäftigt, die Geheimnisse anderer zu ergründen, und die schrieb sie vor aller Augen in ein Heft, das sie immer bei sich trug. Später setzte sie dieses Wissen in Geldforderungen um, verlangte kleine Gefälligkeiten, manchmal Geschenke oder dass man sie bei Klassenarbeiten abschreiben ließ ... solche Sachen. Es war ekelhaft. Wir wussten es alle, denn jede von uns wurde irgendwann ihr Opfer, doch sprachen wir nicht viel darüber, weil ja dagegen schlicht nichts zu machen war.«

»Aber ... was für Geheimnisse sollen siebzehnjährige Mädchen denn schon haben?«, fragte David.

»Heute würde dir das eine oder andere sicherlich unbedeutend vorkommen, und in den meisten Fällen wusste ja keine von den Geheimnissen der anderen, mit Ausnahme von Rita vielleicht, der immer alle ihre Kümmernisse und intimsten Probleme erzählt haben.«

»Kannst du uns ein Beispiel nennen?«, hakte er nach.

Rita hob die Hand und bat um das Wort.

»Wenn es Ihnen recht ist – schließlich ist seither viel Zeit vergangen, und immerhin handelt es sich, wie Candela ja schon gesagt hat, um sehr persönliche Angelegenheiten –, kann ich Ihnen etwas über eine Frau erzählen, die bereits verstorben ist und auch von Mati erpresst wurde. Das weiß ich, weil die Betreffende es mir voller Verzweiflung selbst erzählt hat.« Machado bedeutete ihr fortzufahren. Candela und Teresa richteten sich leicht auf und hingen gespannt an ihren Lippen. »Doña Bárbara, unsere Literaturlehrerin, hatte einen Liebhaber, mit dem sie sich einmal in der Woche traf. Ich, das gebe ich zu, deckte sie, indem ich sagte, ich ginge mit ihr ins Theater oder ins Kino. Mati fand es heraus, und von diesem Moment an lieferte sie keine einzige Arbeit mehr ab und nahm an keiner Prüfung mehr teil, bekam aber trotzdem immer die erforderlichen guten Noten, um ein Stipendium für ihr Universitätsstudium beantragen zu können.«

»Der Preis für ihr Stillschweigen«, sagte Machado.

»Der Preis dafür, dass sie Doña Bárbaras Ehemann nicht einweihte, ja. Als Doña Bárbara es mir erzählte, schon gegen Ende des Schuljahres, wollte Mati Geld von ihr, um für ein paar Tage in Valencia auf Wohnungssuche zu gehen. Ob sie es ihr letztlich gegeben hat oder nicht, weiß ich nicht mehr.«

»Und das Gleiche hat sie mit euch allen gemacht, nehme ich an«, sagte David.

Candela streckte die Hand nach dem Nachttisch aus und ließ sie wieder fallen.

»Marga, gib ihnen bitte das Heft aus der Schublade.«

Rita holte ein Ringbuch mit schwarzem Einband heraus und überreichte es den Polizisten. Hinterher wischte sie sich unwillkürlich die Hand an ihrer Hose ab.

»Da steht alles drin. Seien Sie so gut, und respektieren Sie, so weit möglich, die Intimsphäre dieser Mädchen, die wir einmal waren.«

Die beiden Polizisten rückten ihre Stühle dicht nebeneinander, steckten die Köpfe zusammen und begannen zu blättern, während Candela ihnen berichtete, wie sie in den Besitz des Heftes gelangt war.

»An einer Stelle werden Sie eine sehr eindeutige Notiz finden, die sich auf mich bezieht.«

Nachdem David noch einige weitere Seiten umgewendet hatte, stieß er auf etwas und zeigte es überrascht Candela.

»Diese hier?«

»Genau die.« Candela schloss einen Moment die Augen.

»›Candela ist eine Lesbe‹«, las Machado. »Stimmt das?«

»Klar«, erwiderte sie mit einem kleinen Lächeln. »Wenn nicht, womit hätte das Miststück mich sonst erpressen sollen?«

»Candela!«, entfuhr es Teresa. »Du bist dein Leben lang lesbisch gewesen und hast uns nie etwas davon gesagt? Und Gonzalo? Und all die Männer, die du uns im Lauf der Jahre vorgestellt hast?«

»Handtaschen, Tere. Reine Verzierung. Ich habe mich immer von Frauen angezogen gefühlt, nun ja, von einigen Frauen« – mit Betonung auf »einige« und einem Blick auf Rita –, »solange ich denken kann. Aber ihr wisst, wie meine Familie war ... es hätte sie umgebracht ... Marga, in der Schublade liegen auch noch einige Papiere, eine Art Roman, den ich vor Jahren angefangen und nie beendet habe. Gib sie ihnen, bitte. Darin beschreibe ich meine Familie, Inspektor. Ihr beiden versteht das, nicht wahr?«

Rita und Teresa nickten gleichzeitig. Die Bögen gingen von Hand zu Hand, und Machado faltete sie zusammen und verwahrte sie in seiner Jackentasche.

»Nun gut, Mati hatte also Wind davon bekommen und fing an, mich zu erpressen, aber das war noch nicht das Schlimmste. Das Schlimmste war, dass sie mich anhimmelte. Verstehen Sie mich nicht falsch, ich weiß nicht einmal, ob Mati auch lesbisch war, jedenfalls wollte sie in allem so sein wie ich, sie wollte ich sein. In diesem Heft werden Sie auch einen Bibliotheksausweis finden, den sie sich mit ihrem Foto und meinem Namen gebastelt hatte.«

»Aber war diese Matilde denn nicht aus Novelda?«, fragte Machado und betrachtete den Ausweis mit Candelas Namen.

»Doch, aber um nicht so viel Geld für den Bus ausgeben zu müssen, wohnte sie bei einem Onkel hier in Elda. Einmal im Monat fuhr sie übers Wochenende nach Hause. Sie hatte auch einen Onkel, der in Alicante Fotograf war. Das weiß ich, weil sie mir erzählt hat, ihre Eltern wollten, dass sie nach der Schule bei ihm im Studio als Assistentin arbeite. Aber sie wollte in Valencia studieren, wie wir alle, und mit mir eine Wohnung teilen.«

»Darauf war sie also aus.«

»Nein. Auf viel Schlimmeres.« Wieder schloss sie die Augen.

»Entschuldige, Candela«, unterbrach David, »aber wenn du müde bist, könntest du die Geschichte dann nicht abkürzen und uns sagen, was mit Lena passiert ist?«

Machado warf seinem Kollegen einen warnenden Blick zu, aber der bemerkte es nicht.

»Nein. Es geht nicht anders. Wartet einen Moment.« Sie benutzte noch einmal die Sauerstoffmaske. »Gegen Ende des Schuljahres 1974 verliebte ich mich unsterblich in Marga, in Rita.« Teresa öffnete den Mund, klappte ihn aber wieder zu. Fast alles, was Candela erzählte, war ihr neu. »Und nach einiger Zeit verliebte sich Rita, obwohl sie mittlerweile mit Manolo ging, auch in mich. Ohne Mati wäre das alles kein Problem gewesen. Wir hätten zusammen studiert, eine gemeinsame Wohnung gemietet – denn damals war es nur für einen Jungen und ein Mädchen schwierig, wenn sie nicht verheiratet waren und trotzdem zusammenleben wollten, aber nicht für zwei Freundinnen – und wären glücklich gewesen. Ob für immer, kann man nicht wissen. Zumindest für eine Zeit wäre es das Paradies gewesen. Aber Mati funkte dazwischen. Sie wollte Ritas Eltern erzählen, was sie über uns wusste, damit man uns trennte und sie sich mir wie ein Betonklotz an die Fersen heften konnte. Das sagte sie mir auf der Rückreise von Palma, in dieser schaurigen Nacht auf dem Schiff, gerade als Rita und ich endgültig begriffen hatten, dass wir uns liebten, und anfingen, von einer gemeinsamen Zukunft zu träumen.

Als ich mitten in der Nacht an Deck ging, um frische Luft zu schnappen, nachdem ich mich übergeben hatte, traf ich dort Mati, und sie erzählte mir von ihrem Plan, dem Plan, den sie für unsere – ihre und meine – Zukunft ausgeheckt hatte, und der voraussetzte, dass ich Rita den Laufpass gab …

Ich weiß nicht, wie ich euch das jetzt sagen soll …, ich sah rot …, ich packte sie am Hals und drückte zu, bis sie sich nicht mehr regte, dann stieß ich sie über Bord und ging zurück in meine Kabine. Magda – oder Lena, wie sie für euch heißt – hatte mich dabei beobachtet. Sie hat immer gewusst, dass ich Mati getötet habe, und das Geheimnis immer gewahrt. Ich weiß nicht, ob aus Solidarität oder weil sie insgeheim froh war, dass ich damit das Problem aller gelöst hatte, oder aus anderen Gründen. Tatsache ist, dass sie dreiunddreißig Jahre lang geschwiegen hat.

Jedenfalls sprengte es unseren Kreis. Wir wollten uns lange nicht sehen, weil alle dachten, dass eine von uns eine Mörderin war, und obwohl eine Last von uns genommen war, fühlten wir uns nicht mehr wohl miteinander. Jahrelang gingen wir getrennte Wege, bis wir – außer Rita, die sich in London niederließ, und Sole, die einen Diplomaten heiratete – eine nach der anderen zurückkehrten, die alten Freundschaftsbeziehungen wieder aufnahmen und versuchten, das Geschehene zu vergessen.

Und jetzt, nachdem ich ein halbes Leben lang keinerlei Kontakt zu Rita hatte, sind wir uns vor etwas mehr als einem Monat plötzlich wieder begegnet und haben festgestellt, dass unsere Gefühle noch dieselben sind wie damals auf Mallorca und dass wir die Chance haben, von alldem, was uns genommen wurde, ein wenig nachzuholen. Ich wusste, dass mir kaum noch Zeit blieb; Rita nicht.

Als wir vor zwei Wochen in eurem Haus gefeiert haben«, sprach Candela an David gewandt weiter, »und Ritas Assistentin Ingrid uns mit den Dias von der Geburtstagsparty und dem Mallorca-Film überraschte, Margas erstem Film, wurden alle Erinnerungen wieder lebendig, und beim Abschied lud Lena Rita zum Abendessen ein, weil sie ihr erzählen wollte, was sie an jenem Abend auf dem Schiff gesehen hatte.

Am Vortag waren Rita und ich bei mir in Alicante verabredet und verbrachten die Nacht zusammen. Ich fragte sie, wie sie sich fühlen würde, wenn sie wüsste, wer Mati umgebracht hat, in der Hoffnung, sie hätte die Gewissensbisse überwunden, doch sie erwiderte, wenn sie wüsste, wer von uns eine Mörderin ist, könnte sie nicht länger deren Freundin sein.

Daraufhin fasste ich meinen Entschluss. Ich wusste, dass ich nicht mehr lange zu leben hatte, und noch einmal durfte ich die Gelegenheit, Marga zurückzugewinnen, nicht verpatzen«, wieder drückte sie Ritas Hand, »und darum beschloss ich, zu Lena zu gehen und sie zu bitten, es ihr nicht zu erzählen.

Ich war gegen fünf bei ihr, und wir unterhielten uns, während sie Gazpacho machte. Ich erreichte nicht, was ich wollte. Mein Verhältnis zu Lena war nie besonders gut gewesen, wir waren zu verschieden, und sie war mit den Jahren immer empfindsamer geworden, immer … wie soll ich sagen … weltfremder, jenseits von Gut und Böse. Sie meinte, sie habe lange genug geschwiegen, und es sei an der Zeit, die Sache klarzustellen. Ich flehte sie an, brachte sämtliche Argumente vor, die mir einfielen, doch es nützte alles nichts, also sagte ich, ich hätte Lust auf einen Tee, wir kochten uns einen, und ich tat ihr eine Handvoll Schlaftabletten hinein, die ich schon zerkleinert in einem Röhrchen dabeihatte, und als die Wirkung eintrat, brachte ich sie ins Bad und schnitt ihr die Pulsadern auf, weil ich dachte, das wäre ein sanfter Tod, der ziemlich gut zu ihr passte. Dann spülte ich die Tassen, räumte sie weg, warf die Klinge in den Mülleimer, nahm die Tüte heraus, ersetzte sie durch eine neue, legte eine von Ritas Kippen hinein, ging aus der Wohnung und ließ die Tür angelehnt.«

»Und warum das alles?«, fragte Machado.

Candela holte tief Luft.

»Ich bin erschöpft.«

»Eine letzte Anstrengung, bitte, dann dürfen Sie sich ausruhen.«

»Weil Rita und ich Streit gehabt hatten, nachdem wir ein paar Stunden so glücklich gewesen waren. Na ja, Streit ist zu viel gesagt. Erzähl du es ihnen, Marga, bitte, ich kann nicht mehr.«

»Candela wollte, dass wir aufhören, uns zu verstecken, uns zu verleugnen. Sie wollte, dass wir ab sofort ein Paar sind.« Rita schluckte. »Ich habe ihr geantwortet, ich hätte ein geregeltes Leben und dass ich mir nicht vorstellen könnte, wie wir zurechtkommen sollten, ich hätte schon eine Partnerin und Kinder, die mich brauchten ... und so weiter. Wir sind niedergeschlagen und verärgert auseinandergegangen. Ich glaube, ich war sehr grausam. Das bereue ich jetzt, und du weißt, dass das wahr ist, Candela. Aber in dem Moment war mir, als wäre ich drauf und dran, von einem Zug überrollt zu werden. Ich wollte nur noch auf Abstand gehen, allein sein, nachdenken, nach London zurückkehren, nach Hause.«

»Das war meine Befürchtung«, entgegnete Candela, »dass du wieder weggehen würdest, während ich wusste, dass ich dich nie mehr wiedersehen würde, weil diese Tage meine letzten sind. Deshalb wollte ich dich in die Sache verwickeln. Damit du nicht wegkannst, damit du mich brauchst, und sei es auch nur als Anwältin. Um bei dir zu sein. Verzeih mir.«

Rita beugte sich vor und küsste sie auf die Wange, die beiden Polizisten standen auf.

»Eine letzte Frage noch, Candela. Der Text auf dem Bildschirm ...?«

Sie wirkte überrascht.

»Keine Ahnung. Ich war nicht einmal in der Nähe des Computers. Vermutlich etwas, woran Lena geschrieben hatte, bevor ich kam. Was stand da?«

»Schon gut, nichts von Bedeutung.«

»Morgen bringen wir dir deine Aussage zur Unterschrift, Candela«, sagte David. »Möchtest du noch etwas hinzufügen?« Sie schüttelte den Kopf, ohne die Augen zu öffnen.

Als Teresa die Männer hinausbegleitete, wandte Candela Rita den Kopf zu, der in wenigen Stunden zu einem zerbrechlichen, schweißbedeckten Vogelkopf geschrumpft zu sein schien.

»Ekelst du dich jetzt sehr vor mir?«

»Nein. Ich kann es mir selbst nicht erklären, aber nein.«

»Hast du damit gerechnet?«

Rita schüttelte den Kopf.

»Aber verstehst du mich? Vergibst du mir?«

»Wer bin ich, dass ich dir vergeben müsste, Candela?«

»Der einzige Mensch auf der Welt, der mir etwas bedeutet.«

Sie sahen sich sekundenlang in die Augen. War es nicht unwichtig, was sie denken oder fühlen mochte?, überlegte Rita. Candela lag im Sterben und brauchte sie, sie brauchte ihre Vergebung, ihre Zuneigung, ihre Unterstützung. Wie sollte sie, ausgerechnet sie, ihr das Einzige verweigern, das sie in Frieden sterben ließ? Seltsamerweise schmerzte sie Candelas Geständnis, Mati getötet zu haben, fast mehr als der Mord an Lena, denn diesen hatte eine verzweifelte Frau begangen, die am Ende war und dem Leben nur noch ein paar letzte Tage der Liebe abtrotzen wollte, die Verwirklichung eines Traumes, an den sie sich über dreißig Jahre lang geklammert hatte, während der Mord an Mati aus Hass geschehen war, in der verächtlichen Absicht, die Fassade aufrechtzuerhalten und den Erwartungen ihrer bürgerlichen und gutgläubigen Familie zu genügen. Obwohl, nun ja …, den wahren Grund, warum Mati verschwinden musste, hatte Candela den Polizisten nicht erzählt. Selbst wenn sie beide keine Angst gehabt hätten, ihre Liebe offen einzugestehen, war da ja immer noch die andere Sache.

Rita setzte sich neben das Bett auf den Stuhl, den David soeben geräumt hatte, und ergriff ihre Hand.

»Natürlich vergebe ich dir.«

»Im Ernst?« Candelas Augen waren immer noch schön, groß, glänzend.

»Ja.«

»Jetzt, Marga, kannst du mir meine Frage von heute Morgen beantworten, wenn du willst.« Sie schloss die Augen, und ihr Körper straffte sich, als stünde sie kurz vor einer Urteilsverkündung.

Rita kauerte sich neben das Bett und legte den Kopf auf Candelas Schoß, ohne ihren Blick loszulassen.

»Und was sind wir, wenn wir verheiratet sind? Frau und Frau? Gattin und Gattin?«

Ein mädchenhaftes Lächeln erleuchtete plötzlich Candelas Gesicht.

»Marga and Candela, forever«, flüsterte sie. *»Forever.«*

»Was hältst du davon?«, fragte David Gerardo, als sie wieder im Auto saßen und sich auf den Weg zum Kommissariat machten, um die Aussage abzugeben, damit sie in schriftliche Form gebracht und von Candela unterschrieben werden konnte.

»Es passt alles zusammen. Und es ist begreiflich, dass sie es vor ihrem Tod beichten wollte. Sie ist schließlich keine Gewohnheitstäterin. Logisch, dass ihr Gewissen sie quälte.«

»Gewohnheitstäterin vielleicht nicht, aber immerhin zweifache Mörderin.«

»Beim ersten Mal war sie achtzehn, und es geschah im Affekt, in einem vorübergehenden Zustand der Unzurechnungsfähigkeit. Wir hätten es ihr nicht einmal nachweisen können, wenn sie es nicht freiwillig zugegeben hätte. Das mit dem Mädchen auf dem Schiff könnte ebenso gut ein Unfall gewesen sein. Wenn sie es uns jetzt erzählt, dann weil es der Auslöser für das mit Lena war.«

»Ja. Andernfalls hätte es keinen Sinn ergeben. Hast du die Papiere von Candela?«

Gerardo klopfte auf seine Jackentasche.

»Ja. Es sind nur ein paar Seiten. Ich glaube nicht, dass etwas Entscheidendes drinsteht, aber ehe wir heute Feierabend machen, werfen wir noch einen Blick darauf. Es scheint ihr sehr wichtig zu sein, dass wir die Umstände verstehen.«

Während David die Aufnahme zur Transkription brachte, machte Gerardo es sich in seinem Büro bequem und faltete die Blätter auseinander. Der Titel auf der ersten Seite ließ ihn aufmerken: »Der Roman meines Lebens«. In Anbetracht der Tatsache, dass es nur sechs oder sieben Bögen waren, hatte Candela ihn offensichtlich nie beendet oder aber beschlossen, ihnen nur den Teil zu geben, der ihr relevant schien. Das konnte er sie ja noch fragen, wenn Zeit dazu blieb.

Er stopfte sich ein Pfefferminzkaugummi in den Mund und begann zu lesen:

Der Roman meines Lebens

Candela Alcántara de Frías

Dies ist der Roman meines Lebens, der einzige, wie ich inzwischen weiß, den ich je imstande sein werde zu schreiben. Ich gebe ihn dir, weil er alles ist, was ich habe, und weil er für mich bald nutzlos sein wird.

(Als ich diese Zeilen schrieb, war dies nichts weiter als ein rhetorischer Kunstgriff. Mein Tod, so gewiss wie der aller anderen auch, war nur eine theoretische Möglichkeit, während ich jetzt weiß, dass er nah ist und mich in wenigen Wochen ungeduldig erwartet. Jedenfalls habe ich nicht mehr die Kraft, diese Seiten durchzugehen, sondern werde sie dir so geben, wie sie sind, allerdings Kommentare wie diesen einfügen, um dir den Unterschied zwischen damals und heute verständlich zu machen, der sicher eine gewisse Bedeutung hat.)

Aber ich vertraue ihn dir an, weil du möglicherweise Verwendung dafür hast. Mit etwas Glück kannst ja vielleicht du für Gerechtigkeit sorgen. Wenn nicht, wirst du zumindest etwas von dem verstanden haben, was du schon immer zu wissen glaubtest.

Dies ist die Geschichte eines Verbrechens. Das sage ich vorweg, damit du, wenn du zu lesen beginnst und siehst, dass ich abschweife – wozu ich ja neige –, nicht meinst, es handelte sich um leere Worte, um das, was die Unwissenden Literatur nennen, weil ihnen der Begriff Fiktion nicht geläufig ist und weil sie sich nicht klarmachen, dass sich hinter der Fiktion immer eine Wahrheit verbirgt. Siehst du? Schon schweife ich ab.

Ich hoffe, es stört dich nicht, wenn ich dich duze, als wären wir alte Bekannte, aber noch bin ich mir nicht sicher, wer der Empfänger meines Romans sein wird, und ich finde es albern, eine Person zu siezen, von der ich vermute, dass sie in die Geschichte verwickelt ist, also einen meiner ältesten Bekannten oder eine meiner Freundinnen. Aber ich kann mich auch täuschen.

(Ja. Ich habe mich getäuscht. Wie so oft in meinem Leben. Jetzt spielt es keine Rolle mehr.)

Ich werde dir schildern, in meinen Worten, von meinem Standpunkt aus – wie könnte ich die Bedeutung des Standpunkts unterschätzen, schließlich habe ich mein Leben damit verbracht, Mandanten vor Gericht zu verteidigen, wobei mir vollkommen klar war, dass der andere ebenso recht haben konnte wie ich oder der Angeklagte? –, was sich im Sommer 1974 auf der Klassenfahrt nach Mallorca ereignete, mit der wir unseren Schulabgang, unseren Eintritt ins Erwachsenenleben feierten.

Ich werde in der dritten Person erzählen, von außen betrachtet, als wäre ich nicht eines dieser Mädchen gewesen, und versuchen, das Geschehene so zu erklären, dass ich es selbst begreifen, vielleicht akzeptieren und mir vergeben kann, uns vergeben kann.

Genug der Vorreden. Der Roman beginnt.

Stell dir deine Geburt folgendermaßen vor:

Du wirst nicht geboren, wenn man dich dem Mutterleib entreißt. Was da geboren wird, ist ein Potential, ein winziges Wesen, das zu nichts weiter imstande ist, als nach Nahrung, Wärme und Zuneigung zu verlangen. Von den Erwachsenen um dich herum lernst du nach und nach, wer du bist, wo du lebst, wie deine Welt ist.

Und die Welt ist wie ein gewaltiges Schloss, voller Reize, voller Gefahren, ein verwunschener Ort, wo alles fremd und geheimnisvoll ist. Aber sie sind da, um dir zu zeigen, wo du spielen kannst, was du meiden musst, was dir zuträglich ist und was nicht.

Du stellst nichts in Frage, ziehst keine Vergleiche, die Dinge sind, wie sie sind, du greifst zu und genießt sie, wenn du Glück hast. Wenn du Pech hast, selbst wenn du das noch gar nicht weißt, erduldest du sie, nimmst sie hin und forschst weiter.

Eine nach der anderen öffnen sich dir die Türen zu Räumen, deren Zweck dir kaum begreiflich ist, und, geführt von den Erwachsenen, durchwanderst du zuerst das Erdgeschoss, steigst dann, höher, immer höher, die steile Treppe hinauf, riesige Stufen aus Ebenholz und Elfenbein wie die Tasten eines Klaviers, das deine anfangs zaghaften und, je größer du wirst, immer festeren Schritte zum Klingen bringen.

Irgendwann kennst du das Schloss, oder zumindest glaubst du das. Du kennst die Anordnung der Zimmer, findest dich mühelos in den gewundenen Gängen zurecht, weißt, was sich hinter jeder geschlossenen Tür verbirgt. Die Geräusche des Hauses sind dir vertraut und seine Düfte und sein Gestank.

Und eines schönen Tages nehmen die Menschen, die dich am meisten lieben, die dich bis zu diesem Augenblick begleitet haben, plötzlich deine Hand und sagen dir in diesem geheimnisvollen Flüsterton, auf den du seit Langem sehnlich gewartet hast, dass es nun so weit ist, dass der Moment gekommen ist, das Labyrinth kennenzulernen.

Du hast immer gewusst, dass es im Schloss ein Labyrinth gibt. Du hast die Großen davon reden hören, wenn du dich bei ihren endlosen Alte-Leute-Gesprächen gelangweilt hast. Du hast sie jammern, fluchen, weinen und sinnlose Mutmaßungen darüber anstellen hören, wie der Weg hätte verlaufen können. Und immer hast du gewusst, dass du es schaffen wirst, dass für dich kein Labyrinth zu schwierig ist, weil du anders bist, besser als sie alle, weil du jung bist und niemals zurückblicken wirst.

Zuweilen befindet sich das Labyrinth im Keller des Schlosses, zuweilen unter dem Dach, immer weit weg, außerhalb deiner Reichweite, sodass du es bequem vergessen kannst, während du wartest, bis die Reihe an dir ist. Doch jetzt ist es da, vor deinen Augen, und es ist immer das gleiche: ein einladend geöffnetes Tor, ein kleiner hell erleuchteter Vorraum mit mehreren geschlossenen Türen. Manchmal sind es nur zwei, manchmal so viele wie in einem Hotelflur, und du rührst dich lange nicht von der Stelle, siehst dir alles genau an, versuchst, dich zu entscheiden, deinen Weg zu wählen.

Dann verschwinden die Erwachsenen und lassen dich vor dem Labyrinth allein. Hinter dir geht das Licht aus, und du weißt, dass es kein Zurück gibt, dass du ihnen wiederbegegnen wirst, wenn du die richtigen Türen wählst, aber dass es nie mehr dasselbe sein wird, denn das Schloss wird sich verändern, während du im Labyrinth bist, und die Menschen werden sich verändern, auch wenn du sie immer wiedererkennen wirst. Was du nicht weißt, ist, dass auch du dich verändern wirst. Sie haben es dir gesagt, aber du hast es nicht verstehen wollen. Sie haben dir gesagt, dass du wachsen, reifen und eines Tages so sein wirst wie sie. Und du hast ihnen nicht glauben wollen.

Dennoch weißt du jetzt, dass es so ist, und mit einem Mal hast du Angst, solche Angst, dass du am liebsten kehrtmachen und dich zurück in das Schloss flüchten möchtest, in dem du dich auskennst, obwohl das hieße, dich nicht im Labyrinth zu beweisen, niemals die Kammer im Zentrum zu erreichen, die den Besten vorbehalten ist, diese Kammer, die zugleich ein Garten ist, dessen Bäume Früchte aus Edelsteinen tragen.

Plötzlich schreckt dich der Gedanke, dass du, selbst wenn du die Kammer findest, danach noch den Ausgang auf der anderen Seite suchen musst, und dass jenseits davon das große Unbekannte liegt, das dir noch nie jemand in Begriffen geschildert hat, die du hättest verstehen können.

Du blickst zurück, und das Schloss mit seinen behaglichen Zimmern, die im Lauf der Jahre immer kleiner und vertrauter geworden waren, ist verschwunden, verschluckt von der Finsternis, und dir bleiben nur das Licht, das dir entgegenleuchtet, die geschlossenen Türen und der Weg nach vorn.

Irgendwann öffnest du eine der Türen, und sobald sie sich hinter dir schließt, weißt du, dass du zum letzten Mal hindurchgegangen bist, dass du eine Entscheidung getroffen hast, dass der Raum, den du vor dir siehst, jetzt die Realität ist, die du erobern, durchqueren musst, um zum nächsten Saal, zur nächsten Treppe, in den nächsten Garten zu gelangen, wo sich die Pfade gabeln und, sobald du dich für einen entschieden hast, die anderen im Dunst verschwinden werden.

Schon bist du im Labyrinth und weißt, dass du lebend nicht wieder herauskommst.

Candela stand schon sehr früh vor der Tür zum Labyrinth. Als Tochter einer Witwe hatte ihr gesamtes Umfeld dazu beigetragen, dass sie schnell erwachsen wurde, um einer Schar altmodischer Frauen – die der Ansicht waren, »ein Haus ohne Mann ist ein Haus ohne Schatten«, und die sich dies bei jeder Gelegenheit versicherten – gewissermaßen den Mann des Hauses zu ersetzen. Die Großmutter Juana, die Tanten Armonía und Paz, beide ledig, Ángela, die Mutter, und eine Kohorte von Freundinnen und Hausmädchen, die ihr Leben streiften, ohne allzu viele Spuren zu hinterlassen, alle einander ähnlich in ihren ewigen Trauerkleidern, mit ihren kindischen Ängsten, ihren Unpässlichkeiten und kleinen Lastern, dem Milchkaffee oder der heißen Schokolade am Nachmittag, den wöchentlichen Mensch-ärgere-dich-nicht-Partien, den Katechismus-Kränzchen, dem Häkelkreis, den höchst seltenen Besuchen des Bischofs sowie dem einen oder anderen Film, der im Kirchenblättchen als unbedenklich eingestuft worden war.

Als sie am Eingang des Labyrinths stand, wesentlich früher als ihre Schulkameradinnen, wusste Candela, dass die erste Wahl die zwischen zwei Türen war, die allerdings beide zum selben Ort führten. Die Alternative bestand darin, dies zu akzeptieren und sich laut dazu zu bekennen oder es zu akzeptieren und sich zu verstellen. Sie musste nicht lange überlegen. Sie liebte ihre Familie, obwohl sie, wäre sie gefragt worden, ein anderes Milieu vorgezogen hätte, eines wie Margas oder Anas, die in Schlössern geboren waren, wo es keine gerahmten Fotos von Franco gab, keine Häkeldeckchen auf sämtlichen Sesseln, keine Plastikblumen vor dem Bild der Jungfrau von Lourdes.

Seit Candela das Labyrinth des Lebens vor sich sah, wusste sie, dass ihre einzige Chance darin bestand, die Frauen, die ihr das Schicksal beschert hatte und die sich dem einzigen mit eigenem Willen ausgestatteten Familienmitglied bereitwillig unterordneten, mit sanfter Gewalt umzuerziehen. Mit zwölf Jahren überredete sie ihre Großmutter, einen Fernsehapparat zu kaufen, was die Erziehung ihrer Familie erheblich beschleunigte, und noch bevor sie achtzehn war, stand schon ein Auto in der Garage und wartete darauf, dass sie es offiziell fahren durfte. Kurz vor ihrem vierzehnten Geburtstag hatte ihre Mutter sie gebeten, an den regelmäßigen Sitzungen mit Don Antonio, dem Verwalter, teilzunehmen, und sie war noch keine sechzehn, als sie bereits in der Lage war, die Finanzlage zu überblicken und Entscheidungen zu treffen, die sie dann ihrer Mutter mitteilte, wenn sie ihr die Papiere zur Unterschrift vorlegte. Zu dieser Zeit hatte ihre Großmutter längst jegliches Interesse an weltlichen Dingen verloren, und ihre beiden Tanten waren schon zufrieden, wenn sie nur wussten, dass es ihnen sonntags nie an Kuchen mangelte und die Monatsbeiträge der Sterbekasse El Ocaso *pünktlich entrichtet wurden, um ihnen ein würdiges Begräbnis und einen guten Platz in der Familiengruft zu sichern.*

(Mir wird erst jetzt bewusst, wie tendenziös die Beschreibung meiner Tanten klingt. Mir kamen sie uralt vor, aber sie waren wohl erst Anfang vierzig, und auch wenn sie nie darüber sprachen, nehme ich an, dass sie, abgesehen von Begräbnis und Familiengruft, durchaus ihre Sehnsüchte und Wünsche hatten. Doch wenn ich mir Fotos aus dieser Zeit anschaue, wirken sie immer so sittsam, immer in Halbtrauer, ungeschminkt, in flachen Schuhen, mit diesen Betschwestermienen, dass sich mir die Frage aufdrängt, was sich unter diesen züchtigen Kleidern wohl geregt haben mag, wie oft ihnen, wenn sie in ihrem Zimmer lagen, dem mit den Zwillingsbetten und den gehäkelten, mit apfelgrünem Satin gefütterten Tagesdecken, der Gedanke gekommen sein mochte, dass sie sich auf ihrem Weg durchs Labyrinth geirrt hatten. Aber ihre Jugend verstrich in der schlimmsten Nachkriegszeit, als es kaum noch Männer gab und alles verboten war, als die einzige Zuflucht für eine anständige unverheiratete Frau die Kirche oder die *Sección Femenina* war. Sie dürften nicht allzu viele Türen auf ihrem Weg gefunden haben, und so blieben ihnen schließlich nur die Sonntagskuchen und später die Modezeitschriften und Magazine, die ihnen eine Welt zeigten, so unwirklich und unerreichbar wie die der Hollywood-Filme. Und trotzdem verloren sie ihr Lächeln nicht, und wenn ich heute an sie denke, sehe ich sie singend die Geranien und Balsaminen auf der Terrasse gießen und glaube, so seltsam es auch klingen mag, dass sie glücklicher waren als ich mit all meiner Bildung, meinen Reisen, meiner Erfahrung und meiner Überheblichkeit.)

Der nächste Schritt auf dem Weg durch das Labyrinth entschied sich im Gymnasium, als Candela das Bedürfnis nach Altersgenossinnen verspürte und Freundschaften einging, die das ganze Leben hal-

ten sollten, obwohl die Mädchen, die später die Clique vom 28sten bildeten, sie anfangs anglotzten, als käme sie von einem anderen Stern. Sie hat nie erfahren, was genau sie in ihr sahen, warum sie ihr mit diesem leichten Argwohn, dieser unterschwelligen Furcht begegneten, als wäre sie älter oder weiser oder einfach vollkommen anders.

Sie betrachtete sich im Spiegel, bevor sie in die Schule ging, und fand, dass sie aussah wie immer: groß, schlank, mit mehr Busen als eine Fünfzehnjährige normalerweise hatte, das schon; mit sehr kurz geschnittenem Haar, während alle anderen die Haare lang trugen, auffälligen grauen Augen und einem kalten Lächeln, mit dem sie ihre Unsicherheit überspielte, wenn sie mit Menschen zu tun hatte, die »nicht von ihrem Stand waren«, wie man bei ihr zu Hause sagte.

(Jetzt wird mir klar, dass dieser Gesichtsausdruck so etwas wie eine arrogante, herablassende Grimasse war, die mich schützte und mir viele Probleme ersparte, weil sogar den Lehrern mulmig wurde, wenn ich sie so anlächelte, die mich aber auch von den anderen trennte, selbst von den Gruppen, denen ich gern angehört hätte. Im Lauf meines Lebens habe ich diese Fähigkeit perfektioniert und zu einem sehr nützlichen Werkzeug entwickelt, außer denen gegenüber, die mich gut kennen. Und sogar bei ihnen funktioniert es manchmal, sogar bei den Mädels, noch nach über dreißig Jahren.)

Nach einer gewissen Zeit im Labyrinth begriff Candela die Wahrheit eines Ausspruchs, den sie zu Hause oft gehört hatte: Auf allen Wegen trifft man zwei Arten von Wesen, Engel und Dämonen, und man braucht ein gutes Auge, um sie zu unterscheiden, weil vor allem die Dämonen sich so gut zu tarnen wissen, dass niemand auf Anhieb sieht, auf welcher Seite sie stehen.

In ihrem Fall war die Sache allerdings sonnenklar. Als sie zum ersten Mal einem Engel begegnete, wusste sie es sofort, und an dem Klopfen in ihrer Brust erkannte sie, dass Margarita Montero Juan für immer Teil ihres Lebens sein und ihr Dasein von diesem Augenblick an mit ihrem Licht überfluten würde.

Der Dämon, den sie ebenfalls erkannte, kaum dass ihre Blicke sich trafen, war Matilde Ortega Navarro.

(Viel später begriff ich, dass es ganz so einfach dann doch nicht war und dass, selbst wenn Mati wahrhaftig ein Dämon gewesen sein sollte, Marga auch nicht der makellose Engel war, den ich in ihr sehen wollte.)

Alle, aus denen später die Siebenerclique bestehen würde, lernten sich im ersten Jahr der höheren Sekundarstufe mit Schwerpunkt Geisteswissenschaften kennen. Zu Anfang waren sie achtundzwanzig Schüler und Schülerinnen, und ihre Klasse blieb noch zwei Jahre lang gemischt; danach, vor dem letzten Schuljahr, dem Vorbereitungskurs auf die Universität, gingen einige ab, die nicht vorhatten zu studieren, und irgendjemand – wahrscheinlich der Schuldirektor oder seine Frau – beschloss, die Geschlechter zu trennen und eine Jungen- und eine Mädchenklasse zu bilden. So kam es, dass die Mädchen auf der Klassenfahrt nach Mallorca von Don Javier und Doña Marisa begleitet wurden und die Jungen von Don Telmo und Doña Loles.

Im Labyrinth liegen nicht alle Entscheidungen bei demjenigen, der darin unterwegs ist, und es gibt Türen, die von allein aufgehen, während andere verschlossen bleiben, so fest man auch dagegendrückt. Im Nachhinein ist es leicht, diesem Umstand die Fehlentscheidungen anzulasten, die einen auf Wege geführt haben, die man gar nicht absichtlich eingeschlagen hat. Hinterher bleiben einem nur Selbstmitleid, Wut, Ohnmacht und die tiefe Demütigung, seiner Freiheit beraubt worden zu sein. Aber man muss auch stets mit dem Zufall rechnen. Und was Candela und ihre Freundinnen angeht, sorgte der Zufall dafür, dass ihre Schulkameraden an diesem 28. Juni in einem anderen Hotel übernachteten. Somit standen die Mädchen allein vor der Tür, beschlossen, sie zu öffnen, und sahen sich mit einer Ungeheuerlichkeit konfrontiert, die sie für den Rest ihres Lebens nicht mehr loslassen sollte.

Es war ein bewegtes Schuljahr in einer Epoche, in der auch unsere Geschichte, die Geschichte Spaniens, in ständiger Bewegung war, als hätte das ganze Land 1973/74 eine Achterbahn bestiegen, die, zumindest vorläufig, auf Francos Tod am 20. November 1975 zusteuerte.

Im September, kurz bevor der Unterricht begann, wurde in Chile Salvador Allende ermordet. Dann sprengte die ETA den spanischen Regierungschef Luis Carrero Blanco in die Luft, Nixon kämpfte mit Zähnen und Klauen gegen die Watergate-Affäre, Prinzessin Anne von England heiratete Mark Phillips, Candela machte ihren Führerschein, Paquito Fernández Ochoa – ein Skiläufer aus Spanien! – eroberte die Pisten der Welt, Barbra Streisand und Robert Redford in So wie wir waren *waren das Paar der Stunde, Marga begann, mit Manolo auszugehen, die SLA entführte Patricia Hearst, in Portugal fand die »Nelkenrevolution« statt, Cruyff schoss Tore für den FC Barcelona, trotz Protesten aus aller Welt wurde Salvador Puig Antich hingerichtet,* Leben und sterben lassen *kam ohne Sean Connery und mit Roger Moore in die Kinos, Marga und Candela küssten sich im verwaisten Schulhof, Golda Meir trat als israelische Ministerpräsidentin zurück, Francos Enkelin Mariola heiratete Rafael Ardid, Neil Young sang* Heart of Gold, *die Clique vom 28sten legte ihr Abitur ab, Mati ertrank im Mittelmeer, und ihre Knochen liegen wohl noch auf dem Grund des Meeres, immer weißer, immer blanker.*

Wichtige Ereignisse für die jeweiligen Protagonisten mit teils bedeutenden Auswirkungen auf das gesamte Land, sogar auf die ganze Welt. Und wen interessiert das jetzt noch? Wer erinnert sich heute, Jahrzehnte später, an die Freude und den Stolz und den Schmerz und die Hoffnung in allem, was in jenem Schuljahr geschah?

Ich erinnere mich. Aber ich erinnere mich auf meine Art, denn die Zeit trübt das Gedächtnis, fügt Nebensächliches hinzu, winzige Details, die alle Taten entschuldigen, so unentschuldbar sie damals auch waren.

Wir haben nie darüber gesprochen.

Die Clique vom 28sten, oder das, was davon noch übrig ist, trifft sich weiterhin, isst Tapas, redet gut oder schlecht von ihren Männern und Kindern, vom Job, von ihren bescheidenen Plänen für eine Zukunft, die am Horizont zusammengeschrumpft ist und nichts mehr mit dem zu tun hat, was sie sich einst erträumt haben. Aber das haben sie längst vergessen. Oder vielleicht wissen sie es doch noch und weigern sich, wie Candela, darüber zu reden, damit die anderen nichts von ihrer Frustration, von ihren verdorrten Träumen erfahren …

Mehr Seiten gab es nicht. Gerardo schaute auch auf die Rückseite sämtlicher Bögen, um sicherzugehen, dass er nichts übersehen hatte, und legte sie seufzend zur Seite. Zu schade! Er hätte diesen Roman gern weitergelesen; in allen Einzelheiten gewusst, was vorgefallen war, und wie diese Mädchen, die nur ein paar Jahre älter waren als er, fühlten und dachten; die Welt von 1974, an die er sich kaum erinnerte, durch Candelas Worte wiedererstehen lassen. Aber sie hatte ihm nur einen Blick durch einen kleinen Spalt gewährt, und damit musste er sich begnügen. Wenigstens konnten sie den Fall jetzt ruhigen Gewissens zu den Akten legen, da sich damit alles zufriedenstellend geklärt hatte, außer für sie, die arme Frau, deren Tage gezählt waren.

Einen Augenblick lang wunderte er sich über diesen Anflug von Mitleid mit einer geständigen Mörderin, war andererseits aber auch froh, dass ihn die Jahre im Polizeidienst noch nicht völlig gefühllos gemacht hatten.

Er schaute auf die Uhr, ließ die Papiere auf dem Tisch liegen, damit auch David sie lesen konnte, griff nach seiner Jacke und ging, hoch befriedigt von diesem Ergebnis, nach Hause.

Fall gelöst. Ein Bierchen, ein paar Salzmandeln, ein gutes Abendessen im Familienkreis und ab ins Bett.

2007

Es war drei Uhr morgens, als Rita Tante Doras Wohnung betrat, die seit sechs Wochen ihr Zuhause war und ihr in diesem Moment noch trauriger und verstaubter erschien als an dem Abend, an dem Ingrid und sie aus London angekommen waren.

Sie war innerlich und äußerlich erschöpft, ihre Augen waren wund vom Weinen, doch trotz ihrer Müdigkeit fühlte sie sich von einer Energie durchströmt, die sie vorerst am Schlafen hindern würde, es sei denn, sie nahm eine Schlaftablette. Aber Schlaftabletten weckten seit Lenas Tod unangenehme Assoziationen in ihr.

Im Kühlschrank fand sie nur eine angebrochene Flasche Weißwein, und obwohl sie wusste, dass sie davon allenfalls noch wacher würde, nahm sie sie mit ins Arbeitszimmer, zusammen mit einem geschliffenen Kristallaschenbecher, den sie einige Tage zuvor im Wohnzimmerschrank entdeckt hatte und der aussah, als wäre er noch nie benutzt worden.

Im schwachen orangefarbenen Licht der Straßenlaternen ließ sie sich am Schreibtisch nieder, zündete eine Zigarette an und saß ganz still da, sah erst zur Decke und ließ den Blick dann langsam über die Gegenstände gleiten, die ihre Fähigkeit, Gefühle und Erinnerungen zu wecken, gänzlich verloren hatten.

Vor einer guten Woche war sie genau hier mit Candela zusammen gewesen. Nach ihrem unsäglichen Duschbad hatten sie miteinander gelacht, sich geliebt, das alte Foto betrachtet, das im Schulhof des Gymnasiums entstanden war, und Candela hatte gesagt: »Jetzt ist Schluss, Marga, mit der Vergangenheit ist Schluss, das haben wir uns redlich verdient.« Und daraufhin hatte Rita das Foto umgekehrt auf den Tisch gelegt und gedacht, wenn sie Tante Doras Wohnung verkauft hatte und Elda wieder verließ, würde sie es mitnehmen, vergrößern, Matis Gesicht in der Ecke wegretouchieren, das Bild rahmen und in ihrem Arbeitszimmer aufhängen. Weil sie zu den Mädels zurückgefunden hatte, diesen Mädels, die jetzt Frauen waren und vor denen sie in der ersten Nacht in dieser Wohnung, als das Wiedersehen unmittelbar bevorstand, solche Angst gehabt hatte. Jetzt war die Angst der Trauer gewichen, einer ungeheuren Leere, die sich noch nicht vollständig in ihr ausgebreitet hatte, weil sie Candelas Tod noch nicht wahrhaben wollte.

Dennoch war Candela nach medizinischen Kriterien und menschlichem Zeitmaß seit zweieinviertel Stunden tot. Eine Frau, die wie eine Quelle gewesen war, lebendiger als alle Menschen, die sie in einundfünfzig Jahren kennengelernt hatte, war tot, und was in jedem anderen Moment der letzten drei Jahrzehnte nur ein vages Mitleid mit einer fernen Jugendfreundin in ihr ausgelöst hätte, war jetzt wie ein Messerschnitt durch die Brust: heiß, trocken, pulsierend. Sie hatte sie in diesen wundervollen Tagen wiedergewonnen und noch einmal verloren, diesmal für immer.

Sie goss sich ein Glas kalten Wein ein, steckte sich noch eine Zigarette an und betrachtete ihre Hand, an der der matte Glanz des Ringes sie an ihre Heirat mit Candela erinnerte, sie immer daran erinnern würde, an das endgültige Eingeständnis einer der Grundwahrheiten ihres Lebens. Es war ein schlichter Trauring, mattgolden, sehr klassisch, sehr streng, wie Candela gewesen war, aber mit einem warmen Kupferton, der das Herz tröstete, wie es Candela getan hatte.

Sie fühlte, wie ihr ein Schluchzen in die Kehle stieg, und ergab sich einige Minuten der Verzweiflung, hemmungslosem Weinen, einem Schmerz, der größer war als der, den sie empfunden hatte, als zuerst ihr Vater und dann ihre Mutter gestorben waren. Eine unermessliche Einsamkeit brach über sie herein und presste sie mit physischem Gewicht in den Stuhl, einem Gewicht, das sie niemals aus eigener Kraft würde stemmen können.

Sie überlegte, ob sie Ingrid anrufen sollte, fühlte sich jedoch nicht imstande, ihr das alles zu erzählen, sie über die Schönheit Kubas plaudern zu hören, über die Kinder und ihre Streiche und schon gar nicht davon, was sich der Trottel Guillermo alles einfallen ließ, um sie zum Bleiben zu bewegen.

Nein. Ihr Kummer gehörte nur ihr, und sie würde seine Last allein tragen müssen, zumindest bis sie wieder in London war, wo Ingrid und die Kinder ihr vielleicht helfen würden, den Erinnerungen an die letzten zwei Monate mit der Zeit die Schärfe zu nehmen, bis diese zu einer Art sonnigem Intermezzo und Teil all ihrer anderen Erinnerungen geworden wären, in denen sich nicht nur eigene Erfahrungen, sondern auch geliebte Romane und Filme mischten.

»Auch dieser Schmerz geht vorüber«, hatte ihre Großmutter gesagt, die schon zwanzig Jahre Witwe war, als sie anfing, der Enkelin von Frau zu Frau zu begegnen. »Täte der Tod eines geliebten Menschen immer so weh wie am ersten Tag, wären wir alle schon gestorben.«

Nur konnte sie sich nicht vorstellen, ihr gewohntes Leben wieder aufzunehmen, jetzt ohne Candela, mit ihrer Filmcrew zu arbeiten, erfundene Geschichten zu erzählen, die ihr plötzlich falsch und dumm, verlogen und absurd vorkamen.

Sie hatte seit Wochen nicht an ihr nächstes Drehbuch gedacht und weder die Anrufe der Produktionsfirma noch die ihrer Mitarbeiter beantwortet. Auch mit Ingrid hatte sie seit einer Ewigkeit nicht gesprochen. Keine von beiden hatte die andere angerufen, um sich länger als zwei Minuten gegenseitig zu versichern, dass alles in Ordnung war und in ihrem Leben bald wieder Normalität einkehren würde.

Das hatte Teresa zu ihr gesagt: »Geh nach Hause und schlaf eine Weile, Rita. Es ist alles vorbei. Jetzt muss wieder Normalität einkehren.« Teresa. So pragmatisch, nüchtern, vernünftig. Normalität.

Teresa hatte ihr versprochen, sich um die Beisetzung zu kümmern, alles so zu machen, wie Candela es sich gewünscht hatte, mit Todesanzeige in der Zeitung, Messe, Familiengruft; aber Rita zitterte beim bloßen Gedanken, das alles allein durchstehen zu müssen, ohne Ingrid, die ihr immer die Leute vom Hals hielt, sie immer beschützte, wenn sie wusste, dass ihr bei einer Sache nicht wohl war; ohne Candelas Hand in der ihren wie bei Lenas Beerdigung, denn jetzt war es Candelas Leichnam, der im Sarg liegen würde.

»Wenn alles vorbei ist«, hatte Candela noch am Vortag zu ihr gesagt, »wird dich Antoni Canals anrufen, ein befreundeter Notar. Geh gleich zu ihm, weil ich ihn mit einigen Angelegenheiten beauftragt habe. Nichts Großartiges, aber interessant für dich, glaube ich. Nach meinem Tod wirst du drei Geschenke bekommen, Rita, wie im Märchen. Erst wollte ich dir eines vorenthalten, damit es nicht so kitschig wird, aber so ist es nun einmal. Es sind drei. Und eines sieht nicht danach aus. Es hängt davon ab, wie es ausgeht und wie du es interpretierst.«

Mit einem geheimnisvollen Lächeln hatte sie sich geweigert, ihr mehr dazu zu sagen, und vierundzwanzig Stunden später hatte sie Teresa gebeten, ihr Versprechen einzulösen. Rita hatte stundenlang bei ihr gesessen, ihre Hand gehalten, zugesehen, wie sie sich von Sekunde zu Sekunde, mit jedem Tropfen Serum, der in ihre Venen floss, weiter entfernte.

Als das letzte Abendlicht begann, das Krankenhauszimmer rosa zu färben, hatte Candela zum letzten Mal die Augen aufgeschlagen und ihr lächelnd zugeflüstert: »Sieh nur, Marga, das ist, als badete man in Silber.« Dann war ihre Hand erschlafft, und sie war nicht mehr aufgewacht.

Rita schaltete die Tischlampe an, obwohl sich bereits das Morgengrauen ankündigte, schenkte sich den Rest Wein ein und drehte das Foto um. Die Mädels. Carmen, Ana, Tere, Sole, Magda, Candela, Marga. Vor dreiunddreißig Jahren. Zwei von ihnen bereits tot.

Sie streichelt Candelas Gesicht mit der Spitze des Zeigefingers. Auf diesem Foto war sie noch keine Mörderin. Am 28. Mai 1974 war Candela eine blutjunge Frau mit blitzenden grauen Augen, unbeugsamen Prinzipien, entschlossen, die Welt zu erobern. *Glory days. Sic transit gloria mundi. Que en gloria esté.* Und dafür all das Gloria-Geschwätz, denkt Rita. Um am Ende nichts als ein Kadaver zu sein, dazu verdammt, vergessen zu werden.

Vor Müdigkeit sieht sie alles verschwommen. Sie nimmt die Brille ab, reibt sich die brennenden Augen, die sich anfühlen, als wären sie voll heißem Sand. Sie legt den Kopf auf die Arme und will gerade einnicken, als das Schrillen des Handys sie aufschreckt. Wer konnte das zu dieser frühen Morgenstunde sein?

Für einen Augenblick denkt sie an ein Wunder: Candela ist wieder aufgewacht, Teresa ruft sie an, um ihr zu sagen, dass sie sofort in die Klinik kommen soll, alles wäre ein Irrtum gewesen, ein tiefer Schlaf, ein Koma, das sie mit dem Tod verwechselt haben, doch Ingrids Stimme zerstört diese törichte Hoffnung.

»Rita? Können wir reden?«

»Jetzt?«, entfährt es ihr.

»Du bist doch wach, oder nicht?«

»Nicht ganz. Ich war gerade eingedöst.«

»Egal. Wir müssen sofort reden. Es geht mir schon den ganzen Tag im Kopf herum, und jetzt halte ich es nicht mehr aus.«

»Was ist denn los?« Mit einem Schlag ist Rita so wach wie noch nie. Alle ihre inneren Alarmlämpchen blinken. »Probleme, Probleme.« »Dringend.« »Notfall.« »Mobilmachen.«

»Ich muss dir eine sehr ernste Frage stellen. Und du musst versprechen, mir die Wahrheit zu sagen.«

»Ich habe dir immer die Wahrheit gesagt, Ingrid.«

Zaudern am anderen Ende.

»Mehr oder weniger.«

»Gut, es gibt Dinge, die ich dir nie erzählt habe, das gebe ich zu, aber ich habe dich nie angelogen.«

»Ja, du hast recht.«

»Deine Frage.«

»Ist es wahr, dass du vor dreiunddreißig Jahren jemanden umgebracht hast? Ist es wahr, dass du und alle deine Freundinnen Mörderinnen seid?«

Rita hat das Gefühl, als hätte ihr jemand mit einem Hammer auf den Kopf geschlagen. Das Gefühl ist so echt, dass sie ihren Schädel betastet, um sich zu vergewissern, dass er bei dem Aufprall nicht gebrochen ist. Ihr Haar ist feucht, aber sie blutet natürlich nicht. Sie blutet nur innerlich.

»Wie kommst du denn darauf?«

»Antworte, bitte.«

»Ingrid, um Himmels willen! Kannst du nicht warten, bis wir uns sehen und in Ruhe darüber sprechen?«

»Nein. Ich will nur eine Antwort von dir. Ist es wahr oder nicht?«

Rita steht auf und geht im Arbeitszimmer auf und ab wie ein Raubtier im Käfig. Ist es wahr oder nicht? Glaubt Ingrid wirklich, eine solche Frage ließe sich mit Ja oder Nein beantworten? Ist sie wirklich so naiv oder so dumm?

»Wer hat dir das gesagt? Von wem hast du das?«

»Ich habe dich etwas gefragt, Rita. Ich habe das Recht, es zu erfahren.«

Recht. Sie sagt, sie hat das Recht, denkt Rita.

»Nein. Es ist nicht wahr«, erwidert sie schließlich.

In dem darauffolgenden langen Schweigen zündet sich Rita eine Zigarette an.

»Du lügst«, sagt Ingrid in einem fremden, gekränkten Ton. »Du hoffst, dass ich dir glaube, dass alles gut ist und es weitergeht wie immer. Aber nichts wird mehr sein wie immer, wenn du mich anlügst, Rita.«

»Ich kann es dir am Telefon nicht erklären, Ingrid, aber ich schwöre dir, dass ich dir alles erzählen werde, sobald wir uns sehen.«

»Sag mir die Wahrheit, verdammt noch mal!«

»Es war ein Unfall«, sagt Rita nach ein paar Sekunden.

»Dann ist es also wahr.«

»Aber glaubst du denn immer noch, es gibt eine einzige Wahrheit, die Wahrheit in Großbuchstaben?« Rita schreit fast. »Meinst du wirklich, es gibt eine echte Wahrheit, nur eine, ohne Standpunkte, ohne Umstände, ohne Einschränkungen?«

»Für die Justiz gibt es nur eine einzige Wahrheit.«

»Dass ich nicht lache!«

»Erzähl's mir, Rita. Erzähl mir das Ganze aus deiner Sicht, und ich verspreche dir, ich werde versuchen, dich zu verstehen und dir zu glauben, aber ich muss es wissen.«

»Ich habe es dir doch schon gesagt. Es war ein Unfall. Und ich habe dir auch gesagt, dass ich es dir nicht am Telefon erzählen kann. Es ist eine sehr lange Geschichte, und ich muss weit zurückgreifen, damit du es verstehen kannst, damit du mir glaubst und nicht auf irgendetwas hereinfällst, das dir Gott weiß wer erzählt.«

»Candela hat es mir gestern erzählt«, sagt Ingrid wieder mit fester Stimme. »Sie hat mir gesagt, dass sie im Sterben liegt und mir etwas mitteilen will, über das ich Bescheid wissen müsste, um über unsere Zukunft entscheiden zu können. Man lügt nicht, wenn man im Sterben liegt, Rita.«

Candela. Ist das eines ihrer Geschenke? »Was hat sie dir erzählt?«

»Es ist eine lange Geschichte, wie du ja selbst sagst, aber grundsätzlich scheint es zu stimmen. Es ist wahr, dass du jemanden umgebracht hast.«

Rita ist so müde, dass sie diese absurde frühmorgendliche Unterhaltung nur noch beenden will.

»Also schön, ja. Es stimmt. Wenn dich das Umfeld, die Motive, die Feinheiten nicht interessieren, dann ist es wahr, dass ich vor dreiunddreißig Jahren jemanden umgebracht oder zu seinem Tod beigetragen habe. Es stimmt. Reicht dir das?«

Wieder entsteht ein Schweigen, in dem eine Art unterdrückter Schluckauf zu hören ist.

»Ja. Im Moment reicht mir das.«

»Wann kommst du zurück?«

Wieder Schweigen.

»Ich weiß es nicht, Rita. Wahrscheinlich fliegen wir nächste Woche direkt nach London. Die Kinder und ich ... Und Guillermo.« Das Letzte war kaum ein Murmeln und kam erst nach ein paar Sekunden.

»Sieh mal an! Guillermo auch.«

»Er hat ein Engagement in einem Londoner Underground-Ensemble, das eine Tournee durch Schottland vorbereitet.«

»Und du willst ihn bei uns wohnen lassen. Aber doch nur vorläufig, bis er etwas gefunden hat, oder?«

»Nein, Rita. Wir werden eine Wohnung mieten, wir vier. Wir wollen versuchen, wieder eine Familie zu sein.«

Es bleibt so lange still, dass Ingrid glaubt, die Verbindung sei unterbrochen, und ruft: »Rita? Rita? Bist du noch dran? Hörst du mich?«

»Ich bin noch da«, sagt sie endlich. »Das ist schon beschlossen, nehme ich an. Nett von dir, mir Bescheid zu sagen.«

Sie weiß, dass Ingrid jetzt schwer schluckt, dass sie leidet, doch mit einem Mal ist es ihr egal, ob sie leidet. Sie will, dass sie leidet, wie sie.

»Überleg doch mal, Rita. Unsere Lebensverhältnisse waren unnatürlich. Wir waren beinahe ein Paar, eine Familie aus zwei Frauen und zwei Kindern. Wie soll sich Shane zwischen zwei Frauen entwickeln?«

»Wie alle Jungen, die beispielsweise mit einer verwitweten Mutter und einer Tante oder Großmutter aufgewachsen sind. Völlig normal.«

»Und ich? Seit wie vielen Jahren gehe ich nicht aus, wie lange schon gibt es keinen Mann in meinem Leben? Für dich ist das leicht, aber für mich …«

»Lassen wir's gut sein, Ingrid. Ich kann nicht mehr. Candela ist vor vier Stunden gestorben.«

»Dann bist du also Witwe«, sagt Ingrid mit einer Grausamkeit, die Rita ihr nie zugetraut hätte.

»Hat Candela dir das auch erzählt?«

»Sie hat gesagt, am Ende ihres Lebens hätte sie festgestellt, dass Geheimnisse verheerend sind und man alle Winkel ausleuchten muss, damit es nirgends Schatten gibt, weil sich in den Schatten die Ungeheuer verstecken.«

»Möglicherweise hat sie recht«, sagt Rita angewidert, unendlich müde. »Also«, setzt sie hinzu und bemüht sich, heiter zu klingen, »wann ziehst du aus?«

»Gib mir ein paar Wochen, Rita. Ich muss etwas finden, das für uns vier groß genug ist, die Kinder umschulen, meine Sachen packen … du weißt schon.«

»Such etwas für drei. Guillermo wird sich nie wieder blicken lassen, wenn er erst einmal in Europa ist. Entschuldige. Das ist deine Angelegenheit.«

»Ich werde mir auch einen anderen Job suchen, Rita. Ich hoffe, du verstehst das.«

»Wie du willst.«

»Nachdem ich ja nun weiß, was ich weiß, kann ich mir nicht vorstellen, weiterhin mit dir zu arbeiten, als wäre nichts geschehen, jedenfalls im Moment nicht.«

»Was weißt du denn? Gar nichts weißt du, du dumme Kuh!«

»*Adiós*, Rita. Ich melde mich.«

Ingrid lässt ein paar Sekunden verstreichen, als warte sie darauf, dass Rita noch etwas sagt, aber sie ist wie betäubt und bringt die Worte nicht zusammen, um so viele Missverständnisse, so viel Grausamkeit aus der Welt zu schaffen. Nach einer Weile bemerkt sie, dass die Verbindung tot ist. Ingrid weint sich vermutlich an Guillermos sonnenbrauner, muskulöser Schulter aus, während er ihr versichert, das sei ganz richtig gewesen, es sei das Beste für sie, sich von einer erklärten Lesbe rigoros zu trennen, sie rette damit ihren Ruf und die Zukunft ihrer Kinder, und sie würden sehr glücklich miteinander in London ohne das alte Mannweib, das immer zwischen ihnen gestanden habe.

Rita löscht das Licht, geht in die Küche und hinaus auf den Balkon, um den neuen Tag zu begrüßen, der sich schon über das Gipfelplateau von El Cid erhebt.

So fühlt es sich also an, wenn man stirbt, geht es ihr durch den Kopf.

Nein, widerspricht eine andere Stimme in ihrem Inneren. So fühlt es sich an, alles zu verlieren, mit leeren Händen zurück auf Los zu gehen, das Spiel im Alter von einundfünfzig Jahren von Neuem zu beginnen. Weiter nichts. Sterben ist etwas anderes. Etwas, das nur Lena und Candela kennen.

Die Sonne steigt unaufhaltsam. Das Tal von Elda wird überflutet von flirrendem, gewaltigem, blutrotem Licht. Die Schatten, die vom Berg auf sie zukriechen, sind lang, unglaublich lang. Wie die Schatten alter Sünden.

1974

»Hilfe! Hilfe! Kommt! Kommt schnell! Reme wird vergewaltigt!«

Einen Augenblick lang sind die Mädchen wie zu Eis erstarrt, die Gesten bleiben in der Luft hängen, die Worte im Hals stecken. Was sagt Mati da? Hat sie gesagt, Reme würde vergewaltigt? Wo? Von wem?

Tere ist die Erste, die auf die Bungalows zuspurtet, die anderen folgen ihr in weniger als zwei Metern Abstand wie eine wütende Jagdmeute, die aufgeregt die nahe Beute wittert. Mati rennt vor ihnen her, treibt sie mit Handbewegungen zur Eile an und legt mahnend einen Finger auf die Lippen, damit sie sich nicht verraten.

Schon auf dem Weg, der zu den Eingängen der einzelnen Bungalows führt, hören die Mädchen erstickte Knurrlaute, durchsetzt von spitzen, nasalen Schreien aus dem Zimmer ihrer Klassenkameradin, und verziehen die Gesichter bei der Vorstellung dessen, was sich in dem dunklen Zimmer zutragen mag, doch das Bild, das sich ihnen beim Eintreten bietet, übertrifft alle ihre Erwartungen: Mehrere rote Kerzen leuchten von den Möbeln und erzeugen weiche, bewegliche Schatten, die ein Eigenleben zu führen scheinen; bäuchlings aufs Bett gefesselt der nackte Körper einer Frau, ihre bleichen, fast fluoreszierenden Pobacken im rötlichen Dämmerlicht, ihr von einem schwarzen Sack bedeckter Kopf. Eine andere nackte Gestalt, ein Mann in Motorradstiefeln und einer ledernen Maske vor dem Gesicht, holt mit einer Peitsche zum Schlag aus; und in diesem Augenblick, die Peitsche in der erhobenen Hand, scheint er zu spüren, dass er beobachtet wird, wendet sich zur Terrassentür um und sieht schemenhaft eine Gruppe sprungbereiter Gestalten.

Ehe er reagieren kann, fallen sie über ihn her.

Mit den Fäusten, mit den Fingernägeln, mit ihrer ganzen unbändigen Wut über die erlittene Demütigung, mit grimmiger Solidarität für Doña Loles, mit dem gerechten Zorn, den sie auf Mati haben und nicht entladen können, mit all der aufgestauten Ohnmacht ihrer Träume von Freiheit, von Unabhängigkeit, von Selbstbestimmung in einer Gesellschaft, die ihnen weder erlaubt zu denken noch zu fühlen, sondern systematisch versucht, ihnen die Flügel zu stutzen und sie zu hindern, sie selbst zu sein, stürzt sich die Clique vom 28sten auf den nackten Mann, der jetzt nichts weiter ist als ein Vergewaltiger, ein geiler Bock, der fleischgewordene Satan, den es zu vernichten gilt, um das hilflose angebundene Mädchen zu retten, das Opfer, das stellvertretend für sie alle steht.

Der Mann versucht, sich mit den Armen zu schützen, stammelt zusammenhanglose Worte in einem Englisch, das sie nicht verstehen und auch nicht verstehen wollen, er schreit vor Schmerz, als ihn ein Tritt in die Hoden trifft, und als er dann verängstigt am Boden liegt, wird er weiter geschlagen, getreten, gekratzt, spürt Absätze, die sich zwischen seine Rippen, in seinen Magen bohren, wie elektrisch geladener Hagel auf ihn niederregnen, während Reme auf dem Bett ein anhaltendes Heulen von sich gibt, das nur aus der Nase kommt, ein lang gezogenes an- und abschwellendes Jaulen wie aus einem Horrorfilm.

Carmen prügelt auf ihren Vater ein, Sole auf ihren Onkel Ismael, Magda auf César, Tere auf den Feigling, der sie geschwängert hat, Marga und Candela auf alle, die sie nicht sein lassen, wie sie sind, und vielleicht auch auf sich selbst, Ana auf den Liebhaber ihrer Mutter, auf ihren Vater, der seine Frau anzeigen will, damit man sie ins Gefängnis steckt, auf alle Männer, die ihre Frauen unterjochen, auf die Machos, die Priester, die Lehrer, die Politiker. Und alle auf Mati, die sich ihre schrecklichsten Geheimnisse zunutze macht, um sie zu unterwerfen und zu beschämen.

Die Mädchen haben jegliches Maß verloren. Sie sind jetzt *Die Mänaden*, Hohepriesterinnen bei einem Ritus, der so alt ist wie die

Zeit. Es gibt kein Zurück. Ein atavistischer Impuls treibt sie, den gefallenen Mann weiter zu schlagen, den Feind, die Bestie, die sie bedroht, den Macho, der sie erniedrigt; ein Impuls, der erst nachlassen wird, wenn die Gefahr gebannt ist, wenn er sich endlich nicht mehr regt, wie jetzt, als ihm eine Hand einen schweren Kristallaschenbecher ins Gesicht schmettert, auf die Nase zuerst, sodass sie bricht und eine Blutfontäne herausschießt, dann auf den Schädel, der klingt wie eine zerplatzende Kokosnuss, und nach den letzten Fußtritten gegen die leblose Gestalt verebbt die Wut allmählich wie eine Rote Welle, die ein mit Strandgut übersätes Ufer hinterlässt.

Langsam beginnen sie zu begreifen, was geschehen ist. Ana steht auf und wischt sich die Hände am Oberteil ihres weißen Kleides ab. Marga und Tere gehen zum Bett, auf dem Reme noch immer ihr näselndes Geheul von sich gibt, suchen auf dem Nachttisch nach dem Schlüssel für die Handschellen und beginnen, Reme mühsam zu befreien, weil ihre Hände flattern wie Blätter im Wind. Sole und Candela starren sich an und erkennen im glasigen Blick der anderen den Wahnsinn, den sie in ihren eigenen Augen nicht wahrhaben wollen. Carmen beugt sich zu dem am Boden liegenden Mann hinunter und stupst ihn mit dem Finger an, nur um bestätigt zu finden, was sie bereits weiß: Der Mann rührt sich nicht.

Tere und Marga ist es gelungen, die Handschellen zu öffnen und Reme die Kapuze abzunehmen. Reme ist vor Entsetzen so entstellt, dass die anderen sie in dieser leichenhaft starren Maske mit den hervorquellenden Augen kaum wiedererkennen, sie reißen ihr den Knebel ab und schließen sie fest in die Arme, trösten sie und geben ihr zu verstehen, dass sie in Sicherheit ist, dass ihr niemand mehr wehtun wird, dass ihre Freundinnen bei ihr sind.

Reme macht sich aus der Umarmung los, kriecht auf allen vieren zum Fußende des Bettes und wirft sich zur Verblüffung der anderen auf den unbeweglichen Körper.

»Er ist tot«, sagt sie rau, in einem Ton zwischen Feststellung und Frage. »Ist er tot? Habt ihr ihn totgeschlagen?« Diesmal klingt die Frage hysterisch, und ohne zu überlegen, gibt Candela ihr eine Ohrfeige, damit sie endlich den Mund hält.

»Reme, mein Gott, bist du verrückt? Der hat dich vergewaltigt, du

Rindvieh, der hat dir …« Tere verstummt schlagartig. Jemand hat die Nachttischlampe eingeschaltet, und das Erste, was sie sieht, sind der Beutel und der Rucksack neben Remes weißem Koffer, die Kleider des Mannes gefaltet über einer Stuhllehne. »Hat er dich etwa nicht vergewaltigt? Sag bloß, du wolltest, dass er …« – ihre Hand wedelt hektisch hinüber zum Bett, zu den Kerzen und den Handschellen, die von den Pfosten am Kopfende baumeln – »das mit dir macht?«

Remes Haar ist schweißverklebt, und die Tränen fließen in Strömen über ihre Wangen, ohne dass sie sie wegwischt. Sie hat Angst, ihnen zu sagen, dass es nur ein Spiel war, ein Spiel für Erwachsene, das Olaf ihr beibrachte. Sie hat Angst, sie könnten wütend werden und auf sie losgehen. Aber lügen kann sie auch nicht, denn alle blicken jetzt um sich und werden sich ihres fatalen Irrtums bewusst. Auf dem Toilettentisch liegen neben einer roten Kerze ein fleischfarbener Vibrator und etliche Objekte, die die Mädchen noch nie gesehen haben und deren Verwendungszweck sie kaum erahnen. Nach und nach sehen alle ein, dass es keine Vergewaltigung war. Noch wissen sie nicht, was es war, denn was sich in den letzten Stunden in diesem Raum zugetragen hat, übersteigt alle ihre Erfahrungen, doch ist ihnen klar, dass Reme keineswegs ein unschuldiges Opfer ist.

»Wolltest du das?«, brüllt Tere. Und Reme senkt den Kopf und nickt wortlos.

»Mein Gott!«

Die Mädchen sehen sich an und sind vor Schreck wie gelähmt.

»Herr im Himmel, was machen wir denn jetzt?«, stöhnt Carmen. »Wir haben ihn umgebracht. Wir haben ihn umgebracht!«

Marga schaut sich um wie eine Ratte auf der Suche nach einem Schlupfloch. Ihr Blick bleibt an dem gepackten Koffer hängen, den befremdlichen Gegenständen auf dem Toilettentisch, der kettenbewehrten Unterhose auf dem Sessel …, und ihr scheint eine Idee zu kommen, die noch keine rechte Form annehmen will.

Die Leiche des Mannes liegt immer noch still auf dem Boden, übersät von Schrammen und Bisswunden, umgeben von Blut, das aus der Nase, unter der Gesichtsmaske hervor und über die Fliesen geronnen ist.

»Als Erstes«, sagt Marga, und automatisch wenden sich alle ihr zu, bereit, auf jeden Vorschlag einzugehen, der sie aus dieser Lage befreit, »müssen wir ihn hier rausschaffen und den Boden gründlich saubermachen, damit keine Blutspuren mehr zu sehen sind.«

»Und was machen wir mit ihm?«, fragt Candela, die zu ihrer gewohnten Geistesgegenwart zurückgefunden hat.

»Die Klippe. Wir müssen ihn zur Klippe bringen und hinunterwerfen. Wenn er auf die Felsen geprallt ist, fällt das alles nicht mehr so auf.« Sie weist auf die Verletzungen, die der rasende Zorn der Mädchen hinterlassen hat. »Aber zuerst müssen wir ihm die Badehose anziehen, damit es so aussieht, als wäre er nachts schwimmen gegangen, wenn man ihn findet.«

»Seine Tasche steht da«, kommt Reme ihr zu Hilfe.

»Such eine Badehose.«

»Warum ist seine Tasche hier?«, fragt Tere in der Befürchtung, damit könnte es eine besondere Bewandtnis haben.

»Olaf will …«, Reme schluckt hart, »… wollte morgen zeitig abreisen. Also, heute. Er hatte an der Rezeption schon alles erledigt.«

»Gut! Ein Problem weniger.« Wie immer, wenn es darauf ankommt, wirkt Marga gelassen, man sieht förmlich, wie sie mit Hochdruck nachdenkt.

»Seine Sachen nehmen wir mit und entsorgen sie im Lauf des Tages. Jetzt müssen wir ihn zur Klippe tragen, bevor es hell wird. Hier wimmelt es von Rentnern, die alle früh aufstehen. Reme, nimm auch ein Handtuch mit. Das lassen wir an der Brüstung liegen. Nun zieh ihm schon die verdammte Badehose hoch! Und zieh ihm die Stiefel aus, und nimm ihm das Ding vom Gesicht.«

Als sie Olaf die Maske abnehmen, kommt darunter ein Gesicht zum Vorschein, das trotz der gebrochenen Nase erstaunlich weich und jung aussieht, und alle wenden den Blick ab.

»Los! Wenn alle mit anpacken, schaffen wir das.«

Fast überfordert es ihre Kräfte, den Toten den Spazierweg hinauf bis auf den höchsten Punkt der Klippe zu schleppen, aber die Verzweiflung ersetzt die schwindende Energie. Der Mond ist untergegangen, und außer dem Wellenschlag gegen die Felsen und dem einsamen Schrei einer frühen Möwe ist nichts zu hören. Am Horizont zeigt sich ein zarter heller Schimmer.

»Los, los, beeilt euch, noch ein Stückchen!«

Als sie den Leichnam schließlich auf die Brüstung gewuchtet haben – neben dem Warnschild *No diving – Springen verboten* –, sind sie außer Atem und frösteln in den schweißnassen Kleidern, die ihnen auf der Haut kleben.

»Noch eine letzte Anstrengung!«, ermuntert Marga die anderen.

Die Steilküste fällt senkrecht ab, und tief unten brandet das Meer weiß schäumend gegen die Felsen, die von oben aussehen wie die Zähne eines urzeitlichen Tieres, das beutehungrig den Rachen aufreißt.

Alle gemeinsam stoßen sie die Leiche hinunter, die sofort verschwindet und vom strudelnden Wasser verschlungen wird.

»Wenn die Strömung ihn ins Meer hinauszieht, sind wir gerettet«, sagt Marga und spricht damit aus, was alle denken. »Wenn nicht …«

»Wenn nicht«, versetzt Candela, »sind wir weit weg, wenn sie ihn entdecken, alle brav zu Hause. Und uns hält kein Mensch für etwas anderes als ein paar Teenager auf Klassenfahrt. Er wollte heute abreisen. Im Moment wird ihn niemand vermissen. Hatte er Familie?«, fragt sie, an Reme gewandt.

»Er hat gesagt, dass er allein lebt, seine Eltern wohnen in einer anderen Stadt.«

»Hoffentlich stimmt das. Hat jemand eine Zigarette?«

Alle haben ihre Handtaschen in Remes Zimmer oder im Garten fallen lassen.

»Und jetzt?«, fragt Ana, die Arme fest um den Körper geschlungen.

»Jetzt gehen wir zurück. Und machen sauber. Seine Sachen teilen wir untereinander auf und verlieren sie nach und nach im Lauf des Tages oder noch besser morgen Nacht, wenn wir auf dem Schiff sind. Wenn jede etwas von dem Zeug über Bord wirft, kann es unmöglich gefunden werden. Wir packen unsere Koffer und erscheinen pünktlich zum Frühstück.« Marga schlägt einen möglichst sachlichen Ton an. Schon lange hat sie erkannt, dass sie Situationen, die ihr über den Kopf wachsen, am besten meistert, indem sie so tut, als spielte sie eine Rolle in einem Film; als ob nicht sie es wäre, die so spricht und denkt und fühlt, sondern die Heldin eines Drehbuchs, das sich jemand anderes ausgedacht hat.

Als sie kehrtmachen und den Rückweg zum Hotel antreten, treffen sie auf Mati, die eine schwarze Strickjacke um die Schultern gelegt hat und wie ein unheilverkündender Rabe ein paar Meter weiter unten auf der Brüstung hockt.

Stumm gehen sie an ihr vorüber und spüren, wie sie sie durch den Rauch der Zigarette in ihrer Hand aus schmalen Augen mustert. Mati schmunzelt.

Sie sind schon zehn Meter weiter, als sie ihre Stimme hören.

»Diesmal habt ihr euch ja was Schönes eingebrockt. Aber ihr könnt mir vertrauen. Wenn mir daran gelegen ist, kann ich schweigen wie ein Grab.«

Zähneknirschend setzen sie ihren Weg fort, ohne sich umzusehen.

In diesem Moment wissen sie noch nicht, dass sich das Rad ihrer Zukunft soeben gedreht hat und sie nie wieder sein werden, was sie waren. Und was sie sich erträumt haben, auch nicht.

August 2007

Wir alle sind aus Sternenstaub,
in unseren Augen warmer Glanz,
wir sind noch immer nicht zerbrochen,
wir sind ganz.

Ich & Ich, *Vom Selben Stern*

Trotz der offenen Fenster ist Lenas Wohnung ein Backofen. Alle Zimmer außer dem Bad und der Küche gehen nach Westen, was im Winter ein Genuss sein dürfte, im Sommer aber eine Qual ist.

Ana, Rita und Teresa helfen Jeremy und seiner Frau Cindy schon den ganzen Tag, auszuräumen und alles wegzuwerfen, was die beiden nicht behalten wollen, damit sie die Wohnung vermieten und so über zusätzliche Einkünfte verfügen können. Aber die Freundinnen machen praktisch alles allein, denn Cindy ist seit einigen Monaten schwanger und sofort ins Hotel gegangen, um sich bei voll aufgedrehter Klimaanlage hinzulegen, und Jeremy, ein junger Mann, der ständig eine angeekelte, gereizte Miene zur Schau stellt, als sei das alles eine unerträgliche Zumutung, tut nichts weiter, als zwischen der Wohnung und dem Hotel hin und her zu pendeln. Seine Gestik und seine knappen Worte vermitteln den drei Frauen den Eindruck, dass er zwar einerseits nett sein will, weil er auf ihre Hilfe angewiesen ist, sie aber andererseits nicht ausstehen kann und nicht wagt, sie allein in der Wohnung zu lassen, damit sie nichts mitnehmen, das eventuell von Wert sein könnte. »Als hätten wir nicht ausreichend Gelegenheit gehabt, alles mitzunehmen, was uns gefällt. Immerhin hat er sechs Wochen gebraucht, um herzukommen!«, bemerkt Ana belustigt. Die drei sind allein, denn nachdem Carmen sich telefonisch von Felipe getrennt und die Karibik-Kreuzfahrt abgesagt hatte, ist sie mit Sole nach Kuba gefahren. Sie wirkten wie zwei junge Mädchen, als sie sie am Flughafen verabschiedeten, wie neu geboren.

Auch Ana scheint in letzter Zeit von einer Last befreit, die sie ihr Leben lang mit sich herumgeschleppt hat, als wäre sie durch Candelas Geständnis von ihrer Beteiligung an dem nächtlichen Vorfall auf Mallorca erlöst. Teresa und Rita haben sich kürzlich darüber unterhalten und waren einhellig der Meinung, sie lieber in dem Glauben zu lassen, die Vergangenheit damit endlich bewältigt zu haben. Jetzt ist sie in der Küche und mischt eine Limonade, während die beiden anderen mit Jeremy sprechen, der wieder einmal auf dem Sprung ist, »um nachzusehen, wie es meiner Frau geht«.

»Menschenskind«, sagt Teresa, »hast du kein Handy?«

»Es ist ein amerikanisches, das funktioniert hier nicht.«

»Dann ruf doch vom Telefon deiner Mutter an. Ich habe es noch nicht abgemeldet, weil du gesagt hast, du willst die Wohnung vermieten, und da hielt ich es für besser, den Anschluss bestehen zu lassen.«

»Ja, ja, das war schon richtig. Ungeheuerlich, was für Papierberge meine Mutter angehäuft hat!«, meint er und schaut mit verdrießlich gerunzelter Stirn auf einen Stapel in der Ecke des Arbeitszimmers. »Dabei hat sie nie studiert ... und es trotzdem geschafft, alles mit Papier vollzustopfen.«

»Das ist bei Übersetzerinnen nun mal so, weißt du? Außerdem schrieb sie Gutachten für zwei Verlage.«

»Esoterische, vermutlich.«

»Einer ja, der andere nicht.«

»Und was war der andere für einer? Ein Kochbuchverlag?«

Teresa schnaubte leise, verstimmt von der Respektlosigkeit und Gefühlskälte Jeremys, der seine Mutter anscheinend für halb schwachsinnig hielt.

»Für Reiseliteratur und Anthropologie.«

»Verrate mir mal, was meine Mutter mit Anthropologie am Hut hatte! Reisen mag ja noch angehen. Sie war ihr Leben lang auf der Flucht.«

»Das musst gerade du sagen! Ich erinnere mich, dass du Kurse im Ausland besucht hast, seit du denken kannst. Kurse, für die sie gearbeitet hat wie ein Maulesel, um sie dir zu ermöglichen.«

Jeremy zuckt mit den Schultern und verlässt das Zimmer.

»Warte! Wenn du gehst, nimm wenigstens diesen Stoß Manuskripte mit und wirf sie in den Papiercontainer. Den Verlagen habe ich schon geschrieben und sie von ihrem Tod in Kenntnis gesetzt, und sie haben gesagt, wir können alles wegwerfen, man werde sich die Manuskripte noch einmal schicken lassen.«

Jeremy kommt wieder herein und packt den Papierstapel energisch in zwei große Plastiktüten.

»Jeremy«, sagt Teresa, obwohl sie das Thema eigentlich nicht anschneiden wollte, »darf ich fragen, warum du einen solchen Hass auf deine Mutter hast?«

Der junge Mann sieht den festen Blick in Teresas Augen und weiß, wenn er jetzt nicht antwortet, wird sie sich höchstwahrscheinlich umdrehen und gehen, und er wird sich allein um alles kümmern müssen. Also zieht er die Schultern hoch, holt tief Luft und lässt sich auf einen Stuhl fallen.

»Weil sie mich angelogen hat. Sie hat mich mein ganzes Leben lang angelogen, was meinen Vater betrifft, und dann war sie nicht einmal in der Lage, ihn ausfindig zu machen, damit ich ihn kennenlernen und mit ihm reden kann.«

»Sie hat nie in Erfahrung bringen können, was passiert ist, Jeremy. Sie hat unablässig nach ihm geforscht. Sogar in letzter Zeit noch, nach all den Jahren, hatte sie unsere Freundin Sole, die Diplomatenkreisen angehört, gebeten, sie bei ihrer Suche zu unterstützen. Und was die Lüge angeht … Was soll ich sagen? Was würdest du deinem Kind sagen, solange es noch klein ist? Es ist besser zu denken, dein Vater wäre tot, als nicht zu wissen, wo er ist, oder nicht zu wissen, ob er dich im Stich gelassen hat. Meinst du nicht?«

»Natürlich hat er mich im Stich gelassen.«

»Lena hielt das immer für völlig unmöglich.«

»Meine Mutter war naiv. Eine naive Lügnerin.«

»Nun hör aber auf damit!«

»Lügen ist für Amerikaner ein Reizthema, Tere«, mischt sich Rita ein, die bisher schweigend dem Gespräch gefolgt war. »Ist dir noch nicht aufgefallen, dass es in über siebzig Prozent der Hollywood-Filme um jemanden geht, der irgendwann gelogen hat und nachher nicht weiß, wie er sich wieder herauswinden soll? Ihr Präsident kann allen möglichen Irrsinn anstellen, das ist halb so wild. Es sei denn, die Öffentlichkeit glaubt, er hat absichtlich gelogen. Dann rasten sie aus.«

Der Blick, den Jeremy Rita zuwirft, ist Hass im Reinzustand. Sie lächelt und zündet sich eine Zigarette an, weil sie weiß, dass es ihn stört. Er hat ihnen bereits erklärt, er sei militanter Nichtraucher und wolle nicht, dass in seinem Haus geraucht wird. Er nennt Lenas Wohnung immer »mein Haus«.

»Ach!«, setzt Rita noch einmal nach. »Offenbar verabscheust du zwar Lügen, kannst aber die Wahrheit nicht vertragen. Interessant!«

»Ich habe dir gesagt, ich will nicht, dass du in meinem Haus rauchst.«

»Das lässt sich leicht umgehen. Ich verziehe mich in die Bar. Kommst du mit, Teresa?«

Teresa steht sofort auf, zieht die Wohnungsschlüssel aus der Tasche und hält sie Jeremy hin. In diesem Moment kommt Ana mit einem Tablett herein, auf dem vier Gläser Limonade klingeln. Jeremy nimmt sich eins, stürzt es in einem Zug hinunter, schnappt die Säcke mit den Manuskripten und sagt, schon in der Tür: »In einer Stunde bin ich wieder da, einverstanden?«

Die drei Frauen wechseln einen Blick und grinsen Jeremy nach, während er durchs Treppenhaus davoneilt.

»Ich verschwinde auch«, sagt Ana. »Ricky und David werden bald aus dem Schwimmbad kommen. Wollt ihr mit uns zu Abend essen?«

»Lieber morgen«, erwidert Rita, »wenn du nichts dagegen hast. Ich bin todmüde und will nur noch ins Bett.«

»Kopf hoch, meine Liebe! Heute werden wir hier fertig. Endlich ist alles vorbei.« Ana strahlt. »Zu hören, dass es Candela war, hat mir sehr wehgetan, aber ich habe es mir immer viel schlimmer vorgestellt, wenn eines Tages eine von uns gestehen würde. Es ist schon sehr beruhigend zu wissen, wie es wirklich gewesen ist, nicht wahr?«

Die beiden Freundinnen stimmen schweigend zu und nicken in ihre Limonadengläser.

»Also gut, Mädels, wenn ihr mich nicht mehr braucht, gehe ich jetzt. Morgen gegen neun bei uns zum Essen. Bring Jaime mit, Teresa, damit David jemanden zum Reden hat.«

Kaum sind Anas Schritte auf der Treppe verklungen, steht Rita auf, holt einige Papiere aus ihrem Rucksack und reicht sie Teresa, ohne ein Wort zu sagen.

»Was ist das?«

»Eins von Candelas Geschenken.«

»Ich weiß nicht, wovon du sprichst.«

»Candela sagte mir, bevor sie starb, sie hinterlasse mir drei Geschenke, wie die Fee im Märchen, aber bei einem sei sie nicht sicher, ob es mir gefallen werde.«

»Das mit Ingrid, vermute ich.«

»Du vermutest richtig. Das ist das zweiseitige Geschenk, obwohl ich glaube, es langsam zu verstehen.«

»Willst du es mir erzählen?«

»Ich nehme an, Candela wollte sichergehen, dass Ingrid, wenn sie bei mir bleibt, weiß, mit wem sie es zu tun hat und was sich in meiner Vergangenheit verbirgt. Darum wollte sie auch keine Antwort auf ihren Heiratsantrag, ehe ich nicht wusste, was sie mit Lena gemacht hatte. Als ich Ja sagte, wusste ich, dass ich eine Mörderin heirate. Candela wollte, dass auch Ingrid weiß, was sich in jenem Sommer zugetragen hat. Aber sie rechnete damit, dass Ingrid es nicht ertragen und mich verlassen würde. Und sie hat sich nicht getäuscht. Ich hätte nicht den Mut gehabt, es Ingrid zu erzählen. Zumindest weiß ich jetzt, woran ich bin.«

»Es tut dir sehr weh, stimmt's?«

»Ja, Teresa. Sehr. Ich habe alles verloren.«

»Und das zweite Geschenk?«

Rita ging in die Küche und kam mit dem Limonadenkrug zurück, dessen Inhalt noch für zwei Gläser reichte.

»Ich habe mit dem Notar gesprochen. Candela hat mir *El Campo* vermacht.«

Teresa war fassungslos.

»Aber das hatte sich doch Manolo gekauft!«

»Anscheinend hat Candela es ihm abgekauft, zwei Tage bevor sie ins Krankenhaus ging.«

»Und Manolo hat es hergegeben?»

Rita zuckte mit den Schultern.

»Ich höre mal nach. Du freust dich doch, oder?«

»Na ja.«

»Was heißt na ja? Es wiederzubekommen war doch dein größter Wunsch.«

»Lies das. Es ist das dritte Geschenk.«

Teresa holte ihre Lesebrille und faltete zögerlich die Bögen auseinander.

»Das sind die Blätter, die sie der Polizei gegeben hat, plus zwei oder drei, die nur für uns bestimmt sind, die Mädels. In einer Notiz bittet sie mich, sie den anderen weiterzuleiten, weil es alle wissen sollen. Fang auf dieser Seite an zu lesen, ab hier. Die anderen kannst du später lesen, denn du weißt ja, wie ihre Familie war, für dich steht da nichts Neues.«

Es war ein bewegtes Schuljahr in einer Epoche, in der auch unsere Geschichte, die Geschichte Spaniens, in ständiger Bewegung war, als hätte das ganze Land 1973/74 eine Achterbahn bestiegen, die, zumindest vorläufig, auf Francos Tod am 20. November 1975 zusteuerte.

Im September, kurz bevor der Unterricht begann, wurde in Chile Salvador Allende ermordet. Dann sprengte die ETA den spanischen Regierungschef Luis Carrero Blanco in die Luft, Nixon kämpfte mit Zähnen und Klauen gegen die Folgen der Watergate-Affäre, Prinzessin Anne von England heiratete Mark Phillips, Candela machte ihren Führerschein, Paquito Fernández Ochoa – ein Skiläufer aus Spanien! – eroberte die Pisten der Welt, Barbra Streisand und Robert Redford in So wie wir waren *waren das Paar der Stunde, Marga begann, mit Manolo auszugehen, die SLA entführte Patricia Hearst, in Portugal fand die »Nelkenrevolution« statt, Cruyff schoss Tore für den FC Barcelona, trotz Protesten aus aller Welt wurde Salvador Puig Antich hingerichtet,* Leben und sterben lassen *kam ohne Sean Connery und mit Roger Moore in die Kinos, Marga und Candela küssten sich im verwaisten Schulhof, Golda Meir trat als israelische Ministerpräsidentin zurück, Francos Enkelin Mariola heiratete Rafael Ardid,*

Neil Young sang Heart of Gold, *die Clique vom 28sten legte ihr Abitur ab, Mati ertrank im Mittelmeer, und ihre Knochen liegen wohl noch auf dem Grund des Meeres, immer weißer, immer blanker.*

Wichtige Ereignisse für die jeweiligen Protagonisten mit teils bedeutenden Auswirkungen auf das gesamte Land, sogar auf die ganze Welt. Und wen interessiert das jetzt noch? Wer erinnert sich heute, Jahrzehnte später, an die Freude und den Stolz und den Schmerz und die Hoffnung in allem, was in jenem Schuljahr geschah?

Ich erinnere mich. Aber ich erinnere mich auf meine Art, denn die Zeit trübt das Gedächtnis, fügt Nebensächliches hinzu, winzige Details, die alle Taten entschuldigen, so unentschuldbar sie damals auch waren.

Wir haben nie darüber gesprochen.

Die Clique vom 28sten, oder das, was davon noch übrig ist, trifft sich weiterhin, isst Tapas, redet gut oder schlecht von ihren Männern und Kindern, vom Job, von ihren bescheidenen Plänen für eine Zukunft, die am Horizont zusammengeschrumpft ist und nichts mehr mit dem zu tun hat, was sie sich einst erträumt haben. Aber das haben sie längst vergessen. Oder vielleicht wissen sie es doch noch und weigern sich, wie Candela, darüber zu reden, damit die anderen nichts von ihrer Frustration, von ihren verdorrten Träumen erfahren …

Über das Folgende kann ich nicht in der dritten Person schreiben. Ich bin Candela, und die andere, die Candela, die ich mir als Figur für diesen Roman ausgedacht habe, den ich niemals beenden werde, existiert nicht. Sie starb vor vielen Jahren, als wir aus Mallorca zurückkamen, als Marga für immer aus meinem Leben verschwand, als ich Anwältin wurde, um jederzeit für alles gewappnet zu sein.

Manchmal möchte ich gern beichten, was ich getan habe, auch wenn ich es gar nicht getan habe. Ich möchte sagen können: »Ich habe Mati getötet«, weil meine auf Mordsachen spezialisierten Kollegen sagen, der Angeklagte fühle sich plötzlich glücklich, rein, innerlich ruhig. Und so habe ich mich schon lange nicht mehr gefühlt. Aber das kann ich nicht, weil es nicht wahr ist, weil ich Mati nicht getötet habe und nicht weiß, wer es gewesen sein könnte, selbst wenn

Lena, falls sich jemand die Mühe macht, sie zu fragen, sagen würde, dass ich es war.

Es war fast Mitternacht. Wir sahen alle aus wie wandelnde Leichen, und die Angst schnürte uns die Luft ab. Wir sahen uns mit weit aufgerissenen Augen an und fürchteten, jeden Augenblick käme ein Beamter mit einem Telegramm, und dann würden die Fragen anfangen, die wir nicht beantworten konnten. Doña Marisa machte Witze darüber, wie schlecht uns die Ferien bekommen wären, insbesondere die letzte Nacht, und uns zog sich innerlich alles zusammen, obwohl wir sicher waren, dass sie von dem, was sich tatsächlich in diesem Garten abgespielt hatte, keine Ahnung haben konnte.

Aber Mati wusste es, wie immer, wie alles. Mati wusste es und sah uns aus halb geschlossenen Augen hämisch grinsend an, weil sie von jetzt an endlich tun konnte, was sie wollte, denn nachdem sie so vieles in ihr schwarz gebundenes Heft geschrieben, so eifrig Kleinigkeiten gesammelt hatte, gab es nun endlich etwas, womit sie uns für den Rest unseres Lebens mächtig unter Druck setzen konnte.

Ich traf sie im Gang, als sie gerade an Deck gehen wollte und ich aus der Toilette kam, weil ich mich wieder einmal hatte übergeben müssen. Sie winkte mich zu sich, und ich ging mit ihr hinaus in eine dunkle, windige Nacht, durch die das Schiff über ein Meer schaukelte, das schwarz war wie geschmolzener Teer. Wir waren allein, sie lächelnd und braun gebrannt, ich grünlich und wütend.

Sie sprach von unseren Plänen, von unserer Zukunft in Valencia, der Wohnung, die wir teilen würden, dem Geld, das ich ihr leihen würde, damit sie studieren könnte, damit wir die gleichen Kleider tragen, dieselben Lokale besuchen, gemeinsam reisen könnten.

Die Galle stieg mir in die Kehle, während sie redete, laut träumte, sich immer mehr hineinsteigerte, als wäre mein Schweigen Zustimmung.

»Marga schicken wir nach London«, schloss sie. »Es wird ihr dort gefallen. Sobald ihre Eltern über euch Bescheid wissen, sollte das kein Problem sein. Sie werden von sich aus darauf kommen, dass es das Beste ist, wenn sie eine Zeit lang von hier verschwindet.«

Ich glaube, das war der Moment, in dem ich ihr die Hände um den

Hals legte und zudrückte. Ich sehe noch deutlich, wie ihr die Augen hervorquellen und sie blass wird. Denn da hat sie begriffen, dass ich sie töten werde, dass mir nichts anderes übrig bleibt, als sie jetzt zu töten, damit ich weiterleben kann, damit wir alle weiterleben können. Sie schlägt um sich und versucht, mich zu kratzen, aber die Verzweiflung gibt mir Kraft, und ich drücke und drücke, bis sie die Augen verdreht, ihre Augäpfel nach oben rollen und nur noch zwei weiße Kugeln zu sehen sind. Ich glaube, mir ist nicht bewusst, dass ich im Begriff bin, sie umzubringen. Ich will nur, dass sie den Mund hält, uns in Frieden lässt, uns nicht länger quält. Das glaube ich, aber genau weiß ich es nicht mehr. Ich weiß nur, dass ich weiterhin zudrücke, dass meine Hände krampfhaft ihren Hals umklammern, dass der Wind kalt geworden ist, mit heftigen Böen, die mir die Haare ins Gesicht und in die Augen peitschen.

Da höre ich Magdas Stimme, ihren durchdringenden Schrei: »Neeeiiin!«

Eine Tür hat sich geöffnet, und über Matis Schulter hinweg starrt mich Magda an, totenbleich und vollkommen außer sich, während Mati sich kaum noch wehrt. Es sind nicht einmal zwei Sekunden. Dann schließt sich die Tür wieder, Magda verschwindet, und ich lasse Mati los.

Ich weiß nicht, warum ich das tue. Ich weiß nicht, ob ich müde bin oder mich vor mir selbst ekele oder mit einem Mal einsehe, dass es nichts nutzen würde, dass wir uns, auch wenn Mati nicht mehr wäre, niemals von dem befreien können, was wir angerichtet haben.

Ich lasse ihren Hals los, und Mati sackt hustend und spuckend auf dem Boden in sich zusammen. Lebendig.

Das Lebendigste an ihr ist ihr hassprühender Blick, und ich weiß, dass ich sie nie mehr loswerde, dass sie es mir heimzahlen wird und ich ebenso gut jetzt gleich über Bord springen kann, weil sich meine Zukunft unter diesem glühenden Blick soeben aufgelöst hat wie ein Stück Eis.

Ich glaube, mich zu erinnern, dass ich sie angespien habe und wieder hineingegangen bin. Der Gang des Schiffes ist endlos lang, Reihen identischer Türen zu meiner Rechten und zu meiner Linken. Das Labyrinth. Aber ich weiß, für mich gibt es keine Türen mehr.

Von jetzt an wählt Mati die Türen. Weil ich nicht den Mut gehabt habe, sie zu töten.

Ich gehe zurück in die Kabine, wo sich die anderen drei schlafend stellen und keine ein Wort mit mir spricht. Ich lege mich in die Koje, von einem unkontrollierbaren Schlottern erfasst. Im rötlichen Dämmerlicht der Notbeleuchtung sieht mich Magda an und stellt mir eine stumme Frage. Ich schüttele den Kopf. Ich versuche, ihr verständlich zu machen, dass nichts passiert ist, und sie scheint zufrieden, denn auf ihren Lippen erscheint ein kleines Lächeln, aber dann wendet sie mir den Rücken zu und fängt leise an zu weinen. Carmen seufzt und dreht sich auf die andere Seite. Marga kommt herunter in meine Koje und umarmt mich schweigend.

Irgendwann in der Nacht, den Kopf an Margas Schulter vergraben, höre ich die Tür. Eines der Mädchen geht hinaus und kommt nach einer Weile wieder. Oder es ist eine andere, die hereinkommt. Ich weiß es nicht. Es ist mir gleichgültig. Ich atme Margas beruhigenden Geruch ein und weigere mich, die Augen zu öffnen.

Als Mati am nächsten Tag unauffindbar ist, gibt mir Magda mit den Augen zu verstehen, dass sie glaubt, ich wäre es gewesen, dass sie mich aber niemals verraten wird. Uns allen zuliebe.

Ich war nie imstande, ihr zu sagen, dass sie sich irrte und ich Mati nicht umgebracht habe, nicht einmal weiß, wer es war, derjenigen aber trotz allem aus tiefstem Herzen dankbar bin.

Teresa ließ das Blatt sinken und starrte blicklos an die Wand.

»Wie du siehst«, sagte Rita, »kehren wir damit also zurück zum Ausgangspunkt. Candela hat sich offenkundig selbst bezichtigt, um uns alle zu retten, damit niemand mehr in den alten Sünden stochert, aber an Matis Tod ist sie nicht schuld. Sag bloß, das ist keine Überraschung für dich!«, beharrte Rita, verwundert über den Gesichtsausdruck ihrer Freundin.

Teresa schüttelte langsam den Kopf.

»Natürlich überrascht es mich nicht, meine Liebe. Es war meine Idee.«

»Die Selbstanschuldigung?«

»Ja.«

»Warum?«

»Weil es, wenn sie sowieso sterben musste, der beste Weg war, uns alle zu erlösen und mit der Vergangenheit abzuschließen. Hast du nicht gesehen, wie glücklich die Mädels sind? Es ist vorbei.«

»Aber … aber …, dann werden wir ja nie erfahren …«

»Was?«, fiel ihr Teresa ins Wort. »Wer Mati umgebracht hat?«

Rita nickte, ohne ihren Blick loszulassen.

»Ich weiß es. Ich habe es immer gewusst.«

»Bist du dir sicher?«

»Absolut.« Sie machte eine Pause, die Rita vorkam wie eine Ewigkeit. »Soll ich es dir erzählen?«

Rita nickte, und getragen von Teresas Worten kehrte sie in die Vergangenheit zurück, in die Nacht auf dem Schiff, die Gewitternacht, die Mordnacht.

1974

Es ist nach Mitternacht. Die Mädchen haben den letzten Tag auf Mallorca hinter sich, aber sie sind nicht mehr dieselben. Sie sind durch die Stadt gewandert, haben mit trockenen, brennenden Augen die eindrucksvolle Kathedrale und das riesige Schloss Bellver besichtigt, einen bitteren, metallischen Geschmack im Mund. Sie haben Fröhlichkeit geheuchelt und während der kurzen Busfahrten schwere Albträume gehabt.

Die Jungen wissen nicht, was mit ihnen los ist, aber sie haben gemerkt, dass etwas nicht stimmt, und nicht einmal versucht, sie anzusprechen. César hat sich von Magda ferngehalten, und Manolo hat sich keiner genähert, auch nicht Marga oder Carmen. Mati grinst den ganzen Tag. Reme ist im Bus geblieben, nachdem sie sich bei einem Nothalt erbrochen hat. Doña Marisa ist glänzender Laune und macht sich über die Mädchen lustig, weil ihnen die Ferien anscheinend so schlecht bekommen sind. Don Telmo und Doña Loles bezähmen sich, vermeiden es aber, allein zu sein, und wenn sie miteinander sprechen müssen, benutzen sie Don Javier als Vermittler, der dreinblickt, als verstehe er überhaupt nichts mehr.

Kaum an Bord, sind alle in ihren Vierbett-Kabinen verschwunden, den billigeren tief im Rumpf des Schiffes, und seit das Gewitter angefangen hat, herrscht ein ständiges Kommen und Gehen von Jugendlichen zwischen Toilette und Deck, um Luft zu schnappen oder zu erbrechen. Die Gänge schwanken wie in einem Fiebertraum, und selbst die Besatzung hat sich schon vor geraumer Zeit zurückgezogen. Die Mädchen haben sich würgend und torkelnd aller Habseligkeiten des Schweden entledigt und liegen wieder in ihren Kojen, zitternd vor Angst um ihre Zukunft.

Mati, eine der wenigen, die nicht seekrank sind, schlendert trotz ihrer Erschöpfung durch die Gänge des Schiffes. Sie hat mit jeder von ihnen eine kleine Unterredung gehabt und mit Candela eine heftige Auseinandersetzung, die böse hätte enden können, allerdings ist es ihr gelungen, überzeugend die Sterbende zu spielen, sodass Candela einen Schreck bekommen und von ihr abgelassen hat. Aber ihr ist auch bewusst, dass sie sich vor Candela in Acht nehmen muss, weil die sich mit ihrer derzeitigen Lage nicht für immer abfinden wird.

Mati hat Don Javier in Doña Marisas Kabine schlüpfen sehen. Danach ist sie noch einige Male an der Tür vorbeigeschlichen, um zu lauschen, was sich dort drinnen tut, und jetzt hat sie keinen Zweifel mehr, dass sie die ganze Nacht nicht herauskommen werden. Doña Loles und Don Telmo haben sich erst angeschrien, dürften aber inzwischen eingeschlafen sein, denn man hört sie schon seit einer Weile nicht mehr.

Die Säle sind verwaist, die Gänge ebenso. Sie hat seit über einer halben Stunde niemanden gesehen und will sich gerade in ihre Kabine zurückziehen, als sie eine Bewegung auf der Treppe wahrnimmt. Rasch versteckt sie sich hinter einem kleinen Tisch und sieht Tere, kreidebleich und völlig außer sich, auf die um diese Zeit geschlossene Cafeteria zusteuern. Was mag Tere vorhaben, wenn sie keine Tüte mit Sachen bei sich trägt, um sie ins Meer zu werfen?

Wenige Minuten später hört sie Schritte vor ihrem Versteck, sie duckt sich noch tiefer, und als sie glaubt, gefahrlos aufblicken zu können, sieht sie Don Telmos Rücken, der sich in dieselbe Richtung entfernt, in die Tere gegangen ist. Mati streift die Sandalen ab und schleicht ihnen nach. Ihre bloßen Füße sind auf dem Teppichboden nicht zu hören.

Don Telmo und Teresa sitzen in der leeren Cafeteria wie zwei Flüchtlinge in einer Filmszene.

Mati versteckt sich hinter der Theke und kann im Spiegel beobachten, wie die beiden sich mit weit aufgerissenen Augen ansehen. Er hat tiefe Ringe unter den Augen, und sie ist weiß wie die Wand.

»Hast du es dabei?«, fragt Tere, ohne sich zu bemühen, besonders leise zu sprechen.

»Hier, bitte. Mehr konnte ich nicht auftreiben, ohne dass Loles etwas bemerkt hätte, aber es sollte reichen. Du musst ja nicht nach London.«

»Nein, natürlich nicht. Ich begnüge mich ja mit einer Engelmacherin, nicht wahr?«

»Tere, bitte. Ich wollte nicht, dass es so ausgeht, das weißt du. Aber durch Loles' Schwangerschaft ist jetzt alles viel komplizierter. Mach es mir nicht noch schwerer.«

»Dir? Weißt du eigentlich, wie schwer es für mich ist?«, fragt Tere, kurz davor zu explodieren. »Weißt du, was es heißt, in den Schuldirektor verliebt zu sein und das acht Monate lang vor allen zu verheimlichen und jetzt zu einer Abtreibung zu gehen, ganz allein, in irgendein Hinterzimmer, aus dem ich nicht weiß, ob ich lebend wieder herauskomme?«

Telmo greift nach ihrer Hand auf dem Tisch, doch Tere schüttelt sie ab, als verbrennte sie sich daran.

»Ich bin ein Vollidiot! Ein Vollidiot, der deine Lügen geglaubt hat, wenn du gesagt hast, dass du mich liebst und deine Frau verlassen wirst und mit mir leben willst. Es wird mir eine Lehre sein!«

»Tere. Ich liebe dich. Ich habe dich immer geliebt, das war nie gelogen …, aber ich wusste ja nicht, dass Loles …, und jetzt … jetzt, in diesem Augenblick geht es nicht. Ich habe keine Wahl, Liebling. In ein paar Monaten besuche ich dich in Valencia. Wir werden noch eine Chance haben, ich schwöre es.«

»Ich will keine Chance mehr, Telmo. Ich will, dass du mich in Frieden lässt und mich vergisst. Ich will dich nie wiedersehen.« Tere steht auf, steckt den Umschlag ein, den der Direktor ihr gegeben hat, und wendet sich zur Tür.

Er springt auf und will sie umarmen.

»Tere, Tere, bitte, verlass mich nicht. Gestern Abend bin ich fast wahnsinnig geworden, als ich dich mit diesem Kerl in der Diskothek gesehen habe. Verlass mich nicht, Liebste.«

Mit einem Ruck reißt sie sich los und eilt hinaus.

Mati lächelt, erfüllt von einem Triumphgefühl, wie sie es noch nie im Leben empfunden hat, kommt aus ihrem Versteck, öffnet die Tür ins Freie, rennt über das Deck und steht an der Tür zum Gang, bevor Tere ihre Kabine erreicht hat.

»Pssst!«

Tere dreht sich zu ihr um.

»Jetzt weiß ich, wo bei dir der Hund begraben liegt, Musterkind«, sagt sie. »Eine Abtreibung, alle Achtung! Und eine Affäre mit dem Direktor. Weißt du, wie lange sie dich für eine Abtreibung verknacken können?«

Tere lässt den Türgriff los und geht an Deck, wo Mati in Schatten gehüllt und mit windzerzaustem Haar auf sie wartet.

»Was willst du? Was zum Teufel willst du, du Drecksau?«, brüllt Tere sie verzweifelt an, während sie auf sie zugeht.

Mati, die nicht noch einmal in eine solche Situation geraten will wie zuvor mit Candela, kommt aus ihrem Winkel und tritt an die Reling. Tere folgt ihr brüllend, ihre Worte sind bei dem Wind jedoch nicht zu verstehen.

Mati schwelgt in einem irrsinnigen Siegesrausch. Nie hat sie sich stärker, mächtiger gefühlt. Vor lauter Freude lacht sie unwillkürlich los.

Tere stürmt auf sie zu wie eine Furie und stößt sie gegen die Bordwand, damit sie still ist, damit sie, verdammt noch mal, endlich aufhört zu lachen. Ohne zu wissen, was sie tut, fängt sie an, auf Mati einzuschlagen wie in der Nacht zuvor auf den Schweden, ohne nachzudenken, ohne Plan. Mati verteidigt sich, kann aber nicht aufhören zu lachen, und das schwächt sie.

Eine starke Welle wirft beide zu Boden. Kaum ist es Mati gelungen, sich hochzurappeln, nutzt Tere, noch in der Hocke, den unsicheren Stand ihrer Gegnerin, nimmt alle Kraft zusammen und versetzt ihr einen Stoß, der Mati über die Bordwand hebt.

Tere hört ihren Aufschrei wie durch Watte, beugt sich über die Reling und sieht in der Schwärze des Meeres einen kleinen weißen Punkt zwischen den Schaumkronen der Wellen taumeln. Zu ihrer Rechten hängt ein Rettungsring, aber sie rührt keinen Finger. Sie starrt unverwandt auf Matis Kopf, den sie in der Dunkelheit schon kaum noch ausmachen kann. Sie schlingt beide Arme fest um ihren

Körper, holt tief Luft und macht sich auf den Rückweg zu ihrer Kabine.

Gegen den gelblich beleuchteten Gang zeichnet sich die Silhouette Telmos ab, der sie entsetzt ansieht.

»Was hast du getan, Tere?«

Sie schiebt ihn grob zu Seite.

»Wenn du auch nur ein Wort davon sagst, erzähle ich alles, Telmo. Alles. Du verlierst deine Arbeit, deinen guten Ruf, deine Frau und dein Kind. Ich verliere auch, aber das ist mir egal, ich schwör's dir.«

»Tere«, die Stimme des Mannes ist fast ein Wimmern.

»Ein einziges Wort, Telmo. Ein einziges, und ich packe aus. Es liegt ganz bei dir.«

2007

Die Sonne hat sich soeben hinter dem Horizont verborgen und Lenas Arbeitszimmer in eine blaue Höhle verwandelt. Teresa hat aufgehört zu sprechen. Rita hat die Arme auf die Knie und den Kopf in die Hände gestützt. Sie schweigen bereits seit einer Weile, während sich die Nacht herabsenkt.

Teresa steht auf, zögert einen Augenblick, geht dann zu ihrer Freundin, die den Kopf hebt und sie ansieht, und kauert sich vor sie hin.

»Jetzt weißt du alles, Marga. Wieder einmal bist du die Hüterin der Geheimnisse.«

Rita lacht kurz auf, es klingt freudlos, wie ein Bellen.

»Ihr wolltet mich immer glauben machen, dass ich alles weiß! Und dabei wusste ich nichts … fast nichts.«

»Ich konnte es dir damals nicht sagen, Marga, verstehst du? Es war zu viel.«

»Ja. Es war zu viel. Weißt du, was aus ihm geworden ist?«

»Aus Telmo? Keine Ahnung. Ich nehme an, er lebt weiterhin mit seiner Frau zusammen und hat seither dreißig Schülergenerationen mit seinen obszönen Texten und seinem Euripides und seinen Mänaden traktiert.«

»Was war mit uns los, Tere? Wie konnten wir das alles tun?«

Teresa zuckt mit den Schultern.

»Solche Dinge passieren eben. Das Labyrinth, von dem Candela sprach. Aber jetzt ist wirklich Schluss damit.«

»Du hast nicht vor, es den anderen zu sagen, oder? Wir tun weiter so, als hätte Candela Mati getötet.«

»Was für eine Rolle spielt das noch, Rita? Diesen armen Schweden haben wir alle gemeinsam umgebracht, aber geschehen ist geschehen. Hast du nicht gesehen, wie glücklich Ana, Carmen und Sole sind? Lena und Candela können wir nicht mehr retten, aber uns können wir retten. Wir beide teilen jetzt dieses Geheimnis, und wenn du ganz ehrlich bist, wirst du einsehen, dass es im Grunde gleichgültig ist, wer Mati getötet hat. Sie hatte es verdient. Jede von uns hätte es getan. Kennst du *Chicago*, das Musical?«

Rita nickt.

»In einem Song heißt es: ›Es war Mord, aber es war kein Verbrechen.‹«

»It was a murder, but not a crime«, flüstert Rita. »Ja. Vielleicht hast du recht. Wir müssen vergessen. Aber die andere Sache, Tere, die mit diesem armen Jungen … Davon träume ich noch heute. Du nicht?«

Teresa setzt sich auf den Boden neben Rita und lehnt den Rücken gegen die Wand. Sie sitzen Seite an Seite, sehen sich aber nicht an.

»Ich auch, Marga. Wir haben etwas Grauenvolles, Unverzeihliches getan. Aber es ist passiert. Wir können die Zeit nicht zurückdrehen. Wir haben es hunderttausend Mal bereut, aber wir können es nicht ungeschehen machen. Ich habe versucht, mir mein Leben so einzurichten, dass ich vielen Menschen helfen kann, wie Ana vermutlich auch. Wie du, auf andere Weise. Ich weiß, dass ich damit nicht dafür bezahlt habe, aber ich weiß, dass ich auch nicht dafür bezahlen würde, wenn ich im Gefängnis säße. Wir sind keine Mörderinnen, wir sind nicht gemeingefährlich. Wir haben einen Fehler gemacht, einen sehr schweren Fehler, der nicht wiedergutzumachen ist. Und weil wir im Grunde anständige Menschen sind, hat dieses Verbrechen seine Strafe sozusagen mit sich gebracht: es nicht vergessen zu können und jahrzehntelang unter Schuldgefühlen zu leiden. Und zwar bis zu unserem Lebensende …«

»Warum hast du es mir gesagt, Tere? Hast du keine Angst, ich könnte dich anzeigen?«

Teresa fährt sich durchs Haar und sieht ihre Freundin an.

»Wärst du bereit, alles zu erzählen? Wozu? Wozu, Marga? Wem würdest du damit helfen? Von den sieben der Clique vom 28sten sind nur noch fünf übrig, und die anderen drei scheinen gerade aufzublühen, wie du auch bald.«

»Und du auch«, sagt Rita leise und streichelt Teresas Haar.

Sie umarmen sich, getröstet von der Gegenwart und der Kraft der anderen, und erleichtert, weil sie die Last, die sie immer allein getragen haben, nun teilen. Dann steht Teresa auf und gewinnt ihre Festigkeit, ihren Pragmatismus zurück. Sie betrachtet kurz das Zimmer und alles, was noch zu tun ist, schaut auf die Uhr und fasst einen Entschluss.

»Gehen wir etwas essen. Soll Jeremy, der Blödmann, doch zusehen, wie er klarkommt. Ich hab's jetzt satt.«

»Du weißt nicht zufällig, was aus seinem Vater geworden ist?«

»Nein, Marga. Alles weiß ich auch nicht.«

»Macht nichts. Ist jetzt auch egal.«

Sie fassen einander um die Taille, gehen durch den Flur, ohne Licht zu machen, Teresa schließt Lenas Tür ab, dreht den Schlüssel zweimal im Schloss, dann gehen sie langsam die Treppe hinunter, schweigend, im Dunkeln.

Epilog

Manchmal erfährt man Dinge, die man gar nicht wissen will. Und manche Dinge, nach denen man sein Leben lang sucht, findet man niemals heraus.

Wenn Rita und Teresa eines der Manuskripte gelesen hätten, die Jeremy soeben in den Papiercontainer geworfen hat, wäre ihnen womöglich der Name des Autors und seine Kurzbiografie aufgefallen:

César Pacheco (Elda, 1956) hat als Theaterschauspieler, Fotomodell, Tänzer und in zehn oder zwölf weiteren weniger aufregenden Berufen gearbeitet, bevor er sich entschied, sein Studium zu beenden und sein Staatsexamen für das Lehramt abzulegen. Heute ist er Philosophielehrer in einem Gymnasium in Jerez de la Frontera. Seine Ferien verbringt er mit Reisen in mehr oder weniger exotische Länder und dem Erforschen merkwürdiger Todesfälle. Die vergessenen Toten *ist sein erstes Buch, das Ergebnis dieser Expeditionen.*

Hätte Jeremy *Die vergessenen Toten* gelesen, hätte er auf Seite 27 vom Fall eines jungen Schweden erfahren, Olaf Svensson, der im Sommer 1974 nach einem zehntägigen Mallorca-Urlaub spurlos verschwunden war. Zwei Jahre später hatte man in einer Unterwassergrotte menschliche Überreste gefunden, genau unterhalb des Hotels, in dem er gewohnt hatte, die möglicherweise die seinen waren. Diese These der Polizei wurde gestützt durch die Tatsache, dass man 1974 über einem Geländer an der Steilküste ein Handtuch fand, was darauf schließen ließ, dass Svensson kurz vor seiner Abreise noch ein letztes Bad nehmen wollte, von dem er nicht mehr zurückkehrte.

César Pacheco berichtet in seinem noch unveröffentlichten Manuskript, der Fall habe sein Interesse geweckt, weil er im selben Sommer zufällig auch im Park Hotel Panorama war, das seine Schulkameraden damals für die Abiturfahrt ausgesucht hatten.

Weiter hinten, im letzten Kapitel, auf Seite 234, hätte Jeremy eine der, literarisch gesehen, besten Passagen lesen können, wo Pacheco erzählt, dass ihm im Sommer 2003 im Haus einer sehr armen Familie in Neu Delhi ein amerikanischer Reisepass auf den Namen Nicholas Devine aufgefallen war, der wie eine Reliquie auf einer Art Familienaltar stand. Neugierig fragte er, wer dieser Mann sei und warum sie seinen Pass hätten, und sie erzählten ihm, dass ihr Großvater vor etwa dreißig Jahren nach einer Demonstration einen verletzten Hippie aufgelesen habe. Der junge Mann war trotz aller Pflege gestorben, und sie hatten ihn im Garten hinter ihrem Haus begraben, aber nicht gewagt, die Behörden zu informieren, weil sie fürchteten, man könne sie des Raubmordes verdächtigen. Da sie keine Adresse irgendeines Angehörigen hatten, beschlossen sie, sein Andenken in Ehren zu halten, als wäre er einer der Ihren.

Weder Jeremy noch die fünf Überlebenden der Clique vom 28sten werden das je erfahren und auch nicht, dass Telmo Rodríguez im Sommer 74 seine Versetzung beantragt hatte und seinem Antrag stattgegeben wurde, während seine Frau noch ein Jahr länger in Elda blieb. 1980 ließen sie sich scheiden. Sie erhielt das Sorgerecht für die gemeinsame Tochter, die am 27. Januar 1975 in Alicante zur Welt kam, als das Land gerade begann, das franquistische Joch abzuschütteln, wenige Monate vor dem Tod des Diktators.

Loles Fuentes heiratete 1982 zum zweiten Mal und hat seit Jahren keinen Kontakt mehr zu ihrem Exmann. Beide wurden 2006 pensioniert. 1984 heiratete auch er wieder, eine um zwanzig Jahre jüngere ehemalige Schülerin, und ging in die Politik. Heute ist er Bürgermeister seines Heimatdorfs in der Provinz Soria.

Javier Hidalgo zog sich nach der Mallorca-Reise in ein Kloster in Huesca zurück und widmete sich wie geplant seinen geistlichen Exerzitien. Marisa Gutiérrez sah er nie wieder. Seit er am Morgen nach ihrer gemeinsamen Nacht auf dem Schiff die Abwesenheit einer seiner Schülerinnen bemerkt hatte, machte er sich Vorwürfe, weil er seine Pflichten vernachlässigt hatte, um mit einer Frau zu schlafen. Marisa hatte versucht, ihn zu überzeugen, dass er das Unglück nicht hätte verhindern können, aber schließlich waren sie übereingekommen, dass er eine Zeit lang ins Kloster gehen sollte und sie nach seiner Rückkehr zu Beginn des Schuljahres 1974/75 über alles sprechen würden. Er kam nicht wieder. Seither war er als Gemeindepfarrer in verschiedenen Dörfern tätig und ist seit Kurzem pensioniert. Trotz wiederholter Angebote hat er nie mehr an einem Gymnasium unterrichtet.

Marisa wartete das ganze Jahr 1975 auf ihn, bis sie sich damit abfand, dass Javier sie nicht wiedersehen wollte. Sie bewarb sich um eine ursprünglich auf sechs Jahre befristete Stelle am Liceo Español in Rom und verliebte sich in einen römischen Journalisten, den sie 1979 heiratete. Sie haben drei inzwischen erwachsene Kinder und zwei Enkel. Mittlerweile ist Marisa mehr Italienerin als Spanierin und gibt schon seit Jahren keinen Englischunterricht mehr.

Remedios Merchán studierte Psychologie in Valencia und Kriminologie in Madrid, ehe sie sich der Psychoanalyse zuwandte, und nachdem sie einige Zeit in Haftanstalten gearbeitet hatte, ließ sie sich mit einer eigenen Praxis in Alicante nieder. Sie hat einen Sohn aus ihrer ersten festen Beziehung, hat aber nie geheiratet. Sie hat Gewichtsprobleme und leidet an Diabetes, aber sie mag ihre Arbeit und hat gerade einen Enkel bekommen, der sie überglücklich macht. Als sie Candelas Todesanzeige in der Zeitung las, hat sie kurz überlegt, ob sie nach Elda fahren und ihre alten Schulkameradinnen wiedersehen sollte. Schon wollte sie ihre Sprechstundenhilfe anweisen, alle Vormittagstermine abzusagen, beschloss dann aber, doch weiterzuarbeiten wie gewohnt. Sie hat niemals einer Menschenseele erzählt, was 1974 in Mallorca geschehen war.

Nachwort zur deutschen Ausgabe

Dieser Roman spielt in Spanien, und alle Hauptfiguren sind Spanierinnen und Spanier, doch abgesehen von den historischen und örtlichen Gegebenheiten ist das, was geschieht, universell. Wie in meinen anderen Romanen geht es um tief vergrabene, sorgsam gehütete Geheimnisse im Leben der Protagonisten, alte Sünden, die lange Schatten werfen, so lang, dass sie bis in die Gegenwart reichen und diese zu verschlingen drohen.

Die Handlung vollzieht sich zur Hälfte in meinem Heimatstädtchen in der Provinz Alicante und zur Hälfte auf Mallorca, einem Ort, den wir, Spanier wie Deutsche, mit Urlaub, Freiheit und Glück verbinden. Zwar habe ich beim Schreiben vor allem an die Menschen meiner Generation gedacht, weil ich wusste, dass sie sich wiedererkennen würden, als blickten sie in einen dunklen Spiegel, aber ich hoffe auch, eine jüngere Leserschaft zu erreichen, die sich für das Spanien der Siebzigerjahre interessiert und nebenbei feststellen wird, dass viele der Probleme und Sorgen, die man mit achtzehn hat, bis heute die gleichen geblieben sind. Es ist ein Buch für Frauen *und* Männer, wie alle meine Romane, allerdings gebe ich zu, dass ich diesmal besonders an die Frauen gedacht habe.

Ich lebe seit vielen Jahren in Österreich, und auch wenn ich mich immer noch als Spanierin fühle, weiß ich mittlerweile doch, dass wir Europäer viele Erfahrungen und Erinnerungen gemeinsam haben. Obschon manches in diesem Roman befremden mag – als läse ein spanischer Leser eine Geschichte, die beispielsweise im Kölner Karneval spielt –, ähneln die Protagonisten in ihren Gefühlen und Verhaltensweisen den Deutschen oder Österreichern um 1973/74 doch sehr. Darum möchte ich diese Geschichte meinen deutschsprachigen Lesern und Leserinnen widmen, insbesondere jedoch – mit Verlaub, meine Herren – den Leserinnen, nicht nur denen, die mir bereits durch die drei auf Deutsch erschienenen Romane gefolgt sind, sondern auch denen, die dieses Buch durch Zufall entdeckt haben: allen diesen mutigen, streitbaren, fröhlichen, fleißigen Frauen, die so oft nach außen hin stärker wirken, als sie sind, und nach Kräften versucht haben, sich an allen Fronten zu bewähren, als Töchter, Gattinnen, Mütter, Freundinnen und im Beruf …

Den Frauen, die Narben tragen, diese aber nicht mehr überschminken, sondern stolz darauf sind, durchgehalten zu haben, auch wenn dabei so manches auf der Strecke geblieben ist, wie die Wespentaille und die straffe Haut, die lachen können, auch wenn man davon Falten bekommt, und die weinen können, weil sie gelernt haben, wie tröstlich Weinen sein kann, vor allem, wenn man es gemeinsam tut.

Meinen deutschsprachigen Leserinnen zum Dank, dass es sie gibt und dass sie meine Welt und meine Erinnerungen mit mir teilen möchten. Und auch meinen Lesern, die gewisse Dinge vielleicht erstmals durch die Augen einer Frau sehen werden.

Danksagung

Ich möchte allen meinen Freunden danken, die mich mit ihrer Zeit, ihrer Begeisterung und ihrem Wissen unterstützt haben: Elena, Raúl, Elia, Concha, Wolfram, Gertrut, Martina, Michael, Ruth, Mario, Charo, Ian, Nina und Klaus.

Auch danke ich allen meinen Leserinnen und Lesern, die bis hierher dabeigeblieben sind. Ich hoffe, sie für die Zeit entschädigt zu haben, die sie der Lektüre dieses Romans gewidmet haben.

Leseprobe aus Elia Barcelós Roman
Das schwarze Brautkleid

EINS

Ich lernte sie bei der Milonga kennen, es war eine stürmische Aprilnacht, und der Geruch des Flusses und der feuchten Wälder drang in das von düsteren Hängen umschlossene Gebirgsstädtchen.

Als ich ankam, war es schon nach elf und die Stimmung so kläglich, dass ich fast kehrtgemacht hätte. Eigentlich hätte ich mich im Hotel ausruhen sollen, nachdem ich so viele Stunden vor dem Bildschirm gesessen und mich damit abgemüht hatte, in das Chaos dieser Firma ein wenig Ordnung zu bringen. Aber die Leidenschaft siegte, ich war noch nicht zur Tür herein, als Gardels Stimme zu den ersten Liebesschwüren anhob – *»Si supieras que aún dentro de mi alma conservo aquel cariño que tuve para ti«* –, und im selben Augenblick wusste ich, dass ich bleiben würde, zumindest solange er sang, solange sich eine Frau schweigend an mich schmiegte und vom Zauber des Tangos forttragen ließ.

Die Frauen waren wie immer in der Überzahl, sie lehnten verträumt oder sehnsüchtig an der Wand oder standen rauchend in einer Ecke des Saals, im sanften Licht von ein paar mit rosa Stoff verhangenen Glühbirnen. In der Mitte, auf der runden Fläche zwischen den Tischen, tanzten einige Paare in Straßenkleidung, ernst und mit geschlossenen Augen.

Ich war nicht zum ersten Mal auf so einer Veranstaltung, es war ein typischer Gemeindesaal mit an die Wände gerückten Tischen, Pappbechern und Thermoskannen mit Erfrischungsgetränken irgendwo in einer Ecke und hohen Fenstern, die im nächtlichen Wind klapperten. Es rührte mich jedes Mal wieder von Neuem, dass sich in einer mitteleuropäischen Kleinstadt an einem Werktag Leute wie ich fanden, die wertvollen Schlaf opferten, um ihre Tanzleidenschaft auszuleben, und sei es in einem hässlichen, seelenlosen Saal mit einem Gettoblaster und einem Stapel CDs.

Ich hatte Innsbruck immer als trist empfunden, vielleicht weil ich sie nur abends kannte, wenn die Sonne schon untergegangen war, oder frühmorgens, bevor sie aufging. Eine graue Stadt voller grauer Menschen, als würde die jahrhundertealte Geschichte mitsamt ihren Toten wie eine Steinplatte auf ihnen lasten und ihre Blicke, ihr Gemüt und ihre Stimmen dämpfen. Für einen kurzen Moment kam ich mir vor wie in einer Gespensterrunde, aber das lag am Tango, der eine ähnlich benebelnde Wirkung hat wie der Alkohol. Und dennoch war der Gedanke an Gespenster nicht falsch, denn nachts bei der Milonga kam eine Seite von mir zum Vorschein, die mich tagsüber nicht weiter beschäftigte, und mit meinem nächtlichen Ich die Sehnsucht nach einer Epoche, die ich nicht erlebt hatte, und nach einer Frau, die auch nie in La Boca auf mich gewartet hatte.

Niemand begrüßte mich. Als ich den Mantel ablegte und mir im Sitzen die Tanzschuhe anzog, taxierten mich mehrere Frauen und schlossen von meinen langsamen, gezielten Bewegungen auf mein Können, voller Erwartung, wie gewandt meine Schritte über die Tanzfläche gleiten, wie sicher meine Arme sie führen würden.

Bei keiner anderen gemeinsamen Beschäftigung ist es möglich, dass ein Mann eine Frau so führt und sie sich ihm bedingungslos fügt. Der argentinische Tango ist der einzige Pakt, der nicht gebrochen werden kann. Vielleicht war ich ihm deshalb so leidenschaftlich verfallen, seit ich ihn vor langer Zeit bei einem Aufenthalt in Buenos Aires entdeckt hatte.

Mein nächtliches Ich, der Tangobesessene, der Milonguero, den niemand aus meinem Tag-Leben kannte, stand auf, es war immer das gleiche Spiel, mein Körper war wie verwandelt, hatte auf einmal ein sicheres Gespür für sein Gewicht, die Balance, die leichte Reibung der Ledersohle über dem glatten Parkett, die Drehung in den Hüften, die Brust, die sich zur Frau hin öffnet.

Da erblickte ich sie. Sie stand ganz hinten im Saal, mit der Schulter an eine Tür gelehnt, die einen Spalt offen stand, sodass der hereinfegende Wind einen Zipfel ihres engen, seitlich geschlitzten Satinrocks hob und ein von schwarzer Seide umspieltes Bein entblößte. In ihrer feinen Hand lag eine Zigarette, die neben ihrem Schenkel vor sich hinqualmte. Sie trug hohe Tanzschuhe mit gekreuzten Riemchen.

In dem schwachen Licht konnte ich ihr Gesicht nicht erkennen, das zudem nach draußen gewandt war, als blickte sie auf etwas jenseits der Tür, ich sah kaum mehr als ihre langen schwarzen Haare, die mit einem altmodischen, mit funkelnden Strasssteinchen besetzten Kamm hochgesteckt waren, und die goldenen Ohrringe.

Sie war einem alten Album entschlüpft, ein Foto in Sepia, eine Frau, wie es sie nur in den Geschichten gab, die ich mir, angeregt von den Tangotexten, abends vor dem Einschlafen erzählte. Neben ihr erschienen mir auf einmal alle anderen Frauen blass, überflüssig, was für eine Leidenschaft hatten schon diese Mitteleuropäerinnen, die in dem abgedunkelten Saal für ein paar Stunden ihren Alltag als Zahnärztinnen, Sekretärinnen, Hausfrauen vergaßen; von dieser mir allzu bekannten Möchtegern-Leidenschaft wollte ich nichts mehr wissen, das war passé, nichts im Vergleich zu der betörenden, unmöglichen Wirklichkeit dieser Frau, die auf mich zu warten schien, auf niemand anderen als diesen Unbekannten, der wie in einem Film von anno dazumal plötzlich da war, als hätte ihn der Wind hergeweht.

Sie sah mich nicht kommen. Eigentlich konnte sie mich auch nicht gehört haben, dennoch ließ sie bei den ersten Takten von *Volver* die Zigarette fallen, drehte sich zu mir um, und ihre Augen verschlangen mich. Schwarze, wie Spiegel glänzende Augen zwischen langen Wimpern. Eine Sekunde später tanzten wir.

Es war wie Fliegen, wie Schweben in einem tiefen, warmen Gewässer, durch das sich der schleppende Rhythmus eines alten, süßen Schmerzes zieht, einer vagen, in der Zeit verlorenen Erinnerung. Es war, als hätte ich etwas wiedergefunden, das ich hatte vergessen müssen, um weiterleben zu können – jetzt war es in seiner ganzen überwältigenden Unermesslichkeit wieder da. Ich hatte geglaubt, ich hätte mir das alles nur über die Jahre zusammenfantasiert, doch es war so intensiv, so betörend, so unerhört echt.

Sie schmiegte sich an mich wie ein Seidentuch, und bei jeder *molinete*, die sie um mich herum drehte, stieg mir ihr Duft in die Nase, der Hauch eines Parfüms, und ihre ernsten Augen funkelten zwischen ihren lustschweren Lidern wie Juwelen. Es war, als läse sie meine Gedanken, als wüsste sie, noch bevor ich eine Bewegung andeutete, was ich von ihr wollte, als wären wir eins, ein einziger Körper, der in zwei Hälften getrennt gewesen und von der Musik wieder vereint worden war.

Wir sprachen kein Wort. Es war nicht nötig. Was hatten wir uns zu sagen, was nicht schon unsere Füße mit ihren Figuren ausdrückten, unsere sich dem ewigen Rhythmus hingebenden Körper. Hätte ich sie auf Deutsch angesprochen, wäre der Zauber zerstört worden, aber nicht weniger schreckte mich die Vorstellung, ich würde sie auf Spanisch ansprechen und sie mich nicht verstehen oder mir mit deutschem Akzent ein paar in Abendkursen erlernte Standardsätze antworten.

Im ersten Moment hielt ich sie für eine Spanierin oder Lateinamerikanerin und erwog, mit ihr durch die Tür, an der sie gelehnt hatte, in den verlassenen Garten zu schlüpfen, wo wir eine Zigarette hätten rauchen und uns in unserer Sprache hätten unterhalten können. Aber dann wären unweigerlich die Fragen nach Namen und Beruf gekommen und damit der ernüchternde Moment, an dem sich diese bildschöne, göttlich tanzende Frau, die aus einem Gemälde von Quinquela Martín hätte stammen können, als eine im Exil lebende argentinische Psychologin oder dominikanische Unterwäscheverkäuferin entpuppt hätte.

Ihre Lippen streiften meine unrasierte Wange, und ich wusste, dass wir das Gleiche dachten: Dass wir zum Tanzen gekommen waren, dass die Nacht uns gehörte, dass wir uns wie durch ein Wunder zu dieser späten Stunde in Mitteleuropa getroffen hatten, um uns von der Magie des Tangos forttragen zu lassen. Das genügte.

Wir tanzten ohne Pause ein Stück nach dem anderen, Milongas, bei denen sie ihre Anmut spielen ließ, einige Tangos von Piazzolla, deren schrill tönender Schmerz sie kurz zu überraschen schien.

Ich weiß nicht, wie lange wir blieben, denn die Zeit, die die Uhren messen, ist nicht die wahre Zeit.

Irgendwann tauchte ein junger Afrikaner auf, einer dieser fliegenden Händler, die plötzlich mit einem gewaltigen Strauß langstieliger roter Rosen im Arm dastehen und ein weißes Lächeln aufsetzen, ein Riss in dem Gesicht, das müde ist von den vielen Ablehnungen, von den vielen ausweichenden Blicken in teuren Restaurants und Lokalen.

Verzückt sah sie die Blumen an, und ein vorsichtiges Lächeln erschien auf ihren Lippen, dunkelrot wie die Rosen, die der junge Mann anbot. Ohne meinen Arm von ihrer Taille zu nehmen, zog ich ein paar Scheine aus der Hosentasche und gab sie ihm lächelnd. Er begutachtete den Strauß, als fiele ihm die Wahl schwer, dann zog er eine makellose Rose mit fast noch geschlossener Blüte heraus und reichte sie ihr. Sie sah mich an, berührte die Rose mit den Lippen, brach den überlangen Stiel ab, steckte sie sich in den Ausschnitt, schloss die Augen und gab sich meiner Umarmung hin.

Wir tanzten. Wir tanzten und vergaßen den erbärmlichen Gemeindesaal, die gewöhnlichen Paare, die die Schritte zählten oder sich leise die Figuren vorsagten, als könnten sie ohne das Hilfsmittel der Worte die Musik nicht in Tanz verwandeln, wir vergaßen die beleidigten Blicke der umstehenden Frauen, die Uhr, die irgendwo die Sekunden dieser Nacht zählte und meinen Wunsch torpedierte, sie möge nie zu Ende gehen.

Irgendwann merkte ich, dass um uns herum Möbel gerückt wurden und alle wie aufgeschreckte Tauben umherliefen, und tatsächlich, die Milonga ging zu Ende. Die Paare halfen sich in die Mäntel, Getränke wurden weggeräumt, die übervollen Aschenbecher geleert. Die Freundinnenpaare sahen sich noch einmal frustriert nach mir um, bevor sie in dem dunklen Vorraum verschwanden. Dann brach die Musik ab.

Einen Moment lang spürte ich mit aller Deutlichkeit das Gewicht ihrer Arme, ihren Kopf auf meiner Schulter, ihr um mich geschlungenes Bein. Dann, wir hatten noch immer nichts gesagt, lösten wir uns voneinander. Sie sah zur Tür, eine Aufforderung, die ich nicht gleich begriff, blickte auf die Rose in ihrem Dekolletee, drückte mir einen flüchtigen Kuss auf die Wange und bewegte sich mit unbeschreiblicher Anmut auf die Dunkelheit zu. Ihr schmerzliches, sanftes Lächeln blieb in der Stille hängen, dann brach die Einsamkeit über mich herein.

Ich ging die Schuhe wechseln, zog mir den Trenchcoat an und wartete in dem vom perlweißen Licht der Straßenlaternen erhellten Vorraum, bis die Letzten herauskamen. Das zweifache Umdrehen des Schlüssels, mit dem sie den Saal absperrten, klang für mich nach Endgültigkeit.

Ich zündete mir eine Zigarette an und wartete, starrte auf die Lichtreflexe auf meinen Schuhspitzen und warf immer wieder einen Blick auf die Tür der Damentoilette, wo sie sich vermutlich zurechtmachte, um mit mir, dem Unbekannten, in die Nacht zu entschwinden. Wohin?

Wahrscheinlich hatte sie die gleichen Hemmungen wie ich, darum dauerte es so lange; sie wollte fliehen, verschwinden, jetzt, da kein Tango mehr erklang.

Ein Auto fuhr die leere Straße entlang, und das nasse Rauschen zog mich vor die Tür. Es regnete. In dem sanften Nieseln hatten die Straßenlaternen einen schillernden Hof bekommen, und die Fahrbahn glänzte wie lackiert. Weit und breit war kein Mensch.

Ich ging wieder rein, und mit plötzlicher Entschlossenheit klopfte ich an die Toilettentür. Stille. Ich zog sie vorsichtig auf, Dunkelheit empfing mich. Die Toiletten waren leer. Nicht nur leer, ausgestorben, verlassen, wie ein abgetriebenes Schiff. So wie auch ich mich fühlte.

Zurück im Vorraum setzte ich mich auf die gemauerten Stufen und zündete mir eine neue Zigarette an, obwohl ich wusste, dass es keinen Sinn hatte, weiter zu warten. Sie war gegangen.

Hatte sie gar keinen Mantel dabeigehabt, keine Handtasche, keinen Schirm? Ich versuchte mich zu erinnern, wie der Saal zuletzt, bevor ich rausgegangen war, ausgesehen hatte. Er war leer gewesen. Bis auf einige CDs, die wahrscheinlich das Paar mit dem Saalschlüssel eingesteckt hatte. Und die Treppe führte nirgendwohin außer zu den Toiletten und dem Vorraum, in dem ich die ganze Zeit neben der Eingangstür rauchend ausgeharrt hatte.

Ich ging auf die Straße in den müde vor sich hinplätschernden Regen, der nun, da der Wind sich gelegt hatte, schnurgerade fiel, und eilte mit eingezogenem Kopf und den Händen in den Manteltaschen in die Altstadt. Der Nachtportier gab mir den Schlüssel zu meinem Zimmer, dort angekommen, leerte ich wie immer die Mantel- und Sakkotaschen und legte alles auf den Nachttisch: Brieftasche, Papiere, Schlüssel, Visitenkarten, ein paar Rechnungen und einen gefalteten Zettel, an den ich mich nicht erinnern konnte.

Mit zitternden Händen faltete ich ihn auseinander. Darauf stand eine Adresse in La Boca, Buenos Aires, und ein Frauenname: Natalia.

(Übersetzung: Stefanie Gerhold)